HEYNE
BÜCHER

Das Buch

George Smiley ist erstaunt: Vor sechs Monaten wurde er aus dem britischen Geheimdienst entlassen. Wieso wird er jetzt mitten in der Nacht zu einem Treffen mit der obersten Riege des Secret Service gebracht? Dort angekommen erfährt Smiley, was den Chef des Geheimdienstes beunruhigt. In den eigenen Reihen spielt jemand ein doppeltes Spiel. Einer seiner Agenten arbeitet insgeheim für Moskau. Aber wer ist dieser Maulwurf? Um das herauszufinden, soll Smiley »reaktiviert« werden. Schritt für Schritt muß er versuchen, ein nahezu undurchdringliches Dickicht von Informationen und Intrigen zu durchforsten. Welche Rolle spielt Ricki Tarr, der Außenagent im Fernen Osten? Wer ist der geheimnisvolle Merlin? Nur Fragen, aber keine Antwort. Smileys letzter und zugleich schwierigster Auftrag wird für ihn zur Reise in seine eigene Vergangenheit. Scheinbar gibt es kein Vorwärts kommen, doch dann unterläuft dem Maulwurf ein folgenschwerer Fehler und die Ereignisse überstürzen sich.

Der Autor

John le Carre, geboren 1931, studierte in Bern und Oxford Germanistik; er lehrte in Oxford und arbeitete dann einige Jahre im diplomatischen Dienst Großbritanniens in Bonn und Hamburg. Durch seinen Roman *Der Spion, der aus der Kälte kam* wurde er weltbekannt. Der Autor lebt in Cornwall, London und zeitweise auch auf dem Kontinent.

Im Wilhelm Heyne Verlag liegen bereits vor: *Eine Art Held* (016565), *Der wachsame Träumer* (016679), *Agent in eigener Sache* (01/7720), *Ein blendender Spion* (01/7762), *Krieg im Spiegel* (01/7836), *Schatten von gestern* (01/7921), *Ein Mord erster Klasse* (01/8052), *Der Spion, der aus der Kälte kam* (01/8121), *Eine kleine Stadt in Deutschland* (01/8155), *Das Russland-Haus* (01/8240), *Die Libelle* (01/8351), *Endstation* (01/8416), *Der heimliche Gefährte* (01/8614), *Smiley* (01/8870).

JOHN LE CARRÉ

DAME , KÖNIG, AS, SPION

Roman

Aus dem Englischen
von Rolf und Hedda Soellner

WILHELM HEYNE VERLAG
MÜNCHEN

HEYNE ALLGEMEINE REIHE
Nr. 01/10701

Titel der Originalausgabe
TINKER, TAILOR, SOLDIER, SPY
erschienen bei Hodder und Stoughton,
London 1974

Umwelthinweis:
Dieses Buch wurde auf
chlor- und säurefreiem Papier gedruckt.

Taschenbuchausgabe 10/99

Printed in Germany 1999
Umschlaggestaltung: Hauptmann & Kampa, CH-Zug
unter Verwendung eines Fotos von Jürgen Spohn

Druck und Bindung: Elsnerdruck, Berlin

ISBN: 3-453-15318-9

http://www.heyne.de

Für James Bennett und Dusty Rhodes

Die Personen des Romans

In den Hauptrollen

Control	ehemals Chef des Circus, des Britischen Geheimdiensts
Percy Alleline	neuer Chef des Circus
George Smiley	ehemals Controls rechte Hand
Peter Guillam	zur Zeit Chef der Skalpjäger in Brixton
Bill Haydon	Einsatzleiter des Teams unter Percy Alleline
Roy Bland Toby Esterhase	Mitarbeiter von Bill Haydon
Lauder Strickland	Leiter der Bankabteilung des Circus
Diana Dolphin	die Gestrenge der Personalabteilung des Circus
Ricki Tarr	Außenagent im Fernen Osten, zu Guillams Section in Brixton gehörig
Steve Mackelvore	Außenagent in Paris
Lord Miles Sercombe	Staatssekretär in Whitehall
Oliver Lacon	der Mann des Ministers
Inspektor Mendel	George Smileys Freund und Helfer
Sam Collins	Manager eines Spielclubs
Jerry Westerby	Sportjournalist
Roddy Martindale	ein gefürchteter Schwätzer

Karla, alias Gerstmann	der Große Geheimnisvolle auf der Gegenseite
Gerald, der »Maulwurf«	sowjetrussischer Agent innerhalb des Circus
Oberst Viktorow, alias Alexei Poljakow	Kulturattaché der sowjetischen Botschaft in London
Boris	Mitglied einer russischen Handelsdelegation in Hongkong
Irina	Boris' Frau
Mr. Thursgood	Direktor des Thursgoodschen Internats
Jim Prideaux	Aushilfslehrer bei Mr. Thursgood
Max	ein tschechischer Babysitter a. D.
Bill Roach	ein schwieriger Zögling
Ann	George Smileys schöne Frau
Camilla	Peter Guillams schöne Freundin
Ian	Bill Haydons Freundin
Connie Sachs	eine Dame mit phänomenalem Gedächtnis
Mrs. Graham Pope	Inhaberin des Hotels »Islay«

Ferner wirken mit

Angehörige beider Geheimdienste, Lehrerinnen, Lehrer und Schüler des Thursgoodschen Internats, einige Oxford-Professoren, Babysitter, Inquisitoren, Hausdamen, ein tschechischer General, eine tote Eule u. a. m.

Erster Teil

1 *Jim Prideaux trifft im Thursgoodschen Internat ein und wird von einem Schüler adoptiert*

Jim wäre nie zu Thursgood gekommen, wenn den alten Major Dover beim Taunton-Rennen nicht der Schlag getroffen hätte. Er fing dort ohne Einstellungsgespräch mitten im Quartal an – es war Ende Mai, obwohl man es dem Wetter nicht anmerkte. Vermittelt hatte ihn eine fragwürdige Agentur, die sich auf Aushilfslehrkräfte für Heimschulen spezialisierte, und er sollte die Fächer des alten Dover übernehmen, bis passender Ersatz gefunden wäre. »Er ist Linguist«, erklärte Thursgood im Lehrerzimmer, »ein Notbehelf«, und fegte kämpferisch die Haarlocke aus der Stirn. »Priddo.« Er buchstabierte den Namen »P-R-I-D-...« Französisch war nicht sein Fach, er konsultierte einen Zettel – »E-A-U-X, Vorname James. Ich glaube, bis Juli können wir uns mit ihm behelfen.« Der Lehrkörper konnte mühelos die Zeichen lesen. Jim Prideaux war ein armer Weißer aus dem Schulmeisterstand. Er gehörte der gleichen traurigen Gilde an wie die selige Mrs. Loveday, die einen Persischlamm-Mantel getragen und den Religionsunterricht in der Unterstufe erteilt hatte, bis ihre Schecks platzten; oder wie der selige Mr. Maltby, der Klavierlehrer, der mitten aus einer Chorübung abberufen worden war, um der Polizei bei ihren Nachforschungen behilflich zu sein, und ihr, nach allem was man wußte, noch heute behilflich war, denn Maltbys Reisekoffer lag noch immer im Keller und wartete auf seine Weisung. Einige Lehrer, vor allem Marjoribanks, waren dafür, daß man den Koffer öffnete. Er enthalte, sagten sie, verschwundene bekannte Kostbarkeiten: Aprahamians silbergerahmtes Bild seiner libanesischen Mutter zum Beispiel, Best-Ingrams Schweizer Armeemesser und Matrons Uhr. Aber Thursgood wehrte sich entschieden gegen ihr Drängen. Seit er die Schule von seinem Vater geerbt hatte, waren erst fünf Jahre vergangen, aber sie hatten ihn bereits gelehrt, daß manche Dinge am besten unter Verschluß bleiben.

Jim Prideaux kam an einem Freitag unter Regengüssen an. Die

Schauer rollten wie Geschützrauch über die braunen Hänge der Quantocks herab und preschten dann über die leeren Kricketplätze gegen den Sandstein der alten Fassaden. Er kam kurz nach dem Lunch, in einem alten roten Alvis mit schrottreifem Wohnanhänger, der früher einmal blau gewesen war. Der frühe Nachmittag ist bei Thursgood eine friedliche Zeit, eine kurze Kampfpause im Rückzugsgefecht eines jeden Schultags. Die Jungens werden zur Mittagsruhe in ihre Schlafsäle geschickt, die Lehrer sitzen beim Kaffee im Lehrerzimmer und lesen Zeitung oder korrigieren Hefte. Thursgood liest seiner Mutter einen Roman vor. So kam es, daß Bill Roach als einziger von der ganzen Schule Jim ankommen sah, sah, wie der Dampf aus dem Kühler des Alvis brodelte, wie der Wagen den bröckeligen Fahrweg entlangkeuchte, die Scheibenwischer auf Hochtouren liefen und der Wohnanhänger durch die Pfützen hinterherrumpelte.

Roach war neu an der Schule und als lernschwach eingestuft, wenn nicht gar als geistesschwach. Thursgood war seine zweite Privatschule in zwei Halbjahren. Er war ein fettes kurzbeiniges Kind mit Asthma und einem romantischen Herzen, und er verbrachte stets einen großen Teil der Ruhezeit damit, keuchend am Fußende seines Bettes zu knien und durchs Fenster zu schauen. Seine Mutter lebte in Bath auf großem Fuß, sein Vater galt allgemein für vermögender als die übrigen Väter, eine Auszeichnung, die den Sohn teuer zu stehen kam. Als Kind einer gescheiterten Ehe war Roach von Natur aus ein guter Beobachter. Wie Roach beobachtete, hielt Jim nicht vor den Schulgebäuden an, sondern nahm die Kehre zum Wirtschaftshof. Er kannte also die Anlage. Roach kam später zu dem Schluß, daß Jim sich eingehend erkundigt oder Pläne studiert haben mußte. Auch im Hof machte er noch nicht halt, sondern fuhr weiter ins nasse Gras, schnell genug, um nicht steckenzubleiben. Dann über die Koppel in die Senke, Kopf voran und weg war er. Roach erwartete fast, daß der Wohnanhänger am Grabenrand abknicken werde, so schnell riß Jim ihn hinter sich her, aber er lüpfte nur das Hinterteil und verschwand wie ein riesiges Karnickel in seinem Loch.

Die Senke gehört zur Folklore des Thursgoodschen Internats. Sie liegt in einem Stück Ödland zwischen dem Obstgarten, dem

Vorratshaus und den Stallungen. Der Betrachter sieht weiter nichts als eine grasbewachsene Bodenmulde mit Erdhügeln an der Nordseite, etwa von Bubenhöhe und mit Gestrüpp überwuchert, das im Sommer morastig wird. Diese Erdhocken verliehen der Senke ihre besondere Eignung als Spielplatz, und ihre Legende, die je nach der Phantasie jeder neuen Jungengeneration wechselt. Sie sind die Reste einer aufgelassenen Silbermine, sagt der eine Jahrgang und buddelt begeistert nach Reichtümern. Sie waren eine römisch-britannische Befestigung, sagt ein anderer und inszeniert Schlachten mit Stöcken und Lehmgeschossen. Für wieder andere ist die Senke ein Bombenkrater aus dem Krieg, und die Erdhocken sind sitzende Menschen, die durch die Explosion ums Leben kamen. Die Wahrheit ist viel prosaischer. Vor sechs Jahren, kurz ehe er mit der Empfangsdame des Schloßhotels durchbrannte, hatte Thursgoods Vater den Bau eines Schwimmbeckens angeregt und die Jungens dazu gebracht, daß sie eine große Grube aushoben, mit einem tiefen und einem flachen Ende. Aber die eingehenden Gelder reichten nie ganz aus, um das ehrgeizige Vorhaben zu finanzieren, und so wurden sie an andere Pläne verzettelt, zum Beispiel einen neuen Projektionsapparat für den Kunstunterricht und die Vorarbeiten zur Einrichtung einer Champignonzucht in den Schulkellern. Und sogar, sagten die Zyniker, als Nestpolster für ein gewisses, sündiges Liebespaar, das inzwischen nach Deutschland, die Heimat der Dame, entfleucht war. Jim ahnte nichts von diesen Zusammenhängen. Aus schierem Glück hatte er die einzige Stelle des Thursgood-Anwesens gewählt, die, jedenfalls für Roach, mit übernatürlichen Eigenschaften ausgestattet war.
Roach blieb am Fenster, sah aber nichts mehr. Der Alvis samt Anhänger waren im toten Winkel verschwunden, und wären nicht die nassen roten Fahrspuren auf dem Gras gewesen, so hätte er sich fragen können, ob er das Ganze nicht bloß geträumt habe. Aber die Spuren waren da, und als die Glocke das Ende der Mittagsruhe anzeigte, zog er seine Gummistiefel an und stapfte durch den Regen zum Rand der Senke. Als er hinunterlinste, sah er Jim, der einen Militär-Regenmantel trug und einen höchst absonderlichen Hut, breitrandig, wie ein Safarihut, aber

aus Haarfilz und an einer Seite mit verwegenem Piratenschwung hochgeschlagen, und das Wasser rann herab wie aus einer Regenrinne.

Der Alvis stand im Wirtschaftshof. Roach erfuhr nie, wie Jim ihn aus der Senke herausgezaubert hatte, aber der Anhänger war noch drunten, er stand am tieferen Ende auf verwitterten Ziegelsteinen aufgebockt und Jim saß auf der Treppe, trank aus einem grünen Plastikbecher und rieb sich die rechte Schulter, als hätte er sie an etwas gestoßen, und der Regen troff aus seinem Hut. Dann hob sich der Hut, und Roach starrte plötzlich in ein äußerst grimmiges rotes Gesicht, das im Schatten der Hutkrempe und durch einen braunen, vom Regen zu zwei Fangzähnen verklebten Schnurrbart noch grimmiger wirkte. Das übrige Gesicht war kreuz und quer von zackigen Furchen durchzogen, so tief und verwinkelt, daß Roach in einem seiner Phantasieblitze zu dem Schluß kam, Jim müsse einmal irgendwo in den Tropen sehr ausgehungert gewesen sein und inzwischen wieder zugenommen haben. Der linke Arm lag noch immer über der Brust, die linke Schulter war noch immer zum Hals hochgezogen. Aber die ganze verdrehte Gestalt verhielt sich regungslos, sah aus wie ein festgefrorenes Tier: ein Edelhirsch, lautete Roachs optimistische Interpretation, etwas Besonderes.

»Wer zum Teufel bist denn du?« fragte eine sehr militärische Stimme.

»Sir, Roach, Sir. Ich bin ein Neuer.«

Das ziegelrote Gesicht musterte Roach aus dem Hutschatten hervor noch eine Weile. Dann entspannten sich seine Züge zur großen Erleichterung des Jungen zu einem wölfischen Grinsen, die linke Hand, die über der rechten Schulter gelegen hatte, nahm ihr langsames Massieren wieder auf, und gleichzeitig hob die Rechte den Plastikbecher für einen Schluck.

»Ein Neuer, so?« wiederholte Jim, noch immer grinsend, in den Plastikbecher. »Na, das trifft sich ja großartig.«

Dann stand Jim auf, wandte Roach den verkrümmten Rücken zu und machte sich, wie es schien, an eine gründliche Untersuchung der vier Beine des Anhängers, eine sehr kritische Untersuchung, einschließlich mehrmaligen Testens der Aufhängung, mehrmaligen Neigens des seltsam bedeckten Kopfs und Unterschiebens von Ziegelsteinen in verschiedenen Lagen und an allen möglichen Stellen. Inzwischen trommelte der Frühlingsregen auf alles herab: auf Jims Mantel, seinen Hut und das Dach des grünen Anhängers. Und Roach stellte fest, daß Jims rechte Schulter sich während aller dieser Manöver überhaupt nicht bewegt hatte, sondern zum Hals hochgeschoben blieb, als steckte ein Felsbrocken unter dem Regenmantel. Er überlegte daher, ob Jim vielleicht einen Buckel habe und ob alle Buckligen solche Schmerzen hätten wie Jim. Und ferner nahm er ganz allgemein zur Kenntnis, daß Leute mit schmerzendem Rücken lange Schritte machten, es mußte mit dem Gleichgewicht zusammenhängen.

»Ein Neuer also? Na, *ich* bin kein Neuer«, fuhr Jim nun viel freundlicher fort und zog an einem Bein des Anhängers. »Ich bin ein alter Hase. So alt wie Rip van Winkle, wenn du's genau wissen willst. Älter. Irgendwelche Freunde? Hast du Freunde?«

»Nein, Sir«, sagte Roach einfach, in dem müden Ton, den Schuljungen immer anschlagen, wenn sie »nein« sagen und jede positive Reaktion den Fragestellern überlassen. Von Jim kam jedoch überhaupt keine Reaktion, und Roach vermutete in jäher Hoffnung in ihm eine verwandte Seele.

»Mein Vorname ist Bill«, sagte Roach. »Bill bin ich getauft, aber Mr. Thursgood nennt mich William«.

»Bill ist schon in Ordnung.«

»Ja, Sir.«

»Hab' eine Menge Bills gekannt. Waren alle in Ordnung.«

Damit war gewissermaßen die Bekanntschaft geschlossen. Jim schickte Roach nicht weg, also blieb Roach am Grabenrand stehen und linste durch seine regenverschmierten Brillengläser hinunter. Die Ziegel, so stellte er bewundernd fest, waren vom Gurkenbeet geklaut. Einige waren schon immer ein bißchen locker gewesen, und Jim mußte sie noch ein wenig mehr gelockert haben. Roach fand es wundervoll, daß jemand, der gerade erst im Thursgood angekommen war, so kaltblütig sein konnte, sozusagen die Bausteine der Schule für seine eigenen Zwecke zu klauen, und er fand es doppelt wundervoll, daß Jim für seine

Wasserversorgung den Hydranten angezapft hatte, denn dieser Hydrant war Gegenstand einer besonders strengen Schulregel: Schon das Berühren wurde mit Prügeln bestraft. »He du, Bill. Du hast nicht vielleicht zufällig sowas wie eine Murmel bei dir?«
»Wie bitte, Sir, eine was, Sir?« fragte Roach und beklopfte verwirrt seine Taschen.
»Murmel, alter Junge. Runde Glasmurmel, kleine Kugel. Spielen Jungens heute nicht mehr mit Murmeln? Haben wir getan zu meiner Schulzeit.«
Roach hatte keine Murmel, aber Kerani in III C besaß eine ganze Sammlung, die per Flugzeug aus Beirut gekommen war. Er brauchte ungefähr fünfzig Sekunden, um ins Schulgebäude zurückzurasen, trotz heftiger Gegenwehr eine Murmel an sich zu reißen und keuchend wieder an der Senke einzutreffen. Dort zögerte er, denn für ihn war die Senke bereits Jims Revier, und Roach würde es nicht ohne Erlaubnis betreten. Aber Jim war im Wohnwagen verschwunden, also stieg Roach nach einer Weile zaghaft den Abhang hinunter und reichte die Murmel durch die Tür hinein. Jim sah ihn nicht sofort. Er nippte an seinem Becher und starrte durchs Fenster auf die schwarzen Wolken, die in allen Richtungen über die Quantocks jagten. Dieses Nippen war, wie Roach feststellte, eine schwierige Sache, denn Jim konnte nicht einfach aufrechtstehend schlucken, er mußte den ganzen entstellten Rumpf nach hinten kippen, um den richtigen Winkel zu erzielen. Inzwischen war der Regen wieder heftiger geworden, er prasselte wie Hagel auf den Wohnwagen.
»Sir«, sagte Roach, aber Jim bewegte sich nicht.
»Nix wie Scherereien mit einem Alvis, hat praktisch keine Federung«, sagte Jim endlich, mehr zum Fenster als zu seinem Besucher. »Man fährt praktisch mit dem Hintern auf der Straße, was? Haut jeden zum Krüppel.« Und kippte den Rumpf zurück und trank.
»Ja, Sir«, sagte Roach und wunderte sich, daß Jim anzunehmen schien, er könne Auto fahren.
Jim hatte den Hut abgenommen. Das sandfarbene Haar war kurz gestutzt, stellenweise mußte die Schere zu tief hineingeraten sein. Diese Stellen waren fast sämtlich auf einer Seite, und

Roach schloß daraus, daß Jim sich das Haar selber geschnitten hatte mit seinem heilen Arm, wodurch er noch einseitiger wirkte.
»Ich bringe Ihnen eine Murmel«, sagte Roach.
»Sehr nett von dir. Danke, alter Junge.« Jim nahm die Murmel und ließ sie langsam in seiner harten staubigen Handfläche herumrollen, und Roach wußte sofort, daß er in allen möglichen Dingen sehr geschickt sein mußte; daß er zu den Leuten gehörte, die mit Werkzeug und mit Gegenständen im allgemeinen umzugehen wußten. »Nicht eben, siehst du, Bill«, erklärte er, die Augen noch immer auf die Murmel geheftet. »Schlagseite. Wie ich. Paß auf«, und wandte sich energisch zum größeren Fenster. Ein Stück Aluminiumrinne lief an der Unterseite entlang, die das Kondensationswasser auffangen sollte. Jim legte die Murmel hinein und sah zu, wie sie ans andere Ende rollte und auf den Boden fiel.
»Uneben«, wiederholte er. »Hecklastig. So geht's nicht, wie? He, he, wo bist du denn hin, du kleines Biest?«
Der Wohnwagen war nicht besonders wohnlich, stellte Roach fest, während er sich bückte, um die Murmel zu suchen. Er hätte irgend jemandem gehören können, war allerdings peinlich sauber. Eine Koje, ein Küchenhocker, ein Gaskocher, eine Propangas-Flasche. Nicht einmal ein Bild seiner Frau, dachte Roach, der außer Mr. Thursgood noch nie einem Junggesellen begegnet war. An persönlichen Gegenständen entdeckte er lediglich einen Werkzeugbeutel aus Sackleinen, der an der Tür hing, einiges Nähzeug, das neben der Koje verwahrt war und eine selbstfabrizierte Dusche, bestehend aus einer durchlöcherten und säuberlich am Dach festgelöteten Keksdose. Und auf dem Tisch eine Flasche, die ein farbloses Getränk enthielt, Gin oder Wodka, dachte Roach, denn das trank sein Vater, wenn er in den Ferien die Wochenenden bei ihm verbrachte.
»Ost-West scheint okay, aber Nord-Süd hängt ganz eindeutig«, erklärte Jim nach einem Test an der anderen Fensterrinne. »In was bist du besonders gut, Bill?«
»Ich weiß nicht, Sir«, sagte Roach hölzern.
»In irgendwas bist du bestimmt gut, das ist jeder. Wie steht's mit

Fußball? Bist du gut in Fußball?«

»Nein, Sir«, sagte Roach.

»Bist du am Ende ein Stubenhocker?« fragte Jim zerstreut, ließ sich mit einem kurzen Grunzton aufs Bett nieder und nahm einen Schluck aus dem Becher. »Aber du siehst mir wirklich nicht aus wie ein Stubenhocker«, fügte er höflich hinzu. »Obwohl du ein Einzelgänger bist.«

»Ich weiß nicht«, wiederholte Roach und schob sich einen halben Schritt auf die offene Tür zu.

»Also, was ist dann deine starke Seite?« Er tat wiederum einen langen Zug. »In irgendwas mußt du gut sein, ist jeder. Meine starke Seite war Steine übers Wasser hüpfen lassen.«

Nun war das eine besonders unglückliche Frage, denn sie beschäftigte Roach ohnehin fast den ganzen Tag. Ja, in letzter Zeit bezweifelte er sogar, ob er überhaupt irgendeinen Daseinszweck hatte. Bei Arbeit und Spiel fand er sich bedenklich ungenügend; sogar die kleinen Alltagspflichten in der Schule, wie Bettenbau und Kleiderbürsten, schienen seine Fähigkeiten zu übersteigen. Auch seine Frömmigkeit ließ zu wünschen übrig, wie die alte Mrs. Thursgood ihm vorgeworfen hatte, in der Kapelle schnitt er sogar Grimassen. Er nahm sich diese Unzulänglichkeiten sehr zu Herzen, am meisten aber nahm er sich das Scheitern der elterlichen Ehe zu Herzen, das er hätte vorhersehen und verhindern müssen. Er fragte sich sogar, ob er nicht direkt dafür verantwortlich sei, ob er zum Beispiel abnorm bösartig oder träge oder ein Störenfried sei und sein schlechter Charakter den Bruch herbeigeführt habe. In seiner letzten Schule hatte er versucht, sich durch Schreikrämpfe und simulierte Anfälle von progressiver Paralyse, an der seine Tante litt, verständlich zu machen. Seine Eltern hatten den Fall gemeinsam beraten, wie sie es in ihrer vernünftigen Art zu tun pflegten, und ihn in eine andere Schule gesteckt. Und als ihn nun hier, in dem engen Wohnwagen, diese Frage aus dem Mund eines zumindest halbgottgleichen Wesens unversehens ansprang, hätte sie ihn um ein Haar in die Katastrophe gestürzt. Er fühlte, wie ihm die Hitze ins Gesicht schoß, sah, wie seine Brillengläser sich beschlugen und der Wohnwagen in einem Meer von Kummer zu versinken schien. Roach erfuhr nie,

ob Jim es bemerkt hatte, denn dieser hatte sich plötzlich abgewandt, war zum Tisch gegangen und bediente sich nun aus dem Plastikbecher, wobei er rettende Bemerkungen von sich gab.
»Also, ein guter Beobachter bist du mal auf jeden Fall, alter Junge. Das sind wir Eigenbrötler alle, haben keinen, auf den wir uns verlassen können, was? Außer dir hat mich kein Mensch entdeckt. Ganz schöner Schreck, steht da droben wie vom Himmel gefallen. Hab' gedacht, du bist ein Juju-Mann. Bill Roach ist der beste Beobachter im ganzen Stall, wetten? Wenn er seine Brille aufhat. Wie?«
»Ja«, stimmte Roach dankbar zu, »das bin ich.«
»Dann bleib jetzt mal hier und beobachte«, befahl Jim und stülpte sich den Safari-Hut wieder auf den Kopf, »während ich 'rausgehe und die Beine reguliere. Willst du?«
»Ja, Sir.«
»Wo ist die Murmel?«
»Hier, Sir.«
»Du rufst, wenn sie rollt, ja? Nord, Süd, eben in welcher Richtung, verstanden?«
»Ja, Sir.«
»Weißt du, wo Norden ist?«
»Hier«, sagte Roach prompt und streckte blindlings den Arm aus.
»Richtig. Also, du rufst, wenn sie rollt«, wiederholte Jim und verschwand in den Regen. Kurz darauf fühlte Roach den Boden unter seinen Füßen schwanken und hörte einen Aufschrei des Schmerzes oder der Wut, als Jim sich mit einem widerspenstigen Bein abquälte.

Im Lauf dieses Sommerquartals ehrten die Jungens Jim durch die Verleihung eines Spitznamens. Erst nach mehreren Anläufen fanden sie das Richtige. Sie hatten es mit Wüstenfuchs probiert, was den militärischen Einschlag traf, sein gelegentliches harmloses Fluchen und seine einsamen Streifzüge in die Quantocks. Trotzdem setzte Wüstenfuchs sich nicht durch, und sie versuchten Pirat und eine Weile Gulasch. Gulasch wegen seiner Vorliebe für heiße Gerichte, des Geruchs nach Gewürzen und Zwiebel

und Paprika, der ihnen in Schwaden entgegenschlug, wenn sie auf ihrem Weg zur Abendandacht im Gänsemarsch an der Senke vorüberzogen. Gulasch wegen seines vollendeten Französisch, dem angeblich etwas Lasches anhaftete. Spikely aus Fünf B konnte es täuschend nachahmen: »Du hast die Frage gehört, Berger. Was blickt Emil an?« Eine ruckartige Bewegung der rechten Hand. – »Starr mich nicht so an, alter Junge, ich bin kein Juju-Mann. *Qu'est-ce qu'il regarde, Emile, dans le tableau que tu as sous le nez? Mon cher* Berger, wenn du jetzt nicht bald einen anständigen französischen Satz zusammenbringst, *je te mettrai tout de suite à la porte, tu comprends,* du Knallkopf.« Aber diese schrecklichen Drohungen wurden nie wahr gemacht, weder auf Französisch noch auf Englisch. Wunderlicherweise trugen sie sogar noch zu der Aura von Güte bei, die Jim bald schon umgab, eine Güte, die nur Jungensaugen an großen, kräftigen Männern entdecken können.
Trotzdem, Gulasch war auch nicht das Richtige. Es fehlte der Hinweis auf die innere Kraft. Auch war Jims leidenschaftliches Englischsein nicht berücksichtigt, das einzige Thema, mit dem man ihn todsicher vom Unterricht ablenken konnte. Knallfrosch Spikely mußte nur eine geringschätzige Bemerkung über die Monarchie fallenlassen, die Vorzüge eines fremden – vorzugsweise warmen – Landes in den Himmel heben, und schon schoß Jim das Blut ins Gesicht, und er ereiferte sich gute drei Minuten lang über das Privileg, als Engländer geboren zu sein. Er wußte, daß sie ihn hochnahmen, aber er konnte sich einfach nicht zurückhalten. Oft beendete er seine Erbauungspredigt mit einem reuigen Grinsen und murmelte etwas von Ablenkungsmanövern und Betragensnoten und langen Gesichtern, wenn gewisse Herrschaften nachsitzen müßten und das Fußballspiel versäumten. Aber England war seine große Liebe; im Ernstfall würde er niemanden ihretwegen leidenlassen.
»Bestes Land in der ganzen verdammten Welt!« hatte er einmal gebellt. »Weißt du, warum? Weißt du warum, Knallfrosch?« Spikely wußte es nicht, also nahm Jim ein Stück Kreide und zeichnete einen Globus. »Im Westen ist Amerika«, sagte er, »voll gieriger Narren, die ihr Erbteil versauten. Im Osten

China–Rußland«, er zog keine Grenze: »Arbeitskluft, Gefangenenlager und ein verdammt langer Marsch nirgendwohin. In der Mitte...«
Schließlich verfielen sie auf Rhino.
Es war zum Teil eine Art Reim auf Prideaux, zum Teil eine Anspielung auf seine Geschicklichkeit als Selbstversorger und auf den Bewegungshunger, den sie ständig an ihm beobachteten. Wenn sie morgens vor Kälte zitternd an der Dusche Schlange standen, sahen sie schon Rhino die Coombe Lane heranstiefeln, wie er mit einem Rucksack auf dem Buckel von seinem Morgenmarsch zurückkam. Beim Zubettgehen konnten sie seinen einsamen Schatten durch das Kunstglasdach der Ballspielhalle erspähen, wo Rhino unermüdlich die Betonmauer attackierte. Und an warmen Abenden beobachteten sie ihn manchmal durch die Fenster des Schlafsaals beim Golfspielen, wobei er den Ball mit einem gräßlichen alten Schläger im Zickzack über den Platz trieb, oft, nachdem er ihnen aus einem besonders englischen Abenteuer-Buch vorgelesen hatte: Biggles, Percy Westerman oder Jeffrey Farnol, die er auf gut Glück aus der schäbigen Bibliothek geholt hatte. Sooft ein neuer Schlag fällig war, warteten sie auf das anfeuernde Grunzen beim Ausholen, und sie wurden selten enttäuscht. Sie führten genau Buch über seinen Leistungsstand. Beim Kricket-Match hatte er fünfundzwanzig geschafft, ehe er einen Ball absichtlich zu Spikely ins Aus schlug. »Fang ihn, du Knallfrosch, fang ihn, hüpf! Gut gemacht, Spikely, braver Junge, dafür bist du schließlich da.«
Außerdem wurde ihm, trotz seines Hanges zur Toleranz, eine gesunde Witterung für kriminelle Veranlagungen bescheinigt. Er hatte sie bereits mehrmals bewiesen, am überzeugendsten aber ein paar Tage vor Ferienbeginn, als Spikely in Jims Papierkorb den Entwurf für die morgige Klassenarbeit fand und reihum an Anwärter für jeweils fünf neue Pennies auslieh. Mehrere Jungen zahlten ihren Obolus und lernten die Antworten eine qualvolle Nacht hindurch beim Schein der Taschenlampen unter der Bettdecke auswendig. Als jedoch die Klassenarbeit geschrieben wurde, legte Jim ein völlig anderes Aufgabenblatt vor.
»Das da könnt ihr gratis haben«, bellte er und setzte sich hinters

Pult. Und nachdem er seinen *Daily Telegraph* entfaltet hatte, widmete er sich in aller Ruhe den jüngsten Weisheiten der Juju-Männer, wie er, soviel die Jungens begriffen hatten, so ziemlich alle Leute mit intellektuellen Ansprüchen benannte.

Dann war die Sache mit der Eule passiert, die in ihrer Meinung über ihn einen besonderen Platz einnahm, denn dabei hatte der Tod eine Rolle gespielt, etwas, worauf Kinder verschieden reagieren. Da das Wetter unverändert kalt war, brachte Jim einen Eimer Kohlen mit ins Klassenzimmer, und an einem Mittwoch zündete er ein Feuer an, setzte sich mit dem Rücken davor und las ein *dictée*. Zuerst fiel ein bißchen Ruß durch den Kamin, was Jim nicht beachtete, dann kam die Eule herunter, eine ausgewachsene Schleiereule, die zu Dovers Zeiten gewiß manchen ungestörten Winter und Sommer hindurch dort oben genistet hatte und nun ausgeräuchert war, benommen und schwarz und erschöpft vom verzweifelten Herumschlagen im Rauchfang. Sie purzelte über die Kohlen und dann als zusammengesunkenes Häuflein auf den hölzernen Fußboden, flatterte und prustete noch ein bißchen und hockte dann da wie ein Teufelsbote, verkrümmt, aber atmend und glotzte aus starren, rußverklebten Augen auf die Jungens. Es war keiner unter ihnen, der sich nicht gefürchtet hätte; sogar Spikely, der Held, fürchtete sich. Nur nicht Jim, der den Vogel ohne viel Federlesens zusammenfaltete und wortlos mit ihm hinausging. Sie hörten nichts, obwohl sie die Ohren spitzten. Eine Weile später ertönte Wasserplätschern hinten im Korridor, wo Jim sich offenbar die Hände wusch. »Er war pinkeln«, sagte Spikely und erntete ein nervöses Gelächter. Aber als sie im Gänsemarsch das Klassenzimmer verließen, entdeckten sie, säuberlich gefaltet, säuberlich getötet, die Eule, die auf dem Misthaufen neben der Senke auf ihr Begräbnis wartete. Jemand hatte ihr, wie die Beherzteren feststellten, den Hals gebrochen. Nur ein Wildhüter, erklärte Sudeley, verstehe sich darauf, eine Eule so perfekt zu töten.

Im anderen Teil des Hauses Thursgood waren die Meinungen über Jim weniger ungeteilt. Der Geist Mr. Maltbys starb schwer. Matron erklärte ihn, genau wie es Roach tat, für heldenhaft und schutzbedürftig: es sei ein Wunder, daß er mit diesem Rücken

das Leben meisterte. Marjoribanks sagte, er sei in betrunkenem Zustand unter einen Bus geraten. Es war auch Marjoribanks gewesen, der bei jenem für Jim so glorreichen Lehrermatch auf den Sweater hingewiesen hatte. Marjoribanks war kein Kricketspieler, war aber hinuntergegangen und hatte an Thursgoods Seite zugesehen.
»Glauben Sie, daß der Sweater koscher ist?« hatte er in scherzhaftem Tonfall gekräht, »oder glauben Sie, er hat ihn geklaut?«
»Leonard, das ist sehr unfair«, rügte Thursgood und klopfte seiner Labradorhündin die Flanken. »Beiß ihn, Ginny, beiß den bösen Mann.«
Aber als Thursgood dann wieder in seinem Arbeitszimmer war, hatte seine Heiterkeit sich gelegt, und er wurde äußerst nervös. Mit falschen Oxford-Leuten wußte er umzugehen, hatte er doch während seiner Amtszeit schon mit Altphilologen zu tun gehabt, die kein Griechisch konnten, und mit Geistlichen, die keinen Schimmer von Theologie hatten. Wenn man solche Burschen mit den Beweisen für ihren Betrug konfrontierte, so brachen sie zusammen, weinten und gingen fort, oder sie blieben für das halbe Gehalt. Männer jedoch, die ihre tatsächlichen Fertigkeiten geheimhielten, gehörten einer unbekannten Spezies an, von der er nur wußte, daß er sie nicht mochte. Nachdem er im Universitäts-Almanach nachgeschlagen hatte, rief er die Agentur an, einen gewissen Mr. Stroll.
»Um welche *bestimmte* Information geht es?« fragte Mr. Stroll unter gräßlichem Röcheln.
»Um keine *bestimmte*.« Thursgoods Mutter saß über einer Näharbeit und schien nicht zuzuhören. »Nur, wenn man einen schriftlichen Lebenslauf anfordert, dann möchte man einen vollständigen. Der keine Lücken aufweist. Nicht, wenn man die volle Gebühr bezahlt.«
An dieser Stelle kam Mr. Thursgood der verzweifelte Verdacht, er habe Mr. Stroll aus einem Schlummer geweckt, in den sein Gesprächspartner nun wieder zurückgesunken sei. »Ein sehr patriotisches Haus«, bemerkte Mr. Stroll endlich.
»Ich habe ihn nicht wegen seines Patriotismus engagiert.«
»Er war im Krankenhaus«, keuchte Mr. Stroll weiter wie

durch greuliche Schwaden von Zigarettenrauch. »Bettlägerig. Rückenmark.«
»Meinetwegen. Aber ich nehme an, er hat nicht die ganzen letzten fünfundzwanzig Jahre im Spital verbracht. – *Touché*«, flüsterte er seiner Mutter zu und hielt die Hand über die Sprechmuschel, und wiederum fragte er sich, ob Mr. Stroll nicht eingeschlafen sei.
»Sie haben ihn bloß bis Quartalsende«, rasselte Mr. Stroll endlich. »Wenn er Ihnen nicht paßt, feuern Sie ihn. Sie wollten eine Aushilfe, Sie haben eine Aushilfe gekriegt. Sie wollten was Billiges, Sie haben was Billiges gekriegt.«
»Sei dem, wie ihm wolle«, entgegnete Thursgood unverzagt, »aber ich habe Ihnen eine Gebühr von zwanzig Guineas gezahlt, mein Vater hat viele Jahre lang mit Ihnen gearbeitet, und ich habe ein Recht auf verbindliche Auskünfte. Sie schreiben hier – darf ich vorlesen? – Sie schreiben hier, *vor seiner Versetzung auf verschiedenen Auslandsposten mit kommerziellen Angelegenheiten und Recherchen beschäftigt.* Das gibt doch wirklich wenig Aufschluß über sein Berufsleben, wie?«
Die Mutter nickte beipflichtend über ihrer Näharbeit. »*Überhaupt* keinen«, sagte sie laut.
»Das wäre das erste. Ich möchte aber noch einiges.«
»Nicht zu viel, Darling«, warnte seine Mutter.
»Ich weiß zufällig, daß er anno 1938 in Oxford war. Warum hat er nicht fertig gemacht? Was ist schiefgegangen?«
»Ich vermeine mich zu entsinnen, daß es um jene Zeit ein Zwischenspiel gegeben hat«, sagte Mr. Stroll nach einem weiteren Jahrhundert. »Aber Sie sind wohl zu jung, um sich daran zu erinnern.«
»Er kann schließlich nicht die *ganze* Zeit im Gefängnis gesessen haben«, sagte seine Mutter nach sehr langem Schweigen, ohne von ihrer Arbeit aufzublicken.
»Er hat irgendwo gesteckt«, sagte Thursgood erbittert, und starrte über die windgepeitschten Gärten hinweg zur Senke.

Während der ganzen Sommerferien, in denen er sich mühselig zwischen dem einen und dem anderen Haushalt hin und her bewegte, zwischen freudigem Willkommen und Zurückweichen, machte Bill Roach sich Sorgen über Jim, ob sein Rücken schmerzte, wie er sich jetzt Geld verdiente, nachdem er niemanden mehr zu unterrichten und nur das Gehalt für ein halbes Quartal zum Leben hatte; und vor allem, ob er noch da sein würde, wenn das neue Quartal beginnen würde; denn er hatte das vage Gefühl, Jim lebe so gefährlich auf der Weltoberfläche, daß er jeden Augenblick herunter und ins Leere stürzen könnte; denn er befürchtete, Jim könne, wie er selber, von keiner natürlichen Schwerkraft festgehalten werden. Er rief sich ihre erste Begegnung wieder ins Gedächtnis, insbesondere die Frage nach seinen Freunden, und er bekam eine Heidenangst, daß er nicht nur die Liebe seiner Eltern, sondern auch die Zuneigung Jims verspielt hatte, vor allem wegen ihres Altersunterschieds. Und daß Jim daher weitergezogen war und sich bereits anderswo nach einem Gefährten umsah, die blassen Augen in anderen Schulen umherschweifen ließ. Er stellte sich ferner vor, daß Jim, genau wie er selber, eine tiefgehende Bindung gehabt hatte, die ihn enttäuscht hatte und für die er einen Ersatz suchte. Aber hier war Bill Roach mit seinem Latein am Ende: Er hatte keine Ahnung, wie Erwachsene einander liebten. Er konnte praktisch so wenig für ihn tun. Er schlug in einem medizinischen Werk nach und fragte seine Mutter über Bucklige aus, und er hätte zu gerne eine Flasche von seines Vaters Wodka mitgehen lassen, um sie im Thursgood als Köder auszulegen, aber er getraute sich nicht. Und als ihn schließlich der Chauffeur seiner Mutter an den verhaßten Stufen absetzte, blieb er nicht einmal mehr stehen, um sich zu verabschieden, sondern rannte, so schnell er konnte, zum Rand der Senke, und da stand zu seiner grenzenlosen Freude Jims Wohnwagen noch immer am alten Platz in der Mulde, um eine Nuance verdreckter, und daneben war ein frischer Erdhaufen aufgeschüttet, für Wintergemüse. Und Jim saß auf der Stufe, grinste zu ihm auf, als hätte er Bill kommen hören und das Willkommen-Grinsen schon bereit gehabt, ehe Bill am Rand der Senke erschienen war.

In diesem Quartal erfand Jim einen Spitznamen für Roach. Anstatt Bill nannte er ihn nur noch Jumbo. Er gab dafür keinen

Grund an, und Roach war, wie dies bei Taufen üblicherweise der Fall ist, nicht in der Lage, Einspruch zu erheben. Dafür ernannte Roach sich selber zu Jims Beschützer, als Ersatzmann für Jims verschwundenen Freund, wer immer dieser Freund gewesen sein mochte.

2 *George Smiley entdeckt, daß unerwünschte Gesellschaft deprimierender ist als gar keine*

Im Gegensatz zu Jim Prideaux war Mr. George Smiley von der Natur nicht für Eilmärsche im Regen ausgerüstet, schon gar nicht mitten in der Nacht. Er hätte, genau gesagt, die Endform sein können, für die Bill Roach der Prototyp war. Der kleine, rundliche und, schonend ausgedrückt, mittelalte Mann gehörte dem Aussehen nach zu Londons Sanftmütigen, die nicht das Erdreich besitzen werden. Seine Beine waren kurz, sein Gang war alles andere als beschwingt, die Kleidung teuer, schlechtsitzend und ungemein durchnäßt. Sein Mantel, der etwas von einer Witwentracht an sich hatte, war aus jenem schwarzen lockeren Gewebe, das wie geschaffen ist, den Regen aufzusaugen. Entweder waren die Ärmel zu lang oder seine Arme zu kurz, denn wie bei Roach, wenn er seinen Regenmantel trug, verschwanden die Finger fast in den Stulpen. Aus Eitelkeit trug er keinen Hut, da er zu Recht annahm, daß Hüte ihn lächerlich machten: »Wie ein Eierwärmer«, hatte seine schöne Frau bemerkt, nicht lange, ehe sie ihn das letzte Mal verlassen hatte, und ihre Kritik war ihm, wie so oft, geblieben. So hatte der Regen sich in großen, nicht abzuschüttelnden Tropfen auf seinen dicken Brillengläsern gesammelt und zwang ihn, den Kopf abwechselnd zu senken oder in den Nacken zu werfen, während er den Gehsteig vor den geschwärzten Arkaden der Victoria Station entlangeilte. Er war auf dem Weg nach Westen, zur Freistatt in Chelsea, seiner Wohnung. Sein Schritt war aus irgendeinem Grund eine Spur unsicher und wäre Jim Prideaux aus dem Schatten auferstanden und hätte ihn gefragt, ob er Freunde habe, so hätte er wahrscheinlich geantwortet, ein Taxi wäre ihm lieber.

»Ein Schwätzer, dieser Roddy«, brabbelte er vor sich hin, als ein neuerlicher Wasserschwall gegen seine ausladenden Backen klatschte und dann in sein durchweichtes Hemd rann. »Warum bin ich nicht einfach aufgestanden und gegangen?«

Zerknirscht rief Smiley sich noch einmal die Gründe für sein

augenblickliches Elend in den Sinn und kam mit einer vom demütigen Teil seines Charakters untrennbaren Sachlichkeit zu dem Schluß, daß er sie ausschließlich selber geliefert hatte.
Es war von Anfang an ein vertrackter Tag gewesen. Er war zu spät aufgestanden, nachdem er am Vortag bis spät in die Nacht hinein gearbeitet hatte, eine Gewohnheit, die sich trotz seines hartnäckigen Widerstands eingenistet hatte, seit er im Jahr zuvor aus dem Dienst ausgeschieden war. Dann hatte er entdeckt, daß ihm der Kaffee ausgegangen war, und sich im Laden angestellt, bis ihm auch die Geduld ausging und er hochgemut beschloß, sich der Regelung seiner geschäftlichen Angelegenheiten zu widmen. Sein Bankauszug, der mit der Morgenpost gekommen war, hatte ihm gezeigt, daß seine Frau den Löwenanteil seiner monatlichen Pension abgehoben hatte: Na schön, entschied er, dann würde er irgend etwas verkaufen. Die Reaktion war unsinnig, denn er stand sich recht gut, und die obskure City-Bank, auf die seine Pension überwiesen wurde, zahlte sie ihm regelmäßig aus. Dennoch verpackte er eine frühe Grimmelshausen-Ausgabe, einen bescheidenen Schatz aus den Oxforder Jahren, und machte sich feierlich auf den Weg zu Heywood Hills Buchhandlung in der Curzon Street, wo er mit dem Inhaber dann und wann freundschaftliche Gelegenheitskäufe ausfeilschte. Unterwegs steigerte er sich noch mehr in seinen Unmut hinein und traf von einer Telefonzelle aus eine Verabredung mit seinem Anwalt für den Nachmittag.
»George, wie können Sie so vulgär sein? Von Ann läßt man sich nicht scheiden. Schicken Sie ihr ein paar Blumen nach und kommen Sie zum Lunch.«
Dieser Rat richtete ihn auf, und frohen Herzens näherte er sich Heywood Hill, nur um Roddy Martindale, der vom wöchentlichen Haarschnitt kam, geradewegs in die Arme zu laufen.
Martindale hatte keinen legitimen Anspruch auf Smiley, weder beruflich noch gesellschaftlich. Er arbeitete auf der nahrhaften Seite des *Foreign Office*, und seine Aufgabe bestand darin, auswärtige Würdenträger zum Lunch zu führen, die kein Mensch sonst auch nur in seinen Holzschuppen eingeladen hätte. Er war ein flatterhafter Junggeselle mit grauer Mähne und jener Behen-

digkeit, wie sie nur Dicke haben. Er hatte ein Faible für Knopflochblumen und zartfarbene Anzüge, und er machte sich unter fadenscheinigsten Begründungen einer intimen Vertrautheit mit den großen rückwärtigen Räumen von Whitehall anheischig. Vor ein paar Jahren, kurz vor ihrer Auflösung, hatte er eine untergeordnete Whitehall-Gruppe zur Koordinierung von Nachrichten seiner Mitwirkung gewürdigt. Während des Krieges war er dank einer gewissen mathematischen Begabung in die Randbereiche der Geheimwelt eingedrungen; und einmal hatte er, wie er zu berichten nie müde wurde, zusammen mit John Landsbury vom Circus an einer höchst delikaten Chiffriersache gearbeitet. Aber der Krieg lag, wie Smiley sich zuweilen selber in Erinnerung rufen mußte, dreißig Jahre zurück.

»Hallo Roddy«, sagte Smiley. »Nett, Sie zu sehen.«

Martindale sprach mit jenem dröhnenden Von-Mann-zu-Mann-Ton der Oberklasse, der Smiley bei Urlaubsaufenthalten im Ausland mehr als einmal aus seinem Hotel vertrieben hatte: »Mein lieber Junge, wenn das nicht der Maestro persönlich ist! Mir hat man gesagt, sie säßen bei den Mönchen in St. Gallen oder sonstwo und schwitzten über alten Handschriften! Gestehen Sie auf der Stelle. Ich will genau wissen, was Sie treiben, jede kleinste Einzelheit. Geht es Ihnen gut? Lieben Sie England noch immer? Was macht die entzückende Ann?« – sein unsteter Blick flackerte die Straße auf und ab, ehe er auf dem eingewickelten Grimmelshausen unter Smileys Arm zur Ruhe kam – »eins zu hundert, daß das ein Geschenk für sie ist. Hab' schon gehört, daß Sie sie maßlos verwöhnen.« Er senkte die Stimme zu vernehmlichem Flüstern: »Hören Sie, Sie sind doch nicht wieder auf Kriegspfad? Sollte das alles nur Tarnung sein, George, nur *Tarnung?*« Seine feuchte Zunge fuhr rasch in die Winkel des kleinen Mündchens, dann verschwand sie wie eine Schlange zwischen den Wülsten.

So beging Smiley die Torheit, sich durch das Versprechen loszukaufen, daß sie noch am gleichen Abend gemeinsam am Manchester Square in einem Club essen würden, dem sie beide angehörten, den Smiley jedoch mied wie die Pest, nicht zuletzt, weil Martindale dort Mitglied war. Am Abend war er noch immer knüppelsatt vom Lunch im *White Tower,* denn sein Anwalt, ein alter Genießer, hatte entschieden, daß nur eine gewaltige Mahlzeit George von seinen Depressionen heilen könne. Martindale war, wenn auch auf einem anderen Weg, zur gleichen Entscheidung gelangt, und vier endlose Stunden lang hatten sie sich, bei Speisen, die Smiley anwiderten, Namen zugeworfen, als wären sie vergessene Fußballer: Jebedee, Smileys einstiger Tutor: »Ein *schwerer* Verlust für uns, weiß der Teufel«, murmelte Martindale, der, soviel Smiley wußte, Jebedee noch nicht einmal vom Sehen gekannt hatte. »Und so begabt für das Spiel, was? Einer der wirklich Großen, sag' ich immer.« Dann Fielding, der Altfranzose in Cambridge: »Ach, dieser *köstliche* Sinn für Humor. Scharfer Denker, ganz scharf!« Dann Sparke, der Orientalist, und schließlich Steed-Asprey, der eben diesen Club gegründet hatte, um Nervensägen wie Roddy Martindale zu entkommen. »Ich kannte seinen armen Bruder, wissen Sie, halb soviel im Kopf und das Doppelte an Muskeln. Alles Hirn ging an den andern, weiß Gott.«

Und Smiley hatte sich durch den Alkoholdunst diesen Unsinn angehört, »ja« und »nein« gesagt und »ein Jammer«, und »nein, er wurde nie gefunden«, und einmal zu seiner lebenslänglichen Beschämung, »na, na, Sie schmeicheln mir«, bis Martindale mit fataler Unabwendbarkeit auf aktuellere Ereignisse zu sprechen kam, auf den Machtwechsel und Smileys Ausscheiden aus dem Amt.

Wie vorherzusehen war, begann er mit Controls letzten Tagen: »Ihr alter Boß, George, Teufel nochmal, der einzige, der je seinen Namen geheimgehalten hat. Natürlich nicht vor Ihnen: vor Ihnen hatte er *nie* Geheimnisse, George, nicht wahr? Ein Herz und eine Seele, Smiley und Control, heißt es, bis ans Ende.«

»Zuviel der Ehre.«

»Zieren Sie sich nicht, George, ich bin ein alter Hase, vergessen Sie das nicht. Sie und Control waren *so* miteinander.« Die plumpen Finger deuteten kurz zwei verschlungene Ringe an. »Deshalb sind Sie auch geflogen, machen Sie mir nichts vor, und deshalb hat Bill Haydon Ihren Job gekriegt. Deshalb ist er Percy Allelines Mundschenk, und nicht Sie.«

»Wenn Sie's sagen, Roddy.«

»Das tue ich. Ich sage noch mehr. *Viel* mehr.«
Als Martindale sich näher zu ihm beugte, erhaschte Smiley den Hauch einer der kultiviertesten Trumperschen Duft-Kreationen.
»Ich sage noch folgendes: Ich sage, Control ist überhaupt nicht gestorben. Er wurde unlängst gesehen.« Mit einer flatternden Handbewegung erstickte er Smileys Proteste. »Lassen Sie mich ausreden. Willy Andrewartha hat ihn im Flughafengebäude von Johannesburg, in der Wartehalle, aus nächster Nähe gesehen. Keinen Geist. Fleisch und Blut. Willy kauft sich an der Bar ein Sodawasser gegen die Hitze, Sie haben Willy lang nicht mehr gesehen, er ist ein Faß. Er dreht sich um, und da steht Control direkt neben ihm, in so einem gräßlichen Burenkostüm. Sowie er Willy sieht, wird er schneeweiß und stürzt davon. Wie finden Sie das? Jetzt wissen wir also Bescheid, wie? Control ist überhaupt nicht gestorben. Er wurde von Percy Alleline und seiner Drei-Mann-Kapelle verjagt und hat sich nach Südafrika abgesetzt, Teufel nochmal. Na ja, man kann's ihm nicht verübeln, wie? Man kann's einem Menschen nicht verübeln, daß er an seinem Lebensabend noch ein bißchen Frieden möchte. Ich jedenfalls nicht.«
Die Ungeheuerlichkeit dieses Gerüchts, das durch einen immer dicker werdenden Wall geistiger Erschöpfung zu ihm drang, verschlug Smiley einen Augenblick die Rede.
»Das ist doch lächerlich! Das ist die idiotischste Geschichte, die ich je gehört habe! Control ist tot. Er starb nach langer Krankheit an Herzversagen. Außerdem haßte er Südafrika. Er haßte jeden Ort mit Ausnahme von Surrey, dem Circus und Lords Cricket Ground. Wirklich, Roddy, Sie dürfen solche Gerüchte nicht verbreiten.«
Er hätte hinzufügen können, ich hab' ihn selbst eingescharrt, in einem lausigen Krematorium im East End, am letzten Heiligen Abend, allein. Der Pfarrer hatte einen Sprachfehler.
»Willy Andrewartha war schon immer der gottverdammteste Lügner«, überlegte Martindale gänzlich ungerührt. »Ich sagte genau das gleiche zu ihm: purster Unsinn, Willy, Sie sollten sich schämen.« Und nahtlos weiter, als hätte er niemals in Gedanken

oder Worten diese alberne Annahme geteilt: »Der Tschechen-Skandal, der war wohl der letzte Nagel zu Controls Sarg. Der arme Kerl, der in den Rücken geschossen wurde und in die Zeitungen kam, und der angeblich immer so dick mit Bill Haydon war. *Ellis* mußten wir ihn nennen, und so nennen wir ihn noch, nicht wahr, auch wenn wir seinen wirklichen Namen so gut kennen wie unsern eigenen.«

Listig wartete Martindale, daß Smiley seinen Trumpf daraufsetzte: Aber Smiley war nicht gesonnen, auf irgend etwas irgendeinen Trumpf zu setzen, also versuchte Martindale eine dritte Tour:

»Irgendwie finde ich Percy Alleline als Chef nicht recht glaubhaft, Sie etwa? Ist es das Alter, George, oder nur mein angeborener Zynismus? Sagen Sie's mir, Sie sind ein so guter Menschenkenner. Ich glaube, Macht paßt einfach nicht zu Leuten, mit denen man aufgewachsen ist. Könnte das die Lösung sein? Es gibt so wenige, die mir heutzutage noch imponieren können, und der arme Percy ist ein so *durchsichtiger* Mensch, finde ich immer, vor allem nach diesem Reptil, Control. Diese ganze kernige Kumpanei, wie kann man so jemanden ernst nehmen? Man muß sich nur an ihn erinnern, wie er in den alten Tagen an der Bar im *Travellers* lungerte, an seiner Stummelpfeife nuckelte und den großen Tieren Drinks spendierte: also, wenn einer schon intrigieren muß, sollte er's raffinierter anfangen, meinen Sie nicht auch? Oder finden Sie, daß der Erfolg die Mittel heiligt? Was ist sein Trick, George, sein Geheimrezept?« Er sprach mit höchster Eindringlichkeit, beugte sich mit gierigen und erregten Augen über den Tisch. Nur Essen konnte ihn normalerweise in solche Erregung versetzen. »Sich mit den Fähigkeiten seiner Untergebenen schmücken, das ist wohl heutzutage das Führungsprinzip.«

»Wirklich, Roddy, ich kann Ihnen nicht helfen«, sagte Smiley matt. »Ich habe Percy nie als Größe gekannt. Nur als –« Er fand das Wort nicht mehr.

»Als Gernegroß«, half Martindale mit glitzernden Augen aus, »immer mit einem Auge auf Controls Purpurkleid, Tag und Nacht. Jetzt trägt er es, und der Mob liebt ihn. Wer ist also sein starker linker Arm, George? Wer verdient ihm seine Lorbeeren? Er macht sich fabelhaft, hört man von allen Seiten. Kleine Lesesäle in der Admiralität, kleine Ausschüsse mit komischen Namen schießen aus dem Boden, roter Teppich für Percy in allen Whitehall-Korridoren, die sein Fuß betritt, jüngere Mitarbeiter werden von oberster Stelle beglückwünscht, Leute, von denen man nie gehört hat, kriegen Orden für nichts und wieder nichts. Ich hab' das alles schon mal gesehen, wissen Sie.«

»Roddy, ich kann Ihnen nicht helfen«, wiederholte Smiley und schickte sich an, aufzustehen. »Sie überfordern mich, ehrlich.« Aber Martindale zwang ihn, sitzen zu bleiben, hielt ihn mit einer feuchten Hand am Tisch fest, während er noch schneller auf ihn einsprach.

»Also wer ist der Pfiffikus? Percy nicht, das steht fest. Und sagen Sie nicht, die Amerikaner vertrauten uns auf einmal wieder.« Der Griff wurde härter. »Das kluge Kind Bill Haydon: unser moderner Lawrence von Arabien. Genau, Bill ist es, Ihr alter Rivale.« Martindales Zunge streckte wiederum den Kopf heraus, erkundete das Terrain und zog sich zurück, wobei sie eine kleine Schneckenspur hinterließ. »Ich habe gehört, Sie und Bill hätten einst *alles* miteinander geteilt«, sagte er. »Orthodox war er ja nie, was? Genies sind das niemals.«

»Noch einen Wunsch, Mr. Smiley?« fragte der Kellner.

»Oder Bland: der letzte Strohhalm der Nation, der Akademiker aus der Proleten-Presse.« Noch immer wollte er nicht lockerlassen. »Und wenn diese beiden nicht den Laden schmeißen, dann ist es jemand im Ruhestand, wie? Ich meine, jemand, der angeblich im Ruhestand ist, ja? Und wenn Control tot ist, wer bleibt dann noch übrig? Außer Ihnen?«

Sie zogen ihre Mäntel an. Der Garderobier war schon heimgegangen, sie mußten sich selber von den braunen Ständern bedienen.

»Roy Bland ist nicht aus der Proleten-Presse«, sagte Smiley laut. »Er war am St. Anthony's College in Oxford, wenn Sie's genau wissen wollen.«

Gott sei mir gnädig, etwas Besseres ist mir nicht eingefallen, dachte Smiley.

»Seien Sie doch nicht albern, mein Lieber«, fuhr Martindale ihn an. Smiley hatte ihn gelangweilt, er schaute mürrisch drein und wie jemand, den man übers Ohr gehauen hatte, traurige senkrechte Falten hatten sich in der unteren Wangenpartie gebildet. »Natürlich ist St. Anthony's eine Proleten-Presse. Daran ändert auch die Tatsache nichts, daß in der gleichen Straße eine Elite ausgebildet wird. Oder daß Bland Ihr Protegé war. Jetzt ist er vermutlich Bill Haydons Protegé – geben Sie ihm kein Trinkgeld, ich habe eingeladen, nicht Sie. Bill ist ihnen allen ein Vater, immer gewesen. Zieht sie an wie Bienen. Nun ja, er hat eben etwas Strahlendes, das, was manchen von uns fehlt. Star-Qualität nenne ich es, einer der wenigen. Es heißt, die Frauen liegen ihm buchstäblich zu Füßen, und das ist noch das wenigste.«

»Gute Nacht, Roddy.«

»Vergessen Sie nicht, Ann zu grüßen.«

»Bestimmt nicht.«

»Ich will's hoffen.«

Und jetzt goß es in Strömen. Smiley wurde naß bis auf die Haut, und Gott hatte zur Strafe sämtliche Taxis vom Antlitz Londons getilgt.

3 *George Smiley kommt vom Regen in die Traufe*

»Purer Mangel an Willenskraft«, schalt er sich und lehnte das Anerbieten einer Dame unter der Tür dankend ab. »Man nennt es Höflichkeit, aber in Wahrheit ist es nur Schwäche. Martindale, du *Strohkopf*. Du aufgeblasener, falscher, weibischer, nichtsnutziger ...« Mit einem weiten Schritt setzte er über ein vermutetes Hindernis hinweg. »Schwäche«, wiederholte er, »und die Unfähigkeit, ein erfülltes Leben unabhängig von Institutionen zu führen ...«, eine Pfütze entleerte sich säuberlich in seinen Schuh, »und emotionale Bindungen, die ihren Sinn längst überlebt haben. Als da sind meine Frau, der Circus, mein Leben in London. Taxi!«

Smiley stürzte vor, aber zu spät. Zwei Mädchen, die unter einem gemeinsamen Regenschirm kicherten, stiegen von der Fahrbahnseite ein. Er schlug völlig sinnlos den Mantelkragen hoch und setzte seinen einsamen Marsch fort. »Letzter Strohhalm der Nation«, brummte er wütend. »Proleten-Presse. Du schwülstiger, neugieriger, impertinenter ...«

Und dann fiel ihm ein, zu spät natürlich, daß er den Grimmelshausen im Club gelassen hatte.

»O verdammt!« rief er *sopra voce* aus und hielt zur Bekräftigung in seinem Trab inne. »Verdammt, ver*dammt*, verdammt.«

Er würde sein Londoner Haus verkaufen. Das stand fest. Während er sich wiederum unter dem Vordach des Clubs eng an den Zigarettenautomaten drückte, um das Ende des Wolkenbruchs abzuwarten, hatte er diesen schwerwiegenden Entschluß gefaßt. Die Immobilienpreise waren in London ins Unermeßliche gestiegen, das hörte man von allen Seiten. Gut. Er würde verkaufen und mit einem Teil des Erlöses ein Cottage in den Cotswolds erstehen. Burford? Zu viel Verkehr. Steeple Aston, das war ideal. Er würde sich dort als harmloser Sonderling etablieren, als zerstreuter, zurückgezogen lebender Kauz mit ein paar liebenswerten Eigenschaften, zum Beispiel Selbstgespräche führen, wenn er durch das Städtchen schlenderte. Ein bißchen rückständig vielleicht, aber wer war das heutzutage nicht? Rückständig, aber der eigenen Zeit treu geblieben. Für jeden Menschen kommt schließlich der Moment, da er sich entscheidet: wird er vorwärtsgehen, wird er rückwärtsgehen? Es war nicht unehrenhaft, wenn man sich nicht von jedem modernen Lüftchen durcheinanderwehen ließ. Es war besser, Bestand zu haben, sich zu verschanzen, eine Eiche aus der eigenen Generation zu sein. Und falls Ann zu ihm zurückzukommen wünschte, würde er ihr die Tür weisen. Oder ihr nicht die Tür weisen, je nachdem, wie sehr sie zurückzukommen wünschte.

Von diesen Zukunftsbildern getröstet, kam Smiley zur King's Road, wo er auf dem Gehsteig stehenblieb, als wollte er hinüber. Zu beiden Seiten strahlende Schaufenster. Vor ihm seine heimatliche Bywater Street, eine Sackgasse, genau 117 Smileyschritte lang. Als er hier eingezogen war, hatten diese georgianischen Cottages einen bescheidenen, vergammelten Charme besessen, junge Paare hatten sich hier schlecht und recht mit fünfzehn Pfund pro Woche und einem steuerfreien, im Kellergeschoß versteckten, Untermieter durchgeschlagen. Jetzt schützten Stahlgitter ihre unteren Fenster, und vor jedem Haus verstellten drei Autos den Weg. Aus alter Gewohnheit hielt Smiley unter ihnen Musterung ab, prüfte, welche ihm bekannt waren und welche nicht; bei den unbekannten, welche von ihnen Antennen und zusätzliche Spiegel hatten, welche zu jenen geschlossenen Lieferwagen gehörten, wie Observanten sie gern benutzten. Es war zum Teil ein Gedächtnistest, zum Teil ein privates Spiel, um seine Wachsamkeit vor dem Verkümmern im Ruhestand zu bewahren, genau wie er unlängst die Namen der Geschäfte an seiner Busstrecke zum Britischen Museum auswendig gelernt hatte; genau wie er wußte, wie viele Stufen jeder Treppenabsatz in seinem Haus zählte und in welche Richtung sich jede der zwölf Türen öffnete.

Aber Smiley hatte noch einen anderen Grund, und der war Furcht, die geheime Furcht, die jeden Professionellen bis ins Grab verfolgt. Daß nämlich eines Tages, aus dem Dschungel einer Vergangenheit, in der er sich mehr Feinde gemacht haben mochte, als er selber noch wußte, einer von ihnen ihn finden und Abrechnung halten würde.

Am Ende der Straße führte eine Nachbarin ihren Hund spazieren; als sie ihn sah, hob sie den Kopf und wollte etwas sagen, aber er tat, als sähe er sie nicht, denn er wußte, sie würde von Ann anfangen. Er überquerte die Straße. Sein Haus lag im Dunkeln, die Gardinen waren so, wie er sie zurückgelassen hatte. Er stieg die sechs Stufen zur Vordertür hinauf. Seit Anns Abreise hatte ihn auch seine Putzfrau verlassen: niemand außer Ann hatte einen Schlüssel. An der Tür waren zwei Schlösser, ein Riegelschloß und ein Chubb-Schloß, und zwei Splinte seiner eigenen Herstellung, daumennagelgroße Stückchen Eichenholz, über- und unterhalb des Riegelschlosses in die Tür geklemmt. Ein Überbleibsel aus seiner Zeit im Außendienst. In letzter Zeit pflegte er, ohne zu wissen warum, diese Holzsplinte wieder einzuklemmen; vielleicht wollte er nicht, daß Ann ihn überraschte. Mit den Fingerspitzen stellte er fest, daß beide an ihrem Platz waren. Nach dieser Routineprüfung schloß er die Tür auf, schob sie nach innen und spürte, wie die Mittagspost über den Teppich rutschte.

Was war heute fällig, fragte er sich. *German Life and Letters? Philologie?* Philologie war fällig, entschied er. Er knipste das Licht in der Diele an, bückte sich und warf einen Blick auf seine Post. Eine »beiliegende Rechnung« von seinem Schneider für einen Anzug, den er nicht bestellt hatte und der, wie er vermutete, im Moment Anns Liebhaber zur Zier gereichte; eine Rechnung von einer Garage in Henley für ihr Benzin – was hatten sie bloß in Henley zu suchen, abgebrannt, am neunten Oktober? – ein Brief von der Bank betreffs einer Vollmacht für Barabhebungen bei einer Zweigstelle der Midland Bank in Immingham, zugunsten von Lady Ann Smiley.

Und was zum Teufel tun sie in Immingham? begehrte er von diesem Schriftstück zu wissen. Wer um Gottes Willen hatte je eine Affäre in Immingham gehabt? Wo *war* überhaupt dieses Immingham?

Er sann noch immer über diese Frage nach, als sein Blick auf einen unbekannten Regenschirm im Ständer fiel, einen seidenen mit handgenähtem Ledergriff und einem goldenen Ring ohne Initialen. Und mit einer Schnelligkeit jenseits jeder meßbaren Zeit durchfuhr ihn der Gedanke, daß dieser Schirm trocken war und daher vor sechs Uhr fünfzehn hierhergekommen sein mußte, vor Einsetzen des Regens, denn auch im Schirmständer war keine Nässe. Auch daß es ein sehr eleganter Schirm war und die Zwinge kaum verkratzt, obwohl er nicht neu war. Und daß der Schirm folglich einem agilen Mann gehören mußte, sogar einem jungen wie Anns derzeitigem Galan. Daß aber sein Besitzer höchst wahrscheinlich auch Smiley kennen mußte, denn er hatte von den Holzsplinten gewußt und sie auch wieder angebracht, sobald er im Haus war, und war so schlau gewesen, die Briefe, nachdem er sie zusammengeschoben und zweifellos auch gelesen hatte, wieder hinter die Tür zu legen; und daß er kein Liebhaber war, sondern ein Profi wie er selber, der irgendwann einmal mit ihm zusammengearbeitet hatte und seine Handschrift, wie es im Fachjargon heißt, genau kannte.

Die Wohnzimmertür stand einen Spalt offen. Leise schob Smiley sie weiter auf.

»Peter?« sagte er.

Durch die Türöffnung sah er zwei schwarze Schuhe bequem übereinandergeschlagen über das Sofaende ragen.

»Ich an deiner Stelle würde den Mantel anbehalten, George, alter Junge«, sagte eine liebenswürdige Stimme. »Wir haben einen langen Weg vor uns.«

Fünf Minuten später saß George Smiley, angetan mit einem weiten braunen Reisemantel, einem Geschenk Anns und seinem einzigen trockenen Stück, erbost auf dem Beifahrersitz von Peter Guillams ungemein zugigem Sportwagen, der auf einem Platz in der Nähe geparkt gewesen war. Ihr Ziel war Ascot, berühmt für Frauen und Pferde. Und wohl nicht ganz so berühmt als Wohnort von Mr. Oliver Lacon vom Ministerium, Ehrenmitglied in mehreren gemischten Ausschüssen und Wachhund des Nachrichtendienstes. Oder, wie Guillam es weniger ehrerbietig ausdrückte, Vorturner in Whitehall.

Im Thursgoodschen Internat lag indessen Bill Roach wach im Bett und überdachte die jüngsten Wunder, die ihm im Lauf seiner täglichen Wacht über Jims Wohlergehen begegnet waren. Gestern hatte Jim den Gärtner Latzy in Erstaunen versetzt. Heute hatte er Miss Aaronsons Post gestohlen. Miss Aaronson lehrte Cello und die Bibel, und Roach verehrte sie wegen ihrer Sanftmut. Latzy, der Hilfsgärtner, war eine *Displaced Person*, ein Flüchtling, und wie alle DPs sprach er kein Englisch oder nur sehr wenig. Aber gestern hatte Jim mit Latzy gesprochen, ihn um seine Hilfe beim Auto-Club gebeten, und er hatte in der Flüchtlingssprache mit ihm gesprochen oder in der, die DPs eben sprechen, und Latzy war auf der Stelle um einen Kopf größer geworden.

Die Sache mit Miss Aaronsons Post war schon verzwickter. Als Roach am Morgen nach dem Gottesdienst die Hefte seiner Klasse im Lehrerzimmer abgeholt hatte, hatten zwei Briefe auf dem Ablagetisch gelegen, einer an Jim adressiert und einer an Miss Aaronson. Jims Brief war mit Maschine geschrieben. Der für Miss Aaronson mit der Hand, und die Schrift war Jims Schrift nicht unähnlich. Das Lehrerzimmer war, als Roach diese Entdeckung machte, leer gewesen. Er nahm sich die Klassenhefte und ging gerade in aller Ruhe wieder hinaus, als Jim durch die andere Tür hereinstapfte, rot und keuchend von seinem Frühmarsch.

»Beeilung, Jumbo, es hat schon geläutet«, und er beugte sich über die Briefe.

»Ja, Sir.«

»Hundewetter, was, Jumbo?«

»Ja, Sir.«

»Also, ab mit dir.«

An der Tür blickte Roach sich um. Jim stand wieder aufrecht, zurückgelehnt und schlug den *Daily Telegraph* auf. Die Ablage war leer. Beide Umschläge waren verschwunden.

Hatte Jim an Miss Aaronson geschrieben und es sich anders überlegt. Ihr vielleicht einen Heiratsantrag gemacht?

Dann kam Bill Roach ein anderer Gedanke. Jim hatte unlängst eine alte Schreibmaschine erstanden, eine invalide Remington, und sie eigenhändig repariert. Hatte er auf ihr einen Brief an sich selber getippt? War er so einsam, daß er sich selber Briefe schrieb, und dazu noch die Briefe anderer Leute klaute? Roach schlief ein.

4 *Peter Guillam fährt George Smiley zu später Stunde zu einem Whitehall-Beamten nach Ascot*

Guillam fuhr lässig, aber schnell. Herbstgerüche füllten den Wagen, der Vollmond leuchtete. Zu beiden Seiten hingen Nebelstreifen über dem freien Feld, und es war bitter kalt. Smiley überlegte, wie alt Guillam sei, und schätzte vierzig, aber bei diesem Licht hätte er ein Student sein können, der ein Skullboot ruderte; denn er handhabte den Schalthebel mit einer langen fließenden Bewegung, als zöge er ihn durchs Wasser. Auf jeden Fall, überlegte Smiley gereizt, war der Wagen viel zu jugendlich für Guillam. Sie waren durch Runnymeade gerast und nahmen die Steigung nach Egham Hill. Zwanzig Minuten fuhren sie bereits, und Smiley hatte ein Dutzend Fragen gestellt und keine stichhaltige Antwort bekommen, und jetzt erwachte in ihm eine nagende Furcht, der er keinen Namen zu geben wagte.

»Ich wundere mich, daß Sie nicht auch mit uns zusammen hinausgeworfen wurden«, sagte er in nicht gerade liebenswürdigem Ton und wickelte die Mantelschöße enger um sich. »Sie hatten sämtliche Qualifikationen: gut bei der Arbeit, loyal, zurückhaltend.«

»Ich habe die Skalpjäger übernehmen müssen.«

»Ach du lieber Gott«, sagte Smiley schaudernd, zog den Mantelkragen über sein Doppelkinn hoch und überließ sich, statt noch unerfreulicheren Erinnerungen, der Rückschau auf Brixton und das freudlose steinerne Schulgebäude, das den Skalpjägern als Hauptquartier diente. Der offizielle Name der Skalpjäger war Reisestelle. Die Einheit war auf Bill Haydons Anregung hin von Control ins Leben gerufen worden, in den Pioniertagen des Kalten Krieges, als Mord und Kidnapping und Erpressung auf Tod und Leben an der Tagesordnung waren, und ihr erster Kommandant war von Haydon vorgeschlagen worden. Es war eine kleine Gruppe, ungefähr ein Dutzend Männer, und sie mußten die Blitzaktionen im Ausland erledigen, die für einen dort ansässigen Agenten zu schmutzig oder zu riskant waren. Gute Arbeit für den Nachrichtendienst, hatte Control immer gepredigt, sei Schritt für Schritt und auf die sanfte Tour zu erledigen. Die Skalpjäger waren die Ausnahme von seiner eigenen Regel. Sie arbeiteten weder Schritt für Schritt noch auf die sanfte Tour, worin sich eher Haydons als Controls Temperament spiegelte. Und sie arbeiteten solo, und deshalb hausten sie im Verborgenen hinter einer hohen Steinmauer mit Glasscherben und Stacheldraht obendrauf.

»Ich habe gefragt, ob das Wort Lateralismus Ihnen etwas sagt«, sagte Guillam.

»Ganz gewiß nicht.«

»Es ist jetzt die Mode-Doktrin. Früher ging's hin und her. Jetzt geht's in einer Richtung.«

»Was soll das heißen?«

»Zu Ihrer Zeit hat der Circus regional funktioniert. Afrika, die Satellitenstaaten, Rußland, China, Südostasien, und was weiß ich noch alles: jede Region wurde von ihrem eigenen Juju-Mann geleitet, Control saß im Himmel und hielt die Fäden in der Hand. Erinnern Sie sich?«

»Kommt mir entfernt bekannt vor.«

»Und heute gehen alle Operationen von einer Stelle aus. Sie heißt London Station. Die Regionen sind out, Lateralismus ist in. Bill Haydon ist Befehlshaber von London Station, Roy Bland seine Nummer Zwei, Toby Esterhase rennt wie ein Pudel zwischen ihnen hin und her. Sie sind eine Dienststelle innerhalb einer Dienststelle. Sie haben ihre eigenen Geheimnisse und verkehren nicht mit dem Plebs. Vergrößert unsere Sicherheit.«

»Hört sich an wie eine sehr gute Idee«, sagte Smiley und überhörte geflissentlich die versteckte Anspielung.

Als die Erinnerungen aufs neue in sein bewußtes Denken heraufdrängten, überkam ihn ein wunderliches Gefühl: als lebte er diesen Tag zweimal, zuerst mit Martindale im Club, jetzt nochmals mit Guillam im Traum. Sie fuhren an einem Bestand junger Tannen vorbei, das Mondlicht lag in Streifen zwischen den Bäumen.

»Hört man irgend etwas von...« begann Smiley von neuem.

»Was weiß man Neues über Ellis?« fragte er unverbindlicher.

»In Quarantäne«, sagte Guillam kurz.
»Ach gewiß. Natürlich. Ich möchte nicht neugierig sein. Nur, ich meine, kann er sich behelfen und so? Er ist wieder gesund, aber kann er auch gehen? Der Rücken kann einem angeblich schwer zu schaffen machen.«
»Wie es heißt, kommt er ganz gut zurecht. Ach, ich hab noch gar nicht gefragt, wie es Ann geht.«
»Gut, danke. Sehr gut.«
Es war plötzlich stockdunkel im Wagen. Sie waren von der Straße abgebogen und fuhren über Kies. Schwarze Mauern aus Blattwerk erhoben sich zu beiden Seiten, Lichter wurden sichtbar, dann ragte ein hohes Portal und der von Türmchen gekrönte Umriß eines weitläufigen Hauses über den Wipfeln. Der Regen hatte aufgehört, aber als Smiley in die frische Luft hinaustrat, hörte er rundum das rastlose Ticken nasser Blätter.
Ja, dachte er, als ich letztes Mal hier war, hat es auch geregnet; damals als der Name Jim Ellis Schlagzeilen machte.

Sie hatten sich gewaschen und in dem geräumigen Ankleidezimmer Lacons Kletterausrüstung inspiziert, die gänzlich unpassend in einem wirren Haufen auf der Sheraton-Kommode lag. Jetzt saßen sie im Halbkreis vor einem leeren Stuhl. Es war das häßlichste Haus weit und breit, und Lacon hatte es für ein Butterbrot erworben. »Eine Berkshire-Gralsburg«, hatte er es einmal Smiley gegenüber genannt, »erbaut von einem millionenschweren Abstinenzler.« Der Wohnraum war eine riesige Halle mit sechs Meter hohen Buntglasfenstern und einer hölzernen Galerie über dem Eingang. Smiley zählte die bekannten Gegenstände nach. Ein Pianino, darauf Stöße von Noten, alte Porträts von Geistlichen in Amtstracht, ein Stapel gedruckter Einladungen. Er suchte das Universitätsruder aus Cambridge und sah es über dem offenen Kamin hängen. Das gleiche Feuer brannte darin, viel zu spärlich für den gewaltigen Rost. Eine Atmosphäre von Kargheit, die den Reichtum verdrängt hatte.
»Macht der Ruhestand Spaß, George?« fragte Lacon, als faselte er gedankenlos in die Ohrtrompete einer tauben Tante. »Die Wärme des menschlichen Kontakts fehlt Ihnen nicht? Würde

mir schon fehlen, glaube ich. Die alte Arbeit, der alte Haufen.«
Er war ein langes Gerippe von Mann, ohne Eleganz und alterslos jungenhaft: Der Spion, der aus der Kirche kam, sagte Haydon, der geistreiche Kopf im Circus. Lacons Vater war Kanonikus der schottischen Kirche gewesen und seine Mutter irgend etwas Adeliges. Gelegentlich schrieben die smarteren Sonntagsblätter über ihn und nannten ihn einen Vertreter des neuen Stils, weil er jung war. Sein Gesicht war vom hastigen Rasieren verschrammt.
»Ach, ich komme eigentlich ganz gut zurecht, vielen Dank«, sagte Smiley höflich. Und um das Gespräch in die Länge zu ziehen: »Ja, ja, wirklich recht gut. Und Sie? Ist bei Ihnen alles in Ordnung?«
»Keine großen Veränderungen, nein. Alles geht seinen Gang. Charlotte bekam ihr Stipendium für Roedean, was uns sehr gefreut hat.«
»Oh, gut.«
»Und Ihre Frau, gesund und blühend und so weiter?« Auch seine Ausdrucksweise war jungenhaft.
»Wie eine Rose, vielen Dank«, sagte Smiley in dem ritterlichen Bemühen, in gleicher Tonart zu antworten.
Sie hielten die Augen auf die Doppeltür gerichtet. In weiter Ferne hörten sie das Klappern von Schritten auf einem Fliesenboden. Smiley schätzte zwei Leute, beides Männer. Die Tür ging auf, und eine große Gestalt tauchte im Gegenlicht halb als Schattenbild auf. Den Bruchteil einer Sekunde lang erblickte Smiley dahinter einen zweiten Mann, dunkel und klein und aufmerksam; aber nur der erste betrat den Raum, und sofort schlossen unsichtbare Hände die Türflügel wieder.
»Bitte, schließen Sie uns ein«, rief Lacon, und sie hörten das Schnappen des Schlüssels. »Sie kennen Smiley, nicht wahr?«
»Ja, ich glaube«, sagte die Gestalt, während sie sich auf den langen Weg aus dem fernen Halbdunkel bis zu den drei anderen machten. »Ich glaube, er hat mir einmal einen Job gegeben, oder, Mr. Smiley?«
Seine Stimme war so sanft wie der Singsang eines Südstaatlers, aber der koloniale Akzent war nicht zu überhören.

»Tarr, Sir, Ricki Tarr aus Penang.«
Das Flackern des Feuerscheins erhellte eine Seite des starren Lächelns und ließ das eine Auge wie ein Loch erscheinen. »Der Anwaltssohn, wissen Sie nicht mehr? Na aber, Mr. Smiley, Sie haben mir schon die Windeln gewechselt.«
Und dann standen sie lächerlicherweise alle vier aufrecht, und Guillam und Lacon sahen aus wie Taufpaten, während Tarr Smileys Hand schüttelte, dann nochmals, dann ein drittes Mal, wie für die Photographen.
»Sehr erfreut, Mr. Smiley. Wirklich nett, Sie zu sehen, Sir.«
Endlich ließ er Smileys Hand los und nahm Kurs auf den für ihn reservierten Stuhl, während Smiley dachte: Ja, bei Ricki Tarr wäre es möglich gewesen. Bei Ricki Tarr war einfach alles möglich. Mein Gott, dachte er, noch vor zwei Stunden habe ich mir eingeredet, ich würde mich in die Vergangenheit flüchten. Er war durstig und vermutete, es komme von der Furcht.

Vor zehn? Vor zwölf Jahren? Sein Zeitgefühl war in dieser Nacht nicht auf der Höhe. Damals hatte es zu Smileys Aufgaben gehört, die Rekruten zu sieben: keiner wurde genommen ohne sein Nikken, keiner ausgebildet ohne seine Unterschrift auf dem Lehrplan. Der Kalte Krieg lief auf Hochtouren, Skalpjäger waren gefragt, die Außenstellen des Circus hatten Anweisung von Haydon, sich nach geeignetem Material umzusehen. Steve Makkelvore aus Djakarta hatte Tarr angeworben. Mackelvore war ein alter Profi, als Schiffsmakler getarnt, und hatte seinen Schützling gefunden, als Tarr, reizbar und betrunken, in den Docks herumrandalierte und ein Mädchen namens Rose suchte, das ihn hatte sitzenlassen.
Nach Tarrs eigener Darstellung hatte er mit ein paar Belgiern zusammengearbeitet, die zwischen den Inseln und der Küste Waffenhandel trieben. Er haßte Belgier, und das Waffenschieben hing ihm zum Hals heraus, und er war erbost, weil sie ihm Rose gestohlen hatten. Nach Mackelvores Ansicht würde er auf Disziplin ansprechen, und zudem war er jung genug für das Nahkampftraining, das die Skalpjäger hinter den Mauern ihres unfreundlichen Hauses in Brixton betrieben. Nach den üblichen

Erkundigungen wurde Tarr zu einer zweiten Inspektion nach Singapur weitergereicht und dann zu einer dritten an die *Nursery* in Sarratt. Hier schaltete Smiley sich ein, als Moderator bei einer Reihe von Interviews, darunter ein paar sehr unerfreulichen. Die *Nursery* war das Ausbildungslager, aber sie hatte auch Platz für andere Zwecke.

Tarrs Vater, ein australischer Advokat, lebte angeblich in Penang. Die Mutter, Provinzschauspielerin aus Surrey, war vor dem Krieg mit einer britischen Theatertruppe nach Asien gekommen. Der Vater war, wie Smiley sich erinnerte, missionarisch angehaucht und predigte in evangelischen Gemeindehäusern. Die Mutter hatte in England ein kleines Strafregister gehabt, aber Tarrs Vater wußte entweder nichts davon, oder es war ihm egal. Bei Kriegsausbruch übersiedelte das Paar des kleinen Jungen wegen nach Singapur, und Ricki Tarr erhielt seine erste Ausbildung im Gefängnis von Changi unter japanischer Aufsicht. In Changi predigte der Vater jedem, dessen er habhaft werden konnte, Gottes Barmherzigkeit, und wären die Japse ihm nicht auf den Pelz gerückt, so hätten seine Mitgefangenen diese Aufgabe für sie übernommen. Nach der Befreiung gingen alle drei nach Penang zurück. Ricki nahm einen Anlauf, das Strafrecht zu studieren, kam jedoch häufig damit in Konflikt, und der Vater hetzte ihm ein paar rauhe Gottesmänner auf den Hals, die ihm die Sünden aus der Seele prügeln sollten. Tarr setzte sich nach Borneo ab. Mit achtzehn war er regulär bezahlter Waffenschmuggler, der auf dem indonesischen Archipel Freund und Feind belieferte, und dabei war Mackelvore auf ihn gestoßen.

Als Tarr die *Nursery* absolviert hatte, war die Malaya-Krise ausgebrochen, und er wurde erneut in den Waffenhandel eingeschleust. So ziemlich die ersten, mit denen er zu tun bekam, waren seine alten belgischen Freunde. Sie waren von ihren Waffenlieferungen an die Kommunisten zu sehr in Anspruch genommen, um sich Gedanken darüber zu machen, wo er gesteckt hatte, und sie waren knapp an Leuten. Tarr übernahm ein paar Lieferungen für sie, um ihre Verträge platzen zu lassen, dann setzte er sie eines Nachts unter Alkohol, erschoß vier oder fünf von ihnen, einschließlich Rose, und steckte ihren Kahn in Brand. Er trieb sich in Malaya herum und erledigte noch einige Aufträge, dann wurde er nach Brixton zurückbeordert und für Sondereinsätze in Kenia umgeschult: oder weniger vornehm ausgedrückt: für die Mau-Mau-Jagd gegen Kopfprämie.

Nach Kenia hatte Smiley ihn mehr oder weniger aus den Augen verloren, aber einige Vorfälle blieben ihm in Erinnerung, weil sie sich zu Skandalen hätten auswachsen können und Control in Kenntnis gesetzt werden mußte. Im Jahr einundsechzig war Tarr nach Brasilien geschickt worden, um einem Rüstungsminister, dem das Wasser bis zum Hals stand, ein massives Bestechungsangebot zu unterbreiten. Tarr ging zu brutal vor, der Minister verlor die Nerven und informierte die Presse. Tarr hatte einen falschen holländischen Paß, und niemand konnte sich einen Vers auf die Geschichte machen, ausgenommen der niederländische Geheimdienst, der wütend war. Ein Jahr darauf erpreßte – oder verheizte, wie die Skalpjäger zu sagen pflegten – Tarr aufgrund eines von Bill Haydon gelieferten heißen Tips einen polnischen Diplomaten in Spanien, der sein Herz an eine Tänzerin verloren hatte. Die erste Lieferung war gut, Tarr erntete eine Belobigung und eine Prämie. Aber als er sich eine zweite Rate holen wollte, schrieb der Pole ein Geständnis an seinen Botschafter und stürzte sich, mit oder ohne Ermutigung, aus dem Fenster.

In Brixton bezeichneten sie ihn als einen Unfall-Magneten. Nach dem Ausdruck seines unreifen aber alternden Gesichts zu schließen, bezeichnete ihn Guillam als etwas weit Schlimmeres, während sie im Halbkreis um das kümmerliche Feuer saßen.

»Tja, dann will ich jetzt mal loslegen«, sagte Tarr unbeschwert und nahm gelöst auf dem freien Stuhl Platz. Hinter ihm stießen graue Speere durch die Fensterläden, es wurde Tag.

5 *Ricki Tarr berichtet, was eine russische Handelsdelegation in Hongkong alles treibt*

»Es war vor etwa einem halben Jahr«, begann Tarr.
»Im April«, fauchte Guillam. »Wir wollen uns an die genauen Daten halten, nicht wahr, auf der ganzen Linie?«
»Also es war im April«, sagte Tarr gleichmütig. »In Brixton war es ziemlich ruhig, ich glaube, wir waren ungefähr unser sechs auf Abruf. Pete Sembrini, der aus Rom zurück war, Cy Vanhofer hatte soeben in Budapest einen Coup gelandet«, er lächelte schelmisch – »Tischtennis und Billard im Wartesaal von Brixton, stimmt's, Mr. Guillam?«
»War die Sauregurkenzeit.«
»Als aus heiterem Himmel«, sagte Tarr, »eine Blitzanforderung der Außenstelle Hongkong eintraf.
Sie hatten eine zweitrangige sowjetische Handelsdelegation in der Stadt, die auf Elektroartikel für den Moskauer Markt Jagd machte. Einer der Delegierten machte fleißig die Nachtclubs unsicher. Ein gewisser Boris, Mr. Guillam hat die Einzelheiten. Noch nichts über ihn in den Akten. Sie hatten ihn seit fünf Tagen unter Beobachtung, die Delegation sollte noch zwölf weitere Tage bleiben. Politisch war der Fall zu heiß für die Jungens am Ort, aber sie dachten, mit direktem Vorgehen wäre Abhilfe zu schaffen. Das Ergebnis würde nicht umwerfend sein, aber was soll's? Vielleicht könnten wir ihn auf Vorrat kaufen, stimmt's, Mr. Guillam?«
Vorrat bedeutete Verkaufs- oder Tauschobjekt für andere Geheimdienste: ein Handel mit Schmalspur-Verrätern, der den Skalpjägern oblag.
Guillam, der Tarr keinerlei Beachtung schenkte, sagte: »Südostasien war Tarrs Pfarrei. Er saß herum und hatte nichts zu tun, also gab ich ihm den Auftrag, sich an Ort und Stelle umzusehen und telegrafisch zu berichten.«
Sooft ein anderer sprach, versank Tarr in einem Traum. Sein Blick heftete sich auf den Sprecher, seine Augen verschleierten

sich, und es entstand eine Pause, als komme er wieder zu sich, ehe er fortfuhr.
»Ich tat also, was Mr. Guillam angeordnet hatte«, sagte er. »Wie immer, nicht wahr, Mr. Guillam? Ich bin wirklich ein braver Junge, wenn auch ein bißchen impulsiv.«
Er flog in der nächsten Nacht, Sonnabend, den 31. März, mit einem australischen Paß, der ihn als Autoverkäufer auswies, und zwei unbeschriebenen Schweizer Notpässen, die im Futter seines Koffers versteckt waren. Es waren Pässe für unvorhergesehene Fälle, die je nach Bedarf ausgefüllt wurden: einer für Boris, einer für ihn. Er verabredete ein Treffen im Wagen mit dem Leiter der Außenstelle Hongkong, nicht weit von seinem Hotel, dem *Golden Gate* auf Kaulun.
Hier beugte Guillam sich zu Smiley hinüber und flüsterte: »Dusty Thesinger, dieser Hanswurst. Ex-Major, *King's African Rifles.* Von Percy Alleline ausgesucht.«
Thesinger brachte einen Bericht über Boris' Bewegungen zum Vorschein, das Ergebnis einer einwöchigen Überwachung:
»Boris war ein komischer Vogel. Ich wußte nicht, woran ich bei ihm war. Nacht für Nacht pausenlos gezecht. Hatte eine Woche lang nicht geschlafen, und Thesingers Observanten waren schon die Knie weich. Den ganzen Tag trabte er mit der Delegation herum, besichtigte Fabriken, leistete Diskussionsbeiträge und war ganz und gar der brillante junge Sowjetfunktionär.
»Wie jung?« fragte Smiley.
Guillam warf ein: »Laut Visa-Antrag geboren in Minsk, 1946.«
»Abend für Abend ging er zunächst ins *Alexandra Lodge*, eine alte Spelunke am North Point, wo die Delegation abgestiegen war. Er aß mit der Mannschaft, dann, gegen neun, verdrückte er sich durch die Seitentür, schnappte sich ein Taxi und ab ging's zu den bekannten Nachtlokalen um die Peddar Street. Sein Lieblingsplätzchen war das *Cat's Cradle* in der Queen's Road, wo er für die einheimischen Geschäftsleute Runden spendierte und den beliebtesten Mann des Jahrhunderts markierte. Er blieb meist bis Mitternacht. Aus dem *Cradle* brauste er straks zum Aberdeen Harbour, in ein Lokal namens *Angelika*, wo die Getränke billiger sind. Allein. Dort draußen sind vor allem

schwimmende Restaurants und die dicken Brieftaschen, aber das *Angelika* ist ein Café auf dem Festland mit einem Spielzimmer im Keller. Er nahm meist drei, vier Drinks zu sich und verwahrte die Rechnung. Im allgemeinen trank er Brandy, aber dann und wann auch zur Abwechslung einen Wodka. Einmal hat er mit einer Eurasierin angebändelt, und Thesingers Observanten sind ihr nach und haben die Story gekauft. Sie sagt, er sei einsam gewesen und habe auf dem Bett gesessen und gejammert, daß seine Frau sein Genie nicht zu schätzen wisse. Das war ein echter Durchbruch«, fügte er sarkastisch hinzu, als Lacon sich geräuschvoll über das kärgliche Feuer hermachte und die einzelnen Kohlen zu neuem Leben schürte. »In dieser Nacht bin ich zum *Cradle*, um ihn mir selber anzuschauen. Thesingers Observanten wurden mit einem Glas Milch zu Bett geschickt. Sie brauchten davon nichts zu wissen.«
Während Tarr sprach, überkam seinen ganzen Körper manchmal eine völlige Bewegungslosigkeit, als lauschte er auf seine eigene Stimme, die ihm auf Band vorgespielt wurde.
»Er kam zehn Minuten nach mir an und brachte sich Gesellschaft mit, einen großen blonden Schweden mit einer Chinesenbiene im Schlepptau. Es war dunkel, und ich schob mich hinter den Nebentisch. Sie bestellten Scotch, Boris bezahlte, und ich saß anderthalb Meter entfernt, beobachtete die lausige Kapelle und belauschte ihre Unterhaltung. Die junge Chinesin verhielt sich schweigsam, der Schwede bestritt den Großteil des Gesprächs. Sie sprachen englisch. Der Schwede fragte Boris, wo er wohne, und Boris sagte, im *Excelsior,* was eine verdammte Lüge war, denn er wohnte mit dem übrigen Kirchenchor im *Alexandra Lodge*. Klar: das *Alexandra* steht recht weit unten auf der Liste. *Excelsior* klingt besser. Gegen Mitternacht bricht die Gesellschaft auf. Boris sagt, er muß nach Hause, und morgen ist ein arbeitsreicher Tag. Das war die zweite Lüge, denn er ging so wenig nach Hause, wie – welcher ist es doch gleich, Jekyll und Hyde, richtig! – der ehrenwerte Doktor, der sich in Schale wirft und auf den Schwoof geht. Also welcher war Boris?«
Zunächst half ihm keiner.
»Hyde«, wiederholte Lacon zu seinen rotgeschrubbten Händen.

Er saß jetzt wieder und hatte sie im Schoß gefaltet.
»Hyde«, wiederholte Tarr. »Vielen Dank, Mr. Lacon. Ich wußte immer schon, daß Sie ein gebildeter Mann sind. Sie begleichen also die Rechnung, und ich troll mich 'runter nach Aberdeen, um schon vor ihm da zu sein, wenn er im *Angelika* anrückt. Aber ich bin jetzt schon fast überzeugt, daß ich an der falschen Adresse bin.«
An seinen trockenen langen Fingern zählte Tarr gewissenhaft die Gründe auf: erstens, er hatte noch nie eine sowjetische Delegation gesehen ohne ein paar Gorillas, deren Aufgabe es war, die Jungens von den Fleischtöpfen fernzuhalten. Also, wie ging Boris ihnen Nacht für Nacht durch die Lappen? Zweitens gefiel ihm die Art nicht, wie Boris mit seinen Devisen herumwarf. Das war unnatürlich bei einem Sowjetfunktionär, behauptete er: »Er hat einfach keine verdammten Devisen. Und wenn er welche hat, kauft er Glasperlen für seine Squaw. Und drittens, es gefiel mir nicht, wie er log. Zu glattzüngig, um seriös zu sein.«
Tarr wartete also im *Angelika*, und tatsächlich tauchte nach einer halben Stunde sein Mr. Hyde mutterseelenallein auf: »Er setzt sich und bestellt sich zu trinken. Sitzt nur da und trinkt wie so ein Mauerblümchen!«
Wiederum war Smiley der Empfänger von Tarrs sonnigem Charme: »Also was soll das Ganze, Mr. Smiley? Sie wissen, was ich meine? Ich habe ein Auge für die *kleinen* Dinge«, gestand er, noch immer zu Smiley gewandt. »Zum Beispiel, wie er saß. Glauben Sie mir, Sir, wenn wir selber dort gewesen wären, wir hätten uns nicht günstiger setzen können als Boris. Er hatte die Ausgänge und die Treppe im Auge, überblickte den Haupteingang und alles, was im Lokal vorging, er war Rechtshänder und hatte linker Hand Deckung durch eine Wand. Boris war ein Profi, Mr. Smiley, daran war überhaupt nicht zu zweifeln. Er wartete auf eine Verbindung, betreute einen Briefkasten, oder er hat absichtlich auf die Pauke gehauen und auf einen Gegenzug von einem Tölpel wie mir gewartet. Und hören Sie: einen kleinen Pinscher von einer Handelsdelegation zu verheizen, ist eine Sache. Aber sich mit einem vollausgebildeten Nahkampfspezialisten anzulegen, ist eine ganz andere, stimmt's, Mr. Guillam?«

Guillam sagte: »Seit der Umorganisierung haben die Skalpjäger nicht mehr den Auftrag, Doppelagenten zu fangen. Sie müssen unverzüglich an London Station weitergereicht werden. Die Jungens haben stehende Order, sie ist von Bill Haydon persönlich unterzeichnet. Wenn es nur im geringsten nach der Gegenseite riecht: Hände weg.« Er fügte, vielleicht nur für Smileys Ohr hinzu: »Der Lateralismus hat unserer Autonomie den Garaus gemacht.«

»Und ich habe schon früher mit Doppel-Doppelspielern zu tun gehabt«, bekannte Tarr im Tonfall der gekränkten Tugend. »Glauben Sie mir, Mr. Smiley, sie sind ein Natterngezücht.«

»Das glaube ich Ihnen«, sagte Smiley und rückte affektiert an seiner Brille.

Tarr telegraphierte an Guillam »kein Verkauf«, buchte einen Rückflug und ging einkaufen. Aber, da seine Maschine erst am Dienstag abging, dachte er, er könne inzwischen noch, bloß um sein Fahrgeld zu verdienen, in Boris' Zimmer einbrechen.

»Das *Alexandra* ist eine ganz baufällige Bude, Mr. Smiley, in der Nähe der Marble Road, lauter Holzbalkone übereinander. Und die Schlösser, also Sir, die gehen von alleine auf, wenn sie einen nur kommen sehen.«

Daher stand Tarr nach kürzester Zeit in Boris' Zimmer, mit dem Rücken zur Tür, und wartete, bis seine Augen sich an die Dunkelheit gewöhnten. Er stand noch immer dort, als ihn eine Frauenstimme schläfrig auf russisch vom Bett her anredete.

»Es war Boris' Frau«, erklärte Tarr. »Sie weinte. Ich nenne sie einfach Irina, ja? Mr. Guillam hat alle Einzelheiten.«

Smiley meldete bereits Einspruch an: »Frau war unmöglich«, sagte er. »Moskau hätte sie niemals beide gleichzeitig aus Rußland herausgelassen, sie hätten einen behalten und den anderen fortgeschickt.«

»Ehe nach dem Gewohnheitsrecht«, sagte Guillam trocken. »Inoffiziell, aber dauerhaft.«

»Es gibt heutzutage viele, die's auf die andere Tour machen«, sagte Tarr mit gemeinem Grinsen zu niemandem im Besonderen und schon gar nicht zu Smiley, und Guillam warf ihm einen weiteren giftigen Blick zu.

6 *Ricki Tarr erzählt, wie er einen schüchternen Fuß ins Land der Liebe setzte*

Vom ersten Augenblick der Besprechung an hatte George Smiley eine undurchdringliche Buddha-Pose eingenommen, aus der ihn weder Tarrs Bericht noch Lacons und Guillams gelegentliche Zwischenbemerkungen aufzurütteln vermochten. Er saß zurückgelehnt, die kurzen Beine angewinkelt, den Kopf vorgereckt und die plumpen Hände vor dem ausladenden Magen gefaltet. Die Augen unter den überhängenden Lidern hatten sich hinter den dicken Brillengläsern geschlossen. Als einziges Zeichen von Unruhe polierte er von Zeit zu Zeit seine Brille am Seidenfutter der Krawatte, und sooft er das tat, hatten seine Augen einen verquollenen, nackten Blick, der jeden, der ihn in diesem Moment beobachtete, in leichte Verlegenheit setzte. Sein Einwand jedoch und der gekünstelte, nichtssagende Laut, den er auf Guillams Erklärung hin ausgestoßen hatte, wirkten nun auf die übrige Versammlung wie ein Signal und veranlaßte allgemeines Stühlescharren und Räuspern. Lacon meldete sich als erster:
»George, was trinken Sie? Darf ich Ihnen einen Scotch geben oder sonstwas?« Er bot den Drink so fürsorglich an wie ein Aspirin gegen Kopfschmerz. »George, einen zum Aufwärmen, ja? Es ist schließlich Winter. Ein Schlückchen?«
»Ich bin ganz zufrieden, danke«, sagte Smiley.
Er hätte gern eine Tasse Kaffee aus der Maschine gehabt, aber irgendwie fühlte er sich außerstande, darum zu bitten. Außerdem erinnerte er sich, daß Lacons Kaffee abscheulich war.
»Guillam?« wandte Lacon sich an den nächsten. Nein; auch Guillam fand es unmöglich, von Lacon ein alkoholisches Getränk anzunehmen.
Tarr wurde nichts angeboten, und er fuhr in seiner Berichterstattung fort.
Er habe Irinas Anwesenheit gefaßt hingenommen, sagte er. Ehe er ins Haus ging, hatte er sich einen Fluchtweg zurechtgelegt, und jetzt schritt er zur Tat. Er zog keine Kanone oder schlug sie

mit der Hand auf den Mund oder dergleichen Humbug, wie er sich ausdrückte, sondern sagte, er sei gekommen, um mit Boris eine Privatangelegenheit zu besprechen, sie solle entschuldigen, aber er werde verdammt nochmal solange hier sitzenbleiben, bis Boris auftauchte. In gutem Australisch, wie es einem erzürnten Autoverkäufer von dort unten anstand, erklärte er, er wolle sich zwar nicht in andrer Leute Angelegenheiten einmischen, aber er wolle verdammt sein, wenn er sich in einer einzigen Nacht sein Mädel und sein Geld stehlen lasse, von einem lausigen Russen, der für seinen Spaß nicht zahlen könne. Er steigerte sich in große Erbitterung, achtete jedoch darauf, leise zu sprechen, und dann wartete er, was sie tun würde.

Und damit, sagte Tarr, fing die ganze Geschichte an.

Er hatte Boris' Zimmer um elf Uhr dreißig betreten. Er ging um halb zwei, mit dem Versprechen, in der nächsten Nacht wiederzukommen. Inzwischen hatte die Situation sich völlig gewandelt: »Wir haben natürlich nichts Ungehöriges getan. Nur rein platonisch, ja, Mr. Smiley?«

Einen Augenblick schien es, als spielte dieses Geblödel auf Smileys kostbarste Geheimnisse an.

»Ja«, bestätigte er schwach.

An Irinas Anwesenheit in Hongkong war nichts Ausgefallenes, und es war nicht einzusehen, daß Thesinger davon wissen mußte, erklärte Tarr. Sie war gelernte Textilverkäuferin: »Nebenbei, sie war bedeutend fähiger als ihr Alter, wenn ich ihn so nennen darf. Sie war keine Schönheit, ein bißchen blaustrümpfig für meinen Geschmack, aber sie war jung, und ihr Lächeln reizend, als sie zu weinen aufhörte.« Tarr malte ein Genrebildchen. »Sie war ein nettes Mädchen«, betonte er, als müsse er sie gegen eine Mehrheit verteidigen. »Als Mr. Thomas aus Adelaide in ihr Leben trat, war sie völlig am Ende vor Sorgen, was sie mit dem verteufelten Boris anfangen sollte. Für sie war ich der Engel Gabriel. Wem konnte sie von ihrem Mann erzählen, ohne damit die Hunde auf ihn zu hetzen? Sie hatte in der Delegation keine Freunde, auch zu Hause in Moskau hatte sie niemanden, dem sie vertrauen konnte, sagte sie. Niemand, der das nicht selber mitgemacht habe, könne je wissen, was es bedeute, eine zerbrochene Verbindung weiter-

zuführen, wenn man ständig unterwegs sei.« Smiley war wieder in tiefe Trance verfallen. »Ein Hotel nach dem anderen, eine Stadt nach der anderen, und nirgends dürfe man auch nur unbefangen mit den Einheimischen sprechen oder von einem Fremden ein Lächeln entgegennehmen, so hat sie ihr Leben beschrieben. Sie fand das einen recht erbärmlichen Zustand, Mr. Smiley, wofür Gott und alle Heiligen und die leere Wodkaflasche neben dem Bett als Zeugen herhalten mußten. Warum konnte sie nicht sein wie normale Menschen?, fragte sie immer wieder. Warum konnte sie sich nicht der lieben Sonne freuen, wie alle anderen? Sie liebte Reisen, sie liebte fremde Kinder, warum konnte sie nicht ein eigenes haben? Ein Kind, das in der Freiheit zur Welt kam, nicht in der Gefangenschaft. Sie wiederholte ständig: In der Gefangenschaft geboren, freigeboren. ›Ich bin ein fröhlicher Mensch, Thomas. Ich bin ein normales, umgängliches Mädchen. Ich mag die Menschen: warum muß ich sie betrügen, wenn ich sie liebe?‹ Und dann sagte sie, zu ihrem Unglück habe man sie schon vor langer Zeit für eine Arbeit bestimmt, die eine gefühllose alte Frau aus ihr mache und sie von Gott trenne. Deshalb habe sie auch einen Schluck trinken und sich ausweinen müssen. Ihren Mann hatte sie inzwischen ganz vergessen, sie rechtfertigte sich nur noch für ihren Suff.«
Wieder zögerte er. »Ich konnte es wittern, Mr. Smiley. Sie war Gold wert. Hab's vom ersten Moment an gewittert. Wissen ist Macht, heißt es, Sir, und Irina hatte diese Macht, genauso wie sie die Fähigkeiten dazu hatte. Sie war vielleicht ein verrücktes Huhn, aber dennoch – sie konnte ganz und gar in einer Sache aufgehen. Ich kann die Großzügigkeit in einer Frau spüren, wenn sie vorhanden ist, Mr. Smiley. Dafür bin ich begabt. Und diese Frau war ganz und gar von Großzügigkeit durchdrungen. Herrje, wie soll man so ein Gespür beschreiben? Manche Leute können Wasser unterm Boden riechen ...«
Er schien irgendeine Sympathiekundgebung zu erwarten, also sagte Smiley: »Ich verstehe« und zupfte sich am Ohrläppchen. Tarr beobachtete ihn mit einem seltsam erwartungsvollen Gesichtsausdruck und schwieg noch eine ganze Weile. »Am nächsten Morgen machte ich als erstes die Buchung rückgängig und

zog in ein anderes Hotel«, sagte er schließlich.
Smiley öffnete abrupt die Augen: »Was haben Sie London gesagt?«
»Nichts.«
»Warum nicht.«
»Vielleicht, weil ich glaubte, Mr. Guillam würde sagen, ›Kommen Sie heim, Tarr‹«, antwortete er mit einem schlauen Blick auf Guillam, der nicht erwidert wurde. »Wissen Sie, vor langer Zeit, als kleiner Junge, habe ich einmal einen Fehler gemacht und bin auf ein Lockvöglein 'reingefallen.«
»Er hat sich von einer Polin zum Narren halten lassen«, sagte Guillam. »*Ihre* Großzügigkeit hat er auch gespürt.«
»Ich wußte, daß Irina kein Lockvogel war, aber ich konnte nicht erwarten, daß Mr. Guillam mir glauben würde.«
»Haben Sie es Thesinger erzählt?«
»Kein Gedanke!«
»Welchen Grund haben Sie London für Ihre Verspätung angegeben?«
»Ich hätte am Donnerstag abfliegen sollen. Ich schätzte, daß mich zu Hause niemand vor Dienstag vermissen würde. Zumal, da Boris eine taube Nuß war.«
»Er hatte keinen Grund angegeben, und die Personalabteilung führte ihn ab Montag unter ›Unentschuldigtes Fehlen‹«, sagte Guillam schroff. »Er hat sämtliche eisernen Regeln gebrochen, und noch ein paar dazu. Mitte der Woche rührte sogar Bill Haydon die Kriegstrommeln. Und ich mußte es mir anhören«, fügte er erbittert hinzu.
Wie dem auch gewesen sein mochte, Tarr und Irina trafen sich am nächsten Abend wieder. Desgleichen am übernächsten. Das erste Rendezvouz fand in einem Café statt und war eine lahme Sache. Sie mußten sich schrecklich in acht nehmen, nicht gesehen zu werden, denn Irina war ganz krank vor Angst, nicht nur vor ihrem Mann, sondern vor den auf die Delegation angesetzten Sicherheitsbeamten, den Gorillas, wie Tarr sie nannte. Sie wollte nichts trinken und zitterte dauernd. Am zweiten Abend wartete Tarr immer noch auf ihre Großzügigkeit. Sie fuhren mit der Tram hinauf zum Victoria Peak, eingekeilt zwischen amerikani-

schen Matronen mit weißen Söckchen und Lidschatten. Am dritten mietete er einen Wagen und fuhr sie in den New Territories herum, bis sie plötzlich das Zittern kriegte, weil sie so nah an der chinesischen Grenze waren, also mußten sie schleunigst kehrtmachen. Trotz alledem hatte die Fahrt ihr Spaß gemacht und sie sprach oft davon, wie schön es gewesen sei, die Fischteiche und die Reisfelder. Tarr hatte es auch Spaß gemacht, denn jetzt wußten sie beide, daß sie nicht beschattet wurden. Aber Irina hatte immer noch nicht ausgepackt, wie er es ausdrückte.

»Und jetzt will ich Ihnen sagen, was sich bei diesem Stand der Dinge Komisches herausgestellt hat. Anfangs habe ich Thomas von Australien überstrapaziert. Hab' ihr eine Menge blauen Dunst vorgemacht über eine Schafzucht in der Umgebung von Adelaide und einen eigenen Laden in der Hauptstraße mit Glasfront und Thomas als Star. Sie glaubte mir nicht. Sie nickte und tat als ob und wartete, bis ich mein Stückchen aufgesagt hatte, dann sagte sie ›Ja, Thomas, nein, Thomas‹ und wechselte das Thema.«

Am vierten Abend fuhr er sie zu den Hügeln über North Shore, und Irina gestand Tarr, daß sie sich in ihn verliebt habe und daß sie für die Zentrale in Moskau arbeite, sie und ihr Mann, und daß sie wisse, daß auch Tarr vom Bau sei, das sehe sie an seiner Umsicht und an der Art, wie er mit den Augen lausche.

»Sie war zu dem Schluß gekommen, ich sei ein britischer Oberst vom Geheimdienst«, sagte Tarr ohne eine Spur von Lächeln. »Sie weinte und lachte im nächsten Moment, und meiner Meinung nach war sie auf dem besten Weg, meschugge zu werden. Halb redete sie wie eine übergeschnappte Groschenheft-Heldin, halb wie ein nettes einfaches Vorstadtmädchen. Kein Volk liebte sie so wie die Engländer. Gentlemen, sagte sie immer wieder. Ich hatte ihr eine Flasche Wodka mitgebracht, und sie hatte sie in ungefähr fünfzehn Sekunden halb ausgetrunken. Ein Hoch auf die englischen Gentlemen. Boris war der Vormann und Irina seine Assistentin. Es war eine Partner-Nummer, und eines Tages wollte sie mit Percy Alleline sprechen und ihm ein großes Geheimnis ins Ohr sagen. Sie kannte die großen Tiere des Circus, wie ein Junge seine Fußball-Kanonen kennt. Boris war auf

Fischfang nach Geschäftsleuten in Hongkong und betreute nebenbei einen Briefkasten für die dortige sowjetische Dienststelle. Irina erledigte Gänge, entzifferte die Mikro-Punkt-Informationen und funkte die abgehenden Nachrichten in Überhöhter Geschwindigkeit, damit sie nicht abgehört werden konnten. So las es sich auf dem Papier, verstehen Sie? Die beiden Nachtclubs waren Treffpunkte für Boris' lokale Verbindungen. Aber Boris wollte weiter nichts als trinken und den Tanzmädchen nachstellen und Depressionen haben. Oder fünfstündige Spaziergänge unternehmen, weil er es nicht im gleichen Zimmer mit seiner Frau aushielt. Und Irina tat nichts anderes als heulen und sich vollaufen lassen und sich ausmalen, wie sie allein mit Percy am Kamin saß und ihm alles erzählte, was sie wußte. Ich ließ sie sich aussprechen, dort oben auf dem Hügel im Wagen. Ich habe keinen Mucks getan, weil ich den Zauber nicht brechen wollte. Wir sahen zu, wie die Dämmerung sich über den Hafen senkte und der liebliche Mond darüber aufging und die Bauern mit ihren langen Stangen und ihren Kerosinlampen vorüberglitten. Fehlte nur noch Humphrey Bogart im Smoking. Ich hielt die Wodkaflasche unter Verschluß und ließ sie reden. Ich regte keinen Muskel. Tatsache, Mr. Smiley, Tatsache«, erklärte er mit der Hilflosigkeit eines Mannes, der um Glauben bettelt, aber Smileys Augen waren geschlossen und er war taub gegen jeden Anruf.

»Sie packte hemmungslos aus«, erklärte Tarr, als wäre das Ganze plötzlich ein Zufall, an dem er keinen Anteil hatte. »Sie erzählte mir ihre ganze Lebensgeschichte, von ihrer Geburt bis zu Oberst Thomas, das bin ich. Mammi, Pappi, erste Lieben, Anwerbung, Ausbildung, ihre lausige Halb-Ehe, alles von A bis Z. Wie sie und Boris als Partner-Nummer ausgebildet wurden und seither immer beisammen gewesen waren: eine der großen unzerstörbaren Beziehungen. Sie verriet mir ihren richtigen Namen, ihren Arbeitsnamen und die Decknamen, unter denen sie gereist war und Nachrichten übermittelt hatte, dann brachte sie ihre Handtasche zum Vorschein und zeigte mir ihr Zauberwerkzeug: den hohlen Füllhalter, darin aufgerollt die Codetabelle. Versteckte Kamera, den ganzen Klimbim. ›Warte, bis Percy das sieht‹, sage ich und lotse sie damit weiter. Alles Serienherstellung, wissen Sie, keine Spezialanfertigung, aber trotzdem erstklassiges Material. Und um dem Ganzen die Krone aufzusetzen, fängt sie an, über die sowjetische Außenorganisation in Hongkong zu lästern: die Kuriere, die ›sicheren Häuser‹, die Briefkästen, rein alles. Ich bin fast verrückt geworden, als ich es nachher wieder zusammenkriegen wollte.«

»Aber Sie haben's geschafft«, sagte Guillam kurz.

Ja, bestätigte Tarr; so ziemlich. Er wußte, daß sie ihm nicht die volle Wahrheit gesagt hatte, aber er wußte, wie schwer die Wahrheit einer Frau fallen mußte, die seit ihrem fünfzehnten Jahr unter falschem Namen gelebt hatte, und er fand, daß sie es für den Anfang schon recht nett machte.

»Ich fühlte sozusagen mit ihr«, sagte er, wiederum in seinem verlogenen Bekennerton. »Ich fühlte, daß wir auf der gleichen Wellenlänge waren, ungelogen.«

»Bestimmt«, ließ Lacon sich ausnahmsweise vernehmen. Er war sehr blaß, aber ob der Ärger daran schuld war oder das ständig heller werdende Licht des frühen Morgens, das durch die Läden kroch, ließ sich nicht sagen.

7 *Ricki Tarr enthüllt seine Methoden, London Station hüllt sich in Schweigen*

»Nun war ich in einer vertrackten Situation. Ich sah Irina am nächsten und übernächsten Tag, und ich schätzte, wenn sie nicht überhaupt schon schizoid war, so würde sie es verdammt bald werden. Im Augenblick faselte sie davon, daß sie von Percy einen Job im Circus kriegte und für Oberst Thomas arbeitete, brach dann einen Streit mit mir vom Zaun, ob sie Leutnant oder Major werden würde. Im nächsten Augenblick sagte sie, sie wolle nie wieder für irgend jemanden spionieren und werde Blumen züchten und sich mit Thomas im Heu tummeln. Dann kriegte sie die Klostertour: Baptistennonnen würden ihre Seele reinwaschen. Ich bin fast gestorben. Wer zum Teufel hat jemals von Baptistennonnen gehört, fragte ich sie. Egal, sagte sie, die Baptisten seien die Wucht, ihre Mutter sei Bäuerin und kenne sich aus. Das sei das zweitgrößte Geheimnis, das sie mir jemals anvertrauen werde. ›Und was ist dann das größte?‹ frage ich. Fehlanzeige. Sie sagt lediglich, wir seien in tödlicher Gefahr, in größerer Gefahr, als ich wissen könne: keiner von uns hätte noch die geringste Chance, es sei denn, sie könne dieses Schwätzchen mit Bruder Percy halten. ›Was für eine Gefahr, um Gottes willen? Was weißt du, was ich nicht weiß?‹ Sie war wahnsinnig stolz auf ihr Wissen, aber als ich sie drängte, klappte sie zu wie eine Auster, und ich bekam höllische Angst, sie könnte heimsausen und alles brühwarm Boris erzählen. Außerdem wurde die Zeit knapp. Es war schon Mittwoch, und die Delegation sollte am Freitag nach Moskau zurückfliegen. Irina war technisch gesehen nicht ganz ohne, aber wie konnte ich einer Irren wie ihr vertrauen? Sie wissen, wie Frauen sind, wenn sie sich verlieben, Mr. Smiley. Sie können kaum ...«

Guillam war ihm bereits ins Wort gefallen. »Bleiben Sie gefälligst beim Thema, ja?« befahl er, und Tarr schwieg eine kleine Weile.

»Mit Sicherheit wußte ich nur, daß Irina überlaufen wollte – mit Percy sprechen, nannte sie es –, sie hatte noch drei Tage Zeit, und je eher sie absprang, um so besser für alle. Wenn ich noch lange wartete, würde sie es sich wieder ausreden. Also riskierte ich es und suchte Thesinger auf, sofort, nachdem er seinen Laden aufgemacht hatte.«

»Mittwoch, der elfte«, murmelte Smiley. »In London ganz früh am Morgen.«

»Thesinger muß mich für ein Gespenst gehalten haben. ›Ich muß nach London telegrafieren, persönlich für den Leiter von London Station‹, sagte ich. Er wehrte sich mit Händen und Füßen, aber er ließ mich dann doch. Ich setzte mich an seinen Schreibtisch und verschlüsselte selber die Botschaft nach einem alten Code, während Thesinger mir zusah wie ein kranker Hund. Wir mußten das Ganze auf Handelscode zurechtstutzen, denn Thesingers Tarnung war das Exportgeschäft. Das dauerte nochmals eine halbe Stunde. Ich war völlig fertig, wirklich. Dann verbrannte ich den verdammten Code und tippte die Nachricht in den Apparat. Außer mir wußte damals kein Mensch auf der Welt, was die Zahlen auf diesem Blatt Papier bedeuteten, auch Thesinger nicht. Ich forderte volles Überläuferverfahren für Irina an, Schnellverfahren. Ich erbat alle die Vergünstigungen, von denen sie nicht einmal gesprochen hatte: Bargeld, Paß, neue Identität, kein Rampenlicht und einen Ort zum Leben. Schließlich war ich gewissermaßen ihr Sachwalter, nicht wahr, Mr. Smiley?«

Smiley blickte auf, als überraschte ihn die Anrede. »Ja«, sagte er ganz freundlich, »ja, ich nehme an, das waren Sie, gewissermaßen.«

»Und außerdem war er auch real beteiligt, wie ich ihn kenne«, sagte Guillam leise.

Tarr hatte es aufgeschnappt oder erraten und wurde wütend. »Das ist eine verdammte Lüge!« schrie er und wurde krebsrot. »Das ist eine ...« Nachdem er Guillam haßerfüllt angestarrt hatte, kehrte er zu seiner Erzählung zurück.

»Ich umriß ihre Laufbahn bis dato und wo sie Zugang gehabt hatte, einschließlich ihrer Aufträge von der Zentrale. Ich bat um Inquisitoren und eine Militärmaschine. Sie glaubte, ich hätte um eine persönliche Unterredung mit Percy Alleline auf neutralem

Boden gebeten, aber ich fand, diese Hürde sollten wir erst nehmen, wenn wir auf der anderen Seite wären. Ich schlug vor, sie sollten ein paar von Esterhases Aufklärern vorschicken, die sich um sie kümmern könnten, dazu vielleicht einen von unseren Ärzten.«

»Warum die Aufklärer?« fragte Smiley scharf. »Sie sind nicht autorisiert, Überläufer zu betreuen.«

Die Aufklärer waren Toby Esterhases Meute und nicht in Brixton stationiert, sondern in Acton. Sie hatten die Hilfsdienste bei Großaktionen zu leisten: Beschatten, Abhören, Transport und »sichere Häuser«.

»Ja, Toby hat's seit Ihrer Zeit ein Stück weitergebracht, Mr. Smiley«, erklärte Tarr. »Ich habe gehört, daß seine Pflastertreter jetzt sogar in Cadillacs 'rumfahren. Und stehlen den Skalpjägern das Brot vom Mund weg, wenn sie Gelegenheit dazu kriegen, stimmt's, Mr. Guillam?«

»Sie sind die offiziellen Straßenräuber von London Station geworden«, sagte Guillam kurz. »Im Zuge des Lateralismus«, fügte er hinzu.

»Ich schätzte, daß die Inquisitoren ein halbes Jahr brauchen würden, um sie auszuquetschen, und aus irgendeinem Grund war sie ganz erpicht auf Schottland. Ja, am liebsten hätte sie dort den Rest ihres Lebens verbracht. Mit Thomas. Unsere Babys im Brutkasten aufgezogen. Ich gab die Adresse von London Station an, kennzeichnete es als ›sofort nach Empfang und nur an einen höheren Dienstrang zu übermitteln‹.«

Guillam warf ein: »Das ist die neue Formel für maximale Geheimhaltung. Soll wahrscheinlich eine Bearbeitung in den Coderäumen ausschließen.«

»Aber nicht in London Station?« sagte Smiley.

»Das ist deren Sache.«

»Sie haben vermutlich gehört, daß Bill Haydon den Job gekriegt hat?« sagte Lacon und fuhr zu Smiley herum. »Chef von London Station? Er ist praktisch der Einsatzleiter, was Percy zu Controls Zeiten war. Sie haben einfach alle Namen ausgetauscht. Sie wissen, wie Ihre alten Kollegen in bezug auf Namen sind. Sie sollten ihn aufklären, ihn up to date bringen.«

»Oh, ich glaube, ich bin im Bilde, vielen Dank«, sagte Smiley höflich. Mit trügerischer Verträumtheit erkundigte er sich bei Tarr: »Sie sprach von einem großen Geheimnis, sagten Sie?«
»Ja, Sir.«
»Haben Sie in Ihrem Telegramm nach London darüber eine Andeutung gemacht?«
Er hatte an irgend etwas gerührt, das war nicht zu übersehen; er hatte einen wunden Punkt berührt, denn Tarr blinzelte, warf einen argwöhnischen Blick auf Lacon, dann auf Guillam. Lacon, der erriet, worum es ging, ließ sofort ein Dementi los:
»Smiley weiß nur soviel, wie Sie ihm jetzt in diesem Zimmer berichtet haben«, sagte er. »Das stimmt doch, Guillam?« Guillam nickte bestätigend und beobachtete Smiley.
»Ich habe London das gleiche gesagt, was sie mir gesagt hat«, gab Tarr mürrisch zu, wie jemand, dem man eine besonders gute Geschichte gestohlen hat.
»In welchen Worten, ganz genau?« fragte Smiley. »Wenn Sie sich noch an den Wortlaut erinnern.«
»›Behauptet, weitere Informationen von höchster Bedeutung für Wohl des Circus zu besitzen, bisher ohne nähere Angaben.‹ Jedenfalls ganz ähnlich.«
»Danke. Haben Sie vielen Dank.«
Sie warteten, bis Tarr fortfuhr.
»Ferner ersuchte ich den Chef von London Station, Mr. Guillam zu informieren, daß ich fündig geworden sei und mich nicht zum Spaß draußen 'rumtriebe.«
»Ist das geschehen?« fragte Smiley.
»Mir hat niemand etwas gesagt«, sagte Guillam kalt.
»Den ganzen Tag war ich dort und habe auf Antwort gewartet, aber am Abend war noch immer nichts da. Irina tat ihre Arbeit wie alle Tage. Darauf habe ich bestanden, verstehen Sie. Sie wollte einen kleinen Fieberanfall simulieren und im Bett bleiben, aber davon wollte ich nichts hören. Die Delegation sollte ein paar Fabriken auf Kaulun besichtigen, und ich sagte, sie solle hübsch mitzotteln und intelligent dreinschauen. Sie mußte mir schwören, nicht zu trinken. Ich wollte nicht, daß sie im letzten Moment eine Schau abzog, alles sollte bis zum Absprung normal wirken.

Ich wartete bis zum Abend, dann stieß ich noch mal nach.«
Smileys verschleierter Blick heftete sich auf das blasse Gesicht vor ihm. »Sie bekamen natürlich Bestätigung?« fragte er.
»›In Bearbeitung‹. Sonst nichts. Ich habe die ganze verdammte Nacht wie auf Kohlen gesessen. Bei Tagesanbruch noch immer keine Antwort. Ich dachte: vielleicht ist die RAF-Maschine schon unterwegs. London macht's gründlich, dachte ich, knüpfen erst sämtliche Fäden, bevor sie mir grünes Licht geben. Ich meine, wenn man so weit von ihnen entfernt ist, *muß* man einfach glauben, daß sie's richtig machen. Was immer man von ihnen hält, daran *muß* man glauben. Und ich meine, ab und zu machen sie's tatsächlich richtig, stimmt's, Mr. Guillam?« Niemand kam ihm zu Hilfe.
»Ich habe mir Sorgen wegen Irina gemacht, verstehen Sie? Noch einen Tag, und sie würde schlappmachen. Endlich kam die Antwort. Es war überhaupt keine Antwort. Es war Verzögerungstaktik: ›Teilen Sie uns mit, in welchen Abteilungen sie gearbeitet hat, die Namen früherer Kontakte und Bekannte innerhalb der Moskauer Zentrale, wie ihr jetziger Boß heißt, Eintrittsdatum in Zentrale.‹ Herrje, ich weiß nicht mehr, was noch alles. Ich setzte schnell eine Antwort auf, denn ich war für drei Uhr mit ihr verabredet, drunten an der Kirche ...«
»An welcher Kirche?« Wieder Smiley.
»Englische Baptisten, Kennedy Road.« Zu jedermanns Erstaunen errötete Tarr aufs neue. »Sie ging so gern hinein. Nicht zum Gottesdienst, nur so'n bißchen 'rumschnuppern. Ich lungere am Eingang herum, aber sie kreuzt nicht auf. War das erste Mal, daß sie eine Verabredung nicht eingehalten hat. Unser Ausweich-Treff war drei Stunden später oben auf dem Hügel, danach jeweils zwei Minuten vor der vollen Stunde an der Kirche, bis es klappen würde. Falls sie in Schwierigkeiten wäre, würde sie ihren Badeanzug vors Fenster legen. Sie war eine leidenschaftliche Schwimmerin, ging alle Tage schwimmen. Ich rase zum *Alexandra*, kein Badeanzug. Ich mußte zweieinhalb Stunden totschlagen. Ich konnte nichts anderes mehr tun als nur warten.«
Smiley sagte: »Welchen Vermerk hatte das Telegramm der Zentrale an Sie?«

»Dringend.«

»Aber Ihres war ein Blitztelegramm.«

»Meine beiden waren Blitze.«

»Trug das Telegramm aus London eine Unterschrift?«

Guillam schaltete sich ein: »Das ist nicht mehr üblich. Außenstehende haben immer mit London Station allgemein zu tun.«

»Hieß es ›Persönlich entschlüsseln‹?«

»Nein«, sagte Guillam.

Sie warteten, bis Tarr fortfuhr.

»Ich trieb mich in Thesingers Büro herum, aber dort erfreute ich mich keiner besonderen Beliebtheit, er hält nichts von Skalpjägern und er hatte eine große Sache auf dem chinesischen Festland laufen und fürchtete offenbar, ich würde dazwischenfunken. Also setzte ich mich in ein Café, und dort fiel mir ein, ich könnte zum Flugplatz hinunterschauen. Es war nur ein Einfall: wie man sich sagt, ›eigentlich könnte ich ins Kino gehen‹. Ich setzte mit der Fähre über, nahm ein Taxi und wies den Chauffeur an, zu fahren wie der Teufel. Dann hat es sich zu einer Art Panik ausgewachsen. Ich drängte mich an der Auskunft vor und fragte nach sämtlichen Flügen nach oder aus Rußland. Ich bin fast verrückt geworden, während sie die Fluglisten durchgingen, und habe die chinesischen Clerks angebrüllt, aber die letzte Maschine war bereits gestern gestartet, und die nächste ging an diesem Abend um sechs. Aber jetzt hatte mich diese Ahnung gepackt. Ich mußte Gewißheit haben. Wie stand es mit Chartermaschinen, mit außerplanmäßigen Flügen, Fracht-, Sondermaschinen? War seit gestern Vormittag nichts, wirklich *gar* nichts nach Moskau abgeflogen? Dann rückt diese Kleine mit der Antwort heraus, eine der chinesischen Hostessen. Ich gefalle ihr, verstehen Sie. Sie tut mir einen Gefallen. Eine außerplanmäßige Sowjetmaschine war vor zwei Stunden gestartet. Mit nur vier Passagieren an Bord. Die Attraktion war eine kranke Frau gewesen. Eine Dame. Im Koma. Sie mußte auf einer Bahre zum Flugzeug gebracht werden, und ihr Gesicht war mit Bandagen umwickelt. In ihrer Begleitung waren zwei Krankenpfleger und ein Arzt. Das war die ganze Reisegesellschaft. Ich rief als letzte Hoffnung das *Alexandra* an. Weder Irina noch ihr sogenannter Ehemann waren offi-

ziell abgereist, aber aus ihrem Zimmer kam keine Antwort. Das windige Hotel wußte nicht mal, daß sie fort waren.«
Vielleicht hatte die Musik schon eine ganze Weile gespielt, und Smiley hörte sie erst jetzt. Sie drang in Fetzen aus verschiedenen Teilen des Hauses zu ihm: eine Tonleiter auf der Flöte, ein Kinderlied von einem Bandgerät, ein beherzter intoniertes Geigensolo. Die zahlreichen Lacon-Töchter erwachten.

8 *Ein russisches Tagebuch, das allen spanisch vorkommt*

»Vielleicht war sie *wirklich* krank«, sagte Smiley sachlich, mehr zu Guillam als zu einem der anderen. »Vielleicht war sie *wirklich* im Koma. Vielleicht wurde sie von echten Pflegern weggebracht. Nach dem, wie sie sich anhört, war sie ziemlich durchgedreht, gelinde gesagt.«

Mit einem Seitenblick zu Tarr fügte er hinzu: »Schließlich waren zwischen Ihrem ersten Telegramm und Irinas Abflug erst vierundzwanzig Stunden vergangen. Bei diesem knappen Timing können Sie die Schuld kaum London in die Schuhe schieben.«

»Eben doch«, sagte Guillam und blickte zu Boden. »Es ist äußerst knapp, aber es funktioniert *gerade*, wenn jemand in London ...« – sie warteten alle – »wenn jemand in London Dampf dahinter macht. Und in Moskau ebenfalls, natürlich.«

»Genau das habe ich mir auch gesagt, Sir«, sagte Tarr voll Stolz in Beantwortung von Smileys Argument, während er Guillams Einwurf ignorierte. »Meine Rede, Mr. Smiley. Immer mit der Ruhe, Ricki, sage ich mir, wenn du nicht verdammt aufpaßt, schießt du noch auf Gespenster.«

»Oder aber die Russen haben sie geschnappt«, fuhr Smiley unerbittlich fort. »Die Beschatter haben von Ihrer Affäre Wind gekriegt und sie aus dem Verkehr gezogen. Es wäre ein Wunder, wenn sie es nicht 'rausgekriegt hätten, so wie ihr beide euch benommen habt.«

»Oder sie hat es ihrem Mann gebeichtet«, gab Tarr zu bedenken. »Ein bißchen verstehe ich auch von Psychologie, Sir. Ich weiß, was zwischen Mann und Frau passieren kann, wenn sie sich überworfen haben. Sie will ihm weh tun. Um ihn zu reizen, eine Reaktion zu provozieren, dachte ich mir. ›Soll ich dir sagen, was ich getan habe, während du auf deinen Sauftouren warst?‹ – so in dieser Art. Boris geht auf der Stelle hin und erzählt's den Gorillas, sie ziehen ihr eins über und schaffen sie nach Haus. Ich bin alle diese Möglichkeiten durchgegangen, Mr. Smiley, glauben Sie mir. Ich habe sie durchgearbeitet, Ehrenwort. So wie's jeder Mann macht, dem die Frau abhaut.«

»Wir wollen uns auf den Bericht beschränken, ja?« zischte Guillam wütend.

Na also, sagte Tarr, er gebe zu, daß er vierundzwanzig Stunden lang den wilden Mann gespielt habe: »Und das passiert mir nicht oft, stimmt's, Mr. Guillam?«

»Oft genug.«

»Ich war ziemlich angeschlagen. Frustriert, könnte man sagen.«

Die Überzeugung, daß man ihm mit brutaler Gewalt einen stolzen Preis vor der Nase weggeschnappt hatte, versetzte ihn in ziellosen Zorn, der sich in einer Sauftour durch alte Stammlokale austobte. Er ging ins *Cat's Cradle*, dann ins *Angelika*, und bis zum Morgengrauen hatte er ein halbes Dutzend weiterer Kneipen absolviert, ganz zu schweigen von ein paar Mädchen, die ihm dabei unterkamen. Einmal fuhr er ans andere Ende der Stadt und wirbelte in der Nachbarschaft des *Alexandra* ein bißchen Staub auf. Er hoffte, mit diesen Sicherheits-Gorillas ins Gespräch zu kommen. Als er wieder nüchtern wurde, fiel ihm Irina ein und ihr gemeinsames Abenteuer, und er beschloß, vor seinem Abflug nach London ihre toten Briefkästen aufzusuchen und nachzusehen, ob sie ihm zufällig noch hatte schreiben können, ehe man sie wegbrachte. Zum Teil einfach, damit er irgendetwas zu tun hatte. »Zum Teil habe ich wahrscheinlich den Gedanken nicht ertragen können, daß ein Brief von ihr irgendwo in einem Mauerloch herumliegt, während sie im Schwitzkasten sitzt«, gestand er, der verlorene Sohn, der immer wieder heimfand.

Sie hatten zwei Verstecke, wo sie Briefe füreinander hinterlegten. Das erste war nicht weit vom Hotel auf einer Baustelle. »Haben Sie schon mal die Bambusgerüste gesehen, mit denen sie arbeiten? Phantastisch. Ich habe welche gesehen, die zwanzig Stockwerke hoch waren, und die Kulis krabbelten darüber mit Bauteilen aus Fertigbeton.« Ein unbenutztes Rohrstück, in Schulterhöhe. Wenn Irina in Eile gewesen war, so hatte sie höchstwahrscheinlich diesen Rohrpostkasten benutzt, aber als Tarr hinkam, war er leer. Der zweite war in der Kirche, »unten drin, wo sie die Traktate verwahren«, wie er sagte. »Der Stand war Teil einer ehemaligen Kleiderablage, wissen Sie. Wenn man im hintersten Kirchenstuhl kniet und herumtastet, findet man ein loses Brett. Dahinter ist ein Hohlraum voller Abfall und Rattendreck. Ich sage Ihnen, es gab ein reizendes Versteck ab, nicht zu überbieten.«

Eine kurze Pause trat ein, im Raum schwebte das Bild von Ricki Tarr und seiner Moskauer Liebsten, die Seite an Seite in der hintersten Bank einer Baptistenkirche in Hongkong knieten.

In diesem toten Briefkasten, sagte Tarr, fand er keinen Brief, sondern ein ganzes verfluchtes Tagebuch. Die Handschrift war gut, und jedes Blatt zweiseitig beschrieben, so daß häufig die schwarze Tinte durchschlug. Es war in großer Eile geschrieben, ohne Verbesserungen. Er sah auf den ersten Blick, daß sie es in ihren lichten Momenten geführt hatte.

»Das ist natürlich nicht das Original. Das ist nur meine Kopie.« Seine lange Hand schlüpfte unter sein Hemd und brachte eine Ledertasche an einem breiten Riemen zum Vorschein. Er entnahm ihr ein schmuddeliges Päckchen Papier.

»Ich nehme an, sie hat das Tagebuch hineingelegt, kurz bevor es sie erwischt hat«, sagte er. »Vielleicht hat sie bei dieser Gelegenheit noch ein letztes Gebet gesprochen. Ich habe die Übersetzung selbst gemacht.«

»Ich wußte nicht, daß Sie russisch sprechen«, sagte Smiley, nur für Tarr hörbar, der plötzlich grinste.

»Ah, heutzutage muß man in unserem Beruf auf Draht sein, Mr. Smiley«, erklärte er, während er die Seiten aufschlug. »Als Jurist bin ich vielleicht kein großes Licht, aber eine Fremdsprache kann entscheidend wichtig sein. Sie kennen vermutlich den berühmten Ausspruch: ›Man ist sovielmal ein Mensch, wie man Sprachen spricht.‹ Stammt von einem großen Herrscher, Sir, von Karl dem Fünften. Mein Vater vergaß nie ein Zitat, das muß ich ihm lassen, und das Komische dabei ist, daß er außer Englisch kein Wort in einer anderen Sprache konnte. Ich lese Ihnen das Tagebuch vor, wenn es Ihnen recht ist.«

»Er versteht kein Wort Russisch«, sagte Guillam. »Sie haben die ganze Zeit englisch gesprochen. Irina hat einen dreijährigen Englischkurs absolviert.«

Guillam blickte zur Decke hoch, Lacon auf seine Hände. Nur Smiley behielt Tarr im Auge, der lautlos über seinen Scherz lachte.
»Sind wir so weit?« fragte er. »Also, dann fange ich an. ›Thomas, hör mir zu, ich spreche mit dir.‹ Sie nannte mich bei meinem Nachnamen«, erklärte er. »Hab ihr gesagt, ich hieße Tony, aber für sie war ich immer Thomas, ja? ›Dieses Tagebuch ist mein Abschiedsgeschenk, falls sie mich fortschleppen, ehe ich mit Alleline sprechen kann. Ich möchte dir mein Leben schenken, Thomas, und natürlich meinen Körper, aber es sieht so aus, als würde dieses armselige Geheimnis alles sein, womit ich dich glücklich machen kann. Nutze es gut!‹« Tarr blickte auf. »Das ist mit Montag datiert. Sie hat das Tagebuch während der vier Tage geführt.« Seine Stimme war ausdruckslos geworden, fast gelangweilt. »›In der Zentrale von Moskau geht mehr Klatsch um, als unseren Vorgesetzten lieb sein kann. Besonders die kleinen Würstchen machen sich gern wichtig und tun, als wüßten sie Bescheid. Zwei Jahre vor meiner Versetzung zum Handelsministerium habe ich nämlich in der Registratur unseres Hauptquartiers am Dzerzhinsky-Platz gearbeitet. Die Arbeit war furchtbar langweilig. Thomas, das Klima war unfreundlich, und ich war damals noch nicht verheiratet. Wir wurden angehalten, einander zu mißtrauen, es ist so zermürbend, nie unbefangen sprechen zu dürfen, niemals. Ich hatte einen Gehilfen namens Iwlow. Obwohl Iwlow mir weder gesellschaftlich noch im Dienstrang gleichgestellt war, brachte die bedrückende Atmosphäre eine Gleichgestimmtheit unserer Temperamente ans Licht. Verzeih mir, manchmal kann nur der Körper für uns sprechen, du hättest mir früher begegnen sollen, Thomas! Iwlow und ich machten mehrmals zusammen Nachtschicht, und schließlich kamen wir sogar überein, uns entgegen den Vorschriften außerhalb des Dienstgebäudes zu treffen. Er war blond, Thomas, wie du, und ich begehrte ihn. Wir trafen uns in einem Café in einem armen Stadtviertel von Moskau. In Rußland lehrt man, daß Moskau keine armen Stadtviertel besitzt, aber das ist eine Lüge. Iwlow erzählte mir, sein wirklicher Name sei Brod, aber er sei kein Jude. Er brachte mir Kaffee mit, den ihm ein Kamerad schwarz

aus Teheran geschickt hatte, er war sehr süß, auch Strümpfe. Iwlow sagte, er bewundere mich sehr, und er habe einmal in einer Abteilung gearbeitet, wo über sämtliche von der Zentrale beschäftigten ausländischen Agenten bis ins kleinste Kartei geführt werde. Ich lachte und sagte, eine solche Kartei gebe es gar nicht, es sei ein Wunschtraum, anzunehmen, so viele Geheimnisse könnten an einer einzigen Stelle versteckt sein. Nun ja, wir waren wohl beide nur Träumer!‹«

Wieder unterbrach sich Tarr.

»Jetzt kommt der nächste Tag«, verkündete er. »Sie fängt an mit Gutenmorgengrüßen an Thomas, Gebeten und ein bißchen Liebesgeflüster. Eine Frau kann nicht an die Luft schreiben, sagt sie, also schreibt sie an Thomas. Ihr Alter ist früh weggegangen, und sie hat eine Stunde Zeit. Okay?«

Smiley grunzte.

»›Beim zweiten privaten Zusammensein mit Iwlow traf ich ihn im Zimmer einer Cousine von Iwlows Frau, einer Lehrerin an der Staatsuniversität in Moskau. Wir waren allein. Bei diesem Zusammensein, das ganz verstohlen stattfand, kam es zu einem, wie wir es in einem Bericht nennen würden, inkriminierenden Akt. Ich glaube, Thomas, du selber hast auch schon einige Male einen solchen Akt begangen! Bei diesem Zusammensein erzählte Iwlow mir auch die folgende Geschichte, um uns noch fester aneinander zu binden. Thomas, du mußt dich in acht nehmen. Hast du schon einmal von Karla gehört? Er ist ein alter Fuchs, der listigste, der verschwiegenste in der Zentrale, sogar sein Name ist kein Name, den ein Russe versteht. Iwlow hatte schreckliche Angst, mir diese Geschichte zu erzählen, die angeblich mit einer großen Verschwörung zusammenhängt, vielleicht der größten überhaupt. Iwlows Geschichte lautet folgendermaßen. Du darfst sie nur *absolut vertrauenswürdigen Personen* erzählen, Thomas, weil sie äußerst konspiratorischer Natur ist. Du darfst sie keinem Menschen im Circus erzählen, denn man darf niemandem vertrauen, ehe das Rätsel gelöst ist. Iwlow sagte, es stimmte nicht, daß er eine Agentenkartei bearbeitet habe. Er habe diese Geschichte nur erfunden, um mir zu zeigen, wie gut er sich in der Zentrale auskenne und mir zu beweisen, daß ich mich nicht in einen Niemand verliebt habe. In Wahrheit hatte er in einer von Karlas großen Verschwörungen mitgewirkt und war als Karlas Helfer in England stationiert gewesen, als Chauffeur und Verschlüsselungsgehilfe bei der Botschaft getarnt. Für diese Aufgabe hatte er den Decknamen Lapin bekommen. Aus Brod war also Iwlow geworden und aus Iwlow Lapin: darauf war der arme Iwlow besonders stolz. Ich habe ihm nie gesagt, was *lapin* im Französischen bedeutet. Daß man den Wert eines Menschen nach der Zahl seiner Namen bemißt! Iwlows Aufgabe war, bei einem Maulwurf zu dienen. Ein Maulwurf ist ein Tiefen-Agent, und wird so genannt, weil er sich tief in das System des westlichen Imperialismus vorwühlt, in diesem Fall war es ein Engländer. Maulwürfe sind für die Zentrale sehr wertvoll, denn es dauert viele Jahre, bis man sie ansetzen kann, oft fünfzehn oder zwanzig. Die meisten englischen Maulwürfe wurden vor dem Krieg von Karla angeworben und waren aus dem gehobenen Bürgertum, sogar Aristokraten und Adelige, die ihre Herkunft verabscheuten und zu heimlichen Fanatikern wurden, weitaus fanatischer als ihre Kameraden aus der englischen Arbeiterklasse, die eher träg sind. Einige bewarben sich um Aufnahme in die Partei, als Karla sie abfing und mit einer Spezialaufgabe betraute. Andere kämpften in Spanien gegen den Franco-Faschismus, wo Karlas Talentsucher sie aufstöberten und sie zur Anwerbung an Karla weiterreichten. Manche wurden während des Krieges angeworben, als Rußland mit den Briten ein Zweckbündnis hatte eingehen müssen, manche danach, als sie enttäuscht waren, weil der Krieg dem Westen keinen Sozialismus gebracht hatte.‹ Hier bricht sie ab«, verkündete Tarr, ohne von seinem Manuskript aufzublicken. »Ich habe vermerkt: ›bricht ab‹. Wahrscheinlich ist ihr Alter früher als erwartet zurückgenommen. Die Tinte ist ganz verwischt. Gott weiß, wo sie das verdammte Ding versteckt hat. Vielleicht unter der Matratze.«

Falls dies ein Scherz sein sollte, so mißlang er.

»›Der Maulwurf, für den Lapin in London arbeitete, wurde unter dem Decknamen Gerald geführt. Er war von Karla angeworben worden und war Gegenstand strengster Geheimhaltung. Hilfsdienste bei Maulwürfen werden nur von Genossen mit erstklassiger Befähigung versehen, sagt Iwlow. Iwlow-Lapin war an der Botschaft scheinbar eine bloße Null und mußte sich auf Grund dieser untergeordneten Stellung viele Demütigungen gefallen lassen, zum Beispiel bei festlichen Anlässen mit Frauen hinter der Bar stehen, in Wahrheit hingegen war er ein wichtiger Mann, der geheime Adjutant von Oberst Gregor Viktorow, dessen Arbeitsname bei der Botschaft Poljakow lautet.‹«

Hier meldete Smiley sich ein einziges Mal zu Wort; er ließ sich den Namen buchstabieren. Wie ein Schauspieler, der mitten im schönsten Monolog unterbrochen wird, antwortete Tarr ungnädig: »P-O-L-J-A-K-O-W. Haben Sie's jetzt verstanden?«

»Ja, vielen Dank«, sagte Smiley mit unerschütterlicher Höflichkeit und in einem Ton, der eindeutig besagte, daß der Name für ihn keinerlei Bedeutung habe. Tarr fuhr fort:

»›Viktorow ist selber ein alter Hase und mit allen Wassern gewaschen, sagte Iwlow. Seine Tarnung ist Kulturattaché, und in dieser Eigenschaft verständigt er sich mit Karla. Als Professor Poljakow organisiert er an britischen Universitäten und bei Gesellschaften Vorlesungen über kulturelle Probleme der Sowjetunion, aber nachts arbeitet er als Oberst Gregor Viktorow. Nach Anweisung Karlas aus der Zentrale instruiert er den Maulwurf Gerald und holt dessen Informationen ein. Zu diesem Zweck setzt Oberst Viktorow Kuriere ein, und der arme Iwlow war eine Zeitlang einer von ihnen. Aber nach wie vor wird der Maulwurf Gerald von Karla in Moskau unmittelbar kontrolliert.‹ Jetzt ändert es sich völlig«, sagte Tarr. »Sie schreibt nachts und ist entweder blau oder halb tot vor Angst – ein einziges Gefasel die ganze Seite über. Über Schritte auf dem Korridor und Seitenblicke, die die Gorillas ihr zuwerfen. Nicht übernommen, o. k., Mr. Smiley?« Und auf ein sparsames Nicken hin fuhr er fort: »›Die Sicherheitsmaßnahmen zum Schutz des Maulwurfs waren bemerkenswert. Schriftliche Berichte aus London an Karla wurden, auch wenn sie verschlüsselt waren, auseinandergeschnitten und durch getrennte Kuriere geschickt, andere waren unter der üblichen Botschaftskorrespondenz, nur mit Geheimtinte verfaßt. Iwlow erzählte mir, der Maulwurf Gerald habe zeitweise mehr Material geliefert, als Viktorow-Poljakow

beim besten Willen bewältigen konnte. Vieles war auf unentwikkelten Filmen, oft dreißig Rollen in einer Woche. Wenn der Behälter nicht auf eine bestimmte Art geöffnet wurde, war der Film verdorben. Anderes Material wurde vom Maulwurf bei streng geheimen Zusammenkünften mündlich geliefert und auf Spezialband aufgenommen, das nur über einen raffiniert konstruierten Apparat abgespielt werden konnte. Auch dieses Band wurde gelöscht, wenn man es dem Licht aussetzte oder auf einem falschen Gerät abzuspielen versuchte. Die Zusammenkünfte wurden von Fall zu Fall verabredet, immer anders, immer plötzlich, mehr weiß ich nicht, außer daß es sich um die Zeit handelte, als die faschistische Aggression in Vietnam ihren Höhepunkt erreicht hatte; in England hatten die reaktionären Kräfte wieder die Macht an sich gerissen. Auch daß, laut Iwlow-Lapin, der Maulwurf Gerald einen hohen Rang im Circus bekleidete. Thomas, ich sage dir dies alles, weil ich, seit ich dich liebe, alles Englische bewundere, dich am meisten. Ich mag nicht glauben, daß ein englischer Gentleman ein Verräter sein soll, obwohl ich es natürlich richtig finde, daß er sich für die Sache der Arbeiterklasse einsetzt. Auch fürchte ich für die Sicherheit eines jeden, der für den Circus arbeitet. Thomas, ich liebe dich, geh vorsichtig um mit diesem Wissen, es könnte auch dir schaden. Iwlow war ein Mann wie du, auch wenn sie ihn Lapin nannten ...‹« Tarr zögerte verschämt. »Am Ende kommt eine Stelle, wo ...«
»Lesen Sie«, brummte Guillam.
Tarr hob den Papierpacken leicht schräg an und las in der gleichen schleppenden Tonart weiter:
»›Thomas, ich sage dir alles auch deshalb, weil ich Angst habe. Als ich heute morgen aufwachte, saß er auf dem Bett und starrte mich an wie ein Irrer. Als ich zum Kaffee hinunterging, belauerten mich die Wächter Trepow und Nowikow wie Tiere, ihr Frühstück rührten sie kaum an. Sie waren bestimmt schon seit Stunden da, auch Awilow, ein Junge von der Außenstelle, saß bei ihnen. Hast du geplaudert, Thomas? Hast du ihnen mehr erzählt, als ich ahnen konnte? Jetzt begreifst du wohl, warum nur Alleline in Frage kommt. Mach dir keine Vorwürfe, ich kann erraten, was du ihnen erzählt hast. Im Herzen bin ich frei. Du hast

nur meine schlechten Seiten zu sehen bekommen. Das Trinken, die Angst, die Lüge, in der wir leben. Aber tief in meinem Innern brennt ein neues und seliges Licht. Ich glaubte immer, die Geheimwelt sei ein hermetisch abgeschlossener Ort und ich sei für immer auf eine Insel von Halbmenschen verbannt. Aber Thomas, sie ist nicht abgeschlossen. Gott hat mir gezeigt, daß sie hier ist, inmitten der wirklichen Welt, in unserer Reichweite, und daß wir nur die Tür öffnen und hinaustreten müssen, um frei zu sein. Thomas, du mußt immer nach diesem Licht streben, das ich gefunden habe. Man nennt es Liebe. Jetzt werde ich dieses Buch zu unserem Versteck bringen und dort lassen, solange noch Zeit ist. Lieber Gott, ich hoffe, es ist noch nicht zu spät. Gott gewähre mir eine Freistatt in seiner Kirche. Erinnere dich: auch dort habe ich dich geliebt.‹« Tarr war leichenblaß, und seine Hände, die das Hemd aufknöpften, um das Tagebuch wieder in die Ledertasche zu stecken, waren zittrig und feucht. »Es kommt noch ein Nachsatz«, sagte er. »Er lautet: ›Thomas, warum weißt du nur noch so wenige Gebete aus deiner Kindheit? Dein Vater war ein großer und guter Mensch.‹ Wie ich schon sagte«, erläuterte er, »sie war verrückt.«

Lacon hatte die Läden geöffnet, und jetzt strömte das weiße Tageslicht voll in den Raum. Die Fenster gingen auf eine kleine Koppel hinaus, wo Jackie Lacon, ein fettes kleines Mädchen mit Zöpfen und Reitkappe, behutsam ihr Pony im Kanter laufen ließ.

9 *Außerplanmäßige Flüge mit Landung in Ost und West*

Ehe Tarr wegging, stellte Smiley ihm einige Fragen. Er blickte dabei nicht Tarr an, sondern stellte die kurzsichtigen Augen auf mittlere Distanz ein. Die Tragödie hatte einen trostlosen Ausdruck auf dem feisten Gesicht hinterlassen.
»Wo ist das Original dieses Tagebuchs?«
»Ich habe es sofort wieder in den toten Briefkasten gelegt. Sie müssen es sich so vorstellen, Mr. Smiley: Als ich das Tagebuch fand, war Irina schon vierundzwanzig Stunden in Moskau. Meiner Vermutung nach würde sie nicht mehr viel Puste haben, wenn das Verhör losging. Höchstwahrscheinlich war sie schon im Flugzeug gründlich präpariert worden, dann folgte eine zweite Runde bei der Landung, dann Frage Eins, sobald die Obermacher mit dem Frühstück fertig waren. So machen sie's bei den Schüchternen: erst die Daumenschrauben und dann die Fragen, stimmt's? Es könnte daher nur einen, höchstens zwei Tage dauern, bis die Zentrale einen Strauchdieb losschicken würde, der sich ein bißchen dort hinten in der Kirche umsehen sollte, okay?«
Und dann wieder affektiert: »Außerdem mußte ich auf mein eigenes Wohlergehen bedacht sein.«
»Er will sagen, daß die Moskauer Zentrale weniger daran interessiert sein würde, ihm die Kehle durchzuschneiden, wenn sie glaubten, er hätte das Tagebuch nicht gelesen«, sagte Guillam.
»Haben Sie es fotografiert?«
»Ich trage keine Kamera. Ich habe mir ein dickes Schreibheft gekauft. In dieses Heft habe ich das Tagebuch abgeschrieben. Das Original habe ich wieder in sein Versteck gelegt. Die ganze Arbeit hat rund vier Stunden gedauert.« Er schaute Guillam an, dann von ihm weg. Das frische Tageslicht enthüllte plötzlich tiefverborgene Furcht auf Tarrs Gesicht. »Als ich ins Hotel zurückkam, war mein Zimmer völlig verwüstet: sie hatten sogar die Tapeten von den Wänden gerissen. Der Direktor schrie mich

an, ich solle mich zum Teufel scheren. Er wollte von nichts gewußt haben.«

»Er hat eine Kanone bei sich«, sagte Guillam. »Er wird sie nicht mit hinausnehmen.«

»Da haben Sie verdammt recht, das werd' ich nicht.«

Aus Smileys Magengegend kam ein mitfühlendes Grunzen: »Diese Zusammenkünfte, die Sie mit Irina hatten: die toten Briefkästen, die Warnsignale und Ausweichtreffpunkte. Wer hat diese fachmännischen Vorschläge gemacht: die Frau oder Sie?«

»Irina.«

»Worin bestanden die Warnsignale?«

»Körpersprache. Wenn ich den Kragen offen trug, wußte sie, daß ich die Umgebung abgesucht hatte und vermutete, daß die Luft rein sei. Wenn ich ihn geschlossen trug, Treffen abgeblasen bis zum Ausweichtermin.«

»Und Irina?«

»Handtasche. Linke Hand, rechte Hand. Ich kam als erster und wartete irgendwo, wo sie mich sehen konnte. Sie hatte die Wahl: Bleiben oder Abhauen.«

»Das Ganze ereignete sich vor einem halben Jahr. Was haben Sie inzwischen gemacht?«

»Geschlafen«, sagte Tarr grob.

Guillam sagte: »Er hat durchgedreht und sich nach Kuala Lumpur in eines der Bergdörfer verzogen. Sagt er jedenfalls. Er hat eine Tochter namens Danny.«

»Danny ist meine Kleine.«

»Er hat bei Danny und ihrer Mutter sein Lager aufgeschlagen«, sagte Guillam. Wie immer redete er Tarr ganz einfach dazwischen. »Er hat seine Weiber über den ganzen Globus verstreut, aber im Moment scheint sie die Lieblingsfrau zu sein.«

»Warum sind Sie ausgerechnet jetzt zurückgekommen?«

Tarr sagte nichts.

»Hätten Sie nicht gern Weihnachten mit Danny verbracht?«

»Schon.«

»Also, was ist passiert? Hat Ihnen etwas einen Schreck eingejagt?«

»Es sind Gerüchte umgegangen«, sagte Tarr mürrisch.

»Welche Art von Gerüchten?«
»So ein Franzose ist in KL aufgetaucht und hat herumerzählt, ich schuldete ihm Geld. Wollte mir einen Anwalt auf den Hals hetzen. Ich schulde niemandem Geld.«
Smiley wandte sich wieder an Guillam: »Im Circus wird er noch immer als Überläufer geführt?«
»Als mutmaßlicher.«
»Was haben Sie bisher unternommen?«
»Ich bin nicht zuständig. Ich habe auf Umwegen erfahren, daß London Station vor einer Weile mehrmals Kriegsrat über ihn gehalten hat, aber ich war nicht eingeladen und weiß also nicht, was dabei herauskam. Ich vermute, gar nichts, wie üblich.«
»Welchen Paß hat er benutzt?«
Tarr hatte die Antwort bereit: »Thomas habe ich abgeworfen, sobald ich in Malaya ankam. Wie ich annahm, war Thomas zur Zeit in Moskau nicht gerade Liebkind, und so machte ich ihm besser an Ort und Stelle den Garaus. In KL ließ ich mir einen Commonwealth- und britischen Paß anfertigen.« Er gab ihn Smiley. »Auf den Namen Poole. Nicht schlecht für den Preis.«
»Warum benutzten Sie nicht einen Ihrer Schweizer Pässe?«
Wieder eine argwöhnische Pause.
»Oder kamen die Pässe bei der Durchsuchung Ihres Hotelzimmers abhanden?«
Guillam sagte: »Er hat sie sofort nach seiner Ankunft in Hongkong gut versteckt. Das Übliche.«
»Warum haben Sie sie dann nicht benutzt?«
»Sie waren numeriert, Mr. Smiley. Sie waren zwar nicht ausgefüllt, aber numeriert waren sie. Mir war ein bißchen mulmig, ehrlich gesagt. Wenn London die Nummern hatte, dann hatte Moskau sie vielleicht auch, wenn Sie wissen, was ich meine.«
»Und was taten Sie mit Ihren Schweizer Pässen?« wiederholte Smiley freundlich.
»Er sagt, er hat sie weggeworfen«, sagte Guillam. »Wahrscheinlich hat er sie verkauft. Oder für diesen da in Tausch gegeben.«
»Wie? Wie hat er sie weggeworfen? Haben Sie sie verbrannt?«
»Stimmt, ich habe sie verbrannt«, sagte Tarr, und seine Stimme klang frech, halb Drohung, halb Furcht.

»Aber Sie sagten, dieser Franzose habe Sie gesucht ...«
»Er suchte Poole.«
»Wer hat jemals etwas von Poole wissen können, außer dem Mann, der diesen Paß gefälscht hat?« fragte Smiley und blätterte darin. Tarr sagte nichts. »Sagen Sie mir, wie Sie nach England zurückgereist sind«, forderte Smiley ihn auf.
»Hinten 'rum, über Dublin. Kein Problem.« Tarr war ein schlechter Lügner, wenn er unter Druck gesetzt wurde. War vielleicht die Schuld seiner Eltern. Er reagierte überstürzt, wenn er nicht vorbereitet war, und zu aggressiv, wenn er eine Antwort in petto hatte.
»Wie sind Sie nach Dublin gekommen?« fragte Smiley und prüfte die Einreisestempel auf der Mittelseite.
»Ging wie geschmiert.« Er hatte sein Selbstvertrauen zurückgewonnen. »Ich habe ein Mädchen, die Stewardeß bei der *South African* ist. Ein Kumpel hat mich per Fracht zum Kap geflogen, dort hat mich mein Mädchen übernommen und mir dann durch einen der Piloten einen Freiflug nach Dublin verschafft. Für die Leute im Osten habe ich die Halbinsel überhaupt nicht verlassen.«
»Ich tue alles in meiner Macht Stehende, um das zu prüfen«, sagte Guillam mit einem Blick zur Decke.
»Dann passen Sie verteufelt auf, Baby«, herrschte Tarr Guillam an. »Hetzen Sie mir nicht die falschen Leute auf den Pelz.«
»Warum sind Sie zu Mr. Guillam gekommen«, erkundigte sich Smiley, der noch immer in Mr. Pooles Paß vertieft war. Es war ein benutztes, ein vielbenutztes Dokument, weder zu voll noch zu leer. »Abgesehen davon, daß Sie natürlich Angst hatten.«
»Mr. Guillam ist mein Boß«, sagte Tarr tugendhaft.
»Ist Ihnen überhaupt nicht in den Sinn gekommen, daß er sie kurzerhand an Alleline weiterreichen könnte? Schließlich sind Sie, jedenfalls in den Augen der Circus-Riesen, ein sehr begehrter Mann.«
»Klar. Aber ich kann mir nicht vorstellen, daß Mr. Guillam mehr für die neue Gruppierung übrig hat als Sie, Mr. Smiley.«
»Außerdem liebt er England«, erläuterte Guillam mit beißendem Hohn.

»Klar. Ich hab' Heimweh gekriegt.«
»Haben Sie jemals erwogen, sich an jemanden anders als an ihn zu wenden? Warum zum Beispiel nicht an eine der Außenstellen, wo Sie weniger Gefahr liefen? Ist Mackelvore noch der Leiter in Paris?« Guillam nickte. »Na also: Sie hätten zu Mr. Mackelvore gehen können. Er hat Sie angeworben, Sie können ihm vertrauen: ein alter Circus-Mann. Sie hätten sicher in Paris sitzen können, anstatt hier Ihren Hals zu riskieren. Du lieber Gott. Lacon, schnell!«
Smiley war aufgesprungen, er hatte den Handrücken an den Mund gepreßt und starrte aus dem Fenster. Auf der Koppel lag Jackie Lacon schreiend auf dem Bauch, während ein reiterloses Pony zwischen den Bäumen davonraste. Sie schauten noch immer hinaus, als Mrs. Lacon, eine hübsche Frau mit langem Haar und dicken Winterstrümpfen, über den Zaun sprang und das Kind aufhob.
»Sie fallen oft 'runter«, bemerkte Lacon ziemlich ärgerlich. »In diesem Alter tun sie sich nicht weh.« Und nicht viel liebenswürdiger setzte er hinzu: »George, Sie sind nicht für Gott und die Welt verantwortlich.«
Langsam setzten sie sich wieder zurecht.
»Und wenn Sie Paris zum Ziel gehabt hätten«, fuhr Smiley fort, »welche Route hätten Sie dann gewählt?«
»Die gleiche bis Irland, und dann wahrscheinlich Dublin-Orly. Was haben Sie gedacht: daß ich auf dem Wasser wandle?«
Hier wurde Lacon rot, und Guillam sprang mit einem zornigen Ausruf hoch. Nur Smiley schien ganz ungerührt. Er nahm den Paß wieder zur Hand und kehrte langsam zum Anfang zurück.
»Und wie haben Sie sich mit Mr. Guillam in Verbindung gesetzt?«
Guillam antwortete an seiner Stelle, er sprach schnell: »Er wußte, wo ich meinen Wagen unterstelle. Er schlug einen Treffpunkt vor und deutete an, wir sollten das Ganze zunächst als Privatsache betrachten. Ich nahm Fawn als Babysitter mit.«
Smiley unterbrach: »Vorhin an der Tür, war das Fawn?«
»Er stand für mich Wache, während wir redeten. Seitdem ist er ständig bei uns. Sobald ich Tarrs Geschichte gehört hatte, rief ich

von einer Telefonzelle aus Lacon an und bat um eine Unterredung. George, sollten wir das nicht unter uns besprechen?«
»Haben Sie Lacon hier angerufen oder in London?«
»Hier«, sagte Lacon.
Stille trat ein, bis Guillam erklärte: »Ich erinnerte mich zufällig an den Namen eines Mädchens in Lacons Büro. Ich erwähnte ihren Namen und sagte, sie habe mich gebeten, ihn dringend wegen einer Privatsache anzurufen. Es war nicht ideal, aber es war das Beste, was mir auf Anhieb einfiel.« Und um das Schweigen auszufüllen, setzte er hinzu: »Verdammt nochmal, es bestand kein Grund zur Annahme, daß die Leitung angezapft war.«
»Es bestand jeder Grund.«
Smiley hatte den Paß zugeklappt und prüfte den Einband im Licht einer neben ihm stehenden schäbigen Leselampe. »Recht ordentlich, wie?« bemerkte er leichthin. »Sogar sehr ordentlich. Ich würde sagen, Facharbeit. Ich kann keine schwache Stelle entdecken.«
»Bemühen Sie sich nicht, Mr. Smiley«, konterte Tarr und nahm den Paß wieder an sich, »er ist nicht *made in Russia.*« Als er an der Tür stand, war das Lächeln wieder zurückgekehrt. »Soll ich Ihnen mal was sagen?« fragte er die drei Männer über die Schneise des langen Raums hinweg. »Wenn Irina recht hat, dann werdet ihr Jungens einen ganz neuen Circus brauchen. Wenn wir also zusammenhalten, könnten wir die Kerntruppe bilden.« Er trommelte spielerisch an die Tür. »Mach auf, Darling, ich bin's. Ricki.«
»Danke! Geht in Ordnung! Öffnen Sie bitte«, rief Lacon, und einen Augenblick später wurde der Schlüssel umgedreht, die dunkle Gestalt Fawns, des Babysitters, wurde einen kurzen Moment sichtbar, und die Schritte der beiden verklangen in den tiefen Gewölben des Hauses, zur Begleitmusik von Jackie Lacons fernem Gebrüll.

10 *Worin der Name Ellis zum ersten, aber nicht zum letzten Mal fällt*

Auf der Seite des Hauses, die der Pony-Koppel entgegengesetzt war, lag unter den Bäumen versteckt ein Tennisrasen. Es war kein guter Tennisrasen, er wurde selten gemäht. Im Frühling war das Gras sumpfig vom Winter und die Sonne konnte nicht hingelangen und es trocknen, im Sommer verschwanden die Bälle im Laubwerk, und an diesem Morgen war er knöcheltief von gefrorenen Blättern bedeckt, die sich überall aus dem Garten hier angesammelt hatten. Aber außen herum, ungefähr parallel mit dem Drahtrechteck, zog sich ein Pfad zwischen einigen Birken hin, und auf diesem Pfad gingen auch Smiley und Lacon fürbaß. Smiley hatte seinen Reisemantel angezogen, aber Lacon trug nur seinen fadenscheinigen Anzug. Vielleicht hatte er deshalb eine so scharfe rücksichtslose Gangart angeschlagen, daß jeder Schritt ihn ein Stück weiter über Smiley hinausbrachte und er ständig innehalten und – Schultern und Ellbogen angehoben –, warten mußte, bis der kleinere Mann aufgeholt hatte. Dann legte er sofort wieder los und gewann aufs neue Vorsprung. Auf diese Weise brachten sie zwei Runden hinter sich, bis Lacon das Schweigen brach.

»Als Sie vor einem Jahr mit einem ähnlichen Vorschlag zu mir kamen, habe ich Sie leider hinausgeworfen. Ich nehme an, ich sollte mich entschuldigen. Ich war nicht auf der Höhe.« Angemessenes Schweigen herrschte, während er sein Pflichtversäumnis erwog. »Ich gab Ihnen Anweisung, Ihre Nachforschungen einzustellen.«

»Sie sagten, es sei Amtsanmaßung«, sagte Smiley betrübt, wie in Erinnerung an den gleichen Trauerfall.

»Habe ich diesen Ausdruck gebraucht? Großer Gott, wie schwülstig!«

Vom Haus her hörte man Jackie noch immer schreien.

»Sie hatten nie welche, wie?« quäkte Lacon plötzlich und hob lauschend den Kopf.

»Wie bitte?«
»Kinder. Sie und Ann.«
»Nein.«
»Neffen, Nichten?«
»Einen Neffen.«
»Ihr eigener?«
»Anns Neffe.«
Vielleicht bin ich nie von hier weggegangen, dachte er und blickte um sich, auf die wuchernden Rosen, die zerbrochenen Schaukeln und morastigen Sandgruben, das ungepflegte rote Haus, das im Morgenlicht so roh wirkte. Vielleicht sind wir noch vom letzten Mal da. Lacon rechtfertigte sich aufs neue: »Ich gebe zu, daß ich Ihren Motiven nicht hundertprozentig traute. Es ging mir durch den Kopf, daß Control Sie darauf angesetzt haben könnte, wissen Sie. Um sich an der Macht zu halten und Alleline nicht zum Zug kommen zu lassen«, und wieder rannte er los, mit langen Schritten, abgewinkelten Handgelenken.
»O nein, ich garantiere Ihnen, daß Control überhaupt nichts davon wußte.«
»Das ist mir jetzt klar. Damals nicht. Es ist nicht ganz einfach zu entscheiden, wann man euch trauen darf und wann nicht. Sie haben ganz andere Maßstäbe, nicht wahr? Ich meine, notwendigerweise. Ich akzeptiere sie. Ich will hier nicht richten. Schließlich haben wir alle das gleiche Ziel, wenn auch unsere Methoden verschieden sind« – er setzte über einen Viehgraben. »Einmal hörte ich jemanden sagen, Moral ist Methode. Sind Sie auch dieser Meinung? Wahrscheinlich nicht. Sie würden vermutlich sagen, die Moral sei durch das Ziel definiert. Nur, daß es schwer zu sagen ist, welche Ziele man wirklich hat, besonders wenn man Brite ist. Wir können von euch Leutchen nicht erwarten, daß ihr die Politik für uns festsetzt, wie? Wir können euch nur bitten, sie zu schützen. Habe ich recht? Knifflige Sache das.«
Smiley, der keine Lust mehr hatte, hinter ihm herzujagen, setzte sich auf eine rostige Schaukel, wickelte den Mantel enger um sich und wartete, bis Lacon endlich zurückstelzte und sich neben ihm niederließ. Eine Weile schaukelten sie gemeinsam sanft im Rhythmus der ächzenden Federn.

»Wie zum Teufel ist sie auf Tarr verfallen«, brummte Lacon schließlich und ließ die langen Finger knacken. »Von allen Menschen auf der Welt ausgerechnet den als Beichtvater zu wählen, der so ziemlich der unpassendste sein dürfte.«
»Ich fürchte, diese Frage werden Sie einer Frau stellen müssen, nicht uns«, sagte Smiley und fragte sich wieder einmal, wo Immingham sein mochte.
»Wahrhaftig«, sagte Lacon mit übertriebener Betonung, »ein vollständiges Rätsel, das Ganze. Um elf Uhr bin ich beim Minister. Ich muß ihn ins Bild setzen. Ihren Parlamentsvetter«, fügte er als gezwungenen vertraulichen Scherz hinzu.
»Eigentlich Anns Vetter«, berichtigte ihn Smiley im gleichen abwesenden Tonfall. »Um etliche Ecken, sollte ich hinzufügen, aber trotz allem ein Vetter.«
»Und Bill Haydon ist auch Anns Vetter? Unser vornehmer Direktor von London Station.« Auch dies hatten sie schon einmal durchgespielt.
»Auf andere Weise, ja, ist Bill auch ihr Vetter.« Ziemlich überflüssig fügte er hinzu: »Sie kommt aus einer alten Familie mit einer starken politischen Tradition. Im Laufe der Zeit hat sie sich ziemlich ausgebreitet.«
»Die Tradition?« Lacon liebte es, auf Doppeldeutigkeiten hinzuweisen.
»Die Familie.«
Hinter diesen Bäumen, dachte er, fahren Autos vorbei. Hinter diesen Bäumen liegt eine ganze Welt, aber Lacon hat seine rote Burg und sein christliches Pflichtgefühl, das ihm keinen anderen Lohn verspricht als einen Adelstitel, die Achtung seiner *Peers*, eine fette Pension und ein paar Aufsichtsratspöstchen in der City.
»Auf jeden Fall sehe ich ihn um elf.« Lacon war aufgesprungen, und nun marschierten sie wieder. Smiley fing den Namen Ellis auf, den die herbstliche Morgenluft zu ihm zurückwehte. Einen Augenblick überkam ihn, genau wie neben Guillam im Auto, eine seltsame Nervosität.
»Schließlich«, sagte Lacon gerade, »haben wir beide nur unsere Pflicht getan. Sie glaubten, Ellis sei ein Verräter, und Sie verlang-

ten eine Hexenjagd. Mein Minister und ich glaubten, es handele sich um schlimmste Unfähigkeit von Control – eine Ansicht, die, um es milde auszudrücken, das *Foreign Office* teilte –, und wir verlangten einen neuen Besen.«

»Oh, ich verstehe *Ihr* Dilemma sehr gut«, sagte Smiley mehr zu sich selber als zu Lacon.

»Freut mich. Und vergessen Sie nicht, George: Sie waren Controls Mann. Control hat Sie Haydon vorgezogen, und als er gegen Ende die Dinge nicht mehr im Griff hatte – und dieses ganze ungeheure Abenteuer begann –, haben Sie sich für ihn exponiert. Nur Sie, George. Es passiert nicht alle Tage, daß der Leiter eines Geheimdienstes einen Privatkrieg gegen die Tschechen beginnt.« Es war klar, daß die Erinnerung immer noch schmerzte. »Unter anderen Gegebenheiten hätte wahrscheinlich Haydon dran glauben müssen, aber Sie saßen schon auf dem Schleudersitz, und ...«

»Und Alleline war der Mann des Ministers«, sagte Smiley so milde, daß Lacon seine Gangart zügelte und ihm zuhörte.

»Sie hatten ja keinen Verdächtigen, nicht wahr? Sie wiesen nicht mit dem Finger auf einen bestimmten Mann. Eine ziellose Untersuchung kann außerordentlich viel Schaden anrichten.«

»Ein neuer Besen hingegen kehrt besser.«

»Percy Alleline macht seine Sache sehr gut. Er sorgt für Nachrichten statt für Skandale; er hält sich genau an die Abmachungen und hat das Vertrauen der Klienten gewonnen. Und soviel ich weiß, ist er noch nicht in tschechoslowakisches Gebiet eingedrungen.«

Sie waren zu einem leeren Schwimmbassin gelangt und starrten auf den Grund. Aus den schlammigen Tiefen vermeinte Smiley wieder Roddy Martindales hinterhältige Stimme zu hören: »Kleine Leseräume in der Admiralität, kleine Ausschüsse mit komischen Namen wachsen aus dem Boden ...«

»Sprudelt Percys Spezialquelle noch immer?« erkundigte sich Smiley. »Das *Witchcraft*-Material oder wie man das heutzutage nennt.«

»Ich wußte nicht, daß Sie eingeweiht sind«, sagte Lacon keineswegs erfreut. »Da Sie danach fragen, ja. Quelle Merlin ist unser wichtigster Anhaltspunkt, und *Witchcraft* ist immer noch der Name des Produkts. Der Circus hat seit Jahren kein so gutes Material vorgelegt. Überhaupt nie, soweit ich mich erinnern kann.«

»Und es unterliegt noch immer diesen besonderen Sicherheitsbestimmungen?«

»Gewiß, und nachdem das jetzt passiert ist, werden wir bestimmt noch weit strengere Vorsichtsmaßnahmen treffen.«

»Das würde ich an Ihrer Stelle nicht tun. Gerald könnte den Braten riechen.«

»Das ist der Haken, nicht wahr?« bemerkte Lacon rasch. Seine Zähigkeit war unglaublich, dachte Smiley. Im einen Augenblick war er ein dürrer, ausgepumpter Boxer, dem die Handschuhe zu groß waren für die mageren Gelenke; im nächsten hatte er ausgeholt, einen in die Seile geschickt und beobachtete sodann sein Opfer mit christlichem Mitgefühl. »Wir können nichts tun. Wir können keine Nachforschungen anstellen, weil das gesamte Instrumentarium für eine solche Untersuchung in den Händen des Circus liegt, vielleicht sogar beim Maulwurf Gerald persönlich. Wir können nicht beschatten oder abhören oder Post öffnen. Wir würden in jedem solchen Fall auf Esterhases Aufklärer zurückgreifen müssen, und Esterhase muß wie jeder andere auch suspekt sein. Wir können keine Verhöre anstellen, wir können nicht dafür sorgen, daß bestimmten Personen der Zugang zu heiklen Geheimnissen verwehrt wird. Wenn wir etwas Derartiges unternähmen, würden wir riskieren, den Maulwurf stutzig zu machen. Es ist die älteste Frage der Welt, George. Wer kann den Spion ausspionieren? Wer kann den Fuchs hetzen, ohne mit ihm zu rennen?« Er machte einen weiteren mißglückten Versuch, Humor zu beweisen: »Höchstens der Maulwurf«, sagte er im Verschwörerton.

In einer jähen Aufwallung von Energie hatte Smiley sich losgerissen und trabte vor Lacon den Pfad entlang, der zur Koppel führte.

»Dann gehen Sie doch zur Konkurrenz«, rief er. »Gehen Sie zum Sicherheitsdienst. Sie sind die Experten, sie werden Ihnen eine feine Arbeit liefern.«

»Der Minister möchte das nicht. Sie wissen sehr genau, was er und Alleline von der Konkurrenz halten. Und ganz zu recht, wenn ich das sagen darf. Eine Meute ehemaliger Verwaltungsbeamter aus den Kolonien, die in den Circus-Papieren herumstöbert: ebensogut könnte man das Heer ansetzen, um die Marine zu überprüfen!«
»Das ist überhaupt kein Vergleich«, wandte Smiley ein.
Aber Lacon als guter Beamter hatte schon die zweite Metapher bereit: »Jedenfalls würde der Minister lieber unter einem undichten Dach wohnen, als sich von diesen Außenseitern seine ganze Burg einreißen zu lassen. Entspricht Ihnen diese Formulierung? Er hat einen absolut stichhaltigen Grund, George. Wir haben doch Agenten im Außendienst, und ich würde keinen Pfifferling mehr für sie geben, wenn die Herren vom Sicherheitsdienst angewalzt kämen.«
Jetzt war es an Smiley, sein Tempo zu mäßigen.
»Wie viele?«
»Sechshundert, ein paar mehr oder weniger.«
»Und hinter dem Vorhang?«
»Auf dem Etat stehen hundertundzwanzig.« Bei Zahlen, bei Fakten kannte Lacon keine Unsicherheit. Sie waren das Gold, mit dem er arbeitete, das er im Schweiß seines Angesichts der grauen bürokratischen Erde entrungen hatte. »Soviel ich den Zahlungsquittungen entnehmen kann, sind sie zur Zeit fast alle im Einsatz.« Er machte einen langen Satz. »Ich kann ihm also sagen, daß Sie es übernehmen, nicht wahr?« flötete er so ganz beiläufig, als wäre die Frage eine reine Formalität, nur damit dieser Punkt abgehakt werden könnte. »Sie übernehmen die Arbeit, misten den Stall aus? Gehen Sie zurück, vorwärts, alles was notwendig ist. Schließlich ist es Ihre Generation. Ihr Erbteil.«
Smiley hatte das Gatter der Koppel aufgestoßen und schlug es hinter sich zu. Sie maßen einander über den wackligen Zaun. Lacons rosig angehauchtes Gesicht zeigte ein unterwürfiges Lächeln.
»Wie komme ich auf Ellis?« fragte er im Konversationston. »Warum spreche ich von der Ellis-Affäre, wenn der arme Mensch doch Prideaux hieß?«

»Ellis war sein Arbeitsname.«
»Natürlich. So viele Skandale in letzter Zeit, man vergißt einfach die Details.« Unterbrechung. Schwingen des rechten Unterarms. Ausfall. »Und er war mit Haydon befreundet, nicht mit Ihnen?« erkundigte sich Lacon.
»Sie waren vor dem Krieg zusammen in Oxford.«
»Und während des Krieges und danach Stallgefährten im Circus. Das berühmte Gespann Haydon–Prideaux. Mein Vorgänger sprach dauernd davon.« Er wiederholte: »Aber Sie standen ihm nie nah?«
»Prideaux? Nein.«
»Kein Vetter, meine ich?«
»In drei Teufels Namen«, japste Smiley.
Lacon wurde plötzlich wieder linkisch, aber irgendeine verbissene Absicht ließ ihn den Blick nicht von Smiley wenden. »Und es besteht kein emotionaler oder sonstiger Grund, der Sie veranlassen könnte, den Auftrag abzulehnen? Seien Sie ganz aufrichtig, George«, drängte er so besorgt, als wäre ›aufrichtig sein‹ das letzte, was er sich wünschte. Er wartete einen Moment, dann warf er alle Bedenken beiseite: »Ich sehe eigentlich auch keinen Grund. Ein Teil unserer Person gehört wohl immer der Arbeit für die Öffentlichkeit, nicht wahr? Der Gesellschaftsvertrag hat seine zwei Seiten, das haben Sie gewiß schon immer gewußt. Und Prideaux ebenfalls.«
»Was soll das heißen?«
»Ja, du lieber Gott, er hat einiges abbekommen, George. Eine Kugel im Rücken gilt allgemein als ziemliches Opfer, nicht wahr, sogar in Ihrer Welt?«

Smiley stand allein am entfernten Ende der Koppel unter triefenden Bäumen und versuchte, seine Gefühle zu ergründen, während er um Atem rang. Wie ein altes Leiden hatte ihn der Zorn angefallen. Seit seinem Abtreten hatte er ihn verleugnet, alles gemieden, was ihn zum Ausbruch bringen könnte: Zeitungen, ehemalige Kollegen, Klatsch à la Martindale. Nachdem er ein Leben lang von seinem Verstand und seinem enormen Gedächtnis gelebt hatte, widmete er sich nun hauptamtlich der Aufgabe des Vergessens. Er hatte sich gezwungen, wissenschaftliche Interessen zu pflegen, die ihm während seiner Dienstzeit im Circus hinlänglich als Zerstreuung gedient hatten, aber jetzt, in seiner Untätigkeit, waren sie nichts, absolut nichts. Er hätte laut schreien können: nichts!

»Verbrenn den ganzen Kram«, hatte Ann hilfsbereit vorgeschlagen und damit seine Bücher gemeint. »Zünde das ganze Haus an. Alles, nur nicht verschimmeln.«

Wenn sie mit »verschimmeln« resignieren meinte, dann hatte sie sein Bestreben richtig beurteilt. Er hatte versucht, ehrlich versucht, als er sich seinem, wie die Versicherungsprospekte es mit Vorliebe nannten, Lebensabend näherte, einen mustergültigen *Rentier* abzugeben; obgleich niemand, und am allerwenigsten Ann, ihm diese Mühe dankte. Sooft er am Morgen sein Bett verließ, sooft er es des Abends, meist allein, wieder aufsuchte, hatte er sich eingehämmert, daß er nicht unentbehrlich sei und es niemals war. Er hatte sich das Bekenntnis eingepaukt, daß er in jenen elenden letzten Monaten von Controls Amtsführung, als eine Katastrophe die andere jagte, die Dinge viel zu überspitzt gesehen hatte. Und wenn jetzt der alte Amtsadam in ihm rebellierte und sagte: du *weißt*, daß es mit dem Circus bergab ging, du *weißt*, daß Jim Prideaux verraten wurde; nun, hatte er erwidert, und wenn schon? »Es ist schiere Eitelkeit, zu glauben, daß als einziger Mensch ein fetter, älterer Spion imstande wäre, die Welt zusammenzuhalten«, ermahnte er sich. Und bei anderen Gelegenheiten: »Ich habe noch nie gehört, daß irgendwer bei seinem Ausscheiden aus dem Circus *keine* unvollendete Arbeit zurückgelassen hätte.«

Nur Ann weigerte sich, diesen Schluß anzuerkennen, zu dem er mit soviel Mühe gelangt war. Sie ereiferte sich sogar, wie nur Frauen sich über geschäftliche Dinge ereifern können, sie drängte ihn, umzukehren, seine Arbeit dort wieder aufzunehmen, wo er sie abgebrochen hatte, nicht unter billigen Argumenten vom Kurs abzugehen. Nicht daß sie etwas gewußt hätte, aber welche Frau hat sich jemals von einem Mangel an Wissen aufhalten lassen? Sie fühlte. Und verachtete ihn, weil er nicht in Übereinstimmung mit ihrem Fühlen handelte.

Und jetzt, genau in dem Moment, als er endlich so weit war, an sein eigenes Dogma zu glauben, ein Schritt, der ihm durch Anns Verliebtheit in einen stellenlosen Schauspieler nicht leichter gemacht wurde, was passiert jetzt? Die vollzählig versammelten Gespenster aus seiner Vergangenheit: Lacon, Control, Karla, Alleline, Esterhase, Bland und zu guter Letzt Bill Haydon persönlich stürmen in seine Zelle und teilen ihm strahlend mit, während sie ihn wieder zurück in den gleichen Garten zerren, daß alles, was er Eitelkeit genannt hatte, Wahrheit sei!
Haydon, wiederholte er leise, denn er konnte sich nicht mehr gegen die Flut der Erinnerungen wehren. Schon der Name versetzte ihm einen Stoß. »Ich habe gehört, Sie und Bill hätten einst *alles* miteinander geteilt«, sagte Martindale.
Er starrte auf seine pummeligen Hände und sah, wie sie zitterten. Zu alt? Impotent? Angst vor der Jagd? Oder Angst vor dem, was er am Ende aufstöbern würde?
»Für das Nichttun gibt es immer ein Dutzend Gründe«, sagte Ann mit Vorliebe – es war tatsächlich eine treffliche Rechtfertigung vieler ihrer Seitensprünge. »Für das *Tun* gibt es nur einen Grund. Nämlich, daß man es will.« Oder muß? Ann würde das leidenschaftlich verwerfen: Zwang, würde sie sagen, ist nur ein anderes Wort für »tun, was man will«; oder für »nicht tun, wovor man sich fürchtet«.

Mittlere Kinder weinen länger als ihre Geschwister. Jackie Lacon lag an der Schulter ihrer Mutter, um ihren Schmerz und den verletzten Stolz zu beschwichtigen, und beobachtete den Aufbruch der Gäste. Zuerst zwei Männer, die sie noch nie gesehen hatte, der eine groß und schlank, der andere kurz und dunkel. Sie fuhren in einem kleinen grünen Lieferwagen weg. Niemand winkte ihnen nach, wie sie feststellte, oder sagte auch nur Auf Wiedersehen. Dann fuhr ihr Vater in seinem Wagen weg und schließlich gingen ein schöner blonder Mann und ein kleiner fetter in einem viel zu großen Mantel zu einem Sportwagen, der unter den Birken geparkt war. Zuerst glaubte sie, mit dem Fetten müsse etwas nicht stimmen, er folgte dem anderen so langsam und mühselig. Aber als er sah, daß der schöne Mann ihm die Wagentür hielt, schien er aufzuwachen und fiel in einen schwerfälligen Trab. Aus unerfindlichen Gründen regte diese Szene sie von neuem auf. Eine Woge von Kummer erfaßte sie, und ihre Mutter konnte sie nicht trösten.

11 *Peter Guillam folgt den Spuren eines »Maulwurfs« und findet die Jagd nicht ungefährlich*

Peter Guillam war ein ritterlicher Mann, dessen bewußte Loyalität durch seine Gefühle der Zuneigung bestimmt wurde. Seine angeborene Loyalität gehörte seit vielen Jahren dem Circus. Sein Vater, ein französischer Geschäftsmann, hatte während des Krieges für Haydons *réseau* spioniert, während die Mutter, gebürtige Engländerin, geheimnisvollen Beschäftigungen mit Chiffren nachging. Guillam selber hatte bis vor acht Jahren, als Angestellter eines Transportunternehmens getarnt, seine eigenen Agenten in Französisch Nordafrika gehabt, ein ausgesprochenes Himmelfahrtskommando. Sein Netz flog auf, seine Agenten wurden gehenkt, und für ihn begannen die langen Jahre des gestrandeten Profis mittleren Alters. Er verrichtete in London Gelegenheitsarbeiten, manchmal für Smiley, leitete ein paar Inlandseinsätze, dirigierte ein Netz von Freundinnen, die, wie es im Fachjargon hieß, nicht rundgeschaltet waren, und als Allelines Clique ans Ruder kam, wurde er nach Brixton abgeschoben, vermutlich, weil er die falschen Beziehungen hatte, unter anderem Smiley. So hätte er bis vergangenen Freitag ganz entschieden seine Lebensgeschichte dargestellt. Seine Verbindung zu Smiley hätte er sich größtenteils für den Schluß aufgehoben.

Guillam wohnte damals vorwiegend in den Londoner Docks, wo er unter den vereinzelten polnischen und russischen Matrosen, die er und einige Talentsucher aufgetan hatten, ein untergeordnetes Marinenetz zusammenstellte. Zwischendurch saß er immer wieder in einem kleinen Zimmer im Erdgeschoß des Circus, tröstete eine hübsche Sekretärin namens Mary und war ganz zufrieden, abgesehen davon, daß keiner, der etwas zu sagen hatte, jemals seine Aktennotizen beantwortete. Wenn er das Telefon benutzte, war entweder besetzt, oder es meldete sich niemand. Er hatte gerüchtweise etwas von Schwierigkeiten gehört, aber es gab dauernd Schwierigkeiten. So war zum Beispiel allgemein bekannt, daß Alleline und Control einander in der Wolle

hatten, aber darin bestand schon seit Jahren ihre Hauptbeschäftigung. Er wußte ferner, genau wie alle anderen, daß eine großangelegte Sache in der Tschechoslowakei geplatzt war und daß Jim Prideaux, der Chef der Skalpjäger, der älteste Tschechen-Spezialist und Bill Haydons lebenslanger Gefährte, angeschossen und erwischt worden war. Daher vermutlich das unüberhörbare Schweigen und die düsteren Mienen. Daher auch Bill Haydons rasender Zorn, der durchs ganze Haus seine Wellen schlug: wie Gottes Zorn, sagte Mary, der ausgewachsene Leidenschaften imponierten. Später hörte er die Katastrophe als »Operation Testify« bezeichnen. *Testify*, so sagte Haydon ihm später, sei die stümperhafteste Operation gewesen, die jemals ein alter Mann um seines welkenden Ruhmes willen angezettelt habe, und Jim Prideaux sei der Preis dafür. Einiges darüber war in die Zeitungen gelangt, es gab Anfragen im Parlament und sogar Gerüchte – die offiziell nicht bestätigt wurden –, daß britische Truppen in Deutschland in höchster Alarmbereitschaft seien.
Schließlich, nachdem er sich lange genug in allen möglichen Büros herumgetrieben hatte, ging ihm auf, was allen anderen schon vor sechs Wochen aufgegangen war. Der Circus schwieg nicht nur, er war eingefroren. Nichts kam herein, nichts ging hinaus; jedenfalls nicht auf der Ebene, auf der Guillam sich bewegte. Alle Mächtigen des Hauses waren wie vom Erdboden verschluckt, und als der Zahltag kam, steckten keine dicken Kuverts in den Fächern, weil, laut Mary, die Personalabteilung nicht die übliche allmonatliche Anweisung erhalten habe, sie auszugeben. Dann und wann berichtete jemand, er habe Alleline beim Verlassen seines Clubs gesehen, ausgesprochen verbiestert. Oder Control beim Einsteigen in seinen Wagen, ausgesprochen sonnig. Oder daß Bill Haydon seine Entlassung eingereicht habe, mit der Begründung, daß er übergangen oder unterlaufen worden sei, aber Bill reichte ständig seine Entlassung ein. Dieses Mal jedoch, wie das Gerücht wissen wollte, aus andersgearteten Gründen: Haydon sei wütend darüber, daß der Circus sich weigere, den Tschechen den Preis für Jim Prideaux' Freilassung zu zahlen; sie verlangten angeblich zu viel an Agenten oder an Prestige. Und daß

Bill einen seiner Ausbrüche von Chauvinismus gehabt und erklärt habe, jeder Preis sei angemessen, wenn man dafür einen Engländer zurückbekomme: gebt ihnen alles, was sie wollen, aber holt Jim zurück.

Dann erschien eines Abends Smiley unter Guillams Tür und lud ihn zu einem Drink ein. Mary wußte nicht, wer er war, und sagte nur in ihrem einstudiert klassenlosen Tonfall »Hallo«. Als sie Seite an Seite den Circus verließen, wünschte Smiley den Kontrollbeamten ungewöhnlich knapp gute Nacht, und in der Kneipe an der Wardour Street sagte er: »Sie haben mich geschaßt«, und das war alles.

Vom Pub gingen sie in ein Weinlokal in der Nähe von Charing Cross, einem Keller mit Musik und ohne Gäste. »Haben sie irgendeinen vernünftigen Grund angegeben?« erkundigte sich Guillam. »Oder ist es nur, weil Ihre Figur gelitten hat?«

Smiley hakte bei dem Wort »vernünftig« ein. Er war inzwischen ehrenhaft, aber gründlich betrunken, doch »vernünftige Gründe« drangen, während sie am Themseufer entlangschwankten, zu ihm durch.

»Vernünftig als logisch?« fragte er, und es klang weniger nach Smiley als nach Bill Haydon, dessen polemischer Stil aus der Vorkriegszeit in diesen Tagen jedermann in den Ohren zu klingen schien. »Oder vernünftig als begründet? Vernunft als Lebensform?« Sie setzten sich auf eine Bank. »Ich pfeife auf ihre ›vernünftigen Gründe‹. Ich habe meine eigenen. Und zwar ganz andere«, räsonierte er hartnäckig weiter, während Guillam ihn sorgsam in ein Taxi verlud und dem Chauffeur Geld und Adresse gab, »ganz andere, als diese halbgare Toleranz, die nur der Interesselosigkeit entspringt.«

»Amen«, sagte Guillam, der dem entschwindenden Taxi nachschaute und in diesem Augenblick klar erkannte, daß nach den Regeln des Circus ihre Freundschaft, so wie sie bisher gewesen war, hier und jetzt endete. Am nächsten Tag erfuhr Guillam, daß noch mehr Köpfe gerollt waren und daß Percy Alleline als Nachtwächter mit dem Titel eines amtierenden Chefs zunächst den Laden übernehmen sollte, und daß Bill Haydon zu jedermanns Erstaunen, aber höchst wahrscheinlich aus nagendem

Zorn auf Control, unter ihm arbeiten wolle; oder, wie die ganz Gescheiten sagten, über ihm. Weihnachten war Control tot. »Du wirst der nächste sein«, sagte Mary, die in diesen Ereignissen eine zweite Erstürmung des Winterpalasts sah, und sie weinte, als Guillam in die sibirische Verbannung nach Brixton zog, ironischerweise, um Jim Prideaux' Planstelle auszufüllen. Als Guillam nun an jenem feuchten Montagnachmittag, beschwingt von der Aussicht auf Treuebruch, die Stufen zum Circus hinaufstieg, ließ er sich alle diese Ereignisse nochmals durch den Kopf gehen und kam zu dem Schluß, daß heute sein Weg zurück begann.

Er hatte die vorangegangene Nacht in seiner geräumigen Wohnung am Eaton Place in Gesellschaft Camillas verbracht, einer Musikstudentin mit langgestrecktem Körper und traurigem schönem Gesicht. Obwohl sie erst zwanzig war, hatte ihr schwarzes Haar graue Strähnen, wie von einem Schock, über den sie niemals sprach. Als vielleicht weitere Folge des gleichen unausgesprochenen Traumas aß sie kein Fleisch, trug keine Lederschuhe und nahm keine alkoholischen Getränke zu sich; nur in der Liebe war sie, wie es Guillam schien, frei von solchen geheimnisvollen Hemmungen. Er hatte den ganzen Vormittag allein in seinem äußerst schäbigen Zimmer in Brixton Dokumente aus dem Circus fotografiert, mittels einer Kleinstbildkamera aus seinen eigenen Ausrüstungsbeständen; er tat das häufig, um in Übung zu bleiben. Der Lagerverwalter hatte gefragt »Tageslicht oder künstlich«, und sie hatten sich freundschaftlich über Lichtempfindlichkeit unterhalten. Er hatte seiner Sekretärin gesagt, daß er nicht gestört werden wolle, seine Tür abgeschlossen und sich nach Smileys präzisen Anweisungen an die Arbeit gemacht. Die Fenster waren hoch in der Wand eingelassen. Im Sitzen konnte er nur den Himmel sehen und das Dach der neuen Schule am Ende der Straße.
Er begann mit Nachschlagematerial aus seinem Privatsafe. Smiley hatte ihm die Reihenfolge angegeben. Zuerst das Mitarbeiterverzeichnis, nur an höhere Beamte auszuhändigen, mit den Privatadressen, Telefonnummern, Namen und Arbeitsnamen

des gesamten im Inland stationierten Circuspersonals. Zweitens, Richtlinien der Aufgabenverteilung, mit Ausfalt-Diagramm des neuen Organisationsplans des Circus unter Alleline. In seinem Mittelpunkt lag London Station wie eine Riesenspinne in ihrem Netz. »Nach der Prideaux-Pleite«, hatte Bill zu wiederholten Malen gewettert, »wird es für uns keine Geheimarmeen mehr geben, keine linke Hand, die nicht weiß, was die linke tut.« Alleline war, wie Guillam feststellte, zweimal eingetragen, einmal als Chef, einmal als »Direktor der Abteilung Besondere Quellen«. Das Gerücht wollte wissen, daß diese Quellen den Circus am Leben hielten. Nach Guillams Dafürhalten war der minimale Arbeitsausstoß des Circus und das Ansehen, das er in Whitehall genoß, durch nichts anderes zu erklären. Diesen Dokumenten fügte er auf Smileys Drängen noch den revidierten Organisationsplan der Skalpjäger hinzu. Es handelte sich hierbei um einen Brief Allelines, der mit den Worten »Lieber Guillam« begann und ihm im einzelnen die Beschneidung seiner Befugnisse mitteilte. Sie gingen in mehreren Fällen an Toby Esterhase, den Chef der Aufklärer in Acton über, der einzigen Zweigstelle, die im Zuge des Lateralismus an Bedeutung gewonnen hatte.
Danach ging er hinüber an seinen Schreibtisch und fotografierte, ebenfalls auf Anweisung Smileys, ein paar Routine-Rundschreiben, die als allgemeine Lektüre nützlich sein konnten. Unter ihnen war ein Klagelied der Verwaltung über den Zustand »sicherer Häuser« im Gebiet von London: »Es wird *dringend* gebeten, sie *pfleglich* zu behandeln«, und ein weiteres über den Mißbrauch nicht registrierter Telefone im Circus zu Privatgesprächen. Schließlich ein sehr massives persönliches Anschreiben der Dokumentenabteilung, worin er »zum unwiderruflich letzten Mal« darauf aufmerksam gemacht wurde, daß seine auf seinen Arbeitsnamen lautenden Autopapiere abgelaufen seien, und daß er, falls er sie nicht zu erneuern geruhte, »der Personalstelle zur Einleitung entsprechender disziplinarischer Maßnahmen gemeldet würde«.
Er legte die Kamera zur Seite und ging wieder zum Safe. Im untersten Fach lag ein Packen Aufklärerberichte, mit Toby Esterhases Unterschrift versehen und mit dem Codewort Axt gestem-

pelt. Sie enthielten die Namen und Tarnberufe der zwei- bis dreihundert identifizierten sowjetischen Geheimdienstagenten, die in London unter legaler oder halblegaler Tarnung tätig waren: Handel, Tass, Aeroflot, Radio Moskau, konsularischer und diplomatischer Dienst. Gegebenenfalls auch die Daten von Nachforschungen, die durch die Aufklärer angestellt worden waren und die Namen von Nebenstellen, wie man in der Fachsprache solche Kontakte nannte, die im Zug einer Überwachung entdeckt und nicht unbedingt immer weiter verfolgt wurden. Die Berichte waren in einem jährlichen Hauptband mit monatlichen Ergänzungsbänden zusammengefaßt. Guillam studierte zuerst den Hauptband, dann die Ergänzungen. Um elf Uhr zwanzig verschloß er den Safe, rief über die direkte Leitung London Station an und verlangte Lauder Strickland von der Bankabteilung.

»Lauder, hier Peter in Brixton, wie geht das Geschäft?«

»Ja, Peter, was kann ich für Sie tun?«

Kurz und bündig. Wir in London Station haben wichtigere Freunde, besagte der Tonfall.

Es handle sich darum, ein paar Moneten abzustauben, erklärte Guillam, und damit einen französischen diplomatischen Kurier einzukaufen, der offenbar zu haben war. Mit seiner demütigsten Stimme brachte er die Frage vor, ob Lauder wohl Zeit finden könnte, daß sie sich treffen und die Sache besprechen würden. Ob das Projekt von London Station freigegeben sei? wollte Lauder wissen. Nein, aber Guillam habe die Papiere bereits mit dem Pendelbus an Bill abgeschickt. Lauder Strickland wurde eine Spur zugänglicher. Guillam ließ nicht locker: »Die Sache hat ein paar kitzlige Aspekte, Lauder, ohne Ihren Grips werden wir nicht auskommen.«

Lauder sagte, er könne eine halbe Stunde für ihn erübrigen.

Auf dem Weg ins West End lieferte er seine Filme in der unansehnlichen Drogerie Lark in der Charing Cross Road ab. Lark, wenn er es selber war, war ein sehr fetter Mann mit riesigen Fäusten. Der Laden war leer.

»Die Filme von Mr. Lampton, zum Entwickeln«, sagte Guillam.

Lark nahm das Päckchen mit ins Hinterzimmer, und als er wiederkam, sagte er mit gurgelnder Stimme: »Alle in Ordnung«, und stieß einen Luftschwall aus, als rauchte er, was er aber nicht tat. Er brachte Guillam zur Tür und schloß sie hinter ihm. Wo mag George sie nur immer auftreiben? fragte er sich. Er hatte eine Packung Hustenpastillen gekauft. Jeder einzelne Schritt muß zu begründen sein, hatte Smiley ihm eingeschärft: Nehmen Sie stets an, daß Tobys Hunde vierundzwanzig Stunden am Tag auf Ihrer Fährte sind. Das ist schließlich nichts Neues, dachte Guillam; Toby Esterhase würde seiner eigenen Mutter die Hunde auf die Spur hetzen, wenn es ihm ein Schulterklopfen von Alleline einbrächte.

Von Charing Cross ging er zu *Chez Victor* zu einem Lunch mit seinem Vorturner Cy Vanhofer und einem Halunken, der sich Lorimer nannte und behauptete, seine Mätresse mit dem ostdeutschen Gesandten in Stockholm zu teilen. Lorimer sagte, das Mädchen sei bereit, mitzuspielen, aber sie benötige die britische Staatsbürgerschaft und einen Haufen Geld, zahlbar bei der ersten Lieferung. Sie würde alles tun, sagte er: Die Post des Botschafters abfangen, Mikros in seine Räume pflanzen »oder ihm Glasscherben ins Badewasser streuen«, was ein Witz sein sollte. Guillam hielt Lorimer für einen Lügner, und er hätte gern gewußt, ob auch Vanhofer einer sei, aber er wußte nur zu gut, daß er keinem von beiden darauf kommen würde, nach welcher Seite er tendierte. Er mochte das Lokal *Chez Victor*, konnte sich aber nicht erinnern, was er gegessen hatte, und als er den Vorplatz im Circus betrat, war ihm klar, daß er schrecklich aufgeregt war.

»Hallo Bryant.«

»Freut mich, Sie zu sehen, Sir. Nehmen Sie doch Platz, Sir, nur einen Augenblick, Sir, vielen Dank«, sagte Bryant, alles in einem Atemzug, und Guillam ließ sich auf der Holzbank nieder und dachte an Zahnärzte und Camilla. Sie war eine ganz neue und ziemlich schillernde Erwerbung; alles war so schnell gegangen wie schon seit langem nicht mehr. Sie hatten sich bei einer Party kennengelernt, wo sie bei einem Glas Karottensaft allein in einer Ecke saß und über die Wahrheit sprach. Guillam setzte alles auf eine Karte und sagte, Ethik sei nicht seine starke Seite und ob sie nicht lieber einfach ins Bett gehen sollten? Camilla überlegte eine

Weile ernsthaft; dann holte sie ihren Mantel. Seitdem hing sie in Guillams Wohnung herum, briet Nuß-Frikadellen und spielte Flöte.

Der Vorplatz sah schäbiger aus denn je. Drei alte Aufzüge, eine Holzbarriere, ein Werbeplakat für Mazawatee-Tee, Bryants verglastes Schilderhäuschen mit einem Bilder-aus-England-Kalender und mehrere bemooste Telefone.

»Mr. Strickland *erwartet* Sie bereits, Sir«, sagte Bryant, als er wieder auftauchte, und stempelte bedächtig auf einen rosa Zettel die Tageszeit auf: Vierzehn Uhr fünfundfünfzig, P. Bryant, Portier. Das Gitter des mittleren Aufzuges klapperte wie ein Bündel trockener Stecken.

»Zeit, daß das Ding mal geölt wird, wie?« rief Guillam, während er wartete, bis der Mechanismus in Gang kam.

»Wir haben schon x-mal angemahnt«, sagte Bryant und stieg in seine Lieblingsklage ein. »Sie rühren keinen Finger. Man kann nachfragen, bis man schwarz wird. Wie geht's der Familie, Sir?«

»Bestens«, sagte Guillam, der keine hatte.

»Freut mich«, sagte Bryant. Von oben sah Guillam den sahnefarbenen Kopf zwischen seinen Füßen verschwinden. Mary nannte ihn immer Erdbeer mit Vanille, fiel ihm ein: rotes Gesicht, weißes Haar und breiig.

Im Lift betrachtete er seinen Besuchsschein. »Berechtigt zum Betreten von LS«, lautete die erste Zeile. »Zweck des Besuches: Bankabteilung. Dieses Dokument ist vor Verlassen des Gebäudes zurückzugeben.« Und neben »Unterschrift des Besuchten« ein freier Platz.

»Tag, Peter. Begrüße Sie. Sie haben sich ein bißchen verspätet, aber das macht nichts.«

Lauder wartete an der Schranke, das ganze 1 Meter 80 hohe Nichts von ihm, mit weißem Kragen und voll heimlichen Stolzes, weil er aufgesucht wurde. Zu Controls Zeiten war diese Etage ein einziges Hin und Her geschäftiger Leute gewesen. Heute verschloß eine Schranke den Zutritt. Ein rattengesichtiger Portier prüfte eingehend seinen Besuchsschein.

»Du lieber Gott, seit wann haben Sie denn dieses Ungetüm?«

fragte Guillam und blieb vor einem glänzenden neuen Kaffeeautomaten stehen. Ein paar Mädchen, die ihre Becher füllten, blickten auf und sagten: »Hallo, Lauder«, wobei sie Guillam anschauten. Die große erinnerte ihn an Camilla: das gleiche langsam glimmende Auge, das die männliche Unzulänglichkeit ächtete.

»Ach, Sie ahnen gar nicht, wie viele Mann-Stunden das einspart«, schrie Lauder plötzlich. »Phantastisch. Ganz phantastisch«, und hätte in seiner Begeisterung beinah Bill Haydon überrannt.

Haydon war aus seinem Zimmer getreten, einem sechseckigen MG-Stand mit Blick über New Compton Street und Charing Cross Road. Er bewegte sich in der gleichen Richtung wie sie, aber im Tempo von einer halben Meile pro Stunde, was bei Bill innerhalb des Hauses Vollgas bedeutete. Im Freien verhielt er sich anders; Guillam hatte auch das gesehen, bei Übungsspielen in Sarratt und einmal bei einem nächtlichen Überfall in Griechenland. Im Freien war er flink und gewandt; das scharfgeschnittene Gesicht, das in diesem dumpfen Korridor fahl und verschlossen wirkte, schien unter freiem Himmel von den fernen Orten geprägt, an denen er gearbeitet hatte. Sie waren Legion: für Guillams bewundernde Augen gab es kein Einsatzfeld, das nicht irgendwo Haydons Siegel getragen hätte. Er war in seiner eigenen Karriere immer wieder den Spuren von Bills ungewöhnlicher Laufbahn begegnet. Vor ein paar Jahren, als er noch für den Marine-Geheimdienst arbeitete und unter anderem die Aufgabe hatte, ein Team von Küstenbewachern für die chinesischen Häfen Wentschou und Amoy zusammenzustellen, entdeckte Guillam zu seinem Erstaunen, daß es in beiden Städten noch chinesische Agenten gab, die Bill Haydon während irgendeines vergessenen Kriegseinsatzes rekrutiert, mit Geheimsendern und allem Zubehör ausgestattet hatte und mit denen man sich in Verbindung setzen konnte. Und ein anderes Mal, als er die Berichte über Himmelfahrtskommandos von Circus-Kämpfern während des Krieges durchging – weniger, weil er für die Gegenwart Wichtiges zu finden hoffte, als in wehmütigem Rückblick –, stieß Guillam zweimal innerhalb von zwei Minuten auf Haydons Arbeitsnamen: Im Jahr einundvierzig hatte er französische Fischkutter aus der Helford-Bucht gefahren; im gleichen Jahr richtete er, mit Jim Prideaux als Sozius, Kurierstafetten quer durch Südeuropa ein, vom Balkan bis Madrid. Für Guillam gehörte Haydon jener einmaligen, aussterbenden Circus-Generation an, zu der auch seine Eltern und Smiley gehörten – exklusiv und in Haydons Fall von blauem Blut. Aus einem einzigen Dasein, das er in unsteter Hast zubrachte, hatten sie in aller Gelassenheit ein Dutzend Leben gemacht, und noch heute, nach dreißig Jahren, verdankte der Circus ihnen seinen ersterbenden Hauch von Abenteuer.

Als er die beiden Männer sah, blieb Haydon wie angewurzelt stehen. Seit Guillam zuletzt mit ihm gesprochen hatte, war ein Monat vergangen; vermutlich war er in ungenannten Geschäften verreist gewesen. Als er jetzt, das Licht im Rücken, vor seiner offenen Bürotür stand, sah er seltsam schwarz und groß aus. Er trug irgend etwas, Guillam konnte nicht feststellen, was es war, eine Zeitschrift, eine Akte oder ein Bericht; sein Büro, das von seinem Schatten entzweigeschnitten wurde, war ein Mittelding zwischen Mönchszelle und unaufgeräumter Studentenbude. Überall lagen Berichte, Manuskripte und Akten herum; ein filzbespanntes Anschlagebrett an der Wand war mit Postkarten und Zeitungsausschnitten besteckt; daneben hing, schief und ungerahmt, eines von Bills frühen Bildern, konsequent abstrakt, in harten, flachen Wüstenfarben.

»Hallo Bill«, sagte Guillam.

Haydon ließ seine Tür offenstehen – ein eklatanter Bruch der Hausordnung – und setzte sich, noch immer wortlos, vor ihnen in Bewegung. Er war wie immer sagenhaft verschroben gekleidet. Die Lederflecke auf seinem Jackett waren sternförmig aufgenäht, nicht viereckig, so daß er von hinten wie ein Harlekin aussah. Die Brille hatte er über die graue Stirntolle geschoben wie eine Schutzbrille. Eine Weile trabten sie unsicher hinter ihm her, bis er sich plötzlich unversehens umdrehte, in ganzer Figur, wie eine Statue, die langsam auf ihrem Sockel herumschwenkt, und den Blick auf Guillam richtete. Dann grinste er, so daß die sichelförmigen Augenbrauen sich hoben wie die Brauen eines Clowns, und sein angespanntes Gesicht wurde hübsch und un-

wahrscheinlich jung.
»Was, zum Teufel, haben Sie denn hier zu suchen, Sie Paria?« erkundigte er sich liebenswürdig.
Lauder, der die Frage ernst nahm, stürzte sich in Erklärungen über Belgrad und das nötige Kleingeld.
»Schließen Sie besser die Löffel weg«, sagte Bill und redete einfach durch Lauder hindurch. »Diese Skalpjäger stehlen Ihnen das Gold aus den Zähnen«, und setzte mit einem weiteren freundschaftlichen Grinsen seinen Weg fort, nachdem er sie vorbeigelassen hatte. »Und verschließen Sie auch die Mädchen«, rief er ihnen noch nach, »wenn sie sich's gefallen lassen. Seit wann stauben die Skalpjäger ihr Geld selber ab? Das ist unsere Arbeit.«
»Lauder staubt ab. Wir verpulvern's nur.«
»Unterlagen an mich«, sagte Haydon mit plötzlicher Barschheit zu Strickland. »Mit dem Kuddelmuddel ist jetzt Schluß.«
»Sind schon an Sie unterwegs«, sagte Guillam. »Liegen wahrscheinlich bereits in Ihrem Einlaufkorb.«
Ein letztes Nicken forderte sie zum Überholen auf, so daß Guillam auf dem ganzen Weg bis zur nächsten dunklen Biegung spürte, wie Haydons blaßblauer Blick sich in seinen Rücken bohrte.
»Phantastischer Kerl«, erklärte Lauder, als hätte Guillam Bill zum erstenmal gesehen. »London Station könnte gar nicht in besseren Händen sein. Unglaubliche Befähigung. Unglaubliche Beurteilung. Glänzend.«
Während ihr, dachte Guillam, vom Abglanz profitiert. Indem man euch mit Haydon identifiziert, mit dem Kaffeeautomaten, mit den Banken. Seine Betrachtungen wurden durch die ätzende Cockney-Stimme Roy Blands unterbrochen, der aus der nächsten Tür vor ihnen auftauchte.
»He, Lauder, Moment mal: haben Sie Bloody Bill irgendwo gesehen? Er wird dringend gewünscht.«
Darauf folgte unmittelbar Toby Esterhases getreues mitteleuropäisches Echo aus der gleichen Richtung: »Umgehend, Lauder, wir haben sogar schon seinetwegen Alarm geschlagen.« Sie waren in den letzten engen Korridor eingeschwenkt. Lauder hatte vielleicht drei Schritt Vorsprung und setzte bereits zu seiner

Antwort an, als Guillam die offene Tür erreichte und hineinschaute. Bland lungerte in Hemdsärmeln an seinem Schreibtisch. Schweißringe umzogen die Achselhöhlen. Esterhase beugte sich wie ein Oberkellner zu ihm, ein sehr kleiner Mann mit steifem Rücken, eine Miniatur-Exzellenz mit Silberhaar und einem verkrampften unfreundlichen Kiefer, und er hatte eine Hand nach dem Schriftstück ausgestreckt, als wollte er eine Spezialität empfehlen. Sie hatten offenbar gerade das gleiche Dokument gelesen, als sie des vorbeigehenden Lauder ansichtig wurden.

»Doch Roy, ich habe Bill Haydon gesehen«, sagte Lauder, der die Gabe hatte, ungebührliche Fragen in eine anständige Form umzufunktionieren. »Mir schwant sogar, daß Bill zu Ihnen unterwegs ist, er kommt schon hinten im Korridor, wir haben nur kurz über ein paar Dinge gesprochen.«

Blands Blick glitt langsam zu Guillam und blieb auf ihm haften; dieses frostige Abschätzen erinnerte unangenehm an Haydon.

»Hallo, Peter«, sagte er. Im gleichen Moment reckte sich Klein Toby zu voller Höhe und wandte die Augen gleichfalls auf Guillam; braun und still wie die Augen eines Schützen.

»Hei«, sagte Guillam, »worüber wird gelacht?«

Ihre Begrüßung war nicht nur frostig, sie war schlichtweg feindselig. Guillam hatte während eines sehr noch kniffligen Einsatzes in der Schweiz drei Monate lang eng mit Toby Esterhase zusammengearbeitet, und Toby hatte die ganze Zeit über nicht ein einziges Mal auch nur gelächelt, daher war sein eisiges Glotzen keine Überraschung für Guillam. Aber Bland war eine von Smileys Entdeckungen, zu warmherzig und impulsiv für diese Welt, rothaarig und stämmig, von unverdorbenem Intellekt, und ein erfreulicher Abend bestand für ihn darin, daß man in den Kneipen rund um Kentish Town über Wittgenstein diskutierte. Er hatte zehn Jahre als Spitzel in der Kommunistischen Partei gearbeitet, die akademische Route in Osteuropa abgeklappert, und jetzt war er, genau wie Guillam, zurückgepfiffen worden, was immerhin eine Gemeinsamkeit darstellte. Zu seinem Begrüßungsstil gehörten im allgemeinen ein breites Grinsen, ein Schlag auf die Schulter und eine abgestandene Bierfahne. Aber nicht so heute.

»Es wird überhaupt nicht gelacht, Peter, alter Junge«, sagte Roy schließlich und rang sich ein reichlich verspätetes Lächeln ab. »War nur überrascht, Sie zu sehen, weiter nichts. Wir sind so daran gewöhnt, dieses Stockwerk ganz für uns allein zu haben.«
»Da kommt Bill«, sagte Lauder, hoch befriedigt, weil seine Prognose sich so prompt bestätigte. Als Haydon in einen Lichtstreifen trat, fiel Guillam die merkwürdige Färbung seiner Wangen auf. Eine tiefe wallende Röte hoch auf den Backenknochen, die von geplatzten Äderchen stammte. Sie verlieh ihm, wie Guillam in seiner Erregtheit dachte, eine gewisse Ähnlichkeit mit Dorian Gray.

Seine Unterredung mit Lauder Strickland dauerte eine Stunde und zwanzig Minuten. Guillam hatte sie nach Kräften in die Länge gezogen, und während der ganzen Zeit dachte er über Bland und Esterhase nach und fragte sich, was den beiden so sehr im Magen liegen mochte.
»Ich gehe jetzt wohl besser und kläre das Ganze mit dem Delphin«, sagte er schließlich. »Wir wissen ja, wie sie sich hat, wenn's um Schweizer Banken geht.« Die Personalabteilung hauste zwei Türen von der Bankabteilung entfernt. »Das lasse ich hier«, fügte er hinzu und warf den Paß auf Lauders Schreibtisch.
Diana Dolphins Zimmer roch nach Deodorant; ihre Kettentasche lag auf dem Safe neben einer Nummer der *Financial Times*. Diana war eine jener modebewußten Circus-Bräute, die nie jemand wirklich heiratet. Ja, sagte er müde, die Unterlagen habe er London Station bereits eingereicht. Ja, er verstehe, daß das Herumwerfen mit schmutzigem Geld der Vergangenheit angehöre.
»Wir werden die nötigen Schritte unternehmen und Ihnen Bescheid geben«, verkündete sie, was heißen sollte, daß sie Phil Porteous fragen würde, der nebenan saß.
»Ich werd's Lauder bestellen«, sagte Guillam und ging.
Weiter, dachte er.
Bei »Herren« wartete er dreißig Sekunden am Waschbecken, be-

obachtete im Spiegel die Tür und horchte. Seltsame Stille hatte sich über das ganze Stockwerk gesenkt. Los, dachte er, du wirst alt, weiter. Er überquerte den Korridor, trat ungeniert ins Büro des Diensthabenden, knallte die Tür zu und sah sich um. Er schätzte, daß er zehn Minuten Zeit haben würde, und er schätzte, daß eine zugeknallte Tür weniger Lärm in dieser Stille verursachte als eine leise und verstohlen geschlossene Tür. Weiter. Er hatte die Kamera bei sich, aber das Licht war miserabel. Das Fenster mit der Netzgardine ging auf einen Innenhof voll geschwärzter Rohre. Er hätte keine hellere Glühbirne wagen können, selbst wenn er eine bei sich gehabt hätte, also strengte er sein Gedächtnis an. Seit dem Machtwechsel schien sich nicht viel verändert zu haben. Das Zimmer war tagsüber als Ruheraum für Damen bestimmt gewesen und war es wohl noch immer, nach dem billigen Parfümgeruch zu schließen. An einer Wand stand das Kunstledersofa, das nachts als Behelfslager diente; daneben der Erste-Hilfe-Kasten mit dem abblätternden roten Kreuz auf dem Deckel und ein aufgeklapptes Fernsehgerät. Der Stahlschrank stand noch am alten Platz zwischen dem Schaltbrett und den gesperrten Telefonen, und er ging straks darauf zu. Es war ein alter Schrank, er hätte ihn mit einem Dosenöffner aufgekriegt. Er hatte seine Dietrichs und einiges Leichtmetallwerkzeug mitgebracht. Dann fiel ihm ein, daß die Kombination 312211 gelautet hatte, und er probierte sie, vier linksrum, drei rechtsrum, zwei linksrum, rechtsrum, bis er aufgeht. Die Scheibe war so ausgeleiert, daß sie ihre Tour von alleine lief. Als er die Tür öffnete, quoll eine Staubwolke hervor, kroch ein Stück am Boden entlang und entschwebte dann langsam zum dunklen Fenster. Im gleichen Augenblick hörte er einen Ton wie eine einzelne Note, die auf der Flöte gespielt wurde; wahrscheinlich hatte auf der Straße ein Auto gebremst; oder das Rad eines Aktenkarrens auf dem Linoleum gequietscht; aber für ihn war es in diesem Moment einer der langgezogenen klagenden Töne, aus denen Camillas Tonleiter-Übungen bestanden. Sie spielte, wann immer sie dazu Lust hatte. Um Mitternacht, frühmorgens, egal wann. Die Nachbarn konnten ihr gestohlen bleiben; sie schien überhaupt völlig skrupellos zu sein. Er erinnerte sich, wie sie an jenem ersten Abend gewesen war: »Welche Bettseite ist dir lieber? Wo soll ich meine Kleider hintun?« Er hielt sich einiges auf seinen Takt in solchen Dingen zugute, aber Camilla hatte dafür keinen Sinn, Technik war für sie bereits ein Kompromiß, ein Kompromiß mit der Wirklichkeit, sie würde sogar sagen, eine Flucht aus der Wirklichkeit. Na schön, dann hilf mir 'mal raus aus dem Salat hier.

Die Dienst-Tagebücher waren im obersten Fach, gebunden, die Daten klebten auf den Einbandrücken. Sie sahen aus wie Haushaltsbücher. Er nahm den Band »April« heraus und studierte die Namensliste auf dem Innendeckel, wobei er überlegte, ob er vom Kopierraum über dem Hof gesehen werden konnte, und wenn ja, würden sie stutzig werden? Er ging die Eintragungen durch, seine Suche galt der Nacht vom 10. zum 11. des Monats, in der die Codeverbindung zwischen London Station und Tarr angeblich stattgefunden hatte. Hongkong war zeitlich acht Stunden voraus: sowohl Tarrs Telegramm wie Londons erste Antwort waren in die Zeit außerhalb der Dienststunden gefallen.

Vom Korridor kam plötzlich ein Stimmenschwall, und eine Sekunde lang glaubte er sogar, das humorlose Scherzen von Allelines schottisch gefärbtem Brummbaß herauszuhören, aber was er glaubte, war im Moment keinen Pfifferling wert. Er hatte sich eine Ausrede zurechtgelegt, und ein Teil seiner Person hielt sie bereits für wahr. Sollte er erwischt werden, so würde seine ganze Person sie für wahr halten, und falls die Inquisitoren in Sarratt ihn in die Zange nehmen würden, hatte er einen Helfer in der Not, er reiste niemals ohne. Dennoch packte ihn Entsetzen. Die Stimmen erstarben, und der Geist Percy Allelines mit ihnen. Schweiß rann ihm über die Rippen. Ein Mädchen trippelte vorbei und summte eine Melodie aus *Hair.* Wenn Bill dich hört, Mädchen, bringt er dich um, dachte er; wenn es etwas gibt, was Bill in Fahrt brachte, dann war es Summen. »Was haben Sie hier zu suchen, Sie Paria?«

Dann hörte er zu seiner flüchtigen Erheiterung tatsächlich Bills wütendes Gebrüll, das aus Gott weiß welcher Entfernung erscholl: »Schluß mit dem Gewinsel. Wer ist denn dieses Kamel?«

Weiter. Sobald du stehenbleibst, kommst du nie mehr los: dieses Lampenfieber macht dich fertig, du vergißt deinen Text und läufst weg, deine Finger verbrennen, sobald du fündig wirst, und das Herz fällt dir in die Hosen. Weiter. Er stellte den April-Band zurück und nahm auf gut Glück Februar, Juni, September und Oktober heraus. Er blätterte sie rasch durch, suchte nach ähnlichen Fällen, stellte sie ins Fach zurück und ging in die Hocke. Wenn sich doch der Staub legen wollte, er schien unerschöpflich zu sein. Warum beschwerte sich niemand? Immer das gleiche, wenn viele Leute den gleichen Gegenstand benutzen: keiner ist verantwortlich, keiner schert sich einen Deut. Er suchte jetzt die Anwesenheitslisten der Nachtportiers. Er fand sie im untersten Fach, zwischen den Teebeuteln und der Dosenmilch: ganze Bündel, in großen Kuverts. Die Portiers füllten sie aus und brachten sie einem zweimal während der zwölfstündigen Dienstzeit: um Mitternacht und um sechs Uhr morgens. Man bestätigte ihre Richtigkeit, was praktisch unmöglich war, denn das Personal vom Nachtdienst war über das ganze Gebäude verstreut – zeichnete sie ab, behielt eine dritte Kopie und schmiß sie in den Stahlschrank, niemand wußte, warum. Das jedenfalls war das Verfahren vor der Sintflut gewesen und war es anscheinend auch jetzt noch.

Staub und Teebeutel im gleichen Fach, dachte er. Wann hat zum letztenmal jemand Tee gemacht?

Wiederum konzentrierte er seine Aufmerksamkeit auf den 10./11. April. Das Hemd klebte ihm an den Rippen. Was ist los mit mir. Herrgott, ich bin auf dem absteigenden Ast. Er blätterte vor und zurück, dann wieder vor, zweimal, dreimal, dann stellte er alles zurück und schloß den Schrank. Er wartete, lauschte, warf einen letzten besorgten Blick auf die Staubwolke und schritt dann kühn über den Korridor und zurück in die Geborgenheit von »Herren«. Unterwegs fielen ihn die Geräusche an: »Wo ist der verdammte Wisch, ich hab ihn in der Hand gehabt«, und wieder dieses geheimnisvolle Flöten, aber es klang nicht mehr wie Camillas Spiel im Morgengrauen. Nächstes Mal bring' ich sie dazu, daß sie's tut, dachte er grimmig, ohne Kompromiß, Auge in Auge, wie das Leben sein sollte.

In »Herren« standen Spike Kaspar und Nick de Silsky Schulter an Schulter an den Waschbecken und flüsterten einander im Spiegel zu: Kuriere für Haydons sowjetisches Netz, seit Jahren im Haus und nur unter dem Namen »die Russen« bekannt. Als sie Guillam sahen, hörten sie sofort zu sprechen auf.
»Hallo, ihr zwei! Herrgott, ihr seid *wirklich* unzertrennlich!«
Sie waren blond und vierschrötig und sahen russischer aus als jeder Russe. Er wartete, bis sie weg waren, wusch sich den Staub von den Fingern und spazierte zurück in Lauder Stricklands Büro.
»Du meine Güte, dieser Delphin redet wie ein Buch«, sagte er nonchalant.
»Sehr tüchtige Kraft. Nahezu unentbehrlich, mehr als jeder andere. Äußerst kompetent, ich weiß, was ich sage«, sagte Lauder. Er blickte pedantisch auf die Uhr, ehe er den Zettel unterschrieb, und begleitete ihn zu den Aufzügen. Toby Esterhase stand an der Schranke und sprach mit dem unfreundlichen jungen Portier.
»Fahren Sie zurück nach Brixton, Peter?« Sein Tonfall war beiläufig, seine Miene wie immer undurchdringlich.
»Warum?«
»Ich hab' draußen einen Wagen stehen. Dachte, ich könnte Sie vielleicht mitnehmen. Wir haben dort draußen etwas zu erledigen.«
Toby sprach keine bekannte Sprache perfekt, aber er sprach sie alle. In der Schweiz hatte Guillam sein Französisch gehört, und es hatte einen deutschen Akzent gehabt; sein Deutsch klang slawisch, und sein Englisch war voller winziger Fehler und Stokkungen und falschklingender Vokale.
»Sehr nett, Toby, ich glaube, ich geh' nach Hause. Gute Nacht.«
»Direkt nach Hause? Ich würde Sie hinbringen.«
»Danke, ich muß noch Besorgungen machen. Alle diese verwünschten Patenkinder.«
»Klar«, sagte Toby, als hätte er auch welche und zog das kleine steinharte Kinn enttäuscht zurück.
Was zum Teufel will er? dachte Guillam wieder. Beide, der kleine Toby und der große Roy: Warum sind sie so scharf auf mich? Hatten sie vorhin etwas Bestimmtes gelesen oder etwas

in den falschen Hals bekommen?

Draußen schlenderte er die Charing Cross Road entlang und beäugte die Schaufenster der Buchläden, während die andere Hälfte seiner Aufmerksamkeit den beiden Seiten des Gehsteigs galt. Es war bedeutend kälter geworden, Wind kam auf, und Erwartung stand in den Gesichtern der Vorüberhastenden zu lesen. Er fühlte sich beflügelt. Bisher hatte er viel zu sehr in der Vergangenheit gelebt, fand er. Zeit, daß ich mich wieder auf die Gegenwart einschieße. Bei Zwemmer schaute er sich einen repräsentativen Bildband an mit dem Titel »Musikinstrumente im Wandel der Jahrhunderte«, und erinnerte sich, daß Camilla eine Abendlektion bei Doktor Sand, ihrem Flötenlehrer, hatte. Er ging bis zu Foyle zurück und sah sich im Vorbeigehen die Busschlangen genau an. Betrachten Sie alles wie ein fremdes Land, hatte Smiley gesagt. Wenn er sich an das Dienstzimmer und Roy Blands kalte Fischaugen erinnerte, hatte Guillam keine Schwierigkeiten. Und auch an Bill: Teilte Haydon ihren Verdacht? Nein. Bill war eine eigene Klasse, dachte Guillam in einer unwiderstehlichen Aufwallung von Loyalität gegenüber Haydon. Bill würde nie etwas teilen, was nicht ursprünglich seine eigene Idee war. Neben Bill waren die beiden anderen nur Pygmäen.

In Soho nahm er ein Taxi und fuhr zur Waterloo Station. Am Bahnhof rief er von einer übelriechenden Telefonzelle aus eine Nummer in Mitcham, Surrey, an und sprach mit einem Inspektor Mendel, einem ehemaligen Mitglied der Sonderabteilung, den Guillam und Smiley aus einem früheren Leben kannten. Als Mendel sich meldete, fragte er nach Jenny und hörte, wie Mendel ihm kurz angebunden mitteilte, hier wohne keine Jenny. Er entschuldigte sich und hängte ein. Er wählte die Zeitansage und mimte ein heiteres Gespräch mit seiner automatischen Partnerin, denn draußen wartete eine alte Dame auf das Ende des Gesprächs. Inzwischen müßte er da sein, dachte er. Er hängte ein und wählte eine zweite Nummer in Mitcham, dieses Mal eine öffentliche Sprechzelle am Ende von Mendels Straße.

»Hier Will«, sagte Guillam.

»Und hier Arthur«, sagte Mendel fröhlich. »Wie geht's, Will!« Er war ein gewiefter, unbeirrbarer Spürhund mit scharfen Zügen

und scharfen Augen, und Guillam konnte sich genau vorstellen, wie er sich jetzt mit gezücktem Stift über sein Notizbuch beugte.
»Ich möchte Ihnen die Schlagzeilen durchgeben, falls ich unter einen Bus geraten sollte.«
»Sehr richtig, Will«, sagte Mendel tröstlich. »Man kann gar nicht vorsichtig genug sein.«
Er berichtete langsam und in Ausdrücken aus der Universitätswelt, was sie als letzte Sicherung gegen etwaiges Abhören vereinbart hatten: Examen, Studenten, gestohlene Prüfungsaufgaben. Sooft er absetzte, hörte er nur ein schwaches Kratzen. Er stellte sich vor, wie Mendel bedächtig und leserlich mitschrieb und nicht sprach, ehe er alles zu Papier hatte.
»Ich hab' übrigens die phantastischen Präparate aus der Drogerie gekriegt«, sagte Mendel schließlich, nachdem er alles nochmals überlesen hatte. »Eine wahre Freude. Kein einziges verdorben.«
»Vielen Dank. Das freut mich.«
Aber Mendel hatte bereits eingehängt.
Apropos Maulwürfe, dachte Guillam, ihr Leben muß ein einziger dunkler Tunnel sein. Aber als er die Tür für die alte Dame offenhielt, sah er den Telefonhörer auf der Gabel liegen und den Schweiß in Tropfen darüberkleben. Er bedachte noch einmal seine Botschaft an Mendel, dachte wieder an Roy Bland und Toby Esterhase, wie sie ihn von der Tür her angestarrt hatten, und überlegte fieberhaft, wo Smiley sein mochte und ob er sich in acht nehmen würde. Er kehrte zum Eaton Place zurück, sehnte sich nach Camilla und fürchtete sich ein bißchen vor seinen Gründen. War ihm wirklich plötzlich sein Alter so im Weg? Zum erstenmal im Leben hatte er sozusagen gegen sein eigenes Elitedenken gesündigt. Er fühlte sich schmutzig, empfand Ekel vor sich selbst.

12 *George Smiley sucht wieder einmal Oxford auf und konsultiert eine Gedächtnis-Akrobatin*

Es gibt alte Männer, die Oxford wieder aufsuchen und in jedem Stein einen Gruß aus ihrer Jugend erblicken. Smiley gehörte nicht zu ihnen. Vor zehn Jahren hätte er vielleicht ein leises Ziehen gespürt. Jetzt nicht mehr. Als er an der Bodleian Library vorüberkam, dachte er: dort habe ich gearbeitet. Beim Anblick des Hauses seines alten Tutors in der Parks Road erinnerte er sich, wie in diesem langgestreckten Garten, vor dem Krieg, Jebedee mit dem Vorschlag herausgerückt war, Smiley könne, wenn er Lust habe, »mit ein paar Leuten, die ich in London kenne«, sprechen. Und als er vom Tom Tower die sechste Abendstunde schlagen hörte, fielen ihm Bill Haydon und Jim Prideaux ein, die im gleichen Jahr hierher gekommen sein mußten, in dem Smiley abgegangen war, und die dann der Krieg in seinen Strudel gerissen hatte, und er überlegte flüchtig, wie sie damals wohl nebeneinander ausgesehen haben mochten, Bill, der Maler, Polemiker und Sozialkritiker; Jim, der Sportsmann, der an jedem seiner Worte hing. Während ihrer gemeinsamen Blütezeit im Circus hatte diese Verschiedenheit sich, wie Smiley noch wußte, nahezu ausgeglichen: Jim wurde ein flinker Denker, und Bill konnte im Außendienst keiner mehr etwas vormachen. Erst am Ende bestätigte sich die alte Gegensätzlichkeit: das Zugpferd kehrte wieder in seinen Stall zurück, der Denker an seinen Schreibtisch.

Einzelne Regentropfen fielen, aber er sah sie nicht. Er war mit dem Zug gekommen und vom Bahnhof aus auf allerlei Umwegen – Blackwells, immerhin sein früheres College, dann nordwärts – zu Fuß gegangen. Wegen der Bäume war die Dämmerung hier früh eingefallen.

Vor einer Sackgasse hielt er aufs neue inne, machte aufs neue Inventur. Eine Frau, in einen Schal gehüllt, radelte durch die Lichtkegel der Straßenlampen, soweit sie die Nebelschwaden durchstachen, an ihm vorbei. Sie stieg ab, zog ein Gittertor auf und verschwand. Auf der anderen Straßenseite führte eine ver-

mummte Gestalt, ob Mann oder Frau, war nicht zu unterscheiden, einen Hund spazieren. Sonst war die Straße leer, desgleichen die Telefonzelle. Dann gingen plötzlich zwei Männer an ihm vorbei, die sich laut über Gott und Krieg unterhielten. Der jüngere sprach die meiste Zeit und der ältere stimmte ihm zu, woraus Smiley schloß, daß er der Professor sei.
Er ging an einem hohen Staketenzaun entlang, durch den Buschwerk quoll. Das Tor zu Nummer fünfzehn hing windschief in den Angeln, nur einer der beiden Flügel wurde benutzt. Er drückte, das Schloß war zerbrochen. Das Haus stand weit zurück, die meisten Fenster waren erleuchtet. In einem der oberen Räume beugte sich ein junger Mann über einen Schreibtisch. In einem anderen schienen zwei Mädchen zu streiten, an einem dritten Fenster spielte eine Frau auf der Bratsche, aber er konnte keinen Ton hören. Auch im Erdgeschoß waren die Fenster erleuchtet, aber die Gardinen zugezogen. Der Vorplatz war gefliest, die Haustürfüllung aus Buntglas, am Pfosten hing ein alter Zettel: *Nach 23 Uhr nur Seiteneingang benutzen.* Über den Klingeln weitere Zettel: »Prince, 3 × klingeln«, Lumby 2 ×«, »Buzz: bin den ganzen Abend weg, Gruß Janet.« An der untersten Klingel stand »Sachs«, und dort klingelte er. Sofort erscholl Hundegebell und die scheltende Stimme einer Frau.
»Flush, du *dummer* Kerl, ist doch bloß einer von den Eselsbänklern. Schluß jetzt, Flush. Flush!«
Die Tür ging einen Spalt auf, eine Sperrkette war vorgelegt; ein Körper zwängte sich in den Türspalt. Während Smiley sich fieberhaft bemühte, zu sehen, wer sonst noch im Haus sei, musterten ihn zwei schlaue Augen, feucht wie Babyaugen, schätzten ihn ab, registrierten seine Aktenmappe und die verspritzten Schuhe, huschten nach oben, um über seine Schultern hinweg die Auffahrt abzusuchen, und nahmen ihn sich noch einmal im ganzen vor. Endlich erstrahlte das weiße Gesicht in einem reizenden Lächeln, und Miß Connie Sachs, Ex-Königin der Recherchen-Abteilung im Circus, gab ihrem spontanen Entzücken Ausdruck.
»George Smiley«, rief sie mit schüchtern verwehendem Lachen und zog ihn ins Haus. »Sie lieber, netter Mensch, und ich dachte, Sie wollten mir einen Staubsauger verkaufen und dabei ist es un-

ser George!« Sie schloß hinter ihm schnell die Tür.
Sie war eine stattliche Frau, einen Kopf größer als Smiley. Wirres weißes Haar rahmte das zerfließende Gesicht. Sie trug einen braunen Blazer und Hosen mit Gummizug um die Taille, und sie hatte einen Hängebauch wie ein alter Mann. Im Kamin schwelte ein Koksfeuer. Katzen lagen davor, und ein räudiger grauer Spaniel, bis zur Unbeweglichkeit verfettet, lungerte auf dem Sofa. Auf einem Teewagen standen die Konservendosen, aus denen sie aß, und die Flaschen, aus denen sie trank. Aus einem Mehrfachstecker bezog sie den Strom für ihr Radio, ihre Kochplatte und die Brennschere. Ein Junge mit schulterlangem Haar lag auf dem Boden und bereitete Toast. Als er Smiley sah, legte er die Blechgabel weg.
»Ach Jingle, Darling, *könntest* du wohl morgen kommen?« flehte Connie. »Es passiert nicht oft, daß meine allerälteste Liebe mich besucht.« Er hatte ihre Stimme vergessen. Sie spielte ständig damit, zog sämtliche Register. »Ich gebe dir eine Freistunde, Lieber, ganz unter uns: einverstanden? – Einer von meinen Eselsbänklern«, erklärte sie Smiley, längst ehe der Junge außer Hörweite war. »Ich gebe immer noch Stunden, warum weiß ich nicht, George«, murmelte sie und beobachtete ihn stolz über das Zimmer hinweg, während er die Sherryflasche aus der Aktenmappe nahm und zwei Gläser füllte. »Von all den lieben, netten Männern, die ich je gekannt habe – er ist *zu Fuß* gegangen«, erklärte sie dem Spaniel.
»Schau nur seine Stiefel an. Den ganzen Weg von London hierher zu Fuß, nicht wahr, George?«
Das Trinken fiel ihr schwer. Ihre gichtigen Finger waren nach unten gekrümmt, als hätte sie sie allesamt beim gleichen Unfall gebrochen, und ihr Arm war steif. »Sind Sie allein marschiert, George?« fragte sie und fischte eine lose Zigarette aus der Jackentasche. »Hat uns niemand begleitet?«
Er zündete ihr die Zigarette an, und sie hielt sie wie ein Erbsenblasrohr, die Finger an der Spitze, und visierte ihn aus ihren schlauen rosa Augen damit an. »Und was möchte er von seiner Connie, der böse Junge?«
»Ihr Gedächtnis.«

»Welchen Teil?«
»Wir gehen einiges aus der Vergangenheit durch.«
»Hast du das gehört, Flush?« schrie sie zu dem Spaniel. »Erst stellen sie uns den Stuhl vor die Tür, dann möchten sie bei uns schnorren. Welche *Vergangenheit*, George?«
»Ich habe Ihnen einen Brief von Lacon mitgebracht. Er ist heute Abend um sieben in seinem Club. Wenn Sie Bedenken haben, rufen Sie ihn von der Telefonzelle an der Ecke aus an. Mir wäre lieber, Sie täten's nicht, aber wenn's sein muß, wird er die nötigen ergreifenden Geräusche von sich geben.«
Sie hatte sich an ihn geklammert, aber jetzt fielen ihre Hände herab und eine ganze Weile tappte sie im Zimmer herum, suchte Rast und Stütze an den vertrauten Plätzen und fluchte: »Fahr zur Hölle, George Smiley, und alle, die im gleichen Boot sitzen.« Am Fenster schob sie, wohl aus Gewohnheit, die Gardine beiseite, aber draußen schien nichts ihre Aufmerksamkeit zu fesseln.
»O George, der Teufel soll Sie holen«, murmelte sie. »Wie können Sie einen Lacon zuziehen? Dann könnten Sie auch gleich die Konkurrenz zuziehen.«
Auf dem Tisch lag die heutige *Times*, Kreuzworträtsel obenauf. Jedes Quadrat war mit schwerfälligen Buchstaben ausgefüllt. Nicht eines war weiß.
»War heute beim Fußballspiel«, sang sie aus dem Dunkel unter der Treppe, wo sie sich am Teewagen stärkte. »Der liebe Will hat mich mitgenommen. Mein Lieblingsesel, war das nicht super von ihm?« Ihre Kleinmädchenstimme, dazu gehörte ein Schmollmündchen. »Connie hat *gefroren*, George. Richtig eisig, arme Connie, Zehen und alles.«
Er nahm an, sie weinte, holte sie aus dem Dunkeln und führte sie zum Sofa. Ihr Glas war leer, und er füllte es zur Hälfte. Seite an Seite auf dem Sofa sitzend tranken sie, während Connies Tränen über den Blazer auf seine Hände tropften.
»O George«, sagte sie immer wieder, »wissen Sie, was sie gesagt hat, als sie mich rauswarfen? Diese Personalkuh?« Sie hielt eine Ecke von Smileys Kragen fest und zwirbelte sie zwischen Finger und Daumen, während sie sich beruhigte. »Wissen Sie, was diese Kuh gesagt hat?« Ihre Feldwebelstimme: ›Sie verlieren den Sinn

für die Realität, Connie. Zeit, daß Sie rauskommen in die reale Welt!‹ Ich *hasse* die reale Welt, George. Ich mag nur den Circus und alle meine lieben Jungens.« Sie nahm seine Hände und versuchte, ihre Finger in die seinen zu flechten.
»Poljakow«, sagte er ruhig. »Alexei Alexandrowitsch Poljakow, Kulturattaché, Sowjetbotschaft London. Er ist wieder auferstanden, genau wie Sie vorhergesagt haben.«
Ein Wagen bog in die Straße ein, er hörte nur das Geräusch der Reifen, der Motor war bereits abgestellt. Dann Schritte, sehr behutsam.
»Janet schmuggelt ihren Freund ein«, flüsterte Connie, und ihre rosageränderten Augen hefteten sich auf die seinen, während sie mit ihm lauschte. »Sie glaubt, ich wüßte es nicht. Haben Sie gehört? Eisen an den Schuhen. Passen Sie auf.« Die Schritte hielten inne, man hörte ein leises Scharren. »Sie gibt ihm den Schlüssel. Er glaubt, er kann leiser damit aufschließen als sie. Kann er nicht.« Das Schloß drehte sich mit lautem Schnappen. »Ach, ihr Männer«, hauchte Connie mit hoffnungslosem Lächeln. »Ach, George. Warum müssen Sie Alex ausgraben?« Und eine Zeitlang weinte sie um Alex Poljakow.
Ihre Brüder waren Akademiker, erinnerte Smiley sich; ihr Vater war Universitätsprofessor. Control hatte sie beim Bridge kennengelernt und einen Job für sie erfunden.
Sie begann ihre Geschichte wie ein Märchen: »Es war einmal, vor vielen, vielen Jahren, anno dreiundsechzig, ein Überläufer namens Stanley«, und sie ging dabei mit der gleichen Pseudo-Logik zu Werke, teils Intuition, teils intellektueller Opportunismus, wie sie ein großartiger Verstand hervorbringt, der nie erwachsen wurde. Auf ihrem formlosen weißen Gesicht erschien der großmütterliche Glanz beglückten Erinnerns. Ihr Gedächtnis war so umfangreich wie ihr Körper, und sie liebte es sicherlich mehr, denn um ihm zu lauschen, hatte sie alles andere beiseite geschoben: den Drink, die Zigarette, eine Weile sogar Smileys geduldige Hand. Sie saß nicht mehr zusammengekauert, sondern kerzengerade, den großen Kopf zur Seite geneigt, und zupfte an dem weißen Wollhaar. Er hatte angenommen, sie würde sofort mit Poljakow beginnen, aber sie begann mit Stanley; er hatte ihre

Leidenschaft für Stammbäume vergessen. Stanley also; der Deckname für einen fünftklassigen Überläufer aus der Moskauer Zentrale. März dreiundsechzig. Die Skalpjäger hatten ihn aus zweiter Hand von den Holländern gekauft und nach Sarratt verfrachtet, und wenn nicht Sauregurkenzeit gewesen wäre und die Inquisitoren zufällig wenig Arbeit gehabt hätten, wer weiß, ob irgend etwas von der ganzen Geschichte ans Licht gekommen wäre. In Brüderchen Stanley steckte ein Goldkörnchen, ein einziges winziges Körnchen, und sie fanden es. Den Holländern war es entgangen, aber die Inquisitoren fanden es, und eine Kopie ihres Berichts fand den Weg zu Connie: »Was ein *weiteres* Wunder war«, bellte Connie erzürnt, »wenn man bedenkt, daß alle, und *besonders* Sarratt, dem Grundsatz huldigten, die Recherchen-Abteilung nicht auf ihrer Verteilerliste zu führen...« Smiley wartete geduldig auf das Goldkörnchen, denn Connie war in einem Alter, wo ein Mann ihr nur noch seine Zeit schenken konnte.

Stanley sei während eines bewaffneten Einsatzes in Den Haag übergelaufen, erklärte sie. Er war ein berufsmäßiger Killer und nach Holland geschickt worden, um einen russischen Emigranten zu ermorden, der der Zentrale auf die Nerven ging. Statt dessen beschloß er, sich der Gegenseite zu stellen. »Irgendein *Mädchen* hat ihm den Kopf verdreht«, sagte Connie voll Verachtung. »Die Holländer hatten diesen Lockvogel auf ihn angesetzt, und er ist ihm mit weit geschlossenen Augen ins Garn gegangen.« Um ihn auf diese Mission vorzubereiten, hatte die Zentrale ihn in ein Trainingslager in der Nähe von Moskau gebracht, zwecks Auffrischung in den schwarzen Künsten: Sabotage und lautloses Töten. Die Holländer, die ihn zunächst hatten, waren darüber schockiert gewesen und hatten ihre Verhöre auf diesen Punkt konzentriert. Sie brachten ein Foto in die Zeitungen und ließen ihn Zeichnungen von Zyanidkugeln und all den anderen schmutzigen Waffen anfertigen, die der Zentrale so teuer sind. Aber die Inquisitoren in der *Nursery* kannten das alles in- und auswendig, sie interessierten sich für das Trainingslager, das neu eingerichtet und wenig bekannt war. »Eine Art Nobel-Sarratt«, erklärte sie. Sie erstellten eine Skizze der Anlage, die Hunderte

von Morgen Wald- und Seenland umfaßt, und zeichneten alle Gebäude ein, an die Stanley sich erinnern konnte: Wäschereien, Kantinen, Vortrags-Baracken, den ganzen Plunder. Stanley war mehrmals dort gewesen und erinnerte sich an eine Menge. Sie glaubten schon, ziemlich alles zu haben, als Stanley sehr still wurde. Er nahm einen Bleistift und malte in die Nordwestecke fünf weitere Baracken und rundum einen Doppelzaun für die Wachhunde, der Gute. Diese Baracken seien neu, sagte Stanley, erst in den letzten Monaten errichtet. Man erreichte sie über eine Privatstraße; Stanley hatte sie von einem Hügel aus gesehen, als er mit seinem Instrukteur Milos einen Spaziergang machte. Laut Milos, der Stanleys Freund war, sei dort eine unlängst von Karla gegründete Spezialschule untergebracht, die Offiziere für Verschwörungen ausbildete.
»Da hatten wir's also, mein Lieber«, schrie Connie. »Seit Jahren kamen uns Gerüchte zu Ohren, wonach Karla versuchte, innerhalb der Moskauer Zentrale seine eigene Privatarmee aufzubauen, aber, das arme Schaf, er hat es nicht geschafft. Wir wußten, daß er Agenten rund um den Globus hatte und natürlich mit zunehmendem Alter immer besorgter wurde, er könne sie eines Tages nicht mehr allein unter Kontrolle halten. Wir wußten, daß er, wie jeder, *schrecklich* eifersüchtig auf sie war und den Gedanken, sie den Außenstellen in den Zielländern zu überlassen, nicht ertragen konnte. Ganz klar: Sie wissen, wie er Außenstellen haßte: zu viele Leute, zu wenig Sicherheit. Genau, wie er die alte Garde haßte – Kriechtiere, nannte er sie. Stimmt. Jetzt aber hatte er die Macht, und er nutzte sie, wie jeder echte Mann. März dreiundsechzig«, wiederholte sie, falls Smiley das Datum entgangen sein sollte.
Dann war natürlich Sense. »Das übliche Spiel: abwarten, inzwischen etwas anderes tun.«
Drei Jahre lang hatte sie gewartet, bis Major Mikhail Fedorowitsch Komarow, stellvertretender Militärattaché an der Sowjetischen Botschaft in Tokio, *in flagranti* bei der Übernahme von sechs streng geheimen Filmrollen erwischt wurde, die ein höherer Beamter des japanischen Verteidigungsministeriums beschafft hatte. Komarow war der Held ihres zweiten Märchens:

kein Verräter, sondern ein Soldat mit den Schulterstücken der Artillerie.

»Und Orden, mein Lieber! Jede Menge Orden!«

Komarow hatte Tokio so überstürzt verlassen müssen, daß sein Hund in der Wohnung zurückblieb und später verhungert dort aufgefunden wurde, etwas, das Connie nicht verzeihen konnte. Komarows japanischer Agent wurde indessen gebührend ausgequetscht, und durch einen glücklichen Zufall konnte der Circus von der Toka das Protokoll erwerben.

»Übrigens, George, da fällt mir ein, Sie haben ja den Handel arrangiert!«

In seiner beruflichen Eitelkeit geschmeichelt, schürzte Smiley kokett die Lippen und räumte ein, daß dies durchaus möglich sei.

Der Inhalt des Protokolls war im wesentlichen ganz einfach. Der japanische Verteidigungsbeamte war ein Maulwurf. Er war vor dem Krieg im Schatten des japanischen Einfalls in die Mandschurei von einem gewissen Martin Brandt angeworben worden, einem deutschen Journalisten, der mit der Komintern in Verbindung stand. Brandt, sagte Connie, sei in den dreißiger Jahren einer von Karlas Namen gewesen. Komarow habe selber nie der offiziellen Tokioter Außenstelle innerhalb der Botschaft angehört, er habe solo gearbeitet, mit einem Kurier und einem direkten Draht zu Karla, dessen Waffenbruder er im Krieg gewesen war: »Es kommt noch besser: Vor seiner Ankunft in Tokio hatte er eine Spezialausbildung in einem neuen Trainingslager in der Umgebung von Moskau absolviert, das für Karlas eigens ausgesuchte Schüler eingerichtet worden war. »Schlußfolgerung«, sang Connie, »Brüderchen Komarow war unser erster und leider *nicht* sehr glänzender Absolvent von Karlas Ausbildungsstätte. Er wurde erschossen, der arme Kerl«, fügte sie hinzu und senkte theatralisch die Stimme. »Sie *hängen* sie nie, was? Zu ungeduldig, die kleinen Schlingel.«

Jetzt sah Connie ihre Zeit gekommen, sagte sie. Sie wußte, wonach sie suchen mußte, und sie nahm sich Karlas Akte vor. Sie verbrachte drei Wochen in Whitehall bei den Moskau-Onkels und kämmte die sowjetischen Armee-Postbücher nach ver-

schlüsselten Einträgen durch, bis sie aus einem Heer von Verdächtigen drei neue, identifizierbare Karla-Schüler aussortiert hatte. Alle Militärs, alle persönlich mit Karla bekannt, alle zehn bis fünfzehn Jahre jünger als er. Als ihre Namen gab sie Bardin, Stokowsky und Viktorow an, alle drei Oberst.
Bei der Erwähnung des dritten Namens senkte sich Schläfrigkeit über Smileys Züge, seine Augen blickten sehr müde, als müsse er verzweifelt gegen die Langeweile ankämpfen.
»Und was ist aus ihnen geworden?« fragte er.
»Aus Bardin wurde Sokolow und dann Rusakow. Wurde Mitglied der sowjetischen Delegation bei den Vereinten Nationen in New York. Keine offene Verbindung zur dortigen Außenstelle, keine Teilnahme an kleinen Fischzügen, keine Provokationsversuche, ein guter, solider Tarnposten. Ist noch immer dort, soviel ich weiß.«
»Stokowsky?«
»In die Illegalität gegangen, hat in Paris unter dem Namen Grodescu, Franco-Rumäne, ein fotografisches Unternehmen aufgezogen. Errichtete eine Zweigstelle in Bonn, betreut angeblich eine von Karlas westdeutschen Quellen von jenseits der Grenze.«
»Und der dritte? Viktorow?«
»Spurlos untergetaucht.«
»Sowas«, sagte Smiley, und seine Langeweile schien sich zu vertiefen.
»Ausgebildet und vom Erdboden verschwunden. Kann natürlich gestorben sein. Man neigt dazu, die natürlichen Ursachen zu vergessen.«
»Stimmt«, pflichtete Smiley bei. »Ja, das stimmt.«
In einem langen Leben im Geheimdienst hatte er die Fertigkeit entwickelt, mit sorgsam geteilter Aufmerksamkeit zuzuhören; die vordergründigen Ereignisse direkt vor sich abrollen zu lassen, während eine zweite, völlig unabhängige Begabung die historische Verknüpfung herzustellen suchte. Der rote Faden lief über Tarr zu Irina, über Irina zu ihrem armen Geliebten, der so stolz darauf war, Lapin zu heißen und bei einem gewissen Oberst Gregor Viktorow zu dienen, »dessen Arbeitsname an der Bot-

schaft Poljakow lautet«: In seiner Erinnerung waren diese Dinge gleichsam Teil einer Kindheit. Er würde sie nie vergessen.
»Waren Fotos vorhanden, Connie? Haben Sie überhaupt Personenbeschreibungen an Land gezogen?«
»Von Bardin bei den Vereinten Nationen, selbstverständlich. Von Stokowsky möglicherweise. Wir hatten ein altes Zeitungsfoto aus seiner aktiven Soldatenzeit, aber wir konnten die Übereinstimmung nie völlig nachweisen.«
»Und vom spurlos untergetauchten Viktorow?« Es hätte jeder beliebige Name sein können. »Auch von ihm kein hübsches Bildchen?« fragte Smiley und durchquerte das Zimmer, um die Gläser frisch zu füllen.
»Viktorow, Oberst Gregor«, wiederholte Connie mit liebevollem zerstreutem Lächeln. »Hat wie ein Löwe bei Stalingrad gekämpft. Nein, ein Foto hatten wir nie. Schade. Es hieß, er sei mit Abstand der Beste gewesen.« Sie reckte sich: »Obwohl wir's natürlich bei den anderen nicht *sicher* wissen. Fünf Baracken und ein zweijähriger Kursus: mein Lieber, nach so vielen Jahren muß einiges mehr herausgekommen sein als drei Absolventen!«
Mit einem kleinen Seufzer der Enttäuschung, der besagen sollte, daß an dem ganzen Bericht weiter nichts daran gewesen sei, ganz zu schweigen von der Person Oberst Gregor Viktorows, was ihn in seiner mühevollen Suche voranbringen könnte, schlug Smiley vor, daß sie sich dem damit in keinerlei Zusammenhang stehenden Phänomen Poljakow, Alexei Alexandrowitsch, von der Sowjetischen Botschaft in London, Connie besser bekannt als der liebe Alex Poljakow, zuwenden und herauszufinden suchen sollten, wie und wo er in Karlas Schema paßte und wieso man Connie verboten hatte, ihre Nachforschungen nach ihm fortzusetzen.

13 George Smiley stellt zerstreuten Blicks gezielte Fragen

Sie war jetzt viel munterer. Poljakow war kein Märchenheld, er war ihr lieber Alex, obwohl sie nie mit ihm gesprochen, ihn vermutlich nie in Person gesehen hatte. Sie hatte in einen Sessel neben der Leselampe übergewechselt, einen Schaukelstuhl, der gewisse Beschwerden linderte: sie konnte nirgends lang sitzen bleiben. Sie hatte den Kopf zurückgelegt, so daß Smiley das weiße Gewoge ihres Halses sehen konnte, eine der steifen Hände ließ sie kokett baumeln, während sie Indiskretionen bekannte, die sie nicht bedauerte. Dabei erschienen Smileys akkuratem Verstand ihre Spekulationen, gemessen an der klassischen Arithmetik des Nachrichtendienstes, sogar noch wilder als zuvor.

»Ach, er war ja *so* gut«, sagte sie. »Sieben lange Jahre war Alex schon hier gewesen, ehe wir auch nur die kleinste Spur hatten. Sieben Jahre, mein Lieber.«

Sie zitierte seinen ersten Visa-Antrag vor jenen sieben Jahren: Poljakow, Alexei Alexandrowitsch, promoviert an der Staatsuniversität von Leningrad, stellvertretender Kulturattaché im Rang eines Legationsrats zweiter Klasse, verheiratet, aber nicht von Ehefrau begleitet, geboren am dritten März neunzehnhundertzweiundzwanzig in der Ukraine als Sohn eines Transportarbeiters, Partei-Ausbildungsgang nicht angegeben. Ein Lächeln war in ihrer Stimme, als sie geläufig die erste Routinebeschreibung der Aufklärer hersagte: »Größe 1 Meter 79, robust, Augenfarbe grün, Haarfarbe schwarz, keine weiteren besonderen Kennzeichen. Fideler Riese von einem Kerl«, erklärte sie lachend. »Kolossaler Spaßvogel. Schwarze Tolle, hier über dem rechten Auge. Ganz bestimmt ein Popo-Kneifer, obwohl wir ihn nie dabei erwischt haben. Ich hätte ihm ein paar von unseren Popos angeboten, wenn Toby gespurt hätte, aber er wollte nicht. Nicht daß Alexei Alexandrowitsch auf *so etwas* hereingefallen wäre, wohlgemerkt. Alex war *viel* zu gerissen«, sagte sie stolz.

»Hinreißende Stimme. Melodisch wie die Ihre. Ich habe die Bänder oft zweimal abgespielt, nur um ihm zuzuhören. Ist er wirklich noch im Lande, George? Am liebsten würde ich nicht danach fragen. Aus Furcht, sie könnten alle wechseln und ich würde sie nicht mehr kennen.«

Er sei noch immer hier, versicherte ihr Smiley. Gleiche Tarnung, gleicher Rang.

»Und wohnt er noch immer in diesem gräßlichen kleinen Vorstadthaus in Highgate, das Tobys Beschatter so haßten? Meadow Close Nummer vierzig, oberster Stock. Eine schauderhafte Bude. Ich mag Männer, die ihre Tarnung wirklich leben, und Alex gehörte zu ihnen. Er war der emsigste Kulturmanager, den die Botschaft je gehabt hat. Wenn irgend etwas sofort benötigt wurde: Vortrag, Konzert oder was auch immer, Alex hat dem Amtsschimmel Beine gemacht.«

»Wie hat er das angestellt, Connie?«

»Nicht so, wie *Sie* denken, George Smiley«, sang sie, und das Blut stieg ihr ins Gesicht. »O nein. Alexei Alexandrowitsch war nur das, als was er sich ausgab, fragen Sie Percy Alleline oder Toby Esterhase. Rein wie frisch gefallener Schnee war er. Nicht einen Spritzer auf der Weste, das kann Toby Ihnen bestätigen!«

»He«, murmelte Smiley und füllte ihr Glas. »He, ruhig, Connie. Regen Sie sich ab.«

»Blödsinn«, schrie sie, keineswegs besänftigt. »Schierer ausgewachsener *Blödsinn.* Alexei Alexandrowitsch Poljakow war ein ehemaliger Klassenprimus bei Karla, wenn ich Augen im Kopf habe, aber sie wollten nicht auf mich hören! ›Sie sehen schon Spione unterm Bett‹, sagt Toby. ›Die Aufklärer sind voll ausgelastet‹, sagt Percy« – ihr schottischer Tonfall – »›Für Marotten haben wir hier keinen Platz.‹ Von wegen Marotten!«

Jetzt weinte sie wieder. »Armer George«, sagte sie immer wieder. »Armer George, Sie wollten helfen, aber was konnten Sie tun? Sie waren selber auf der Abschußliste. O George, jagen Sie nicht mit den Lacons. Bitte tun Sie's nicht.«

Behutsam geleitete er sie wieder zurück zu Alex, und warum sie so überzeugt war, daß er Karlas Spion war und aus Karlas Schule kam.

»Es war am Heldengedenktag«, schluchzte sie. »Wir haben seine Orden fotografiert, klarer Fall.«

Zurück zum Jahr eins, zum ersten Jahr ihrer Liebschaft mit Alex Poljakow. Das Seltsame war, sagte sie, daß sie vom ersten Augenblick seines Eintreffens ein Auge auf ihn geworfen hatte: »Hallo, dachte ich. Mit dir werde ich bestimmt einigen Spaß haben.«

Warum eigentlich, wußte sie nicht. Vielleicht war es sein sicheres Auftreten, vielleicht sein strammer Gang, direkt vom Exerzierplatz: »Hart wie eine Nuß. Der Militär durch und durch.« Oder vielleicht seine Wohnung: »Er hat sich das einzige Haus in ganz London ausgesucht, an das die Aufklärer nicht auf fünfzig Schritt herankamen.« Oder vielleicht seine Arbeit: »Es gab bereits drei stellvertretende Kulturattachés, zwei von ihnen waren Gorillas, und der dritte tat nichts anderes, als die Blumen für den armen Karl Marx zum Highgate-Friedhof karren.«

Sie war ein bißchen benebelt, und er führte sie wieder im Zimmer herum und fing ihr ganzes Gewicht auf, wenn sie strauchelte. Also, sagte sie, zuerst war Toby Esterhase einverstanden, daß Alex auf die A-Liste kam, und die Aufklärer beschatteten ihn in unregelmäßigen Abständen, an zwölf von dreißig Tagen, und sooft sie ihm nachspürten, war er so rein wie frisch gefallener Schnee.

»Mein Lieber, man konnte meinen, ich hätte ihn angeklingelt und zu ihm gesagt: ›Alex Alexandrowitsch, seien Sie auf der Hut, denn ich lasse Klein Tobys Hunde auf Sie los. Leben Sie also ausschließlich Ihre Tarnung und keine faulen Tricks!‹«

Er ging zu Begräbnissen, Vorträgen, spazierte im Park, spielte ein bißchen Tennis und hätte nicht respektabler sein können, fehlte nur noch, daß er Süßigkeiten an die Kinder verteilte. Connie kämpfte um weitere Beschattung, aber es war von Anfang an eine verlorene Schlacht. Die Maschinerie ging ihren schwerfälligen Gang, und Poljakow kam auf die B-Liste: nachzuprüfen alle sechs Monate oder je nach Arbeitsanfall. Die halbjährlichen Nachprüfungen ergaben nicht das geringste, und nach drei Jahren hatte er bei uns seinen Persilschein: Erschöpfend überprüft,

Resultat: ohne Interesse für den Geheimdienst. Connie konnte nichts unternehmen, ja, sie hatte beinah schon begonnen, mit dieser Auflage zu leben, als eines prächtigen Novembertags der reizende Teddy Hankie ziemlich atemlos von der *Laundry* in Acton bei ihr anrief und sagte, Alex Poljakow habe seine Tarnung fallenlassen und endlich Farbe bekannt. Eine Farbe, die zum Himmel schreie.

»Teddy war ein alter, *alter* Freund. Alter Circus-Mann und ein wahrer Schatz, wenn er auch an die Neunzig ist. Er war auf dem Heimweg, nach Dienstschluß, als der Wolga des sowjetischen Botschafters, der sich zur Kranzniederlegung begab, an ihm vorüberfuhr. Darin saßen die drei Attachés vom Dienst. Drei weitere folgten in einem zweiten Wagen. Einer war Poljakow, und er war mit Orden behängt wie ein Weihnachtsbaum. Teddy raste mit seiner Kamera nach Whitehall und fotografierte sie über die Straße. Mein Lieber, *alles* war auf unserer Seite: das Wetter war genau richtig, ein bißchen Regen und dann die schöne Abendsonne, er hätte noch aus dreihundert Meter Entfernung jeden Fliegenklecks daraufgebracht. Prachtvoll. Wir haben die Fotos vergrößert, und da waren sie: zwei Tapferkeitsmedaillen und drei Felddienstorden. Poljakow war Kriegsteilnehmer gewesen und hatte in sieben Jahren keinem Menschen ein Wort davon gesagt. Ich war wahnsinnig aufgeregt! Unnötig, die Feldzüge zu identifizieren. ›Toby‹, sagte ich – ich rief ihn sofort an – ›Jetzt hören Sie mir mal kurz zu, Sie ungarischer Giftzwerg. Es ist soweit, endlich ist meine Wenigkeit einmal schlauer gewesen als jede Tarnung. Sie müssen mir den lieben Alex Alexandrowitsch um- und umstülpen, keine Wenns und Abers, unsere kleine Connie hat richtig getippt.‹«

»Und was hat Toby gesagt?«

Der graue Spaniel ließ einen wehen Seufzer hören und schlief wieder ein.

»Toby?« Connie war plötzlich sehr einsam. »Oh, Klein Tobys Stimme klang wie ein toter Fisch, und er sagte, jetzt sei Percy Alleline der Einsatzleiter, nicht wahr? Es sei Percys Job, nicht der seine, die Anweisungen zu erteilen. Ich wußte sofort, daß irgend etwas faul war, aber ich dachte, es sei Toby.« Sie verstummte.

»Verdammtes Feuer«, brabbelte sie mißmutig. »Sobald man ihm den Rücken kehrt, geht es aus.« Ihr Interesse war erloschen. »Den Rest kennen Sie. Der Bericht ging an Percy. ›Na und?‹ sagte Percy. ›Poljakow war in der russischen Armee. Es war eine ziemlich große Armee, und nicht jeder, der in ihr kämpfte, war Karlas Agent.‹ Sehr komisch. Warf mir unwissenschaftliche Deduktion vor. ›Von wem stammt dieser Ausdruck?‹ fragte ich ihn. ›Es ist überhaupt keine Deduktion‹, sagt er, ›es ist *In*duktion.‹ – ›Mein lieber Percy, wo immer Sie solche Ausdrücke gelernt haben, Sie hören sich an wie so ein widerlicher Doktor oder so.‹ Mein Lieber, er war wütend! Pro forma setzt Toby die Hunde auf ihn an, aber sonst passiert nichts. ›Sein Haus anzapfen‹, sagte ich. ›Seinen Wagen, alles! Fotos schießen, ihn um- und umstülpen, die Abhorcher auf ihn ansetzen! Schützen Sie eine Personenverwechslung vor und durchsuchen Sie ihn. Was immer Sie wollen, aber tun Sie um Gottes willen irgend etwas, denn ich wette ein Pfund gegen einen Rubel, daß Alex Poljakow einen englischen Maulwurf betreut!‹ Daraufhin läßt Percy mich rufen, sehr ungnädig« – wieder der schottische Akzent –: »›Sie lassen jetzt gefälligst Poljakow in Ruhe. Schlagen Sie ihn sich aus ihrem albernen Weiberkopf, verstanden? Sie und Ihr verfluchter Polly – oder wie er heißt – hängen mir langsam zum Hals 'raus, also Schluß damit.‹ In Bestätigung des Gesprächs ein grober Brief. ›Wie bereits mündlich vereinbart‹, Kopie an die Leitkuh. Ich schrieb darunter ›Ja, wiederhole nein‹, und schickte ihm den Brief zurück.« Sie stellte um auf ihre Feldwebelstimme: »›Sie verlieren den Sinn für die Realität, Connie. Zeit, daß Sie 'rauskommen in die reale Welt.‹«

Connie hatte jetzt einen Katzenjammer. Sie war wieder über ihrem Glas zusammengesunken. Die Augen hatten sich geschlossen und der Kopf fiel immer wieder zur Seite.

»O Gott«, flüsterte sie, als sie wieder erwachte. »O himmlischer Vater!«

»Hatte Poljakow einen Kurier?« fragte Smiley.

»Wozu? Er ist Kulturmanager. Die brauchen keine Kuriere.«

»Komarow in Tokio hat einen gehabt. Das sagten Sie.«

»Komarow war Militär«, erwiderte sie mürrisch.

»Poljakow auch. Sie haben seine Orden gesehen.«
Er hielt ihre Hand und wartete. Lapin, der Hase, sagte sie, Bürodiener, Chauffeur an der Botschaft, Mädchen für alles. Anfangs war sie nicht aus ihm klug geworden. Sie vermutete, er sei ein gewisser Iwlow alias Brod, aber sie konnte es nicht nachweisen, und es half ihr ja auch keiner. Bummelte die meiste Zeit bloß durch London, guckte nach den Mädchen, wagte aber nicht, eine anzusprechen. Aber nach und nach bekam sie die Fäden zu fassen. Poljakow gab einen Empfang, Lapin, der Hase, half beim Servieren der Getränke. Poljakow wurde spät nachts zur Botschaft beordert, und eine halbe Stunde später tauchte auch Brüderchen Lapin dort auf, vermutlich um ein Telegramm zu entziffern. Und als Poljakow nach Moskau flog, übersiedelte Lapin regelrecht in die Botschaft und schlief auch dort, bis Poljakow zurückkam. »Er war mit von der Partie«, sagte Connie entschieden. »Sah man von weitem.«
»Und Sie haben auch das berichtet?«
»Natürlich.«
»Und was geschah?«
»Connie wurde geschaßt und Meister Lampe hoppelte nach Hause«, sagte Connie und kicherte. Sie gähnte. »Heia hoh«, sagte sie. »Halkyonische Tage. Hab' ich den Erdrutsch ausgelöst, George?«
Das Feuer war erstorben. Irgendwo oben hörte man einen Plumps, vielleicht war es Janet mit ihrem Liebhaber. Langsam begann Connie zu summen und sich dann zu ihrer eigenen Musik zu wiegen. Er gab ihr noch mehr zu trinken, und endlich erwachte sie wieder zum Leben.
»So«, sagte sie, »jetzt will ich Ihnen *meine* verdammten Orden zeigen.«
Erneutes Getümmel im Schlafgemach. Sie hatte sie in einer abgeschabten Diplomatenmappe, die Smiley unter dem Bett hervorziehen mußte. Zuerst einen richtigen Orden in einem Etui und eine maschinengeschriebene Belobigung, die auf ihren Arbeitsnamen Constance Salinger lautete und sie auf die Empfangsliste des Ministerpräsidenten setzte.
»Weil Connie ein so braves Mädchen war«, erläuterte sie und

schmiegte ihre Wange an die seine. »Und sie liebte alle ihre Prachtjungens.«

Dann Fotos ehemaliger Mitglieder des Circus; Connie in der Uniform des weiblichen Hilfscorps, die zwischen Jebedee und dem alten Bill Magnus, dem Funker, stand, irgendwo in England aufgenommen. Connie mit Bill Haydon auf der einen und Jim Prideaux auf der anderen Seite, die Männer im Kricket-Dreß und alle drei schauten typisch »bitte recht freundlich« drein, wie Connie sich ausdrückte. Das Bild war während eines Sommerkurses in Sarratt aufgenommen, hinter ihnen lagen die Kricketplätze, gemäht und sonnenhell, und die Seitenabschirmungen glänzten. Daneben ein riesiges Vergrößerungsglas, auf dessen Linse Autogramme eingeritzt waren: von Bill und Percy, von Toby und vielen anderen. »Für Connie mit allen guten Wünschen, und, wer weiß, Auf Wiedersehen!«

Schließlich eine Karikatur Connies, wie sie über ganz Kensington Palace Gardens hingestreckt liegt und mit einem Teleskop die sowjetische Botschaft beobachtet: »Mit allen guten Wünschen und lieben Erinnerungen, liebe, liebe Connie.«

»Man erinnert sich hier noch immer an ihn, wissen Sie. Der Goldjunge. Christ Church besitzt ein paar von seinen Bildern. Sie werden ziemlich oft ausgestellt. Neulich hielt Giles Langley mich auf der Straße an: ob ich gelegentlich von Haydon hörte? Weiß nicht, was ich sagte: Ja. Nein. Betreut Giles' Schwester immer noch ›sichere Häuser‹, wissen Sie das zufällig?« Smiley wußte es nicht. »›Sein *Flair* fehlt uns sehr‹, sagt Giles, ›diese Züchtung gibt es heutzutage nicht mehr. ›Giles sagt, er sei Bills Lehrer in Neuer Geschichte gewesen, damals, als *Empire* noch kein Schimpfwort war. Fragte auch nach Jim. ›Sein *alter ego*, sozusagen, hem, hem, hem, hem.‹ George, Sie haben Bill nie gemocht, wie?« Connie plapperte weiter, während sie alles wieder in Plastiktüten und Lappen verpackte. »Ich habe nie rausbekommen, ob Sie auf ihn eifersüchtig waren oder er auf Sie. Zu attraktiv, nehme ich an, Sie haben dem Äußeren immer mißtraut. Nur bei Männern, wohlgemerkt.«

»Meine liebe Connie, wie kommen Sie auf diesen Unsinn«, protestierte Smiley, ausnahmsweise unvorsichtig. »Bill und ich waren immer gute Freunde. Was um alles in der Welt bringt Sie auf solche Gedanken?«

»Nichts.« Sie hatte es schon fast vergessen. »Ich habe mal gehört, er habe mit Ann eine Runde im Park gedreht, das ist alles. Ist er nicht ein Vetter von ihr oder sowas? Ich habe mir immer gedacht, Sie und Bill hätten ein so gutes Team abgegeben, wenn es geklappt hätte. Ihr beide hättet den alten Geist wieder zurückgebracht. Statt dieses schottischen Fatzkes. Bill erbaut ein neues Camelot« – wieder das Märchentanten-Lächeln – »und George...«

»George sammelt die Brosamen auf«, sagte Smiley, indem er auf ihren Ton einging, und sie lachten beide, Smiley gezwungen.

»Geben Sie mir einen Kuß, George. Geben Sie Connie einen Kuß.«

Sie begleitete ihn durch den Küchengarten hinaus, den Weg, den ihre Mieter benutzten, sie sagte, das würde ihm lieber sein als der Anblick der gräßlichen neuen Bungalows, den die Harrison-Schweine im Garten nebenan errichtet hatten. Leichter Regen fiel, die Sterne standen groß und bleich im Nebel, auf der Landstraße donnerten Lastwagen nordwärts durch die Nacht. Plötzlich wurde Connie von Furcht erfaßt und klammerte sich an ihn.

»Sie sind abscheulich, George. Hören Sie? Sehen Sie mich an. Sehen Sie nicht dort hinüber, da gibt's nur Neonlampen und Sodom. Küssen Sie mich. Auf der ganzen Welt sind garstige Menschen am Werk, die uns die Zeit stehlen, warum müssen Sie ihnen helfen? Warum?«

»Ich helfe ihnen nicht, Connie.«

»Natürlich tun Sie's. Sehen Sie mich an. Es war eine gute Zeit, hören Sie? Eine echte Zeit. Damals konnten die Engländer stolz sein. Lassen Sie ihnen jetzt diesen Stolz.«

»Das liegt nicht ganz in meiner Macht, Connie.«

Sie zog sein Gesicht zu sich herab, also küßte er sie auf den Mund.

»Die armen Lieben.« Sie keuchte schwer, nicht aus einer bestimmten Erregung, sondern aus einem Durcheinander von Erregungen, das in ihr herumschwappte wie verschiedene Sorten

Alkohol. »Die armen Lieben. Für das Empire erzogen, erzogen, um die Meere zu beherrschen. Alle dahin. Alle fort. Gute Nacht, schöne Welt. Sie sind der letzte, George, Sie und Bill. Und ein bißchen auch der gräßliche Percy.« Er hatte gewußt, daß es so enden würde; aber doch nicht ganz so schlimm. Er hatte die gleiche Geschichte mit ihr bei jeder der kleinen Weihnachtsfeiern erlebt, die im Circus in stillen Winkeln abgezogen wurden. »Sie kennen Millponds nicht, oder?« fragte sie jetzt.

»Was ist Millponds?«

»Da wohnt mein Bruder. Schönes klassizistisches Haus, reizende Umgebung, in der Nähe von Newbury. Dann haben sie eine Straße gebaut. Krach. Bumm. Autostraße. Das ganze Grundstück dahin. Ich bin dort aufgewachsen, verstehen sie. Sarratt ist nicht verkauft worden, oder? Ich habe es immer befürchtet.«

»Nein, ganz bestimmt nicht.«

Er hätte sich gern von ihr freigemacht, aber sie klammerte sich noch verzweifelter an ihn, und er fühlte, wie ihr Herz pochte.

»Wenn es schlimm ist, dürfen Sie nicht wiederkommen. Versprechen Sie's? Ich bin zu alt, ich kann nicht mehr umdenken. Ich möchte euch alle so in der Erinnerung behalten, wie ihr damals wart. Liebe, liebe Jungens.«

Er wollte sie nicht allein und schwankend im Dunkeln unter den Bäumen zurücklassen, also ging er wieder ein Stück mit ihr zum Haus zurück; keiner von ihnen sprach. Als er in die Straße einbog, hörte er sie wieder summen, so laut, daß es wie ein Aufschrei war. Aber es war nichts im Vergleich zu dem Tumult in seinem Inneren, die Wogen von Panik und Erbitterung und Ekel über diesen Nachtmarsch mit geschlossenen Augen, an dessen Ende sich Gott weiß wessen Leichen finden würden.

Er fuhr mit dem Personenzug nach Slough, wo Mendel ihn mit einem Mietwagen erwartete. Während sie langsam auf das orangefarbene Leuchten der Stadt zufuhren, hörte er sich das Ergebnis von Peter Guillams Nachforschungen an. Das Dienstbuch enthalte keine Einträge für die Nacht vom zehnten auf den elften April, sagte Mendel. Die Seiten seien mit einer Rasierklinge herausgetrennt worden. Auch die Listen der Portiers für die gleiche Nacht fehlten, desgleichen die Signallisten.

»Peter glaubt, es sei erst kürzlich geschehen. Auf die folgende Seite ist eine Anmerkung gekritzelt: ›Alle Nachfragen an Chef von London Station.‹ Es ist Esterhases Handschrift und mit Freitag datiert.«

»*Letzten* Freitag?« fragte Smiley und fuhr so jäh herum, daß sein Sicherheitsgurt einen klagenden Laut von sich gab. »Das ist der Tag von Tarrs Ankunft in England.«

»Das alles sagt Peter«, erwiderte Mendel stoisch.

Und schließlich, daß betreffs Lapin alias Iwlow, und Legationsrat Poljakow, beide von der Sowjetischen Botschaft in London, Toby Esterhases Aufklärerberichte nicht die geringste verdächtige Spur aufzeigten. Über beide Männer war eingehend ermittelt worden, beiden wurde der Persilschein ausgestellt: das strahlendste Weiß, das es je gab. Lapin war vor einem Jahr nach Moskau zurückbeordert worden.

Mendel hatte eine Mappe mit Guillams Fotos mitgebracht, die Ergebnisse seines Raubzugs in Brixton, alle entwickelt und auf Normalgröße gebracht. Beim Bahnhof Paddington stieg Smiley aus und Mendel reichte ihm die Mappe durch die Tür. »Soll ich wirklich nicht mitkommen?« fragte Mendel.

»Vielen Dank. Es sind nur ein paar Schritte.«

»Ein Glück für Sie, daß der Tag vierundzwanzig Stunden hat, wie?«

»Ja, wirklich.«

»Manche Leute schlafen.«

»Gute Nacht.«

Mendel hielt die Mappe noch immer fest. »Kann sein, daß ich die Schule gefunden habe«, sagte er. »Heißt Thursgood, in der Nähe von Taunton. Er hat ein halbes Quartal irgendwo in Berkshire ausgeholfen und ist dann anscheinend nach Somerset getreckt. Soll einen Wohnwagen haben. Möchten Sie, daß ich's nachprüfe?«

»Wie wollen Sie das machen?«

»An seine Tür bollern. Ihm einen Staubsauger verkaufen, ihn gesellschaftlich kennenlernen.«

»Entschuldigen Sie«, sagte Smiley plötzlich bekümmert. »Es sieht so aus, als sähe ich schon Gespenster. Entschuldigen Sie, das war unfreundlich von mir.«
»Der junge Guillam sieht auch schon Gespenster«, sagte Mendel mit Entschiedenheit. »Behauptet, er würde im ganzen Haus so komisch angesehen. Behauptet, da gehe was vor, und sie steckten alle drin. Hab' ihm gesagt, er soll einen Strammen kippen.«
»Ja«, sagte Smiley nach weiterem Nachdenken. »Ja, das ist das einzig Richtige. Jim ist ein Profi«, erläuterte er. »Ein Außenagent der alten Schule. Er ist gut, was immer sie ihm auch angetan haben.«

Camilla war spät zurückgekommen. Soviel Guillam wußte, war die Flötenstunde bei Sand um neun zu Ende, aber es war schon elf, als sie die Tür aufschloß. Er war entsprechend kurz angebunden mit ihr, er konnte nicht anders. Jetzt lag sie im Bett, das grauschwarze Haar über das Kissen gebreitet, und beobachtete ihn, während er am dunklen Fenster stand und auf den Platz hinausstarrte.
»Hast du gegessen?«
»Doktor Sand hat mir was gegeben.«
»Was?« Sand war Perser, hatte sie ihm erzählt.
Keine Antwort. Träume vielleicht? Nußkroketten? Liebe? Im Bett rührte sie sich nie, außer um ihn zu umarmen. Im Schlaf atmete sie kaum; manchmal lag er wach, beobachtete sie und überlegte, wie ihm wohl zumute wäre, wenn sie tot wäre.
»Hast du Sand gern?« fragte er.
»Manchmal.«
»Gehst du mit ihm ins Bett?«
»Manchmal.«
»Vielleicht solltest du mit ihm zusammenwohnen statt mit mir.«
»So ist es nicht«, sagte Camilla. »Das verstehst du nicht.«
Nein, das verstand er nicht. Zuerst dieses Pärchen, das auf dem Rücksitz eines Rover seine Spiele trieb, dann ein einsamer Bubi mit Schlapphut, der seinen Sealyham spazierenführte, dann ein Mädchen, das ein stundenlanges Gespräch von der Telefonzelle vor seiner Haustür aus führte. Nichts von alledem mußte etwas

bedeuten, nur daß sie alle hintereinander aufgezogen waren wie bei der Wachablösung. Jetzt hatte ein Lieferwagen geparkt, und niemand stieg aus. Noch ein Liebespaar oder eine Aufklärer-Nachtschicht? Der Lieferwagen hatte zehn Minuten dagestanden, als der Rover wegfuhr.
Camilla schlief. Er lag neben ihr wach und wartete auf morgen. Morgen wollte er auf Smileys Anweisung die Akte über den Fall Prideaux stehlen, auch bekannt als der Ellis-Skandal – oder für Eingeweihtere – Operation *Testify*.

14 *Im Thursgood übernimmt Bill Roach das Steuer von Jim Prideaux' Wagen*

Bis zu diesem Augenblick war dies der zweitglücklichste Tag in Bill Roachs kurzem Leben gewesen. Der glücklichste war kurz vor der Auflösung seines Elternhauses, als sein Vater unterm Dach ein Wespennest entdeckt und Bill als Hilfskraft beim Ausräuchern herangezogen hatte. Der Vater war kein Naturmensch, auch nicht sehr geschickt, aber nachdem Bill in seinem Lexikon alles über Wespen nachgelesen hatte, waren sie gemeinsam zur Drogerie gefahren und hatten Schwefel gekauft, den sie auf einer großen Platte unter der Dachrinne verbrannten und damit den Wespen den Garaus machten.

Der heutige Tag jedoch hatte die feierliche Eröffnung von Jim Prideaux' Automobil-Club-Rallye gesehen. Bisher hatten sie nur den Alvis auseinandergenommen und wieder zusammengesetzt, aber heute hatten sie zum Lohn und mit Latzys Hilfe eine Slalompiste mit Strohballen auf der steinigen Seite der Strecke angelegt, dann hatte reihum jeder sich ans Steuer gesetzt und war mit Jim als Stopper unter dem brausenden Jubel der Supporters durch die Tore gekeucht und gewedelt. »Bester Wagen, den England je gebaut hat«, hatte Jim sein Auto vorgestellt. »Wird heute nicht mehr hergestellt, von wegen Sozialismus.« Jetzt war der Alvis frisch lackiert, trug auf der Kühlerhaube einen Rallye-Union Jack und war unbestritten der schönste und schnellste Wagen der Welt. Im ersten Durchgang hatte Roach den dritten Platz unter vierzehn Teilnehmern belegt, und jetzt, im zweiten, war er, ohne ein einziges Mal abzubremsen, beim Kastanienbaum angelangt und startbereit für die Endrunde. Eine Rekordzeit! Er hätte nie gedacht, daß ihm etwas so viel Spaß machen könnte. Er fand das Auto herrlich, und zum erstenmal in seinem Leben hätte er es herrlich gefunden, zu siegen. Er hörte, wie Jim brüllte: »Sachte, Jumbo«, und er sah Latzy auf und ab hüpfen und die improvisierte Zielfahne schwingen, aber als er um den Pfosten radierte, wußte er bereits, daß Jim nicht mehr auf ihn

achtete, sondern über die Rennstrecke hinweg zu den Birken hinüberstarrte.
»Sir, wie lange, Sir?« fragte er atemlos, und hörte nur ein leises »Psst!«
»Stopper!« rief Spikely und riskierte eine Lippe. »Die Zeit, bitte, Rhino.«
»War prima, Jumbo«, sagte Latzy und blickte ebenfalls auf Jim. Ausnahmsweise fanden weder Spikelys Frechheit noch Bills Flehen Beachtung. Jim starrte über das Spielfeld zum Fahrweg hinüber, der die östliche Grenze bildete. Neben ihm stand ein Junge namens Coleshaw, ein Repetierer aus III B, bekannt dafür, daß er den Lehrern um den Bart ging. Das Gelände war hier sehr flach, ehe es zu den Hügeln anstieg; nach ein paar Regentagen stand oft alles unter Wasser. Deshalb lief auch keine ordentliche Hecke am Fahrweg entlang, sondern nur ein Drahtzaun mit Holzpfosten; und es gab auch keine Bäume, nur den Drahtzaun, die Ebene und da und dort dahinter die Quantocks, die heute im alles beherrschenden Weiß verschwunden waren. Die Ebene hätte daher auch Sumpfland sein können, das zu einem See führte oder einfach in die weiße Unendlichkeit. Vor diesem farblosen Hintergrund wanderte eine einzelne Gestalt dahin, ein normaler, unauffälliger Fußgänger, ein Mann mit schmalem Gesicht, weichem Filzhut und grauem Regenmantel; er trug einen Spazierstock, den er kaum benutzte. Roach, der ihn gleichfalls beobachtete, kam zu dem Schluß, daß der Mann gern schneller gegangen wäre, aber aus einem bestimmten Grund den Schritt zügelte.
»Hast du die Brille auf, Jumbo?« fragte Jim und starrte unverwandt auf diese Gestalt, die sich nun dem nächstgelegenen Pfosten näherte.
»Ja, Sir.«
»Wer ist denn der? Sieht aus wie Salomon Grundy.«
»Weiß nicht, Sir.«
»Noch nie in der Gegend gesehen?«
»Nein, Sir.«
»Kein Lehrer, keiner aus dem Dorf. Also was ist er? Räuber? Dieb? Warum schaut er nicht zu uns herüber, Jumbo? Was paßt

ihm nicht an uns? Würdest du nicht hinschauen, wenn du einen Haufen Jungens sehen würdest, die im Auto um ein Feld rasen? Mag er keine Autos? Mag er keine Jungens?«

Roach überlegte noch immer eine Antwort auf alle diese Fragen, als Jim anfing, zu Latzy in der DP-Sprache zu reden. Sein tonloses Flüstern verriet Roach sofort, daß zwischen den beiden ein Einvernehmen bestand, ein besonderes fremdartiges Band. Der Eindruck wurde durch Latzys Antwort verstärkt, die mit der gleichen unerschütterlichen Zurückhaltung erteilt wurde und deutlich negativ war.

»Sir, bitte, Sir, ich glaube, er hat was mit der Kirche zu tun, Sir«, sagte Coleshaw. »Ich hab' ihn mit Wells Fargo sprechen sehen, Sir, nach der Andacht.«

Der Name des Vikars lautete Spargo, und er war sehr alt. Die Thursgood-Legende wollte, daß er in Wahrheit der große Wells Fargo sei, der sich hierher zurückgezogen hatte. Jim dachte eine Weile über diese Erklärung nach, und Roach war wütend und fand, Coleshaw wolle sich nur interessant machen.

»Gehört, worüber sie geredet haben, Coleshaw?«

»Sir, nein, Sir. Sie haben die Sitzordnung der Kirche studiert, Sir. Aber ich könnte Wells Fargo fragen, Sir.«

»*Unsere* Sitzordnung? Die Sitzordnung von Thursgood?«

»Ja, Sir. Die Sitzordnung der Schule. Von Thursgood. Mit den ganzen Namen, Sir, und wo wir sitzen.«

Und auch wo die Lehrer sitzen, dachte Roach erbittert.

»Wer ihn nochmals sieht, sagt mirs. Ihn oder sonstige trübe Figuren, verstanden?« Jim wandte sich an alle und lieferte dabei eine einfache Erklärung. »Hab' nichts übrig für komische Vögel, die sich um Schulen 'rumtreiben. An meiner letzten war's eine richtige Bande. Haben alles mitgehen lassen. Silber, Geld, Armbanduhren der Jungens, Radios, Gott weiß, was sie nicht geklaut haben. Er wird nächstens den Alvis klauen. Bester Wagen, den England je gebaut hat, und wird nicht mehr hergestellt. Haarfarbe, Jumbo?«

»Schwarz, Sir.«

»Größe, Coleshaw?«

»Sir, einsachtzig, Sir.«

»Für Coleshaw sieht jeder wie einsachtzig aus, Sir«, sagte ein Spaßvogel, denn Coleshaw war ein Zwerg und angeblich mit der Ginflasche aufgezogen.
»Alter, Spikely, du Knallfrosch?«
»Einundneunzig, Sir.«
Die Situation löste sich in Gelächter auf, Roach durfte den Durchgang wiederholen und schnitt schlecht ab, und in dieser Nacht lag er in qualvoller Eifersucht wach und fürchtete, der ganze Automobilclub, ganz zu schweigen von Latzy, könnte in Bausch und Bogen in den ehrenvollen Rang von Beobachtern erhoben worden sein. Es tröstete ihn kaum, daß er sich sagte, ihre Wachsamkeit könne sich nie und nimmer mit der seinen vergleichen; daß Jims Anweisung nur für diesen einen Tag Geltung habe; oder daß Roach von nun an seine Anstrengungen verdoppeln müsse, um dieser eindeutig näherrückenden Bedrohung zu begegnen.
Der Fremde mit dem schmalen Gesicht war wieder verschwunden, aber anderntags stattete Jim dem Kirchhof einen seltenen Besuch ab; Roach sah ihn mit Wells Fargo sprechen, vor einem offenen Grab.
Von diesem Tag an stellte Bill Roach an Jim eine verschlossene Miene fest und eine Sprungbereitschaft, die manchmal wie Zorn hervortrat, wenn er allabendlich durch das Zwielicht stapfte oder vor dem Wohnwagen auf den Erdhocken saß, unempfindlich gegen Kälte oder Nässe, und seine dünne Zigarre rauchte und am Whisky nippte, während die Dunkelheit ihn einhüllte.

Zweiter Teil

15 *Mrs. Pope Graham vom Hotel* Islay *kommt zu einem verdächtigen Gast, Inspektor Mendel zu einem billigen Babysitter*

Das Hotel *Islay* in Sussex Gardens, wo George Smiley am Tag nach seinem Besuch in Ascot unter dem Namen Barraclough sein Hauptquartier aufgeschlagen hatte, war ein für diese Lage sehr ruhiges Haus und für Smileys Zwecke vorzüglich geeignet. Es stand in einer Reihe älterer Herrschaftshäuser knapp hundert Meter südlich von Paddington Station und war von der Hauptstraße durch eine Reihe gleichhoher Bäume und einen Parkplatz getrennt. Draußen dröhnte der Verkehr die ganze Nacht hindurch. Das Innere jedoch war trotz der Anhäufung scheußlicher Tapeten und kupferner Lampenschirme ein Hort der Stille. Nicht nur, daß sich im Hotel nichts regte: Auch in der Außenwelt regte sich nichts, und dieser Eindruck wurde noch verstärkt durch die Besitzerin, Mrs. Pope Graham, Majorswitwe, deren furchtbar schleppende Stimme Mr. Barraclough genau wie jedem anderen, der das gastliche Haus aufsuchte, ein Gefühl grenzenloser Müdigkeit vermittelte. Inspektor Mendel, dessen Informantin sie seit vielen Jahren war, behauptete, ihr Name sei schlicht Graham. Das Pope habe sie zwecks größerer Vornehmheit oder als Huldigung an Rom hinzugefügt.

»Ihr Vater war nicht zufällig bei der Greenjacket-Brigade?« erkundigte sie sich gähnend, als sie den Namen Barraclough im Register las. Smiley zahlte ihr fünfzig Pfund Vorschuß für einen zweiwöchigen Aufenthalt und sie gab ihm Zimmer Nummer acht, weil er ungestört arbeiten wollte. Er bat um einen Schreibtisch, und sie gab ihm einen wackeligen Bridgetisch, Norman, der Hotelboy, schleppte ihn an. »Er ist georgianisch«, seufzte sie, als sie die Lieferung überwachte. »Sie werden ihn doch sorgsam behandeln, nicht wahr, mein Lieber? Eigentlich sollte ich ihn gar nicht ausleihen, er hat dem Major gehört.«

Zu den fünfzig Pfund fügte Mendel privatim weitere zwanzig a conto aus seiner eigenen Brieftasche hinzu, Schmierlappen, wie er sagte, die er später wieder von Smiley kassierte. »Wo nichts ist, kann auch nichts stinken, wie?« meinte er.

»So könnte man sagen«, bestätigte Mrs. Pope Graham und barg die Scheine hoheitsvoll in ihren Dessous.

»Ich will jeden Dreck erfahren«, schärfte Mendel ihr ein, als sie in ihrer Souterrainwohnung bei einer Flasche ihrer Lieblingsmarke saßen. »Genaue Zeiten von Kommen und Gehen, Kontakte, Lebensweise und vor allem« – er hob einen mahnenden Finger – »vor allem, und das ist wichtiger, als Sie wissen können, müssen mir alle verdächtigen Personen gemeldet werden, die sich für ihn interessieren oder unter irgendeinem Vorwand Ihr Personal aushorchen wollen.« Er warf ihr seinen Lage-der-Nation-Blick zu. »Auch wenn sie behaupten, sie wären die Königliche Leibgarde und Sherlock Holmes in einer Person.«

»Wir sind allein hier, ich und Norman«, sagte Mrs. Pope Graham und wies auf einen fröstelnden Jungen in einem schwarzen Mantel, den Mrs. Pope Graham mit einem beigen Samtkragen herausgeputzt hatte. »Und bei Norman werden sie kein Glück haben, nicht wahr, Lieber, du bist viel zu taktvoll.«

»Außerdem alle Briefe, die für ihn kommen«, sagte der Inspektor. »Briefmarken und Poststempel, wenn irgend lesbar, notieren, aber nicht dran rumpfuschen oder zurückhalten. Außerdem seine Sachen.« Er ließ einen Engel durch den Raum schweben, während er den mächtigen Safe betrachtete, der einen so wesentlichen Bestandteil des Mobiliars darstellte. »Hin und wieder wird er etwas hinterlegen wollen. Es werden hauptsächlich Papiere sein, manchmal Bücher. Außer ihm darf nur ein einziger Mensch auf der Welt diese Dinge zu Gesicht bekommen« – er ließ ein kurzes Seeräubergrinsen aufblitzen –, »ich. Verstanden? Niemand sonst darf auch nur wissen, daß sie hier sind. Und murksen Sie nicht dran herum, er merkt es sofort, er ist ein scharfer Hund. Es müßte meisterhaft gemurkst sein. Mehr sage ich nicht«, schloß Mendel. Smiley gegenüber bemerkte er allerdings bald nach seiner Rückkehr aus Somerset, wenn der Preis nicht höher sei als zwanzig Lappen, dann seien Norman und seine Herrin die billigsten Babysitter in der Branche.

Worauf er zu Unrecht stolz war, verzeihlicherweise, denn er konnte schließlich nicht wissen, daß Jim den gesamten Automobilclub eingespannt hatte; und ebensowenig konnte er wissen, auf welche Weise es Jim in der Folge möglich war, den Pfaden von Mendels mißtrauischen Nachforschungen zu folgen. Und weder Mendel noch irgend jemand sonst ahnte das Ausmaß elektrisierter Alarmbereitschaft, in die der Zorn, die Anspannung des Wartens und vielleicht ein kleiner Knacks Jim versetzt haben mochten.

Zimmer acht lag im obersten Stock. Das Fenster ging auf die Dachbrüstung hinaus. Gegenüber, in einer Seitenstraße, war eine zweifelhafte Buchhandlung und ein Reisebüro mit dem Namen »Weite Welt«. Im Handtuch war *Swan Hotel Marlow* eingewebt. Lacon kam noch am gleichen Abend mit einer dicken Aktenmappe angestelzt, die eine erste Portion Papiere aus seinem Büro enthielt. Zu ihrer Unterredung setzten sie sich nebeneinander aufs Bett, und Smiley ließ ein Transistorradio spielen, um ihre Stimmen zu übertönen. Lacon nahm das ungnädig auf, irgendwie schien er zu alt für solche Scherze. Anderntags holte Lacon auf dem Weg zum Dienst die Papiere wieder ab und gab die Bücher zurück, mit denen Smiley die Mappe ausgestopft hatte. In dieser Rolle war Lacon miserabel. Er gab sich gekränkt und zerfahren und machte kein Hehl daraus, daß er diese Unregelmäßigkeit haßte. Die Röte, die sein Gesicht in der Kälte annahm, schien nicht mehr weichen zu wollen. Aber bei Tag konnte Smiley die Papiere nicht lesen, da sie Lacons Mitarbeitern jederzeit zugänglich sein mußten, und ihr Verschwinden hätte Staub aufgewirbelt. Er hätte es auch nicht gewollt. Er wußte besser als jeder andere, daß die Zeit verzweifelt drängte. In den nächsten drei Tagen änderte sich sein Programm nur sehr wenig. Allabendlich lieferte Lacon auf dem Weg zum Bahnhof Paddington seine Papiere ab, und allnächtlich meldete Mrs. Pope Graham Mendel verschwörerisch, daß der lange Griesgram wieder dagewesen sei, der Norman immer so scheel ansehe. Allmorgendlich, nach drei Stunden Schlaf und einem widerlichen Frühstück aus halbgaren Würsten und zerkochten Tomaten – etwas anderes war nicht zu haben – wartete Smiley auf Lacons Kommen, dann floh er dankbar hinaus in den kalten Wintertag, um seinen Platz

in der menschlichen Gesellschaft wieder einzunehmen.
Es waren schon außergewöhnliche Nächte für Smiley, so allein dort oben im Dachgeschoß. Wenn er später nach einer Zeit, die ebenso erfüllt und nach außen hin weit ereignisreicher war, an sie zurückdachte, so erschienen sie ihm wie eine einzige Reise, fast wie eine einzige Nacht. *Ich kann ihm doch sagen, daß Sie es übernehmen,* hatte Lacon schamlos im Garten geflötet. *Vorwärts, zurück?* Während Smiley Pfad um Pfad in seine eigene Vergangenheit zurückwanderte, verschwand dieser Unterschied: Vorwärts oder rückwärts, es war die gleiche Reise, und sein Ziel lag vor ihm. Nichts in diesem Zimmer, kein einziger Gegenstand in diesem Sammelsurium schäbigen Hotelkrams, trennte ihn von den Zimmern seiner Erinnerung. Er war wieder in der obersten Etage des Circus, in seinem eigenen schäbigen Büro mit den Drucken von Oxford, genau wie er es vor einem Jahr verlassen hatte. Jenseits der Tür war das niedrige Vorzimmer, wo Controls grauhaarige Damen, die Mütter, leise tippten und Anrufe beantworteten; während hier im Hotel ein unentdecktes Genie ein paar Türen weiter Tag und Nacht geduldig auf einer alten Schreibmaschine klapperte. Am anderen Ende des Vorzimmers – in Mrs. Pope Grahams Haus befand sich dort ein Badezimmer mit einem Schild, das die Benutzung verbot – war die verbotene Tür zu Controls Allerheiligstem: ein Schlauch von Zimmer, mit alten Stahlschränken und alten roten Büchern, einem Geruch nach süßem Staub und Jasmintee. Hinter dem Schreibtisch Control persönlich, damals schon nur mehr ein Gerippe von Mann, mit seinem schütteren grauen Stirnhaar und dem warmen Lächeln eines Totenschädels.
Diese geistige Verwandlung war so vollständig, daß Smiley, als sein Telefon klingelte – der Anschluß war eine zusätzliche Leistung und in bar zu bezahlen – sich erst wieder erinnern mußte, wo er war. Andere Geräusche übten eine ähnlich verwirrende Wirkung auf ihn aus, zum Beispiel das Scharren von Tauben auf dem Dach, das Knarren der Fernsehantenne im Wind, und bei Regen der gurgelnde Bach in der Dachrinne. Denn auch diese Geräusche gehörten zu seiner Vergangenheit und waren in Cambridge Circus nur in der fünften Etage zu vernehmen gewe-

sen. Das war wohl der Grund, warum sein Ohr sie nun heraushörte: Sie waren die Geräuschkulisse seiner Vergangenheit. Als Smiley einmal frühmorgens im Hotelkorridor Schritte hörte, ging er tatsächlich zur Tür, weil er mit dem Chiffreur vom Nachtdienst rechnete. Er war gerade in Guillams Fotos vertieft und versuchte, an Hand viel zu spärlicher Informationen das Verfahren auszutüfteln, nach dem eingehende Telegramme aus Hongkong unter dem Circus-Lateralismus bearbeitet werden mochten. Aber anstatt des Chiffreurs hatte er Norman vorgefunden, der barfuß im Schlafanzug vor der Tür stand. Über den Läufer waren Konfetti verstreut, und vor der Tür gegenüber standen zwei Paar Schuhe, ein Paar Damen- und ein Paar Herrenschuhe, obwohl kein Mensch im *Islay*, am allerwenigsten Norman, sie jemals putzen würde.

»Laß das Spionieren und geh zu Bett«, hatte Smiley gesagt. Und als Norman ihn nur anglotzte; »Ach, so geh doch, ja?« – und beinahe, aber er hielt sich zurück – »Du schmieriger Knirps.«

»Operation *Witchcraft*« lautete der Titel des ersten Bands, den Lacon ihm an diesem Sonntag brachte. »Vorschriften zur Verteilung besonderer Produkte.« Der übrige Einband war mit Warnzetteln und Benutzungsanweisungen vollgeklebt, darunter eine, die mit entzückender Naivität dem zufälligen Finder nahelegte: »Diese Akte UNGELESEN zurück an den Chefarchivar im Kabinettsbüro.« »Operation *Witchcraft*« stand auf dem zweiten Band. »Antrag auf zusätzliche Mittel an Schatzamt, Wohnmöglichkeit in London, besondere Zahlungsvereinbarungen, Prämie etc.« »Quelle Merlin«, stand auf dem dritten, der mittels einer rosa Kordel mit dem ersten zusammengebunden war. »Auswertung durch Konsumenten, Kosteneffektivität, weitere Auswertung, siehe auch geheimer Anhang.« Aber der geheime Anhang war nicht angehängt, und als Smiley nach ihm fragte, schlug ihm ein Eishauch entgegen. »Der Minister verwahrt ihn in seinem Privatsafe«, knurrte Lacon.

»Kennen Sie die Kombination?«

»Wo denken Sie hin!« erwiderte Lacon wütend.

»Wie lautet der Titel des Anhangs?«

»Das kann für Sie von keinerlei Interesse sein. Ich begreife nicht, warum Sie Ihre Zeit überhaupt damit vergeuden sollen, hinter diesem Material herzujagen. Es ist streng geheim, und wir haben alles Menschenmögliche getan, um den Leserkreis auf ein Minimum zu beschränken.«
»Auch ein geheimer Anhang muß einen Titel haben«, sagte Smiley milde.
»Dieser hat keinen.«
»Gibt er Merlins Identität an?«
»Machen Sie sich nicht lächerlich. Der Minister würde sie nicht kennen wollen, und Alleline würde ihn nicht aufklären.«
»Was bedeutet weitere Auswertung?«
»Sie haben kein Recht, mich auszufragen, George. Sie gehören nicht mehr zur Familie, wie Sie wissen. Von Rechts wegen hätte ich Sie erst einmal genau durchleuchten lassen müssen.«
»*Witchcraft*-durchleuchten?«
»Ja.«
»Gibt es eine Liste der Personen, die solche Durchleuchtungen hinter sich haben?«
Sie liegt im Kabinettsbüro, gab Lacon zurück und hätte um ein Haar die Tür hinter sich zugeknallt, doch kam er zurück, während sanft das Lied »Sag mir, wo die Blumen sind« erklang. »Der Minister ...« begann er von neuem. »Er hat nichts übrig für umschweifige Erklärungen. Er sagt immer: Ich glaube nur, was auf einer Postkarte Platz hat. Er wartet ungeduldig auf handgreifliche Resultate.«
»Sie vergessen Prideaux nicht, ja? Einfach alles, was Sie über ihn finden können; jeder kleinste Wisch ist besser als gar nichts.«
Smiley ließ Lacon eine Weile hierüber nachglotzen, dann zu einem zweiten Abgang ansetzen: »Verrennen Sie sich auch nicht in eine fixe Idee, George? Es ist Ihnen doch klar, daß Prideaux höchstwahrscheinlich kein einziges Wort von *Witchcraft* gehört hat, ehe er angeschossen wurde? Ich begreife wirklich nicht, warum sie nicht bei der Hauptsache bleiben können, anstatt dieses Herumwühlens in ...« Aber inzwischen hatte er sich bereits aus dem Zimmer hinausgeredet.
Smiley wandte sich dem letzten Stoß zu: »Operation *Witchcraft*,

Schriftwechsel mit Department.« Department war eine von Whitehalls zahlreichen beschönigenden Umschreibungen für den Circus. Dieser Band bestand aus offiziellen Aktennotizen, gewechselt zwischen dem Minister einerseits und – sofort zu erkennen an seiner berühmten Schulschrift – Percy Alleline andererseits, der damals noch auf den unteren Sprossen von Controls hierarchischer Leiter schmachtete.

Ein recht glanzloses Denkmal, fand Smiley bei der Durchsicht dieser vielbenutzten Akten, für einen so langen und grausamen Krieg.

16 *George Smiley füttert sein Gedächtnis mit Akten aus Oliver Lacons Geheimarchiv*

Als Smiley nun in die Lektüre von Lacons Akten einstieg, erlebte er diesen langen und grausamen Krieg in seinen wichtigsten Schlachten noch einmal. Die Gegenspieler waren Alleline und Control, der Ursprung des Krieges lag im Dunkeln. Die Akten enthielten einen denkbar dürftigen Bericht; Smileys Gedächtnis enthielt weit mehr. Bill Haydon, der die Ereignisse ebenso sorgfältig wie besorgt verfolgt hatte, behauptete, die beiden Männer hätten einander in Cambridge hassen gelernt, wo Control sich kurze Zeit als Lehrer und Alleline als Student aufgehalten hatten. Laut Bill sei Alleline Controls Schüler gewesen, ein schlechter Schüler, und Control habe sich über ihn mokiert, was sehr wohl möglich war. Die Geschichte war so grotesk, daß Control nicht umhin konnte, sie noch hochzuspielen:

»Percy und ich sind Blutsbrüder, höre ich. Haben uns gemeinsam in diesen Stechkähnen, den *Punts*, getummelt, man stelle sich vor!« Er sagte nie, ob es wahr war.

Derartige Halbmythen konnte Smiley mit ein paar Tatsachen aus dem früheren Leben der beiden Männer zurechtrücken. Während Controls Herkunft unbekannt war, stammte Percy Alleline aus dem Süden Schottlands und war in einem Pfarrhaus geboren; sein Vater war ein presbyterianischer Eiferer, und wenn Percy auch nicht seinen Glauben hatte, so hatte er doch zweifellos seine sektiererische Unduldsamkeit geerbt. Er verpaßte den Krieg um ein paar Jahre und kam von einer Firma in der City zum Circus. In Cambridge hatte er sich ein bißchen als Politiker (gleich rechts von Dschingis Khan, sagte Haydon, der weiß Gott selber kein Scheiß-Liberaler gewesen war) und ein bißchen als Sportler hervorgetan. Er war von einem unbedeutenden Menschen namens Maston angeworben worden, der eine Zeitlang versucht hatte, sich ein Plätzchen bei der Gegenspionage einzurichten. Maston sah für Alleline eine große Zukunft voraus, fiel jedoch selber in Ungnade, nachdem er seinen Schützling frenetisch feilgeboten hatte. Die Personalabteilung des Circus expedierte Alleline, um ihn loszuwerden, nach Südamerika, wo er unter konsularischer Tarnung zwei volle Dienstperioden ableistete, ohne nach England zurückzukehren.

Sogar Control gab später zu, wie Smiley sich erinnerte, daß Alleline dort vorzüglich gearbeitet habe. Den Argentiniern gefiel die Art, wie er ritt und Tennis spielte, und sie hielten ihn für einen Gentleman – so Control – und nahmen daher an, er müsse dumm sein, was Percy niemals völlig war. Als er die Stelle an seinen Nachfolger übergab, hatte er an beiden Küstenstrichen seine Agentenkette gezogen und war auch schon auf dem Vorstoß nach Norden. Nach einem Heimaturlaub und einer mehrwöchigen Instruktion wurde er nach Indien versetzt, wo seine Agenten ihn als den wiedererstandenen britischen Sahib zu betrachten schienen. Er predigte ihnen Loyalität, zahlte ihnen so gut wie gar nichts und verbriet sie, wenn es ihm in den Kram paßte. Von Indien aus ging er nach Kairo. Dieser Posten hätte für Alleline schwierig, wenn nicht unhaltbar sein müssen; denn der Nahe Osten war bis dato Haydons Stammrevier gewesen. Die Netze in Kairo blickten zu Bill auf wie zu einem modernen Lawrence von Arabien – buchstäblich das gleiche Bild, das Martindale in jener schicksalhaften Nacht in seinem obskuren Club von ihm gezeichnet hatte. Sie waren bereit, seinem Nachfolger das Leben zur Hölle zu machen. Trotzdem boxte Percy sich verbissen durch, und wenn er den Amerikanern aus dem Weg gegangen wäre, hätte Haydon in ihm noch seinen Meister gefunden. So aber kam es zu einem Skandal und einem offenen Zusammenstoß zwischen Percy und Control.

Die Umstände lagen noch immer im Dunkeln: der Zwischenfall hatte sich lange vor Smileys Ernennung zu Controls oberstem Kammerherrn ereignet. Alleline hatte sich offenbar ohne Autorisation Londons in ein albernes amerikanisches Komplott zur Absetzung eines einheimischen Potentaten, der durch eine genehmere Figur ersetzt werden sollte, eingelassen: Alleline war schon immer ein großer Bewunderer der Amerikaner gewesen. In Argentinien hatte er staunend ihre Rotte linksgerichteter Politiker um den halben Erdball verfolgt; in Indien entzückte ihn ihre Geschicklichkeit bei der Zunichtemachung der Zentralisierungsbestrebungen. Während Control, wie die meisten im Circus, die Amerikaner ebenso verachtete wie alle ihre Werke, die er häufig zu sabotieren suchte.

Das Komplott platzte, die britischen Ölgesellschaften waren wütend, und Alleline mußte sich, wie es so bildhaft im Jargon heißt, barfuß auf die Socken machen. Später behauptete Alleline, Control habe ihn zuerst dazu gedrängt und ihm dann den Teppich unter den Füßen weggezogen. Wie dem auch gewesen sei, Alleline kam nach London und fand dort den Befehl vor, sich in der *Nursery* einzustellen, wo er die Ausbildung von Neulingen übernehmen sollte. Diese Planstelle war normalerweise Vertragsangestellten vorbehalten, die noch ein paar Jährchen bis zu ihrer Pensionierung hatten. Heutzutage, erklärte Bill Haydon, damals Personalchef, gebe es in London so furchtbar wenige Jobs für einen Mann von Percys Dienstalter und Fähigkeiten.

»Dann werden Sie verdammt nochmal einen für mich erfinden müssen«, sagte Percy. Er hatte recht. Wie Bill sich wenig später Smiley gegenüber in schöner Offenheit ausdrückte: Er hatte die Rechnung ohne die Alleline-Lobby gemacht.

»Aber wer sind diese Leute?« hatte Smiley immer wieder gefragt. »Wie können sie Ihnen einen Mann aufzwingen, wenn Sie ihn nicht wollen?«

»Golfer«, knurrte Control. Golfer und Konservative, denn Alleline liebäugelte damals mit der Opposition und wurde mit offenen Armen empfangen, nicht zuletzt von Miles Sercombe, Anns leider nicht geschaßtem Vetter und Lacons Minister. Doch Control konnte wenig dagegen machen. Im Circus herrschte Flaute, und es ging sogar die Rede, man wolle die ganze Mannschaft ausrangieren und irgendwo mit einer anderen neu anfangen. In dieser Welt treten Fehlschläge traditionsgemäß in Serien auf, aber dies war eine ungewöhnlich lange Pechsträhne gewesen. Das Produkt war zurückgegangen; immer mehr Material hatte sich als verdächtig erwiesen. Dort, wo es darauf ankam, hatte Control nicht allzuviel zu sagen.

Diese vorübergehende Ohnmacht trübte Controls Freude bei der Abfassung von Percy Allelines Eignungsgutachten für den

Posten des Operationsleiters nicht im geringsten. Damit machte er Percy, wie er sagte »hofnarrenfähig«.
Smiley konnte nichts unternehmen. Bill Haydon war damals in Washington und versuchte, mit den, wie er es ausdrückte, faschistischen Puritanern der amerikanischen Dienststelle erneut über ein Informationsabkommen zu verhandeln. Aber Smiley war in die fünfte Etage aufgestiegen, und dort gehörte es zu seinen Aufgaben, Control alle Bittsteller vom Hals zu halten. Folglich hatte Alleline mit Smiley zu tun, sooft er kam und fragte: »Warum?« Suchte ihn in seinem Büro auf, wenn Control nicht da war, lud ihn in seine trübselige Wohnung ein, nachdem er seine Geliebte vorsorglich ins Kino geschickt hatte und fragte immer wieder in seinem klagenden Tonfall: »Warum?« Einmal hatte er sogar eine Flasche Malzwhisky erstanden, den er Smiley nachgerade aufdrängte, während er selber der billigeren Sorte treu blieb.
»Was habe ich ihm denn so Furchtbares angetan, George? Wir haben uns ein paarmal gekabbelt, aber was ist daran so ungewöhnlich, können Sie mir das sagen? Warum hackt er auf mir herum? Ich will doch nichts als einen Platz am obersten Tisch. Gott weiß, daß meine Qualifikation mich dazu berechtigt.«
Mit obersten Tisch meinte er die fünfte Etage.
Die Kompetenzen, die Control ihm zugewiesen hatte und die auf den ersten Blick höchst eindrucksvoll wirkten, gaben Alleline das Recht, sämtliche Einsatzpläne zu überprüfen, ehe sie durchgeführt würden. Das Kleingedruckte machte dieses Recht von der Zustimmung der betroffenen Abteilungen abhängig, und Control sorgte dafür, daß es nicht so weit kam. Der Dienstvertrag verpflichtete ihn zur »Koordinierung von Quellen und Schlichtung regionaler Kompetenzstreitigkeiten«, eine Aufgabe, die Alleline später mit der Einrichtung von London Station erfüllt hat. Aber die für Quellen zuständigen Abteilungen, wie zum Beispiel die Aufklärer, die Fälscher, die Abhörer und die Funker, weigerten sich, ihm Einblick zu gewähren, und er hatte keine Möglichkeit, sie zu zwingen. Alleline darbte also, von Mittag an war sein Tisch leer.
»Ich bin mittelmäßig, das ist der Grund, wie? Heutzutage muß

jeder ein Genie sein, eine Primadonna, kein Statist, und uralt obendrein.« Denn Alleline, obwohl man es bei ihm leicht vergaß, war für den obersten Tisch ein noch junger Mann. Einen Unterschied von acht und zehn Jahren konnte er gegen Haydon und Smiley ins Treffen führen, und gegen Control noch mehr.
Control war unerbittlich: »Percy Alleline würde seine Mutter für einen Adelstitel verkaufen, und diese Dienststelle für einen Sitz im Oberhaus.« Und später, als die niederträchtige Krankheit ihn bereits befallen hatte: »Ich weigere mich, mein Lebenswerk einem Paradepferd zu hinterlassen. Ich bin zu eingebildet, um auf Schmeicheleien reinzufallen, zu alt, um ehrgeizig zu sein, und ich bin häßlich wie die Nacht. Percy ist in allem das Gegenteil, und in Whitehall gibt es genügend Tausendsassas, denen einer wie er mehr liegt als ich.«
Womit Control sich gewissermaßen selber den Fall *Witchcraft* auf Umwegen aufgehalst hatte.
»George, kommen Sie 'rein«, hatte Control eines Tages durch die Sprechanlage gebellt. »Bruder Percy will mir das Messer auf die Brust setzen. Kommen Sie rein, oder es gibt ein Blutbad.«
Es war die Zeit, erinnerte sich Smiley, als ruhmlose Krieger aus aller Herren Länder zurückkehrten. Roy Bland war soeben aus Belgrad heimgeflogen, wo er mit Toby Esterhases Hilfe versucht hatte, die Reste eines sterbenden Agentennetzes zu retten; Paul Skordeno, zu jener Zeit Nr. 1 in Deutschland, hatte vor kurzem seinen besten sowjetischen Agenten in Ostberlin verloren, und Bill selber war nach einer weiteren erfolglosen Reise zurück in seinem Turmzimmer und wütete über die Pentagon-Arroganz, die Pentagon-Idioten, die Pentagon-Lumpen; und behauptete, die Zeit sei gekommen, »sich lieber mit den verdammten Russen zusammenzutun.«
Und im Hotel *Islay* war es nach Mitternacht, denn ein verspäteter Gast klingelte an der Tür. Wofür Norman ihm zehn Silberlinge abknöpfen wird, dachte Smiley. Mit einem Seufzer zog er den ersten Band der *Witchcraft*-Akten heran, leckte bedächtig Zeigefinger und Daumen der rechten Hand und ging daran, das amtliche Gedächtnis mit seinem eigenen zu verquicken.

»Wie besprochen«, schrieb Alleline nur ein paar Monate nach dieser Unterredung in einem leicht hysterischen persönlichen Brief an Anns einflußreichen Vetter, den Minister, der in Lacons Akte enthalten war.

»Die *Witchcraft*-Berichte kommen sämtlich aus einer Quelle, die unbedingt äußerste Behutsamkeit erfordert. Meiner Meinung nach wird keine der in Whitehall üblichen Verteilermethoden diesem Fall gerecht. Depeschenkoffer, wie wir sie für GADFLY benutzten, erwiesen sich als ungeeignet, als Whitehall-Konsumenten die Schlüssel verloren und, in einem besonders bedauerlichen Fall, ein überarbeiteter Unterstaatssekretär seinem Mitarbeiter seinen Schlüssel überließ. Ich sprach bereits mit Lilley vom Geheimdienst der Kriegsmarine, der bereit ist, uns im Hauptgebäude der Admiralität einen eigenen Leseraum zu überlassen, wo das Material den Konsumenten zur Verfügung gestellt und von einem dienstälteren Aufsichtsbeamten dieser Dienststelle bewacht werden könnte. Der Leseraum wird aus Sicherheitsgründen als Konferenzraum der *Adriatic Working Party* oder kurz AWP bezeichnet. Zugelassene Konsumenten erhalten keine Lesekarten, da hier zu leicht Mißbrauch getrieben werden könnte. Sie weisen sich vielmehr persönlich meinem Aufsichtsbeamten gegenüber aus« – Smiley nahm das Pronomen zur Kenntnis –, »der eine Eintragungsliste mit Fotos der Konsumenten zur Hand hat.«

Lacon, der noch nicht überzeugt war, an das Schatzamt auf dem Weg über seinen verhaßten Gebieter, den Minister, dem unumgänglichen Dienstweg:

»Vorausgesetzt, daß dies notwendig ist, müßte der Leseraum weitgehend umgebaut werden.

1. Werden Sie die Finanzierung übernehmen?
2. Wenn ja, so sollten die Kosten offiziell von der Admiralität getragen werden. Das Department wird vertraulich Rückzahlung leisten.
3. Es erhebt sich ferner die Frage zusätzlichen Aufsichtspersonals, ein weiterer Kostenpunkt ...«

Und ferner erhebt sich die Frage größeren Ruhms für Percy Alleline, kommentierte Smiley, während er langsam die Seiten um-

wandte. Schon blitzte es auf Schritt und Tritt wie ein Leuchtsignal: Percy ist auf dem Marsch zum obersten Tisch, und Control könnte ebensogut schon tot sein.
Aus dem Treppenhaus erscholl recht wohltönender Gesang. Ein walisischer Gast wünschte, stockbetrunken, der Welt eine gute Nacht.
Witchcraft war, wie Smiley sich erinnerte – wiederum war sein Gedächtnis am Zug, die Akten wußten nichts von solchem menschlichen Kleinkram –, keineswegs Percy Allelines erster Versuch, auf seinem neuen Posten eine eigene Operation aufzuziehen; doch da seine Dienstanweisung ihn an Controls Zustimmung band, war er bisher nicht zum Zug gekommen. Eine Zeitlang hatte er sich auf Tunnelbau konzentriert. Die Amerikaner hatten in Berlin und Belgrad Audio-Tunnels gebaut, und die Franzosen hatten sich ähnlicher Einrichtungen gegen die Amerikaner bedient. Schön, nun würde unter Percys Banner auch der Circus in diesen Markt einsteigen. Control sah dem Ganzen milde zu, ein innerdienstlicher Ausschuß wurde gebildet (bekannt als Alleline-Ausschuß), ein Spezialteam der Klempner inspizierte die Fundamente der Sowjetbotschaft in Athen, wo Alleline auf uneingeschränkte Unterstützung durch das letzte Militärregime hoffte, das er genau wie seine Vorgänger ungemein bewunderte. Dann stieß Control ganz sanft Percys Bauklötzchen um und wartete, bis er mit einem neuen Projekt ankam. Und das hatte Percy nach verschiedenen Zwischenversuchen an jenem grauen Morgen getan, an dem Control Smiley mit solcher Entschiedenheit zur Tafelrunde gebeten hatte.
Control saß an seinem Schreibtisch, Alleline stand am Fenster, zwischen ihnen lag ein einfacher Aktenhefter, knallgelb und geschlossen.
»Setzen Sie sich hierhin und schauen Sie sich diesen Blödsinn an.«
Smiley setzte sich in den Lehnstuhl, und Alleline blieb am Fenster stehen, stützte die Ellbogen aufs Fensterbrett und starrte über die Dächer hinweg auf die Nelsonsäule und die etwas kümmmerlichen Türmchen von Whitehall.
In dem Hefter befand sich die Fotografie eines Dokuments, das

sich als hochwichtige sowjetische Marinedepesche entpuppte, fünfzehn Seiten lang.

»Wer hat die Übersetzung angefertigt?« fragte Smiley und dachte, der Qualität nach könne sie Roy Blands Werk sein.

»Der liebe Gott«, antwortete Control. »Der liebe Gott persönlich, nicht wahr, Percy? Stellen Sie ihm keine Fragen, George, er sagt kein Wort.«

Um diese Zeit hatte Control ungemein jugendlich ausgesehen, entsann sich Smiley, auch, daß Control schlanker geworden war, daß seine Wangen rosig waren und daß jeder, der ihn nur flüchtig kannte, sich bemüßigt gefühlt hatte, ihn zu seinem guten Aussehen zu beglückwünschen. Smiley war vielleicht der einzige, dem die winzigen Schweißperlen auffielen, die sogar damals fast ständig Controls Haaransatz säumten.

Das Dokument war, genau gesagt, eine angeblich für das sowjetische Oberkommando erstellte Bewertung einer vor kurzem im Mittelmeer und im Schwarzen Meer abgehaltenen Flottenübung. In Lacons Akte fand es sich schlicht als Report Nr. 1, unter der Bezeichnung *Marine*. Seit Monaten schon löcherte die Admiralität den Circus wegen irgendeiner Information über diese Übung. Sie war daher von beachtlichem Aktualitätswert, was sie in Smileys Augen sofort verdächtig machte. Sie ging ins Detail, handelte jedoch von Dingen, die Smiley nicht einmal entfernt verständlich waren: Küsten-See-Schlagkapazität, Radioaktivierung feindlicher Warnsysteme, die höhere Mathematik des Gleichgewichts des Schreckens. Wenn das Dokument echt war, hatte es Goldwert, aber es gab keinen Grund zu der Annahme, daß es echt war. Woche für Woche behandelte der Circus Dutzende nicht angeforderter sogenannter Sowjet-Dokumente. Die meisten waren nichts als Plunder. Einige waren von Verbündeten, die ihre eigenen Absichten verfolgten, eingespielt worden, andere russische Abfallprodukte. Nur sehr selten erwies das eine oder andere sich als einwandfrei, aber meist erst, nachdem es verworfen worden war.

»Wessen Initialen sind das?« fragte Smiley und meinte ein paar russische Buchstaben, die mit Bleistift an den Rand geschrieben waren. »Weiß das jemand?«

Control wies mit einer Kopfbewegung auf Alleline.
»Fragen Sie die zuständige Stelle. Nicht mich.«
»Zharow«, sagte Alleline. »Admiral, siebente Eskadra.«
»Es ist nicht datiert«, bemängelte Smiley.
»Es ist ein Entwurf«, erwiderte Alleline überlegen, und sein Akzent war deutlicher denn je. »Zharow hat es am Donnerstag abgezeichnet. Die endgültige Fassung mit den Zusätzen ging am Montag hinaus und ist entsprechend datiert.«
Heute war Dienstag.
»Woher kommt es?« fragte Smiley, der noch immer ratlos war.
»Percy sieht sich außerstande, das zu sagen«, sagte Control.
»Was sagen unsere Auswerter?«
»Die haben es noch nicht gesehen«, sagte Alleline. »Und sie werden es auch nicht zu sehen bekommen.«
Control sagte eisig: »Mein Bruder in Christo, Lilley vom Geheimdienst der Kriegsmarine, hat immerhin eine vorläufige Beurteilung abgegeben, nicht wahr, Percy? Percy hat es ihm gestern abend gezeigt – bei einem Gläschen Gin, nicht wahr, Percy, im *Traveller's*?«
»In der Admiralität.«
»Bruder Lilley, ebenfalls Schotte, geizt im allgemeinen mit seinem Lob. Als er mich jedoch vor einer halben Stunde anrief, war er außer Rand und Band. Er hat mir sogar gratuliert. Er erachtet das Dokument für echt und bittet uns – oder vielmehr Percy – um die Genehmigung, die übrigen Lords der Admiralität vom Inhalt in Kenntnis setzen zu dürfen.«
»Ganz unmöglich«, sagte Alleline. »Es ist ausschließlich für seine Augen bestimmt, jedenfalls für die nächsten paar Wochen.«
»Die Ware ist so heiß«, erklärte Control, »daß sie erst abkühlen muß, ehe sie verteilt werden kann.«
»Aber woher kommt sie?« bohrte Smiley weiter.
»Keine Sorge, Percy hat schon einen Decknamen. Waren um Decknamen nie verlegen, wie, Percy?«
»Wo setzt sie an? Wer ist damit befaßt?«
»Sie werden Ihre helle Freude haben«, versprach Control leise. Er war außerordentlich wütend. Während ihrer langen Zusammenarbeit hatte Smiley ihn noch nie so wütend gesehen. Die ma-

geren, fleckigen Hände zitterten, und die normalerweise leblosen Augen sprühten Feuer.

»Quelle Merlin«, sagte Alleline und ließ der Eröffnung ein leichtes, aber sehr schottisches Schmatzen vorangehen, »ist eine hochrahmige Quelle mit Zugang zu den höchsten Ebenen sowjetischer Politik.« Und er fügte im *pluralis majestatis* hinzu: »Wir haben sein Produkt *Witchcraft* getauft.«

Er hatte genau die gleichen Worte gebraucht, bemerkte Smiley, wie in seinem streng geheimen und persönlichen Brief an einen Gönner im Schatzamt, worin er für sich größere Ermessensfreiheit bei ad hoc Zahlungen an Agenten erbat.

»Nächstens wird er sagen, er hat ihn bei der Fußball-Lotterie gewonnen«, prophezeite Control, der trotz seiner zweiten Jugend in der Umgangssprache nicht mehr ganz auf dem laufenden war. »Jetzt fragen Sie ihn, warum Sie ihn nicht fragen dürfen.«

Alleline blieb unerschüttert. Auch er war rot im Gesicht, aber aus Triumph, nicht aus Ärger. Er dehnte die breite Brust zu einer langen Rede, ausschließlich an Smiley und mit ausdrucksloser Stimme, wie ein schottischer Polizist vor Gericht aussagt:

»Die Identität Merlins ist ein Geheimnis, zu dessen Enthüllung ich nicht befugt bin. Er ist die Frucht langer Bemühungen gewisser Leute in dieser Dienststelle. Leute, die mir verbunden sind, wie ich ihnen verbunden bin. Leute, die so wenig wie ich erbaut sind über die Mißerfolgskurve dieses Hauses. Es ist zuviel schiefgegangen. Zuviel Verluste, Verschwendung, Skandale. Ich habe es immer wieder gesagt, aber es war immer nur in den Wind gesprochen, er hat mir nicht einmal zugehört.«

»Mit ›er‹ meint er mich«, erläuterte Control aus dem Zuschauerraum. »›Er‹ bin in dieser Ansprache immer ich, kapiert, George?«

»Die etablierten Grundsätze von Effizienz und Sicherheit werden in diesem Betrieb mit Füßen getreten. Man fragt sich: wo sind sie überhaupt noch? Abschottung auf allen Ebenen: wo ist sie, George? Es gibt zu viele regionale Intrigen, die von oben gefördert werden.«

»Wieder eine Anspielung auf mich«, warf Control ein. »Teile und herrsche, lautet heutzutage die Devise. Die Leute, die ge-

meinsam den Kommunismus bekämpfen helfen sollten, liegen sich gegenseitig in den Haaren. Auf diese Weise verlieren wir unsere wichtigsten Partner.«
»Er meint die Amerikaner«, kommentierte Control.
»Wir verlieren unseren Elan. Unsere Selbstachtung. Jetzt reicht's uns.« Er nahm den Bericht wieder an sich und klemmte ihn unter den Arm. »Wir haben, genau gesagt, die Schnauze voll.«
»Und wie jeder, dem's reicht«, sagte Control, als Alleline geräuschvoll das Büro verließ, »möchte er noch mehr.«
Nun führten eine Weile, statt Smileys Erinnerungen, Lacons Akten die Geschichte weiter. Es war typisch für die Atmosphäre der letzten Wochen, daß Smiley, nachdem er anfangs mit einbezogen worden war, nie wieder ein Wort über die weitere Entwicklung erfuhr. Control haßte Fehlschläge, so wie er Kranksein haßte, und am meisten haßte er seine eigenen Fehlschläge. Er wußte, wenn man einen Fehlschlag akzeptierte, mußte man mit ihm leben; wenn eine Dienststelle nicht kämpfte, konnte sie nicht überleben. Er verachtete die Agenten im Seidenhemd, die sich gewaltige Brocken aus dem Etat unter den Nagel rissen, zum Schaden der Netze, die um ihr tägliches Brot arbeiteten und in die er alle Hoffnung setzte. Er liebte den Erfolg, aber er haßte Wunder, wenn sie alle seine übrigen Bemühungen in den Schatten stellten. Er haßte Schwäche, wie er Gefühle und Religion haßte, und er haßte Percy Alleline, der von beidem sein Gutteil abbekommen hatte. Seine Methode, sich mit ihnen auseinanderzusetzen, bestand darin, daß er buchstäblich seine Tür davor verschloß: sich in die schäbige Abgeschlossenheit seiner oberen Räume zurückzog, keine Besucher empfing und sich alle Telefonanrufe durch die Mütter verabreichen ließ. Die gleichen stillen Damen verabreichten ihm Jasmintee und die zahllosen Dienstakten, die er in Stößen anforderte und zurückreichte. Smiley sah sie ständig vor der Tür angehäuft, während er seinen eigenen Obliegenheiten nachging und versuchte, den übrigen Circus in Schwung zu halten. Viele waren uralt, aus den Tagen, ehe Control die Meute anführte. Einige waren persönlich, die Lebensläufe früherer und gegenwärtiger Mitarbeiter.
Control sagte nie, womit er sich beschäftigte. Wenn Smiley die

Mütter fragte, sogar wenn Bill Haydon, der Lieblingssohn, antanzte und sich erkundigte, schüttelten sie nur die Köpfe oder hoben die Brauen in Richtung auf das Allerheiligste: »Endphase«, besagten diese sanften Blicke. »Wir hätscheln einen großen Mann am Ende seiner Laufbahn.« Smiley jedoch, der nun geduldig Akte für Akte durchblätterte und in einem Winkel seines komplexen Gedächtnisses Irinas Tagebuch für Ricki Tarr rezitierte: Smiley wußte – und dieses Wissen war ihm ein durchaus realer Trost –, daß er nicht als erster diese Forschungsreise unternahm; daß Controls Geist ihn fast bis zu den letzten Stationen begleitete; und vielleicht sogar über die ganze Strecke mitgegangen wäre, wenn die Operation *Testify* ihn nicht in elfter Stunde abgewürgt hätte.

Wiederum Frühstück, und ein sehr gedrückter Waliser, ohne jeden Appetit auf halbgare Würste und zerkochte Tomaten.
»Möchten Sie diese da zurückhaben«, fragte Lacon, »oder sind Sie damit durch? Sie können nicht sehr aufschlußreich sein, denn sie enthalten nicht einmal die Berichte.«
»Heute abend, bitte, wenn es Ihnen nichts ausmacht.«
»Sie wissen vermutlich selber, daß Sie wie ein Wrack aussehen.«
Er wußte es nicht, aber als er in die Bywater Street zurückkehrte, zeigte ihm Anns hübscher Spiegel dort seine rotgeränderten Augen und die Furchen der Übermüdung in den fleischigen Backen. Er schlief ein bißchen, dann ging er wieder seine geheimnisvollen Wege. Als der Abend kam, wartete Lacon bereits auf ihn. Smiley machte sich sogleich wieder an seine Lektüre.
Sechs Wochen lang hatte die Marinedepesche laut Akten offenbar keinen Nachfolger. Andere Abteilungen des Verteidigungsministeriums stimmten in den Lobgesang der Admiralität über die erste Depesche ein, das Auswärtige Amt bemerkte, dieses Dokument »werfe ein entscheidend neues Licht auf das sowjetische Aggressionsdenken«, was immer das heißen sollte; Alleline betonte immer wieder seine Forderung nach Sonderbehandlung des Materials, aber er glich einem General ohne Armee. Lacon bezog sich frostig auf den »verzögerten Nachschub«, und schlug seinem Minister vor, er solle »die Situation mit der Admi-

ralität abklären«. Von Control, soviel aus den Akten zu ersehen war, nichts. Vielleicht war er jetzt bettlägerig und betete, es möge vorübergehen. In der Zwischenzeit wies ein Moskau-Observant des Schatzamts säuerlich darauf hin, daß Whitehall in den letzten Jahren eine Menge ähnlicher Fälle erlebt habe: ein vielverheißender erster Bericht, dann Schweigen oder schlimmer noch: ein Skandal.

Er hatte unrecht. In der siebenten Woche verkündete Alleline die Veröffentlichung von drei neuen *Witchcraft*-Reports, alle am gleichen Tag. Alle waren in Form geheimer sowjetischer ministerialinterner Korrespondenz, obwohl die Themen weit auseinandergingen.

Witchcraft Nr. 2, wie Lacon den Bericht nannte, beschrieb Spannungen innerhalb des Comecon und sprach von der zersetzenden Wirkung von Handelsabkommen mit dem Westen auf die schwächeren Mitglieder. Nach Circus-Normen war Nr. 2 ein klassischer Report aus Roy Blands Domäne, denn er behandelte das gleiche Zielobjekt, das vom Netz »Aggravate« seit Jahren von Ungarn aus vergeblich angepeilt wurde. »Ausgezeichneter *tour d'horizon«*, schrieb ein Konsument des Auswärtigen Amts, »von guten Nebeninformationen gestützt.«

Witchcraft Nr. 3 beschäftigte sich mit dem Revisionismus in Ungarn und mit Kadars erneuten Säuberungsaktionen im politischen und akademischen Leben: wenn man müßigem Geschwätz ein für allemal ein Ende machen wollte, schrieb der Autor des Papiers, wobei er ein vor langer Zeit geprägtes Chruschtschow-Wort übernahm, müsse man bloß noch ein paar Intellektuelle abknallen. Auch dies war Roy Blands Domäne. »Eine heilsame Mahnung«, schrieb der gleiche Kommentator aus dem Auswärtigen Amt, »an alle jene, die sich in der Illusion wiegen, daß die Sowjetunion mit ihren Satelliten sanft umgehe.«

Die beiden letzten Berichte waren im wesentlichen Background-Information, aber *Witchcraft* Nr. 4, sechzig Seiten lang, wurde von den Konsumenten für einzigartig gehalten. Es handelte sich um ein umfangreiches technisches Gutachten des sowjetischen Auslandsnachrichtendiensts über die Vor- und Nachteile des Verhandelns mit einem geschwächten amerikanischen Präsidenten. Die Schlußfolgerung lautete, per saldo: wenn die Sowjetunion dem Präsidenten einen Köder für seine Wählerschaft lieferte, so könnte sie damit nützliche Zugeständnisse bei bevorstehenden Diskussionen über nukleare Mehrfach-Sprengköpfe einhandeln. Hingegen wurde ernstlich in Frage gestellt, ob es wünschenswert sei, die Vereinigten Staaten zu sehr auf die Verliererseite zu drängen, da dies das Pentagon zu einem Vergeltungs- oder Präventivschlag verleiten könnte. Der Bericht stammte mitten aus Bill Haydons Domäne. Doch wie Haydon selber in einer herzbewegenden Notiz an Alleline schrieb – die prompt ohne Haydons Wissen fotokopiert an den Minister geschickt und in die Akten des Kabinettsbüros aufgenommen wurde –, in den fünfundzwanzig Jahren, die er mit der Bearbeitung des sowjetischen Nuklearziels verbracht habe, sei ihm nichts von annähernd solcher Qualität untergekommen.

»Und auch nicht unseren amerikanischen Waffenbrüdern«, schloß er, »wenn mich nicht alles täuscht. Ich weiß, es ist dafür noch zu früh, aber ich möchte doch meinen, wer immer dieses Material nach Washington schaffte, könnte allerhand dafür einhandeln. Ja, wenn Merlin seine Qualität hält, wage ich die Vorhersage, daß wir uns dafür alles kaufen können, was die Amerikaner in ihrem Laden haben.«

Percy Alleline bekam seinen Leseraum; und George Smiley braute sich Kaffee auf dem vorsintflutlichen Kocher neben dem Waschtisch. Mittendrin lief die Gasuhr ab, und wütend rief er nach Norman und bestellte für fünf Pfund Shillingmünzen.

17 *Bill Haydon und Roy Bland machen Karriere, jeder auf seine Art*

Mit steigendem Interesse setzte Smiley seine Reise durch Lacons magere Berichte über jenes erste Treffen der Gegenspieler bis zum heutigen Tag fort. Seinerzeit hatte sich im Circus der Argwohn in einem Maß ausgebreitet, daß das Thema sogar zwischen Smiley und Control tabu wurde. Alleline brachte die Berichte herauf und wartete im Vorzimmer, während die Mütter sie zu Control hineinbrachten, der sie unverzüglich abzeichnete, um zu demonstrieren, daß er sie gar nicht erst las. Alleline nahm die Akte wieder an sich, steckte den Kopf zu Smileys Tür herein, brummte einen Gruß und stapfte treppab. Haydon und Bland hielten sich fern, und sogar Bill Haydons Stippvisiten bei den traditionellen Wortgefechten in der obersten Etage, zu denen Control in vergangenen Tagen seine dienstälteren Leutnants gern ermutigte, wurden seltener und immer kürzer, bis sie schließlich ganz aufhörten.

»Control wird kindisch«, erklärte Haydon voll Verachtung. »Und wenn ich nicht irre, dann stirbt er auch bald. Fragt sich nur, was ihn zuerst erwischt.«

Die Donnerstags-Besprechungen wurden eingestellt und Smiley wurde von Control pausenlos gepiesackt; entweder sollte er irgendeinen undurchsichtigen Auftrag im Ausland erledigen oder als Controls persönlicher Abgesandter die inländischen Niederlassungen aufsuchen, Sarratt, Brixton, Acton und so weiter. Er hatte immer stärker das Gefühl, Control wolle ihn aus dem Weg haben. Wenn sie miteinander sprachen, fühlte er die ungute Spannung des Verdachts zwischen ihnen, so daß Smiley sich allen Ernstes fragte, ob Bill vielleicht doch recht habe und Control seiner Aufgabe nicht mehr gewachsen sei.

Aus den Akten des Kabinettsbüros ging klar hervor, daß die Operation *Witchcraft* während der folgenden drei Monate blühte und gedieh, und zwar ganz ohne Controls Zutun. Die Berichte trafen in einer Frequenz von zwei oder sogar drei pro Monat ein und ihre Qualität war, nach Aussage der Konsumenten, nach wie vor ausgezeichnet, aber Controls Name wurde selten erwähnt, und er wurde nie aufgefordert, seinen Kommentar dazu zu geben. Gelegentlich stießen die Auswerter auf geringfügige Unstimmigkeiten. Weit öfter beklagten sie sich, daß eine Überprüfung unmöglich sei, da Merlin sie auf nicht erfaßte Gebiete führe: können wir nicht die Amerikaner um Nachprüfung bitten? Können wir nicht, sagte der Minister. Noch nicht, sagte Alleline; der in einer vertraulichen Notiz, die niemand zu Gesicht bekam, hinzufügte: »Wenn die Zeit reif ist, werden wir mehr tun, als unser Material für ihres eintauschen. Wir sind nicht an einem einmaligen Austausch interessiert. Unsere Aufgabe ist es, Merlin völlig einwandfrei zu identifizieren. Wenn das geschafft ist, kann Haydon die Ware zu Markt tragen ...«

Es war kein Zweifel mehr möglich: unter der kleinen Elite, der die Gemächer der *Adriatic Working Party* (AWP) vorbehalten waren, war Merlin bereits der Favorit. Sein Material war exakt, wie andere Quellen oft im nachhinein bestätigten. Ein *Witchcraft*-Ausschuß mit dem Minister an der Spitze wurde gebildet. Alleline war zweiter Vorsitzender.

Merlin war zu einer ganzen Industrie geworden, in der Control nicht einmal einen Arbeitsplatz hatte. Und deshalb hatte er in seiner Verzweiflung Smiley zum Klinkenputzen ausgeschickt: »Es sind drei und Alleline«, sagte er. »Quetschen Sie sie aus, stellen Sie sie auf die Probe, drangsalieren Sie sie, geben Sie ihnen alles, was sie schlucken können.«

Auch von diesen Besprechungen wußten die Akten nichts zu berichten, sie gehörten ausschließlich in die dunkelsten Bereiche von Smileys Erinnerung. Er hatte schon gewußt, daß bei Control nichts mehr zu holen war, was ihren Hunger stillen konnte.

Es war März. Smiley kehrte aus Portugal zurück, wo er einen Skandal vertuscht hatte, und fand Control in einer belagerten Festung. Akten lagen auf dem Fußboden verstreut; neue Riegel waren an die Fenster montiert worden. Er hatte den Teewärmer über sein einziges Telefon gestülpt, und von der Decke hing ein Unterbrecher gegen elektronische Abhörversuche, ein Ding wie ein elektrischer Ventilator, der ständig die Stellung änderte. In den drei Wochen von Smileys Abwesenheit war Control ein alter Mann geworden.

»Sagen Sie ihnen, wir sollen hier mit Falschgeld bestochen werden«, murmelte er und blickte kaum von seiner Lektüre auf. »Sagen Sie ihnen, was Sie wollen. Ich brauche Zeit.«

Es sind drei, wiederholte Smiley nun im stillen, als er am Spieltisch des Majors saß und Lacons Liste der Leute studierte, die zu *Witchcraft* Zugang hatten. Im Moment war dreiundsechzig Besuchern die Benutzung des Leseraums der *Adriatic Working Party* gestattet. Jeder hatte, wie in der Kommunistischen Partei, eine Nummer, entsprechend seinem Eintrittsdatum. Nach Controls Tod war die Liste neu erstellt worden; Smiley stand nicht darauf. Aber die Spitze hielten noch immer die gleichen vier Gründerväter: Alleline, Bland, Esterhase und Bill Haydon. Drei und Alleline, hatte Control gesagt. Plötzlich wurde Smileys Denken, das während des Lesens für jede Folgerung, jede Querverbindung empfänglich war, von einer ganz abwegigen Vision überfallen. Er sah sich selber und Ann vor einem Jahr in den Klippen Cornwalls wandern. Es war die Zeit unmittelbar nach Controls Tod; die schlimmste Zeit, an die Smiley sich in ihrer langen und wirren Ehe erinnern konnte. Sie waren hoch über der Küste, irgendwo zwischen Lamorna und Porthcurno, wohin sie zu einer unmöglichen Jahreszeit gefahren waren, unter dem Vorwand, daß Ann in der Seeluft ihren Husten loswerden würde. Sie waren den Klippenweg entlanggegangen, jeder hing seinen Gedanken nach: sie dachte an Haydon, vermutete er, er selber dachte an Control, Jim Prideaux und *Testify*, und an das furchtbare Durcheinander, das er bei seiner Pensionierung hinterlassen hatte. Zwischen ihnen herrschte kein Einklang. Sogar die Ruhe war dahin, die sie früher bei ihrem Beisammensein genossen hatten; sie waren einander ein Rätsel, und das harmloseste Geplauder konnte seltsame, unkontrollierbare Wege einschlagen. Ann hatte in London ein zügelloses Leben geführt und jeden genommen, der sich dazu bereitfand. Er wußte, daß sie etwas zu begraben versuchte, das sie sehr schmerzte oder beunruhigte; aber er fand den Zugang zu ihr nicht.

»Wenn *ich* gestorben wäre«, fragte sie plötzlich, »anstatt Con-

trol, wie wäre dann deine Einstellung zu Bill?«
Smiley überlegte sich noch immer eine Antwort, als sie fortfuhr: »Manchmal habe ich das Gefühl, ich beschönige deine Ansicht über ihn. Kann das sein? Daß ich euch beide irgendwie zusammenhalte?«
»Das kann sein.« Er fügte hinzu: »Ja, ich glaube, ich hänge in gewisser Weise auch an ihm.«
»Ist Bill im Circus noch immer ein wichtiger Mann?«
»Vermutlich mehr denn je.«
»Und er reist noch immer nach Washington, mauschelt mit ihnen und dreht sie um und um?«
»Ich nehme es an. Man sagt so.«
»Ist er so wichtig, wie du früher warst?«
»Wahrscheinlich.«
»Wahrscheinlich«, wiederholte sie. »Ich nehme es an. Man sagt so. Ist er also *besser*? Ist er tüchtiger als du, ein besserer Kenner der höheren Circus-Mathematik? Sag mir's. Bitte, sag mir's. Bitte.«
Sie war seltsam erregt. Ihre Augen, die vom Wind tränten, schimmerten verzweifelt, sie hatte beide Hände auf seinen Arm gelegt und zerrte an ihm wie ein Kind, das eine Antwort will.
»Du hast immer zu mir gesagt, man solle Männer nicht vergleichen«, erwiderte er unbeholfen. »Du hast immer gesagt, du dächtest nicht in Vergleichen.«
»Sag mir's!«
»Gut, wie du willst: Er ist nicht besser.«
»Genauso gut?«
»Nein.«
»Und wenn es mich nicht gäbe, was würdest du dann von ihm halten? Wenn Bill nicht mein Vetter wäre, nicht mein ein und alles? Sag mir's. Würdest du mehr von ihm halten oder weniger?«
»Weniger, nehme ich an.«
»Dann mußt du von *jetzt* an weniger von ihm halten. Ich verstoße ihn aus der Familie, aus unserem Leben, aus allem. Hier und jetzt. Ich werfe ihn ins Meer. Da. Begreifst du?«
Er begriff nur eins: Geh zurück zum Circus und beende deine Arbeit. Es war eine der unendlich vielen Arten, auf die sie den

gleichen Gedanken ausdrücken konnte.

Noch immer beunruhigt durch diesen Spuk stand Smiley ziemlich erregt auf, trat ans Fenster und schaute hinaus, wie gewöhnlich, wenn er aus dem Tritt gekommen war. Eine Reihe Möwen, ein halbes Dutzend, hatte sich am Dachrand niedergelassen. Er hatte wohl ihren Schrei gehört und sich an diese Wanderung nach Lamorna erinnert.

Ich muß immer husten, wenn ich irgend etwas nicht sagen kann, hatte Ann ihm einmal gestanden. Was hatte sie damals nicht sagen können? fragte er mürrisch die Schornsteinaufsätze gegenüber. Connie konnte es sagen, Martindale konnte es sagen; warum nicht auch Ann?

»Es sind drei und Alleline«, murmelte Smiley laut. Die Möwen waren weggeflogen, alle auf einmal, als hätten sie einen besseren Platz erspäht. »Sagen Sie ihnen, sie wollen sich mit Falschgeld einkaufen.« Wenn aber die Banken dieses Falschgeld annehmen? Wenn die Experten es für echt erklären und Bill Haydon es in den Himmel lobt? Und die Akten des Ministers voll sind des Beifalls für die wackeren neuen Männer des Circus, die endlich den Bann gebrochen haben?

Er nahm sich Esterhase als ersten vor, denn Toby verdankte ihm seine Karriere. Smiley hatte ihn in Wien angeworben, wo Toby als halbverhungerter Student in den Ruinen eines Museums lebte, dessen Kurator sein verstorbener Onkel gewesen war. Smiley war also zur *Laundry* nach Acton gefahren, wo er ihm am Walnuß-Schreibtisch mit der Reihe elfenbeinfarbener Telefone gegenübersaß. An der Wand Anbetung der Könige, dubioser Italiener, 17. Jahrhundert. Vor dem Fenster ein umfriedeter Hof, vollgestellt mit Autos, Lieferwagen und Motorrädern, und Ruhebaracken, wo die Aufklärer-Teams ihre Freizeit totschlugen. Zuerst fragte Smiley nach Tobys Familie: er hatte einen Sohn in Westminster und eine Tochter an der medizinischen Fakultät, erstes Semester. Dann hielt er Toby vor, daß die Aufklärer mit ihrem Arbeitsplan zwei Monate in Verzug waren, und als Toby Ausflüchte gebrauchte, fragte er geradeheraus, ob die Jungens in letzter Zeit Sonderaufträge erfüllt hätten, entweder im Lande oder auswärts, die Toby aus verständlichen Sicher-

heitsgründen in seinen Meldungen nicht habe erwähnen können.
»Für wen sollte ich das tun, George?« fragte Toby mit ausdruckslosem Blick. »Sie wissen, daß das nach meinem Kanon völlig illegal wäre.« Und in deinem Kanon, Toby, bist du eine wahre Kanone.
»Nun, ich könnte mir zum Beispiel vorstellen, daß Sie es für Percy Alleline tun«, schlug Smiley vor und lieferte ihm damit eine Ausrede. »Schließlich, wenn Percy Sie *anweisen* würde, irgend etwas zu tun und es nicht in die Meldung aufzunehmen, wären Sie in einer heiklen Lage.«
»Was für eine Art von irgend etwas zum Beispiel, George?«
»Im Ausland einen Briefkasten leeren, ein ›sicheres Haus‹ trimmen, jemanden beschatten, in einer Botschaft Meisen kleben. Percy ist schließlich oberster Einsatzleiter. Sie könnten annehmen, er handle auf Befehl der obersten Etage. Ich kann mir so etwas ohne weiteres vorstellen.«
Toby blickte Smiley aufmerksam an. Er hielt eine Zigarette in der Hand, die er angezündet hatte, aber nicht rauchte. Es war eine Selbstgedrehte, aus einem silbernen Etui, sie brannte, aber er führte sie nicht ein einziges Mal an die Lippen. Sie kreiste, manchmal vor ihm, manchmal zur Seite; zuweilen schien es, als wagte sie den Sprung, aber es kam nie so weit. Unterdessen hielt Toby seine Rede: eine von Tobys persönlichen Verlautbarungen, die seinen endgültigen Standpunkt in dieser Lebensphase ausdrückte.
Toby liebte seine Arbeit, sagte er. Er wolle sie gern behalten. Sie sei sein Leben. Er hänge an ihr. Er habe noch andere Interessen, die ihn jederzeit ganz in Anspruch nehmen könnten, aber seine Arbeit sei ihm am liebsten. Sein einziger Kummer, sagte er, sei die Beförderung. Nicht daß er aus ehrgeizigen Gründen danach strebe. Er würde sagen, seine Gründe seien sozialer Natur.
»Wissen Sie, George, ich habe so viele Dienstjahre hinter mir, daß es mir richtig peinlich ist, wenn diese jungen Burschen verlangen, ich solle von ihnen Aufträge entgegennehmen. Sie verstehen, was ich sagen will? Acton sogar: Allein der Name Acton klingt für sie lächerlich.«
»Oh«, sagte Smiley milde. »Was sind das für junge Burschen?«

Aber Esterhases Interesse war erloschen. Das Gesicht nahm nach dem Abschluß seiner Verlautbarung wieder den gewohnten leeren Ausdruck an, die Puppenaugen hefteten sich auf einen Punkt in mittlerer Entfernung.
»Meinen Sie Roy Bland?« fragte Smiley. »Oder Percy? Ist Percy jung? Wer, Toby?«
Es war sinnlos, bedauerte Toby: »George, wenn man überfällig ist für eine Beförderung und sich krumm schuftet, dann kommt einem jeder jung vor, der eine Sprosse höher auf der Leiter steht.«
»Vielleicht könnte Control Sie ein Stück nach oben hieven«, meinte Smiley und fand seine Rolle wenig sympathisch.
Esterhases Erwiderung traf den Nerv. »Ach, wissen Sie, George, ich bin nicht so sicher, daß er im Moment dazu in der Lage ist. Ich möchte Ihnen etwas für Ann mitgeben« – er zog eine Schublade auf –, »als ich erfuhr, daß Sie kommen würden, rief ich ein paar Freunde an, etwas Schönes, sage ich, etwas für eine ideale Frau, wissen Sie, ich kann sie nicht mehr vergessen, seit wir uns einmal bei Bill Haydons Cocktail begegneten.«
Und so trug Smiley den Trostpreis davon – ein kostbares Parfüm, vermutlich von einem heimkehrenden Aufklärer eingeschmuggelt – und sagte bei Bland sein Sprüchlein auf. Damit, das wußte er, kam er einen Schritt näher an Haydon heran.

Smiley nahm wieder am Tisch des Majors Platz und suchte unter Lacons Akten, bis er auf einen schmalen Band mit der Aufschrift *Operation Witchcraft, direkte Zuweisungen* stieß, worin die ersten, während der Laufzeit von Quelle Merlin angefallenen Ausgaben verzeichnet waren. »Aus Sicherheitsgründen wird vorgeschlagen«, schrieb Alleline in einem weiteren persönlichen Memorandum an den Minister, datiert mit dem 8. Februar vor zwei Jahren, »die Finanzierung für *Witchcraft absolut getrennt* von allen anderen Circusmitteln zu führen. Bis passende Dekkung gefunden werden kann, ersuche ich um direkte Subventionen aus dem Etat des Schatzamts anstelle bloßer Zuschüsse an die Geheime Bewilligung, die *zweifellos in angemessener Zeit ihren Weg in die generelle Rechnungslegung des Circus finden*

würden. Ich werde Ihnen persönlich Rechenschaft ablegen.«
»Genehmigt«, hatte der Minister eine Woche später geschrieben, »vorbehaltlich ...«
Es gab keine Vorbehalte. Ein Blick auf die erste Zahlenreihe zeigte Smiley alles, was er wissen mußte: Bereits bis Mai jenes Jahres, um die Zeit jenes Gesprächs in Acton, hatte Toby Esterhase persönlich nicht weniger als acht Reisen auf Rechnung des *Witchcraft*-Budgets unternommen, zwei nach Paris, zwei nach Den Haag, eine nach Helsinki und drei nach Berlin. In jedem Fall war als Zweck der Reise kurz und bündig »Produkt-Beschaffung« angegeben. Zwischen Mai und November, als Control in der Versenkung verschwand, unternahm er weitere neunzehn. Eine davon führte ihn nach Sofia, eine andere nach Istanbul. Keine erforderte eine Abwesenheit von mehr als drei vollen Tagen. Die meisten fanden an Wochenenden statt. Auf mehreren solchen Reisen wurde er von Bland begleitet.
Milde ausgedrückt, hatte Toby Esterhase, wie Smiley nie ernstlich bezweifelte, in seinen Hals gelogen. Es machte Spaß, daß die Akte diesen Eindruck bestätigte.
Smiley hegte damals Roy Bland gegenüber zwiespältige Gefühle. Als er sie jetzt prüfte, fand er, daß sich daran nichts geändert hatte. Ein Universitätslehrer hatte ihn gemeldet, Smiley hatte ihn angeworben; auf erstaunlich ähnliche Weise war Smiley selber ins Netz geraten. Doch zu Roy Blands Zeiten fachte keine deutsche Bestie die patriotische Flamme an, und antikommunistische Motive hatte Smiley immer ein bißchen störend empfunden. Wie Smiley hatte auch Bland keine richtige Kindheit gehabt. Sein Vater war Dockarbeiter, leidenschaftlicher Gewerkschafter und Mitglied der Kommunistischen Partei. Die Mutter starb, als Bland noch klein war. Der Vater haßte Bildung, wie er Autorität haßte, und als Bland ein gescheiter Junge wurde, setzte sein Vater sich in den Kopf, er habe seinen Sohn an die verhaßte herrschende Klasse verloren, und prügelte ihn halb tot. Bland kämpfte sich trotzdem aufs Gymnasium durch, und in den Ferien schuftete er sich krumm, wie Toby sagen würde, um das Schulgeld zu verdienen. Als Smiley ihn in seiner Tutorenwohnung in Oxford kennenlernte, wirkte er so ausgepowert wie

jemand, der gerade von einer schlimmen Reise zurückkehrt. Smiley kümmerte sich um ihn und brachte ihm im Lauf mehrerer Monate behutsam einen Vorschlag nahe, den Bland annahm, vorwiegend, wie Smiley vermutete, aus Haß auf seinen Vater. Danach war er Smileys Obhut entzogen. Bland lebte nun von namenlosen Zuwendungen, arbeitete in der Marx Memorial Library und schrieb linksgerichtete Artikel für winzige Gazetten, die längst eingegangen wären, wenn der Circus sie nicht unterstützt hätte. An den Abenden debattierte er bei verräucherten Meetings in Wirtshäusern und Turnsälen. Den Urlaub verbrachte er in der *Nursery*, wo ein Fanatiker namens Thatch Mannequin-Kurse für Tiefenagenten im Auslandseinsatz abhielt, mit jeweils einem Schüler pro Kurs. Thatch trainierte Bland in allen Disziplinen und lotste seine progressiven Ansichten behutsam näher an das marxistische Lager seines Vaters. Genau drei Jahre nach seiner Anwerbung bekam er, teils wegen seines proletarischen Stammbaums und des väterlichen Einflusses, in King Street einen Einjahresvertrag als Hilfslektor für Wirtschaftswissenschaften von der Universität Poznan. Damit war er lanciert.

Von Polen aus bewarb er sich erfolgreich für eine Stelle an der Akademie der Wissenschaften in Budapest, und in den folgenden acht Jahren lebte er das Nomadendasein eines kleinen Linksintellektuellen auf der Suche nach dem wahren Licht, gewann Sympathien, niemals Vertrauen. Er hielt sich in Prag auf, kehrte nach Polen zurück, lehrte zwei höllische Semester in Sofia und sechs in Kiew, wo er einen Nervenzusammenbruch erlitt, den zweiten in zwei Monaten. Wiederum nahm die *Nursery* ihn auf, dieses Mal um ihn »auszutrocknen«. Er wurde als sauber entlassen, seine Netze bekamen andere Außenagenten, und Roy selber wurde in den Circus versetzt, wo er, im wesentlichen vom Schreibtisch aus, die Netze führte, die er draußen angeworben hatte. In jüngster Zeit, so schien es Smiley, hatte Bland sich sehr an Haydon angeschlossen. Wenn Smiley unangemeldet bei Roy auftauchte, um mit ihm zu plaudern, so fand er mit ziemlicher Sicherheit Bill im Sessel lungern, umgeben von Papieren, Karten und Zigarettenrauch; kam er in Bills Büro, so bedeutete es keine

Überraschung, wenn er Bland im durchgeschwitzten Hemd gewichtig auf dem Teppich hin und her stapfen sah. Bill bearbeitete Rußland, Bland die Satelliten; doch schon in jenen frühen Tagen von *Witchcraft* war der Unterschied nahezu verschwunden.

Sie hatten sich in einem Gartenlokal in St. John's Wood verabredet. Es war immer noch Mai, halb sechs Uhr an einem trüben Tag, und der Park war leer. Roy brachte ein Kind mit, einen etwa fünfjährigen Jungen, einen winzigen Bland, blond, stämmig und rosig. Er sagte nicht, wer der Junge sei, aber manchmal verstummte er während ihres Gesprächs plötzlich und schaute hinüber zu der entfernten Bank, auf der er saß und Nüsse knabberte. Nervenzusammenbrüche oder nicht, Bland trug noch den Stempel der Thatch-Philosophie für Agenten im feindlichen Lager; Selbstvertrauen, positive Beteiligung, Rattenfänger-Appeal und alle übrigen unbequemen Parolen, die in der Blütezeit des Kalten Krieges aus der *Nursery* fast so etwas wie ein Zentrum für moralische Aufrüstung gemacht hatten.

»Also, wie lautet der Handel?« fragte Bland verbindlich.

»Es geht nicht um einen Handel, Roy. Control findet die gegenwärtige Situation ungesund. Er sieht nicht gern zu, wie Sie in eine Kabale verwickelt werden. Und ich auch nicht.«

»Großartig. Also, wie lautet der Handel?«

»Was möchten Sie?«

Auf dem Tisch, der noch naß war vom Nachmittagsregen, stand eine Lunch-Garnitur mit Essig und Öl und einem Päckchen Plastikzahnstocher in der Mitte. Bland nahm einen heraus, spuckte das Papier auf den Rasen und fing an, mit dem breiten Ende seine Backenzähne zu bearbeiten.

»Tja, wie wär's mit fünftausend unter der Hand aus dem Reptilienfonds?«

»Und ein Haus und einen Wagen?« sagte Smiley und machte einen Scherz daraus.

»Und der Junge nach Eton«, fügte Bland hinzu und winkte über das Betonpflaster zu dem Jungen hinüber, während er weiter in den Zähnen stocherte. »Ich habe bezahlt, George. Sie wissen es. Ich weiß nicht, was ich dafür eingekauft habe, aber ich habe einen gesalzenen Preis bezahlt. Davon will ich etwas zurückhaben.

Zehn Jahre von allem abgeschnitten, nur für die fünfte Etage, das ist ein schöner Batzen in jedem Alter. Sogar in Ihrem. Es muß einen Grund gehabt haben, warum ich mich auf dieses Spiel einließ, aber ich weiß nicht mehr recht, was es war. Muß Ihre magnetische Persönlichkeit gewesen sein.«

Smileys Glas war noch nicht leer, also holte Bland sich selber eins an der Theke und auch etwas für den Jungen.

»Sie haben doch die Bildung mit Löffeln gefressen«, erklärte er leichthin und setzte sich wieder. »Ein Künstler ist ein Kerl, der zwei fundamental entgegengesetzte Ansichten besitzen und damit leben kann. Wer hat sich das ausgedacht?«

»Scott Fitzgerald«, antwortete Smiley und dachte einen Augenblick lang, Bland wolle etwas über Bill Haydon sagen.

»Ja. Fitzgerald war nicht dumm«, bestätigte Bland. Als er trank, glitten seine leicht vorstehenden Augen seitwärts zum Zaun, als suchte er jemanden. »Und ich kann durchaus damit leben, George. Als guter Sozialist bin ich auf Geld aus. Als guter Kapitalist halte ich es mit der Revolution, denn wenn man's nicht besiegen kann, soll man's bespitzeln. Schauen Sie mich nicht so an, George. Es ist heute die Spielregel: Du kitzelst mein Gewissen, ich fahr dafür deinen Jaguar, stimmt's?« Noch während er das sagte, hatte er den Arm gehoben. »Bin gleich wieder da!« rief er über den Rasen. »Tischen Sie noch einen für mich auf!«

Zwei Mädchen trieben sich jenseits des Zauns herum.

»Stammt der Witz von Bill?« fragte Smiley und war plötzlich sehr ärgerlich.

»Wie bitte?«

»Ist das einer von Bills Witzen über das materialistische England, die verhausschweinte Gesellschaft?«

»Wäre möglich«, sagte Bland und trank sein Glas aus. »Gefällt er Ihnen nicht?«

»Nicht besonders, nein.«

»Ich habe Bill nie als radikalen Reformer gekannt. Was ist denn plötzlich über ihn gekommen?«

»Das ist nicht radikal«, erwiderte Bland, der es nicht mochte, wenn jemand seinen Sozialismus oder Bill Haydon madig machte. »Das ist bloß, was man sieht, wenn man aus dem verdammten Fenster schaut. Das ist England heute, Mensch. Gefällt keinem, oder?«

»Wie sollte man Ihrer Meinung nach«, fragte Smiley und hörte sich in seinem bombastischsten Tonfall sprechen, »die Besitz- und Wettbewerbsinstinkte in der westlichen Gesellschaft ausrotten, ohne gleichzeitig ...«

Bland hatte sein Glas ausgetrunken; und damit die Unterredung beendet.

»Was regen Sie sich auf? Sie haben Bills Job bekommen. Was wollen Sie mehr? So lang, wie's dauert.«

Und Bill hat meine Frau bekommen, dachte Smiley, als Bland sich zum Gehen anschickte; und Gott verdamm ihn, er hat dir's erzählt.

Der Junge hatte ein Spiel erfunden. Er hatte einen Tisch hochgekantet und ließ eine leere Flasche in den Kies rollen. Jedesmal setzte er die Flasche höher an der Tischfläche an. Smiley ging, ehe sie zerschellte.

Zum Unterschied von Esterhase hatte Bland sich nicht einmal die Mühe gemacht, zu lügen. Lacons Akten ließen keinen Zweifel an seiner Beteiligung an der Operation *Witchcraft:*

»Quelle Merlin«, schrieb Alleline in einer Aktennotiz, die kurz nach Controls Verschwinden von der Whitehall-Bühne datiert war, »ist in jedem Sinn eine Operation des *gesamten Ausschusses* ... Ich vermag nicht zu entscheiden, welcher meiner drei Mitarbeiter die von Ihnen vorgeschlagene Auszeichnung verdient ... Blands Tatkraft liefert uns allen einen Ansporn ...« Er beantwortete hierin den Vorschlag des Ministers, daß die Verantwortlichen für *Witchcraft* in der Neujahrsliste lobend erwähnt werden sollten: »... während Haydons Ingenium zuweilen dem von Merlin selber kaum nachsteht«, fügte er hinzu. Die Orden wurden allen Dreien verliehen; Allelines Ernennung zum Chef wurde bestätigt, und damit rückte der ersehnte Ritterschlag näher.

18 George Smiley beschwört die Erinnerung an Ann und meditiert über Liebe und Freundschaft

Womit mir nur noch Bill übrigblieb, dachte Smiley.
Einmal tritt sogar in einer Londoner Nacht eine Lärmpause ein. Zehn, zwanzig Minuten, dreißig, sogar eine Stunde lang grölt kein Betrunkener, schreit kein Kind und prallen keine Autos mit kreischenden Reifen aufeinander. In Sussex Gardens ist das gegen drei Uhr der Fall. In dieser Nacht war es früher, um eins, und Smiley stand wieder einmal an seinem Dachfenster und blickte wie ein Gefangener hinunter auf Mrs. Pope Grahams Sandfleck, wo seit kurzem ein Kombiwagen parkte. Das Dach war mit Slogans bekleckst: *Sydney neunzig Tage, Athen Nonstop, Mary Lou, wir kommen.* Drinnen glomm Licht, und er vermutete, daß dort ein paar Kinder in trauter Zweisamkeit schlummerten. Teenager sollte er wohl sagen. An den Fenstern hingen Gardinen.
Womit mir nur noch Bill übrigblieb, dachte er und starrte noch immer auf die zugezogenen Gardinen des Kombiwagens und die grelle Globetrotter-Beschriftung; womit ich wieder bei Bill angelangt wäre und unserem freundschaftlichen kleinen Schwatz in der Bywater Street, nur wir beide, alte Freunde, alte Waffengefährten, die »alles miteinander teilten«, wie Martindale sich so elegant ausgedrückt hatte. Aber Ann war für den Abend weggeschickt worden, damit die Männer allein sein konnten. Womit mir nur noch Bill übrigblieb, wiederholte er und fühlte, wie sein Blut in Wallung geriet, seine Vision deutlichere Farben annahm und seine Beherrschung gefährlich zu schwinden begann.
Wer war er? Smiley hatte ihn nicht mehr im Griff. Sooft er an Bill dachte, malte er ihn zu groß und jedesmal wieder anders. Vor Anns Affäre mit Bill hatte er geglaubt, ihn recht gut zu kennen: seine Qualitäten und seine Grenzen. Er gehörte jenem angeblich ausgestorbenen Vorkriegstypus an, der gleichzeitig schuftig und nobel sein konnte. Sein Vater war hoher Justizbeamter, zwei seiner schönen Schwestern hatten in die Aristokratie geheiratet; in

Oxford war er Parteigänger der unmodernen Rechten gewesen, nicht etwa der modischen Linken, wobei er sich allerdings kein Bein ausriß. Noch vor seinem zwanzigsten Jahr hatte er sich als unerschrockener Forscher und Amateurmaler originaler, wenn auch allzu ehrgeiziger Prägung betätigt: mehrere seiner Bilder hingen jetzt in Miles Sercombes albernem Palais in Carlton Gardens. Er hatte an jeder Botschaft und in jedem Konsulat im ganzen Vorderen Orient seine Verbindungen und nutzte sie rücksichtslos. Er erlernte mühelos die ausgefallensten Sprachen, und als das Jahr neununddreißig kam, holte ihn sich der Circus, der seit Jahren ein Auge auf ihn gehabt hatte. Der Krieg war eine Glanzzeit für ihn. Er war überall zugleich und charmant; er war unorthodox und zuweilen hemmungslos. Wahrscheinlich war er ein Held. Der Vergleich mit Lawrence drängte sich auf.

Es stimmte ferner, wie Smiley zugab, daß Bill seinerzeit mit wichtigen historischen Problemen experimentiert hatte, alle möglichen großartigen Pläne für ein Wiedererstarken Englands zu Einfluß und Größe vorbrachte – wie Rupert Brooke sprach er selten von Großbritannien. Doch selbst in seinen wenigen objektiven Augenblicken konnte Smiley sich kaum an ein Projekt erinnern, das je vom Start gekommen wäre.

Für die andere Seite von Haydons Charakter indessen vermochte Smiley als Kollege eher Respekt aufzubringen: die Unbeirrbarkeit des geborenen Agentenführers, sein hochentwickeltes Gefühl für das rechte Maß beim Zurückspielen von Doppelagenten, und das Aufziehen von Ablenkungs-Operationen; seine Fähigkeit, Zuneigung, sogar Liebe zu hegen, auch wenn sie anderen Bindungen zuwiderlief.

Vielleicht ist Bill *wirklich* ein Sonderfall, überlegte er bei seinem verzweifelten Bemühen, eine Norm zu finden. Wenn er sich Bill jetzt vorstellte und ihn mit Bland, Esterhase und sogar Alleline verglich, so schien es Smiley allen Ernstes, daß die anderen nur mehr oder weniger unvollkommene Nachahmungen des Originals waren, Nachahmungen Haydons. Daß ihre Posen nur Versuche waren, sich zum gleichen unerreichbaren Ideal des perfekten Mannes hochzuschrauben, mochte die Vorstellung auch irrig oder unzutreffend sein; mochte Bill ihrer auch im höchsten Maß unwürdig sein. Bland und seine demonstrative Ungeschliffenheit, Esterhase und sein künstliches super-englisches Gehabe, Alleline und sein unechter Führungsanspruch: ohne Bill waren sie Nullen. Smiley wußte auch oder glaubte zu wissen – der Einfall kam ihm jetzt wie eine sanfte Erleuchtung –, daß Bill dagegen für sich allein auch sehr wenig war: daß er, während seine Bewunderer – Bland, Prideaux, Alleline, Esterhase und der ganze übrige Supporter-Club – ihn für vollkommen hielten, in Wahrheit sie für sich einspannte, Anleihen aus ihren passiven Persönlichkeiten machte, hier ein Stück, dort ein Stück, und damit sein eigenes Ich abrundete: mit diesem Trick die Tatsache verschleierte, daß er weniger, viel weniger war als die Summe seiner scheinbaren Qualitäten ... und schließlich seine Abhängigkeit von ihnen hinter der Arroganz des Künstlers verbarg, der sie als Geschöpfe seines Genius bezeichnete...

»Jetzt reicht's aber«, sagte Smiley laut.

Er riß sich abrupt aus seiner Meditation los, verscheuchte sie ärgerlich als eine seiner vielen Theorien über Bill und kühlte sein überhitztes Denken durch die Erinnerung an ihre letzte Begegnung.

»Sie wollen mich vermutlich über den verdammten Merlin ausquetschen«, begann Bill. Er wirkte müde und nervös; es war kurz vor seiner Abreise nach Washington. In den alten Tagen hätte er ein unpassendes Mädchen mitgebracht und sie Anns Gesellschaft überlassen, während er mit Smiley das Geschäftliche besprach; von Ann erwartete er, daß sie dem Mädchen gegenüber sein Genie herausstrich, dachte Smiley boshaft. Sie waren alle von der gleichen Sorte: Halb so alt wie er, schmuddelige Bohèmeweiber, mürrische Kletten; Ann sagte, er müsse einen Hoflieferanten haben. Und einmal brachte er sogar einen gräßlichen Knaben namens Steggie an, Hilfskellner aus einer der Kneipen in Chelsea, mit offenem Hemd und einem Goldkettchen um den Magen.

»Es heißt allgemein, Sie schreiben die Berichte«, erklärte Smiley.

»Ich dachte, das sei Blands Job«, sagte Bill mit seinem füchsischen Grinsen.

»Roy macht die Übersetzungen«, sagte Smiley. »Sie verfassen die kommentierenden Berichte; sie sind auf Ihrer Maschine geschrieben. Das Material darf Stenotypistinnen nicht zugänglich gemacht werden.«

Bill hörte aufmerksam zu, er hatte die Brauen hochgezogen, als könne er jeden Augenblick unterbrechen oder zu einem passenderen Thema übergehen, dann hievte er sich aus dem tiefen Sessel und schlenderte zum Bücherregal, wo er um ein ganzes Fach höher hinauf reichte als Smiley. Mit den langen Fingern fischte er einen Band heraus, schlug ihn auf, grinste.

»Percy Alleline ist nicht gut genug«, verkündete er und blätterte um. »Ist das die Prämisse?«

»So ziemlich.«

»Was bedeutet, daß auch Merlin nicht gut genug ist. Merlin würde gut genug sein, wenn er *meine* Quelle wäre, nicht wahr? Was würde passieren, wenn unser lieber Bill hier zu Control spazieren und sagen würde, er habe einen großen Fisch und wolle ihn selber drillen? ›Große Klasse, Bill, mein Junge, klar tun Sie das. Ein Täßchen Hundepiß?‹ Er hätte mir einen Orden verliehen, anstatt Sie in den Korridoren herumschnüffeln zu lassen. Wir waren einmal ein feiner Haufen. Warum sind wir so vulgär geworden?«

»Wer führt ihn, Bill?«

»Percy? Karla natürlich, wer sonst? Kleiner Pinscher mit höchster Protektion. Weiß sich Liebkind zu machen. Percy hat sich an Karla verkauft, ist die einzige Erklärung.« Er hatte schon vor langer Zeit die Kunst absichtlichen Mißverstehens entwickelt. »Percy ist unser Haus-Maulwurf«, sagte er.

»Ich meinte, wer führt Merlin? Wer *ist* Merlin? Was ist eigentlich los?«

Haydon verließ das Regal und machte einen Rundgang vor Smileys Bildern. »Ein Callot, wie?« – er hakte einen kleinen Goldrahmen ab und hielt das Bild ans Licht – »Hübsch.« Er kippte die Brille, um sie als Vergrößerungsglas zu benutzen. Smiley war überzeugt, daß er das Bild schon ein dutzendmal betrachtet hatte. »*Sehr* hübsch. Kommt niemand auf die Idee, daß *ich* dabei der Gelackmeierte bin? Mein Zielobjekt ist zufällig Rußland,

wissen Sie. Hab' ihm meine besten Jahre geopfert, Netze eingerichtet, Talentsucher, sämtliche Verbindungsstellen. Ihr Leute im fünften Stock habt vergessen, was das heißt: Ein Einsatz, bei dem es drei Tage dauert, bis man einen Brief aufgeben kann, und man kriegt nicht mal Antwort für seine Mühe.«
Smiley, pflichtschuldigst: »Ja, das habe ich vergessen. Ja, ich kann's Ihnen nachfühlen. Nein, ich denke nicht die Bohne an Ann; wir sind schließlich Kollegen und Männer von Welt und sind hier beisammen, um über Merlin und Control zu sprechen.«
»Und dann kommt dieser Parvenü Percy des Wegs, dieser verdammte schottische Klinkenputzer, keine Spur von Klasse, und schleppt eine ganze Wagenladung russischer Leckerbissen an. Verdammt ärgerlich, finden Sie nicht?«
»Äußerst.«
»Der Haken ist, meine Netze sind nicht sehr gut. Viel einfacher, Percy auszuspionieren, als ...« Er brach ab, als hätte er genug von seiner eigenen These. Seine Aufmerksamkeit hatte sich einem winzigen Van Mieris, einem Kopf in Kreide, zugewandt.
»Und das hier mag ich *sehr«*, sagte er.
»Hat Ann mir geschenkt.«
»Wiedergutmachung?«
»Wahrscheinlich.«
»Muß eine recht schwere Sünde gewesen sein. Seit wann haben Sie es?«
Noch jetzt erinnerte Smiley sich, wie still die Straße gewesen war. Dienstag? Mittwoch? Und er erinnerte sich, daß er gedacht hatte: »Nein, Bill. Für dich habe ich bisher noch keinen Trostpreis bekommen. Bis zum heutigen Abend bist du nicht einmal ein Paar Pantoffeln wert.« Gedacht, aber nicht gesagt.
»Ist Control krank oder was?« fragte Haydon.
»Nur sehr beschäftigt.«
»Was tut er den ganzen Tag? Er lebt wie ein Einsiedler. Wie ein bekloppter Einsiedler kratzt er in dieser Höhle dort oben still vor sich hin. Diese ganzen verdammten Akten, die er durchschnüffelt, was um Gottes willen soll das sein? Eine sentimentale Reise durch seine unerfreuliche Vergangenheit, möcht ich wetten. Er

sieht hundeelend aus. Daran ist wahrscheinlich auch Merlin schuld, wie?«
Wiederum sagte Smiley nichts.
»Warum kommt er nicht aus seinem Bau? Warum beschäftigt er sich nicht mit uns, anstatt dort oben nach Trüffeln zu wühlen? Wonach ist er aus?«
»Ich wußte nicht, daß er nach etwas aus ist«, sagte Smiley.
»Ach, stellen Sie sich doch nicht so an. Natürlich ist er nach etwas aus. Ich hab eine Quelle dort oben, eine von den Müttern, wußten Sie das nicht? Liefert mir Indiskretionen gegen Schokolade. Control ackert die Personalakten der alten Circusrecken durch, klaubt den Dreck heraus, wer war rot? Wer war andersrum? Die Hälfte von ihnen liegt schon unter der Erde. Arbeitet an einer Zusammenstellung aller unserer schwachen Seiten: können Sie sich das vorstellen? Und weshalb? Weil wir Erfolg haben. Er ist verrückt, George. Nicht mehr alle Tassen im Schrank: Altersblödsinn, dürfen Sie mir glauben. Hat Ann Ihnen je vom bösen Onkel Fry erzählt? Der glaubte, die Diener würden die Rosen mit Mikros spicken, um rauszukriegen, wo er sein Geld versteckt hat? Gehn Sie weg von ihm, George. Der Tod ist eine Nervensäge. Reißen Sie sich los, ziehen Sie ein paar Etagen weiter runter. Zum Fußvolk.«
Ann war noch nicht zurück, und so schlenderten sie nebeneinander die King's Road entlang und hielten nach einem Taxi Ausschau, während Bill seine jüngsten politischen Ideen zum besten gab und Smiley »ja, Bill« und »nein, Bill« sagte und überlegte, wie er es Control beibringen sollte. Vor einem Jahr war Bill überzeugter Falke gewesen. Er hatte die konventionellen Streitkräfte in Europa reduzieren und sie kurzerhand durch nukleare Waffen ersetzen wollen. Er war ungefähr der einzige Mensch in Whitehall gewesen, der noch an Englands unabhängige Abschreckungsmacht glaubte. In diesem Jahr war Bill, wenn Smiley sich recht erinnerte, Pazifist und wollte das Schwedenmodell ohne Schweden.
Kein Taxi kam, es war eine schöne Nacht, und wie alte Freunde wanderten sie Seite an Seite dahin.
»Übrigens, wenn Sie jemals diesen Mieris verkaufen wollten,

lassen Sie mich's wissen, ja? Ich würde Ihnen einen anständigen Preis zahlen.«
Da er glaubte, Bill mache wieder einmal einen schlechten Witz, fuhr Smiley zu ihm herum und wollte ärgerlich erwidern. Haydon entging es völlig. Er spähte straßab und winkte einem nahenden Taxi.
»Herrgott, seh'n Sie sich das an«, rief er ungehalten. »Voller verdammter Juden, die zu Quag's zum Fressen fahren.«
»Bill muß schon lauter Schwielen am Hintern haben«, brummte Control am nächsten Tag und blickte kaum von seiner Lektüre auf. »Seit Jahren sitzt er bloß herum und wartet seinen Tag ab.« Einen Augenblick starrte er Smiley verloren an, als ob er durch ihn hindurch auf ein anderes, weniger fleischliches Ziel sähe; dann senkte er die Augen und schien sich wieder ans Lesen zu machen. »Ich bin froh, daß er nicht *mein* Vetter ist«, sagte er.
Am folgenden Montag hatten die Mütter überraschende Nachrichten für Smiley. Control sei nach Belfast zu Besprechungen mit der *Army* geflogen. Als Smiley später die Reisevorschüsse nachprüfte, entdeckte er die Lüge. Niemand aus dem Circus war in diesem Monat nach Belfast geflogen, aber es fand sich eine Belastung für ein Retourbillett erster Klasse nach Wien und als Antragsteller war Smiley angegeben. Haydon, der auch zu Control wollte, war wütend:
»Was, zum Teufel, ist denn in letzter Zeit los mit ihm? Er will wohl Irland kapern, die Organisation aufspalten. Herrjeh, der Mann ist eine Nervensäge.«

Das Licht im Kombiwagen erlosch, aber Smiley konnte den Blick noch immer nicht von dem buntscheckigen Dach abwenden. Wie leben sie? fragte er sich. Woher kriegen sie Wasser, Geld? Er versuchte, sich in die Logistik eines Klausnerdaseins in Sussex Gardens einzufühlen: Wasser, Dränage, Licht. Ann würde das ohne weiteres lösen, ebenso Bill.
Tatsachen. Was waren die Tatsachen?
Tatsache war, daß ich eines linden Sommerabends vor der *Witchcraft*-Zeit unerwartet aus Berlin zurückkehrte, um Bill Haydon auf dem Teppich im Salon ausgestreckt zu finden, wäh-

rend Ann ihm auf dem Grammophon Liszt vorspielte. Ann saß am anderen Ende des Zimmers, im Negligé ohne Make-up. Es gab keine Szene, jeder benahm sich gequält natürlich. Bill war, laut eigener Aussage, soeben aus Washington gelandet und auf dem Weg vom Flugplatz kurz vorbeigekommen. Ann war schon im Bett gewesen, hatte es sich jedoch nicht nehmen lassen, aufzustehen und ihn willkommen zu heißen. Wir waren uns darüber einig, wie schade es sei, daß wir nicht gemeinsam ein Taxi von Heathrow genommen hatten. Bill ging wieder, ich fragte: »Was wollte er?« und Ann sagte: »Sich an einer Schulter ausweinen.« Bill hatte Liebeskummer und wollte sein Herz ausschütten, meinte sie.

»In Washington sitzt Felicity und möchte ein Baby, und in London Jan, die eins kriegt.«

»Von Bill?«

»Das weiß der Himmel. Bill weiß es bestimmt nicht.«

Am nächsten Vormittag stellte Smiley wider eigene Absicht fest, daß Bill seit zwei Tagen zurück war, nicht erst seit einem. In der Folge benahm Bill sich Smiley gegenüber ungewohnt manierlich, und Smiley vergalt es ihm mit einer Zuvorkommenheit, die normalerweise jüngeren Freundschaften vorbehalten ist. Nach angemessener Zeit wurde Smiley deutlich, daß die Katze aus dem Sack war, und noch heute war er perplex, mit welcher Geschwindigkeit es sich herumgesprochen hatte. Vermutlich hatte Bill vor irgend jemandem damit geprahlt, vielleicht vor Bland. Wenn das Gerücht stimmte, dann hatte Ann drei ihrer eigenen Regeln verletzt. Bill war vom Circus und er war vom *Set*, wie sie Familie und Freundeskreis bezeichnete. Aus jedem der beiden Gründe war er tabu. Drittens hatte sie ihn in der Bywater Street empfangen, laut Übereinkunft ein grober Verstoß gegen den Revierfrieden.

Wieder einmal zog Smiley sich in sein eigenes einsames Leben zurück und wartete darauf, daß Ann etwas sagen würde. Er übersiedelte ins Gästezimmer und sorgte dafür, daß er eine Menge abendlicher Verabredungen hatte und auf diese Weise von ihrem Kommen und Gehen weniger bemerkte. Ganz allmählich dämmerte ihm, daß sie zutiefst unglücklich war. Sie nahm ab, verlor ihre spielerische Art, und wenn er sie nicht so gut gekannt hätte, hätte er geschworen, sie leide unter einem schweren Anfall von Zerknirschung, ja, von Abscheu vor sich selber. Wenn er freundlich zu ihr war, wehrte sie ihn ab; sie zeigte kein Interesse an Weihnachtseinkäufen und erkrankte an einem quälenden Husten, was, wie er wußte, ihr SOS-Ruf war. Ohne die Operation *Testify* wäre er schon früher mit ihr nach Cornwall abgereist. So aber mußten sie die Reise bis Januar verschieben, und dann war Control tot, Smiley pensioniert und das Blatt hatte sich gewendet; und um die Schmach vollzumachen, deckte Ann die Haydon-Karte mit jeder Menge anderer, die sie aus dem Haufen herausziehen konnte.

Was war passiert? Hatte sie die Beziehung abgebrochen? Oder Haydon? Warum sprach sie nie darüber? War es denn überhaupt so wichtig, eine Affäre unter so vielen anderen? Er gab auf. Wie die Katze aus *Alice im Wunderland* schien Bill Haydons Gesicht zu verschwimmen, sobald er sich ihm näherte und nur das Grinsen blieb. Aber er wußte, daß Bill auf die eine oder andere Art Ann zutiefst verwundet hatte, und das war die unverzeihlichste aller Sünden.

19 *Merlin beginnt endlich, menschliche Züge anzunehmen*

Mit einem Grunzen des Abscheus kehrte Smiley an den wenig einladenden Schreibtisch zurück und setzte seine Lektüre von Merlins Fortschritten seit seinem erzwungenen Ausscheiden aus dem Circus fort. Die Ära Alleline hatte, wie er sofort sah, unverzüglich mehrere vorteilhafte Veränderungen in Merlins Lebensstil bewirkt. Etwas wie eine Reifung, eine Beruhigung. Die nächtlichen Spritztouren in europäische Hauptstädte hörten auf, der Nachrichtenstrom wurde regelmäßiger, weniger hektisch. Gewiß, es gab noch allerhand Kopfschmerzen. Merlins Geldwünsche gingen weiter – Ersuchen, niemals Drohungen –, und mit dem anhaltenden Wertverfall des Pfundes wurden diese ansehnlichen Zahlungen für das Schatzamt zu einem Alptraum. Es fand sich einmal sogar eine – nie weiter verfolgte – Anregung, Merlin möge »da wir das Land seiner Wahl sind, auch in etwa unserem finanziellen Engpaß Rechnung tragen«. Haydon und Bland waren offensichtlich empört gewesen: »Ich habe nicht die Stirn«, schrieb Alleline mit ungewohnter Offenheit an den Minister, »meinen Mitarbeitern dieses Thema nochmals vorzutragen.«

Außerdem hatte es Krach wegen einer neuen Kamera gegeben, die von den Klempnern unter großem Kostenaufwand in röhrenförmige Bestandteile zerlegt und in eine genormte Stehlampe sowjetischer Herstellung eingepaßt worden war. Die Lampe wurde nach großem Wehgeschrei, diesmal aus dem *Foreign Office*, per Diplomatengepäck nach Moskau gemogelt. Dann stellte sich das Problem der Ablieferung. Die Außenstelle konnte nicht über Merlins Identität informiert werden und wußte auch nicht, was in der Lampe steckte. Die Lampe war sperrig und paßte nicht in den Gepäckraum des Wagens des Außenagenten. Nach mehreren Versuchen wurde eine »unsaubere« Übergabe bewerkstelligt, aber die Kamera funktionierte nie, und es gab böses Blut zwischen dem Circus und seiner Moskauer Außenstelle.

Ein weniger raffiniertes Modell wurde von Esterhase nach Helsinki gebracht und dort – so Allelines Aktennotiz an den Minister – »einem vertrauenswürdigen Mittelsmann übergeben, der unbehelligt die Grenze passieren konnte«.
Plötzlich richtete Smiley sich mit einem Ruck auf.
»Wie besprochen«, schrieb Alleline in einer Notiz an den Minister, datiert mit dem 27. Februar dieses Jahres. »Sie erklärten sich einverstanden, dem Schatzamt einen zusätzlichen Antrag für ein Londoner Haus vorzulegen, das im *Witchcraft*-Budget geführt werden soll.«
Er las es einmal, dann nochmals langsamer. Das Schatzamt hatte sechzigtausend Pfund für das Anwesen und weitere zehntausend für Einrichtung und Zubehör bewilligt. Es wollte jedoch, zwecks Kostenersparnis, die Überschreibung durch seine eigenen Anwälte erledigen lassen. Alleline weigerte sich, die Adresse mitzuteilen. Aus dem gleichen Grund gab es Unstimmigkeiten darüber, wer die Unterlagen verwahren sollte. Dieses Mal blieb das Schatzamt hart, und seine Anwälte trafen Vorsorge, daß das Haus zurückgegeben würde, falls Alleline sterben oder bankrott machen sollte. Aber die Adresse behielt er weiterhin für sich, desgleichen die Rechtfertigung dieses außergewöhnlichen und kostspieligen Beitrags zu einer Operation, die angeblich im Ausland abgewickelt wurde.
Smiley suchte eifrig nach einer Erklärung. Die Abrechnungen waren darauf angelegt, wie er bald herausfand, keine zu liefern. Sie enthielten einen einzigen verkappten Hinweis auf das Londoner Haus, und zwar, als die Steuern verdoppelt wurden. Der Minister an Alleline: »Ich nehme an, das Londoner Ende ist noch immer wichtig?« Alleline an den Minister: »Eminent. Ich möchte sagen, mehr denn je. Ich möchte ferner sagen, daß der Kreis derer, die Bescheid wissen, sich seit unserem Gespräch nicht erweitert hat.« Bescheid – worüber?
Erst als er sich wieder den Akten zuwandte, in denen das *Witchcraft*-Produkt bewertet wurde, stieß er auf die Lösung. Das Haus war Ende März bezahlt worden. Unmittelbar darauf wurde es bezogen. Genau vom gleichen Datum an begann Merlin, menschliche Züge anzunehmen, und sie stellten sich hier in

Form der Konsumentenkommentare dar. Bisher war Merlin für Smileys kritisches Auge eine Maschine gewesen: fehlerlos arbeitend, unheimlich in der Reichweite, frei von den Streß-Symptomen, die das Arbeiten mit den meisten Agenten so schwierig machten. Jetzt war ihm plötzlich der Gaul durchgegangen.

»Wir legten Merlin Ihre erneuten Fragen wegen der Haltung des Kreml in Sachen eines Verkaufs russischer Ölüberschüsse an die Vereinigten Staaten vor. Wir machten ihn wunschgemäß darauf aufmerksam, daß dies im Widerspruch zu seinem Bericht vom letzten Monat stehe, wonach der Kreml zur Zeit mit der Regierung Tanaka wegen eines Vertrags über die Lieferung sibirischen Erdöls an den japanischen Markt Kontakt aufgenommen habe. Merlin sah in den beiden Berichten keinen Widerspruch und lehnt eine Prognose ab, welcher Markt im Endeffekt bevorzugt werden könnte.«

Whitehall bedauerte seine Dreistigkeit.

»Merlin wird seinen Bericht über die Unterdrückung des georgischen Nationalismus und die Aufstände in Tiblisi nicht – wiederhole *nicht* – ausweiten. Da er nicht selber Georgier ist, vertritt er die gängige russische Ansicht, wonach alle Georgier Diebe und Vagabunden und am besten hinter Gittern seien ...«

Whitehall drängte nicht weiter.

Merlin war plötzlich näher gerückt. War es nur der Erwerb eines Londoner Hauses, was Merlin für Smiley in greifbare physische Nähe brachte? Merlin schien aus der Abgeschiedenheit eines Moskauer Winters plötzlich hierher zu ihm, in dieses erbärmliche Zimmer, gekommen zu sein; auf der Straße vor dem Fenster hielt, wie Smiley wußte, Mendel seine einsame Wache. Aus dem Nichts war ein Merlin aufgetaucht, der redete und Antwort gab und unentgeltlich seine Meinung dartat; ein Merlin, der Zeit hatte für Begegnungen. Hier in London? Der in einem Haus für sechzigtausend Pfund aus- und einging, aß und Bericht erstattete, große Töne spuckte und Witze über Georgier riß? War das der Kreis derer, die Bescheid wußten? Der Kern, der sich innerhalb des größeren Kreises der *Witchcraft*-Konsumenten gebildet hatte?

An dieser Stelle huschte eine höchst ausgefallene Gestalt über die

Bühne: ein gewisser J.P.R., ein Neuling in Whitehalls wachsender Gruppe von *Witchcraft*-Auswertern. Smiley konsultierte die Verteilerliste und stellte fest, daß der volle Name Ribble lautete und daß Ribble dem *Research Department* des *Foreign Office* angehörte. J. P. Ribble stand vor einem Rätsel.

J.P.R. an die *Adriatic Working Party* (AWP): »Darf ich mir erlauben, Sie auf eine offensichtliche Diskrepanz bezüglich der Daten hinzuweisen? *Witchcraft* Nr. 104 (Sowjetisch-französische Gespräche über gemeinsame Projekte im Flugzeugbau) trägt das Datum 21. April. Gemäß Ihrem Begleitschreiben erhielt Merlin diese Information direkt vom General Markow, einen Tag nachdem die Verhandlungspartner sich über einen geheimen Notenaustausch geeinigt hatten. An diesem 21. April indessen war Markow laut Auskunft unserer Pariser Botschaft noch in Paris, und Merlin besuchte, wie aus Ihrem Bericht Nr. 109 hervorgeht, an diesem Tag eine Raketenforschungsanstalt in der Nähe von Leningrad ...«

Das Schreiben führte nicht weniger als vier ähnliche »Diskrepanzen« an, die zusammengenommen bedeutet hätten, daß Merlin in der Tat so frei beweglich war, wie sein wunderbarer Name besagte.

J. P. Ribble erhielt den bündigen Bescheid, sich um seine eigenen Angelegenheiten zu kümmern. In einem getrennten Schreiben an den Minister jedoch machte Alleline eine außerordentliche Eröffnung, die ein völlig neues Licht auf den Charakter der Operation *Witchcraft* warf.

»Streng geheim und persönlich. Wie besprochen. Merlin ist, wie Sie seit einiger Zeit wissen, nicht eine Einzelquelle, sondern eine Kombination verschiedener Quellen. Obwohl wir unser Möglichstes taten, diese Tatsache aus Sicherheitsgründen vor Ihren Lesern geheimzuhalten, macht es der bloße Umfang des Materials zunehmend schwierig, die Wahrheit zu verbergen. Wäre es nicht an der Zeit, die Karten auf den Tisch zu legen, zumindest innerhalb gewisser Grenzen? Im gleichen Zusammenhang darf das Schatzamt getrost darauf hingewiesen werden, daß Merlins monatliches Honorar von zehntausend Schweizer Franken nebst einer gleichen Summe für Spesen und laufende Kosten kaum zu

hoch gegriffen sind, wenn die Mittel in so viele Teile gehen.«
Aber das Schreiben endete in einer härteren Tonart: »Wie dem auch sei, selbst wenn wir übereinkommen, die Tür so weit zu öffnen, so betrachte ich es doch als unerläßlich, daß die Kenntnis von der Existenz des Londoner Hauses und vom Zweck, dem es dient, auf ein absolutes Minimum beschränkt bleibt. Denn sobald Merlins Pluralität unter unseren Lesern bekannt wird, dürfte sich der Londoner Teil der Operation noch heikler denn je gestalten.«
In völliger Ratlosigkeit las Smiley die Briefe immer wieder von neuem. Dann blickte er wie von einem jähen Einfall gepackt auf, sein Gesicht ein einziges Bild der Verwirrung. Seine Gedanken waren so weit weg, so intensiv und komplex, daß das Telefon im Zimmer mehrmals klingelte, ehe er reagierte. Er nahm den Hörer ab und blickte auf die Uhr; es war sechs Uhr abends, er hatte kaum eine Stunde gelesen.
»Mister Barraclough? Hier Lofthouse von der Finanzabteilung, Sir.«
Peter Guillam bediente sich der verabredeten Wendungen, um einen Notruf nach einer sofortigen Zusammenkunft loszulassen, und seine Stimme klang erschüttert.

20 *Peter Guillam setzt die Jagd auf den »Maulwurf« fort*

Das Archiv des Circus war vom Haupteingang aus nicht erreichbar. Es war in einem Labyrinth schäbiger Räume und Zwischenstockwerken an der Rückseite des Gebäudes untergebracht, und glich eher einem der Antiquariate, die in dieser Gegend wuchern, als dem organisierten Gedächtnis eines bedeutenden Amts. Der Weg führte durch eine unauffällige Tür in der Charing Cross Road, zwischen einem Rahmengeschäft und einem Tagescafé, dessen Betreten den Mitarbeitern verboten war. An dieser Tür hing ein Schild »Stadt- und Bezirks-Sprachenschule, Lehrereingang«, und ein zweites »C und L Vertriebs-A.G.« Wer hineinwollte, drückte auf den einen oder den anderen Klingelknopf und wartete auf Alwyn, einen weibischen Marinesoldaten, der nur von seinen Wochenenden sprach. Bis etwa Mittwoch sprach er vom vergangenen Wochenende, danach vom kommenden. An diesem Morgen, einem Dienstag, drückte seine Stimmung entrüstete Besorgnis aus.

»Also, was sagen Sie denn zu dem Unwetter?« fragte er, während er Guillam über die Theke das Buch zum Unterschreiben zuschob. »Als wäre man in einem Leuchtturm. Den ganzen Samstag, den ganzen Sonntag. Ich sagte zu meinem Freund: ›Da sind wir mitten in London, und hör dir das an.‹ Soll ich das für Sie verwahren?«

»Da hätten Sie erst dort sein müssen, wo ich war«, sagte Guillam und legte den braunen Segeltuchsack in Alwyns wartende Hände. »Von wegen anhören, man konnte sich kaum aufrechthalten.«

Nicht übertrieben freundlich sein, ermahnte er sich.

»Und trotzdem liebe ich das Land«, vertraute Alwyn ihm an und verstaute den Sack in einem der offenen Fächer hinter der Theke. »Möchten Sie eine Nummer? Ich muß Ihnen eine geben, der Delphin würde mich umbringen, wenn sie dahinterkäme.«

»Ich vertraue Ihnen«, sagte Guillam. Er ging die vier Stufen hinauf und stieß die Schwingtüren zum Leseraum auf. Darin sah es aus wie in einem improvisierten Hörsaal: ein Dutzend Arbeitsplätze, alle in einer Richtung, und eine überhöhte Fläche, wo die Archivarin saß. Guillam setzte sich an die Rückwand. Es war noch früh – zehn nach zehn auf seiner Uhr –, und außer ihm war nur Ben Thruxton von der Forschung da, der die meiste Zeit hier zubrachte. Vor langer Zeit war Ben, als lettischer Dissident verkleidet, mit Aufständischen durch die Straßen Moskaus gerannt und hatte »Tod den Unterdrückern« gebrüllt. Jetzt kauerte er über seinen Schriften wie ein alter Priester, weißhaarig und schweigend.

Als Guillam an das Pult der Archivarin trat, lächelte sie. Wenn in Brixton nichts los war, verbrachte Guillam häufig einen Tag im Archiv und suchte in den alten Fällen nach einem, der sich neu anheizen ließe. Sie war Sal, ein stämmiges, sportliches Mädchen, Leiterin eines Jugendclubs in Chiswick und Trägerin des schwarzen Judogürtels.

»Ein paar hübsche Hälse gebrochen am Wochenende?« fragte er und nahm sich einen Packen grüner Bestellzettel.

Sal händigte ihm die Notizen aus, die sie für ihn in ihrem Stahlschrank verwahrte.

»Wie immer. Und Sie?«

»Tanten in Shropshire besucht, vielen Dank.«

»Die möcht ich auch mal sehen«, sagte Sal.

Er blieb an ihrem Pult stehen und füllte die Zettel für die beiden nächsten Titel auf seiner Liste aus. Er sah zu, wie sie die Zettel stempelte, die Kontrollabschnitte abtrennte und sie durch einen Schlitz in ihrem Pult warf.

»Reihe D«, murmelte sie und gab ihm die Stammzettel zurück. »Die Nummern zwei-acht sind auf halbem Weg links, die drei-acht in der nächsten Nische hinten.«

Er öffnete die Tür am rückwärtigen Ende des Saals und betrat die Haupthalle. In der Mitte brachte ein alter Lift, der aussah wie ein Förderkorb, Akten ins Innere des Circus. Zwei müde Stifte füllten ihn, ein dritter betätigte die Winde. Guillam wanderte langsam an den Regalen entlang und las die fluoreszierenden Nummernschilder.

»Lacon schwört, daß er über *Testify* überhaupt keine Akte habe«, hatte Smiley ihm in seiner üblichen bekümmerten Art gesagt. »Nur ein paar Dokumente über Prideaux' Rückführung, sonst nichts.« Und im gleichen Leichenbitterton: »Ich fürchte demnach, wir müssen uns auf irgendeinem Weg beschaffen, was sich in der Registratur des Circus befindet.«
»Beschaffen« hieß in Smileys Vokabular »klauen«.
Ein Mädchen stand auf einer Leiter. Karl Allitson, der Ordner, füllte einen Waschkorb mit Akten für die Funker, Astrid, der Hauswart, reparierte einen Heizkörper. Die Regale waren aus Holz, tief wie Kojen und durch Sperrholzplatten senkrecht durchteilt. Er wußte bereits, daß die Referenznummer für *Testify* vier-vier-acht-zwei E war, was bedeutete, Nische vierundzwanzig, vor der er jetzt stand. E stand für *extinct* und wurde nur für tote Operationen verwendet. Guillam zählte bis zum achten Fach von links. Testify sollte das zweite von links sein, aber es war nicht mit Sicherheit zu sagen, denn die Rücken trugen keine Signatur. Nachdem er seine Erkundung beendet hatte, zog er die beiden Akten heraus, die er angefordert hatte, und steckte die grünen Zettel in die dafür vorgesehenen Stahlklammern.
»Viel ist bestimmt nicht da«, hatte Smiley gesagt, als wäre es mit dünnen Akten einfacher. »Aber etwas muß da sein, und wäre es nur um den Schein zu wahren.« Das war auch eine Eigenschaft, die Guillam in diesem Moment nicht an ihm schätzte: er sprach, als könnte man seinem Gedankengang folgen, als wäre man die ganze Zeit mit in seinem Kopf.
Er setzte sich und tat, als läse er, dachte jedoch die ganze Zeit an Camilla. Was sollte er mit ihr anfangen? Als sie heute früh in seinen Armen lag, hatte sie ihm erzählt, sie sei einmal verheiratet gewesen. Manchmal redete sie so, als hätte sie schon zwanzig Leben gelebt. Es sei ein Fehlgriff gewesen, also hätten sie's wieder aufgesteckt.
»Was ging denn schief?«
»Nichts. Wir paßten nicht zueinander.«
Guillam glaubte ihr nicht.
»Bist du geschieden?«

»Ich nehme es an.«
»Sei nicht so verdammt albern, du mußt doch wissen, ob du geschieden bist oder nicht!«
Seine Eltern hätten sich darum gekümmert, sagte sie; er sei Ausländer.
»Schickt er dir Geld?«
»Warum sollte er? Er schuldet mir nichts.«
Dann wieder die Flöte, im Gästezimmer, lange fragende Noten im Halblicht, während Guillam Kaffee machte. Ist sie eine Komödiantin oder ein Engel? Wenn er nur ihren Namen durch die Registratur laufen lassen könnte. In einer Stunde hatte sie eine Lektion bei Sand.
Mit einem grünen Zettel für eine vier-drei-Nummer in der Hand stellte er die beiden Akten an ihre Plätze zurück und postierte sich vor der Nische neben *Testify*.
»Abfrage negativ«, dachte er.
Das Madchen stand noch immer auf seiner Leiter. Allitson war verschwunden, aber der Waschkorb stand noch da. Der Heizkörper hatte Astrid bereits erschöpft, er saß daneben und las die *Sun*. Auf dem grünen Zettel stand vier-drei-vier-drei, und er fand die Akte sofort, weil er sie bereits früher aufgesucht hatte. Sie hatte einen rosa Umschlag, genau wie *Testify*. Genau wie *Testify* war sie ziemlich abgegriffen. Er steckte den grünen Zettel in die Klammer. Er ging wieder den Gang entlang zurück, blickte sich nochmals nach Allitson und dem Mädchen um, dann griff er nach der Akte *Testify* und vertauschte sie blitzschnell mit der Akte, die er in der Hand hielt.
»Das wichtigste ist meines Erachtens, Peter« – so Smiley – »daß keine Lücke bleibt. Ich schlage daher vor, daß Sie sich eine ähnliche Akte beschaffen, ich meine, eine *äußerlich* ähnliche, und sie dort einstellen, wo ...«
»Kapiert«, sagte Guillam.
Guillam hielt die Akte *Testify* ungezwungen in der rechten Hand, Titelseite nach innen, ging in den Lesesaal zurück und setzte sich wieder an seinen Tisch. Sal hob die Brauen und maulte irgend etwas. Guillam nickte ihr zu, daß alles in Ordnung sei, da er annahm, daß sie das habe fragen wollen, aber sie winkte ihn

zu sich. Ein Moment der Panik. Die Akte mitnehmen, oder liegenlassen? Was tue ich sonst immer? Er ließ sie auf dem Tisch liegen.

»Juliet geht Kaffee holen«, flüsterte Sal. »Möchten Sie welchen?«

Guillam legte einen Shilling auf die Theke.

Er blickte auf die Wanduhr, dann auf seine Armbanduhr. Herrgott, hör doch auf, dauernd auf die verdammte Uhr zu sehen! Denk an Camilla, an ihre Unterrichtsstunde, die jetzt anfängt, denk an die Tanten, bei denen du das Wochenende nicht verbracht hast, denk an Alwyn, der nicht in deine Tasche schaut. Denk an alles, nur nicht an die Zeit. Noch achtzehn Warteminuten. »Peter, wenn Sie den geringsten Vorbehalt haben, Hände weg. Das ist das allerwichtigste.« Großartig, und wie soll ich wissen, ob ich Vorbehalte habe, wenn mein Magen das reinste Bienenhaus ist und mir der Schweiß wie heimlicher Regen unterm Hemd rinnt? Noch nie, das konnte er schwören, hatte es ihn so schlimm erwischt.

Er schlug die Akte *Testify* auf und versuchte zu lesen.

Sie war nicht ganz so dünn, aber dick war sie auch nicht. Der erste Abschnitt handelte von dem, was nicht darin enthalten war: »Anlagen 1 bis 8 bei London Station, siehe auch PFS ELLIS Jim, PRIDEAUX Jim, HAJEK Wladimir, COLLINS Sam, HABOLD Max ...« noch eine ganze Fußballmannschaft außerdem. »Interessenten wenden sich an H/London Station oder CR«, was heißen sollte, Chef des Circus und seine Mütter von Amts wegen. Nicht auf deine Armbanduhr schauen, schau auf die Wanduhr und rechne dir's selber aus, du Idiot. Acht Minuten. Komisch, Akten über den eigenen Vorgänger klauen. Komisch, Jim als Vorgänger zu haben, wenn man's recht bedenkt, und eine Sekretärin, die über ihn wachte, ohne jemals seinen Namen zu erwähnen. Die einzige lebendige Spur, die Guillam, abgesehen von dem Arbeitsnamen auf den Akten, je von ihm gefunden hatte, war der verbeulte Tennisschläger, der hinter dem Safe in seinem Zimmer gequetscht war, mit dem eingebrannten J. P. im Griff. Er zeigte ihn Ellen, einem zähen alten Besen, der Cy Vanhofer zum Zittern bringen konnte wie einen Schuljungen, und sie brach in Ströme von Tränen aus, wickelte den Schläger ein und schickte ihn mit

dem nächsten Aktenkarren an den Delphin, mit einem persönlichen Schreiben und der dringenden Bitte, ihn Jim zurückzuerstatten, »wenn irgend menschenmöglich«. Wie ist Ihr Spiel zur Zeit, Jim, mit ein paar tschechischen Kugeln im Schulterknochen?
Noch immer acht Minuten.
»Also, wenn es Ihnen möglich wäre«, sagte Smiley, »ich meine, wenn es nicht zu viele Umstände macht, bringen Sie Ihren Wagen in Ihre Werkstatt. Treffen Sie die Verabredung über Ihr privates Telefon, in der Hoffnung, daß Toby zuhört...«
In der Hoffnung. Heilige Perlmutter. Und all sein Liebesgeflüster mit Camilla? Noch immer acht Minuten.
Die übrige Akte schien aus Telegrammen des *Foreign Office* zu bestehen, aus tschechischen Zeitungsausschnitten, Zeitfunkberichten von Radio Prag, Auszügen einer Verfahrensregelung für die Rückführung und Rehabilitation von »verbrannten« Agenten, Aufträgen an das Schatzamt und einem *post mortem* Allelines, worin er Control die Schuld an dem Fiasko gab. Lieber du als ich, George.
Guillam fing an, im Geist die Entfernung von seinem Tisch zur Hintertür zu messen, wo Alwyn an der Empfangstheke döste. Er schätzte sie auf fünf Schritt und beschloß, eine taktische Zwischenstation zu machen. Zwei Schritt von der Tür entfernt stand eine Kartentruhe wie ein großes gelbes Klavier. Sie war mit allem möglichen Nachschlagematerial gefüllt. Generalstabskarten, alten Exemplaren von *Who's Who*, alten Baedekern. Er klemmte sich einen Bleistift zwischen die Zähne, nahm die Akte *Testify*, schlenderte zur Truhe, suchte ein Telefonbuch von Warschau heraus und fing an, Namen auf ein Blatt Papier zu schreiben. Meine Schrift! Es schrie in ihm: meine Schrift ist ganz zittrig, sie fährt über die ganze Seite, schau dir diese Zahlen an, als wäre ich betrunken! Wieso merkt das niemand? Das Mädchen Juliet kam mit einem Tablett herein und stellte eine Tasse auf seinen Tisch. Er warf ihr eine zerstreute Kußhand zu. Er suchte ein zweites Telefonbuch heraus, von Poznan, glaubte er, und legte es neben das erste. Als Alwyn hereinkam, blickte er nicht einmal auf.
»Telefon, Sir«, flüsterte Alwyn.

»Ach, Mist«, sagte Guillam, ins Telefonbuch vertieft. »Wer denn?«
»Stadtgespräch, Sir. Rauher Bursche. Ich glaube die Werkstatt wegen Ihres Wagens. Sagt, er hat schlechte Nachrichten für Sie,« sagte Alwyn hocherfreut.
Guillam hielt die Akte *Testify* mit beiden Händen, verglich scheinbar etwas mit dem Telefonbuch. Er wandte Sal den Rükken und spürte, wie seine Knie gegen die Hosenbeine schlotterten. Der Bleistift steckte immer noch in seinem Mund. Alwyn ging voraus und hielt ihm die Tür, und er durchschritt sie eifrig lesend: wie ein verdammtes Greenhorn, dachte er. Er wartete, daß der Blitzstrahl ihn traf, daß Sal Mordio schrie, Ben, der Superspion, plötzlich zum Leben erwachte, aber nichts geschah. Er fühlte sich viel besser: Alwyn ist mein Verbündeter, ich vertraue ihm, wir sind gegen den Delphin verschworen, ich kann rausgehen. Die Schwingtür schloß sich, er ging die drei Stufen hinunter, und da stand wieder Alwyn und hielt die Tür der Telefonkabine auf. Der untere Teil war undurchsichtig, der obere Teil verglast. Er nahm den Hörer auf und legte die Akte neben seine Füße und hörte Mendel ihm mitteilen, er brauche ein neues Getriebe, der Spaß könne bis zu hundert Pfund kosten. Das hatten sie sich für die Personalabteilung ausgedacht, oder wer immer die Aufzeichnung lesen würde, und Guillam hielt das Gespräch ungezwungen in Gang, bis Alwyn hinter seiner Theke verschwunden war, wo er mit gerecktem Hals lauschte. Es klappt, dachte er, es klappt, ich fliege, es klappt doch. Er hörte sich sagen: »Na, schön, aber fragen Sie zuerst beim Haupthändler nach, wie lange es dauert, bis sie das verdammte Ding beschaffen können. Haben Sie die Nummer?« Und gereizt: »Bleiben Sie am Apparat.«
Er öffnete die Tür einen Spalt und drückte das Mundstück fest an sein Hinterteil, damit die nächsten Worte auf keinen Fall registriert werden könnten. »Alwyn, werfen Sie mir den Sack mal rüber, ja?«
Alwyn brachte ihn schneidig herbei, wie der Erste-Hilfe-Mann bei einem Fußballmatch. »In Ordnung, Mister Guillam, Sir? Soll ich ihn für Sie aufmachen?«
»Lassen Sie ihn nur hier fallen, danke.«

Der Sack lag auf dem Boden vor der Kabine. Jetzt bückte er sich, zog den Sack herein und öffnete den Reißverschluß. In der Mitte, zwischen seinen Hemden und einer Menge Zeitungen, steckten drei blinde Ordner, einer lederfarben, einer grün, einer rosa. Er nahm den rosa Ordner und sein Notizbuch heraus und steckte dafür die Akte *Testify* hinein. Er zog den Verschluß zu, richtete sich auf und las Mendel eine Telefonnummer vor, übrigens die richtige. Er hängte ein, gab Alwyn den Sack und ging mit dem Blindband zurück in den Lesesaal. Allitson führte sein Stückchen auf, erst zog er am Waschkorb, dann versuchte er es mit Schieben.

»Peter, helfen Sie uns bitte, ich bring ihn nicht vom Fleck.«

»Sekunde.«

Er holte die Akte vier-drei wieder aus dem Fach, ersetzte sie durch den Blindband, stellte sie an ihren richtigen Platz in der Nische vier-drei und zog den grünen Zettel aus der Klammer. Gott thront im Himmel, und die erste Nacht war eine Wucht. Er hätte am liebsten laut gesungen: Gott thront im Himmel, und ich kann noch immer fliegen.

Er brachte den Zettel Sal, die ihn abzeichnete und auf einen Dorn spießte. Wie immer. Später am Tag würde sie nachsehen. War die Akte an ihrem Platz, dann würde sie den grünen Zettel und auch den Abschnitt in der Schachtel vernichten, und nicht einmal die kluge Sal würde sich erinnern, daß er sich vor Nische vier-vier aufgehalten hatte. Er wollte gerade ins Archiv zurück, um dem alten Allitson zu helfen, als er plötzlich direkt in die braunen unfreundlichen Augen Toby Esterhases blickte.

»Peter«, sagte Toby in seinem nicht ganz perfekten Englisch. »Tut mir leid, wenn ich störe, aber wir haben eine kleine Krise, und Percy Alleline möchte Sie dringend sprechen. Können Sie jetzt kommen? Das wäre sehr freundlich.« Und an der Tür, als Alwyn sie hinausließ: »Er möchte Ihre Meinung hören«, bemerkte er mit der Beflissenheit eines kleinen, aber kommenden Mannes. »Er möchte in einer Sache Ihre Meinung einholen.«

In einem verzweifelten, aber erleuchteten Moment wandte Guillam sich an Alwyn. »Mittags fährt ein Bus nach Brixton. Rufen Sie doch bitte bei der Transportabteilung an, und bitten Sie, daß

das Ding da für mich mit hinausgenommen wird, ja?«
»Wird gemacht, Sir«, sagte Alwyn. »Wird gemacht. Vorsicht Stufe.«
Und sprich ein Gebet für mich, dachte Guillam.

21 *Mit Percy Alleline als Circus-Direktor arbeitet Peter Guillam am Hochseil ohne Netz*

»Unsere graue Eminenz«, nannte ihn Haydon. Die Portiers nannten ihn Schneewittchen wegen seines Haars. Toby Esterhase kleidete sich wie ein Dressman, aber sobald er die Schultern senkte und die winzigen Fäuste ballte, wurde er eindeutig zum Boxer. Guillam ging hinter ihm durch den Korridor des vierten Stocks, sah wieder den Kaffeeautomaten, hörte wieder Lauder Stricklands Stimme verkünden, daß er nicht zu sprechen sei, und dachte: »Herrgott, wir sind wieder drunten in Bern und auf der Flucht.«

Er spielte schon mit dem Gedanken, es Toby laut zuzurufen, verwarf den Vergleich jedoch als nicht opportun.

Sooft er an Toby dachte, mußte er an die Schweiz vor zehn Jahren denken, als Toby noch ein simpler Beschatter gewesen war und sich mit seiner Fähigkeit, nebenbei die Ohren zu spitzen, immer mehr einen Namen machte. Guillam war aus Nordafrika zurück und im Wartestand, und so schickte der Circus die beiden zu einem Sondereinsatz nach Bern, wo sie im Haus belgischer Waffenhändler, die mit Schweizer Hilfe ihre Waren in unerwünschte Richtungen verschickten, Meisen kleben sollten. Sie mieteten eine Villa neben dem Zielhaus, und in der nächsten Nacht stellte Toby einen Anschluß her und sorgte dafür, daß sie über ihr eigenes Telefon die Gespräche der Schweizer abhören konnten. Guillam war Boß und Kurier, zweimal täglich lieferte er die Bänder an die Außenstelle Bern, wobei er einen geparkten Wagen als Briefkasten benutzte. Mit gleicher Leichtigkeit bestach Toby den Briefträger, der ihm die Post der Belgier vor der Zustellung zur Durchsicht überließ, und die Putzfrau, die im Salon, wo gewöhnlich die Besprechungen stattfanden, ein Mikrophon installierte. Zur Ablenkung gingen sie ins *Chikito*, wo Toby mit den jüngsten Mädchen tanzte. Gelegentlich brachte er eine von den Kleinen mit nach Hause, aber am nächsten Morgen war sie immer verschwunden, und Toby hatte alle Fenster ge-

öffnet, um den Geruch loszuwerden.
So lebten sie drei Monate lang, und Guillam kannte Toby nicht besser als am ersten Tag. Er wußte nicht einmal, in welchem Land er geboren war. Er war ein Snob und wußte, wo man essen und sich zeigen mußte. Er wusch seine Sachen selber, und nachts trug er ein Netz über dem Schneewittchenhaar, und an dem Tag, als die Polizei in die Villa eindrang und Guillam über die rückwärtige Mauer springen mußte, fand er Toby im Hotel Bellevue, wo er Patisserien mampfte und dem *thé dansant* zusah. Toby hörte sich an, was Guillam zu sagen hatte, zahlte seine Zeche, gab zuerst dem Kapellmeister ein Trinkgeld, danach Franz, dem Chefportier, dann führte er Guillam durch ein Gewirr von Korridoren und Treppenhäusern zu der unterirdischen Garage, wo er den Fluchtwagen und die Pässe versteckt hatte. Auch dort bat er gewissenhaft um die Rechnung. »Wer es je eilig hat, aus der Schweiz herauszukommen«, dachte Guillam, »der bezahle zuerst seine Rechnungen.« Die Korridore waren endlos, mit Spiegelwänden und Versailles-Kandelabern, so daß Guillam nicht einem Esterhase folgte, sondern einer ganzen Prozession.
Dieses Bild stand ihm jetzt wieder vor Augen, obwohl das enge hölzerne Treppenhaus zu Allelines Büros schmutziggrün gestrichen war und nur ein verbeulter Pergamentschirm die Kandelaber ersetzte.
»Zum Chef«, verkündete Toby großspurig dem jungen Portier, der sie mit lässigem Nicken durchwinkte. Im Vorzimmer saßen an vier grauen Schreibmaschinen die vier grauen Mütter in Twinsets und Perlen. Sie nickten Guillam zu und übersahen Toby. Ein Schild an Allelines Tür besagte »Bitte nicht stören«. Daneben ein riesiger Schranksafe, neu. Guillam fragte sich, wie der Fußboden die Belastung aushalte. Obenauf Flaschen mit afrikanischem Sherry, Gläser, Teller. Mittwoch, fiel ihm ein: Zwangloses Lunch-Meeting in London Station.
»Ich möchte keine Telefonanrufe, sagen Sie's ihnen«, schrie Alleline, als Toby die Tür öffnete.
»Der Chef nimmt keine Anrufe entgegen, bitte, meine Damen«, sagte Toby gewählt und hielt Guillam die Tür. »Wir haben eine Besprechung.«

Eine der Mütter sagte: »Wir haben es gehört.«

Es war ein Kriegsrat.

Alleline saß am obersten Ende des Tisches in dem geschnitzten überdimensionalen Lehnstuhl, er las ein zweiseitiges Dokument und regte sich nicht, als Guillam eintrat. Er knurrte nur: »Setzen. Neben Paul. Nach dem Salzfaß«, und las mit gesammelter Aufmerksamkeit weiter.

Der Stuhl rechts von Alleline war leer, und Guillam wußte, daß er Haydon gehörte, denn an die Lehne war eine Rückenstütze gebunden. Links von Alleline saß Roy Bland, gleichfalls lesend, aber er blickte auf, als Guillam vorbeiging, und sagte »Guck mal, Peter«, und die vorstehenden blassen Augen folgten ihm den Tisch entlang. Neben Roy saß Mo Delaware, das weibliche Paradepferd von London Station, mit scharf gewelltem Haar und braunem Tweed-Kostüm. Neben ihr Phil Porteous, der Personalchef, ein reicher serviler Mensch mit einem großen Haus am Stadtrand. Als er Guillam sah, hörte er auf zu lesen, klappte ostentativ die Akte zu, legte die schlanken Hände darauf und feixte. »Nach dem Salzfaß heißt neben Paul Skordeno«, sagte Phil und feixte noch immer.

»Danke. Ich seh's.«

Nach Porteous kamen Bills Russen, die er zuletzt bei »Herren« im vierten Stock gesehen hatte, Nick de Silsky und sein Busenfreund Kaspar. Sie konnten nicht lächeln, und soviel Guillam wußte, konnten sie auch nicht lesen, denn sie hatten als einzige keine Papiere vor sich liegen. Sie saßen da, hatten die vier dicken Hände auf dem Tisch liegen, als stünde jemand mit dem Gewehr hinter ihnen, und beobachteten ihn nur mit ihren vier braunen Augen.

Noch weiter bergab saß Paul Skordeno, angeblich Roy Blands Außenagent in den Satelliten-Netzen, es hieß aber auch, er arbeite zwischendurch für Bill. Paul war dünn und mies und vierzig, hatte ein narbiges braunes Gesicht und lange Arme. Guillam hatte ihn einmal bei einem Nahkampfkurs in der *Nursery* zum Partner gehabt, und sie hätten einander um ein Haar umgebracht.

Guillam rückte seinen Stuhl ein Stück von ihm ab und setzte sich, Toby war also der nächste in der Reihe, wie die andere Hälfte eines Bewacherteams. Was zum Teufel glauben sie, daß ich tun werde? dachte Guillam: Einen wahnwitzigen Ausbruchsversuch unternehmen? Aller Augen waren auf Alleline gerichtet, der seine Pfeife stopfte, als Bill Haydon ihm die Schau stahl. Die Tür ging auf, und zunächst kam niemand herein. Dann hörte man ein langsames Schlurfen, und Bill erschien, eine Kaffeetasse in beiden Händen, obenauf die Untertasse. Er trug einen gestreiften Ordner unter den Arm geklemmt, und die Brille hatte er hochgeschoben, also mußte er vorher gelesen haben. Sie alle haben es gelesen, nur ich nicht, dachte Guillam, und ich weiß nicht, worum es geht. Er fragte sich, ob es das gleiche Dokument war, das Esterhase und Roy am Vortag gemeinsam gelesen hatten, und entschied ohne jeden Anhaltspunkt, daß dem so sei; daß es gestern gerade eingetroffen sei; daß Toby es zu Roy gebracht und daß er die beiden in ihrer ersten Begeisterung gestört habe; falls Begeisterung das rechte Wort war.
Alleline hatte noch immer nicht aufgeblickt. Vom unteren Tischende konnte Guillam nur das volle schwarze Haar und ein Paar breite tweedbedeckte Schultern sehen. Mo Delaware zupfte beim Lesen an ihrer Stirnlocke. Percy hat zwei Ehefrauen, erinnerte er sich, als Camilla aufs neue durch das Gewimmel seiner Gedanken geisterte, und beide waren Alkoholikerinnen, was gar nicht so einfach sein mußte. Er hatte nur das Londoner Exemplar kennengelernt. Percy baute damals gerade die Liga seiner Getreuen auf und hatte in seinem weitläufigen holzgetäfelten Apartment in Buckingham Palace Mansions eine Cocktailparty gegeben. Guillam kam zu spät und legte gerade in der Diele seinen Mantel ab, als eine blasse blonde Frau schüchtern auf ihn zuschwebte und beide Hände ausstreckte. Er hielt sie für das Mädchen, das ihm den Mantel abnehmen wollte. »Ich bin Joy«, sagte sie mit dramatischer Stimme, es klang wie »Ich bin die Tugend«, oder »Ich bin die Enthaltsamkeit«. Sie wollte nicht seinen Mantel, sondern einen Kuß. Als er sich ihrem Wunsch beugte, atmete er die vereinte Süße von *Je reviens* und einer hohen Konzentration billigen Sherrys ein.

»Ja, junger Herr Guillam«, – so Alleline – »haben Sie jetzt endlich Zeit für mich oder stehen noch weitere Erledigungen in meinem Haus an?« Er blickte halbwegs auf, und Guillam sah zwei winzige pelzige Dreiecke auf den verwitterten Wangen. »Was treiben wir denn zur Zeit draußen auf dem flachen Land?« – er blätterte um – »außer den Dorfjungfrauen nachstellen, falls es in Brixton welche geben sollte, was ich ernsthaft bezweifle, wenn Sie mir diese Frivolität verzeihen wollen, Mo, und öffentliche Gelder für opulente Mahlzeiten verschwenden?«
Dieses Anrempeln war Allelines Kommunikationsmethode. Es konnte freundschaftlich oder feindselig sein, vorwurfsvoll oder gutheißend, aber im Endeffekt war es wie der stete Tropfen auf die gleiche Stelle.
»Ein paar Arabergrüppchen sehen recht vielversprechend aus. Cy Vanhofer hat einen Draht zu einem deutschen Diplomaten. Das wär' alles.«
»Araber«, wiederholte Alleline, schob den Ordner beiseite und zog eine rustikale Pfeife aus der Tasche. »Jeder Idiot kann einen Araber umdrehen, was, Bill? Ein ganzes Arabisches Kabinett für eine halbe Krone kaufen, wenn's ihm Spaß macht.« Aus einer anderen Tasche nahm Alleline einen Tabaksbeutel, den er lässig auf den Tisch warf. »Wie ich höre, sind Sie ein Herz und eine Seele mit unserem unlängst verblichenen Bruder Tarr. Wie geht's ihm heutzutage?«
Eine Unmenge Gedanken schossen Guillam durch den Kopf, während er sich antworten hörte. Daß die Beobachtung seiner Wohnung erst gestern Abend aufgenommen worden war, durfte als sicher gelten. Daß er übers Wochenende frei von Kontrolle war, wenn nicht Fawn, der Babysitter, zum Verräter geworden war, was ein harter Schlag gewesen wäre. Daß Roy Bland eine auffallende Ähnlichkeit mit dem verstorbenen Dylan Thomas hatte; Roy hatte ihn immer an jemanden erinnert, er war nur nie dahinter gekommen, an wen; und daß Mo Delaware nur dank ihres männlichen Pfadfinderinnen-Habitus die Bezeichnung Frau erworben hatte. Ob Dylan Thomas wohl auch Roys ungewöhnlich helle blaue Augen hatte? Daß Toby Esterhase eine Zigarette aus seinem goldenen Etui nahm und daß Alleline im all-

gemeinen keine Zigaretten duldete, nur Pfeifen, also mußte Toby sich im Moment recht gut mit ihm stehen. Daß Bill Haydon seltsam jung aussah und daß die Circus-Gerüchte über sein Liebesleben vielleicht doch nicht so lachhaft waren: sie behaupteten, er sei doppelseitig begabt. Daß Paul Skordeno eine braune Handfläche auf den Tisch gelegt und den Daumen leicht in die Luft gereckt hatte, als wolle er die Schlagwirkung des Handrückens vergrößern. Er dachte auch an seinen Segeltuchsack: hatte Alwyn ihn dem Bus mitgegeben? Oder war er zum Lunch weggegangen und hatte den Sack einfach in der Garderobe gelassen, wo jeder beförderungshungrige junge Portier die Nase hineinstekken konnte? Und Guillam fragte sich, nicht zum erstenmal, wie lange Toby wohl schon um das Archiv herumgestrichen sein mochte, ehe Guillam ihn gesehen hatte.
Er wählte einen scherzenden Tonfall: »Stimmt, Chef, Tarr und ich trinken jeden Nachmittag bei Fortnum zusammen Tee.« Alleline nuckelte an der kalten Pfeife, befühlte die Tabakfüllung. »Peter Guillam«, sagte er mit wohlüberlegter Ironie. »Es ist Ihnen vielleicht entgangen, aber ich bin ein ungemein versöhnlicher Charakter. Ja, ich triefe geradezu vor Menschenfreundlichkeit. Ich will weiter nichts als den Inhalt Ihrer Unterredung mit Tarr. Ich fordere weder seinen Kopf noch irgendeinen anderen Teil seiner verdammten Anatomie, und ich will den Impuls zügeln, ihn mit eigenen Händen zu erwürgen. Oder Sie.« Er riß ein Streichholz an und entzündete die Pfeife; eine gewaltige Flamme schlug hoch. »Ich würde mich vielleicht sogar bereitfinden, Ihnen eine goldene Kette um den Hals zu hängen und Sie aus dem verhaßten Brixton wieder in den Palast zu holen.«
»Wenn dem so ist, kann ich es gar nicht erwarten, bis er auftaucht«, sagte Guillam.
»Und Tarr soll freies Geleit haben, bis ich ihn zu fassen kriege.«
»Ich will's ihm sagen. Er wird begeistert sein.«
Eine dicke Rauchwolke rollte über den Tisch.
»Ich bin sehr enttäuscht von Ihnen, junger Peter, üblen Nachreden destruktiver und heimtückischer Art das Ohr zu leihen. Ich zahle Ihnen ehrliches Geld, und Sie fallen mir in den Rücken.

Meiner Ansicht nach ein erbärmlicher Dank dafür, daß ich Sie am Leben erhalte. Gegen die dringenden Vorstellungen meiner Ratgeber, wie ich Ihnen sagen möchte.«

Alleline hatte sich eine neue Manieriertheit angewöhnt, eine, die Guillam oft bei eitlen Männern mittleren Alters beobachtete: Er packte eine Fleischtasche unter dem Kinn und massierte sie zwischen Daumen und Finger, in der Hoffnung, sie zu verkleinern.

»Erzählen Sie uns doch noch etwas über Tarrs Lebensumstände«, sagte Alleline. »Etwas über seine Gemütsverfassung. Er hat eine Tochter, nicht wahr? Ein Töchterchen namens Danny. Spricht er manchmal von ihr?«

»Früher hat er's getan.«

»Ergötzen Sie uns mit ein paar Anekdoten über sie.«

»Ich kenne keine. Er hat sie sehr gern, mehr weiß ich nicht.«

»Wahnsinnig gern?« Die Stimme schwoll plötzlich vor Zorn. »Was soll das Achselzucken bedeuten? Wie kommen Sie plötzlich dazu, mich mit einem Achselzucken abspeisen zu wollen? Ich spreche mit Ihnen über einen Verräter aus Ihrer eigenen verdammten Abteilung, ich bezichtige Sie, mit ihm hinter meinem Rücken zu konspirieren, bei einem idiotischen Spielchen mitmischen zu wollen, wenn Sie nicht einmal wissen, wie hoch der Einsatz ist, und Sie zucken einfach die Achseln. Es gibt ein Gesetz, Peter Guillam, gegen die Zusammenarbeit mit Feindagenten. Vielleicht wußten Sie das nicht. Ich habe gute Lust, Sie unter Anklage zu stellen.«

»Aber ich war nicht mit ihm zusammen«, sagte Guillam, und jetzt kam ihm auch der Zorn zu Hilfe. »Ich bin nicht derjenige, der hier sein Spielchen spielt. Das sind Sie. Also lassen Sie mich in Frieden.«

Im gleichen Augenblick spürte er die Entspannung in der Tischrunde, wie ein fast unmerkliches Absinken in Langeweile, wie die allgemeine Erkenntnis, daß Alleline sein Pulver verschossen hatte und das Ziel unberührt geblieben war. Skordeno fummelte an einem Stückchen Elfenbein herum, einem Talisman, den er immer bei sich trug. Bland hatte seine Lektüre wieder aufgenommen, Bill Haydon trank seinen Kaffee und fand ihn abscheulich, denn er schnitt eine Grimasse zu Mo Delaware und

setzte die Tasse ab. Toby Esterhase hatte das Kinn in die Hand gestützt, die Brauen gehoben, und starrte auf die Glut-Attrappe im victorianischen Kamin. Nur die Russen wandten auch weiterhin kein Auge von ihm, wie zwei Terrier, die nicht glauben wollten, daß die Jagd abgeblasen war.
»Er hat also mit Ihnen über Danny geplaudert, wie? Und Ihnen gesagt, daß er sie liebe«, sagte Alleline, der sich wieder den Dokumenten zugewandt hatte. »Wer ist Dannys Mutter?«
»Eine Eurasierin.«
Jetzt ergriff Haydon zum erstenmal das Wort. »Unverkennbar Eurasierin, oder könnte sie auch aus einer näher gelegenen Gegend stammen?«
»Tarr findet offenbar, sie sehe völlig europäisch aus. Die Kleine auch, findet er.«
Alleline las vor: »Zwölf Jahre alt, langes blondes Haar, braune Augen, schlank. Ist das Danny?«
»Ich würde sagen, sie könnte es sein. Hört sich so an.«
Lange Zeit herrschte Schweigen, und nicht einmal Haydon machte Miene, es zu brechen.
»Wenn ich Ihnen also sagte«, fuhr Alleline schließlich fort und wählte seine Worte mit äußerster Vorsicht, »wenn ich Ihnen sagte, daß Danny und ihre Mutter vor drei Tagen mit dem direkten Flug aus Singapur am Flughafen London hätten landen sollen, so dürfte ich annehmen, daß Sie ebenso perplex wären wie wir.«
»Ja, das wäre ich.«
»Und Sie würden darüber schweigen, nachdem Sie dieses Haus verlassen haben. Kein Wort, nicht einmal zu ihren zwölf allerbesten Freunden?«
Aus geringer Entfernung kam Phil Porteous' Schnurren: »Die Quelle ist strengstens geheim, Peter. Für Sie mag es sich anhören wie eine gewöhnliche Flugauskunft. Aber es ist ultra-*ultra*-geheim.«
»Aha, in diesem Fall will ich versuchen, meine Klappe *ultra*-geschlossen zu halten«, sagte Guillam zu Porteous, und während Porteous rot wurde, grinste Bill Haydon aufs neue wie ein Schuljunge.

Alleline kam wieder zum Thema. »Und wie würden Sie diese Information beurteilen? Los, Peter«, wieder der herausfordernde Ton, »los, Sie waren sein Boß, sein Führer, Philosoph und Freund, wo um Gottes willen bleibt Ihre Psychologie? Warum kommt Tarr nach England?«
»Davon haben Sie kein Wort gesagt. Sie sagten, Tarrs Frau und ihre Tochter Danny seien vor drei Tagen in London erwartet worden. Vielleicht will sie Verwandte besuchen. Vielleicht hat sie einen neuen Freund. Wie soll ich das wissen?«
»Stellen Sie sich doch nicht dumm, Mann. Leuchtet es Ihnen nicht ein, daß man dort, wo Danny ist, vermutlich nicht sehr weit nach Tarr zu suchen braucht? Wenn er nicht schon hier ist, was ich beinah glauben möchte, denn im allgemeinen kommt der Mann zuerst und läßt die Troßweiber später nachkommen. *Pardon,* Mo Delaware, ist mir so herausgerutscht.«
Zum zweitenmal gestattete Guillam sich einen kleinen Temperamentsausbruch. »Bisher hat es mir nicht eingeleuchtet, nein. Bisher war Tarr ein Überläufer. Das wurde vor sechs Monaten offiziell festgelegt. Stimmt's, Phil, oder nicht? Tarr saß in Moskau, und alles, was er wußte, war als verraten zu betrachten. Stimmt's, Phil? Man nahm das auch zum Anlaß, in Brixton die Lichter zu löschen und eine Portion unserer Arbeit London Station und den Rest Tobys Aufklärern zu übertragen. Was soll Tarr jetzt eigentlich machen – wieder zu uns überlaufen?«
»Wieder überlaufen würde eine verdammt milde Bezeichnung sein, das kann ich Ihnen nur sagen«, erwiderte Alleline, ohne von den Papieren vor ihm aufzublicken. »Hören Sie zu, hören Sie gut zu, und merken Sie sich's. Denn ich zweifle nicht, daß Sie, genau wie meine übrigen Mitarbeiter, ein Gedächtnis haben wie ein Sieb, ihr Primadonnas seid alle gleich. Danny und ihre Mutter reisen mit gefälschten britischen Pässen unter dem Namen Poole. Die Pässe sind russische Fälschungen, und Tarr hat einen dritten von der gleichen Sorte, der wohlbekannte *Mister* Poole. Tarr ist bereits in England, aber wir wissen nicht, wo. Er ist vor Danny und ihrer Mutter abgereist und hat eine andere Route genommen, unseren Nachforschungen zufolge eine schwarze. Seine Frau oder Freundin oder was immer«, er sagte das, als hätte

er keins von beidem, »nochmals pardon, Mo, sollte ihm eine Woche später nachkommen, was aber offenbar bis heute nicht der Fall war. Diese Information erreichte uns gestern, wir haben also noch eine Menge Kleinarbeit zu leisten. Tarr wies sie an – Danny und ihre Mutter – falls es ihm aus irgendeinem Grund nicht möglich sein sollte, mit ihnen in Verbindung zu treten, so müßten sie sich auf Gnade und Ungnade einem gewissen Peter Guillam anvertrauen. Das sind Sie, wenn ich nicht irre.«

»Wenn sie vor drei Tagen fällig gewesen wären, was ist ihnen passiert?«

»Verspätet. Flugzeug verpaßt. Pläne geändert. Flugtickets verloren. Wie zum Teufel soll ich das wissen?«

»Oder aber, die Information ist falsch«, schlug Guillam vor.

»Das ist sie nicht«, schnappte Alleline.

Wut, Irreführung, Guillam klammerte sich an beide.

»Na schön. Die Russen haben Tarr umgedreht. Sie haben seine Angehörigen herübergeschickt – Gott weiß, warum, ich hätte gedacht, sie legen sie auf Eis – und ihn dazu. Was ist daran so heiß? Was für eine Funktion kann er haben, wenn wir kein Wort von dem glauben, was er sagt?«

Dieses Mal, stellte er mit Erheiterung fest, beobachteten die Zuhörer Alleline, der, so schien es Guillam, schwankte zwischen einer vernünftigen, aber indiskreten Antwort und einer, mit der er sich lächerlich machen würde.

»Egal, welche Funktion! Verwirrung stiften, Brunnen vergiften vielleicht. Etwas in dieser Art. Uns ein Bein stellen, kurz ehe wir durch's Ziel sind.« Seine Rundschreiben klingen genauso, dachte Guillam. Eine Metapher jagt die andere. »Aber merken Sie sich eins: Beim ersten Zeichen, noch vor dem ersten Anzeichen, beim ersten Pieps von ihm oder seiner Dame oder seinem Töchterlein, junger Peter Guillam, kommen Sie zu einem von uns Erwachsenen. Zu irgendeinem, den Sie hier am Tisch sehen. Aber sonst zu keinem Menschen. Schreiben Sie sich das hinter die Ohren. Weil es nämlich in diesem Laden mehr Kompetenzenüberschneidungen gibt, als Sie wissen können oder dürfen...«

Plötzlich kam Bewegung in die Szene. Bland hatte die Hände in die Taschen gerammt, latschte durchs Zimmer und lehnte sich an die rückwärtige Tür. Alleline hatte die Pfeife frisch angezündet und löschte das Streichholz mit ausholender Armbewegung, während er Guillam durch den Rauch finster anblickte. »Wem machen Sie zur Zeit den Hof, Peter, wer ist die Glückliche?« Porteous ließ ein Blatt Papier den Tisch entlangschlittern, das Peter unterschreiben sollte. »Für Sie, Peter, bitte.« Paul Skordeno flüsterte seinem russischen Nachbarn etwas ins Ohr, und Esterhase stand unter der Tür und erteilte den Müttern unliebsame Anweisungen. Nur Mo Delawares schlichte braune Augen blieben unverwandt auf Guillam gerichtet.

»Lesen Sie es bitte vorher«, riet Porteous ölig. Guillam war bereits halbwegs damit durch.

»Ich bestätige hiermit, daß ich heute vom Inhalt des *Witchcraft*-Report Nr. 1308, Quelle Merlin, in Kenntnis gesetzt wurde«, lautete der erste Absatz. »Ich verpflichte mich, über keinen Teil dieses Berichts zu anderen Mitgliedern der Dienststelle zu sprechen oder die Existenz der Quelle Merlin zu erwähnen. Ich verpflichte mich ferner, alles zur Meldung zu bringen, was mir an möglicherweise mit diesem Material in Zusammenhang Stehendem zur Kenntnis gelangt.«

Die Tür war offen geblieben, und als Guillam unterschrieb, marschierte die zweite Garnitur von London Station auf, angeführt von den Müttern mit Tabletts voller Sandwiches. Diana Dolphin, Lauder Strickland, aufgeblasen bis zum Platzen, die Mädchen von der Verteilung, und ein sauertöpfisches altes Schlachtroß namens Haggard, Ben Thruxtons Vorgesetzter. Guillam ging langsam hinaus und zählte dabei die Häupter, denn er wußte, daß Smiley würde wissen wollen, wer da gewesen war. An der Tür gesellte sich zu seiner Überraschung Haydon zu ihm, der anscheinend zu dem Schluß gekommen war, daß die nun folgenden Festlichkeiten nichts für ihn seien.

»Ein Affentanz«, bemerkte Bill und winkte den Müttern salopp zu. »Percy wird von Tag zu Tag unerträglicher.«

»Scheint wirklich so«, sagte Guillam herzlich.

»Was macht eigentlich Smiley? Sehen Sie ihn öfter? Sie waren doch ziemlich mit ihm befreundet, oder?«

Guillams Welt, die bis zu diesem Moment wieder zu einer halb-

wegs normalen Drehzahl zurückzukehren schien, erhielt einen heftigen Stoß. »Bedauere«, sagte er, »er ist gesperrt.«
»Machen Sie mir doch nicht weis, daß Sie ein Wort von diesem Unsinn glauben«, schnaubte Bill. Sie waren an der Treppe angelangt. Haydon ging voran.
»Und Sie?« rief Guillam hinter ihm her. »Sehen Sie ihn öfter?«
»Und Ann ist ihm ausgerückt«, sagte Bill und überhörte die Frage. »Abgehauen mit einem Matrosen oder Kellner oder dergleichen.« Die Tür zu seinem Büro stand weit auf, der Schreibtisch war mit Geheimakten übersät. »Stimmt das?«
»Das wußte ich nicht«, sagte Guillam. »Armer alter George.«
»Kaffee?«
»Ich glaube, ich muß gehen, vielen Dank.«
»Zum Tee mit Bruder Tarr?«
»Genau. Bei Fortnum. Wiedersehen.«
Im Archivtrakt war Alwyn wieder auf seinem Posten. »Sack schwimmt schon, Sir«, sagte er munter. »Sollte jetzt sogar schon in Brixton sein.«
»Mist!« sagte Guillam und schoß damit seine letzte Patrone ab. »Es war was drin, was ich gebraucht hätte.«
Eine empörende Erkenntnis überfiel ihn: sie schien so klar und so schrecklich naheliegend, daß er sich nur wundern konnte, wieso er erst jetzt darauf kam. Sand war Camillas Ehemann. Sie führte ein Doppelleben. Nun sah er lauter Hinterlist und Betrug vor sich. Seine Freunde, seine Geliebten, selbst der Circus taten sich zusammen und bildeten neue endlose Formen der Intrige. Ein Satz von Mendel fiel ihm wieder ein, den dieser vorgestern abend bei einigen Glas Bier in einem düsteren Vorstadt-Pub von sich gegeben hatte: »Kopf hoch, Peter. Jesus Christus hatte nur zwölf, wie du weißt, und einer von ihnen war ein Verräter.«
Tarr, dachte er. Dieses Schwein Ricki Tarr.

22 *Peter Guillam und George Smiley suchen einen alten Bekannten auf und Babysitter Fawn greift taktvoll in die Unterhaltung ein*

Der Schlafraum war lang und niedrig, ein ehemaliges Dienstbotenzimmer im Dachgeschoß. Guillam stand an der Tür, Tarr saß bewegungslos auf dem Bett, den Kopf an die schräge Decke zurückgelehnt, die Hände mit gespreizten Fingern neben dem Körper. Über ihm war ein Dachfenster, und Guillam konnte von seinem Standort aus lange Strecken schwarzen Suffolk-Lands sehen und eine Reihe schwarzer Bäume, die sich vor dem Himmel abhob. Die einzige Glühbirne hing in einem schwarzeichenen Leuchter von der Decke, sie warf seltsam geometrische Muster auf die Gesichter, und wenn einer von ihnen sich bewegte, Tarr auf dem Bett oder Smiley auf dem hölzernen Küchenstuhl, so schienen sie durch ihre Bewegung das Licht ein Stück weit mitzunehmen, ehe es wieder zur Ruhe kam.

Hätte Guillam Tarr für sich allein gehabt, so wäre er bestimmt rauh mit ihm umgesprungen. Seine Nerven waren in Hochspannung, auf der Herfahrt hatte er hundertvierzig erreicht und Smiley mußte ihn scharf zur Ordnung rufen. Hätte er Tarr für sich allein gehabt, er hätte die Wahrheit aus ihm herausgeprügelt und notfalls Fawn als Verstärkung geholt; am Steuer hatte er klar vor Augen gehabt, wie er die Tür des Hauses, wo Tarr sich aufhielt, öffnen und ihm zunächst ein paar kräftige Ohrfeigen versetzen würde, mit herzlichen Grüßen von Camilla und ihrem Ex-Gatten, dem trefflichen Doktor des Flötenspiels. Und vielleicht hatte Smiley in der gemeinsamen Spannung dieser Reise auf telepathischem Weg das gleiche Bild empfangen, denn das wenige, was er sagte, war deutlich dazu bestimmt, Guillam zu beschwichtigen. »Tarr hat uns nicht belogen, Peter. Nicht mit Worten. Er hat nur getan, was sämtliche Agenten auf der ganzen Welt tun; er hat uns nicht die ganze Geschichte erzählt. Andererseits ist er ganz geschickt gewesen.« Er war weit entfernt von Guillams übler Laune, ja, er schien sogar seltsam zuversichtlich; seine Gelöstheit ging so weit, daß er sich erlaubte, ein Bonmot von Steed-Asprey über die Kunst des Doppelspiels zu zitieren; irgend so etwas wie, daß man nicht nach Perfektion streben solle, sondern nach Vorteilen, was Guillam wiederum auf Camilla brachte. »Karla hat uns in den inneren Kreis reingelassen«, verkündete Smiley, und Guillam machte einen schlechten Witz über den Kreisverkehr. Danach beschränkte sich Smiley darauf, Anweisungen zu geben und den Außenspiegel im Auge zu behalten. Sie hatten sich am Crystal Palace getroffen, wo Mendel sie mit einem Lieferwagen abgeholt hatte. Sie fuhren nach Barnsbury, direkt in eine Karosseriewerkstatt am Ende einer Kopfsteingasse, in der es von Kindern wimmelte. Dort wurden sie mit gebändigtem Entzücken von einem alten Deutschen und dessen Sohn begrüßt, die dem Lieferwagen die Nummernschilder abgenommen hatten, fast noch ehe sie ausgestiegen waren, und sie zu einem hochfrisierten Vauxhall führten, der bereits zur Ausfahrt durch die rückwärtige Tür bereitstand. Mendel blieb zurück, und mit ihm die *Testify*- Akte, die Guillam in seinem Reisesack aus Brixton mitgebracht hatte; Smiley sagte: »Zur A 2«. Es herrschte wenig Verkehr, aber kurz vor Colchester gerieten sie hinter eine Schlange von Lastwagen, und Smiley mußte Guillam befehlen, sich einzureihen. Einmal trafen sie einen alten Mann, der mit dreißig auf dem Überholstreifen fuhr. Als sie ihn auf der falschen Seite überholten, riß er das Steuer jäh zu ihnen herum, er war betrunken oder krank oder einfach erschrocken. Und einmal stießen sie unversehens auf eine Nebelwand, sie mußte vom Himmel herabgefallen sein. Guillam fuhr mitten hindurch, wegen der Vereisung wagte er nicht zu bremsen. Hinter Colchester wählten sie Nebenstraßen. Auf den Ortsschildern standen Namen wie Little Horkesley, Wormingford und Bures Green, dann hörten die Ortsschilder auf, und Guillam hatte das Gefühl, nirgendwo zu sein.

»Jetzt links und am Pförtnerhaus nochmals nach links. Fahren Sie, soweit es geht, aber parken Sie nicht am Gitter.«

Sie kamen zu einer Art Weiler, aber man sah keine Lichter, keine Leute, keinen Mond. Als sie ausstiegen, fiel die Kälte sie an, und Guillam roch einen Kricketplatz und Holzrauch und Weihnachten, alles zugleich; er glaubte, niemals an einem so ruhigen oder so kalten oder so abgelegenen Ort gewesen zu sein. Ein Kirchturm ragte vor ihnen auf, auf einer Seite lief ein weißer Zaun entlang, und oben auf dem Hügel stand ein Gebäude, das er für das Pfarrhaus hielt, ein niedriges, unregelmäßig angelegtes Haus, teilweise mit Stroh gedeckt, er konnte den Giebelrand gegen den Himmel ausmachen. Fawn erwartete sie: sobald sie standen, kam er zum Wagen und kletterte schweigend in den Rücksitz.

»Mit Ricki geht's heut viel besser, Sir«, meldete er. Er hatte offensichtlich in den letzten Tagen regelmäßig an Smiley Meldung gemacht. Er war ein ausgeglichener, stiller Junge voller Diensteifer, aber die übrige Brixton-Meute schien ihn zu fürchten, Guillam wußte nicht, warum. »Nicht so nervös, entspannter würde ich sagen. Hat am Vormittag seine Partie Billard gespielt, spielt gern Billard, der Ricki, nachmittags haben wir für Miss Ailsa Tannen ausgegraben, damit sie sie zum Markt fahren konnte. Am Abend haben wir ein Kartenspielchen gemacht, und dann ging's früh zu Bett.«

»Ist er allein fortgewesen?« fragte Smiley.

»Nein, Sir.«

»Hat er das Telefon benutzt?«

»Um Gottes willen, nein, Sir, nicht solange ich in der Nähe bin, und bestimmt auch nicht, solange Miss Ailsa da ist.«

Ihr Atem hatte die Wagenfenster beschlagen, aber Smiley wollte nicht, daß der Motor lief, und daher arbeiteten auch Heizung und Entlüftung nicht.

»Hat er von seiner Tochter Danny gesprochen?«

»Am Wochenende die ganze Zeit. Jetzt hat sich's ein bißchen gelegt. Ich meine, er hat sich die beiden sozusagen aus dem Gemüt geschlagen.«

»Er hat nicht davon gesprochen, sie wiederzusehen?«

»Nein, Sir.«

»Nichts über Vorbereitungen zu einem Treffen, wenn diese Geschichte hier vorüber ist?«

»Nein, Sir.«

»Oder daß er die beiden nach England holen will?«

»Nein, Sir.«

»Und daß er ihnen Papiere verschaffen will?«

»Nein, Sir.«
Guillam fiel gereizt ein: »Worüber hat er also gesprochen, Herrgottnochmal?«
»Über die russische Dame, Sir. Irina. Er liest gern in ihrem Tagebuch. Er sagt, wenn der Maulwurf geschnappt wird, läßt er ihn vom Circus gegen Irina eintauschen. Dann verschaffen wir ihr ein hübsches Plätzchen, Sir, wie es Miss Ailsa hat, aber droben in Schottland, wo es noch hübscher ist. Er sagt, mich wird er auch nicht vergessen. Gibt mir einen feinen Job im Circus. Er redet mir zu, ich soll eine Fremdsprache lernen, dann hab' ich mehr Möglichkeiten.«
Der gleichmäßigen Stimme von hinten, aus dem Dunkeln, war nicht anzuhören, was Fawn von diesem Rat hielt.
»Wo ist er jetzt?«
»Im Bett, Sir.«
»Schließen Sie die Türen leise.«
Ailsa Brimley wartete in der Vorhalle auf sie: eine grauhaarige Sechzigerin mit festem, gescheitem Gesicht. Sie war früher beim Circus, hatte Smiley gesagt, eine von Lord Landsburys Codiererinnen während des Krieges, jetzt im Ruhestand, aber noch immer großartig. Sie trug ein adrettes braunes Kostüm. Sie schüttelte Guillam die Hand, sagte »Angenehm«, verriegelte die Tür, und als er wieder nach ihr schaute, war sie verschwunden. Smiley ging die Treppe hinauf voran. Fawn sollte auf dem unteren Absatz warten, falls er gebraucht würde.
»Ich bin's, Smiley«, sagte er und klopfte an Tarrs Tür. »Ich möchte ein bißchen mit Ihnen plaudern.«
Tarr öffnete sofort. Er mußte sie kommen gehört und hinter der Tür gewartet haben. Er öffnete sie mit der linken Hand, in der rechten hielt er den Revolver, und er blickte an Smiley vorbei in den Korridor.
»Ist nur Guillam«, sagte Smiley.
»Eben,« sagte Tarr. »Babies können beißen.«
Sie traten ein. Er trug Trainingshosen und eine Art billigen malaischen Überwurf. Kreuzwortkarten lagen über den ganzen Fußboden verstreut, in der Luft hing der Geruch nach einem Curry-Gericht, das er sich auf einem Kocher zubereitet hatte.

»Tut mir leid, Sie zu belästigen«, sagte Smiley mit einer Miene aufrichtigen Bedauerns. »Aber ich muß Sie nochmals fragen, was Sie mit diesen Schweizer Notpässen angefangen haben, die Sie nach Hongkong mitkriegten.«

»Warum?« sagte Tarr schließlich.

Seine flotte Art war dahin. Das Gesicht zeigte Gefängnisblässe, er hatte abgenommen, und während er auf dem Bett saß, den Revolver auf dem Kissen neben sich, forschten seine Augen fieberhaft in den Zügen der beiden Männer, sein Mißtrauen war grenzenlos.

Smiley sagte: »Hören Sie zu. Ich möchte Ihre Geschichte gern glauben. Nach wie vor. Sobald wir das wissen, respektieren wir Ihr Privatleben. Aber wir müssen es wissen. Es ist ungemein wichtig. Ihre ganze Zukunft steht und fällt damit.«

Und noch eine ganze Menge außerdem, dachte Guillam und beobachtete schweigend; ein ganzes Bündel labyrinthischer Berechnungen hing an einem Faden, wenn Guillam Smiley überhaupt kannte.

»Ich hab' schon gesagt, ich verbrannte sie. Die Nummern störten mich. Ich schätzte, daß sie aufgeflogen waren. Hätte mir genauso gut ein Schild um den Hals hängen können: ›Tarr, Ricki Tarr, steckbrieflich gesucht‹, wie diese Pässe benutzen.«

Smileys Fragen kamen furchtbar langsam. Selbst Guillam konnte sie in der tiefen Stille der Nacht kaum noch erwarten.

»Womit verbrannten Sie die Pässe?«

»Das dürfte doch wohl egal sein?«

Aber Smiley schien keine Lust zu haben, die Gründe für seine Fragen zu erläutern, er ließ einfach das Schweigen seine Wirkung tun und war offenbar überzeugt, daß sie nicht ausbleiben werde. Guillam hatte ganze Verhöre so führen sehen: ein ausgeklügelter Katechismus, unter vielen Schichten von Routinefragen versteckt, ermüdende Pausen, während jede Antwort in Langschrift festgehalten wurde und das Hirn des Verdächtigen sich bei der einzigen Frage des Inquisitors mit tausend weiteren quälte, und von Tag zu Tag vermochte er weniger an seiner Geschichte festzuhalten.

»Als Sie Ihren britischen Paß auf den Namen Poole kauften«,

fragte Smiley nach einem weiteren Jahrhundert, »haben Sie da noch mehr Pässe von der gleichen Quelle gekauft?«
»Warum sollte ich?«
Aber Smiley geruhte nicht zu antworten.
»Warum sollte ich?« wiederholte Tarr. »Ich bin schließlich kein Sammler, Herrgottnochmal, ich wollte bloß raus von dort unten.«
»Und Ihr Kind schützen«, warf Smiley mit verständnisvollem Lächeln ein. »Und auch dessen Mutter, wenn irgend möglich. Bestimmt haben Sie sich den Kopf zerbrochen, wie Sie's anstellen könnten«, sagte er in anerkennendem Ton. »Schließlich konnten Sie die beiden nicht gut diesem jagdeifrigen Franzosen ausliefern, wie?«
Smiley wartete und schien inzwischen die Karten zu betrachten, las die Wörter in der Senkrechten und in der Waagrechten. Sie waren nichts Besonderes: irgendwelche zufälligen Wörter. Eines war falsch geschrieben, wie Guillam feststellte. Was tut er bloß die ganze Zeit dort droben, fragte sich Guillam, in dieser stinkenden Wanzenburg von Hotel? Welchen verstohlenen Spuren ist er im Geist nachgeschlichen, zwischen Ketchup-Flaschen und Handlungsreisenden eingesperrt?
»Na schön«, sagte Tarr mürrisch, »ich habe also Pässe für Danny und ihre Mutter gekriegt. Mrs. Poole, Miss Danny Poole. Und was tun wir jetzt: uns weinend an den Busen sinken?«
Wieder wurde das Schweigen zum Ankläger.
»Warum haben Sie uns das nicht gleich gesagt?« fragte Smiley im Tonfall eines enttäuschten Vaters. »Wir sind keine Unmenschen. Wir wollen die beiden nicht ins Unglück stürzen. Warum haben Sie es uns nicht gesagt? Vielleicht hätten wir Ihnen sogar helfen können«, und wandte sich wieder der Betrachtung der Karten zu. Tarr mußte mehrere Päckchen benutzt haben, sie lagen in Mengen auf dem Kokosteppich. »Warum haben Sie es uns nicht gesagt?« wiederholte er. »Es ist kein Verbrechen, für die Menschen zu sorgen, die man liebt.«
Wenn sie einen lassen, überlegte Guillam und dachte dabei an Camilla.
Um Tarr die Antwort zu erleichtern, machte Smiley selber ein

paar hilfreiche Vorschläge. »Vielleicht, weil Sie in die Spesenkasse gegriffen haben, um diese britischen Pässe zu bezahlen? Haben Sie es uns deshalb nicht sagen wollen? Du lieber Gott, kein Mensch schert sich hier um Geld. Sie haben uns wertvolle Informationen geliefert. Warum sollten wir um ein paar tausend Dollar markten?« Und die Zeit tröpfelte weiter, und niemand nutzte sie.

»Oder vielleicht«, schlug Smiley vor, »weil Sie sich geschämt haben?«

Guillam straffte sich, seine eigenen Probleme waren vergessen.

»Ich meine, Sie haben sich vielleicht ganz einfach geschämt. Es war schließlich nicht sehr ritterlich, Danny und ihre Mutter mit ungültigen Pässen diesem sogenannten Franzosen auszuliefern, der so eifrig hinter Mr. Poole her war? Während Sie selber sich davonmachten und als VIP reisten? Ein gräßlicher Gedanke«, bestätigte Smiley, als hätte Tarr, nicht er, diese Erklärung vorgebracht. »Gräßlich, wenn man sich vorstellt, wie weit Karla gehen würde, um sich Ihres Schweigens zu versichern. Oder Ihrer Dienste.«

Der Schweiß auf Tarrs Gesicht wurde plötzlich unerträglich. Es war einfach zu viel, es sah aus wie Ströme von Tränen. Die Karten interessierten Smiley jetzt nicht mehr, sein Auge ruhte auf einem anderen Zeitvertreib.

Es war ein Spielzeug, bestehend aus zwei Stahlstäben, wie die Griffe einer Zange. Der Trick bestand darin, daß man eine Stahlkugel zwischen ihnen entlangrollen ließ. Je weiter die Kugel rollte, um so mehr Punkte bekam man, wenn die Kugel in ein Loch darunter fiel.

»Ein weiterer Grund, warum Sie es uns nicht erzählen wollten, war wohl der, daß Sie sie verbrannt haben. Ich meine, Sie verbrannten die *britischen* Pässe, nicht die schweizerischen.«

Sieh dich vor, George, dachte Guillam und schob sich behutsam einen Schritt näher heran, um den freien Raum zwischen ihnen zu verkleinern. Sieh dich bloß vor.

»Sie wußten, daß Poole aufgeflogen war, also verbrannten Sie die Poole-Pässe, die Sie für Danny und ihre Mutter gekauft hatten. Ihren eigenen aber behielten Sie, weil Ihnen nichts anderes übrigblieb. Dann buchten Sie die Reise für die beiden auf den Namen Poole, um jedermann zu überzeugen, daß Sie die Poole-Pässe noch immer für verwendbar hielten. Mit jedermann meine ich Karlas Observanten, ja? Sie haben die Schweizer Notpässe aufgetakelt, einen für Danny, einen für ihre Mutter, im Vertrauen darauf, daß die Nummern nicht nachgeprüft würden, und machten dann eine zweite Reservierung, diesesmal nicht in aller Öffentlichkeit. Eine Reservierung für einen früheren Zeitpunkt als die der Damen Poole. Wie wär's damit? Die beiden würden in Ostasien bleiben, aber an einem anderen Ort, zum Beispiel in Djakarta: irgendwo, wo Sie Freunde haben.«

Sogar von seinem neuen Standplatz aus brauchte Guillam zu lange. Tarrs Hände schlossen sich um Smileys Kehle, der Stuhl kippte um, und Tarr stürzte ebenfalls. Aus dem Haufen suchte Guillam sich Tarrs Arm heraus und verdrehte ihn auf dem Rükken, wobei er ihn beinah gebrochen hätte. Aus dem Nichts erschien Fawn, nahm die Pistole vom Kopfkissen und ging wieder zu Tarr, als wolle er ihm helfen. Dann zog Smiley seinen Anzug zurecht, und Tarr saß wieder auf dem Bett und betupfte sich den Mund mit einem Taschentuch.

Smiley sagte: »Ich weiß nicht, wo sie sind. Soviel ich weiß, ist ihnen nichts geschehen. Sie glauben mir doch, nicht?«

Tarr starrte ihn an und wartete. Seine Augen waren weiß und voll Zorn, aber über Smiley hatte sich eine Art Ruhe gesenkt, und Guillam vermutete, daß er die erhoffte Bestätigung erhalten hatte.

»Solange Sie nicht versuchen, sich mit ihnen in Verbindung zu setzen«, fuhr Smiley fort, »ist es wahrscheinlich besser, wenn ich es nicht weiß. Es sei denn, Sie möchten, daß ich irgend etwas für sie tue. Geld oder Schutz oder irgendeine Hilfe?«

Tarr schüttelte den Kopf. Er hatte Blut im Mund, eine ganze Menge, und Guillam war klar, daß Fawn ihn geschlagen haben mußte, aber er hatte es nicht gesehen.

»Es wird nicht mehr lange dauern«, sagte Smiley. »Eine Woche vielleicht. Weniger, wenn ich es machen kann. Versuchen Sie, nicht dauernd dran zu denken.«

Als sie dann gingen, grinste Tarr wieder, woraus Guillam schloß,

daß der Besuch oder sein Ausfall gegen Smiley oder der Schlag ins Gesicht ihm gutgetan hatten.
»Diese Fußball-Tippscheine«, sagte Smiley gelassen zu Fawn, als sie ins Auto kletterten: »Sie geben sie doch nicht zur Post, oder?«
»Nein, Sir.«
»Wir können nur hoffen und beten, daß er keinen Treffer hat«, bemerkte Smiley in einer höchst ungewöhnlichen Anwandlung von Scherzhaftigkeit, und alles lachte.
Das Gedächtnis spielt einem erschöpften, überladenen Gehirn seltsame Streiche. Während Guillam fuhr und ein Teil seines bewußten Denkens auf die Straße gerichtet war und der andere sich mit zunehmend abstruseren Vermutungen über Camilla herumschlug, zogen Bilder aus diesem und anderen langen Tagen unkontrolliert durch seinen Kopf. Tage schieren Entsetzens in Marokko, als seine Agenten einer um den anderen ausfielen, und er bei jedem Schritt, der auf der Treppe hörbar wurde, ans Fenster stürzte und auf die Straße spähte; müßige Tage in Brixton, als er diese armselige Welt draußen vorbeigleiten sah und sich fragte, wann er wohl wieder zu ihr gehören werde. Und plötzlich lag der schriftliche Bericht wieder vor ihm auf dem Schreibtisch: auf Blaupause abgezogen, weil er überspielt worden war, Quelle unbekannt und wahrscheinlich unzuverlässig, und jedes Wort stand in fußhohen Lettern vor ihm:

> *Nach Aussage eines kürzlich aus Lubianka entlassenen Gefangenen hat die Zentrale Moskau im vergangenen Juli im Hinrichtungsblock eine geheime Exekution durchgeführt. Die Opfer waren drei ihrer eigenen Funktionäre. Eines war eine Frau. Alle drei wurden durch Genickschuß liquidiert.*

»Er trug den Stempel ›international‹«, sagte Guillam dumpf. Sie hatten auf einem Platz neben einem Rasthaus geparkt, das mit bunten Glühbirnen behängt war. »Irgendwer von London Station hatte daraufgekritzelt: *Kann jemand die Toten identifizieren?*«
Im farbenfrohen Schein der Lichter sah Guillam, wie Smileys Gesicht sich vor Abscheu verzog.
»Ja«, bestätigte er schließlich. »Ja, die Frau war natürlich Irina,

nicht wahr? Der eine war Iwlow und der andere war Boris, ihr Mann, nehme ich an.« Seine Stimme war ganz sachlich geblieben. »Tarr darf es nicht erfahren«, fuhr er energischer fort, als schüttelte er seine Müdigkeit ab. »Es ist wichtig, daß er nichts davon ahnt. Gott weiß, was er tun oder nicht tun würde, wenn er wüßte, daß Irina tot ist.« Eine Weile blieben beide regungslos sitzen, vielleicht fehlte beiden, wenn auch aus verschiedenen Gründen, die Kraft oder der Mut.

»Ich sollte telefonieren«, sagte Smiley, machte aber keinerlei Versuch, auszusteigen.

»George?«

»Ich muß telefonieren«, murmelte er. »An Lacon.«

»Dann telefonieren Sie doch.« Guillam langte über ihn hinweg und öffnete die Tür.

Smiley kletterte aus dem Wagen, marschierte ein Stück über den geteerten Platz, dann schien er es sich anders überlegt zu haben und kam zurück.

»Kommen Sie, wir essen etwas«, rief er im gleichen zerstreuten Tonfall durchs Fenster. »Ich glaube, nicht einmal Tobys Leute würden uns hierher folgen.«

Es war früher ein Restaurant gewesen und jetzt ein Fernfahrer-Café mit Resten vergangener Pracht. Die Speisekarte war in rotes Leder gebunden und voller Fettflecke. Der Junge, der sie brachte, schlief beinahe.

»*Coq au vin* soll angeblich eine sichere Sache sein«, sagte Smiley voll Galgenhumor, als er aus der Telefonzelle in der Ecke zurückkam. Und mit ruhigerer Stimme, die nicht weit trug und kein Echo auslöste: »Sagen Sie, wieviel wissen Sie über Karla?«

»Ungefähr soviel, wie ich über *Witchcraft* und die Quelle Merlin und all das weiß, was sonst noch auf dem Papier stand, das ich für Porteous unterzeichnet habe.«

»Aha, das ist zufällig eine ausgezeichnete Antwort. Sie war vermutlich als Vorwurf gedacht, aber zufällig war die Analogie äußerst treffend.« Der Junge erschien wieder, er schwang eine Flasche Burgunder wie eine Gymnastikkeule.

»Lassen Sie sie bitte ein bißchen zu Atem kommen.«

Der Junge starrte Smiley an wie einen Irren.

»Machen Sie sie auf, und lassen Sie sie auf dem Tisch stehen«, sagte Guillam kurz.
Smiley erzählte nicht die ganze Geschichte. Später stellte Guillam verschiedene Lücken fest. Aber es genügte, um seine Lebensgeister aus den Niederungen zu befreien, in denen sie sich verfangen hatten.

23 *Bei karger Kost berichtet George Smiley von seinem Versuch, Mr. Gerstmann das Leben zu retten*

»Es gehört zum Beruf der Agentenführer, daß sie sich selber in Legenden verwandeln«, begann Smiley, fast als hielte er einen Vortrag vor Kursteilnehmern in der *Nursery*. »Sie tun dies zunächst, um ihre Agenten zu beeindrucken. Später probieren sie es bei ihren Kollegen und machen sich damit, nach meiner persönlichen Erfahrung, nur lächerlich. Manche gehen sogar soweit, daß sie es selber glauben. Das sind die Scharlatane, und man muß sie so schnell wie möglich abstoßen, eine andere Möglichkeit gibt es nicht.«

Dennoch, Legenden wurden geschaffen, und eine von ihnen war Karla. Sogar sein Alter war ein Geheimnis. Höchstwahrscheinlich war Karla nicht sein richtiger Name. Jahrzehnte seines Lebens lagen völlig im Dunkeln und würden es wohl auch immer bleiben, denn die Leute, mit denen er arbeitete, hatten die Eigenheit, plötzlich zu sterben oder wie Gräber zu schweigen.

»Es heißt, sein Vater sei in der *Ochrana* gewesen und später in der *Tscheka* aufgetaucht. Das mag stimmen, aber ich glaube es nicht. Andere Quellen wollen wissen, daß er als Küchenjunge in einem Panzerzug gegen die japanischen Besatzungstruppen im Osten gearbeitet habe. Angeblich hat er seine Technik von Berg gelernt – soll genau gesagt sein Lieblingsjünger gewesen sein –, was ungefähr so ist, als studierte ein junger Musiker bei ... ach, nehmen Sie irgendeinen großen Komponisten. Für mich begann seine Karriere im Jahr sechsunddreißig in Spanien, denn dafür haben wir Beweise. Er trat damals als weißrussischer Journalist bei den Franco-Leuten auf und rekrutierte eine Mannschaft deutscher Agenten. Es war eine höchst schwierige Operation und bemerkenswert für einen so jungen Mann. Dann begegnen wir ihm wieder bei der sowjetischen Gegenoffensive auf Smolensk im Herbst einundvierzig, als Abwehroffizier unter Konew. Er hatte die Aufgabe, Partisanennetze hinter den deutschen Linien zu führen. Bei dieser Gelegenheit entdeckte er, daß sein Funker umgedreht worden war und Botschaften an den Feind funkte. Er drehte ihn wieder zurück und veranstaltete von da an ein Funkfeuerwerk, das ein heilloses Durcheinander stiftete.«

Auch dies sei ein Teil der Legende, sagte Smiley: Es sei Karlas Verdienst gewesen, daß die Deutschen bei Yelnia ihre eigene Front unter Beschuß nahmen.

»Und zwischen diesen beiden Auftritten«, fuhr er fort, »also zwischen sechsunddreißig und zweiundvierzig, besuchte Karla England, wir nehmen an, für ein halbes Jahr. Aber noch heute wissen wir nicht – das heißt, weiß *ich* nicht –, unter welchem Namen und welcher Tarnung. Was nicht heißen muß, daß Gerald es nicht weiß. Aber Gerald wird es uns kaum erzählen, jedenfalls nicht absichtlich.«

Smiley hatte noch nie so mit Guillam gesprochen. Er hielt nichts von Vertraulichkeiten oder langen Vorträgen; Guillam kannte ihn als einen bei aller Eitelkeit sehr schüchternen Menschen, der sich wenig von einem Meinungsaustausch versprach.

»'48 wurde Karla, der seinem Land stets loyal gedient hatte, ins Gefängnis geschickt und anschließend nach Sibirien. Das Ganze hatte nichts mit seiner Person zu tun. Er gehörte nur zufällig zu einer der roten Abwehrgruppen, die der einen oder anderen Säuberungsaktion zum Opfer fielen.«

Und mit Sicherheit sei er, fuhr Smiley fort, nach Stalins Tod und seiner Rehabilitierung nach Amerika gegangen, denn als die indischen Behörden ihn im Sommer '55 unter dem vagen Vorwand eines Verstoßes gegen die Einwanderungsbestimmungen festgenommen hatten, war er gerade aus Kalifornien gelandet. Der Circus-Klatsch brachte ihn später mit den großen Hochverrats-Skandalen in England und den Vereinigten Staaten in Verbindung.

Smiley wußte es besser: »Karla war wieder in Ungnade gefallen. Moskau lechzte nach seinem Blut, und wir dachten, wir könnten ihn jetzt auf unsere Seite bringen. Deshalb flog ich nach Delhi. Um mich mit ihm zu unterhalten.«

Er schwieg eine Weile, als der müde Junge herübergeschlurft kam und sich erkundigte, ob alles nach Wunsch sei. Smiley bejahte die Frage pflichtschuldigst.

»Die Geschichte meiner Begegnung mit Karla«, fuhr er fort, »ist typisch für die Stimmung der damaligen Zeit. In den fünfziger Jahren war die Moskauer Zentrale am Boden zerstört. Ranghohe Beamte wurden aus unerfindlichen Gründen erschossen oder ausgemerzt, und bei den unteren Chargen wütete der Massenwahnsinn. In der Folge liefen die im Ausland stationierten Beamten der Zentrale scharenweise über. Aus der ganzen Welt, Singapur, Nairobi, Stockholm, Canberra, Washington und was weiß ich sonst noch, bekamen wir den gleichen stetigen Zulauf von den Außenstellen geschickt: nicht direkt die großen Fische, aber die Kuriere, Fahrer, Chiffreure, Stenotypistinnen. Irgendwie mußten wir reagieren – ich glaube, niemand macht sich je klar, in welchem Maß die Industrie selber ihre Inflation anheizt –, und im Handumdrehen wurde ich eine Art Handlungsreisender, flog an einem Tag in eine Metropole, am nächsten zu einem gottverlassenen Grenzkaff und einmal sogar zu einem Schiff auf hoher See, um Abschlüsse mit abtrünnigen Russen zu machen. Um die Spreu vom Weizen zu scheiden, die Bedingungen festzulegen, für Desinformation und eventuelle Verwendung zu sorgen.«

Guillam beobachtete ihn unablässig, aber selbst unter dem gnadenlosen Neonlicht verrieten Smileys Züge nichts als leicht bemühte Konzentration.

»Wir hielten für Leute, deren Geschichten Hand und Fuß hatten, sozusagen drei Arten von Verträgen bereit. Hatte der Klient nichts Interessantes zu bieten, so verhökerten wir ihn an ein anderes Land und Schwamm drüber. Auf Vorrat kaufen, nennt man das wohl, so wie es die Skalpjäger heute machen. Oder wir spielten ihn wieder nach Rußland zurück: Vorausgesetzt, daß sein Verrat dort noch nicht bekannt war. Und wenn einer Glück hatte, dann nahmen wir ihn; holten alles aus ihm heraus, was er wußte, und setzten ihn neu ein. Im allgemeinen entschied London darüber. Nicht ich. Aber bedenken Sie eins: Damals war Karla – oder Gerstmann, wie er sich nannte – nur einer von vielen Klienten. Ich habe seine Geschichte von rückwärts erzählt. Es sollte keine Geheimnistuerei sein, Sie müssen sich vielmehr jetzt, bei allem, was zwischen uns vorging oder besser gesagt nicht vorging, stets vor Augen halten, daß ich und alle anderen im Circus lediglich wußten: ein Mann, der sich Gerstmann nannte, installierte eine Richtfunk-Brücke zwischen Rudnew, dem Chef der illegalen Netze in der Moskauer Zentrale, und einem von der Zentrale gesteuerten Apparat, der mangels Kommunikationsmittel brachlag. Sonst nichts. Gerstmann hatte über die Kanadische Grenze einen Sender eingeschmuggelt und drei Wochen in San Francisco verbracht, um den neuen Sendetechniker einzuarbeiten. So lautete die Vermutung, und sie wurde durch eine Reihe von Testsendungen bestätigt.«

Für diese Testsendungen zwischen Moskau und Kalifornien, erklärte Smiley, sei ein vereinbarter Code benutzt worden. »Dann, eines schönen Tages, gab Moskau einen direkten Befehl durch...«

»Auch nach dem vereinbarten Code?«

»Genau. Das ist der springende Punkt. Dank einer kleinen Fahrlässigkeit von Rudnews Codierern waren wir um eine Nasenlänge voraus. Unsere Funker haben ihren Code geknackt, und so kamen wir an unsere Information. Gerstmann sollte San Francisco verlassen und sich in Delhi mit dem Tass-Korrespondenten treffen, einem Talentsucher, der auf eine heiße chinesische Spur gestoßen sei und sofortige Anleitung nötig habe. Warum er dazu von San Francisco nach Delhi mußte, und warum es ausgerechnet Karla sein mußte – davon später. Wichtig ist nur: Als Gerstmann sich am Treffpunkt in Delhi einstellte, händigte der Tass-Mann ihm ein Flugticket aus und bestellte ihm, er müsse unverzüglich zurück nach Moskau. Keine Fragen. Der Befehl kam von Rudnew persönlich. Er war mit Rudnews Arbeitsnamen unterzeichnet und selbst für russische Maßstäbe äußerst barsch.«

Woraufhin der Tass-Mann das Weite suchte, und Gerstmann stand da mit einer Menge Fragen und achtundzwanzig Stunden Zeit bis zum Abflug.

»Er blieb aber nicht lange so stehen, denn die indischen Behörden nahmen ihn auf unser Ersuchen hin fest und transportierten ihn ins Gefängnis von Delhi. Soviel ich mich erinnere, hatten wir den Indern einen Anteil am Produkt versprochen. Ich *glaube* jedenfalls, so war's«, bemerkte er, verstummte und blickte abwesend durch den rauchigen Raum, wie jemand, der durch das Versagen seines Gedächtnisses zutiefst betroffen ist. »Oder vielleicht haben wir auch gesagt, sie könnten ihn haben, wenn wir mit ihm fertig seien. Ach, du liebe Zeit.«

»Ist ja egal«, sagte Guillam.

»Es war das einzige Mal in Karlas Leben, wie gesagt, daß der Circus ihm voraus war«, fuhr Smiley fort, nachdem er einen Schluck Wein getrunken und ein saures Gesicht geschnitten hatte. »Er konnte es nicht wissen, aber das Netz in San Francisco, das er gerade eingerichtet hatte, war am Tag seines Abflugs nach Delhi mit Haut und Haaren aufgerollt worden. Die Stöpsler hatten alles mitgehört, Control verkaufte die Geschichte, sobald er sie von den Funkern bekam, an die Amerikaner, die vereinbarungsgemäß Karla unbehelligt ließen, aber das übrige kalifornische Netz Rudnews zerschlugen. Gerstmann flog ahnungslos nach Delhi, und er hatte noch immer keine blasse Ahnung, als ich ins Gefängnis von Delhi kam, um ihm eine Versicherungspolice zu verkaufen, wie Control es nannte. Karlas Wahl war sehr einfach. Nach dem Stand der Dinge war nicht daran zu zweifeln, daß Gerstmanns Kopf in Moskau auf dem Block lag, da Saschtazy dort alles tat, um ihm das Auffliegen des kalifornischen Netzes anzulasten. Die Affäre hatte in den Staaten großen Wirbel gemacht, und Moskau war über diese Publicity sehr erbost. Ich hatte die amerikanischen Pressefotos von der Festnahme bei mir; sogar ein Foto des Sendegeräts, das Karla eingeschmuggelt hatte, und der Signalpläne, die er vor seinem Abflug in einem Versteck deponierte. Sie wissen, wie kribbelig wir alle werden, wenn etwas in die Presse gelangt.«

Guillam wußte es; und in jähem Schreck dachte er an die Akte *Testify*, die er zu Beginn dieses Abends an Mendel weitergegeben hatte.

»Kurzum, Karla war das sprichwörtliche Waisenkind des Kalten Krieges. Er hatte seine Heimat verlassen, um eine Sache im Ausland zu erledigen. Die Sache war geplatzt, aber er konnte nicht zurück: die Heimat war feindseliger als die Fremde. Wir konnten nicht dafür sorgen, daß er ständig eingesperrt blieb, also war es

Karla anheimgestellt, unseren Schutz zu erbitten. Ich glaube, ich habe nie einen idealeren Fall für einen Frontwechsel gesehen. Ich mußte ihn nur davon überzeugen, daß das Netz in San Francisco im Gefängnis saß, mußte ihm die Pressefotos und Zeitungsausschnitte aus meiner Brieftasche vor die Nase halten, ihm ein wenig von den unfreundlichen Machenschaften Brüderchen Rudnews in Moskau erzählen, daraufhin an die ziemlich überarbeiteten Inquisitoren in Sarratt telegrafieren, und mit ein bißchen Glück könnte ich am Wochenende wieder in London sein. Ich glaube sogar, ich hatte Karten für das ›Sadlers Wells‹. Ann schwärmte in diesem Jahr fürs Ballett.«

Ja, auch davon hatte Guillam gehört. Ein zwanzigjähriger walisischer Apoll, der Wunderknabe der Saison. London hatte monatelang über die beiden gelästert.

Die Hitze im Gefängnis war mörderisch, fuhr Smiley fort. In der Mitte der Zelle stand ein Eisentisch, Vieh-Halteringe waren ringsum in die Wände eingelassen. »Sie führten ihn in Handschellen herein, was albern schien, denn er war so schmächtig; ich bat sie, ihm die Handfesseln zu lösen, und als er die Hände frei hatte, legte er sie vor sich auf den Tisch und sah zu, wie das Blut zurückströmte. Es mußte schmerzhaft gewesen sein, aber er äußerte sich nicht dazu. Er war seit einer Woche hier und trug einen Kattunkittel. Rot. Ich habe vergessen, was das Rot bedeutete. Irgendeine Einstufung.« Er trank einen Schluck Wein, verzog wieder das Gesicht, dann wechselte sein Ausdruck, als die Erinnerungen sich erneut zu Wort meldeten.

»Also, auf den ersten Blick machte er wenig Eindruck auf mich. Ich hätte schwerlich in dem kleinen Burschen vor mir den schlauen Fuchs aus dem Brief der armen Irina erkannt. Wahrscheinlich stimmt es auch, daß meine Nervenenden ein bißchen abgestumpft waren von den vielen ähnlichen Begegnungen in den letzten Monaten, den Reisen und den – nun ja, den Vorgängen zu Hause.«

In den vielen Jahren, die Guillam ihn nun kannte, hatte Smiley nie annähernd so deutlich auf Anns Untreue angespielt.

»Aus irgendeinem Grund hat es ganz schön wehgetan.« Seine Augen waren geöffnet, aber sein Blick richtete sich auf eine innere Welt. Die Haut der braunen Wangen war gestrafft wie unter der Anspannung seines Gedächtnisses; aber nichts vermochte Guillam über die Einsamkeit hinwegzutäuschen, die dieses eine Geständnis enthüllt hatte. »Ich habe eine Theorie, die leider ziemlich unmoralisch sein dürfte«, fuhr Smiley lockerer fort. »Jeder von uns verfügt über ein bestimmtes Maß an Mitleid. Und wenn wir unsere Gefühle an jede streunende Katze verschwenden, stoßen wir nie zum Kern der Dinge vor. Was halten Sie davon?«

»Wie hat Karla ausgesehen?« fragte Guillam und tat Smileys Frage als reine Rhetorik ab.

»Onkelhaft. Bescheiden und onkelhaft. Er hätte sich gut als Priester gemacht: die armselige, gnomische Sorte, die man in kleinen italienischen Städtchen sehen kann. Kleiner, drahtiger Bursche mit silbrigem Haar und hellbraunen Augen, ganz verrunzelt. Oder als Schullehrer, er hätte Schullehrer sein können: hart, was immer das bedeuten mag, und gescheit, im Rahmen seiner Erfahrung: aber trotzdem Kleinformat. Einen weiteren ersten Eindruck machte er nicht, außer daß sein Blick fest war und sich vom Beginn unseres Gesprächs an auf mich heftete. Wenn man es Gespräch nennen kann – denn er sprach kein Wort. Nicht ein einziges, solange wir beisammen waren, nicht eine Silbe. Außerdem war es brüllend heiß, und ich war von den vielen Reisen völlig kaputt.«

Weniger aus Hunger, als um der Form Genüge zu tun, machte Smiley sich über seinen Teller her. Er aß lustlos ein paar Bissen, ehe er seine Erzählung wieder aufnahm. »So«, murmelte er, »jetzt muß sich die Köchin nicht kränken. Offengestanden war ich gegen Gerstmann ein bißchen voreingenommen. Wir alle haben unsere Vorurteile, und meines richtet sich gegen Radioleute. Sie sind nach meiner Erfahrung eine lästige Bande, schlechte Außenarbeiter, meist überzogen und aufs peinlichste unzuverlässig, wenn es darauf ankommt. Gerstmann war für mich auch nur einer aus diesem Clan. Vielleicht suche ich auch nur nach Entschuldigungen dafür, daß ich ihn mit weniger...«, er zögerte, »weniger Sorgfalt, weniger Behutsamkeit behandelte, als man rückblickend für nötig erachtet.« Plötzlich wurde er wieder

sicherer. »Dabei bin ich keineswegs überzeugt, daß ich mich überhaupt entschuldigen muß«, sagte er.
Hier spürte Guillam eine Aufwallung ungewöhnlichen Zorns, die sich durch ein geisterhaftes Lächeln um Smileys blasse Lippen ausdrückte. »Hol's der Teufel«, murmelte Smiley.
Guillam wartete verdutzt.
»Ich erinnere mich auch, daß ich dachte, die nur sieben Tage im Gefängnis haben ihn ganz schön geschafft. Seine Haut hatte schon dieses staubige Weiß. Und er schwitzte überhaupt nicht. Ich um so mehr. Ich sagte also mein Sprüchlein auf, wie bereits ein Dutzendmal in diesem Jahr, nur daß natürlich nicht daran zu denken war, ihn als unseren Agenten nach Rußland zurückzuspielen. »Sie haben die Alternative. Es liegt nur bei Ihnen. Entweder Sie kommen in den Westen, dann verschaffen wir Ihnen innerhalb vernünftiger Grenzen ein angenehmes Leben. Nach der Befragung, bei der mit Ihrer Mitarbeit gerechnet wird, können wir Ihnen zu einem neuen Start verhelfen, einem neuen Namen, Zurückgezogenheit, hinlänglich Geld. Oder Sie können heimkehren, dann werden Sie vermutlich erschossen oder in ein Lager verschickt. Im vergangenen Monat waren Bykow, Schur und Muranow an der Reihe. Warum sagen Sie mir eigentlich nicht, wie Sie wirklich heißen?« Etwas in dieser Art. Dann lehnte ich mich zurück, wischte mir den Schweiß ab und wartete, daß er sagen würde ›ja, vielen Dank‹. Aber das tat er nicht. Er tat überhaupt nichts. Er sagte kein Wort. Er saß nur da, steif und klein, unter dem großen Ventilator, der nicht funktionierte, und blickte mich mit seinen braunen, beinah lustigen Augen an. Seine Hände lagen vor ihm auf dem Tisch. Sie waren voller Schwielen. Ich erinnere mich, daß ich dachte, ich muß ihn fragen, wo er so hart gearbeitet hat. Er hatte sie mit den Handflächen nach oben auf dem Tisch liegen, die Finger ein bißchen geknickt – so –, als wären sie noch immer gefesselt.«
Der Junge, der glaubte, Smiley wolle mit dieser Geste einen Wunsch andeuten, kam angetrabt, und Smiley versicherte ihm, daß alles bestens sei und der Wein geradezu einmalig, er frage sich wahrhaftig, wo sie ihn herhätten; bis der Junge sich feixend entfernte und seine Serviette auf den Nebentisch klatschen ließ.

»Ich glaube, genau in diesem Augenblick beschlich mich ein ungewöhnlich starkes Gefühl des Unbehagens. Die Hitze machte mir sehr zu schaffen. Der Mief war fürchterlich, und ich weiß noch, daß ich auf das tropf-tropf der Schweißperlen lauschte, die von meiner Stirn auf den Eisentisch fielen. Es lag nicht nur an seinem Schweigen; seine völlige körperliche Unbewegtheit fing an, mir auf die Nerven zu gehen. Gewiß, ich war schon Überläufern begegnet, die sich Zeit ließen, ehe sie sprachen. Für einen Menschen, der auf Verschwiegenheit sogar seinen besten Freunden gegenüber gedrillt ist, kann es eine schmerzhafte Umstellung bedeuten, wenn er plötzlich den Mund auftun und seinen Feinden Geheimnisse ausliefern soll. Es kam mir auch in den Sinn, daß die Gefängnisleute es als ein Gebot der Höflichkeit erachtet haben mochten, ihn schon ein bißchen mürbe für mich zu machen, ehe sie ihn mir vorführten. Sie schworen zwar, das sei nicht der Fall, aber man weiß das nie. Also schrieb ich sein Schweigen zunächst dem Schock zu. Aber diese Unbewegtheit, diese intensive, lauernde Unbewegtheit war etwas ganz anderes. Zumal, da in meinem eigenen Inneren alles in Aufruhr war: Ann, mein eigenes Herzklopfen, die Auswirkungen der Hitze und des Reisens ...«

»Das kann ich verstehen«, sagte Guillam ruhig.

»Wirklich? Sitzen ist eine sehr beredte Sache, das kann ihnen jeder Schauspieler sagen. Wir sitzen je nach unserem Charakter. Wir recken und spreizen uns, wir ruhen wie Boxer zwischen zwei Runden, wir rutschen herum, hocken auf der Kante, schlagen die Beine über und wieder zurück, verlieren die Geduld, verlieren die Ausdauer. Gerstmann tat nichts von allem. Seine Haltung war endgültig und unbeirrbar, seine kleine eckige Gestalt glich einem Felsenkap; er hätte den ganzen Tag so dasitzen können, ohne einen Muskel zu bewegen. Während ich –« Smiley brach in ein linkisches, verlegenes Lachen aus und probierte aufs neue den Wein, der indessen nicht besser geworden war. »Während ich dachte, wenn ich nur irgend etwas vor mir hätte, Papiere, ein Buch, einen Bericht. Ich glaube, ich bin ein ruheloser Mensch; schusselig, unbeständig. Jedenfalls damals glaubte ich es. Ich fand, daß es mir an philosophischer Gelassenheit fehle.

Überhaupt an Philosophie, wenn Sie wollen. Meine Arbeit hatte mir weit mehr zugesetzt, als mir bis dahin klar geworden war. Nun aber, in dieser stinkenden Zelle, fühlte ich mich wirklich deprimiert. Mir war, als hätte man mir die ganze Verantwortung für den Kalten Krieg aufgebürdet. Was natürlich Blech war, ich war einfach erschöpft und ein bißchen krank.« Er trank wieder. »Glauben Sie mir«, drängte er nochmals und ärgerte sich über sich selbst, »niemand braucht sich für das zu entschuldigen, was ich getan habe.«

»Was haben Sie denn getan?« fragte Guillam lachend.

»Also, da trat nun diese große Pause ein«, fuhr Smiley fort. »Kaum von Gerstmanns Seite, denn er war ja nur eine einzige große Pause; vielmehr von meiner Seite. Ich hatte meinen Spruch aufgesagt, hatte die Fotos vorgezeigt – denen er überhaupt keine Beachtung schenkte, er schien mir auch so aufs Wort zu glauben, daß das San-Francisco-Netz aufgerollt war – und nahm diesen und jenen Teil nochmals auf, variierte ein bißchen und dann saß ich auf dem Trockenen. Nun weiß jeder Narr, was passiert, wenn es einmal so weit ist. Man steht auf und geht: ›Es liegt ganz bei Ihnen‹, sagt man. ›Wir sprechen uns morgen wieder‹; irgend etwas. ›Gehen Sie und überlegen Sie eine Stunde.‹ Also, ehe ich selber wußte, was ich tat, hatte ich angefangen, von Ann zu sprechen.« Guillams unterdrückten Ausruf fegte er vom Tisch. »Nein, nicht über *meine* Ann, mit keinem Wort. Über *seine* Ann. Ich nahm an, er habe eine. Ich hatte mich, gewiß recht beiläufig, gefragt, woran würde ein Mann in seiner Lage denken, woran würde ich in seiner Lage denken? Und meine Antwort war höchst subjektiv: an seine Frau. Nennt man das Projektion oder Substitution? Ich hasse diese Ausdrücke, aber ich bin überzeugt, daß einer von ihnen hier zutrifft. Ich habe mein eigenes Problem ihm unterstellt, darauf läuft's hinaus, und, wie mir jetzt klar ist, ein Verhör mit mir selber angestellt – er sagte nichts, können Sie sich das vorstellen? – Allerdings ging ich dabei von gewissen äußeren Anhaltspunkten aus. Er *sah aus* wie ein verheirateter Mann; er *sah aus* wie die Hälfte eines Ganzen; er sah zu *komplett* aus, für jemand, der ganz allein im Leben steht. Außerdem wurde er im Gerstmann-Paß als verheiratet bezeichnet;

und wir alle haben die Angewohnheit, unsere falschen Lebensläufe oder angenommenen Identitäten der Wirklichkeit zumindest parallel laufen zu lassen.« Wieder verfiel Smiley in Nachdenken. »Ich habe mir das oft gedacht. Ich trug es sogar Control vor: wir sollten die Tarnungen der Gegenseite ernster nehmen, sagte ich. Je mehr Identitäten jemand hat, um so mehr zeigt sich in ihnen die Person, die darunter steckt. Der Fünfzigjährige, der von seinem Alter fünf Jahre abzwackt. Der Verheiratete, der sich als Junggeselle ausgibt; der Vaterlose, der sich zwei Kinder zulegt... oder der Fragesteller, der sich selber in das Leben eines Mannes hineinprojiziert, von dem er keine Antwort bekommt. Wenige Menschen können ihre eigentlichen Neigungen verleugnen, wenn sie sich eine andere Persönlichkeit andichten.«
Wiederum verlor er sich in seinen Gedanken, und Guillam wartete geduldig, bis er zurückkäme. Denn während Smiley sich auf Karla konzentrierte – oder auch nicht –, konzentrierte Guillam sich auf Smiley und wäre ihm über die längsten Strecken, auf den verwinkeltsten Pfaden gefolgt, um mit ihm Schritt zu halten und die Geschichte bis zum Schluß zu hören.
»Außerdem wußte ich aus den amerikanischen Observanten-Berichten, daß Gerstmann Kettenraucher war: Camels. Ich ließ ein paar Päckchen besorgen, und ich weiß noch, wie seltsam es mir vorkam, als ich dem Wärter Geld gab. Wissen Sie, ich hatte den Eindruck, Gerstmann sehe in der Aushändigung des Geldes von mir an den Inder etwas Symbolisches. Ich trug damals einen Geldgürtel. Ich mußte herumgrabschen und einen Geldschein aus einem Bündel ziehen. Unter Gerstmanns Blick fühlte ich mich wie ein fünftklassiger imperialistischer Unterdrücker.« Er lächelte. »Und das bin ich ganz gewiß *nicht*. Bill schon eher. Auch Percy. Aber nicht ich.« Dann nahm er die Erzählung von neuem auf: »Ich fragte ihn also nach Mrs. Gerstmann.« – Er rief den Jungen herbei und sagte, nur um ihn aus dem Weg zu schikken: »Bringen Sie uns bitte Wasser. Eine Karaffe und zwei Gläser. Vielen Dank.« – »Ich fragte ihn, wo sie sich aufhalte. Eine Frage, die ich in bezug auf Ann liebend gern beantwortet wüßte. Keine Antwort, die Augen starr. Im Vergleich zu ihm wirkten die beiden Wärter rechts und links von ihm und ihre Augen leb-

haft. Sie müsse ein neues Leben anfangen, sagte ich; eine andere Möglichkeit gebe es nicht. Ob er keinen verläßlichen Freund habe, der sich um sie kümmern könne? Vielleicht könnten wir es ermöglichen, uns heimlich mit ihr in Verbindung zu setzen? Ich wies ihn darauf hin, daß Mrs. Gerstmann mit seiner Rückkehr nach Moskau nicht im geringsten gedient wäre. Ich hörte mich selber sprechen, immer weiter, ich konnte nicht mehr aufhören. Vielleicht wollte ich auch nicht. Ich hatte ernsthaft daran gedacht, mich von Ann zu trennen, ich hielt den Augenblick für gekommen. Eine Rückkehr sei reine Don Quichotterie, sagte ich, ohne jeden praktischen Wert für seine Frau, ganz im Gegenteil. Sie würde geächtet werden; im günstigsten Fall würde man ihr erlauben, ihn vor seiner Erschießung noch kurz zu sehen. Wenn er dagegen mit uns gemeinsame Sache machte, könnten wir sie vielleicht austauschen; erinnern Sie sich, wir hatten damals große Vorräte, und einiges davon ging als Tauschware nach Rußland zurück; warum um alles in der Welt wir es allerdings zu diesem Zweck hätten verwenden sollen, geht über meinen Verstand. Bestimmt, sagte ich, würde sie ihn lieber sicher und gesund im Westen wissen als erschossen oder in Sibirien dem Hungertod ausgeliefert. Ich ritt auf dem Thema herum: sein Gesichtsausdruck ermutigte mich dazu. Ich hätte schwören können, daß ich zu ihm durchdringen würde, daß ich den Sprung in seiner Rüstung entdeckt hatte: während ich in Wirklichkeit – in Wirklichkeit nur ihm zeigte, wo meine Rüstung einen Sprung hatte. Und als ich Sibirien erwähnte, hatte ich eine wunde Stelle berührt. Ich spürte es wie einen Klumpen in meiner eigenen Kehle, ich spürte Gerstmanns Zurückschaudern. Wirklich kein Wunder«, kommentierte Smiley säuerlich: »schließlich war er noch vor kurzem ein Sträfling gewesen. Endlich kam auch der Wärter mit den Zigaretten, einem ganzen Arm voll, und ließ sie auf den Eisentisch klatschen. Ich zählte das Wechselgeld, gab ihm eine Belohnung, und fing dabei wiederum Gerstmanns Blick auf; ich bildete mir ein, Belustigung darin zu lesen, aber ich wußte, daß ich bereits nicht mehr in der Lage war, das zu beurteilen. Ich stellte fest, daß der Wärter mein Trinkgeld liegengelassen hatte; vermutlich haßte er die Engländer. Ich riß ein Päckchen auf und bot Gerstmann eine Zigarette an. ›Na los‹, sagte ich, ›Sie sind doch Kettenraucher, das ist allgemein bekannt. Und Camels sind Ihre Lieblingsmarke.‹ Meine Stimme klang angespannt und albern, aber ich konnte es nicht ändern. Gerstmann stand auf und bedeutete den Wärtern höflich, daß er in seine Zelle zurückgebracht werden wolle.«

Bedächtig schob Smiley den halb leeren Teller zurück, auf dem sich weiße Fettflocken gebildet hatten wie Winterfrost.

»Ehe er die Zelle verließ, überlegte er es sich anders; er nahm ein Päckchen Zigaretten und das Feuerzeug vom Tisch, mein Feuerzeug, ein Geschenk von Ann. ›Für George in Liebe von Ann.‹ Normalerweise wäre es mir nicht im Traum eingefallen, ihn das Feuerzeug nehmen zu lassen; aber diese Situation war nicht normal. Ich fand es sogar durchaus angemessen, daß er ihr Feuerzeug nahm. Ich empfand es, Gott verzeih mir, als Ausdruck unserer Gemeinsamkeit. Er ließ das Feuerzeug und die Zigaretten in die Tasche seines roten Kittels fallen und hielt dann die Hände für die Fesseln hin. Ich sagte: ›Zünden Sie sich gleich eine an, wenn Sie wollen.‹ Ich sagte zu den Wärtern: ›Bitte lassen Sie ihn eine Zigarette anzünden.‹ Aber er machte keine Bewegung. ›Es ist beabsichtigt, Sie morgen in die Maschine nach Moskau zu setzen, falls wir zu keiner Einigung gelangen‹, fügte ich hinzu. Er überhörte es. Ich sah zu, wie die Wärter ihn hinausführten, dann kehrte ich in mein Hotel zurück, irgendwer fuhr mich hin, ich könnte bis heute nicht sagen, wer. Ich wußte nicht mehr, was ich empfand. Ich war verwirrter und kränker, als ich mir selber eingestehen wollte. Ich aß spärlich, trank zu viel und hatte hohes Fieber. Ich lag auf meinem Bett, schwitzte und träumte von Gerstmann. Ich wünschte mir sehnlichst, er möge bleiben. In meinem Fieberwahn hatte ich es mir in den Kopf gesetzt, ihn zurückzuhalten, sein Leben neu zu gestalten, ihm wenn möglich zusammen mit seiner Frau eine Idylle zu schaffen. Ihn frei zu machen, ihn ein für allemal aus dem Krieg hereinzuholen. Ich wünschte mir verzweifelt, daß er nicht zurückgehen würde.«

Wieder blickte er mit dem Ausdruck der Selbstironie auf. »Was ich hier sage, Peter, bedeutet folgendes: Smiley, nicht Gerstmann hat in dieser Nacht seine Krisis durchgemacht.«

»Sie waren krank«, sagte Guillam wieder.

»Sagen wir, müde. Krank oder müde, in jener ganzen Nacht, zwischen Aspirin und Chinin und zähen Traumvorstellungen von der wiedererstandenen Gerstmannschen Ehe, kehrte ein Bild immer wieder. Gerstmann, auf der Fensterbrüstung, starrt mit seinen regungslosen braunen Augen hinunter auf die Straße; und ich rede auf ihn ein, unaufhörlich: ›Bleib, nicht springen, bleib.‹ Wobei mir natürlich nicht klar war, daß es um meine eigene Unsicherheit ging, nicht um die seine. Am frühen Morgen bekam ich vom Arzt eine Spritze, die das Fieber senken sollte. Ich hätte den Fall aufgeben sollen, um einen Ersatzmann telegrafieren. Ich hätte noch warten sollen, ehe ich wieder ins Gefängnis ging, aber ich hatte nur noch Gerstmann im Sinn: ich mußte hören, wie er sich entschieden hatte. Schon um acht ließ ich mich zum Zellenblock führen. Er saß stocksteif auf einer Bank; zum erstenmal sah ich den Soldaten in ihm und wußte, daß er genau wie ich die ganze Nacht nicht geschlafen hatte. Er war unrasiert und durch den silbernen Flaum auf den Wangen sah er aus wie ein alter Mann. Auf anderen Bänken schliefen Inder, und mit seinem roten Kittel und dem silbrigen Teint wirkte er zwischen ihnen sehr weiß. Er hielt Anns Feuerzeug in der Hand; das Zigarettenpäckchen lag neben ihm auf der Bank – unberührt. Ich schloß daraus, daß er die Nacht und die verschmähten Zigaretten benutzt hatte, um zu prüfen, ob er dem Gefängnis und den Verhören und dem Tod ins Auge blicken könne. Ein Blick in sein Gesicht sagte mir, daß er die Prüfung bestanden hatte. Ich drang nicht in ihn«, sagte Smiley und fuhr in einem Zug for. »Er hätte sich keinen blauen Dunst vormachen lassen. Seine Maschine flog am späteren Vormittag ab; ich hatte noch zwei Stunden Zeit. Ich bin der schlechteste Advokat der Welt, aber in diesen zwei Stunden versuchte ich alle Gründe anzuführen, die gegen diesen Flug nach Moskau sprachen. Verstehen Sie, ich glaubte, in seinem Gesicht etwas erblickt zu haben, was dem bloßen Dogma haushoch überlegen war; und ich begriff nicht, daß das nur meine eigene Reflektion war. Ich hatte mir eingeredet, Gerstmann sei im Grunde normalen menschlichen Argumenten zugänglich, wenn sie von einem Mann seines Alters und Berufs und, nun ja, seiner eigenen Ausdauer kämen. Ich versprach ihm nicht Reichtum und Frauen und billige Butter, es war klar, daß er dafür keine Verwendung hatte. Ich besaß nun wenigstens genügend Verstand, um das Thema Ehefrau beiseite zu lassen. Ich hielt ihm keine Reden über die Freiheit, was immer das bedeuten mag, oder über den ehrlichen guten Willen des Westens: außerdem war das damals nicht der richtige Zeitpunkt, um diese Geschichte aufzutischen, und ich selber befand mich in keiner eindeutigen ideologischen Position. Ich versuchte es mit der Kameradschaft. ›Sehen Sie‹, sagte ich, ›wir beide werden alt, und wir beide haben unser Leben damit zugebracht, in den Systemen des anderen die schwachen Stellen zu suchen. Ich durchschaue die Werte des Ostens ebenso, wie Sie die des Westens durchschauen. Wir haben bestimmt beide bis zum Überdruß die technischen Siege dieses elenden Krieges ausgekostet. Aber jetzt wollen Ihre eigenen Leute Sie abschießen. Finden Sie es nicht an der Zeit, zuzugeben, daß Ihre Seite genauso wenig wert ist wie die meine? In unserem Metier‹, sagte ich zu ihm, ›bekommen wir doch immer nur das Negative zu sehen. In diesem Sinn hat keiner von uns beiden mehr ein Ziel. Als wir jung waren, verschrieben wir uns beide *großen* Idealen‹, wieder spürte ich, daß etwas in ihm vorging, Sibirien, ich hatte einen Nerv getroffen, ›aber das ist vorbei. Ja?‹ Ich drängte ihn, mir nur dieses Eine zu beantworten: kam es ihm nicht in den Sinn, daß er und ich auf verschiedenen Wegen sehr wohl zum gleichen Schluß über das Leben gekommen sein konnten? Selbst wenn meine Schlüsse nach seinem Denken reaktionär sein mochten, waren nicht unsere Werke identisch? Glaubte er zum Beispiel nicht auch, daß die Politik im allgemeinen bedeutungslos war? Daß für ihn im Leben jetzt nur noch das Besondere wichtig war? Daß die großen Pläne in den Händen der Politiker nichts anderes hervorbringen als neue Formen des alten Elends? Und daß daher sein Leben, die Rettung seines Lebens vor einem der vielen sinnlosen Erschießungskommandos, wichtiger war – moralisch, ethisch wichtiger –, als das Pflichtgefühl oder die Treue oder der Ehrenstandpunkt oder, was immer es sein mochte, das ihn zur Selbstzerstörung zwang? Kam es ihm nicht in den Sinn, nach all den vielen Reisen seines Lebens, die Integrität eines Systems infragezustellen, das kaltblütig vorhatte, ihn für Missetaten zu erschießen, die er niemals begangen hatte? Ich bat ihn – ja, ich flehte ihn wohl buchstäblich an – wir waren auf der Fahrt zum Flugplatz und er hatte noch immer kein einziges Wort an mich gerichtet –, ich bat ihn, zu überlegen, ob er wirklich glaube; ob der ehrliche Glaube an das System, dem er gedient hatte, ihm in diesem Augenblick noch möglich sei.«

Nun saß Smiley eine ganze Weile schweigend da.

»Ich hatte meine ganze Psychologie in den Wind geschlagen; meine berufliche Technik ebenfalls. Sie können sich vorstellen, was Control sagte. Dennoch, mein Bericht erheiterte ihn; er hörte gern von den Schwächen der Menschen. Besonders von den meinen, aus bestimmten Gründen.« Er hatte seine sachliche Art wiedergewonnen. »Das war's also. Als die Maschine bereitstand, ging ich mit ihm an Bord und flog ein Stück mit: damals gab's noch nicht lauter Jetflüge. Er entglitt mir, und ich hatte keine Möglichkeit, ihn aufzuhalten. Das Reden hatte ich aufgegeben, aber ich war da, falls er es sich anders überlegen sollte. Das tat er nicht. Er würde lieber sterben als mir geben, was ich wollte; er würde lieber sterben als das politische System verleugnen, dem er sich verschworen hatte. Das Letzte, was ich meines Wissens bis heute von ihm sah, war sein ausdrucksloses Gesicht im Rahmen des Kabinenfensters, das mir nachsah, als ich die Gangway hinunterschritt. Ein paar sehr russisch aussehende Burschen waren zugestiegen und saßen nun hinter ihm, und es hatte wirklich keinen Sinn, daß ich noch länger blieb. Ich flog nach Hause, und Control sagte: ›Ich hoffe zu Gott, daß sie ihn abknallen‹, und labte mich mit einer Tasse Tee. Dieses widerliche chinesische Kraut, das er immer trinkt, Zitronenjasmin oder so, er läßt es im Kramladen um die Ecke holen. Ich meine, er ließ. Dann schickte er mich zwangsweise für drei Monate in Urlaub. ›Ich mag es , wenn Sie zweifeln‹, sagte er. ›Daran sehe ich, wo Sie stehen. Aber machen Sie keinen Kult daraus, Sie werden sonst zur Nervensäge.‹ Es war eine Warnung. Ich beherzigte sie. Er sagte auch, ich solle aufhören, mir dauernd wegen der Amerikaner Gedanken zu machen; er versicherte mir, daß er selber kaum jemals an sie denke.«

Guillam blickte ihn an und wartete auf die Lösung. »Aber wie erklären *Sie* es sich?« fragte er. »Dachte Karla jemals wirklich daran zu bleiben?«
»Ich bin überzeugt, daß es ihm nicht im Traum einfiel«, sagte Smiley angewidert. »Ich habe mich wie ein armer Irrer benommen. Der Archetypus eines knieweichen westlichen Liberalen. Aber ich möchte trotz allem lieber nach meiner Fasson den Narren spielen, als nach der seinen. Ich bin überzeugt«, wiederholte er, »daß ihn weder meine Argumente noch seine prekäre Lage gegenüber der Moskauer Zentrale letztlich auch nur im geringsten beeinflußten. Vermutlich hat er während dieser Nacht einen Plan ausgearbeitet, wie er nach seiner Rückkehr nun seinerseits Rudnew abschießen könnte. Rudnew wurde übrigens wirklich einen Monat später erschossen. Karla bekam Rudnews Job und machte sich daran, seine alten Agenten wieder zu aktivieren. Unter ihnen zweifellos auch Gerald. Komisch, wenn man bedenkt, daß er vielleicht die ganze Zeit über mich angesehen und dabei an Gerald gedacht hat. Vermutlich haben die beiden sich später darüber halb totgelacht.«
Die Episode habe eine weitere Folge gezeitigt, sagte Smiley. Seit seinem Abenteuer in San Francisco habe Karla nie wieder einen Geheimsender angefaßt. Kam für ihn nicht mehr in Frage. Er strich es ein für allemal von seiner Liste: »Botschaftsverbindungen sind etwas anderes. Aber seine Außenagenten müssen die Finger davon lassen. Und Anns Feuerzeug hat er noch immer.«
»Ihr Feuerzeug«, berichtigte Guillam.
»Ja. Ja, meines. Natürlich. Sagen Sie«, fuhr er fort, als der Kellner mit dem Geld abgezogen war, »hat Tarr sich auf irgend jemanden besonders bezogen, als er diese unschöne Anspielung auf Ann machte?«
»Hat er leider. Ja«
»Das Gerücht ist also schon so konkret?« erkundigte sich Smiley. »Und bereits überall hingedrungen? Sogar bis zu Tarr?«
»Ja.«
»Und was besagt es, ganz genau?«
»Daß Bill Haydon ein Verhältnis mit Ann Smiley hatte«, sagte Guillam und spürte, wie ihn jene Kälte überkam, die sein

Schutzmantel war, wenn er schlechte Nachrichten für jemanden hatte: Sie sind hochgegangen; Sie sind geschaßt; Sie liegen im Sterben.

»Ah. Aha. Ja. Vielen Dank.«

Verlegenes Schweigen.

»Und gab es, gibt es eine Mrs. Gerstmann?« fragte Guillam.

»Karla war früher einmal mit einem Mädchen in Leningrad verheiratet, einer Studentin. Sie beging Selbstmord, als er nach Sibirien deportiert wurde.«

»Karla ist demnach gegen alles gefeit«, sagte Guillam schließlich. »Er ist nicht zu kaufen, er ist nicht zu schlagen.«

Sie gingen zum Wagen zurück.

»Eigentlich ziemlich teuer, im Verhältnis«, gestand Smiley. »Glauben Sie, der Kellner hat mich beschummelt?«

Aber Guillam war nicht in der Stimmung, über den Preis miserabler Mahlzeiten in England zu plaudern. Als er wieder hinter dem Steuer saß, wurde der Tag für ihn aufs neue zum Alptraum, ein trüber Wirbel aus nebelhaft erfaßten Gefahren und argwöhnischen Gedanken.

»Und wer ist nun Quelle Merlin?« fragte er. »Woher könnte Alleline diese Information haben, wenn nicht von den Russen selbst?«

»Oh, er hatte sie natürlich von den Russen.«

»Aber um Gottes Willen, wenn die Russen Tarr ausschickten ...«

»Haben sie nicht. Und Tarr hat auch nicht die britischen Pässe benutzt, nicht wahr? Die Russen haben es mißverstanden. Was Alleline in die Hände bekam, war der Beweis, daß Tarr sie übertölpelt hat. Das ist die wichtige Botschaft, die dieser Sturm im Wasserglas uns zugetragen hat.«

»Was zum Teufel meinte Percy dann mit ›Verwirrung stiften‹? Er muß sich doch dabei auf Irina bezogen haben, oder?«

»Und auf Gerald«, pflichtete Smiley bei.

Wieder fuhren sie schweigend dahin, und die Kluft zwischen ihnen schien plötzlich unüberbrückbar zu sein.

»Hören Sie: Ich bin selber noch nicht ganz dahintergekommen, Peter«, sagte Smiley ruhig. »Aber fast. Karla hat den Circus völlig durcheinandergebracht; soviel habe ich begriffen, und Sie auch. Und er hat noch einen letzten gekonnten Knoten geschlungen, und ich kann ihn nicht aufkriegen. Aber ich bin entschlossen. Und wenn ich Ihnen ’mal was sagen soll: Karla ist nicht gegen alles gefeit, denn er ist ein Fanatiker. Und wenn’s nach mir geht, dann kommt der Tag, an dem dieser Mangel an Mäßigung ihn zu Fall bringen wird.«

Es regnete, als sie die Station Stratford erreichten; ein Grüppchen Fußgänger kuschelte sich unter dem Schutzdach zusammen.

»Peter, ich möchte, daß Sie von jetzt an ein bißchen kurztreten.«

»Drei Monate Zwangsurlaub?«

»Ziehen Sie für eine Weile die Ruder ein.«

Als Guillam die Tür des Beifahrersitzes hinter Smiley schloß, drängte es ihn plötzlich, ihm gute Nacht oder sogar viel Glück zu wünschen. Er beugte sich über den Sitz, kurbelte das Fenster herunter und holte Atem, um ihm nachzurufen. Aber Smiley war verschwunden. Guillam hatte niemals einen Menschen gekannt, der so schnell in der Menge untertauchen konnte.

Während des Rests derselben Nacht brannte ununterbrochen das Licht im Dachfenster von Mr. Barracloughs Mansarde im Hotel *Islay*. Ohne sich umzuziehen oder zu rasieren, blieb George Smiley über den Schreibtisch des Majors gebeugt, las, verglich, merkte an, stellte Querbezüge her, alles mit einer Gründlichkeit, die ihn, wenn er sich selber hätte beobachten können, bestimmt an Controls letzte Tage im fünften Stock des Circus erinnert hätte. Dann nahm er eine Umgruppierung vor, er zog Guillams Urlaubstabellen und Krankenlisten für das vergangene Jahr heran und legte sie neben die offizielle Aufstellung der Reisen des Kulturattachés Alexei Alexandrowitsch Poljakow, seine Aufenthalte in Moskau, seine Aufenthalte außerhalb Londons, soweit sie dem *Foreign Office* durch die Sonderabteilung und die Einreisebehörden gemeldet worden waren. Er verglich sie wiederum mit den Daten, an denen Merlin anscheinend seine Informationen lieferte, und zerlegte, ohne eigentlich zu wissen, warum er das tat, die *Witchcraft*-Berichte in solche, die zur Zeit ihres Eintreffens nachweisbar aktuell waren, und in solche, die bereits einen oder zwei Monate früher gesammelt sein konnten, sei es von Merlin oder denen, die ihn kontrollierten, um Leerzeiten zu überbrücken: Analysen, Charakterstudien prominenter Regierungsmitglieder, Histörchen aus dem Kreml, die zu einem beliebigen Zeitpunkt aufgelesen und für Durststrecken verwahrt sein mochten. Nachdem er die aktuellen Berichte in einer Liste zusammengefaßt hatte, notierte er ihre Daten in einer eigenen Spalte und warf den Rest beiseite. In diesem Stadium hätte man seine Stimmung am besten mit der eines Wissenschaftlers vergleichen können, der instinktiv spürt, daß er kurz vor einer Entdeckung steht und in jedem Augenblick die logische Verknüpfung erwartet. Später nannte er es in einem Gespräch mit Mendel »alles in eine Teströhre füllen und abwarten, ob es explodiert«. Was ihn am meisten fasziniert habe, sagte er, sei die Bemerkung gewesen, die Guillam über Allelines düstere Warnung von wegen »Verwirrung stiften« gemacht hatte, in anderen Worten, er suchte nach dem »letzten gekonnten Knoten«, den Karla geschlungen hatte, um den ganz bestimmten Verdacht entkräften zu können, den Irinas Tagebuch geweckt hatte.

Zunächst stieß er auf ein paar seltsame erste Funde. Zum einen, daß jedesmal, wenn Merlin einen seiner neun aktuellen Berichte geliefert hatte, entweder Poljakow in London gewesen war oder Toby Esterhase eine Spritztour ins Ausland gemacht hatte. Zum anderen, daß während der wichtigen Zeit, die auf Tarrs Abenteuer in Hongkong folgte, Poljakow zu dringenden Kulturgesprächen in Moskau gewesen war; und daß bald darauf Merlin mit einer seiner spektakulärsten und aktuellsten Informationen über die »ideologische Durchdringung« der Vereinigten Staaten herausrückte, einschließlich einer Wertung der Ermittlungen des Circus über die wichtigsten amerikanischen Aufklärungsziele. Als er nochmals die Probe machte, entdeckte er, daß auch die Umkehrung stimmte: daß die Berichte, die er mangels engen Bezugs zu jüngsten Ereignissen verworfen hatte, fast immer zur Verteilung gelangten, während Poljakow in Moskau oder auf Urlaub war.

Und dann hatte er's.

Keine schlagartige Enthüllung, keine jähe Erleuchtung, kein »Heureka« und keine Anrufe bei Guillam oder Lacon: »Smiley ist der Beste.« Einfach nur, daß hier, in den Berichten, die er geprüft, und in den Notizen, die er zusammengetragen hatte, die Bestätigung einer Theorie lag, der er schon oft nahegekommen war, ohne ihr jedoch einen Namen gegeben zu haben; einer Theorie, für die an diesem Tag Smiley und Guillam und Ricki Tarr, jeder von seinem Blickpunkt aus, den Beweis vor Augen gehabt hatten: daß zwischen dem Maulwurf Gerald und der Quelle Merlin eine nicht mehr wegzuleugnende Verbindung bestand; daß Merlins sprichwörtliche Beweglichkeit ihm erlaubte, sowohl Karlas wie auch Allelines Werkzeug zu sein. Oder sollte er besser sagen, überlegte Smiley – während er sich ein Handtuch umwarf und frohgemut in den Korridor hinaustänzelte, um sich zur Feier des Tages ein Bad zu genehmigen – Karlas Agent? Daß dieser ganzen Verschwörung ein verblüffend einfacher Mechanismus zugrunde lag, dessen Symmetrie für ihn die reine Wonne war. Es war sogar mit Händen zu greifen: hier in London, ein Haus, vom Schatzamt bezahlt, die ganzen sechzigtausend Pfund; und gewiß oft von den unglücklichen Steuerzahlern, die täglich daran vorbeigingen, mit begehrlichen Blicken bedacht – nie würden sie sich etwas Derartiges leisten können, und doch hatten sie es, ohne ihr Wissen, bar bezahlt.
Seit vielen Monaten hatte er sich nicht mehr so erleichtert gefühlt wie jetzt, als er sich die gestohlene Akte über die Operation *Testify* vornahm.

24 *Bill Roach sieht verbotene Dinge und ist entgeistert*

Eins mußte man Matron lassen: Sie hatte sich schon die ganze Woche über wegen Roach Sorgen gemacht, seit sie ihn allein im Waschraum entdeckt hatte, zehn Minuten, nachdem der ganze übrige Schlafsaal zum Frühstück hinuntergegangen war. Er hatte, noch immer im Pyjama, über ein Waschbecken gebeugt dagestanden und sich verbissen die Zähne gebürstet. Als sie ihn ausfragte, mied er ihren Blick. »Es ist sein elender Vater«, hatte sie zu Thursgood gesagt. »Er macht ihn wieder mal fertig.« Und am Freitag: »Sie *müssen* seiner Mutter schreiben und ihr sagen, daß es ihn erwischt hat.«

Aber nicht einmal Matron hätte trotz all ihres mütterlichen Scharfblicks auf blankes Entsetzen diagnostiziert.

Was konnte er nur tun, er, ein Kind? Hier lag seine Schuld. Hier lag der Anfang des Fadens, der direkt zurückführte zum Unglück seiner Eltern. Hier lag der Fluch, der seinen gebeugten Schultern bei Tag und Nacht die Verantwortung für die Erhaltung des Friedens auf der Welt aufbürdete. Roach, der Beobachter – der »beste Beobachter im ganzen Stall«, um Jim Prideaux' treulich bewahrte Worte zu gebrauchen – hatte am Ende allzu gut beobachtet. Er hätte alles dafür gegeben, sein Geld, den Lederrahmen mit den Fotos seiner Eltern, alles, was ihm in der Welt Wert verlieh, wenn er sich dafür von der Erkenntnis hätte loskaufen können, die ihn seit Sonntagabend quälte.

Er hatte Signale gegeben. Sonntagnacht, eine Stunde, nachdem die Lichter gelöscht worden waren, war er geräuschvoll aufs Klo gegangen, hatte sich den Finger in den Hals gesteckt, hatte gewürgt und sich schließlich übergeben. Die Schlafsaal-Aufsicht, die hätte wachen und Alarm schlagen sollen – »Matron, Roach ist krank« – verschlief jedoch die ganze Scharade. Roach kletterte hundeelend wieder in sein Bett. Am nächsten Nachmittag hatte er von der Telefonzelle neben dem Lehrerzimmer aus irgendeine Nummer gewählt und sinnloses Zeug in die Muschel geflüstert, in der Hoffnung, daß einer der Lehrer es hören und ihn für verrückt erklären würde. Niemand achtete auf ihn. Er hatte versucht, Wirklichkeit und Träume zu vermischen, und gehofft, alles, was er erlebt hatte, könne zu einem Phantasiegebilde werden; aber allmorgendlich, wenn er an der Senke vorbeikam, sah er wieder Jims bucklige Gestalt im Mondlicht über den Spaten gebeugt; er sah den schwarzen Schatten des Gesichts unter der Krempe seines alten Huts und hörte Jim beim Graben vor Anstrengung grunzen.

Roach hätte gar nicht dort sein dürfen. Auch das war seine Schuld: sein Wissen war durch Sünde erworben. Nach einer Cellostunde am anderen Ende des Dorfs war er absichtlich langsam zur Schule zurückgekehrt, um zur Abendandacht zu spät zu kommen und Mrs. Thursgoods mißbilligendem Auge zu entgehen. Die ganze Schule lobte Gott, alle, außer ihm und Jim: er hörte sie das *Tedeum* singen, als er an der Kirche vorüberkam. Er hatte den längeren Weg gewählt, um an der Senke vorbeizukommen, wo Jims Licht brannte. Von seinem gewohnten Platz aus beobachtete Roach, wie Jims Schatten sich langsam über die Fenstergardine bewegte. Er geht früh schlafen, dachte er beifällig, als das Licht plötzlich erlosch; denn Jim war nach seiner Ansicht in letzter Zeit zu viel weg gewesen, er war nach dem Rugby im Alvis weggefahren und erst zurückgekommen, wenn Roach bereits schlief. Dann öffnete sich die Tür des Wohnwagens und schloß sich wieder, und Jim stand an der Gemüsemiete mit einem Spaten in der Hand, und Roach fragte sich in großer Verwunderung, wonach er dort im Dunkeln wohl graben mochte. Nach Gemüse für sein Abendessen? Eine Weile stand Jim völlig still und lauschte auf das *Tedeum;* dann blickte er langsam in die Runde und direkt auf Roach, der vor den schwarzen Erdhocken nicht zu sehen war. Roach überlegte sogar, ob er ihn anrufen solle; aber er hatte ein zu schlechtes Gewissen, weil er die Andacht geschwänzt hatte.

Dann fing Jim an, Maß zu nehmen. So wenigstens schien es Roach. Anstatt zu graben war er an einer Ecke des Beets niedergekniet und hatte den Spaten auf die Erde gelegt, als wolle er damit etwas anvisieren, was Roach nicht sehen konnte: zum Beispiel den Kirchturm. Daraufhin schritt Jim rasch dorthin, wo das Blatt des Spatens lag, markierte mit der Ferse die Stelle, hob den Spaten auf und führte schnell mehrere Stiche, Roach zählte zwölf; dann trat er zurück und nahm wieder Maß. Aus der Kirche hörte man nichts; dann Gebete. Jim bückte sich hastig und hob ein Paket aus der Erde, das er sofort unter seinem Dufflecoat verbarg. Sekunden später, und viel schneller, als menschenmöglich schien, fiel die Tür des Wohnwagens wiederum zu, das Licht ging wieder an, und Bill Roach schlich im kühnsten Augenblick seines Lebens auf Zehenspitzen hinunter in die Senke, bis drei Schritt vor dem dürftig verhangenen Fenster, wo er noch hoch genug stand, um hineinschauen zu können.

Jim stand am Tisch. Auf der Koje hinter ihm lag ein Stapel Schulhefte, eine Wodkaflasche und ein leeres Glas. Er mußte alles dorthin geworfen haben, um Platz zu schaffen. Er hielt ein Federmesser in der Hand, benutzte es aber nicht. Jim hätte nie eine Schnur durchschnitten, wenn es zu vermeiden war. Das Päckchen war dreißig Zentimeter lang und aus gelbem Material wie ein Tabaksbeutel. Er öffnete es und zog etwas heraus, das wie ein englischer Schraubenschlüssel aussah, der in Rupfen gewikkelt war. Aber wer würde einen »Engländer« vergraben, selbst wenn er ihn für den besten Wagen brauchte, den England je fabriziert hat? Die Schrauben oder Bolzen waren in einem eigenen gelben Umschlag; er schüttete sie auf den Tisch und prüfte jedes einzelne Stück. Keine Schrauben: Gewinde. Auch keine Gewinde, aber jetzt waren sie unter Bills Blickfeld gerutscht.

Und auch kein »Engländer«, kein Schraubenschlüssel, nichts, aber schon absolut nichts für den Wagen.

Roach war Hals über Kopf hinaufgerannt. Er lief zwischen den Erdhocken durch auf den Fahrweg zu, aber langsamer, als er je gelaufen war; lief durch Sand und tiefes Wasser und saugendes Gras, schlang die Nachtluft hinunter und schluchzte sie wieder hinaus, lief mit Schlagseite wie Jim, hinkte bald auf dem einen Bein, bald auf dem anderen, und warf den Kopf nach vorn, um Tempo zu gewinnen. Er wußte nicht, worauf er zulief. Er hatte sein Bewußtsein hinter sich gelassen; auf den schwarzen Revolver und die Wildlederriemen gebannt; auf die Schrauben und

Muttern, aus denen Kugeln geworden waren, als Jim sie methodisch in die Kammer fädelte und sein gefurchtes Gesicht sich dem Lampenlicht zukehrte, bleich und ein wenig blinzelnd in dem hellen Schein.

25 *George Smiley begegnet einem der zahlreichen, unerfreulichen Cousins seiner schönen Frau*

»Ich darf nicht zitiert werden, George«, warnte der Minister in seiner schleppenden Sprechweise. »Keine schriftlichen Notizen, kein Wort zuviel. Ich muß auf meine Wähler Rücksicht nehmen. Sie brauchen das nicht, und Oliver Lacon auch nicht oder, Oliver?«

»Ich weiß«, sagte Smiley. »Bedauere sehr.«

»Sie würden es noch mehr bedauern, wenn Sie meinen Wahlkreis hätten«, erwiderte der Minister.

Wie vorauszusehen war, hatte bereits die Frage, wo sie sich treffen sollten, einen albernen Streit ausgelöst. Smiley hatte Lacon klargemacht, daß es unklug wäre, sich in seinem Büro in Whitehall zu treffen, da sich dort ständig Leute aus dem Circus herumtrieben, von Boten, die Depeschentaschen ablieferten, bis zu Percy Alleline höchstpersönlich, der vorbeischaute, um über Irland zu sprechen. Der Minister seinerseits lehnte sowohl das Hotel *Islay* wie die Bywater Street ab, mit der willkürlichen Behauptung, beide seien unsicher. Er war unlängst im Fernsehen aufgetreten und stolz darauf, daß die Leute ihn erkannten. So entschieden sie sich nach einigem Hin- und Hertelefonieren für Mendels ziemlich alleinstehenden Tudor-Wohnsitz in Mitcham, wo er und sein blank poliertes Auto auffielen wie ein Paar weiße Raben, und nun saßen sie, Lacon, Smiley und der Minister, in dem schmucken Vorderzimmer mit den dichten Netzgardinen und der Platte mit frischen Lachsbrötchen auf dem Tisch, während ihr Gastgeber oben stand und den Zugang bewachte. Auf dem Fahrweg versuchten Kinder, den Chauffeur auszuhorchen, wem das Auto gehörte.

Hinter dem Kopf des Ministers stand eine Reihe Bücher über Bienen. Sie waren Mendels Leidenschaft, wie Smiley wußte; er bezeichnete alle Bienen, die nicht aus Surrey stammten, als »exotisch«. Der Minister war ein noch junger Mann, sein dunkler Kiefer sah aus, als sei er ihm bei einer unziemlichen Keilerei

ausgerenkt worden. Er hatte einen Kahlkopf, der ihm ein ungerechtfertigt reifes Aussehen verlieh, und den gräßlich schleppenden Tonfall eines Eton-Boys. »Also, welche Anregungen liegen vor?« Er beherrschte auch die Kunst autoritärer Dialogführung.
»Nun, ich würde vorschlagen, daß Sie als erstes alle Verhandlungen einstellen, die in letzter Zeit mit den Amerikanern gelaufen sind. Ich denke an den geheimen Anhang ohne Titel, der in Ihrem Safe verwahrt ist«, sagte Smiley, »der sich mit der möglichen weiteren Verwertung von *Witchcraft*-Material befaßt.«
»Nie davon gehört«, sagte der Minister.
»Ich verstehe natürlich völlig die Beweggründe. Es ist immer verlockend, an die Creme dieses enormen amerikanischen Apparates heranzukommen, und mir ist klar, was dafür spricht, ihnen dafür *Witchcraft* abzutreten.«
»Was spricht also *dagegen?*« fragte der Minister, als spräche er mit seinem Börsenmakler.
»Wenn der Maulwurf Gerald existiert«, begann Smiley. Von allen ihren Vettern, hatte Ann einmal stolz gesagt, habe nur Miles Sercombe nicht einen einzigen versöhnlichen Charakterzug. Zum erstenmal glaubte Smiley, daß sie recht hatte. Er kam sich nicht nur idiotisch vor, sondern auch unlogisch. »Wenn der Maulwurf existiert, worüber wir uns einig sein dürften ...« Er wartete, aber niemand verneinte. »Wenn Gerald existiert«, wiederholte er, »so wird nicht nur der Circus vom Amerikageschäft profitieren, sondern auch die Moskauer Zentrale, denn sie werden von Maulwurf Gerald alles bekommen, was Sie den Amerikanern abkaufen.«
Verdrießlich ließ der Minister die flache Hand auf den Tisch klatschen, auf dessen Politur ein feuchter Abdruck zurückblieb. »Herrgott, ich verstehe *kein* Wort«, erklärte er. »Dieses Witchcraft-Zeug ist verdammt fabelhaft! Vor einem Monat war's die große Sensation. Jetzt verkriechen wir uns in unsere Höhlen und sagen, die Russen brauen es laufend für uns zusammen. Was zum Teufel geht eigentlich vor?«
»Ich glaube offengestanden nicht, daß es ganz so widersinnig ist, wie es klingt. Schließlich haben wir selber gelegentlich das eine oder andere russische Netz geführt, und obwohl ich pro domo

spreche, darf ich sagen, nicht einmal schlecht. Wir haben das beste Material geliefert, das wir uns leisten konnten. Raketen, Kriegsplanung. Sie haben selber mitgemacht« – dies zu Lacon, der flüchtig Zustimmung nickte, »wir haben ihnen Agenten hinübergeschickt, die wir entbehren konnten, räumten ihnen gute Verbindungen ein, sicherten ihren Kurierdienst, hielten die Luft frei für Signale, so daß wir sie abhören konnten. Diesen Preis zahlten wir dafür, daß wir die Gegenseite führen konnten, daß wir – wie drückten Sie sich aus? – erfuhren, wie sie ihre Kommissare instruierten. Ich bin überzeugt, Karla würde das gleiche für uns tun, wenn er unsere Netze leitete. Er würde noch mehr tun, nicht wahr, wenn er auch den amerikanischen Markt anpeilen könnte.« Er brach ab und blickte Lacon an. »Viel, viel mehr. Eine amerikanische Verbindung, ich meine, eine fette, amerikanische Gewinnbeteiligung würde den Maulwurf Gerald direkt auf Platz eins versetzen. Natürlich indirekt auch den Circus. Als Russe würde man den Engländern praktisch alles geben, was sie wollen, wenn man ..., wenn man sich dafür die Amerikaner kaufen könnte.«

»Danke«, sagte Lacon.

Der Minister ging, nachdem er sich ein paar Sandwiches für die Rückfahrt mitgenommen und versäumt hatte, sich von Mendel zu verabschieden, vermutlich, weil Mendel nicht seinem Wahlkreis angehörte.

Lacon blieb.

»Sie baten mich, alles über Prideaux ausfindig zu machen«, erklärte Lacon schließlich. »Ich habe festgestellt, daß wir doch einige Unterlagen besitzen.«

Er habe zufällig einige Akten über die interne Sicherheit im Circus durchgeblättert, erläuterte er, »einfach um auf meinem Schreibtisch Ordnung zu machen«. Dabei sei er auf einige alte positive Untersuchungsberichte gestoßen. Einer davon habe sich auf Prideaux bezogen.

»Er war komplett sicherheitsüberprüft worden. Nicht ein Schatten zu entdecken. Allerdings«, er senkte die Stimme, was Smiley veranlaßte, aufzublicken, »eins könnte Sie vielleicht trotzdem interessieren. Ein winzig kleines Munkeln über seine Zeit in Oxford. Aber in diesem Alter hat jeder das Recht, ein bißchen rosig angehaucht zu sein.«

»Durchaus.«

Das Schweigen stellte sich erneut ein, es wurde nur von Mendels gedämpften Schritten droben unterbrochen.

»Prideaux und Haydon waren damals sehr eng miteinander befreundet, wissen Sie«, bekannte Lacon. »Es war mir entgangen.« Er hatte es plötzlich schrecklich eilig, wegzukommen. Er tauchte in seine Mappe, holte einen großen neutralen Umschlag hervor, drückte ihn Smiley in die Hand und kehrte in die erhabeneren Gefilde Whitehalls zurück; und Mr. Barraclough vom Hotel *Islay* zu seiner Lektüre der Operation *Testify*.

26 *Sam Collins, ein alter Hase, plaudert aus der alten Schule*

Es war um die Mittagszeit am folgenden Tag. Smiley hatte gelesen und ein bißchen geschlafen, wieder gelesen und ein Bad genommen, und als er jetzt die Stufen des hübschen Londoner Hauses hinaufstieg, war er guter Laune, denn er mochte Sam. Das Haus war in georgianischem Stil aus braunen Ziegeln erbaut und stand ganz in der Nähe des Grosvenor Square. Es hatte fünf Türstufen und eine schalenförmig eingelassene Messingklingel. Die schwarze Tür war von Säulen flankiert. Er drückte auf die Klingel und hätte ebensogut die Tür aufgedrückt haben können, denn sie öffnete sich sofort. Er betrat einen runden Vorplatz mit einer weiteren Tür im Hintergrund, und die beiden breitschultrigen Männer in Schwarz hätten Wachen in der Westminister Abbey sein können. Über einem Marmorkamin bäumten sich Pferde, es hätte ein Stubbs sein können. Der eine Mann war ihm behilflich, als er den Mantel auszog. Der andere führte ihn zu einem Stehpult, wo er sich eintrug.

»Hebden«, murmelte Smiley, während er schrieb; Sam würde sich an diesen Arbeitsnamen erinnern. »Adrian Hebden.«

Der Mann, der seinen Mantel hatte, wiederholte den Namen in ein Haustelefon. »Mr. Hebden, Mr. Adrian Hebden.«

»Wenn Sie bitte einen Augenblick warten wollen, Sir«, sagte der Mann neben dem Stehpult. Man hörte keine Musik, und Smiley fand, sie gehörte eigentlich hierher; ebenso ein Springbrunnen.

»Ich bin nämlich ein Bekannter von Mr. Collins«, sagte Smiley. »Wenn Mr. Collins zu sprechen ist. Vielleicht erwartet er mich sogar.«

Der Mann am Telefon murmelte »danke« und hängte auf. Er führte Smiley zur Innentür und drückte sie auf. Nicht das geringste Geräusch war zu hören, nicht einmal ein Schaben auf dem Seidenteppich.

»Mr. Collins ist hier, Sir«, flüsterte er respektvoll. »Die Getränke gehen auf Kosten des Hauses.«

Die drei Empfangsräume gingen ineinander über; sie waren durch Säulen und Bogen optisch abgeteilt und mit Mahagony getäfelt. In jedem Raum stand ein Tisch. Der dritte war zwanzig Meter entfernt. Die Beleuchtung erhellte nichtssagende Stilleben in gewaltigen Goldrahmen und die grünen Flanellbezüge der Tische.

Die Gardinen waren zugezogen, die Tische etwa zu einem Drittel besetzt, jeder mit vier bis fünf Spielern, alles Männer, aber man hörte nichts als das Klicken der Kugel im Rad und das Klikken der Chips, wenn sie verteilt wurden, und das sehr leise Flüstern der Croupiers.

»Adrian Hebden«, sagte Sam Collins mit einem Zwinkern in der Stimme. »Lange nicht gesehen.«

»Hallo, Sam«, sagte Smiley, und sie schüttelten sich die Hände.

»Kommen Sie mit in meine Höhle«, sagte Sam und nickte dem einzigen anderen Mann zu, der herumstand, einem sehr dicken Mann mit zu hohem Blutdruck und einem zerschlagenen Gesicht. Der dicke Mann nickte zurück.

»Gefällt's Ihnen?« erkundigte sich Sam, als sie einen mit roter Seide bespannten Korridor durchschritten.

»Sehr eindrucksvoll«, sagte Smiley höflich.

»Genau«, sagte Sam. »Eindrucksvoll. Genau das ist es.« Er trug einen Smoking. Sein Büro war in Plüsch gehalten, der Schreibtisch hatte eine Marmorplatte und Klauenfüße, aber der Raum selber war klein und keineswegs gut belüftet, eher wie eine Requisitenkammer im Theater, dachte Smiley, voller alter Versatzstücke.

»Später kann ich mich vielleicht sogar mit eigenem Geld beteiligen, in einem Jahr oder so. Sind harte Jungs, aber sehr auf Draht, muß man sagen.«

»Bestimmt«, sagte Smiley.

»Wie wir, in den alten Tagen.«

»Genau.«

Er war gepflegt und trat unbefangen auf, und er hatte ein gepflegtes schwarzes Schnurrbärtchen. Smiley konnte ihn sich ohne dieses Bärtchen nicht vorstellen. Er war um die fünfzig. Er hatte viele Jahre im Fernen Osten verbracht, wo sie einmal gemeinsam eine Blitzaktion gegen einen chinesischen Geheimsender durchgeführt hatten. Haut und Haar fingen an, grau zu werden, aber im übrigen sah er noch immer aus wie fünfunddreißig. Er konnte grinsen wie ein Schuljunge, seine Kameradschaftlichkeit war aufrichtig. Er hielt beide Hände über dem Tisch wie beim Kartenspiel und blickte Smiley mit einem Besitzerstolz an, als wäre er sein Vater oder sein Sohn oder beides.

»Wenn unser Freund über fünf kommt«, sagte er und lächelte noch immer, »geben Sie Laut, Harry, ja? Im übrigen halten Sie die Klappe, ich versuche gerade, einen Ölscheich rumzukriegen.« Er sprach in einen Apparat auf seinem Schreibtisch. »Wo ist er jetzt?«

»Drei plus«, sagte die schnarrende Stimme. Smiley vermutete, sie gehöre dem lädierten Mann mit dem Überdruck.

»Dann kann er noch acht verlieren«, sagte Sam milde. Halten Sie ihn am Tisch, das ist wichtig. Machen Sie einen Helden aus ihm.« Er schaltete ab und grinste. Smiley grinste zurück.

»Wirklich, ein großartiges Leben«, versicherte Sam. »Auf jeden Fall besser, als Waschmaschinen verkaufen. Bißchen komisch natürlich, sich um zehn Uhr früh in den Smoking zu schmeißen. Erinnert mich an diplomatische Tarnung.« Smiley lachte. »Geht sogar ehrlich zu, ob Sie's glauben oder nicht«, ergänzte Sam, ohne eine Miene zu verziehen. »Man muß nur gut rechnen können.«

»Das können Sie bestimmt«, sagte Smiley wiederum äußerst höflich.

»Möchten Sie Musik hören?«

Es war Tonband-Musik und kam aus der Decke. Sam drehte so laut auf, wie sie es ertragen konnten.

»Also, was kann ich für Sie tun?« fragte Sam und grinste noch breiter.

»Ich möchte mit Ihnen über die Nacht sprechen, in der die Schüsse auf Jim Prideaux fielen. Sie waren Offizier vom Dienst.«

Es entstand eine lange Pause. Sam rauchte braune Zigaretten, die wie Zigarren rochen. Er zündete eine an, ließ das Ende Feuer fangen und sah dann zu, wie die Flamme verglühte.

»Schreiben Sie Ihre Memoiren, alter Junge?« fragte Sam.

»Wir rollen den Fall erneut auf.«

»Wer ist *wir*, alter Junge?«
»Ich, meine Wenigkeit und Ihr sehr Ergebener, wobei Lacon schiebt und der Minister zieht.«
»Macht verdirbt den Charakter, aber irgendwer muß regieren, und in diesem Fall wird Bruder Lacon sich widerwillig an die Spitze schieben.«
»Es hat sich nichts geändert«, sagte Smiley.
Sam zog nachdenklich an seiner Zigarette. Die Musik ging in Sätze von Noel Coward über.
»Ein alter Traum von mir«, sagte Sam Collins durch den Rauch. »Eines schönen Tages spaziert Percy Alleline mit einem schäbigen braunen Köfferchen durch diese Tür und bittet um ein Spielchen. Er setzt alle Geheimstimmen auf Rot und verliert.«
»Die Akte ist geflöht«, sagte Smiley. »Jetzt muß ich bei den Leuten 'rumgehen und fragen, woran sie sich erinnern. So gut wie keine Unterlagen greifbar.«
»Überrascht mich nicht«, sagte Sam. Übers Telefon bestellte er Sandwiches. »Lebe davon«, erklärte er. »Sandwiches und Kanapees. Gehört zur Pfründe.«
Er goß Kaffee ein, als das rote Lämpchen zwischen ihnen auf dem Schreibtisch aufleuchtete.
»Unser Freund ist patt«, sagte die schnarrende Stimme.
»Dann zählen Sie mit«, sagte Sam und schaltete ab.
Sam erzählte schlicht, aber exakt, wie ein guter Soldat den Hergang einer Schlacht rekapituliert, nicht um nochmals zu gewinnen oder zu verlieren, sondern einfach zur Erinnerung. Er sei gerade aus dem Ausland zurückgekommen, sagte er, von einem Dreijahres-Kontrakt in Vientiane. Er hatte sich bei der Personalabteilung zurückgemeldet, alles mit dem Delphin ins reine gebracht, und da niemand Pläne für ihn zu haben schien, überlegte er, ob er nicht einen Monat Urlaub in Südfrankreich machen sollte, als Mac Fadean, der alte Portier, der praktisch Controls Kammerdiener war, ihn im Korridor aufgriff und in Controls Büro schleppte.
»Das war an welchem Tag genau?« sagte Smiley.
»Am 19. Oktober.«
»Donnerstag.«

»Donnerstag. Ich hatte vor, am Montag nach Nizza zu fliegen. Sie waren in Berlin. Ich wollte Sie zu einem Glas einladen, aber die Mütter sagten, Sie seien *occupé*, und als ich bei der Reisestelle nachfragte, hieß es, Sie seien nach Berlin geflogen.«
»Ja, das stimmt«, sagte Smiley nur. »Control hat mich hingeschickt.«
Um mich aus dem Weg zu räumen, hätte er hinzufügen können: sogar damals hatte er dieses Gefühl gehabt.
»Ich habe überall nach Bill herumgeschnüffelt, aber Bill war ebenfalls Fehlanzeige. Control hatte ihn irgendwohin aufs Land geschickt«, sagte Sam und mied Smileys Blick.
»Zur Schmetterlings-Hatz«, murmelte Smiley, »aber er ist wiedergekommen.«
Hier schickte Sam einen scharfen, fragenden Blick in Smileys Richtung, aber er berührte das Thema von Bill Haydons Reise nicht mehr.
»Das ganze Haus war wie ausgestorben. Um ein Haar hätte ich die erste Maschine zurück nach Vientiane genommen.«
»Es war wirklich so gut wie tot«, gestand Smiley und dachte: ausgenommen *Witchcraft*.
Und Control, sagte Sam, sah aus, als habe er Malaria. Er war von einem Meer von Akten umgeben, seine Haut war gelb, und beim Sprechen unterbrach er sich ständig, um sich mit dem Taschentuch die Stirn zu wischen. Er hielt sich kaum mit dem üblichen Tam-tam auf, sagte Sam. Er beglückwünschte ihn nicht zu den drei erfolgreichen Jahren im Außendienst und machte nicht einmal eine hinterhältige Anspielung auf sein Privatleben, das damals ziemlich unruhig war; er sagte nur, daß es ihm recht wäre, wenn Sam an Stelle von Mary Masterman den Wochenend-Dienst übernähme, ob Sam es einrichten könne?
»Klar kann ich's einrichten«, sagte ich. »Wenn Sie wollen, daß ich den O.v.D. mache, dann mach' ich ihn.« Er sagte, den Rest der Geschichte werde er mir Sonnabend erzählen. Inzwischen dürfe ich niemandem etwas sagen. Kein Wort zu irgendwem im Hause, auch nicht darüber, worum er mich vorhin gebeten habe. Er brauche einen tüchtigen Mann, der die Telefonzentrale bedienen könne, falls eine Krise ausbräche, aber es mußte jemand von

einem Außenposten sein oder jemand wie ich, der lange vom Hauptbüro weggewesen sei. Und es mußte ein alter Hase sein.«
Also ging Sam zu Mary Masterman und jammerte ihr vor, daß er den Mieter nicht aus seiner Wohnung herauskriegen könne, ehe er am Montag seinen Urlaub antrete; wie wär's, wenn sie ihn ihren Dienst übernehmen ließe, dann könne er das Hotel sparen? Sam trat am Sonnabend um neun Uhr früh an, mit seiner Zahnbürste und sechs Dosen Bier in einer Aktenmappe, auf der noch Hoteletiketten mit Palmen klebten. Geoff Agate sollte ihn am Sonntag ablösen.
Nochmals hielt Sam sich darüber auf, wie tot das Haus war. Früher war der Sonnabend gewesen wie jeder andere Tag, sagte er. Die meisten Abteilungen hatten über das ganze Wochenende einen Notdienst eingerichtet, manche sogar eine besondere Nachtschicht, und wenn man die Runde im Haus machte, hatte man das Gefühl, daß in diesem Laden einiges los war. Aber an diesem Sonnabendvormittag hätte das Haus evakuiert sein können; was es, wie er später erfuhr, auch tatsächlich gewesen war –, aber auf Controls Befehl. Ein paar Funker werkten im zweiten Stock, die Sende- und Codierräume liefen auf Hochtouren, aber die Jungens dort arbeiteten ohnehin zu jeder Tages- und Nachtzeit. Im übrigen, sagte Sam, herrschte das große Schweigen. Er saß herum und wartete auf Controls Anruf, aber nichts kam. Er schlug eine weitere Stunde damit tot, daß er sich die Portiers vornahm, die er als den faulsten Haufen im ganzen Circus bezeichnete. Er prüfte ihre Anwesenheitslisten und fand zwei Stenotypistinnen und einen diensthabenden Beamten eingetragen, die jedoch nicht da waren, also setzte er den ersten Wachmann, einen Neuen namens Mellows, auf die Meldeliste. Schließlich ging er hinauf, um nachzusehen, ob Control da sei.
»Er saß ganz allein oben, nur McFadean war bei ihm. Die Mütter nicht, Sie nicht, nur der alte Mac, der mit Jasmintee und Sympathie herumhuschte. Zu viel?«
»Nein, bitte erzählen Sie weiter. So viele Einzelheiten, wie sie noch zusammenbringen.«
»Dann ließ Control einen weiteren Schleier fallen. Einen halben Schleier. Irgend jemand erledige etwas für ihn, sagte er. Es sei

von größter Wichtigkeit für den Geheimdienst. Das sagte er mehrmals: den Geheimdienst. Nicht für Whitehall oder das Pfund Sterling oder die Fischpreise, sondern für uns. Auch wenn alles vorüber sei, dürfe ich keinen Ton verlauten lassen. Auch nicht zu Ihnen. Oder zu Bill oder Bland oder sonstwem.«

»Und Alleline?«

»Percy hat er überhaupt nicht erwähnt.«

»Nein«, pflichtete Smiley bei. »Das konnte er in diesem Stadium wohl kaum mehr.«

»Ich sollte ihn für den Rest der Nacht als Einsatzleiter betrachten. Ich selber sollte als Schaltstelle zwischen Control und allem, was sonstwo im Haus vorgehen mochte, tätig sein. Wenn irgend etwas hereinkomme, ein Signal, ein Anruf, wie unwichtig es auch immer erschiene, dann sollte ich warten, bis die Luft rein sei, dann hinaufflitzen und es Control übermitteln. Niemand dürfe wissen, jetzt oder später, daß Control der Mann am Abzug gewesen war. Auf keinen Fall sollte ich ihn anrufen oder ihm eine Notiz zukommen lassen; sogar die Hausleitungen waren tabu. Ehrlich, George«, sagte Sam und nahm sich ein Sandwich.

»Oh, ich glaube Ihnen«, sagte Smiley, und es kam ihm von Herzen. Sollten Telegramme abzuschicken sein, so müsse Sam ebenfalls den Mittler machen. Er müsse vor dem Abend nicht mit viel Betrieb rechnen. Den Portiers und solchen Leuten, wie Control sich ausdrückte, gegenüber, sollte Sam das verdammtest Mögliche tun, um sich natürlich zu geben und beschäftigt zu wirken. Als die Séance vorüber war, kehrte Sam ins Wachzimmer zurück, ließ sich eine Abendzeitung holen, öffnete eine Bierdose, suchte sich eine Amtsleitung und fing an, sein Hemd zu verwetten. In Kempton fand ein Hindernisrennen statt, was er seit Jahren nicht mehr verfolgt hatte. Am frühen Abend machte er einen zweiten Rundgang und testete die Alarmschwellen im Fußboden der Registratur. Drei von fünfzehn funktionierten nicht, und inzwischen hatten die Portiers ihn aufrichtig lieben gelernt. Er kochte sich ein Ei, und als er es gegessen hatte, trottete er hinauf, um dem alten Mac ein Pfund abzuknöpfen und ihm ein Bier zu bringen.

»Er hatte mich beauftragt, das Geld für ihn auf irgendeinen alten

Klepper mit drei linken Beinen zu setzen. Ich plauderte zehn Minuten mit ihm, dann ging ich wieder hinunter in meinen Bau, schrieb ein paar Briefe, sah mir einen miesen Film an und legte mich in die Falle. Der erste Anruf kam in dem Augenblick, als ich am Einschlafen war. Genau elf Uhr zwanzig. Während der nächsten zehn Stunden hörten die Telefone nicht mehr auf zu klingeln. Ich dachte schon, die Schaltanlagen würden mir ins Gesicht explodieren.«

»Arcadi ist fünf minus«, sagte eine Stimme über die Sprechanlage.

»Entschuldigen Sie mich«, sagte Sam mit seinem gewohnten Grinsen und ließ Smiley mit der Musik allein, um droben die Sache in Ordnung zu bringen.

Smiley sah zu, wie Sams braune Zigarette langsam im Aschenbecher verbrannte. Er wartete, Sam kam nicht zurück, er fragte sich, ob er sie ausdrücken sollte. Rauchen im Dienst ist verboten, dachte er; Hausordnung.

»Erledigt«, sagte Sam.

Der erste Anruf kam von dem im Hause wohnenden Sekretär des *Foreign Office* über die direkte Leitung, sagte Sam. Das *Foreign Office* hatte sozusagen beim Großen Preis von Whitehall mit einer gerümpften Nasenlänge gewonnen.

»Der Reuter-Chef in London hatte ihm gerade telefonisch von einer Schießerei in Prag Mitteilung gemacht. Ein britischer Spion sei von russischen Sicherheitskräften erschossen worden, die Jagd nach seinem Komplizen sei in vollem Gang, ob das *Foreign Office* interessiert sei! Der Sekretär gab es zur Information an uns weiter. Ich sagte, es klinge nach einer Ente, und legte auf, als Mike Meakin von den Funkern herunterkam, um mir zu sagen, daß über der Tschechoslowakei der Teufel los sei. Die Hälfte sei verschlüsselt, aber die andere Hälfte im Klartext. Er fange dauernd verstümmelte Geschichten über eine Schießerei in der Nähe von Brünn auf. Prag oder Brünn? fragte ich. Oder beides? Nur Brünn. Ich sagte, bleiben Sie dran, und da gingen auch schon alle fünf Summer. Als ich gerade hinausgehen wollte, kam nochmals der Sekretär auf der direkten Leitung. Reuter habe die Meldung berichtigt, sagte er: nicht Prag, sondern Brünn. Ich schloß die Tür, und es war, als hätte man ein Wespennest hinter sich gelassen. Control stand an seinem Schreibtisch, als ich das Büro betrat. Er hatte mich heraufkommen hören. Hat Alleline übrigens diese Treppe mit Läufern belegen lassen?«

»Nein«, sagte Smiley. Er war völlig teilnahmslos. ›George ist wie ein Lurch‹, hatte Ann einmal in seiner Gegenwart zu Haydon gesagt. »Er senkt seine Körpertemperatur, bis sie mit der Temperatur seiner Umwelt übereinstimmt. Dann verschwendet er keine Anpassungsenergie.«

»Sie wissen, wie schnell er war, wenn er einen ansah. Er schaute auf meine Hände, ob ich ein Telegramm für ihn hätte, und ich wünschte, ich hätte irgend etwas zwischen den Fingern gehabt, aber sie waren leer! ›Ich fürchte, es ist eine kleine Panik ausgebrochen‹, sagte ich. Ich setzte ihn kurz ins Bild, er sah auf seine Uhr, vermutlich rechnete er aus, was jetzt hätte geschehen sollen, wenn alles geklappt hätte. Ich sagte: ›Kann ich bitte Instruktionen haben?‹ Er setzte sich, ich konnte ihn nicht sehr gut sehen, er hatte nur die niedrige grüne Schreiblampe brennen. Ich wiederholte: ›Ich brauche Instruktionen. Soll ich ableugnen? Kann ich irgend jemanden hinzuziehen?‹ Keine Antwort. Wissen Sie, es gab keinen Menschen, den ich hätte hinzuziehen können, aber das wußte ich damals nicht. ›Ich muß Instruktionen haben.‹ Wir hörten drunten Schritte, und ich wußte, daß die Radiojungens mich suchten. ›Möchten Sie hinunterkommen und die Sache selber übernehmen?‹ fragte ich. Ich ging um den Schreibtisch herum, stieg über die Akten, die alle an verschiedenen Stellen aufgeschlagen waren; man konnte meinen, er stelle eine Enzyklopädie zusammen. Einige mußten aus der Zeit von vor dem Krieg stammen. Er saß so da.«

Sam schloß die Finger, legte die Spitzen an die Stirn und starrte auf den Schreibtisch. Die andere Hand lag auf der Platte und hielt Controls imaginäre Taschenuhr. »›Sagen Sie Mac Fadean, er soll mir ein Taxi besorgen, dann schaffen Sie mir Smiley herbei.‹ ›Und dieses Unternehmen?‹ fragte ich. Ich mußte die halbe Nacht auf eine Antwort waren. ›Ist abzuleugnen‹, sagte er. ›Beide Männer hatten ausländische Pässe. In diesem Stadium kann kein Mensch wissen, daß sie Engländer sind.‹ ›Es wird nur von einem Mann gesprochen‹, sagte ich. Dann sagte ich: ›Smiley ist in Berlin.‹ Jedenfalls glaube ich, daß ich das sagte. Daraufhin wieder zwei Minuten Schweigen. ›Jeder andere tut's auch. Es ist egal.‹ Er hätte mir leid tun sollen, aber in diesem Moment brachte ich wohl nicht viel Sympathie für ihn auf. Ich stand da mit dem Schwarzen Peter in der Hand und wußte nicht, was eigentlich los war. Mac Fadean war nicht zu finden, also dachte ich, Control soll sich sein Taxi selber besorgen, und als ich wieder die Treppe runter war, muß ich ausgesehen haben wie Lord Kitchener. Der alte Schraubendampfer vom Abhördienst schwenkte Berichte vor meiner Nase wie Fähnchen, ein paar Portiers brüllten mir entgegen, der Radiojunge hatte ein Bündel Meldungen in der Hand, die Telefone klingelten, nicht nur meine eigenen, sondern ein halbes Dutzend der direkten Leitungen von der vierten Etage. Ich ging zunächst ins Wachzimmer und schaltete sämtliche Leitungen ab, während ich versuchte, Haltung zu gewinnen. Die Abhör-Hexe – wie heißt dieses Weib gleich wieder – sie hat immer mit dem Delphin Golf gespielt?«

»Purcell. Molly Purcell.«

»Ja, die war's. Ihre Geschichte war wenigstens eindeutig, Radio Prag kündigte innerhalb der nächsten halben Stunde einen Sonderbericht an. Das war vor einer Viertelstunde gewesen. Der Bericht würde einen Akt gröblicher Provokation durch eine westliche Macht betreffen, eine Verletzung der tschechoslowakischen Souveränität und einen Schlag ins Gesicht aller freiheitsliebenden Völker. Davon abgesehen«, sagte Sam trocken, »nichts wie Jubel, Trubel, Heiterkeit. Ich klingelte natürlich in Bywater Street an, dann signalisierte ich nach Berlin, sie sollten Sie aufstöbern und spätestens gestern zurückschicken. Ich gab Mellows die wichtigsten Telefonnummern und schickte ihn weg, er solle sich draußen ein Telefon suchen und alles zusammentrommeln, was er von den hohen Herrschaften an die Strippe bekäme. Percy war übers Wochenende in Schottland und zum Abendessen ausgegangen. Seine Köchin gab Mellows eine Nummer, er läutete dort an und sprach zu Percys Gastgeber. Percy war soeben gegangen.«

»Verzeihung«, unterbrach Smiley. »Wozu haben Sie Bywater Street angerufen?« Er hielt seine Oberlippe zwischen Finger und Daumen und zog sie nach vorn wie eine Mißbildung, während er in die mittlere Entfernung starrte.
»Für den Fall, daß Sie früher aus Berlin zurückgekommen wären«, sagte Sam.
»Und war ich zurückgekommen?«
»Nein.«
»Mit wem haben Sie dann gesprochen?«
»Mit Ann.«
Smiley sagte: »Ann ist zur Zeit verreist. Könnten Sie mir wiederholen, wie dieses Gespräch verlaufen ist?«
»Ich fragte nach Ihnen, und sie sagte, Sie seien in Berlin.«
»Und das war alles?«
»Es war eine Krise, George«, sagte Sam in warnendem Ton.
»Und?«
»Ich fragte sie, ob sie zufällig wisse, wo Bill Haydon sei. Es war dringend. Soviel ich wußte, hatte er Urlaub, aber ich dachte, vielleicht ist er bei ihr. Irgend jemand hat mir mal gesagt, er sei ihr Vetter.« Er fügte hinzu: »Außerdem geht er bei Ihnen ein und aus, wie ich hörte.«
»Ja, das stimmt. Was hat sie gesagt?«
»Warf mir ein pikiertes ›Nein‹ hin und legte auf. Tut mir leid, George, Krieg ist Krieg.«
»Wie klang sie?« fragte Smiley, nachdem er das geflügelte Wort eine Weile in der Luft hatte hängen lassen.
»Hab' ich schon gesagt: pikiert.«
Roy Bland war in Leeds, um an der Universität nach Talenten zu schürfen, sagte Sam, war also nicht verfügbar.
Zwischen den einzelnen Anrufen machten sie Sam die Hölle heiß. Ganz, als wäre er auf Kuba eingefallen. Das Militär brüllte etwas von tschechischen Panzerbewegungen an der österreichischen Grenze, die Funker konnten nicht einmal ihre eigenen Gedanken hören, so groß war der Funksalat rings um Brünn, und im *Foreign Office* bekam der diensthabende Beamte gleichzeitig hysterische Anfälle und Gelbes Fieber. Zuerst Lacon und nach ihm der Minister bellten vor den Türen, und um halb eins kam

der tschechische Sonderbericht mit zwanzig Minuten Verspätung, aber deshalb noch genauso schlecht. Ein britischer Spion namens Jim Ellis, der mit falschen tschechischen Papieren reiste und von einem tschechischen Konterrevolutionär unterstützt wurde, habe versucht, einen nicht genannten tschechischen General in den Wäldern um Brünn zu entführen und über die österreichische Grenze zu schmuggeln. Ellis sei von Schüssen getroffen worden, aber sie sagten nicht getötet, weitere Verhaftungen standen unmittelbar bevor. Ich suchte Ellis im Verzeichnis der Arbeitsnamen auf und fand Jim Prideaux. Und ich dachte, genau wie Control gedacht haben mußte: Wenn Jim tot ist und tschechische Papiere hatte, wieso wissen sie dann, daß er Engländer ist? Dann kam Bill Haydon an, weiß wie ein Laken. Hatte die Geschichte am Fernschreiber in seinem Club aufgeschnappt. Er machte stracks kehrt und kam in den Circus.«

»Um welche Zeit war das genau?« fragte Smiley mit leichtem Stirnrunzeln. »Es muß ziemlich spät gewesen sein.«

Sam sah aus, als hätte er es ihm von Herzen gern erspart. »Ein Uhr fünfzehn«, sagte er.

»Was ziemlich spät ist, nicht wahr, um im Club Fernschreiben zu lesen?«

»Kann ich nicht sagen, alter Junge.«

»Bill ist im Savile, nicht wahr?«

»Weiß nicht«, sagte Sam bockig. Er trank einen Schluck Kaffee. »Aber Bill war eine Wucht, das kann ich Ihnen sagen. Ich habe immer gefunden, daß er ein überkandidelter Bursche ist. Aber nicht in dieser Nacht, glauben Sie mir. Ja, er war erschüttert. Wäre jeder andere auch gewesen. Er kam an und wußte weiter nichts, als daß es eine mordsmäßige Schießerei gegeben hatte. Aber als ich ihm sagte, daß Jim getroffen wurde, starrte er mich an wie ein Verrückter. Ich hab' gedacht, er geht auf mich los. ›Getroffen? Wie getroffen? Tödlich?‹ Ich schob ihm die Meldungen hin, und er las jede einzelne durch...«

»Hätte er es nicht schon aus dem Fernschreiber wissen müssen?« fragte Smiley leise. »Ich dachte, um diese Zeit sei es bereits allgemein bekannt gewesen: Ellis niedergeschossen. Das war doch der Knüller, oder?«

»Kommt vermutlich drauf an, welche Meldung er zu sehen kriegte«, sagte Sam und tat den Einwand mit einem Achselzucken ab. »Also, er übernahm die Telefonzentrale, und bis zum Morgen hatte er das wenige zusammengeklaubt, was zu haben war, und fast so etwas wie Ruhe wiederhergestellt. Er sagte den Leuten im *Foreign Office*, sie sollten abwarten und Tee trinken, er stöberte Toby Esterhase auf und wies ihn an, ein tschechisches Agentenpaar zu kassieren, Studenten an der *London School of Economics*. Bill hatte sie bisher ungeschoren gelassen, er plante, sie umzudrehen und zurückzuspielen. Tobys Aufklärer zogen ihnen eins über und sperrten sie in Sarratt ein. Dann rief Bill den tschechischen Agentenführer in London an und brüllte wie ein Feldwebel: Wenn Jim Prideaux auch nur ein Haar gekrümmt werde, drohte er, werde er den Tschechen so bloßstellen, daß er zum Gespött der ganzen Zunft würde. Das könne er seinen Brotgebern bestellen. Auf mich wirkte das Ganze wie ein Verkehrsunfall, bei dem Bill der einzige Arzt war. Er rief eine Presseverbindung an und erzählte seinem Mann dort unter dem Siegel der Verschwiegenheit, Ellis sei ein tschechischer Söldner unter amerikanischem Vertrag; er könne die Story ohne Quellenangabe verwenden. Sie schaffte tatsächlich noch die Spätausgabe. Sobald er konnte, lief er in Jims Zimmer, um sich zu überzeugen, daß dort nichts liegengeblieben war, wo ein Journalist hätte einhaken können, falls ein Journalist clever genug wäre, den Zusammenhang herzustellen zwischen Ellis und Prideaux. Ich nehme an, er hat gründlich reinen Tisch gemacht. Angehörige, alles.

»Er hatte keine Angehörigen«, sagte Smiley. »Außer vielleicht Bill«, fügte er fast unhörbar hinzu.

Sam beendete seinen Bericht. »Um acht Uhr traf Percy Alleline ein, er hatte bei der Air Force eine Sondermaschine locker gemacht. Er grinste übers ganze Gesicht. Was ich in Anbetracht von Bills Stimmung nicht sehr schlau von ihm fand. Er wollte wissen, warum ich Dienst machte, und ich verpaßte ihm den gleichen Schmus wie Mary Masterman: aufs Wort. Er benutzte mein Telefon, um eine Verabredung mit dem Minister zu treffen, und hing noch dran, als Roy Bland ankam, stinkwütend und halb besoffen, und wissen wollte, wer zum Teufel von seinem Tischchen gefressen habe, und bezichtigte praktisch mich. Ich sagte: »Herrgott, Mann, und unser alter Jim? Sie könnten ihn bedauern, wenn Sie schon 'mal dabei sind«, aber Roy ist ein hungriger Knabe und liebt die Lebenden mehr als die Toten. Ich übergab ihm die Telefonzentrale mit herzlichen Grüßen, ging hinüber ins *Savoy* zum Frühstück und las die Sonntagsblätter. Die meisten beschränkten sich auf eine Wiedergabe der tschechischen Berichte und ein müdes Dementi aus dem *Foreign Office.«*

Schließlich sagte Smiley: »Und danach gingen Sie nach Südfrankreich?«

»Für zwei zauberhafte Monate.«

»Hat irgend jemand Ihnen nochmals Fragen gestellt – über Control zum Beispiel?«

»Erst als ich wieder zurückkam. Sie waren inzwischen gegangen worden, Control lag krank im Spital.« Sams Stimme wurde ein wenig tiefer. »Er hat doch nichts *Dummes* angestellt, oder?«

»Nein, er ist nur gestorben.«

»Percy spielte den Obermacher. Er ließ mich rufen und wollte wissen, warum ich für die Masterman Dienst gemacht hatte und in welcher Verbindung ich mit Control stand. Ich blieb bei meiner Geschichte, und Percy nannte mich einen Lügner.«

»Also deshalb hat man Sie geschaßt: Lügen?«

»Alkoholismus, alter Junge. Die Portiers haben sich ein bißchen schadlos gehalten. Zählten fünf Bierdosen im Papierkorb des O.v.D. und meldeten es dem Personalbüro. Es gibt eine eiserne Regel: keinen Alkohol innerhalb des Hauses. Nach der üblichen Zeit befand ein Disziplinarausschuß mich für schuldig, und ich flog im hohen Bogen. Wie war's bei Ihnen?«

»Ach, ganz ähnlich. Ich vermochte sie offenbar nicht zu überzeugen, daß ich mit der Sache nichts zu tun hatte.«

»Wenn Sie mal einen aus dem Weg haben wollen«, sagte Sam, als er Smiley in aller Stille durch eine Seitentür in ein hübsches Gäßchen hinausließ, »Anruf genügt.« Smiley war in Gedanken versunken. »Und wenn Sie jemals ein Spielchen machen möchten, bringen Sie ein paar von Anns smarten Freunden her.«

»Sam, hören Sie zu. Bill war in jener Nacht mit Ann im Bett.

Nein, hören Sie zu. Sie haben angerufen, sie sagte, Bill sei nicht dort. Sobald sie aufgelegt hatte, warf sie Bill aus dem Bett und eine halbe Stunde später tauchte er im Circus auf und wußte bereits, daß es in der Tschechoslowakei eine Schießerei gegeben hatte. Wenn Sie mir die Geschichte in kurzen Worten erzählen würden – auf einer Postkarte – würden Sie es so fassen?«
»Ungefähr.«
»Aber Sie haben Ann bei Ihrem Anruf nichts von der Tschechoslowakei gesagt ...«
»Er hat auf dem Weg zum Circus bei seinem Club reingeschaut.«
»Wenn geöffnet war. Gut: Aber warum wußte er dann nicht, daß Jim Prideaux getroffen worden war?«
Im Tageslicht sah Sam schlichtweg alt aus, obwohl er noch immer grinste. Er schien etwas sagen zu wollen, besann sich aber anders. Er wirkte zornig, dann enttäuscht, dann wurde sein Gesicht wieder ausdruckslos. »Also, bis dann«, sagte er. »Passen Sie auf sich auf«, und zog sich in die ewige Nacht seines selbstgewählten Arbeitsfelds zurück.

27 *Max, der Aufklärer, berichtet, wie Jim Prideaux ihn auf eine Reise mitnahm*

Als Smiley an diesem Morgen das *Islay* verlassen hatte, um sich zum Grosvenor Square zu begeben, waren die Straßen in grelles Sonnenlicht gebadet, und der Himmel war blau gewesen. Als er jetzt in seinem gemieteten Rover an den unfreundlichen Fassaden der Edgware Road entlangfuhr, hatte der Wind sich gelegt, der Himmel war von Regenwolken schwarz verhangen, und von der Sonne war nur noch ein rötlicher Widerschein auf dem Straßenbelag zurückgeblieben. Er parkte in der St. John's Wood Road, im Vorhof eines neuen Wohnturms mit verglaster Eingangshalle, benutzte aber diesen Eingang nicht. Vorbei an einer großen Skulptur, die ihm eine Art kosmischen Kuddelmuddels darzustellen schien, schritt er im eisigen Nieselregen zu einer abwärts führenden Außentreppe mit der Aufschrift: »Nur Ausgang.« Der erste Treppenabsatz war gefliest und mit einem Geländer aus afrikanischem Teakholz versehen. Danach endete die Großzügigkeit des Erbauers. Rauhputz ersetzte den früheren Luxus, und ein schaler Abfallgeruch erfüllte die Luft. Er bewegte sich mehr vorsichtig als verstohlen, aber als er die Eisentür erreicht hatte, hielt er inne, ehe er mit beiden Händen die lange Klinke anfaßte, riß sich zusammen wie zu einem schweren Gang. Die Tür öffnete sich ein paar Zentimeter weit und prallte dann gegen ein Hindernis, worauf ein zorniger Ausruf folgte, der ein vielfaches Echo auslöste wie ein Schrei in einem Hallenbad.

»He, können Sie nicht aufpassen?«

Smiley schlüpfte durch den Spalt. Die Tür hatte die Stoßstange eines funkelnden Wagens gerammt, aber Smiley beachtete den Wagen nicht. Am anderen Ende der Garage spritzten zwei Männer in Overalls einen Rolls Royce an. Beide blickten in seine Richtung.

»Warum nicht kommen andere Tür?« fragte die gleiche ärgerliche Stimme. »Sie Mieter hier? Warum nicht benutzen Mieterlift? Diese Treppe für Feuer.«

Es war nicht festzustellen, welcher der Männer sprach, aber er sprach mit einem stark slawischen Akzent. Die Beleuchtung war hinter ihnen. Der kleinere Mann hielt den Schlauch.
Smiley trat vor, wobei er darauf achtete, beide Hände außerhalb der Taschen zu halten. Der Mann mit dem Schlauch machte sich wieder an die Arbeit, aber der größere beobachtete ihn durch das Halbdunkel. Er trug einen weißen Overall und hatte den Kragen hochgeschlagen, was ihm ein verwegenes Aussehen verlieh. Das schwarze Haar war zurückgestrichen und voll.
»Nein, ich bin kein Mieter«, gestand Smiley. »Ich möchte nur fragen, ob ich vielleicht einen Abstellplatz mieten könnte. Mein Name ist *Carmichael«*, erklärte er lauter. »Ich habe eine Wohnung in dieser Straße gekauft.«
Er machte eine Handbewegung, als wolle er eine Visitenkarte zücken; als könne ein solcher Ausweis ihm förderlicher sein, als seine unbedeutende Erscheinung. »Ich zahle im voraus«, versprach er. »Ich könnte einen entsprechenden Vertrag unterschreiben, oder was immer. Ich möchte, daß alles völlig korrekt ist. Ich kann Referenzen angeben, eine Garantie hinterlegen, alles was zumutbar ist. Es muß nur korrekt sein. Es ist ein Rover. Ein neuer. Ich möchte nichts hinter dem Rücken der Verwaltung tun, es kommt nichts dabei heraus, sage ich immer. Aber alles Zumutbare soll mir recht sein. Ich hätte ihn heruntergefahren, aber ich wollte nicht vorgreifen. Und außerdem, ich weiß, es klingt albern, aber die Rampe war mir unsympathisch. Sie ist noch so neu.«
Während dieser ausgedehnten Darlegung seiner Absichten, die in wirrer Bemühtheit vorgebracht wurden, war Smiley im Strahl einer hellen Lampe stehengeblieben, die über ihm von einem Balken hing: eine flehende, ziemlich unerfreuliche Erscheinung, wie man wohl denken mochte, und über den freien Raum hinweg deutlich sichtbar. Die Pose tat ihre Wirkung. Der Mann im weißen Overall schritt auf ein Glashäuschen zu, das zwischen zwei Eisenpfeilern stand, und machte Smiley mit dem schmalen Kopf ein Zeichen, ihm zu folgen. Im Gehen zog er die Handschuhe ab. Lederhandschuhe, handgenäht und sehr elegant.
»Nächstes Mal Sie aufpassen, wie Tür aufmachen«, warnte er mit

derselben lauten Stimme. »Sie Lift benutzen, ja, oder sonst zahlen ein paar Pfund vielleicht. Mit Lift kein Problem.«
»Max, ich muß mit Ihnen sprechen«, sagte Smiley, sobald sie in dem Häuschen waren. »Allein. Nicht hier.«
Max war breit und kräftig, er hatte ein blasses Knabengesicht, aber die Haut war faltig wie bei einem alten Mann. Er war hübsch, und die braunen Augen waren sehr ruhig. Seine ganze Person strahlte tödliche Ruhe aus.
»Jetzt? Sie wollen jetzt sprechen?«
»Im Wagen. Ich hab ihn draußen. Wenn Sie die Rampe raufgehen, können Sie direkt einsteigen.«
Max legte die Hände um den Mund und brüllte durch die Garage. Er war einen halben Kopf größer als Smiley und hatte die Stimme eines Feldwebels. Smiley verstand nicht, was er schrie. Wahrscheinlich etwas auf Tschechisch. Es kam keine Antwort, aber Max knöpfte bereits seinen Overall auf.
»Wegen Jim Prideaux«, sagte Smiley.
»Klar.«
Sie fuhren nach Hampstead, wo sie in dem funkelnden Rover sitzenblieben und den Kindern zusahen, die das Eis auf dem Teich zerbrachen. Der Regen hatte endlich aufgehört, vielleicht weil es zu kalt war.
Über der Erde trug Max einen blauen Anzug und ein blaues Hemd. Auch die Krawatte war blau, aber sorgfältig von den beiden anderen Tönen abgesetzt: er hatte lang gesucht, bis er diese Nuance gefunden hatte. Er trug mehrere Ringe und Pilotenstiefel mit Reißverschluß an der Seite.
»Ich gehöre nicht mehr dazu. Hat man's Ihnen gesagt?« fragte Smiley. Max zuckte die Achseln. »Ich dachte, man würde es Ihnen sagen«, sagte Smiley.
Max saß kerzengerade; er lehnte sich nicht an, dazu war er zu stolz. Er blickte Smiley nicht an. Seine braunen Augen waren starr auf den Teich und auf die Kinder gerichtet, die im Schilf tollten und schlitterten.
»Mir erzählt man nichts«, sagte er.
»Ich bin geschaßt worden«, sagte Smiley. »Wahrscheinlich zur gleichen Zeit wie Sie.«

Max schien sich ein wenig zu recken, dann entspannte er sich wieder. »Tut mir leid, George. Was machen Sie jetzt: Geld stehlen?«

»Ich möchte nicht, daß sie's erfahren, Max.«

»Sie privat, ich privat«, sagte Max und bot Smiley aus einem goldenen Etui eine Zigarette an, die Smiley ablehnte.

»Ich möchte hören, was passiert ist«, fuhr Smiley fort. »Ich wollte es in Erfahrung bringen, bevor sie mich geschaßt haben, aber ich hatte keine Zeit mehr.«

»Sind Sie deshalb geschaßt worden?«

»Vielleicht.«

»Sie wissen nicht viel, was?« sagte Max, und sein Blick war lässig auf die Kinder gerichtet.

Smiley sprach sehr einfach und beobachtete Max dabei die ganze Zeit, falls er nicht verstehen sollte. Sie hätten deutsch sprechen können, aber Max tat das nicht gern, wie Smiley wußte. Also sprach er englisch und beobachtete Max' Gesicht.

»Ich weiß überhaupt nichts, Max. Ich hatte überhaupt nichts damit zu tun. Ich war in Berlin, als es passierte, ich wußte nichts von der Planung oder den Zusammenhängen. Sie haben mir telegrafiert, aber als ich nach London zurückkam, war es zu spät.«

»Planung«, wiederholte Max. »Das war vielleicht Planung.« Kiefer und Wangen wurden plötzlich ein Meer von Runzeln, und seine Augen verengten sich – eine Grimasse oder ein Lächeln. »Und jetzt haben Sie eine Menge Zeit, wie, George? Herrje, das nenn' ich Planung.«

»Jim hatte eine Sonderaufgabe durchzuführen. Er hat Sie angefordert.«

»Klar. Jim wollte Max als Babysitter.«

»Wie hat er Sie gekriegt? Ist er in Acton aufgetaucht und hat zu Toby Esterhase gesagt ›Toby, ich möchte Max haben.‹ Wie hat er Sie gekriegt?«

Max' Hände lagen auf seinen Knien. Sie waren gepflegt und schlank, bis auf die breiten Knöchel. Jetzt, als der Name Esterhase fiel, drehte er die Handflächen leicht nach innen und machte einen Käfig daraus, als hätte er einen Schmetterling gefangen.

»Was zum Teufel?« fragte Max.
»Also, was ist passiert?«
»War privat«, sagte Max. »Jim privat, ich privat. Genau wie jetzt.«
»Na«, sagte Smiley. »Bitte.«
Max sprach, als hätte es sich um irgendeinen Verdruß gehandelt: Familie oder Geschäft oder Liebe. Es war ein Montagabend Mitte Oktober, ja, der sechzehnte. Eine tote Zeit, er war seit Wochen nicht im Ausland gewesen und hatte genug. Den ganzen Tag hindurch hatte er ein Haus in Bloomsbury ausgekundschaftet, wo angeblich ein paar chinesische Studenten wohnten; die Aufklärer erwogen, einen Einbruch in ihre Zimmer zu inszenieren. Er wollte schon zur *Laundry* nach Acton zurückkehren, um seinen Bericht zu schreiben, als Jim ihn nach der Methode »Zufallstreffen« unterwegs auflas und bis zum Crystal Palace fuhr, wo sie im Auto sitzenblieben und redeten, genau wie jetzt, nur daß sie tschechisch sprachen.
Jim sagte, es laufe eine Sondersache, so groß, so geheim, daß kein Mensch im Circus, auch nicht Toby Esterhase, wissen dürfe, daß sie stattfinde. Komme von der obersten Spitze und sei haarig. Ob Max interessiert sei?
»Ich sage: ›Klar, Jim. Max interessiert.‹ Dann fragen er mich, Urlaub nehmen. Geh zu Toby und sag Toby, meine Mutter krank, ich brauch ein paar Tage Urlaub. Ich hab keine Mutter nicht. ›Klar‹, sag ich, ›ich nehm Urlaub. Für wie lange, bitte, Jim?‹«
Die ganze Sache sollte nicht länger als das Wochenende dauern, sagte Jim. Am Sonnabend sollten sie drinnen sein und am Sonntag wieder draußen. Dann fragte er Max, ob er zur Zeit irgendwelche gültigen Papiere habe: am besten als Österreicher, kleiner Geschäftsmann, mit passendem Führerschein. Falls Max in Acton nichts bereitliegen habe, würde Jim in Brixton etwas zusammenstellen lassen.
»›Klar‹, sage ich. ›Ich habe Hartmann, Rudi, aus Linz, Sudeten-Auswanderer.‹«
Also erzählte Max Toby eine Geschichte von Schwierigkeiten mit einem Mädchen in Bradford, und Toby hielt Max zehn Mi-

nuten lang einen Vortrag über die Sexualmoral der Engländer; und am Donnerstag trafen Jim und Max sich in einem »sicheren Haus«, das die Skalpjäger damals hatten, einer alten Bruchbude in Lambeth. Jim hatte die Schlüssel mitgebracht. Ein Drei-Tage-Werk, wiederholte Jim, eine Geheimkonferenz in der Nähe von Brünn. Jim hatte eine große Landkarte, die sie studierten. Jim wollte mit einem tschechischen Paß reisen, Max würde als Österreicher gehen. Bis Brünn würden sie getrennt reisen. Jim würde von Paris nach Prag fliegen, dann Eisenbahn bis Brünn. Er sagte nicht, welche Papiere er selber bei sich haben würde, aber Max nahm an, tschechische, denn er hatte sie ihn schon öfter benutzen sehen. Max war Hartmann, Rudi, Handelsreisender in Glas und Keramik. Er sollte mit dem Lieferwagen bei Mikulow über die österreichische Grenze, dann nordwärts nach Brünn und sich die Zeit so einteilen, daß er um sechs Uhr dreißig am Samstagabend zum Treffpunkt in einer Seitenstraße in der Nähe des Fußballplatzes sei. Um sieben Uhr würde dort ein großes Match beginnen. Sie vereinbarten die Zeiten, Ausweich-Treffs und besprachen alle Eventualitäten; und außerdem, sagte Max, kannte jeder die Handschrift des anderen. Sobald sie Brünn verlassen hätten, würden sie auf der Straße nach Bilovice bis Krtiny fahren, dann ostwärts nach Racice abzweigen. Irgendwo auf der Straße nach Racice würden sie an einem auf der linken Seite geparkten schwarzen Wagen vorbeikommen, vermutlich einem Fiat. Die ersten beiden Zahlen des Nummernschildes würden neun neun sein. Der Fahrer würde eine Zeitung lesen. Sie würden neben dem Wagen halten, Max würde hinübergehen und fragen, ob ihm etwas fehle. Der Mann würde antworten, sein Arzt habe ihm verboten, mehr als drei Stunden hintereinander zu fahren. Max würde sagen, ja, lange Fahrten gingen aufs Herz. Der Fahrer würde ihnen dann zeigen, wo sie den Lieferwagen abstellen könnten und sie in seinem eigenen Wagen zu dem Treffen mitnehmen.

»Wen haben Sie treffen wollen, Max? Hat Jim Ihnen das auch gesagt?«

Nein, Jim hatte weiter nichts gesagt.

Bis Brünn, sagte Max, ging alles ziemlich wie geplant. Als er von

Mikulow wegfuhr, folgten ihm eine Zeitlang zwei zivile Motorradfahrer, aber das schrieb er seinen österreichischen Nummernschildern zu und ließ sich nicht stören. Er kam bequem bis nachmittags nach Brünn, und der Ordnung halber nahm er ein Zimmer im Hotel und trank im Restaurant ein paar Tassen Kaffee. Irgendein Hanswurst machte sich an ihn heran, und Max erzählte ihm von den vielerlei Unbilden im Glaswarenhandel und daß ihm sein Mädel in Linz mit einem Amerikaner durchgegangen sei. Jim schaffte das erste Treffen nicht, kam aber zum Ausweich-Treff eine Stunde danach. Max dachte zuerst, der Zug habe Verspätung gehabt, aber Jim sagte »Langsam fahren«, und da wußte Max, daß etwas schiefgegangen war.
Folgendermaßen würde es ablaufen, sagte Jim. Der Plan sei geändert worden. Max sollte sich raushalten. Er sollte Jim kurz vor dem Treffpunkt absetzen und dann bis Montag früh in Brünn warten. Er dürfe mit keiner der Kontaktstellen des Circus Verbindung aufnehmen: mit niemandem von Aggravate, mit niemandem von Plato, und am allerwenigsten mit der Außenstelle in Prag. Sollte Jim am Montag bis acht Uhr früh nicht im Hotel aufgetaucht sein, so müsse Max zusehen, wie er allein herauskomme. Wenn Jim auftauchte, so bestehe Max' Aufgabe darin, Control eine Botschaft von Jim zu überbringen: die Botschaft könne sehr einfach sein, vielleicht nur ein einziges Wort. In London solle er nur zu Control persönlich gehen, über den alten MacFadean eine Verabredung treffen, und Control die Botschaft übermitteln, sei das klar? Für den Fall, daß Jim nicht zurückkommen würde, sollte Max einfach sein früheres Leben wieder aufnehmen und alles ableugnen, inner- und außerhalb des Circus.
»Hat Jim gesagt, warum der Plan geändert wurde?«
»Jim hat sich Sorgen gemacht.«
»Es war also etwas passiert, als er auf dem Weg zu dem Treffen mit Ihnen war?«
»Vielleicht. Ich sage Jim: ›Hören Sie Jim, ich komme mit. Sie Sorgen, ich Babysitter, ich fahre für Sie, schieße für Sie, was zum Teufel?‹ Jim wird verdammt wütend. Okay?«
»Okay«, sagte Smiley.

Sie fuhren die Straße nach Racice und fanden den unbeleuchteten Wagen, einen Fiat, vor einem Feldweg geparkt, neun neun auf den Nummernschildern, schwarz. Max hielt den Lieferwagen an und ließ Jim aussteigen. Als Jim auf den Fiat zuging, öffnete der Fahrer die Tür einen Spalt, um die Innenbeleuchtung anzuschalten. Über dem Steuerrad lag eine aufgeschlagene Zeitung.
»Konnten Sie sein Gesicht sehen?«
»War im Schatten.«
Max wartete, vermutlich tauschten sie Losungsworte aus, Jim stieg ein, und das Auto fuhr über den Feldweg davon, noch immer ohne Licht. Max kehrte nach Brünn zurück. Er saß gerade bei einem Schnaps im Restaurant, als die ganze Stadt zu dröhnen begann. Er dachte zuerst, es komme aus dem Fußballstadion, dann begriff er, daß es Lastwagen waren, ein ganzer Konvoi, der die Straße hinunterraste. Er fragte die Kellnerin, was los sei, und sie sagte, es habe eine Schießerei in den Wäldern gegeben, Konterrevolutionäre hätten sie angezettelt. Max ging hinaus zum Lieferwagen, stellte das Radio an und hörte die Sondermeldung aus Prag. Damals hörte er zum erstenmal etwas von einem General. Er nahm an, daß überall Absperrungen seien, und außerdem hatte er von Jim Anweisung, bis Montag früh im Hotel zu bleiben.
»Vielleicht schickt Jim mir Botschaft. Vielleicht kommt irgendwer vom Widerstand zu mir.«
»Mit diesem einen Wort«, sagte Smiley ruhig.
»Klar.«
»Er hat nicht gesagt, was für eine Art Wort es sein würde?«
»Sie verrückt«, sagte Max. Es konnte eine Feststellung oder eine Frage sein.
»Ein tschechisches Wort oder ein englisches Wort oder ein deutsches Wort?«
Niemand kam, sagte Max. Auf die verrückte Frage ging er nicht ein.
Am Montag verbrannte er den Paß, mit dem er eingereist war, wechselte die Nummernschilder an seinem Lieferwagen und benutzte seine westdeutschen Fluchtpapiere. Anstatt direkt nach Süden fuhr er nach Südwesten, ließ den Lieferwagen in einem

Straßengraben und überquerte die Grenze im Bus bis Freistadt, der sicherste Übergang, den er kannte. In Freistadt genehmigte er sich ein Glas und verbrachte die Nacht mit einem Mädchen, weil er ganz durcheinander und ärgerlich war und wieder zu Atem kommen wollte. Dienstagnacht traf er in London ein und trotz Jims Befehl dachte er, er sollte doch versuchen, Control zu erreichen: »Das war ganz verdammt schwierig«, kommentierte er.

Er versuchte es per Telefon, kam aber nicht über die Mütter hinaus. MacFadean war nicht da. Er dachte an Schreiben, aber da fiel ihm ein, daß Jim gesagt hatte, niemand sonst im Circus dürfe etwas erfahren. Er beschloß, Schreiben sei zu gefährlich. Gerüchte in Acton wollten wissen, daß Control krank sei. Er versuchte, das Krankenhaus ausfindig zu machen, aber vergebens.

»Hatten Sie den Eindruck, daß die Leute in Acton wußten, wo Sie gewesen waren?«

»Frag ich mich auch.«

Er fragte sich noch immer, als die Personalabteilung ihn kommen ließ und seinen Rudi-Hartmann-Paß sehen wollte. Er sagte, er habe ihn verloren, was schließlich der Wahrheit sehr nahekam. Warum er den Verlust nicht gemeldet habe: Wußte er nicht. Wann hatte er ihn verloren? Wußte er nicht. Wann hatte er Jim Prideaux zum letztenmal gesehen? Erinnerte er sich nicht. Sie schickten ihn zur *Nursery* nach Sarratt, aber Max fühlte sich in Form und war wütend, und nach ein paar Tagen hatten die Inquisitoren entweder genug von ihm, oder jemand pfiff sie zurück.

»Ich geh wieder zurück nach Acton, Toby Esterhase gibt mir hundert Pfund, sagt, ich soll mich zum Teufel scheren.«

Schrille Beifallsrufe stiegen vom Ufer des Teichs auf. Zwei Buben hatten eine große Eisscholle versenkt und jetzt blubberte das Wasser durch das Loch.

»Max, was ist mit Jim passiert?«

»Was zum Teufel?«

»Sie kriegen solche Dinge zu hören. Es kommt unter den Emigranten herum. Was ist mit ihm passiert? Wer hat ihn geflickt, wie haben sie ihn zurückgekauft?«

»Emigranten reden nicht mehr mit Max.«
»Aber Sie haben etwas gehört, nicht wahr?«
Dieses Mal erzählten es ihm die weißen Hände. Smiley sah, wie die Finger sich spreizten, fünf an der einen Hand, drei an der anderen, und er fühlte die Übelkeit aufsteigen, noch ehe Max sprach:
»Sie haben also Jim von hinten angeschossen. Vielleicht ist Jim davongerannt, was zum Teufel? Sie haben Jim ins Gefängnis gesteckt. Das ist nicht gut für Jim. Auch für meine Freunde. Nicht gut.« Er fing an, aufzuzählen. »Pribyl«, begann er und berührte seinen Daumen. »Bukowa, Mirek, von Pribyls Frau und Bruder.« Er nahm einen Finger. »Auch Pribyls Frau.« Ein zweiter Finger, ein dritter: »Kolin Jiri, seine Schwester auch, meistens tot. Das war Netz Aggravate.« Er nahm die andere Hand. »Nach Netz Aggravate kommt Netz Plato. Kommt Rechtsanwalt Rapotin, kommt Oberst Landkron und die Stenotypistinnen Eva Krieglowa und Hanka Bilowa. Auch meistens tot. Verdammt hoher Preis, George«, er hielt die sauberen Finger nah an Smileys Gesicht, »verdammt hoher Preis für einzigen Engländer mit Schuß im Rücken.« Er geriet außer sich. »Was geht Sie's an, George? Circus nicht gut für Tschecho. Alliierte nicht gut für Tschecho. Kein Reicher holt keinen Armen aus dem Gefängnis! Soll ich Ihnen eine Fabelgeschichte erzählen? Wie sagt man, bitte?«
»Märchen«, sagte Smiley.
»Okay, also, ich will keine verdammten Märchen mehr hören, wie die Engländer müssen die Tschechen befreien!«
»Vielleicht war es gar nicht Jim«, sagte Smiley nach langem Schweigen. »Vielleicht hat jemand anderer die Netze hochgehen lassen. Nicht Jim.«
Max öffnete bereits die Tür. »Was zum Teufel?« fragte er.
»Max«, sagte Smiley.
»Keine Angst, George. Ich hab keinen, an den ich Sie verkaufen könnte. Okay?«
»Okay.«
Smiley blieb im Auto sitzen und sah zu, wie Max einem Taxi winkte. Mit einer kurzen Handbewegung, als riefe er einen Kell-

ner herbei. Ohne einen Blick auf den Fahrer gab er die Adresse an. Dann fuhr er ab, wiederum saß er sehr aufrecht und starrte vor sich hin wie eine königliche Hoheit, die der Menge nicht achtet.

Als das Taxi verschwunden war, erhob sich Inspektor Mendel langsam von der Bank, faltete seine Zeitung zusammen und ging zu dem Rover hinüber.

»Alles in Ordnung«, sagte er. »Die Luft ist rein. Ihr Gewissen ist rein.«

Smiley, der dessen nicht ganz so sicher war, händigte Mendel die Schlüssel des Wagens aus, dann ging er zu Fuß zur Bushaltestelle, zuerst über die Straße und dann nach Westen.

28 *George Smiley trifft sich mit einem Sportjournalisten und stößt abermals auf Toby Esterhases Handschrift*

Sein Ziel war die Fleet Street, ein Kellerlokal voller Weinfässer. In anderen Stadtvierteln mochte man halb vier Uhr ein bißchen spät für den vormittäglichen Aperitif finden, aber als Smiley sachte die Tür aufdrückte, drehten sich ein Dutzend schattenhafter Gestalten um und beäugten ihn von der Theke her. Und an einem Ecktisch saß, so unbeachtet wie die künstlichen Gewölbebogen oder die imitierten Musketen an der Wand, Jerry Westerby vor einem großen rosa Gin.

»Alter Knabe«, sagte Jerry Westerby schüchtern, und seine Stimme schien aus dem Boden heraufzukommen. »Das darf doch nicht wahr sein. He, Jimmy!« Die Hand, die er auf Smileys Arm legte, während er mit der anderen Erfrischungen herbeiwinkte, war riesig und mit Muskeln gepolstert, denn Jerry war früher einmal Tormann einer Kricketmannschaft gewesen. Im Gegensatz zu den sonstigen Torwarten war er groß und füllig, aber seine Schultern waren noch immer vorgebeugt wie in Fanghaltung. Er hatte einen Schopf sandig grauen Haars und ein rotes Gesicht, und er trug die Krawatte eines berühmten Sportclubs über einem cremefarbenen Seidenhemd. Smileys Anblick entzückte ihn sichtlich, denn er strahlte vor Freude.

»Das darf doch nicht wahr sein«, wiederholte er. »Alles was recht ist. Was treiben Sie denn immer?« – und zog ihn mit Gewalt auf den Platz neben ihm. »Sonne auf'n Pelz brennen lassen, an die Decke spucken? Heh« – im Moment die dringendste Frage – »Was darf's denn sein?«

Smiley bestellte eine Bloody Mary.

»Es ist nicht nur reiner Zufall, Jerry«, gestand Smiley. Es entstand eine kurze Pause, die Jerry plötzlich schnell zu überbrükken trachtete.

»Und was macht der Dämon Weib? Alles in Ordnung? Ist *die* Sache. Eine der fabelhaftesten Ehen, hab' ich immer gesagt.«

Jerry Westerby hatte selber mehrere Ehen geschlossen, aber nur

an den wenigsten hatte er seine Freude gehabt.
»Schlage Ihnen ein Geschäft vor, George«, erbot er sich und ließ eine der mächtigen Schultern in seine Richtung rollen. »Ich zieh zu Ann und spucke an die Decke, Sie übernehmen meinen Job und schreiben über's Damen-Pingpong. Wie wär' das? Tolles Ding.«
»Cheers«, sagte Smiley jovial.
»Hab' in letzter Zeit nicht viel von den Jungen und Mädchen zu sehen gekriegt«, gestand Jerry unbeholfen und errötete wiederum grundlos. »Weihnachtskarte vom alten Toby voriges Jahr, das ist so ungefähr mein Anteil. Haben mich wohl auch abgeschrieben. Kann's ihnen nicht verübeln.« Er schnippte an den Rand seines Glases. »Zuviel von dem Zeug da, daran liegt's. Sie glauben, ich kann nicht dichthalten. Keinen Mumm mehr.«
»Das glauben sie bestimmt nicht«, sagte Smiley, und das Schweigen ergriff wiederum von ihnen Besitz.
»Zuviel Feuerwasser, nicht gut für roten Krieger«, zitierte Jerry feierlich. Es war einer ihrer alten Indianer-Witze gewesen, erinnerte Smiley sich, und das Herz wurde ihm schwer.
»Hugh«, sagte er.
»Hugh«, sagte Jerry, und sie tranken.
»Ich habe Ihren Brief sofort verbrannt, nachdem ich ihn gelesen hatte«, sagte Smiley mit ruhiger, beherrschter Stimme. »Falls Sie sich Gedanken machen sollten. Ich habe zu niemandem ein Wort gesagt. Er kam ohnehin zu spät. Es war alles schon vorbei.«
Hier wurde Jerrys lebhafte Gesichtsfarbe zu einem dunklen Scharlachrot.
»Also lag es nicht an dem Brief, den Sie mir schrieben, daß man Sie kaltgestellt hat«, fuhr Smiley im gleichen freundlichen Ton fort, »falls Sie das geglaubt haben sollten. Und außerdem haben Sie ihn doch persönlich eingeworfen.«
»Sehr anständig von Ihnen«, murmelte Jerry. »Vielen Dank. Hätte ihn nicht schreiben sollen. Aus der Schule geplaudert.«
»Unsinn«, sagte Smiley und bestellte zwei weitere. »Sie haben es für die Sache getan.«
Smiley hatte das Gefühl, Lacon sprechen zu hören. Aber wer mit Jerry Westerby sprechen wollte, mußte sich ausdrücken wie

seine Zeitung: kurze Sätze, eingängige Meinungen.
Jerry stieß den Atem und Schwaden von Zigarettenrauch aus. »Letzter Job, ach, ist Jahre her«, erinnerte er sich mit neugewonnener Munterkeit. »Länger. Kleines Päckchen in Budapest deponieren. Wirklich nichts dabei. Telefonzelle. Oberer Rand. Nur hochgelangt. Hingelegt. Kinderspiel. Glaub' nicht, daß ich's vermasselt hab' oder so. Hab' zuerst brav alles erledigt. Sicherheitssignale. ›Leerung jederzeit. Bitte sich zu bedienen.‹ So, wie sie es uns beigebracht haben, ja? Ihr Jungens müßt's schließlich wissen, oder? Ihr seid die weisen Eulen. Sein Teil beitragen, darauf kommt's an. Mehr kann man nicht tun. Eins kommt zum andern. Ergibt das Muster.«
»Sie werden bald wieder auf Sie zurückkommen«, sagte Smiley tröstend. »Wahrscheinlich sollen Sie nur ein bißchen ausruhen. Das machen sie gern so, wissen Sie.«
»Hoffentlich«, sagte Jerry mit loyalem, aber unsicherem Lächeln. Sein Glas zitterte leicht, als er trank.
»War das die Reise, die Sie gemacht haben, kurz ehe Sie mir den Brief schrieben?« fragte Smiley.
»Klar. Genau die gleiche Reise, Budapest, dann Prag.«
»Und in Prag haben Sie diese Geschichte gehört? Auf die Sie sich in Ihrem Brief bezogen haben?«
An der Theke prophezeite ein blühender Mann in schwarzem Anzug den unmittelbar bevorstehenden Zusammenbruch des Landes. Er gebe uns noch drei Monate, sagte er, dann Sense.
»Komischer Kauz, Toby Esterhase«, sagte Jerry.
»Aber gut«, sagte Smiley.
»Mein Gott, alter Knabe, erste Güte. Brillant, sage ich. Aber komisch, wissen Sie. *Hugh*!«
Sie tranken wieder, und Jerry Westerby hielt sich den gereckten Zeigefinger wie eine Apachenfeder hinter den Kopf.
»Der Haken ist«, sagte der blühende Mann an der Theke über sein Glas hinweg, »wir werden nicht mal merken, daß es passiert ist.«
Sie beschlossen, unverzüglich essen zu gehen, da Jerry seine Story für die morgige Ausgabe in Satz geben mußte: der Schläger von Bromwich Albion hatte einen Skandal verursacht. Sie gingen

in ein Curry-Lokal, wo man bereitwillig Bier zur Teestunde bekam, und sie machten aus, falls sie jemandem begegnen sollten, würde Jerry George als seinen Bankmanager vorstellen, eine Idee, die ihn während seiner herzhaften Mahlzeit immer wieder belustigte. Die Musikkulisse bezeichnete Jerry als den Hochzeitsflug des Moskitos, und manchmal drohte sie, die schwächeren Töne seiner heiseren Stimme wegzuschwemmen; was vermutlich nicht schadete. Denn während Smiley sich tapfer bemühte, Begeisterung für das Currygericht zu zeigen, war Jerry nach seinem anfänglichen Zögern in eine ganz andere Geschichte eingestiegen, bei der es um einen gewissen Jim Ellis ging: in die Geschichte, die der liebe alte Toby Esterhase ihn nicht hatte in die Zeitung bringen lassen.

Jerry Westerby gehörte einer äußerst seltenen Spezies an, er war der ideale Zeuge! Er hatte keine Phantasie, keine boshafte Ader, keine persönliche Meinung. Nur: die Sache war komisch. Er konnte sie sich nicht aus dem Kopf schlagen, und dabei fiel ihm ein, er hatte seitdem nicht mehr mit Toby gesprochen.
»Nur diese Karte da: *Fröhliche Weihnachten, Toby.* Foto der Leadenhall Street im Schnee.« Er starrte völlig perplex auf den elektrischen Ventilator. »Ist doch nichts *Besonderes* an der Leadenhall Street, wie, alter Knabe? Kein konspiratives Haus oder Treffpunkt oder sonstwas, oder?«
»Nicht daß ich wüßte«, sagte Smiley lachend.
»Konnte mir nicht vorstellen, warum er die Leadenhall Street als Weihnachtskarte benutzte. Verdammt seltsam, finden Sie nicht?«
Vielleicht habe er bloß ein Foto von London im Schnee schicken wollen, schlug Smiley vor; schließlich war Toby in mancher Hinsicht ein bißchen ungewöhnlich.
»Komische Art, Grüße zu schicken, muß schon sagen. Hat mir immer eine Kiste Scotch geschickt, pünktlich wie die Uhr.« Jerry runzelte die Stirn und trank aus seinem Krug. »Geht mir nicht um den Scotch«, erklärte er mit jener Ratlosigkeit, die häufig sein inneres Sehvermögen störte. »Kann mir meinen Scotch jederzeit selber kaufen. Nur, wenn man draußen ist, schreibt man allem

eine Bedeutung zu, deshalb sind Geschenke wichtig, verstehen Sie, was ich meine?«

Es war vor einem Jahr, ja, im Dezember. Das Restaurant *Sport* in Prag, sagte Jerry Westerby, gehöre nicht zu den Stammlokalen der Journalisten aus dem Westen. Die meisten lungerten im *Cosmo* oder im *International* herum, redeten nur leise und steckten immer zusammen, weil sie nervös waren. Aber Jerrys Lokal war das *Sport*, und seit er einmal Holotek, den Torwart, nach dem gewonnenen Match gegen die Tataren mitgebracht hatte, stand Jerry unter dem persönlichen Schutz des Barmanns namens Stanislaus oder Stan:

»Stan ist ein wahrer Fürst. Tut genau, was ihm verdammt nochmal Spaß macht. Kommt einem plötzlich vor, als wäre die Tschechoslowakei ein freies Land.«

Restaurant, erklärte er, bedeute Bar. Während Bar in der Tschechoslowakei Nachtclub bedeute, was komisch sei. Smiley stimmte zu, daß es verwirrend sein mußte.

Wie dem auch sei, Jerry hielt immer die Ohren offen, wenn er dort war, es war trotz allem ein tschechisches Lokal, und schon ein paarmal hatte er Toby von dort das fehlende Steinchen mitbringen oder ihn auf irgend jemandens Fährte setzen können.

»Auch wenn's bloß um Währungsgeschäfte ging, den schwarzen Markt. Alles Wasser auf die Mühle, meinte Toby. Kleinvieh macht auch Mist – das jedenfalls sagte Toby.«

Sehr richtig, pflichtete Smiley bei. So funktioniere es.

»Toby war die weise Eule, was?«

»Klar.«

»Ich habe früher immer direkt für Roy Bland gearbeitet, wissen Sie. Dann fiel Roy die Treppe hinauf, und Toby übernahm mich. Bißchen beunruhigend, solche Veränderungen. Cheers.«

»Wie lange hatten Sie schon für Toby gearbeitet, als Sie diese Reise unternahmen?«

»Paar Jahre, mehr nicht.«

Sie schwiegen eine Weile, das Essen kam, die Krüge wurden frisch gefüllt, und Jerry Westerby würzte sich mit seiner riesigen Hand das schärfste Currygericht der Speisekarte nach und goß feuerrote Soße über das Ganze. Die Soße, sagte er, gebe dem Ge-

richt Aroma. »Der alte Khan hält sie eigens für mich«, erklärte er nebenbei. »Verwahrt sie im Atomkeller.«
Also damals, fuhr er fort, in jener Nacht in Stans Bar sei dieser Junge mit dem Salatschüssel-Haarschnitt und dem hübschen Mädchen am Arm dagewesen.
»Und ich dachte: aufgepaßt Jerry-Boy, das da ist ein Kommißhaarschnitt. Stimmt's?«
»Stimmt«, echote Smiley und dachte, in mancher Hinsicht war Jerry selber ein bißchen wie eine Eule.
Es stellte sich heraus, daß der Junge Stans Neffe und sehr stolz auf sein Englisch war: »Toll, was die Leute einem erzählen, wenn sie bloß mit ihren Sprachkenntnissen prahlen können.« Der Junge war auf Urlaub vom Militär und hatte sich in dieses Mädchen verliebt, er hatte noch acht Tage vor sich und hätte die ganze Welt umarmen mögen, einschließlich Jerry. Ja, Jerry sogar ganz besonders, denn Jerry zahlte den Sprit.
»Wir sitzen also alle kunterbunt um den großen Tisch in der Ecke, Studenten, hübsche Mädchen, alles mögliche. Der alte Stan war hinter seiner Theke hervorgekommen, und ein Bursche spielte recht ordentlich auf einer Quetschkommode. Jede Menge Gemütlichkeit, jede Menge Sprit, jede Menge Krach.«
Der Krach war besonders wichtig, erklärte Jerry, weil er dadurch mit dem Jungen schwatzen konnte, ohne daß jemand aufpaßte. Der Junge saß neben Jerry, er hatte ihn von Anfang an ins Herz geschlossen. Er hatte einen Arm um das Mädchen gelegt und den anderen um Jerry.
»Einer von den Bengels, die einen anfassen können, ohne daß man das Gruseln kriegt. Mag's im allgemeinen nicht, wenn mich einer anfaßt. Die Griechen tun's. Kann's persönlich nicht leiden.«
Smiley sagte, er könne es auch nicht leiden.
»Weil ich grad dran denke, das Mädchen sah ein bißchen aus wie Ann«, überlegte Jerry. »Klasse, verstehen Sie, was ich meine? Garbo-Augen, jede Menge gewisses Etwas.«
Und während alle munter sangen und tranken und Ringküssen spielten, fragte dieser Junge auf einmal Jerry, ob er die Wahrheit über Jim Ellis wissen wolle.

»Hab' getan, als hätt' ich nie von ihm gehört«, sagte Jerry zu Smiley. »›Schrecklich gern‹, sage ich. ›Wer ist denn dieser Jim Ellis?‹ Und der Junge schaut mich an, als wäre ich plemplem und sagt: ›Ein englischer Spion.‹ Nur hat's niemand gehört, sie schrien alle durcheinander und sangen gepfefferte Lieder. Der Kopf des Mädchens lag auf seiner Schulter, aber sie war schon halb hinüber und im siebenten Himmel, also redete er seelenruhig weiter und war stolz auf sein Englisch, verstehn Sie?«

»Versteh schon«, sagte Smiley.

»›Englischer Spion‹. Plärrt mir direkt ins Ohr. ›Hat im Krieg mit tschechischen Partisanen gekämpft. Kommt hierher unter dem Namen Hajek und wird von der russischen Geheimpolizei erschossen.‹ Aber ich hab' bloß die Achseln gezuckt und gesagt: ›Das erste, das ich höre, alter Junge.‹ Nur nicht drängen, wissen Sie. Auf keinen Fall drängen. Macht sie kopfscheu.«

»Da haben Sie vollkommen recht«, sagte Smiley aus vollem Herzen und beantwortete ein Weilchen geduldig weitere Fragen nach Ann, und wie es sei, wenn man liebte, einen anderen Menschen wirklich und ein ganzes Leben lang liebte.

»Ich leiste gerade meinen Militärdienst ab«, begann der Junge in Jerry Westerbys Bericht. »Ich muß, andernfalls darf ich nicht studieren.« Im Oktober hatte er an einer Grundausbildungsübung in den Wäldern bei Brünn teilgenommen. In diesen Wäldern wimmelte es ständig von Soldaten; im Sommer war das ganze Areal einen Monat lang für die Öffentlichkeit gesperrt gewesen. Es war eine langweilige Infanterieübung, die zwei Wochen dauern sollte, aber am dritten Tag wurde sie ohne Angabe von Gründen abgeblasen und die Truppen wurden in die Stadt zurückbeordert. Der Befehl lautete: Sofort packen und zurück in die Kasernen. Bis zum Abend mußte der ganze Wald geräumt sein.

»Nach wenigen Stunden schwirrte es nur so von blödsinnigen Gerüchten«, fuhr Jerry fort. »Einer sagte, die ballistische Forschungsanstalt in Tisnow sei explodiert. Ein anderer sagte, die Übungsbataillone hätten gemeutert und schössen auf die russischen Soldaten. Neuer Aufstand in Prag, die Russen haben die

Regierung übernommen, die Deutschen greifen an, Gott weiß was ist passiert. Sie wissen, wie Soldaten sind. Überall gleich, die Soldaten. Latrinengerüchte.«

Das Thema Militär brachte Jerry Westerby auf verschiedene Bekannte aus seiner eigenen Soldatenzeit, und er fragte nach Leuten, die Smiley flüchtig gekannt und wieder vergessen hatte. Endlich kamen sie wieder zur Sache.

»Sie brachen das Lager ab, beluden die Lastwagen und saßen herum und warteten, daß der Konvoi sich in Bewegung setzte. Sie waren eine halbe Stunde gefahren, als es hieß, das Ganze halt, und dem Konvoi befohlen wurde, die Straße freizumachen. Die Wagen mußten sich zwischen die Bäume verdrücken. Blieben im Dreck stecken, in Gräben, alles mögliche. Offenbar heilloses Durcheinander.«

Es seien die Russen gewesen, sagte Westerby. Sie kamen aus Richtung Brünn und hatten's furchtbar eilig, und alles, was tschechisch war, mußte die Bahn freimachen oder die Folgen tragen.

»Zuerst brauste eine Motorradstaffel mit aufgeblendeten Scheinwerfern daher, und die Fahrer brüllten sie an. Dann ein Stabsauto und Zivilisten, der Junge schätzte, im ganzen sechs Zivilisten. Dann zwei Lastwagenladungen Spezialtruppen, bis an die Zähne bewaffnet und in Tarnanzügen. Schließlich ein Wagen voller Spürhunde. Alles unter höllischem Getöse. Langweile ich Sie, alter Knabe?«

Westerby tupfte sich mit dem Taschentuch den Schweiß vom Gesicht und blinzelte, wie jemand, der gerade wieder zu sich kommt. Der Schweiß war auch durch das Hemd gedrungen; er sah aus, als hätte er unter der Dusche gestanden. Da Curry nicht zu Smileys Lieblingsgerichten zählte, bestellte er zwei weitere Krüge Bier, um den Geschmack hinunterzuspülen.

»Das war also der erste Teil der Geschichte. Tschechische Truppen raus, russische Truppen rein. Kapiert?«

Smiley sagte, ja, er glaube, er sei soweit ganz gut mitgekommen. Als sie wieder zurück in Brünn waren, erfuhr der Junge jedoch, daß seine Einheit noch längst nicht auf ihren Lorbeeren ausruhen sollte. Ihr Konvoi wurde mit einem zweiten gekoppelt, und in der folgenden Nacht rasten sie acht bis zehn Stunden lang ohne bekanntes Ziel in der Gegend herum. Sie fuhren nach Westen bis Trebic, hielten und warteten, während die Nachrichtenabteilung eine lange Sendung durchgab, dann ging es in südöstlicher Richtung zurück, fast bis Znojmo an der österreichischen Grenze, und während des Fahrens wurde wie irre gehupt; niemand wußte, wer die Route befohlen hatte, niemand wollte irgend etwas erklären. Einmal bekamen sie Befehl, die Bajonette aufzupflanzen, ein anderes Mal schlugen sie ein Lager auf und packten alsbald ihren Kram wieder zusammen und zischten ab. Da und dort begegneten sie anderen Einheiten: Bei Breclav Feldpolizei, Panzer, die immer rundum fuhren, einmal zwei Kanonen auf Selbstfahr-Lafetten über eigens verlegte Gleise. Überall die gleiche Geschichte: kopfloses, sinnloses Getümmel. Die älteren Hasen sagten, es sei eine Strafe der Russen dafür, daß man Tscheche sei. Als sie wieder zurück in Brünn waren, hörte der Junge eine ganz andere Erklärung. Die Russen waren hinter einem englischen Spion namens Hajek her. Er hatte die Forschungsanlage ausspionieren wollen und versucht, einen General zu entführen, und die Russen hatten ihn erschossen.

»Also fragte der Junge«, sagte Jerry, »der freche kleine Teufel fragt seinen Unteroffizier: ›Wenn Hajek schon erschossen ist, warum müssen wir dann in der Gegend 'rumbrausen und einen Mordswirbel machen?‹ Und der Unteroffizier belehrt ihn: ›Weil wir hier beim Militär sind.‹ Auch überall die gleiche Marke, wie?«

Sehr ruhig fragte Smiley: »Wir sprechen da von zwei Nächten, Jerry. In welcher Nacht sind die Russen in den Wald eingedrungen?«

Jerry Westerbys Gesicht verzog sich vor Betroffenheit. »Genau das wollte der Junge mir sagen, George. Genau das wollte er mir in Stans Bar stecken. Worum's bei all den Gerüchten ging. Die Russen sind am Freitag eingedrungen. Aber Hajek haben sie erst am Sonnabend erschossen. Also sagten die Schlaumeier: ganz klar, die Russen haben Hajek aufgelauert. Wußten, daß er kommen würde. Wußten alles. Hinterhalt. Üble Geschichte, was? Schlecht für unseren guten Ruf, Sie verstehen, was ich meine.

Schlecht für großen Häuptling. Schlecht für ganzen Stamm. Hugh.«

»Hugh«, sagte Smiley in sein Bierglas.

»Toby hat es auch so aufgefaßt. Wir haben es genau gleich beurteilt, bloß verschieden reagiert.«

»Sie haben also Toby alles erzählt«, sagte Smiley beiläufig, während er Jerry eine große Schüssel Bohnen reichte. »Sie mußten ihn ohnehin aufsuchen und ihm sagen, daß Sie das Päckchen für ihn in Budapest abgeliefert hätten, also haben Sie ihm die Hajek-Story auch gleich erzählt.«

Ja, genau so war's, sagte Jerry. Das war's auch, was ihm keine Ruhe gelassen hatte, was ihm komisch vorkam, was ihn veranlaßt hatte, George zu schreiben. »Der alte Toby sagte, es sei Blech. Wird ganz befehlshaberisch und unangenehm. War zuerst ganz weg, schlägt mich auf den Rücken und Westerby ist der Beste. Dann geht er zurück in den Laden, und am nächsten Morgen fährt er das schwere Geschütz auf. Dringende Zusammenkunft, fährt mich im Wagen immer rund um den Park und brüllt Mord und Brand. Sagt, ich war damals so besoffen, daß ich Phantasie und Tatsachen nicht auseinanderhalten konnte. In dieser Tonart. Hat mich ein bißchen gefuchst.«

»Ich nehme an, Sie fragten sich, mit wem er inzwischen gesprochen haben mochte«, sagte Smiley mitfühlend. »Was hat er *genau* gesagt?« fragte er, keineswegs eindringlich, sondern nur so, als wolle er alles kristallklar vor sich sehen.

»Hat gesagt, es war höchstwahrscheinlich eine abgekartete Sache. Der Junge war ein Provokateur. Irreführung, damit der Circus hinter seinem eigenen Schwanz herjagen sollte. Reißt mir die Ohren ab, weil ich halbgare Gerüchte ausgestreut hätte. Ich sage zu ihm, ›Alter Junge‹, sage ich, ›Toby, ich hab' nur berichtet, alter Junge. Kein Anlaß, daß Ihnen der Kragen platzt. Gestern war ich noch Ihr bestes Stück. Ist doch sinnlos, auf den Boten zu schießen. Wenn die Geschichte Ihnen nicht mehr gefällt, das ist Ihre Sache.« Will mir überhaupt nicht zuhören, verstehen Sie? Völlig unlogisch, habe ich mir gedacht. Ein Bursche wie der. Ist im einen Moment heiß und im nächsten kalt. War nicht seine beste Leistung, verstehen Sie, was ich meine?«

Mit der linken Hand rieb Jerry sich die Schläfe wie ein Schuljunge, der vorgibt, nachzudenken. »Okie dokie«, sagte ich. ›Schwamm drüber. Ich schreib's für das Blättchen. Nicht den Teil über die Russen, die zuerst hingekommen sind. Den anderen Teil. *Schmutzige Arbeit im Wald*, diese Art Schmus.‹ Ich sag zu ihm: ›Wenn's für den Circus nicht gut genug ist, für's Blättchen genügt's.‹ Da geht er schon wieder die Wand hoch. Am nächsten Tag klingelt so ein Uhu unseren Alten an. Halten Sie diesen Pavian Westerby von der Ellis-Story fern. Steckt ihm die Nase in die D-Vorschrift: formelle Warnung. ›Alle weiteren Hinweise auf Jim Ellis alias Hajek gegen das nationale Interesse, also Hände weg.‹ Zurück zum Damen-Pingpong. Cheers.«
»Aber da hatten Sie mir bereits geschrieben«, erinnerte Smiley ihn.
Jerry Westerby wurde feuerrot. »Tut mir schrecklich leid«, sagte er. »Bin richtig fremdenfeindlich und mißtrauisch geworden. Kommt davon, wenn man draußen ist: man traut seinen besten Freunden nicht mehr.«
Er versuchte es nochmals; »Hab' halt gedacht, der alte Toby ist ein bißchen durchgedreht. Hätt' ich nicht tun sollen, wie? Gegen die Regeln.« Trotz seiner Verlegenheit brachte er ein mühsames Grinsen zustande. »Dann hör' ich hintenrum, daß die Firma Sie an die Luft gesetzt hat, und ich komm' mir noch verdammt blöder vor. Kein einsamer Jäger, wie, alter Knabe? Nein ...?« Die Frage blieb ungestellt; aber vielleicht nicht unbeantwortet.
Als sie gingen, faßte Smiley freundlich Jerrys Arm.
»Falls Toby sich mit Ihnen in Verbindung setzen sollte, dann sagen Sie ihm besser nicht, daß wir uns heute getroffen haben. Er ist schon in Ordnung, aber er hat die fixe Idee, alle könnten sich gegen ihn verschwören.«
»Fiele mir nicht im Traum ein, alter Knabe.«
»Und falls er sich *wirklich* in den nächsten Tagen melden sollte«, fuhr Smiley fort – eine sehr entfernte Möglichkeit, besagte sein Tonfall – »könnten Sie mir einen Wink zukommen lassen. Dann kann ich Ihnen den Rücken stärken. Rufen Sie übrigens nicht *mich* an, wählen Sie diese Nummer.«
Plötzlich war Jerry Westerby in Eile; die Story über den Al-

bion-Schläger konnte nicht mehr warten. Aber als er Smileys Karte entgegennahm, fragte er mit einem seltsamen, verlegenen Blick an Smiley vorbei: »Doch nichts Unschönes im Gang, wie, alter Knabe? Keine faulen Sachen im engen Kreise?« Das Grinsen war furchterregend: »Stamm ist nicht auf dem Kriegspfad oder so?«

Smiley lachte und legte eine Hand leicht auf Jerrys gewaltige, ein wenig hochgezogene Schulter.

»Jederzeit«, sagte Westerby.

»Werde dran denken.«

»Hab gedacht, Sie wären's gewesen, verstehn Sie: der den Alten angerufen hat.«

»Ich war's aber nicht.«

»Vielleicht war's Alleline.«

»Nehme ich an.«

»Jederzeit«, sagte Westerby nochmals. »Tut mir leid, ja? Grüßen Sie Ann.« Er zögerte.

»Na los, Jerry, raus damit«, sagte Smiley.

»Toby hat eine häßliche Geschichte über sie und Bill, das Großhirn. Hab' ihm gesagt, er soll sich's in seinen dreckigen Schlund stecken. Ist doch nichts dran, wie?«

»Vielen Dank, Jerry. Wiedersehn. Hugh.«

»Hab' gewußt, daß nichts dran ist«, sagte Jerry aufrichtig erfreut, hob wieder den Zeigefinger zur Indianerfeder und trabte zurück in seine Jagdgründe.

29 *Worin sich junge Liebe überraschend in Erinnerung bringt*

Als Smiley in dieser Nacht allein in seinem Bett im *Islay* lag und nicht einschlafen konnte, nahm er sich noch einmal die Akte vor, die Lacon ihm in Mendels Haus gegeben hatte. Sie stammte aus den späten fünfziger Jahren, als der Circus genau wie andere Whitehall-Dienststellen unter dem Druck der Konkurrenz die Zuverlässigkeit seiner Mitarbeiter genau unter die Lupe hatte nehmen müssen. Bei den meisten Einträgen handelte es sich um Routineüberprüfungen: Abgehörte Telefongespräche, Überwachungsberichte, endlose Interviews mit Universitätslehrern, Freunden und Bürgen. Ein Dokument jedoch hielt Smiley fest wie ein Magnet; er konnte sich nicht mehr davon trennen. Es war ein Brief, im Index schlicht als »Haydon an Fanshaw, 3. Februar 1937« aufgeführt. Genauer gesagt war es ein handschriftlicher Brief des Studenten Bill Haydon an seinen Tutor Fanshaw, einen Talentsucher des Circus, worin der junge Jim Prideaux als möglicher Kandidat auf eine Anwerbung für den britischen Geheimdienst vorgestellt wurde. Eine geschraubte *explication de texte* war vorangestellt. Die *Optimates* seien »ein elitärer Christ Church Club, hauptsächlich ehemalige Eton-Schüler«, schrieb der unbekannte Verfasser. Fanshaw (P.R. de T. Fanshaw, Ehrenlegion, O.B.E.* Personalakte soundso), war sein Gründer, Haydon (unzählige Referenzen) war in dem betreffenden Jahr seine Primadonna gewesen. Die politische Couleur der *Optimates*, denen schon Haydons Vater seinerzeit angehört hatte, war unverhohlen konservativ. Fanshaw, inzwischen längst gestorben, kämpfte leidenschaftlich für das Empire, und »die Optimates waren seine private Truppenreserve für das Große Spiel«, wie der Vorspann ausführte. Seltsamerweise erinnerte sich Smiley aus seiner eigenen Studienzeit undeutlich an Fanshaw: Ein dünner, emsiger Mann mit randloser Brille, Neville-Chamberlain-

* Officer of the Order of the British Empire

Regenschirm und unnatürlich geröteten Backen, als zahnte er noch immer. Steed Asprey nannte ihn den Tantenonkel.

»Mein lieber Fan, könnten Sie sich entschließen, einige Erkundigungen über den jungen Herrn einzuziehen, dessen Name auf einliegendem Stück Menschenhaut geschrieben steht? (Überflüssige Anmerkung der Inquisitoren: Prideaux.) Vermutlich kennen Sie Jim – wenn Sie ihn überhaupt kennen – als Athletikus von einigen Graden. Was Sie indes nicht wissen, aber wissen sollten, ist folgendes: Er ist kein mieser kleiner Linguist oder sonst ein kompletter Idiot...« (hier folgte ein biographischer Überblick von erstaunlicher Genauigkeit: ... Lycée Lakanal in Paris, für Eton angemeldet, aber nie hingegangen, Jesuitenschule in Prag, zwei Semester Straßburg, Eltern Bankgeschäft auf dem Balkan, Kleinadel, leben getrennt...)

»Daher die innige Vertrautheit unseres Jims mit fremden Gebieten und sein elternloses Aussehen, das ich unwiderstehlich finde. Übrigens: wenn er auch aus sämtlichen Bestandteilen Europas zusammengesetzt ist, täuschen Sie sich nicht: die komplette Mischung ist aus unserem Schrot und Korn und uns treu ergeben. Zur Zeit ist er ein bißchen aus dem Tritt, er hat nämlich soeben entdeckt, daß es außerhalb des Spielfelds auch noch eine Welt gibt, und diese Welt bin ich.

Aber zuerst sollen Sie erfahren, wie ich ihn kennenlernte.

Wie Sie wissen, entspricht es meinen Gewohnheiten (und Ihrer Anweisung), von Zeit zu Zeit arabische Tracht anzulegen und hinunter zu den Bazaren zu gehen, wo ich mich zu den großen Ungewaschenen setze und den Worten ihrer Propheten lausche, auf daß ich sie besser fertigmachen könne, wenn es soweit ist. Der Juju-Mann *en vogue* dieses Abends war direkt von Mütterchen Rußlands Busen herbeigeeilt: ein gewisser Professor Chlebnikow, zur Zeit an der Sowjetischen Botschaft in London, ein fideler, recht mitreißender kleiner Bursche, der außer dem üblichen Unsinn auch ein paar ganz witzige Dinge von sich gab. Der genannte Bazar war ein Debattierclub, genannt die Volksfreunde, unsere Konkurrenz, mein lieber Fan, und Ihnen bereits von einigen meiner früheren Streifzüge her bekannt. Nach der Predigt wurde brutal proletarischer Kaffee gereicht, dazu ein grauenhaft demokratisches Brötchen, und ich bemerkte diesen großen Burschen, der allein ganz hinten im Saal saß und offenbar zu schüchtern war, um sich zu den anderen zu gesellen. Sein Gesicht war mir vom Kricketplatz her bekannt, und es stellte sich heraus, daß wir gemeinsam in der College-Mannschaft gespielt hatten, ohne je ein Wort zu wechseln. Ich weiß nicht recht, wie ich ihn beschreiben soll. Er hat Persönlichkeit, Fan. Ich bin jetzt ganz ernst.«

Hier wurde die Schrift, bisher verkrampft und stelzig, breiter, als der Schreiber auf Touren kam:

»Er hat die alles beherrschende Gelassenheit. Hartköpfig, im wahren Sinn des Wortes. Einer von den Stillen im Lande, die ihr Team führen, ohne daß man es merkt. Fan, Sie wissen, wie schwer es mir fällt, zu *handeln.* Sie müssen mich ständig daran erinnern, meinen Verstand daran erinnern, daß ich mich den Gefahren des Lebens stellen muß, wenn ich seine Geheimnisse ergründen will. Jim dagegen handelt aus dem Instinkt ... er ist funktionell ... Er ist meine andere Hälfte, gemeinsam würden wir einen fabelhaften Menschen ergeben, außer daß keiner von uns singen kann. Und Fan, kennen Sie das Gefühl, daß man einfach losziehen und einen neuen Menschen finden muß, oder die eigene Welt geht zum Teufel?«

Die Schrift wurde wieder stetiger.

»›Yavas Lagloo‹, sage ich, was russisch sein und etwa heißen soll, ›Komm in meine Liebeslaube‹ oder so ähnlich, und er sagt ›Oh, hallo‹, was er vermutlich auch zum Erzengel Gabriel gesagt hätte, wenn der zufällig des Wegs gekommen wäre.

›Wo klemmt's?‹ sage ich.

›Nirgends‹, sagt er, nachdem er ungefähr eine Stunde lang nachgedacht hatte.

›Was tun Sie dann hier? Wenn's nirgends klemmt, was suchen Sie dann hier?‹

Da grinst er mich breit und freundlich an, und wir hopsen rüber zum großen Chlebnikow, schütteln eine Weile seine kleine Hand und vertrollen uns dann in meine Wohnung. Wo wir trinken. Und trinken. Und Fan, er trank alles, was er zu fassen kriegte. Oder vielleicht ich, ich weiß es nicht mehr. Und wie's Tag wird, wissen Sie, was wir taten? Ich will's Ihnen sagen, Fan. Wir spazierten feierlich hinunter zu den Sportplätzen, ich setz mich mit einer Stoppuhr auf eine Bank, Big Jim steigt in seinen Trainingsanzug und reißt zwanzig Runden herunter. Zwanzig. Ich war völlig erschöpft.

Wir können jederzeit zu Ihnen kommen, er wünscht sich nichts Besseres als meine Gesellschaft oder die meiner gottlosen, göttlichen Freunde. Kurz, er hat mich zu seinem Mephisto ernannt, und ich fühle mich sehr gebauchkitzelt. Nebenbei gesagt, er ist Jungfrau, ungefähr einsachtzig groß, und von derselben Firma hergestellt, die die Hünengräber fabriziert hat. Keine Angst!«

Danach gab die Akte wieder nichts mehr her. Smiley richtete sich auf, blätterte hastig die Seiten um und suchte ungeduldig nach etwas Handfestem. Die Tutoren beider Männer versichern (nach zwanzig Jahren), es sei undenkbar, daß die Beziehung zwischen den beiden ›mehr als rein freundschaftlicher Natur‹ gewesen sei ... Haydons Zeugenaussage wurde nie angefordert ... Jims Tutor bezeichnet ihn als ›intellektuellen Vielfraß nach langem Hungern‹ und weist jede Andeutung zurück, daß Jim etwa ›rot angehaucht‹ war. Die Gegenüberstellung in Sarratt beginnt mit langatmigen Entschuldigungen, vor allem auf Grund von Jims großartigen Leistungen während des Kriegs. Jims Antworten bringen nach den Manieriertheiten von Haydons Brief frischen Wind in die Lektüre. Ein Vertreter der Konkurrenz ist anwesend, ergreift aber kaum das Wort. Nein, Jim hatte Chlebnikow *nie* wiedergesehen, auch niemanden, der sich als dessen Abgesandter ausgab; nein, mit Ausnahme dieses einen Mals hat er nie mit ihm gesprochen. Nein, er hatte damals keine weiteren Kontakte mit Kommunisten oder Russen gehabt, er konnte sich an keinen Namen eines Mitglieds der Volksfreunde erinnern.

Frage: (Alleline) ›Was Ihnen wohl keine schlaflosen Nächte bereitet, wie?‹

Antwort: ›Ehrlich gesagt, nein.‹ (Lachen)

Ja, er war Mitglied bei den Volksfreunden gewesen, genau wie er Mitglied des Theaterclubs am College gewesen war, der philatelistischen Gesellschaft, der Gesellschaft für moderne Sprachen, der Union und der Historischen Gesellschaft, der Ethischen Gesellschaft und der Rudolf Steiner-Arbeitsgruppe ... Auf diese Weise konnte man interessante Vorträge hören und Leute kennenlernen; besonders dieses. Nein, er hatte nie linke Literatur verteilt, allerdings kurze Zeit *Soviet Weekly* gelesen ... Nein, er hatte niemals Beiträge an irgendeine politische Partei entrichtet, weder in Oxford noch später, er hatte sogar nie von seinem Wahlrecht Gebrauch gemacht ... Daß er sich in Oxford so vielen Clubs anschloß, hatte vor allem einen Grund: Nach einer wechselvollen Schulzeit im Ausland hatte er keine gleichaltrigen englischen Kameraden von früher ...

Hier sind die Inquisitoren bereits ausnahmslos auf Jims Seite; alle machen gemeinsam Front gegen die Konkurrenz und ihre bürokratische Einmischung.

Frage: (Alleline) »Nur interessehalber, hätten Sie etwas dagegen, mir zu sagen, wo Sie bei Ihren vielen Auslandsaufenthalten Kricketspielen gelernt haben?« (Lachen)

Antwort: »Wissen Sie, ich hatte einen Onkel mit einem Kricketplatz in der Nähe von Paris. Ausgesprochener Kricketfan. Mit Netz und allen Schikanen. Wenn ich in den Ferien dort war, mußte ich non-stop mit ihm spielen.«

(Anmerkung der Inquisitoren: Comte Henri de Sainte-Yvonne, Dez. 1942, Personalakte. AF64 – 7.) Ende des Interviews. Vertreter der Konkurrenz möchte Haydon als Zeugen vorführen lassen, aber Haydon ist im Ausland und verhindert. Termin auf unbestimmte Zeit verschoben ...

Smiley war schon fast eingeschlafen, als er die letzte Eintragung las, die achtlos eingefügt worden war, längst nachdem Jims Sicherheitsüberprüfung durch die Konkurrenz formell abgeschlossen war. Es war ein Zeitungsausschnitt vom Juni 1938, eine Besprechung von Haydons damaliger Ein-Mann-Ausstellung, und der Titel lautete »Realismus oder Surrealismus? Oxforder Perspektiven.« Nachdem der Kritiker Bill Haydons Gemäldeausstellung in Grund und Boden verrissen hatte, endete

er mit folgender launiger Bemerkung:
»Wie uns zu Ohren kam, hat der treffliche Mr. James Prideaux sich sogar zeitweise von seinem Kricket losgerissen, um beim Hängen der Leinwände behilflich zu sein. Wir meinen zwar, daß er besser daran getan hätte, in der Banbury Road zu bleiben. Da indessen seine Rolle als Förderer der Schönen Künste das einzig Echte an der ganzen Veranstaltung war, sollten wir vielleicht nicht allzusehr lästern ...«

Smiley döste, in seinem Hirn drängten sich, wohlgeordnet, Zweifel, Argwohn und Gewißheiten. Er dachte an Ann und empfand große Zärtlichkeit für sie, sehnte sich danach, ihre Schwachheit mit seiner eigenen zu beschützen. Wie ein junger Mann flüsterte er ihren Namen und stellte sich vor, daß ihr schönes Gesicht sich im Halbdunkel über ihn beuge, während Mrs. Pope Graham durchs Schlüsselloch ihren Bannfluch zeterte. Er dachte an Tarr und Irina und grübelte nutzlos über Liebe und Treue; er dachte an Jim Prideaux und was wohl der Morgen bereithalten würde. Er fühlte in aller Bescheidenheit, daß ein Sieg bevorstand. Er hatte einen weiten Weg zurückgelegt, lange auf den Meeren gekreuzt; morgen, wenn er Glück hatte, würde er vielleicht Land erblicken: eine friedliche kleine verlassene Insel zum Beispiel. Eine, von der Karla nie gehört hatte. Gerade groß genug für ihn und Ann. Er schlief ein.

Dritter Teil

30 Jim Prideaux rüstet sich für einen Besuch und bekommt selber einen Gast

In Jim Prideaux' Welt war der Donnerstag abgelaufen wie jeder andere Tag, nur daß irgendwann in den frühen Morgenstunden die Wunde in seinem Schulterknochen zu nässen begonnen hatte, woran wohl der Wettlauf vom Mittwochnachmittag schuld war. Er erwachte durch den Schmerz und durch den Luftzug über die feuchte Stelle seines Rückens, wo die Wundabsonderung herabrann. Es war schon einmal passiert, und damals war er mit dem Auto nach Taunton gefahren, aber die Schwestern im Kreiskrankenhaus warfen nur einen Blick auf ihn, dann verfrachteten sie ihn schleunigst in die Notstation, wo er auf Doktor Soundso und eine Röntgenaufnahme warten sollte, und er schnappte sich seine Kleider und verduftete. Er hatte genug von Ärzten und Krankenhäusern. Ob englische oder sonstige, Jim hatte die Nase voll. Sie hatten gesagt, die Wunde »zeichne noch«.

Er konnte nicht an die Wunde heranreichen, um sie zu behandeln, aber seit dem letzten Mal hatte er sich Dreiecke aus Scharpie zurechtgeschnitten und Bänder an die Ecken genäht. Nachdem er sie sich auf dem Ablaufbrett bereitgelegt hatte, kochte er Wasser, schüttete ein halbes Päckchen Salz hinein und verabreichte sich damit eine improvisierte Dusche, wobei er sich so zusammenkauerte, daß der Strahl seinen Rücken traf. Er tränkte die Scharpie mit einer Desinfektionslösung, warf sie sich auf den Rücken, verschnürte die Bänder über der Brust und legte sich bäuchlings auf sein Bett, einen Wodka in Reichweite. Der Schmerz ließ nach, und Schläfrigkeit überkam ihn, aber er wußte, wenn er jetzt nachgab, würde er den ganzen Tag schlafen; also nahm er die Wodkaflasche mit zum Fenster und setzte sich an den Tisch und korrigierte die Französischhefte von V B, während die Morgendämmerung des Donnerstags in die Senke glitt und die Saatkrähen in den Ulmen zu lärmen begannen.

Manchmal war die Wunde für ihn eine Erinnerung, die er nicht verdrängen konnte. Er beschwor Himmel und Hölle, um sie zu verdrängen und zu vergessen, aber der Himmel oder die Hölle halfen auch nicht immer.

Er ließ sich Zeit mit dem Korrigieren, weil er es gern tat und weil diese Arbeit seine Gedanken bei der Stange hielt. Zwischen halb sieben und sieben war er fertig; er zog eine alte Flanellhose und ein Sportjackett an und schlenderte hinunter zur Kirche, die nie abgeschlossen war. Eine Weile kniete er im Mittelgang der Curtois-Kapelle, einer Familien-Gedenkstätte für die Toten zweier Kriege und fast immer leer. Das Kreuz auf dem kleinen Altar hatten Pioniere bei Verdun geschnitzt. Beim Knien tastete Jim vorsichtig unter dem Kirchenstuhl herum, bis seine Fingerspitzen auf eine Reihe von Klebestreifen stießen, und über diese Spur auf ein Etui aus kaltem Metall. Nachdem er seine Andacht verrichtet hatte, preschte er die Combe Lane bis zur nebelumwallten Spitze des Hügels hinauf, im Trab, um in Schweiß zu kommen, denn die Wärme tat ihm gut, solange sie anhielt, und der Rhythmus dämpfte seine Überwachheit. Nach der schlaflosen Nacht und dem Morgenwodka war er ein bißchen durchgedreht, und als er die Ponys am Hang sah, die ihm ihre törichten Gesichter zuwandten, schrie er sie an: »Trollt euch! Ihr blöden Viecher, glotzt mich nicht so an!« Dann stapfte er die Landstraße entlang wieder zurück, trank Kaffee und wechselte seinen Verband.

Die erste Unterrichtsstunde nach der Morgenandacht war Französisch in Klasse V B, und hier wäre Jim um ein Haar der Gaul durchgegangen: brummte diesem Blödel Clements, Sohn eines Tuchhändlers, eine Strafe auf und mußte sie am Ende der Stunde rückgängig machen. Im Aufenthaltsraum brachte er eine weitere Routine hinter sich, ähnlich der, die er in der Kirche praktiziert hatte: rasch, ohne zu denken, kein Herumfummeln und raus. Es war eine ganz simple Prozedur, die Post zu untersuchen, und es klappte. Er kannte keinen Profi, der das machte. Aber Profis erzählen nicht alles. »Man muß es so sehen«, würde er gesagt haben, »wenn die Gegenseite dich überwacht, dann überwacht sie bestimmt deine Post, denn das ist die einfachste Form der Überwachung: und noch einfacher, wenn die Gegenseite die eigene Seite ist und die Post mit ihr zusammenarbeitet. Was also ist zu tun? Man schickt jede Woche, vom gleichen Briefkasten, zur gleichen Zeit, in gleichem Abstand, einen Umschlag an sich selber und einen zweiten an eine unbeteiligte Person mit der gleichen Adresse. Steckt irgend etwas hinein – Wohltätigkeitskarten mit Weihnachtswunsch, Sonderangebote vom Supermarkt in der Nähe – verklebt den Umschlag sorgfältig, wartet ab und vergleicht die Zeiten des Eintreffens. Wenn der Brief an die eigene Adresse später ankommt als der an die andere Person, dann ist jemand hinter einem her, in diesem Fall Toby.

Die beiden Briefe kamen gleichzeitig an, aber Jim kam zu spät, um den Umschlag an Marjoribanks abzufangen, der als ahnungsloser Mitläufer an der Reihe war. So steckte Jim seinen eigenen Brief in die Tasche und stieß hinter seinem *Daily Telegraph* mißbilligende Töne aus, während Marjoribanks mit einem wütenden »Hol euch der Teufel« eine gedruckte Einladung zur Mitgliedschaft bei den Bibelforschern zerriß. Danach ließ er sich vom üblichen Tagesablauf mittragen, bis zum Rugby-Match der Unterklassen gegen Saint-Ermin, zu dem er als Schiedsrichter abgeordnet war. Es war ein schnelles Spiel, und als es zu Ende war, meldete sein Rücken sich wieder, also trank er Wodka, bis es Zeit fürs erste Läuten war. Er hatte versprochen, dies für den jungen Elwes zu übernehmen. Warum er das versprochen hatte, wußte er nicht mehr, aber die jüngeren Lehrer und besonders die verheirateten bedachten ihn gern mit allerlei kleinen Nebenarbeiten, und er ließ es sich gefallen. Die Glocke war eine alte Schiffsglocke, die Thursgoods Vater irgendwo ausgegraben hatte und die jetzt zur Tradition gehörte. Als Jim sie läutete, sah er, daß der kleine Bill Roach direkt neben ihm stand und lächelnd und um Aufmerksamkeit heischend zu ihm hochblickte, wie er es jeden Tag ein dutzendmal tat.

»Hallo Jumbo, wo brennt's denn jetzt wieder?«

»Sir, bitte, Sir.«

»Los, Jumbo, 'raus mit der Sprache.«

»Sir, da will jemand wissen, wo Sie wohnen, Sir«, sagte Roach.

»Was für ein Jemand, Jumbo? Los, ich beiß dich nicht, los, heh ... heh! Was für ein Jemand? Mann? Frau? Juju-Mann? He! Los, alter Freund«, sagte er sanft und kauerte sich neben Roach nie-

der. »Kein Grund zum Heulen. Was ist los mit dir? Hast du Fieber?« Er zog ein Taschentuch aus seinem Ärmel. »Was für ein Jemand?« wiederholte er mit derselben leisen Stimme.
»Er hat bei Mrs. McCullum gefragt. Er sagte, er sei ein Freund. Dann hat er sich wieder in sein Auto gesetzt, es steht im Kirchhof, Sir.« Ein neuer Tränenschwall. »Er sitzt einfach drinnen.«
»Schert euch doch zum Teufel!« schrie Jim ein Grüppchen älterer Schüler an, die grinsend unter der Tür standen. »Schert euch zum Teufel! Großer Freund?« Er wandte sich wieder an Roach. »Langer Schlaks, Jumbo? Dicke Augenbrauen, schlechte Haltung? Dünner Bursche? Bradbury. Komm mal her und hör auf zu gaffen! Hilf Jumby rauf zu Matron bringen. Dünner Bursche?« fragte er wieder in gleichmütigem Ton.
Aber Roach hatte es die Sprache verschlagen. Er hatte kein Gedächtnis mehr, keinen Sinn mehr für Größe und Perspektive; sein Unterscheidungsvermögen in der Welt der Erwachsenen war fort. Große Männer, kleine Männer, alte, junge, krumme, gerade, sie waren nur noch ein Heer unerfindlicher Gefahren. Jims Frage mit nein zu beantworten, war mehr, als er ertragen konnte; mit einem Ja würde er die ganze furchtbare Verantwortung für Jims Enttäuschung auf sich laden.
Er sah Jims Augen auf sich gerichtet, sah, wie das Lächeln erlosch, und dann fühlte er die rettende Berührung der großen Hand auf seinem Arm.
»Braver Jumbo. Keiner hat je so gut beobachtet wie du, was?« Bill Roach legte den Kopf verzagt auf Bradburys Schulter und schloß die Augen. Als er sie wieder öffnete, sah er durch die Tränen, daß Jim schon halbwegs die Treppe hinauf war.

Jim war ruhig, fast leicht zumute. Ganze vierzehn Tage lang hatte er gewußt, daß da jemand war. Auch das gehörte zu seiner Routine; die Plätze beobachten, wo die Beobachter ihre Fragen stellten. Die Kirche, wo über jeden Zu- und Weggang in der Gemeinde unbefangen geredet wird; das Rathaus, das Verzeichnis der Wähler. Geschäftsleute, falls sie die Kundenrechnungen aufhoben; Pubs, wenn die Gejagten sie nicht aufsuchten. Er wußte, daß dies in England die natürlichen Fallen waren, die die Observanten automatisch abklapperten, bevor sie über einem zuschnappten. Und so war es denn auch. Als Jim vor zwei Wochen einen netten Plausch mit einem Buchhändler hatte, stieß er auf die Spur, nach der er suchte. Ein Fremder, offenbar aus London, hatte sich nach Wahlkreisen erkundigt; ja, er war ein politischer Herr – nun, mehr so auf der Ebene politischer Erhebungen, ein Professioneller, das konnte man sehen, und unter anderem wollte er – man stelle sich das nur vor, jetzt – die neueste Aufstellung ausgerechnet von Jims Dorf – ja, die Wählerliste –, da sie erwogen, eine Fragebogen-Kampagne von Tür zu Tür in einer Gemeinde j.w.d., besonders bei neu Zugezogenen, zu starten – Ja, man stelle sich nur vor, stimmte Jim zu, und von da an traf er Vorkehrungen. Er kaufte Eisenbahn-Fahrkarten – Taunton nach Exeter, Taunton nach London, Taunton nach Swindon, gültig einen Monat – denn er wußte, wäre er mal wieder auf der Flucht, würde an Fahrkarten schwer heranzukommen sein. Er hatte seine alten Ausweise und sein Gewehr hervorgeholt und hielt sie – leicht greifbar – versteckt; er verstaute einen mit Kleidern vollgestopften Koffer im Gepäckraum des Alvis und sorgte für einen vollen Tank. Diese Vorsichtsmaßnahmen milderten seine Ängste etwas, ließen den Schlaf immerhin zu einer Möglichkeit werden, zumindest solange sein Rücken nicht schmerzte.

»Sir, wer hat gewonnen, Sir?«
Prebble, ein Neuer, im Schlafrock und voll Zahnpasta, auf dem Weg zur Krankenstube. Manchmal sprachen die Jungen Jim ohne jeden Grund an, seine Größe und der Buckel reizten sie dazu.
»Sir, das Match, Sir, gegen Saint-Ermin.«
»Sir, die *andern* haben gewonnen, Sir«, bellte Jim. »Wie Sie selber wissen würden, Sir, wenn Sie zugesehen hätten, *Sir*«, schwang eine enorme Faust in einem langsamen Schattenboxhieb gegen die Jungen und schubste beide über den Korridor zu Matrons Arzneistube.
»Nacht, Sir.«
»Nacht, du Knallfrosch«, rief Jim und ging hinüber in den Kran-

kenschlafsaal, um einen Blick auf die Kirche und den Friedhof zu werfen. Der Schlafsaal war unbeleuchtet, Jim haßte seinen Anblick und seinen Mief. Zwölf Jungen lagen im Dunkeln und dösten zwischen Abendbrot und Fiebermessen.
»Wer ist das?« krächzte eine Stimme.
»Rhino«, sagte eine andere. »He, Rhino, wer hat gegen Saint-Ermin gewonnen?«
Es war ungehörig, Jim mit seinem Spitznamen anzusprechen, aber Jungen im Krankensaal fühlten sich von der Disziplin entbunden.
»Rhino? Wer zum Teufel ist *Rhino?* Kenn ich nicht. Für mich kein Name«, schnaubte Jim und quetschte sich zwischen zwei Betten durch. »Weg mit der Taschenlampe, nicht gestattet. War ein verdammt leichter Sieg. Achtzehn zu null für die Ermins.«
Das Fenster reichte fast bis zum Boden. Ein altes Kamingitter schützte es vor den Jungen. »Zu viel Gestümper in der Dreiviertellinie«, brummte er und äugte hinunter.
»Ich hasse Rugby«, sagte ein Junge namens Stephen.
Der blaue Ford stand im Schatten der Kirche, dicht unter den Ulmen. Vom Erdgeschoß aus wäre er nicht zu sehen gewesen, aber er wirkte nicht versteckt. Jim stand ganz still da, ein bißchen vom Fenster zurück, und inspizierte den Wagen nach verräterischen Zeichen. Das Tageslicht schwand bereits, aber er hatte gute Augen und wußte, wonach er Ausschau halten mußte: zweiter Innenspiegel für den Kurier, Brandstellen unter dem Auspuff.
Als sie seine Spannung spürten, begannen die Jungen zu witzeln.
»Sir, ist es eine Puppe, Sir? Taugt sie etwas, Sir?«
»Sir, brennt die Schule?«
»Sir, hat sie hübsche Beine?«
»Gosh, Sir, ist es wirklich Miss *Aaronson?*« Hier begannen alle zu kichern, denn Miss Aaronson war alt und häßlich.
»Klappe halten«, schnappte Jim ärgerlich. »Haltet die Klappe, ihr Rübenschweine.« Drunten im Tagesraum verlas Thursgood die Anwesenheitsliste der Großen vor der Lernstunde.
»Abercrombie? Sir. Astor? Sir. Blakeney? Krank, Sir.«
Von seinem Beobachtungsposten aus sah Jim, wie die Wagentür aufging und George Smiley behutsam aus dem Wagen heraus-

kletterte; er trug einen schweren Mantel.
Matrons Schritte hallten im Korridor. Er hörte das Quietschen ihrer Gummiabsätze und das Klappern der Fieberthermometer in einem Kleistertopf.
»Mein lieber Rhino, was tun Sie in meinem Krankensaal? Und schließen Sie den Vorhang, Sie böser Junge, sonst stirbt mir noch die ganze Bande an Lungenentzündung. William Merridew, aufsetzen, dalli!«
Smiley schloß den Wagen ab. Er war allein und trug nichts bei sich, nicht einmal eine Mappe.

»Sie schreien in Grenville nach Ihnen, Rhino.«
»Geh schon, bin schon weg«, gab Jim munter zurück, und mit einem zackigen »Nacht mit'nander« wuchtete er zum Grenville-Schlafsaal, wo er sein Versprechen, eine Geschichte fertigzulesen, einhalten mußte. Beim Vorlesen stellte er fest, daß er bei manchen Lauten Schwierigkeiten hatte, sie verhakten sich irgendwo in seiner Kehle. Er wußte, daß er schwitzte, er vermutete, daß sein Rücken näßte, und als er mit der Geschichte zu Ende war, hatte er eine Art Krampf im Kiefer, der nicht bloß vom Vorlesen kam. Aber das alles waren nebensächliche Symptome im Vergleich zu der Wut, die in ihm aufstieg, als er in die eisige Nachtluft hinaustrat. Eine Weile stand er unschlüssig auf der unkrautbewachsenen Terrasse und starrte auf die Kirche. Er würde drei Minuten brauchen, weniger sogar, um den Revolver unter dem Kirchenstuhl loszumachen, in den Hosenbund zu stecken, links, Griff nach innen, zur Leiste.
Aber sein Instinkt sagte »Nein«, also nahm er direkten Kurs auf den Wohnwagen und sang dabei »Hei diddel dei, hei diddel dei«, so laut seine unmelodische Stimme reichte.

31 *Jim Prideaux beschreibt einen Nachtmarsch, und George Smiley sieht zum ersten Mal Licht*

In dem Motelzimmer herrschte dauernde Ruhelosigkeit. Selbst wenn der Verkehr draußen eine seiner seltenen Pausen machte, vibrierten die Fenster weiter. Auch die Zahngläser im Bad vibrierten, und durch beide Zimmerwände und die Decke hörten sie Musik, Poltern und Gesprächsfetzen oder Lachen. Wenn ein Wagen im Vorhof ankam, schien das Türenknallen mitten im Zimmer stattzufinden, und die Schritte ebenfalls. Die Einrichtungsgegenstände waren aufeinander abgestimmt. Die gelben Stühle waren auf die gelben Bilder und den gelben Teppich abgestimmt. Die Häkeldecken über den Betten paßten zur orangefarbenen Türbemalung und zufällig auch zum Etikett auf der Wodkaflasche. Smiley hatte alles säuberlich vorbereitet. Er hatte die Stühle in angemessene Entfernung gerückt, die Wodkaflasche auf den niedrigen Tisch gestellt, und als Jim nun dasaß und ihn finster anstarrte, holte er einen Teller mit geräuchertem Lachs aus dem winzigen Kühlschrank, nebst fertig mit Butter bestrichenem Landbrot. Im Gegensatz zu Jim war er bemerkenswert gut gelaunt, und seine Bewegungen waren flink und gezielt.

»Ich dachte, wir sollten's wenigstens gemütlich haben«, sagte er mit flüchtigem Lächeln und deckte geschäftig den Tisch. »Wann müssen Sie wieder in der Schule sein? Ist eine Zeit festgesetzt?« Als er keine Antwort erhielt, setzte er sich. »Macht Ihnen das Unterrichten Spaß? Ich glaube mich zu erinnern, daß Sie's nach dem Krieg eine Weile getan haben, stimmt das? Ehe Sie wieder zurückgeholt wurden? War das auch ein Internat?«

»Schauen Sie in den Akten nach«, bellte Jim. »Spielen Sie gefälligst nicht Katz' und Maus mit mir, George Smiley. Wenn Sie irgend etwas wissen wollen, lesen Sie meine Akte.«

Smiley langte über den Tisch, goß zwei Gläser ein und reichte eines davon Jim.

»Ihre Personalakte im Circus?«

»Holen Sie sie bei der Personalabteilung, bei Control.«

»Ja, das wäre vielleicht besser«, sagte Smiley zweifelnd. »Der Haken ist nur: Control ist tot, und ich wurde 'rausgeworfen, lange ehe Sie zurückkamen. Hat sich niemand die Mühe gemacht, Ihnen das mitzuteilen, als man Sie nach Hause holte?«
Nun wurden Jims Züge weicher, und er vollführte in Zeitlupe eine jener Handbewegungen, die den Jungen in Thursgood soviel zu lachen gaben. »Lieber Gott«, flüsterte er, »Control ist also hinüber«, fuhr sich mit der linken Hand über die Schnurrbarthörner und dann hinauf zu seinem mottenzerfressenen Haar. »Armer alter Knabe«, murmelte er. »Woran ist er gestorben, George? Herz? Herztod?«
»Nicht einmal das hat man Ihnen bei Ihrer Desinstruktion nach der Rückkehr gesagt?« fragte Smiley.
Bei dem Wort »Desinstruktion« wurde Jims Haltung steif und sein Blick wieder starr.
»Ja«, sagte Smiley, »es war sein Herz.«
»Wer hat den Job gekriegt?«
Smiley lachte: »Du liebe Güte, Jim, *worüber* habt ihr eigentlich in Sarratt gesprochen, wenn sie Ihnen nicht mal das gesagt haben?«
»Herrgott nochmal, wer hat den Job gekriegt? Sie waren's nicht, wie, Sie sind 'rausgeflogen! Wer hat den Job gekriegt, George?«
»Alleline hat ihn gekriegt«, sagte Smiley und beobachtete Jim scharf; er sah, daß der rechte Unterarm regungslos auf seinen Knien lag. »Wem hätten Sie ihn zugedacht? Sie hatten einen Kandidaten, wie, Jim?« Und nach einer langen Pause: »Und sie haben Ihnen auch nicht zufällig gesagt, was mit dem Netz Aggravate passiert ist? Mit Pribyl, mit seiner Frau und seinem Schwager? Oder mit dem Netz Plato? Landkron, Eva Krieglowa, Hanka Bilowa? Einige von ihnen haben Sie selber angeworben, nicht wahr, in den alten Tagen vor Roy Bland? Der alte Landkron hat sogar vor dem Krieg für Sie gearbeitet.«
Es war für Smiley schrecklich anzusehen, wie Jim keine Bewegung nach vorn machte und auch nicht zurück konnte. Das unregelmäßige rote Gesicht war von der Qual der Unentschlossenheit verzerrt, und Schweiß hatte sich in dicken Tropfen über den rötlichen Brauen gesammelt.

»Herrgott noch mal, George, was zum Teufel wollen Sie eigentlich? Ich habe einen Schlußstrich gezogen. Genau das sagten sie, solle ich tun. Einen Schlußstrich ziehen, ein neues Leben anfangen, die ganze Geschichte vergessen.«
»Wer sind diese *sie*, Jim? Roy? Bill, Percy?« Er wartete.
»Haben sie Ihnen gesagt, wer immer sie auch waren, was aus Max geworden ist? Max ist übrigens wohlauf«, fügte er rasch hinzu. Er stand behend auf, goß Jims Glas aufs neue voll, dann setzte er sich wieder.
»Na schön, schießen Sie los, was ist mit den beiden Netzen passiert?«
»Aufgerollt, angeblich haben Sie sie verpfiffen, um Ihre eigene Haut zu retten. Ich glaube es nicht. Aber ich muß wissen, was passiert ist.« Er sprach sofort weiter: »Ich weiß, Sie mußten Control schwören, bei allem, was heilig ist, aber das ist vorbei. Ich weiß, daß Sie halb zu Tode ausgequetscht wurden, und ich weiß, Sie haben einiges so gründlich weggepackt, daß Sie es selber kaum mehr finden und nicht mehr wissen, was Wahrheit und was Tarnung ist. Ich weiß, daß Sie einen Schlußstrich darunter gezogen haben und sich sagen, das alles ist überhaupt nicht passiert. Ich habe das selber auch versucht. Nach diesem Abend können Sie Ihren Schlußstrich ziehen. Ich habe einen Brief von Lacon bei mir, und wenn Sie ihn anrufen wollen, dann garantiert er für mich. Ich will Sie nicht zum Schweigen bringen. Eher zum Sprechen. Warum haben Sie mich nach Ihrer Rückkehr nicht zu Hause aufgesucht? Das hätten Sie doch tun können. Vor Ihrer Reise haben Sie versucht, mich zu sprechen, warum also nicht danach? Sie ließen sich nicht nur von den Vorschriften davon abhalten.«
»Ist niemand davongekommen?« sagte Jim.
»Nein. Sie wurden vermutlich alle erschossen.«

Sie hatten Lacon angerufen, und jetzt saß Smiley allein da und nippte an seinem Glas. Aus dem Badezimmer hörte er Wasserrauschen und Grunzen, als Jim sich das Gesicht abspritzte.
»Gehen wir doch um Gottes willen irgendwohin, wo man Luft kriegt«, flüsterte Jim, als sei das die Bedingung für seine Sprech-

bereitschaft. Smiley nahm die Flasche vom Tisch und ging neben ihm her über den Parkplatz zum Wagen.
Sie fuhren zwanzig Minuten lang; Jim saß am Steuer. Dann hielten sie auf dem Hügel, demselben vom Morgen, ohne Nebel und mit einem weiten Blick ins Tal. Da und dort in der Ferne blinkten einzelne Lichter. Jim saß regungslos da, mit herabhängenden Händen, die rechte Schulter hochgezogen und blickte durch die beschlagene Windschutzscheibe auf die Hügelschatten. Smiley hielt die ersten Fragen knapp. Der Zorn war aus Jims Stimme geschwunden, und allmählich sprach er freier. Einmal, als sie über Controls professionelle Geschicklichkeit sprachen, lachte er sogar, aber Smiley entspannte sich nie, er war so aufmerksam, als führte er ein Kind über die Straße. Wenn Jim zu rasch voranzog oder bockte oder aufbrausen wollte, holte Smiley ihn behutsam zurück, bis sie wieder im gleichen Schritt und in die gleiche Richtung gingen. Wenn Jim zögerte, lockte Smiley ihn geschickt über das Hindernis. Eine Mischung aus Instinkt und Logik erlaubte ihm, Jim zunächst mit seiner eigenen Geschichte zu füttern.
Hatten sie sich nicht für Jims erste Instruktionen durch Control, so fragte Smiley, außerhalb des Circus getroffen? Ja, das stimmte. Wo? In einem Apartmenthaus in St. James, Control hatte den Treffpunkt vorgeschlagen. War sonst noch jemand anwesend? Nein, niemand. Und um sich zum erstenmal mit Jim in Verbindung zu setzen, hatte Control seinen Leibdiener Mac Fadean geschickt, nicht?
Ja, der alte Mac war mit dem Brixton-Bus und einem Zettel gekommen, worin Jim für den kommenden Abend zu einem Treffen aufgefordert wurde. Jim sollte Mac ja oder nein sagen und ihm den Zettel zurückgeben. Auf keinen Fall dürfe er das Telefon benutzen, auch nicht den Hausapparat, um über die Verabredung zu sprechen. Jim hatte zu Mac »Ja« gesagt und war um sieben zur Stelle gewesen.
»Als erstes hat Control Sie vermutlich gewarnt?«
»Gesagt, ich darf keinem Menschen trauen.«
»Hat er irgend jemanden namentlich genannt?«
»Später«, sagte Jim. »Zuerst nicht. Zuerst sagte er nur: Trauen

Sie keinem. Besonders keinem von der Kerntruppe aus dem inneren Kreis. George?«
»Ja.«
»Sie sind einfach erschossen worden, ja? Landkron, Krieglowa, die Pribyls? Kurzerhand erschossen?«
»Die Geheimpolizei hat beide Netze in der gleichen Nacht aufgerollt. Was danach geschah, weiß niemand, aber den Verwandten wurde mitgeteilt, sie seien tot. Was im allgemeinen heißt, daß sie's wirklich sind.«
Zu ihrer Linken kletterte eine Reihe Tannen wie eine bewegungslose Armee aus dem Tal herauf.
»Und dann hat Control Sie vermutlich gefragt, welche gültigen tschechischen Papiere Sie zur Zeit besäßen«, fuhr Smiley fort. »Stimmt das?«
Er mußte die Frage wiederholen.
»Ich sagte, Hajek«, sagte Jim schließlich. »Jan Hajek, tschechischer Journalist, in Paris stationiert. Control fragte mich, wie lange diese Papiere noch brauchbar seien. ›Weiß man nicht‹, sagte ich. ›Manchmal sind sie nach einer einzigen Reise wertlos.‹« Seine Stimme wurde plötzlich lauter, als habe er sie nicht mehr unter Kontrolle. »Stocktaub war er, Control, wenn er nicht hören wollte.«
»Und dann sagte er Ihnen, was Sie für ihn tun sollten«, half Smiley weiter.
»Zuerst sprachen wir über die Möglichkeit, alles abzuleugnen. Er sagte, wenn ich erwischt würde, müsse ich Control raushalten. Ein Plan der Skalpjäger, eine Art Privatunternehmung. Schon damals dachte ich: wer zum Teufel soll mir das glauben? Er ließ sich jedes Wort abkaufen«, sagte Jim. »Während der ganzen Instruktion spürte ich seinen Widerstand. Er wollte mich rein gar nichts wissen lassen, aber ich sollte gut informiert sein. ›Mir ist ein Angebot zugegangen‹, sagt Control. ›Hochgestellte Persönlichkeit, Deckname *Testify*.‹ ›Tschechische Persönlichkeit?‹ frage ich. ›Hoher Militär‹, sagt er. ›Sie sind selber Militär, Jim, Sie beide sollten gut miteinander auskommen.‹ Und so ging's den ganzen Abend lang. Ich dachte, wenn du mir's nicht sagen willst, dann laß es, aber hör auf mit dem Drumrum.«

Nach einigen weiteren Runden um den heißen Brei, sagte Jim, sei Control damit herausgerückt, daß Testify ein tschechischer General der Artillerie sei. Sein Name war Stevcek, er war bekannt als pro-sowjetischer Falke in der Prager Verteidigungs-Hierarchie, was immer das bedeuten mochte. Er war Verbindungsoffizier in Moskau gewesen, einer der sehr wenigen Tschechen, denen die Russen vertrauen. Stevcek hatte Control durch einen Mittelsmann, den Control persönlich in Österreich interviewt hatte, seinen Wunsch vortragen lassen, mit einem führenden Mann des Circus über Angelegenheiten von beiderseitigem Interesse zu sprechen. Der Emissär müsse tschechisch sprechen und in der Lage sein, Entscheidungen zu treffen. Am Freitag, dem 20. Oktober, werde Stevcek die Waffenforschungsanstalt in Tisnow bei Brünn besichtigen, etwa hundert Meilen nördlich der österreichischen Grenze. Anschließend wolle er sich über das Wochenende zu einer Jagdhütte begeben, und zwar allein. Die Hütte liege hoch droben in den Wäldern, nicht weit von Racice entfernt. Er sei bereit, dort am Abend des Sonnabend, 21. Oktober, einen Emissär zu empfangen. Er würde auch nach und von Brünn eine Eskorte stellen.
Smiley fragte: »Hat Control irgend etwas über Stevceks Motiv verlauten lassen?«
»Ein Mädchen«, sagte Jim. »Eine Studentin, mit der er liiert war. Sein später Frühling, sagte Control: zwanzig Jahre Altersunterschied zwischen den beiden. Sie wurde während des Aufstands vom Sommer achtundsechzig erschossen. Bis dahin war es Stevcek gelungen, seine anti-russischen Gefühle seiner Karriere zuliebe zu unterdrücken. Der Tod des Mädchens machte dem ein Ende: er wollte sich nur noch an den Russen rächen. Fünf Jahre lang hatte er in aller Stille Informationen gesammelt, die ihnen wirklichen Schaden zufügen könnten. Sobald er unsere Zusage und einen sicheren Kanal bekommen würde, sei er bereit, uns alles zu verkaufen.«
»Hatte Control diese Angaben nachgeprüft?«
»Soweit es ihm möglich war. Über Stevcek war reichlich Material vorhanden. Hungriger Schreibtischgeneral mit einer langen Liste von Stabs-Ernennungen. Technokrat. Wenn er nicht Kurse be-

suchte, wetzte er sich im Ausland die Zähne: Warschau, Moskau, ein Jahr lang Peking, eine Zeitlang Militärattaché in Afrika, dann wieder Moskau. Jung für seinen Rang.«
»Hat Control Ihnen gesagt, welche Art von Informationen Sie zu erwarten hätten?«
»Verteidigungsmaterial. Raketen. Ballistik.«
»Sonst nichts?« sagte Smiley und reichte ihm die Flasche.
»Bißchen Politik.«
»Sonst nichts?«
Nicht zum erstenmal hatte Smiley das entschiedene Gefühl, daß er nicht über Jims Unwissenheit strauchelte, sondern über den Rest eines willentlichen Entschlusses, sich nicht zu erinnern. Jim Prideaux' Atem wurde im Dunkeln plötzlich tief und keuchend. Er hatte die Hände aufs Steuerrad gelegt und das Kinn aufgestützt und starrte blicklos auf die undurchsichtige Windschutzscheibe.
»Wie lange waren sie in Haft, ehe sie erschossen wurden?« fragte er.
»Ich befürchte, eine ganze Zeit länger, als Sie es waren«, gestand Smiley.
»Mein Gott«, sagte Jim. Er zog ein Taschentuch aus dem Ärmel und wischte sich den Schweiß ab, und was sonst noch auf seinem Gesicht glänzen mochte.
»Die Enthüllungen, die Control von Stevcek zu erhalten hoffte«, soufflierte Smiley so behutsam wie möglich.
»Das haben sie mich beim Verhör auch gefragt.«
»In Sarratt?«
Jim schüttelte den Kopf. »Drüben.« Er machte mit dem zottigen Kopf eine Bewegung zu den Hügeln. »Sie wußten von Anfang an, daß das Ganze Controls Unternehmen war. Ich konnte ihnen nicht weismachen, daß es das meine gewesen sei. Sie lachten nur.«
Abermals wartete Smiley geduldig, bis Jim bereit war, fortzufahren.
»Stevcek«, sagte Jim. »Control hatte sich folgende Idee in den Kopf gesetzt: Stevcek würde die Antwort liefern, Stevcek würde den Schlüssel liefern. ›Was für einen Schlüssel?‹ fragte ich. ›Was

für einen Schlüssel?‹ Hatte seine Mappe bei sich, die alte braune Notenmappe. Zog Tabellen heraus, alle in seiner eigenen Handschrift angemerkt. Mit farbiger Tinte, mit Stift. ›Ihre optischen Krücken‹, sagt er. ›Das ist der Mann, den Sie treffen.‹ Stevceks Karriere Jahr für Jahr aufgezeigt: er führt sie mir von A bis Z vor. Militärakademien, Orden, Ehefrauen. ›Er hat Pferde gern‹, sagt er. ›Sie sind früher auch geritten, Jim. Wieder eine Gemeinsamkeit, denken Sie daran.‹ Ich dachte: Das wird ein Hauptspaß: ich sitze in der Tschechoslowakei, weiß die Bluthunde hinter mir und plaudere über das Zureiten von Vollblutstuten.« Er lachte ein bißchen komisch, also lachte Smiley auch.

»Die rot markierten Beförderungen waren für Stevceks Verbindungsarbeit für die Sowjets. Die grünen waren seine Geheimdienstarbeit. Stevcek hatte überall die Pfoten drin. Vierter Mann im tschechischen Abwehrdienst, Obergehilfe im Waffenwesen, Sekretär des nationalen Komitees für innere Sicherheit, eine Art Militärberater des Präsidiums. Angloamerikanischer Vertreter im militärischen Abwehrdienst der Tschechen. Dann kommt Control zu dieser Stelle in der Mitte der sechziger Jahre, Stevceks zweitem Aufenthalt in Moskau, halb grün und halb rot markiert. Nach außen hin gehörte Stevcek dem Verbindungsstab des Warschauer Pakts als Generaloberst an, sagt Control, aber das war nur Tarnung. ›Er hatte mit dem Warschauer Pakt überhaupt nichts zu tun. Sein wirklicher Job war die England-Abteilung in der Moskauer Zentrale. Er war unter dem Arbeitsnamen Minin tätig‹, sagt er. ›Er mußte die tschechische und die Moskauer Tätigkeit koordinieren. Hier liegt der Schatz‹, sagt Control. ›Was Stevcek uns wirklich verkaufen will, ist der Name des Moskauer Agenten innerhalb des Circus.‹«

Vielleicht ist es nur ein einziges Wort, dachte Smiley in Erinnerung an sein Gespräch mit Max, und plötzlich fühlte er wieder diese jähe Woge der Furcht. Er wußte, am Ende würde nur das eine herauskommen: ein Name für den Maulwurf Gerald, ein Schrei im Dunkel.

»›Es ist ein fauler Apfel dabei, Jim‹, sagte Control, ›und er steckt alle anderen an‹«, fuhr Jim fort. Seine Stimme war hart geworden, seine Miene ebenfalls. »Er sprach dauernd von Ausmerzen,

wie er die Spuren zurückverfolgt habe und allem nachgegangen und fast am Ziel sei. Es gebe fünf Möglichkeiten, sagte er. Fragen Sie mich nicht, wie er sie ausgegraben hat. ›Es ist einer von den oberen Fünf‹, sagt er. ›Fünf Finger einer Hand.‹ Er gab mir was zu trinken, und wir saßen da wie zwei Schuljungen und machten uns einen Code, ich und Control. Wir einigten uns auf Spielkarten. Auf die, die zählen, also Zehner, Bube, Dame und so weiter. Wir saßen in dieser Wohnung und knobelten es aus und tranken diesen billigen zyprischen Sherry, den er immer servierte. Falls ich nicht mehr heraus könnte, falls es nach meiner Begegnung mit Stevcek Schwierigkeiten geben sollte, falls ich in den Untergrund müßte, so müsse ich ihm dieses eine Wort zukommen lassen, und wenn ich nach Prag gehen und es mit Kreide an die Tür der Botschaft schreiben oder unseren Mann in Prag anrufen und es ihm durchs Telefon zubrüllen müßte. Zehner, Bube, Dame, König, As. Alleline war As, Haydon war König, Bland war Bube und Toby Esterhase war Zehner. Sie waren Dame«, sagte Jim.
»Ach, nein wirklich! Und was hielten Sie davon, Jim? Von Controls Theorie? Wie fanden Sie die Idee, alles in allem?«
»Verdammt albern. Schnapsidee.«
»Warum?«
»Einfach verdammt albern«, wiederholte er stur. »Daß einer von euch ein Maulwurf sein soll – *blödsinnig*!«
»Aber haben Sie es geglaubt?«
»Nein! Heiliger Gott, Mann, glauben Sie's vielleicht?«
»Warum nicht? Rein verstandesmäßig haben wir immer eingesehen, daß es früher oder später passieren würde. Wir haben einander dauernd gewarnt: sei auf der Hut. Wir haben genügend Mitglieder anderer Organisationen umgedreht: Russen, Polen, Tschechen, Franzosen. Sogar dann und wann einen Amerikaner. Was ist plötzlich an den Briten so Besonderes dran?«
Da er Jims inneren Widerstand spürte, öffnete Smiley die Tür auf seiner Seite und ließ die kalte Luft hereinströmen.
»Wie wär's mit einem kleinen Auslauf?« sagte er. »Warum sollen wir hier eingepfercht sein, wenn wir genausogut spazierengehen können?«
Die Bewegung brachte, wie Smiley vorhergesehen hatte, Jims

versiegenden Redefluß aufs neue in Schwung.
Sie waren am Westrand des Plateaus, wo nur ein paar Bäume standen und etliche gefällt am Boden lagen. Eine mit Reif bedeckte Bank lud zum Sitzen ein, aber sie machten keinen Gebrauch. Es war windstill, die Sterne waren sehr hell, und Jim nahm den Faden seiner Geschichte wieder auf, während sie nebeneinander hergingen und Jim seinen Schritt immer dem Smileys anglich. Weg vom Wagen, hin zum Wagen. Manchmal hielten sie an und blickten, Schulter an Schulter, hinunter ins Tal. Zuerst beschrieb Jim, wie er Max angeheuert und was er alles angestellt hatte, um seine Mission vor dem übrigen Circus geheimzuhalten. Er ließ durchsickern, er habe versuchsweise eine Verbindung zu einem ehrgeizigen sowjetischen Codierer in Stockholm angeknüpft und ließ auf seinen alten Arbeitsnamen Ellis eine Reise nach Kopenhagen buchen. Statt dessen flog er nach Paris, wechselte auf seine Hajek-Papiere um und landete mit dem regulären Flug am Samstagvormittag zehn Uhr auf dem Flugplatz von Prag. Er kam ohne weiteres durch die Sperre, prüfte die Abfahrtszeit seines Zuges am Hauptbahnhof nach, dann ging er spazieren, denn er mußte noch ein paar Stunden totschlagen, und dachte, er könne ein bißchen aufpassen, was sich hinter ihm tue, ehe er nach Brünn abreiste. In diesem Herbst war das Wetter ungewöhnlich schlecht gewesen. Es lag schon Schnee, und es fiel noch mehr.
In der Tschechoslowakei, sagte Jim, sei die Beschattung im allgemeinen kein Problem. Die Sicherheitsdienste arbeiteten praktisch ohne alle Raffinessen, wahrscheinlich, weil seit Menschengedenken keine Regierung sich in dieser Hinsicht je hatte Zwang antun müssen. Der Trend war noch immer, sagte Jim, mit Autos und Pflastertretern herumzuwerfen wie Al Capone, und genau danach hielt Jim Ausschau: nach schwarzen Skodas und Trios von gedrungenen Männern mit Schlapphüten. Bei Kälte sind diese Dinge ein bißchen schwerer zu entdecken, weil der Verkehr zäh läuft, die Leute schneller gehen und jeder bis über die Nasenspitze vermummt ist. Trotzdem, bis zum Masaryk-Bahnhof, oder zum Hauptbahnhof, wie er heute heißt, ging alles glatt. Aber am Bahnhof, sagte Jim, sei seine Aufmerksamkeit rein in-

stinktiv auf zwei Frauen gelenkt worden, die vor ihm am Fahrkartenschalter standen.
Nun überdachte Jim mit der leidenschaftlichen Gelassenheit des Profis noch einmal den zurückgelegten Weg. In einer Ladenarkade neben dem Wenzelsplatz hatten ihn drei Frauen überholt, die mittlere schob einen Kinderwagen. Die Frau auf der Fahrbahnseite trug eine rote Plastikhandtasche, und die Frau, die ganz innen ging, führte einen Hund an der Leine. Zehn Minuten später waren ihm zwei Frauen, Arm in Arm, entgegengekommen, sie hatten es eilig gehabt, und er dachte, wenn Toby Esterhase diese Sache organisiert hätte, so wäre das genau seine Handschrift; schnelle Ablösung am Kinderwagen, in einiger Entfernung Einsatzwagen mit Kurzwellensender oder – und ein zweites Team in Bereitschaft, für den Fall, daß das erste zum Überholen gezwungen sein würde. Als Jim nun am Masaryk-Bahnhof die beiden Frauen ansah, die vor ihm in der Schlange am Schalter standen, wußte er, daß es jetzt so weit war. Es gibt ein Kleidungsstück, das ein Beschatter weder wechseln kann noch will, schon gar nicht bei naßkaltem Wetter, und das ist sein Schuhwerk. Von den beiden Paaren, die sich am Schalter seinen Blicken darboten, erkannte Jim das eine wieder: pelzbesetzte Plastikstiefel, schwarz, mit Reißverschluß an der Außenseite und diesen dicken braunen Synthetiksohlen, die im Schnee quietschen. Er hatte sie an diesem Vormittag schon einmal gesehen, in der Sterba-Passage; die Frau, die den Kinderwagen an ihm vorbeischob, hatte sie unter einem anderen Mantel getragen. Von da an vermutete Jim nichts mehr. Er wußte, genau wie Smiley gewußt hätte.
Am Zeitungsstand kaufte Jim sich eine *Rude Pravo* und stieg in den Zug nach Brünn. Wenn sie ihn hätten festnehmen wollen, dann wäre es schon passiert. Sie mußten hinter den Nebenlinien her sein: das heißt, sie folgten Jim, um seine Verbindungsleute dingfest zu machen. Es hatte keinen Sinn, sich über das Warum den Kopf zu zerbrechen, aber Jim vermutete, daß die Hajek-Papiere hochgegangen waren und daß sie die Falle schon aufgestellt hatten, als er den Flug buchte. Solange sie nicht wußten, daß er die Hajek-Papiere ins Klo gespült hatte, war er noch immer im

Vorteil; und für kurze Zeit war Smiley wieder im besetzten Deutschland, in seinem einzigen Einsatz als Außenagent, ein Leben in ständiger Angst, jeder Blick eines Fremden schien bis auf die Haut zu gehen.

Er hätte ursprünglich den Zug um dreizehn Uhr acht benutzen sollen, der in Brünn um sechzehn Uhr siebenundzwanzig ankam. Er fiel aus, und Jim nahm einen wunderschönen Personenzug, einen Sonderzug zum Fußball-Match, der an jeder zweiten Laterne hielt, und jedesmal vermeinte Jim, seine Wachmannschaft herauspicken zu können. Ihre Qualität war unterschiedlich. In Chocen, einem elenden Kaff, stieg er aus, kaufte sich eine Wurst, und da standen nicht weniger als fünf, alles Männer, über den Bahnsteig verteilt, Hände in den Taschen, und taten so, als plauderten sie miteinander und machten sich verdammt lächerlich.

»Wenn's etwas gibt, was einen guten Beschatter von einem schlechten unterscheidet«, sagte Jim, »dann ist es die sanfte Kunst, alles ganz überzeugend wirken zu lassen.«

In Switawi kamen zwei Männer und eine Frau in sein Abteil und unterhielten sich über das große Match. Nach einer Weile beteiligte Jim sich an ihrem Gespräch: er hatte in seiner Zeitung alles darüber gelesen. Es war ein Club-Rückspiel, und alle Leute waren schon ganz verrückt. Bis Brünn hatte sich nichts Neues mehr ereignet, er stieg also aus und schlenderte durch Geschäfte und belebte Straßen, so daß sie ihm dicht auf den Fersen bleiben mußten, um ihn nicht zu verlieren.

Er wollte sie in Sicherheit wiegen, ihnen beweisen, daß er nichts ahnte. Er wußte jetzt, daß er das Ziel eines, wie Toby es nennen würde, großen Schlemm war. Die Fußgänger arbeiteten in Teams zu je sieben. Die Autos wechselten so oft, daß er sie nicht zählen konnte. Die Leitung der Aktion lag bei einem schäbigen grünen Lieferwagen, der von einem Schlägertyp gefahren wurde. Der Lieferwagen hatte eine Rundantenne, und hoch am Heck war mit Kreide ein Stern aufgemalt, an einer Stelle, die ein Kind nicht erreichen konnte. Die Autos, die er identifizieren konnte, hatten als gegenseitiges Erkennungszeichen eine Damenhandtasche auf dem Handschuhbord und eine heruntergeklappte Son-

nenblende über dem Beifahrersitz. Vermutlich gab es auch noch andere Zeichen, aber diese beiden genügten Jim. Aus Tobys Erzählungen wußte er, daß solche Einsätze bis zu hundert Leuten erforderten und dennoch ergebnislos verliefen, wenn das Wild plötzlich einen Haken schlug. Deshalb haßte Toby sie.
Am Hauptplatz von Brünn gibt es einen Laden, der rein alles verkauft, sagte Jim. In der Tschechoslowakei ist das Einkaufen im allgemeinen eine Plage, weil jeder der staatlichen Industriezweige seine eigenen Verkaufsstellen hat, aber dieses Geschäft war neu und recht ansehnlich. Er kaufte Spielsachen, einen Schal, Zigaretten, und probierte Schuhe an. Er nahm an, daß seine Beschatter noch immer auf seine Kontaktperson lauerten. Er klaute eine Pelzmütze und einen weißen Plastikregenmantel und eine Tragetasche, um beides hineinzustecken. Er trieb sich in der Herrenabteilung lange genug herum, um sich zu vergewissern, daß die beiden Frauen, die das vorderste Paar bildeten, noch immer hinter ihm her waren, jedoch zögerten, ihm zu nahe zu kommen. Wahrscheinlich hatten sie männliche Ablösung angefordert und warteten nun. In der Herrentoilette handelte er blitzschnell. Er zog die weiße Regenhaut über seinen Mantel, stopfte den Tragbeutel in die Tasche und setzte die Pelzmütze auf. Er ließ seine übrigen Pakete liegen und rannte dann wie ein Irrer über die Nottreppe hinunter, stieß eine Feuertür auf, sauste eine Hintergasse entlang, schlenderte gemächlich durch eine weitere, eine Einbahnstraße, stopfte den weißen Regenmantel in den Tragebeutel, schlüpfte gerade noch in einen Laden, der bereits schließen wollte, und kaufte sich dort einen schwarzen Regenmantel, den er an Stelle des weißen überzog. Im Schutz der hinausströmenden Kunden quetschte er sich in eine volle Tram, blieb bis zur vorletzten Haltestelle, marschierte eine Stunde lang und schaffte den Ausweichtreff mit Max auf die Minute.
Nun beschrieb er sein Gespräch mit Max und sagte, um ein Haar hätten sie sich geprügelt.
Smiley fragte: »Sind Sie nie auf den Gedanken gekommen, die Sache fallenzulassen?«
»Nein. Bin ich nicht«, bellte Jim.
Seine Stimme hob sich drohend.

»Obwohl Sie von Anfang an fanden, daß es eine Schnapsidee war?« In Smileys Tonfall schwang nichts als Nachsicht. Keine Schärfe, kein Wunsch, Jim ins Unrecht zu setzen: nur der Wunsch, die Wahrheit zu erfahren, sonnenklar unter dem Nachthimmel. »Sie sind einfach weitermarschiert. Sie hatten gesehen, was Ihnen im Rücken drohte, Sie fanden den Auftrag absurd, aber Sie marschierten weiter, immer tiefer hinein in den Dschungel.«

»Ja.«

»Oder sahen Sie den Auftrag inzwischen mit anderen Augen? Hat Sie schließlich die Neugier vorwärtsgetrieben, war das der Grund? Weil Sie zum Beispiel leidenschaftlich gern wissen wollten, wer der Maulwurf war? Ich stelle nur Vermutungen an, Jim.«

»Was hat das schon zu sagen? Was zum Teufel haben meine Gründe zu sagen, wenn's um eine solche Schweinerei geht?«

Der Halbmond über dem Hügel war aus den Wolken hervorgekommen und schien sehr nah. Jim setzte sich auf die Bank. Sie stand auf einer Kiesfläche, und während des Sprechens nahm er dann und wann einen Kiesel auf und schleuderte ihn mit einem Rückhandwurf ins Farngestrüpp. Smiley saß neben ihm und schaute immer nur Jim an. Einmal trank er ebenfalls einen Schluck Wodka, um Jim Gesellschaft zu leisten und dachte an Tarr und Irina und, wie sie damals auf ihrem Hügel in Hongkong getrunken hatten. Es muß eine Berufsgewohnheit sein, dachte er: wir sprechen leichter, wenn wir eine Aussicht vor uns haben.

Durch das Fenster des geparkten Fiat, sagte Jim, kam das Codewort ohne Zögern. Der Fahrer war einer jener steifen, muskelbepackten tschechischen Magyaren mit Schnurrbart à la Edward VII. und einem Mund voller Knoblauch. Jim mochte ihn nicht, hatte das aber auch nicht erwartet. Die beiden hinteren Türen waren verschlossen, und es gab einen Streit darüber, wo er sitzen sollte. Der Magyar sagte, aus Sicherheitsgründen solle Jim nicht hinten sitzen. Außerdem sei es undemokratisch. Jim wünschte ihn zum Teufel. Er fragte Jim, ob er einen Revolver habe, und Jim sagte nein, was eine Lüge war, aber wenn der Magyar ihm nicht glaubte, so wagte er doch nicht, es zu sagen.

Er fragte, ob Jim Anweisungen für den General mitgebracht habe? Jim sagte, er habe gar nichts mitgebracht. Er sei gekommen, um zuzuhören.
Jim sei wohl etwas kribbelig, sagte er. Sie fuhren, und der Magyar sagte sein Stückchen her. Wenn sie zur Jagdhütte kämen, würde kein Licht und kein Lebenszeichen zu sehen sein. Der General würde sich in der Hütte befinden. Sollte irgend etwas, ein Fahrrad, ein Auto, ein Licht, ein Hund, irgendein Zeichen darauf hinweisen, daß die Hütte bewohnt war, so würde der Magyar zuerst hineingehen, und Jim würde im Wagen warten. Andernfalls sollte Jim allein hineingehen, und der Ungar würde draußen warten. War das klar?
Warum gingen sie nicht einfach zusammen hinein? fragte Jim.
Weil der General das nicht wünschte, sagte der Ungar.
Sie fuhren, nach Jims Uhr, eine halbe Stunde lang, immer nordostwärts und mit einem Durchschnittstempo von dreißig Stundenkilometern. Der Weg war kurvenreich und steil und von Bäumen gesäumt. Es schien kein Mond, und er konnte sehr wenig sehen, nur dann und wann hoben weitere Wälder und Hügel sich vor dem Himmel ab. Der Schnee trieb vom Norden her, stellte er fest; diese Beobachtung war später von Nutzen. Der Weg war geräumt, aber von schweren Lastwagen zerpflügt. Sie fuhren ohne Licht. Der Magyar hatte begonnen, eine unanständige Geschichte zu erzählen, und Jim vermutete, daß dies seine Art der Nervosität sei. Der Knoblauchgeruch war furchtbar. Er schien die ganze Zeit Knoblauch zu kauen. Unvermittelt stellte er den Motor ab. Sie fuhren abwärts, aber langsamer. Sie waren noch nicht ganz zum Halten gekommen, als der Magyar die Handbremse anzog, und Jim stieß mit dem Kopf gegen den Fensterrahmen und packte seinen Revolver. Sie standen an der Abzweigung eines Seitenwegs. Dreißig Meter entfernt stand an diesem Weg eine niedrige Holzhütte. Kein Lebenszeichen war zu bemerken.
Jim wies den Magyaren an, was er tun sollte. Er sollte Jims Pelzmütze und Jims Mantel anziehen und statt seiner zur Hütte gehen. Er sollte langsam gehen, die Hände im Rücken verschränkt, und sich immer in der Mitte des Weges halten. Falls er eine dieser

Anweisungen mißachte, werde Jim ihn erschießen. Wenn er bei der Hütte sei, solle er hineingehen und dem General erklären, daß Jim nur eine elementare Vorsichtsmaßnahme getroffen habe. Dann solle er langsam zurückkommen, Jim melden, daß alles in Ordnung sei und daß der General ihn empfangen wolle. Oder nicht, je nachdem.

Der Magyar schien davon nicht begeistert zu sein, aber er hatte keine Wahl. Ehe er ausstieg, ließ Jim den Wagen so drehen, daß die Scheinwerfer den Weg entlang wiesen. Sollte er Geschichten machen, erklärte Jim, so würde er die Scheinwerfer einschalten und in ihrem Licht auf ihn schießen, und zwar nicht einmal, sondern etliche Male, und bestimmt nicht in die Beine. Der Magyar ging los. Er hatte die Hütte fast erreicht, als die ganze Gegend in Flutlicht getaucht wurde: die Hütte, der Weg und ein großes Gebiet rundum. Dann geschahen mehrere Dinge gleichzeitig. Jim sah nicht alles, weil er schleunigst den Wagen wendete. Er sah vier Männer hinter den Bäumen hervorstürzen, und soviel er unterscheiden konnte, hatte einer den Magyaren niedergeschlagen. Schüsse fielen, aber keiner der vier achtete darauf, sie traten zurück, während jemand Fotos machte. Die Schüsse schienen in den hellen Himmel hinter dem Flutlicht zu zielen. Es war sehr theatralisch. Leuchtkugeln wurden abgeschossen, Leuchtraketen stiegen hoch, sogar Rauchspurgeschosse, und als Jim im Fiat den Weg entlangraste, hatte er den Eindruck, einer militärischen Galavorstellung auf ihrem Höhepunkt den Rücken zu wenden. Er war fast in Sicherheit – er hatte wirklich das Gefühl, in Sicherheit zu sein –, als plötzlich rechts im Wald aus großer Nähe Maschinengewehrfeuer auf ihn eröffnet wurde. Die erste Garbe schoß ein Hinterrad ab und stürzte den Wagen um. Jim sah das Rad über die Kühlerhaube wegfliegen, als der Wagen in den linken Weggraben rollte. Der Graben war etwa drei Meter tief, aber der Schnee linderte den Fall. Der Wagen fing nicht Feuer, also legte Jim sich dahinter und wartete, spähte über den Weg und hoffte, den Schützen aufs Korn nehmen zu können. Die nächste Salve kam von hinten und schleuderte ihn hoch und gegen den Wagen. In den Wäldern mußte es von Soldaten gewimmelt haben. Er wußte, daß er zweimal getroffen worden war. Beide Schüsse erwischten ihn an der rechten Schulter, und als er dalag und die Vorführung verfolgte, schien es ihm erstaunlich, daß sie ihm nicht den Arm abgerissen hatten. Eine Hupe ertönte, vielleicht auch mehrere. Ein Krankenwagen kam den Weg heruntergerollt, und noch immer fielen genügend Schüsse, um das Wild auf Jahre hinaus zu verscheuchen. Der Krankenwagen erinnerte ihn an die alten Hollywood-Feuerspritzen, er war genauso hochbeinig. Eine ganze Manöverschlacht war im Gang, aber die Jungen von der Ambulanz standen da und starrten ihn völlig ungerührt an. Er war dabei, das Bewußtsein zu verlieren, als er einen zweiten Wagen ankommen hörte, und Männerstimmen, und weitere Fotos wurden geschossen, diesmal vom richtigen Mann. Jemand erteilte Befehle, aber er wußte nicht, wie sie lauteten, sie wurden in russischer Sprache erteilt. Als sie ihn auf die Bahre luden, drehte sich sein einziger Gedanke um die Rückkehr nach London. Er sah sich in der St. James-Wohnung mit den bunten Tabellen und dem Bündel Notizen im Sessel sitzen und Control erklären, wie sie beide auf ihre alten Tage in die größte Gimpelfalle der Firmengeschichte getappt waren. Sein einziger Trost war, daß sie dem Magyaren eins übergezogen hatten, aber rückblickend wünschte er, er hätte ihm das Genick gebrochen; er hätte das ohne Mühe und ohne Reue bewerkstelligen können.

32 *Dramatischer Verlauf und unerwartete Folgen der Operation* Testify

Die Beschreibung von Schmerzen war für Jim ein müßiges Unterfangen. Für Smiley hatte dieser Stoizismus etwas Furchterregendes, um so mehr, als er Jim nicht bewußt zu sein schien. Die Lücken in seinem Bericht seien hauptsächlich dort, wo er ohnmächtig geworden war. Die Ambulanz fuhr ihn, soweit er sich erinnern konnte, weiter nach Norden. Er hatte es an den Bäumen abgelesen, als man die Tür für den Arzt öffnete: der Schnee war dick, wenn er zurückblickte. Die Fahrbahn war gut, und er vermutete, daß sie sich auf der Straße nach Hradec befanden. Der Arzt gab ihm eine Spritze, und als er wieder zu sich kam, war er in einem Gefängniskrankenhaus mit vergitterten Fenstern hoch oben in der Wand, und drei Männer bewachten ihn. Dann kam er erst nach der Operation wieder zu sich, in einem anderen Bau ganz ohne Fenster, und er glaubte, das erste Verhör habe wohl hier stattgefunden, ungefähr zweiundsiebzig Stunden, nachdem sie ihn zusammengeflickt hatten, aber die Zeitbestimmung war bereits problematisch geworden, und natürlich hatten sie ihm seine Uhr weggenommen.

Sie fuhren ihn ständig herum. Entweder in andere Räume, je nachdem, was sie mit ihm vorhatten, oder in andere Gefängnisse, je nachdem, wer ihn verhörte. Manchmal sollte die Bewegung ihn einfach wachhalten, dann führten sie ihn nachts in Gefängniskorridoren herum. Er wurde auch in Lastwagen befördert und einmal mit einem tschechischen Transportflugzeug, aber er war gefesselt und mit verbundenen Augen in die Maschine gebracht worden und hatte kurz nach dem Start die Besinnung verloren. Das folgende Verhör war sehr lang. Im übrigen konnte er die einzelnen Verhöre kaum auseinanderhalten, und vom Nachdenken wurde es auch nicht besser, eher das Gegenteil. Am deutlichsten war ihm immer noch der Schlachtplan im Gedächtnis, den er sich zurechtgelegt hatte, als er auf das erste Verhör wartete. Er wußte, Schweigen würde unmöglich sein, und er

würde, wenn er den Verstand behalten oder einfach überleben wollte, einen Dialog aufrechterhalten müssen, und am Ende würden sie glauben müssen, er hätte ihnen erzählt, was er wußte, alles, was er wußte. Als er im Spital lag, teilte er sein Denken in einzelne Verteidigungslinien ein, hinter die er sich, wenn er Glück hatte, Zug um Zug absetzen könnte, bis er den Eindruck der totalen Niederlage erwecken würde. Seine vorderste und wie er annahm, auch entbehrlichste Linie war das Skelett der Operation *Testify*. Jeder sollte selber raten, ob Stevcek ein falscher Fuffziger war, oder ob man ihn verraten hatte. Aber was immer der Fall sein mochte, eins war sicher: die Tschechen wußten mehr über Stevcek als Jim. Sein erstes Zugeständnis würde also die Stevcek-Story sein, denn die kannten sie bereits; aber er würde ihnen nichts schenken. Zuerst würde er alles leugnen und bei seiner Tarnung bleiben. Nach einigem Wehren würde er eingestehen, ein britischer Spion zu sein, und seinen Arbeitsnamen Ellis angeben, damit, wenn sie ihn veröffentlichten, der Circus zumindest wüßte, daß er am Leben war und sein Bestes versuchte. Er zweifelte kaum daran, daß die ausgeklügelte Falle und die Fotos einen ganz großen Wirbel versprachen. Danach würde er, entsprechend seinem Übereinkommen mit Control, die Operation als sein Privatunternehmen darstellen, das er im Alleingang und ohne Wissen seiner Vorgesetzten aufgezogen hatte, weil er sich davon eine Beförderung erhoffte. Begraben dagegen würde er, so tief wie sie irgend schürfen konnten und noch tiefer, jeden Gedanken an einen Spion innerhalb des Circus.
»Kein Maulwurf«, sagte Jim zu den schwarzen Konturen der Quantocks. »Kein Treffen mit Control, keine Wohnung in St. James.«
»Keine Dame, König, As.«
Seine zweite Verteidigungslinie würde Max sein. Zuerst würde er vorbringen, daß er überhaupt keinen Kurier dabeigehabt habe. Dann könnte er sagen, ja, aber er kenne seinen Namen nicht. Dann – denn jeder hört gern Namen – würde er ihnen einen geben: den falschen zuerst, den richtigen danach. Inzwischen müßte Max in Sicherheit sein oder im Untergrund oder geschnappt.

Nun folgte in Jims Phantasie eine Reihe weniger heftig verteidigter Stellungen: Skalpjäger-Operationen der jüngsten Zeit, Circusklatsch, alles, was seine Inquisitoren auf die Idee brächte, sein Widerstand sei gebrochen und er packe jetzt aus, und das sei alles, was er wisse, sie hätten den letzten Schützengraben erobert. Er würde in seinem Gedächtnis nach alten Skalpjäger-Unternehmungen forschen und ihnen notfalls die Namen von ein paar sowjetischen oder den Satellitenstaaten angehörenden Beamten nennen, die in letzter Zeit umgedreht oder verbrannt worden waren; die Namen einiger, die in der Vergangenheit einen einmaligen Verkauf von Informationen tätigten und, da sie nicht übergelaufen waren, jetzt zum Verbrennen oder für eine zweite Lieferung in Frage kämen. Er würde ihnen jeden Knochen vorwerfen, den er ausgraben konnte, ihnen, wenn nötig, den ganzen Brixton-Stall verkaufen. Und das alles würde den Rauchvorhang abgeben, hinter dem Jim sein, wie er glaubte, gefährdetstes Wissen verbergen könnte, denn sie würden bestimmt annehmen, daß er es ihnen verraten könne: die Identität der Mitglieder des tschechischen Teils der Netze *Aggravate* und *Plato.*

»Landkron, Krieglowa, Bilowa, die Pribyls«, sagte Jim.

Warum wählte er für ihre Namen ausgerechnet diese Reihenfolge? fragte sich Smiley.

Jim war schon lange nicht mehr für diese Netze verantwortlich. Vor Jahren, ehe er Brixton übernahm, hatte er geholfen, sie aufzuziehen, er hatte einige der Gründungsmitglieder angeworben; inzwischen hatte sich mit ihnen in Blands und Haydons Händen eine Menge getan, wovon er nichts wußte. Aber er war überzeugt, noch immer genügend zu wissen, um sie beide himmelhochgehen zu lassen. Und am meisten bedrängte ihn die Furcht, daß Control oder Bill oder Percy Alleline oder wer immer zur Zeit das letzte Wort hatte, zu gierig oder zu langsam sein könnte, um die Netze rechtzeitig zu evakuieren, bis Jim unter einem Druck, über dessen Formen er nur Vermutungen anstellen konnte, nichts anderes mehr übrigbleiben würde, als vollständig zusammenzubrechen.

»Und jetzt kommt der Witz«, sagte Jim ohne den leisesten Anflug von Humor. »Die Netze waren ihnen scheißegal. Sie stellten mir ein halbes Dutzend Fragen über *Aggravate*, dann verloren sie jedes Interesse. Sie wußten verdammt gut, daß *Testify* nicht meines Geistes Kind war, und sie wußten auch darüber Bescheid, wie Control sich in Wien Stevcek gekauft hatte. Sie fingen genau dort an, wo ich enden wollte: mit dem Treffen in St. James. Sie fragten mich nicht nach einem Kurier, es interessierte sie nicht, wer mich zu der Verabredung mit dem Magyaren gefahren hatte. Sie wollten immer nur über Controls Theorie vom faulen Apfel reden.«

Das eine Wort, dachte Smiley wieder. Es ist vielleicht nur ein einziges Wort. Er sagte: »Kannten sie tatsächlich die St. James-Adresse?«

»Sie kannten die Marke von dem gräßlichen Sherry, Mann.«

»Und die Tabellen?« fragte Smiley rasch. »Die Notenmappe?«

»Nein.« Er fügte hinzu: »Anfangs nicht. Nein.«

Umgestülptes Denken, nannte Steed Asprey das immer. Sie wußten das alles, weil der Maulwurf Gerald es ihnen gesagt hat, dachte Smiley. Der Maulwurf wußte, was die Personalabteilung aus dem alten Mac Fadean herausgeholt hatte. Der Circus schreitet zur Leichenöffnung: Karla kommt in den Genuß der Ergebnisse, früh genug, um sie gegen Jim einzusetzen.

»Ich nehme an, spätestens dann ist Ihnen aufgegangen, daß Control recht hatte: es *gab* einen Maulwurf«, sagte Smiley.

Jim und Smiley lehnten über einem Holzgatter. Vor ihnen fiel der Boden steil ab und ging in eine lange Kurve von Farnkraut und Feldern über. Unter ihnen lag noch ein Dorf, eine Bucht und ein dünner Streifen Meer, in Mondlicht getaucht.

»Sie fackelten nicht lange und kamen direkt auf den Kern der Dinge. ›Warum versuchte Control einen Alleingang? Was hoffte er zu erreichen?‹ ›Sein Come-back‹, sagte ich. Sie lachten nur: ›Mit wertlosen Informationen über militärische Verschiebungen um Brünn herum?‹ Dafür könnte er sich nicht einmal einen schlichten Lunch in seinem Club kaufen. ›Vielleicht glitten ihm die Fäden aus der Hand‹, sagte ich. Wenn Control die Fäden verlor, meinten sie, wer trampelte ihm dann auf den Fingern herum? ›Alleline‹, sagte ich, ›das war so das Geflüster. Alleline und Control konkurrierten miteinander bei der Beschaffung von Nachrichten. Aber in Brixton bekamen wir nur Gerüchte mit‹, sagte ich. ›Und was fördert Alleline zutage, was Control *nicht* tut?‹ ›Weiß ich nicht.‹ ›Aber Sie haben gerade gesagt, daß Alleline und Control bei der Nachrichtenbeschaffung miteinander konkurrierten!‹ ›Das sind Gerüchte. Ich weiß es nicht.‹ Zurück ins Kühlhaus.«

»Das Zeitgefühl, sagte Jim, sei ihm in diesem Stadium bereits völlig abhanden gekommen. Er lebte entweder im Dunkel der Kapuze oder im weißen Licht der Zellen. Es gab weder Tag noch Nacht, und um es noch unheimlicher zu machen, wurde er fast ständig mit Geräuschen berieselt.

Sie bearbeiteten ihn nach dem Fließbandprinzip, erklärte er: keinen Schlaf, Befragung durch wechselnde Teams, Verwirrung, körperliche Gewaltanwendung, bis das Verhör für ihn zu einem zähen Wettlauf zwischen einem kleinen Dachschaden, wie er es nannte, und dem völligen Zusammenbruch geworden war. Natürlich hoffte er, der Dachschaden würde gewinnen, aber das hatte man nicht in der Hand, denn die anderen wußten allerlei Mittel, das zu verhindern. Eine Menge besorgte elektrischer Strom.

»Es geht also wieder los. Neuer Kurs. ›Stevcek war ein bedeutender General. Wenn er einen ranghöheren britischen Beamten anforderte, so durfte er erwarten, daß dieser Mann über alle Aspekte seiner Laufbahn informiert sein würde. Wollen Sie uns erzählen, Sie hätten sich nicht informiert?‹ ›Ich sage doch, ich bekam meine Informationen von Control.‹ ›Haben Sie Stevceks Akte im Circus gelesen?‹ ›Nein.‹ ›Hat Control sie gelesen?‹ ›Das weiß ich nicht.‹ ›Welche Schlüsse zog Control aus Stevceks zweiter Berufung nach Moskau? Hat Control mit Ihnen über Stevceks Rolle im Verbindungsausschuß zum Warschauer Pakt gesprochen?‹ ›Nein.‹ Sie beharrten auf dieser Frage, und ich muß wohl auf meiner Antwort beharrt haben, denn nachdem ich noch ein paarmal ›Nein‹ gesagt hatte, wurden sie ein bißchen ungehalten. Sie schienen die Geduld zu verlieren. Als ich ohnmächtig wurde, spritzten sie mich mit dem Schlauch ab und probierten's nochmal.«

Ortswechsel, sagte Jim. Sein Bericht war seltsam sprunghaft geworden. Zellen, Korridore, Auto ... Am Flugplatz VIP-Abfertigung und eine Tracht Prügel vor dem Einstieg. Während des Fluges verlor er das Bewußtsein und erhielt seine Strafe dafür. »Bin wieder mal in einer Zelle zu mir gekommen, einer kleineren, ohne Tünche an den Wänden. Manchmal habe ich geglaubt, in Rußland zu sein; nach den Sternen hatte ich errechnet, daß wir nach Osten geflogen waren. Aber manchmal war ich wieder in Sarratt beim Abhärtungs-Training.«

Ein paar Tage lang ließen sie ihn in Ruhe. Sein Kopf war sehr wirr. Immer wieder hörte er die Schießerei im Wald, sah die Militärparade vor sich, und als schließlich die große Sitzung begann, die Marathonsitzung, trat er mit dem Handikap an, daß er sich bereits halb besiegt fühlte.

»Unter anderem einfach Frage der Gesundheit«, erklärte er nun sehr angespannt.

»Wir können eine Pause einlegen, wenn Sie wollen«, sagte Smiley. Aber dort, wo Jim war, gab es keine Pausen, und was er wollte, zählte nicht.

Dieses Verhör ging endlos, sagte Jim. Einmal erzählte er ihnen von Controls Notizen und seinen Tabellen und den farbigen Tinten und Buntstiften. Sie setzten ihm zu wie die Teufel, und er erinnerte sich an eine ausschließliche männliche Zuhörerschaft, die von der anderen Seite des Raums herüberlinste wie lauter verdammte Mediziner und miteinander tuschelte, und er berichtete von den Buntstiften nur, um das Gespräch in Gang zu halten und damit sie mit Fragen aufhörten. Sie hörten zu, aber sie hörten nicht auf.

»Sobald sie von den Farben wußten, wollten sie wissen, was die Farben bedeuteten. ›Was bedeutete blau?‹ ›Control benutzte kein Blau.‹ ›Was bedeutete rot? Nennen Sie ein Beispiel für Rot auf der Tabelle. Was bedeutet rot? Was bedeutete rot?‹ Dann gehen alle hinaus, bis auf ein paar Wachen und einen kleinen frostigen Burschen, stocksteif, schien der Chef zu sein. Die Wachen führen mich an einen Tisch, und der Kleine setzt sich neben mich wie so ein Zwerg, mit gefalteten Händen. Vor ihm liegen zwei Stifte, rot und grün, eine Tabelle von Stevceks Laufbahn.«

Jim war nicht eigentlich zusammengebrochen, seine Phantasie war einfach erschöpft. Er konnte sich keine neuen Geschichten mehr ausdenken. Die Wahrheiten, die er so tief drinnen verschlossen hatte, waren das einzige, das sich noch anbot.
»Und da haben Sie ihm von dem faulen Apfel erzählt«, sagte Smiley. »Und von Dame, König, As.«
Ja, gab Jim zu, das habe er getan. Er erzählte ihm, daß Control glaube, Stevcek könne einen Maulwurf innerhalb des Circus identifizieren.
Er erzählte ihm von dem Dame-König-Code, und wer jeder einzelne war, Namen für Namen.
»Und wie reagierte er?«
»Dachte ein Weilchen nach, dann bot er mir eine Zigarette an. Hat scheußlich geschmeckt.«
»Warum?«
»Amerikanischer Tabak. Camel, eine von der Sorte.«
»Hat er selber auch eine geraucht?«
Jim nickte kurz. »Der reinste Schlot«, sagte er.
Danach, sagte Jim, sei die Zeit von neuem in Fluß gekommen. Er wurde in ein Lager gebracht, vermutlich in der Umgebung einer Stadt, und lebte dort in einem Hüttenkomplex mit doppelter Stacheldrahtumzäunung. Mit Hilfe eines Wärters konnte er bald allein gehen; einmal machten sie sogar einen Spaziergang im Wald. Das Lager war sehr groß: seine eigene Hüttenanlage war nur ein Teil des Ganzen. Nachts konnte er im Osten den Lichtschimmer einer Stadt sehen. Die Wachen trugen Drillichanzüge und redeten nichts, also konnte er auch daran nicht feststellen, ob er in der Tschechoslowakei oder in Rußland war, aber er setzte entschieden auf Rußland, und der Arzt, der nach einiger Zeit erschien, um sich Jims Rücken anzusehen, benutzte einen russisch-englischen Dolmetscher, um seiner Verachtung für das Werk des Vorgängers Ausdruck zu verleihen. Die Befragung wurde weiterhin in Abständen durchgeführt, aber ohne Feindseligkeit. Sie setzten ein neues Team auf ihn an, aber verglichen mit den ersten elf war es ein Kaffeekränzchen. Eines Nachts wurde er zu einem Militärflugzeug gebracht und mit einem Kampfflugzeug der RAF nach Inverness transportiert. Von dort

ging es mit einer kleinen Maschine nach Elstree, dann mit dem Lieferwagen nach Sarratt, beide Male über Nacht.
Jim kam jetzt rasch zum Ende. Er hatte sogar schon mit seinen Erlebnissen in der *Nursery* angefangen, als Smiley die Frage einwarf:
»Und der Chef, der kleine Frostige: den haben Sie nie wiedergesehen?«
Einmal, bejahte Jim; kurz ehe er das Lager verließ.
»Was wollte er?«
»Klatschen.« Und dann lauter: »Eine Menge blödes Geschwätz über Leute aus dem Circus, genau gesagt.«
»Über welche Leute?«
Jim wich der Frage aus. Geschwätz darüber, wer im Kommen war und wer auf dem absteigenden Ast. Wer der nächste Anwärter für die Leitung sei: »Wie soll ich das wissen?« sagte ich. »Wissen die verdammten Personalleute längst vor Brixton.«
»Und wer genau wurde bei diesem Geschwätz genannt?«
Hauptsächlich Roy Bland, erwiderte Jim mürrisch. Wie vereinbarte Bland seinen Linksdrall mit seiner Arbeit im Circus? Er hat keinen, ganz einfach, sagte Jim. Wie stand Bland mit Esterhase und Alleline? Was hielt Bland von Bill Haydons Malkunst? Dann, wieviel Roy trank und was aus ihm würde, wenn Bill ihm jemals seine Hilfe entzöge? Jim gab dürftige Antworten auf diese Fragen.
»Wurde sonst noch jemand erwähnt?«
»Esterhase«, knurrte Jim ebenso barsch. »Der Scheißkerl wollte wissen, wie man jemals einem Ungarn trauen könnte.«
Nach Smileys nächster Frage schien es, sogar ihm selber, als senkte sich absolute Stille über das ganze schwarze Tal.
»Und was hat er über mich gesagt?« Er wiederholte: »Was hat er über mich gesagt?«
»Zeigte mir ein Feuerzeug. Sagte, es gehöre Ihnen. Geschenk von Ann. ›Für George in Liebe von Ann‹. Eingraviert.«
»Hat er gesagt, wie er zu dem Feuerzeug gekommen ist? Was hat er gesagt, Jim? Los, ich werde nicht zu heulen anfangen, bloß weil ein russischer Bauernlümmel einen schlechten Witz über mich gemacht hat.«

Jims Antwort hörte sich an wie ein militärischer Befehl. »Er könne sich vorstellen, daß sie nach ihrem Seitensprung mit Bill Haydon die Widmung ändern möchte.« Er wirbelte zum Wagen herum. »Ich hab ihm gesagt«, brüllte er wütend, »hab's ihm in seine verschrumpelte Visage gesagt. Sie können Bill nicht nach sowas beurteilen. Künstler haben völlig andere Maßstäbe. Sehen Dinge, die wir nicht sehen. Fühlen Dinge, die uns nicht zugänglich sind. Der kleine Scheißkerl lacht nur. ›Wußte nicht, daß seine Bilder so gut sind‹, sagte er. Ich sage zu ihm, George: ›Gehn Sie zum Teufel. Gehn Sie verdammt nochmal zum Teufel. Wenn ihr in euerm verdammten Laden einen einzigen Bill Haydon hättet, dann hättet ihr das Spiel längst gewonnen.‹ Ich sagte zu ihm: ›Herrgott noch mal‹, sagte ich, ›was ist das hier eigentlich, ein Geheimdienst oder die Heilsarmee?‹ «

»Sehr gut gesagt«, bemerkte Smiley endlich, als kommentierte er eine weit zurückliegende Debatte. »Und Sie hatten ihn vorher noch nie gesehen?«

»Wen?«

»Den kleinen frostigen Burschen. Er kam Ihnen nicht bekannt vor – von sehr viel früher zum Beispiel? Sie wissen doch, wie wir sind. Wir sind entsprechend ausgebildet, wir sehen eine Menge Gesichter, Fotos von Leuten aus der Moskauer Zentrale, und manchmal bleiben sie haften. Auch wenn wir ihnen keinen Namen mehr geben können. Das war hier also nicht der Fall. Hab mich nur gefragt. Weil Sie soviel Zeit zum Nachdenken hatten«, fuhr er im Gesprächston fort. »Sie lagen da und warteten auf ihre Genesung, auf Ihren Heimtransport, und womit konnten Sie sich die Zeit vertreiben, wenn nicht mit Nachdenken?« – er wartete – »Worüber haben Sie also nachgedacht, sagen Sie? Über den Auftrag. Über Ihren Auftrag, würde ich sagen.«

»Manchmal.«

»Und mit welchem Erfolg? Irgend etwas Nützliches? Irgendeinen ausgefallenen Verdacht, eine Erleuchtung, ein Hinweis, mit dem ich etwas anfangen könnte?«

»Rutschen Sie mir den Buckel runter«, herrschte Jim ihn an. »Sie kennen mich, George Smiley, ich bin kein Juju-Mann, ich bin ein...«

»Sie sind ein einfacher Außenagent, der das Denken den anderen überläßt. Trotzdem: Wenn man weiß, daß man in eine überdimensionale Falle geschickt wurde, verraten, in den Rücken geschossen, und monatelang nichts zu tun hat, als auf einer Pritsche zu liegen oder zu sitzen oder in einer russischen Zelle hin- und herzugehen, dann würde ich meinen, daß selbst der eingefleischteste Mann der Tat« – seine Stimme hatte nichts von ihrer Freundlichkeit verloren – »anfangen würde, zu überlegen, wie er in einer solchen Patsche landen konnte. Nehmen wir uns doch kurz mal Operation *Testify* vor«, forderte Smiley die regungslose Gestalt vor ihm auf. »*Testify* beendete Controls Karriere. Er fiel in Ungnade, und er konnte seinen Maulwurf nicht weiter verfolgen, falls es einen gegeben hat. Der Circus ging in andere Hände über. Und Control starb zur rechten Zeit. *Testify* bewirkte noch etwas anderes. Die Russen erfuhren dadurch – genau gesagt, durch Sie – die ganze Reichweite von Controls Verdacht. Daß er den Kreis auf fünf Personen eingeengt hatte, aber offenbar nicht weiter. Ich unterstelle nicht, daß Sie sich das alles ganz allein in Ihrer Zelle während der Wartezeit hätten zusammenreimen können. Schließlich hatten Sie in Ihrem Bau keine Ahnung, daß Control kaltgestellt worden war – obwohl Sie auf den Gedanken hätten kommen können, daß die Russen von diesem Scheingefecht im Wald nur deshalb soviel hermachten, um eine Reaktion zu provozieren. Sind Sie darauf gekommen?«
»Sie haben die Netze vergessen«, sagte Jim finster.
»Ach, die Tschechen hatten die Netze längst vor Ihrem Auftritt aufs Korn genommen. Sie haben Sie nur aufgerollt, um Controls Versagen hervorzuheben.«
Der beiläufige, fast plaudernde Ton, in dem Smiley diese Theorien vorbrachte, fand in Jim kein Echo. Smiley wartete noch eine Weile vergebens, daß er freiwillig sprechen würde, dann ließ er das Thema fallen. »Kommen wir doch mal auf Ihren Empfang in Sarratt, ja? Um das Ganze abzurunden?«
In einem für ihn seltenen Augenblick der Vergeßlichkeit bediente er sich erst aus der Wodka-Flasche, bevor er sie Jim weiterreichte.

Nach seiner Stimme zu urteilen, hatte Jim jetzt genug. Er sprach rasch und zornig, militärisch schnarrend – seine Zuflucht vor intellektuellen Streifzügen.
Vier Tage lang war Sarratt die Zwischenstation gewesen: »Viel gegessen, viel getrunken, viel geschlafen. Um den Kricketplatz spaziert.« Er wäre auch geschwommen, aber der Swimmingpool wurde zur Zeit ausgebessert, wie schon vor einem halben Jahr: ein Saustall. Er wurde ärztlich untersucht, saß in seiner Hütte vor dem Fernsehapparat und spielte Schach mit Cranko, der das Pförtneramt versah.
Die ganze Zeit wartete er auf Control, der jedoch nicht auftauchte. Der erste, der ihn aus dem Circus besuchte, war der Rückführungsberater, der von einer hilfsbereiten Agentur für Lehrpersonen sprach, danach kam ein Scheich von der Zahlstelle, um mit ihm seinen Pensionsanspruch zu erörtern, dann nochmals ein Arzt, der ihn für ein Schmerzensgeld einstufte. Jim wartete, daß die Inquisitoren erscheinen würden, aber sie blieben aus, zu seiner Erleichterung, denn er hätte nicht gewußt, was er ihnen hätte sagen sollen, solange er von Control kein grünes Licht hatte, und außerdem hingen Fragen ihm nachgerade zum Hals heraus. Er vermutete, daß Control sie fernhielt. Es schien blödsinnig, daß er den Inquisitoren verschweigen sollte, was er bereits den Russen und den Tschechen erzählt hatte, aber was sollte er tun, solange er von Control nichts hörte? Als Control weiterhin schwieg, überlegte er, ob er nicht bei Lacon vorsprechen und ihm seine Geschichte erzählen solle. Dann kam er zu dem Schluß, daß Control wartete, bis die *Nursery* ihn freigab, ehe er sich mit ihm in Verbindung setzte. Ein paar Tage lang hatte er einen Rückfall, und als er vorbei war, erschien Toby Esterhase in einem neuen Anzug, scheinbar nur, um ihm die Hand zu schütteln und viel Glück zu wünschen. Aber in Wahrheit, um ihm zu sagen, wie die Dinge standen.
»Verdammt komisch, ausgerechnet diesen Vogel herzuschicken, aber er schien die Treppe hinaufgefallen zu sein. Dann fiel mir ein, daß Control einmal gesagt hatte, man solle nur Leute von draußen verwenden.«
Esterhase berichtete ihm, daß der Circus durch *Testify* an den

Rand des Untergangs geraten und daß Jim zur Zeit im Circus der Aussätzige Nr. 1 sei. Control sei nicht mehr im Spiel, und alles werde neu organisiert, um Whitehall zu besänftigen. »Dann sagte er, ich solle mir keine Sorgen machen«, sagte Jim.
»Worüber keine Sorgen machen?«
»Über meine Sonderinstruktion. Er sagte, ein paar Leute kennen die wahre Geschichte und ich hätte keinen Grund, mir Sorgen zu machen, alles Nötige werde getan. Alle Tatsachen seien bekannt. Dann gab er mir tausend Pfund in bar, als Extrazulage zu meinem Schmerzensgeld.«
»Von wem?«
»Hat er nicht gesagt.«
»Hat er Controls Theorie über Stevcek erwähnt? Den Spion der Moskauer Zentrale innerhalb des Circus?«
»Die Tatsachen waren bekannt«, wiederholte Jim mit starrem Blick. »Er *befahl* mir, mit keinem Menschen Kontakt aufzunehmen und nicht zu versuchen, meine Geschichte zu Gehör zu bringen, denn es werde auf höchster Ebene alles Nötige unternommen, und alles, was ich tun würde, könne den entscheidenden Schlag vermasseln. Der Circus sei wieder im Lot. Ich könne Bube, Dame und das ganze verdammte Spiel vergessen: Maulwürfe, alles. ›Mach Schluß‹, sagte er. ›Du bist ein Glückspilz, Jim‹, sagte er immer wieder. ›Du bist zum Lotos-Esser ausersehen.‹ Ich könne das Ganze vergessen. Ja? Vergessen. Einfach so tun, als wäre es nie passiert.« Er brüllte jetzt. »Und das hab' ich die ganze Zeit getan: Melde gehorsamst, alles vergessen!«
Die nächtliche Landschaft wirkte plötzlich wie unberührt; wie eine große Leinwand, auf die niemals etwas Böses oder Grausames gemalt worden war. Seite an Seite starrten sie über die Lichtbüschel hinweg ins Tal zu einer Felskuppe, die vor dem Horizont aufragte. Auf der Spitze stand ein einsamer Turm, und einen Augenblick lang bezeichnete er für Smiley das Ende der Reise.
»Ja«, sagte er. »Ich habe mich auch ein bißchen mit Vergessen beschäftigt. Toby hat also tatsächlich Ihnen gegenüber Dame, Bube erwähnt. Wie ist er nur an *diese* Geschichte herangekommen, wenn nicht... Und von Bill keine Silbe?« fuhr er fort. »Nicht einmal eine Postkarte?«

»Bill war im Ausland«, sagte Jim kurz.
»Wer hat Ihnen das gesagt?«
»Toby.«
»Sie haben Bill also kein einziges Mal gesehen: seit *Testify*, Ihren besten Freund: Er ist verschwunden.«
»Sie haben doch gehört, was Toby sagte. Ich war tabu. Quarantäne.«
»Bill hat nie besonders viel für Vorschriften übrig gehabt, oder?« sagte Smiley, wie in Erinnerung versunken.
»Und Sie haben nie besonders viel für Bill übrig gehabt«, bellte Jim.
»Tut mir leid, daß ich nicht da war, als Sie mich vor Ihrer Abreise in die Tschechoslowakei aufsuchten«, bemerkte Smiley nach einer kleinen Pause. »Control hatte mich nach Deutschland geschickt, damit ich ihm aus den Augen wäre, und als ich wiederkam – was hatten Sie eigentlich genau gewollt?«
»Nichts. Dachte, die Tschechoslowakei könnte ein bißchen haarig werden. Dachte, ich könnte vorbeischauen, mich verabschieden.«
»Vor einem Auftrag?« rief Smiley in gelinder Verwunderung. »Vor einem so ganz *besonderen* Auftrag?« Jim ließ durch nichts erkennen, daß er es gehört hatte. »Haben Sie sich von anderen auch verabschiedet? Wir waren wohl alle auswärts. Toby, Roy, Bill, haben Sie sich von ihnen verabschiedet?«
»Von keinem.«
»Bill hatte Urlaub, nicht wahr? Aber er dürfte wohl trotzdem in der Nähe gewesen sein.«
»Von keinem«, beharrte Jim, als ein furchtbarer Schmerzanfall ihn zwang, die linke Schulter hochzuziehen und den Kopf abzuwenden. »Alle auswärts«, sagte er.
»Das sieht Ihnen gar nicht ähnlich, Jim«, sagte Smiley im gleichen milden Ton, »daß Sie herumgehen und allen Leuten Pfötchen geben, ehe Sie einen wichtigen Auftrag ausführen. Es scheint, Sie werden sentimental auf Ihre alten Tage. Sie wollten ...« er zögerte. »Sie wollten nicht einen Rat oder dergleichen, wie? Schließlich hielten Sie den Auftrag doch für eine Schnapsidee, nicht wahr? Und fanden, daß Control die Dinge nicht mehr

recht im Griff hatte. Vielleicht glaubten Sie, Sie sollten eine dritte Person zuziehen? Denn ich gebe zu, das Ganze wirkte ziemlich verrückt.«
Die Fakten kennenlernen, sagte Steed Asprey immer, dann Geschichten probieren wie Kleider.
Jim verschanzte sich hinter wütendem Schweigen, und sie gingen zurück zum Wagen.

Im Motel zog Smiley zwanzig postkartengroße Fotos aus den Tiefen seines Überziehers und legte sie in zwei Reihen auf dem Keramiktisch aus. Einige waren Schnappschüsse, einige Porträtfotos; alle zeigten Männer, und keiner von ihnen sah wie ein Engländer aus. Jim verzog das Gesicht, fischte zwei davon heraus und gab sie Smiley. Beim ersten sei er ganz sicher, brummte er, beim zweiten weniger. Der erste war der Chef, der frostige Zwerg. Der zweite eins der Schweine, die im Schatten standen und zusahen, wie die Schläger Jim auseinandernahmen. Smiley steckte die Fotos wieder in die Tasche. Als er die Gläser zum Schlummertrunk füllte, hätte ein weniger gequälter Beobachter als Jim an ihm vielleicht eher eine Spur von Feierlichkeit als von Triumph bemerkt; als besiegelte dieses letzte Glas irgend etwas.
»Also, wann haben Sie nun Bill zum letztenmal gesehen? Mit ihm gesprochen«, fragte Smiley, wie man sich eben nach einem alten Freund erkundigt. Er hatte Jim offenbar aus anderen Gedanken aufgescheucht, denn es dauerte eine Weile, ehe er den Kopf hob und die Frage begriff.
»Ach, immer mal wieder«, sagte er leichthin. »Bestimmt öfter in den Korridoren mit ihm zusammengestoßen.«
»Und gesprochen? Ach, ist ja egal.« Denn Jim hatte sich wieder seinen eigenen Gedanken zugewandt.
Jim wollte nicht den ganzen Weg bis zur Schule gefahren werden. Smiley mußte ihn am Anfang des geteerten Weges absetzen, der durch den Friedhof zur Kirche führte. Er habe ein paar Hefte in der Kapelle liegenlassen, sagte er. Im Augenblick war Smiley eher geneigt, ihm nicht zu glauben, weshalb, begriff er selber nicht. Vielleicht weil er zu der Meinung gelangt war, daß Jim – trotz dreißig Jahren im Geschäft – immer noch ein ziemlich

schlechter Lügner war. Das letzte, was Smiley von ihm sah, war der seitenlastige Schatten, der auf das normannische Portal zustrebte, während seine Absätze wie Gewehrschüsse zwischen den Grabsteinen knallten.

Smiley fuhr nach Taunton und tätigte vom Schloßhotel aus eine Reihe von Telefonanrufen. Trotz seiner Erschöpfung schlief er nur mit Unterbrechungen, in seinen Träumen sah er Karla mit zwei Farbstiften an Jims Tisch sitzen, und Professor Poljakow, alias Viktorow, der, gedrängt von der Sorge um die Sicherheit seines Maulwurfs Gerald, ungeduldig darauf wartete, daß Jim in der Verhörzelle zusammenbräche: Zuletzt sah er noch Toby Esterhase, der an Stelle des abwesenden Haydon nach Sarratt gehoppelt kam und Jim jovial den Rat gab, er solle die ganze Geschichte um Bube, Dame und ihren toten Erfinder, Control, vergessen.

In der gleichen Nacht fuhr Peter Guillam nach Westen, quer durch England nach Liverpool, mit Ricki Tarr als einzigem Fahrgast. Es war eine langweilige Tour unter gräßlichen Bedingungen. Die meiste Zeit prahlte Tarr mit den Summen, die er als Belohnung fordern würde, und der Beförderung, die fällig würde, sobald er seinen Auftrag ausgeführt hätte. Dann kam er auf seine Frauen zu sprechen: Danny, ihre Mutter, Irina. Er schien ein *ménage à quatre* im Auge zu haben, wobei die beiden Frauen gemeinsam für Danny sorgen sollten:

»Irina hat viel Mütterlichkeit. Das frustriert sie natürlich.« Boris, sagte er, könne ihnen gestohlen werden, er werde Karla sagen, daß er ihn behalten solle. Als sie sich ihrem Ziel näherten, schlug seine Stimmung erneut um, und er verfiel in Schweigen. Die Morgendämmerung war kalt und nebelig. In den Vororten konnten sie nur noch dahinkriechen und wurden von Radfahrern überholt. Gestank nach Ruß und Stahl erfüllte den Wagen.

»Und halten Sie sich auch in Dublin nicht auf«, sagte Guillam plötzlich. »Es wird erwartet, daß Sie sich klammheimlich davonmachen, also ziehen Sie den Kopf ein. Nehmen Sie die erste ausfliegende Maschine.«

»Das haben wir alles bereits durchgekaut.«

»Dann kaue ich es eben nochmals durch«, gab Guillam zurück. »Wie lautet Mackelvores Arbeitsname?«
»Himmel, Zwirn und zugenäht«, schnaufte Tarr und nannte den Namen.
Es war noch dunkel, als die Fähre nach Irland ablegte. Überall wimmelte es von Soldaten und Polizei: dieser Krieg, der letzte, der vorletzte. Ein heftiger Wind blies vom Meer her, und die Überfahrt würde vermutlich bewegt werden. Für kurze Zeit wurde das Grüppchen an Land vom Gefühl der Zusammengehörigkeit erfaßt, als die Lichter des Schiffs rasch ins Dunkel davontanzten. Irgendwo weinte eine Frau, irgendwo feierte ein Betrunkener seine Freilassung.
Er fuhr langsam zurück und versuchte, über sich selber Klarheit zu gewinnen: über den neuen Guillam, der bei unvermittelten Geräuschen hochfährt, Alpträume hat und nicht nur sein Mädchen nicht halten kann, sondern sich auch noch idiotische Gründe ausdenkt, um ihr zu mißtrauen. Er hatte Camilla wegen Sand zur Rede gestellt, wegen ihrer Stunden und ihrer Geheimnistuerei im allgemeinen. Nachdem sie ihm mit ihren ernsten braunen Augen zugehört hatte, sagte sie, er sei ein Narr, und ging. »Ich bin das, wofür du mich hältst«, sagte sie und holte ihre Sachen aus dem Schlafzimmer. Von seiner leeren Wohnung aus rief er Toby Esterhase an und lud ihn für den nächsten Tag zu einem freundschaftlichen Schwatz ein.

33 *Ein Französisch-Lehrer bleibt unerlaubt dem Unterricht fern*

Smiley saß im Rolls Royce des Ministers, Lacon neben ihm. In Anns Familie wurde der Wagen als die schwarze Bettpfanne bezeichnet und wegen seiner Auffälligkeit verabscheut. Der Chauffeur war zum Frühstücken weggeschickt worden. Der Minister saß vorn, und alle drei blickten geradeaus die gestreckte Kühlerhaube entlang und sahen über den Fluß auf die vernebelten Türme des Battersea-Kraftwerks. Das Haar des Ministers war im Nacken voll und um die Ohren in kleine schwarze Hörner gelegt.

»Wenn Sie recht haben«, erklärte der Minister nach langem düsteren Schweigen, »ich sage nicht, daß Sie unrecht haben, aber wenn Sie recht haben, wieviel Porzellan wird er dann bis zum Ende des heutigen Tages zerschlagen haben?«

Smiley begriff nicht ganz.

»Ich spreche von dem Skandal. Gerald geht nach Moskau. Schön, und was passiert dann? Steigt er auf eine Seifenkiste und macht sich öffentlich lustig über alle die Leute, die er hier zum Narren gehalten hat? Ich meine, Herrgott, wir sitzen alle in diesem Boot, nicht wahr? Ich sehe nicht ein, warum wir ihn laufen lassen sollen, damit er uns das Dach über dem Kopfe einreißen kann und die Konkurrenz sich totlacht.«

Er probierte eine andere Tour. »Ich meine, nur weil die Russen unsere Geheimnisse kennen, muß nicht unbedingt die ganze Welt sie erfahren. Wir haben außer ihnen noch einiges mehr zu berücksichtigen, nicht wahr? Zum Beispiel die Schwarze Welt: sollen sie alle es innerhalb einer Woche in den Wallah-Wallah-Nachrichten lesen?«

Oder zum Beispiel seine Wählerschaft, dachte Smiley.

»Ich glaube, das ist etwas, wofür die Russen Verständnis haben«, sagte Lacon. »Schließlich, wenn man seinen Gegner als einen Narren hinstellt, verliert der Kampf seine Berechtigung.« Er fügte hinzu: »Bisher haben sie von ihren Möglichkeiten noch nie

Gebrauch gemacht, nicht wahr?«
»Dann sorgen Sie dafür, daß es auch in Zukunft so bleibt. Lassen Sie es sich schriftlich geben. Nein, lieber nicht. Aber sagen Sie ihnen, was dem einen recht ist, muß dem andern billig sein. Wir bringen die Moskauer Zentrale auch nicht öffentlich in Verschiß, also können sie sich verdammt nochmal ausnahmsweise an die Spielregeln halten.«
Das Angebot, ihn nach Hause zu fahren, lehnte Smiley mit der Erklärung ab, der Spaziergang werde ihm guttun.

Es war Thursgoods Aufsichtstag, und er empfand es als eine Zumutung. Schuldirektoren sollten seiner Meinung nach über den niedrigen Pflichten stehen und ihren Geist für die Anforderungen der Organisation und Leitung freihalten. Daß er seine Cambridge-Robe zur Schau stellen konnte, tröstete ihn nicht, und als er im Turnsaal stand und zusah, wie die Jungen in Reihen hereinkamen und zum Morgenappell Aufstellung nahmen, ruhte sein Auge finster, wenn nicht sogar feindselig auf ihnen. Aber erst Marjoribanks versetzte ihm den Todesstoß:
»Er sagt, es sei wegen seiner Mutter«, flüsterte er dumpf in Thursgoods linkes Ohr. »Er habe ein Telegramm bekommen, daß er sofort abreisen müsse. Wollte nicht mal mehr eine Tasse Tee trinken. Ich habe versprochen, es Ihnen zu bestellen.«
»Das ist ungeheuerlich, absolut ungeheuerlich«, sagte Thursgood.
»Ich übernehme sein Französisch, wenn Sie wollen. Wir können die Klassen V und VI zusammenlegen.«
»Ich bin außer mir«, sagte Thursgood. »Ich kann nicht nachdenken, ich bin völlig außer mir.«
»Und Irving sagt, er übernimmt das Rugby-Finale.«
»Berichte zu schreiben, Prüfungen, Rugby-Finale zu spielen. Was soll denn mit der Frau los sein? Wahrscheinlich einfach die Grippe, wie üblich um diese Jahreszeit. Wir haben sie alle und unsere Mütter auch. Wo lebt sie?«
»Nach dem, was er zu Sue gesagt hat, liegt sie schon im Sterben.«
»Immerhin eine Ausrede, die er kein *zweites* Mal verwenden kann«, sagte Thursgood ungerührt, dann brachte er durch ein

scharfes Bellen die Jungens zur Ruhe und verlas die Anwesenheitsliste.
»Roach?«
»Krank, Sir.«
Genau das hatte ihm jetzt noch gefehlt. Der reichste Junge an der Schule hatte einen Nervenzusammenbruch wegen seiner nichtswürdigen Eltern, und der Vater drohte, ihn wegzuholen.

34 *Toby Esterhase demonstriert die Kunst, gleichzeitig vor- und zurückzugehen, und Smiley macht sich Sorgen über Schatten auf seinen Wegen*

Es war am gleichen Tag um vier Uhr nachmittags. ›Sichere Häuser, die ich kannte‹, dachte Guillam und sah sich in der düsteren Wohnung um. Er hätte über sie schreiben können, wie ein Handlungsreisender über Hotels schreiben könnte: von Fünfsterne-Spiegelhallen im Belgravia mit Wedgwood-Pilastern und vergoldeten Eichenblättern bis zu diesem Zweizimmerschuppen der Skalpjäger in Lexham Gardens, der nach Staub und Abflüssen roch und einen ein Meter hohen Feuerlöscher in der pechdunklen Halle hatte. Über dem Kamin tranken Kavaliere aus Zinnkrügen. Auf den gedrängten Tischen Muscheln als Aschenbecher, und in der grauen Küche anonyme Anweisungen »Unbedingt beide Gashähne schließen«. Er ging durch die Diele, als die Türglocke anschlug, auf die Sekunde pünktlich. Er nahm das Haustelefon ab und hörte Tobys verzerrte Stimme in die Hörmuschel krächzen. Er drückte auf den Türöffner und hörte das Klicken des Schlosses im Treppenhaus widerhallen. Er öffnete die Vordertür, ließ jedoch die Kette eingehakt, bis er sich überzeugt hatte, daß Toby allein war.

»Na, wie geht's uns?« sagte Guillam fröhlich und ließ ihn ein.

»Ausgezeichnet, Peter«, sagte Toby und zog Mantel und Handschuhe aus.

Auf einem Tablett standen Tee und zwei Tassen. Guillam hatte alles vorbereitet. ›Sichere Häuser‹ haben eine ganz bestimmte Aufmachung. Man gibt entweder vor, hier zu wohnen oder überall zu Hause zu sein; oder einfach an alles zu denken. In unserem Metier ist Natürlichkeit eine Kunst, dachte Guillam. Das war etwas, das Camilla nicht zu schätzen wußte.

»Wirklich höchst sonderbares Wetter«, verkündete er, als hätte er eine meteorologische Studie angestellt. Sehr viel geistreichere Konversation wurde in ›sicheren Häusern‹ nie betrieben. »Man geht ein paar Schritte und ist völlig erschöpft. Wir erwarten also einen Polen?« sagte er und setzte sich. »Einen Polen im Pelzhan-

del, von dem sie glauben, er könne für uns Kurierdienste leisten?«
»Muß jeden Moment kommen.«
»Kennen wir ihn? Ich habe von meinen Leuten unter seinem Namen nachsehen lassen, aber sie fanden keine Spur.«
»Die freien Polen haben ihn vor ein paar Monaten angelaufen, und er hat sofort das Weite gesucht. Dann hat Karl Stock ihn bei den Lagerhäusern aufgestöbert und gedacht, er könne den Skalpjägern nützlich sein.« Er zuckte die Achseln. »Mir hat er gefallen, aber was soll's? Wir haben nicht mal genug Arbeit für unsere eigenen Leute.«
»Peter, Sie sind sehr großzügig«, sagte Esterhase ehrerbietig, und Guillam hatte das lächerliche Gefühl, ihm ein Trinkgeld gegeben zu haben. Da klingelte es zu seiner Erleichterung an der Tür, und Fawn bezog seinen Posten am Eingang.
»Tut mir leid, Toby«, sagte Smiley, von der Treppe ein wenig außer Atem. »Peter, wo soll ich meinen Mantel aufhängen?«
Guillam drehte Toby um, hob ihm die Hände und legte sie flach an die Wand, dann durchsuchte er ihn nach einer Waffe, wobei er sich reichlich Zeit ließ. Toby hatte keine Waffe.
»Ist er allein gekommen?« fragte Guillam. »Oder wartet ein lieber Freund auf der Straße?«
»Ich glaube, die Luft ist rein«, sagte Fawn.
Smiley stand am Fenster und blickte auf die Straße hinunter. »Würden Sie bitte kurz das Licht löschen?« bat er.
»Warten Sie in der Diele«, befahl Guillam, und Fawn zog sich zurück; Smileys Mantel nahm er mit. »Was gesehen?« fragte Guillam und stellte sich neben Smiley ans Fenster.
Der Londoner Nachmittag hatte bereits die verschleierten Rosa- und Gelbtöne des Abends angenommen. Der Platz war ein typisch victorianisches Wohnviertel. In der Mitte ein umzäunter Garten, der schon dunkel war. »Vermutlich nur ein Schatten«, sagte Smiley mit einem Knurren und wandte sich wieder Esterhase zu. Die Kaminuhr klimperte vier Schläge. Fawn mußte sie aufgezogen haben.

»Ich möchte Ihnen gern eine These vortragen, Toby. Eine Theo-

rie über das, was zur Zeit vorgeht. Darf ich?«
Esterhase zuckte nicht mit der Wimper. Die kleinen Hände ruhten auf den hölzernen Armlehnen seines Sessels. Er saß ganz bequem da, aber die Spitzen und Fersen seiner glänzend geputzten Schuhe waren wie in Habacht-Stellung geschlossen.
»Sie müssen überhaupt nicht sprechen. Zuhören ist doch kein Risiko, wie?«
»Möglich.«
»Gehen wir achtzehn Monate zurück. Percy Alleline möchte Controls Job, hat aber im Circus keinen guten Stand. Dafür hat Control gesorgt. Control ist krank und über die erste Blüte hinaus, aber Percy kann ihn nicht ausbooten. Erinnern Sie sich, wie es war?«
Esterhase nickte kurz.
»Wie es so ist in der toten Saison«, sagte Smiley mit seiner vernünftigen Stimme. »Draußen gibt's nicht genügend zu tun, also fangen wir an, innerhalb der Dienststelle zu intrigieren, einer spioniert gegen den anderen. Eines Morgens sitzt Percy in seinem Büro und hat nichts zu tun. Auf dem Papier ist er zum Einsatzleiter ernannt, aber in Wahrheit ist er höchstens ein Puffer zwischen den regionalen Abteilungen und Control. Percys Tür geht auf, und jemand kommt herein. Wir wollen ihn der Einfachheit halber Gerald nennen. ›Percy‹, sagt er, ›ich bin auf eine bedeutende russische Quelle gestoßen. Könnte eine Goldmine sein.‹ Oder vielleicht sagt er gar nichts, bis sie das Dienstgebäude verlassen haben, denn Gerald ist vorwiegend ein Außenmann, von Wänden und Telefonen umgeben spricht er nicht gern. Vielleicht machen sie einen Spaziergang im Park oder eine Autofahrt. Vielleicht gehen sie irgendwohin essen, und in diesem Stadium kann Percy nicht viel mehr tun als zuhören. Percy hatte wenig Erfahrung auf dem europäischen Sektor, noch viel weniger auf dem tschechischen oder auf dem Balkan. Er hat sich seine Sporen in Südamerika verdient und anschließend die früheren Kolonien bearbeitet: Indien, den Vorderen Orient. Osteuropa ist für Percy fast ein Buch mit sieben Siegeln ... Er weiß nicht viel über Russen oder Tschechen oder dergleichen, für ihn ist rot ganz einfach rot und damit punktum. Unfair?«

Esterhase schürzte die Lippen und runzelte leicht die Stirn, als wolle er sagen, daß er niemals über einen Vorgesetzten urteile. »Gerald hingegen ist Fachmann auf diesem Gebiet. Während seiner Einsatz-Zeit hat er sich ständig an den östlichen Märkten herumgetrieben. Für Percy ist das Ganze Neuland, aber höchst verlockend. Gerald steht auf vertrautem Boden. Diese russische Quelle, sagt Gerald, könne die ergiebigste sein, die der Circus seit langem hatte. Gerald möchte nicht zu viel sagen, aber er erwartet in den nächsten Tagen ein paar Proben, und die solle Percy sich dann genau ansehen, um sich ein Bild von der Qualität zu machen. Über die Quelle im einzelnen könnten sie später sprechen. ›Aber warum ich?‹ sagt Percy. ›Worum geht es eigentlich?‹ Gerald sagt es ihm also. ›Percy‹, sagt er. ›Ein paar von uns in den regionalen Abteilungen sind schon ganz krank wegen der Höhe der Einsatzverluste. Ein böser Geist scheint umzugehen. Es wird zuviel geschwatzt, innerhalb und außerhalb des Circus. Zu viele Leute haben Einsicht in die Akten. Unsere Außenagenten werden an die Wand gestellt, unsere Netze aufgerollt oder schlimmer, und jedes neue Unternehmen endet als Verkehrsunfall. Sie sollen uns helfen, das wieder in Ordnung zu bringen.‹ Gerald empört sich nicht, er vermeidet sorgfältig jede Anspielung auf einen möglichen Verräter innerhalb des Circus, der sämtliche Operationen auffliegen läßt, denn Sie und ich wissen, daß die ganze Maschinerie zum Stillstand kommt, sobald ein solches Wort sich herumspricht. Jedenfalls, das letzte, was Gerald sich wünscht, ist eine Hexenjagd. Aber er sagt immerhin, daß die Dienststelle nicht ganz dicht sei und daß Schlamperei an der Spitze zu Fehlschlägen auf den unteren Ebenen führe. Alles Musik in Percys Ohren. Gerald zählt die jüngsten Skandale auf und betont geflissentlich Allelines eigenes Nahost-Abenteuer, das so schief gelaufen war und Percy um ein Haar seine Karriere gekostet hätte. Dann rückt er mit seinem Vorschlag heraus. Er sagt folgendes. Nach meiner Theorie, wohlgemerkt; es ist nur eine Theorie.«

»Klar, George«, sagte Toby und leckte sich die Lippen.

»Eine andere Theorie könnte lauten, daß Alleline sein eigener Gerald gewesen sei, verstehen Sie. Nur daß ich das zufällig nicht glaube: Ich glaube nicht, daß Percy fähig wäre, herzugehen, sich einen erstklassigen russischen Spion zu kaufen und von da an sein Schiff mit eigenen Leuten zu bemannen. Ich nehme an, er hätte alles verpatzt.«

»Klar«, sagte Esterhase mit absoluter Bestimmtheit.

»Also, nach meiner Theorie sagt Gerald zu Percy sodann folgendes: ›Wir – das heißt, ich und die gleichgesinnten Seelen, die mit diesem Projekt verbunden sind – möchten, daß Sie, Percy, als unsere Vaterfigur handeln. Wir sind keine Politiker, wir sind Praktiker. Im Whitehall-Dschungel kennen wir uns nicht aus. Sie schon. Sie übernehmen die Ausschüsse, wir übernehmen Merlin. Wenn Sie als unsere Sicherung fungieren und uns vor dem Unfug, der dort getrieben wird, schützen, was im Effekt bedeutet, daß Sie die Kenntnis von unserer Operation auf das absolute Minimum beschränken, dann liefern wir die Ware.‹ Sie besprechen die praktischen Möglichkeiten, wie das zu bewerkstelligen wäre, dann läßt Gerald eine Weile Percy im eigenen Saft schmoren. Eine Woche, einen Monat, das weiß ich nicht. Lange genug, daß Percy es sich hat überlegen können. Eines Tages legt Gerald das erste Muster vor. Und es ist natürlich sehr gut. Sehr, sehr gut. Zufällig etwas, das die *Navy* angeht, was Percy nicht besser zupaß kommen könnte, denn er ist bei der Admiralität sehr gut angeschrieben, sie stützen ihm dort den Rücken. Percy läßt also seine Freunde von der *Navy* einen verstohlenen Blick darauf werfen, und das Wasser läuft ihnen im Mund zusammen. ›Woher kommt es? Wird noch mehr folgen?‹ Eine ganze Menge. Was die Identität der Quelle angeht – nun, die ist in diesem Stadium noch streng geheim, aber das ist ganz in Ordnung. Entschuldigen Sie, wenn ich hier vielleicht ziemlich weit danebentippe, aber ich habe als einzigen Anhaltspunkt die Akten.«

Die Erwähnung der Akten, die erste Andeutung, daß Smiley vielleicht in irgendeiner offiziellen Eigenschaft handle, rief bei Esterhase eine deutliche Reaktion hervor. Zu dem gewöhnlichen Lippenlecken gesellte sich ein Vorwärtsrecken des Kopfes und ein Ausdruck gerissener Vertraulichkeit, als versuchte Toby mittels aller dieser Signale anzudeuten, auch er habe die Akte ge-

lesen, welche Akte es auch immer gewesen sein mochte, und teile Smileys Schlußfolgerungen rückhaltlos. Smiley hatte sich abgewandt und trank einen Schluck Tee.
»Für Toby auch?« fragte er über seine Tasse hinweg.
»Mach ich«, sagte Guillam mehr energisch als gastfreundlich. »Tee, Fawn«, rief er durch die Tür. Sie öffnete sich sofort, und Fawn erschien auf der Schwelle, eine Tasse in der Hand.
Smiley stand nun wieder am Fenster. Er hatte den Vorhang einen Spalt beiseite geschoben und starrte auf den Platz hinunter.
»Toby?«
»Ja, George?«
»Haben Sie einen Babysitter mitgebracht?«
»Nein.«
»Niemanden?«
»George, warum sollte ich Babysitter mitbringen, wenn ich doch nur Peter und einen armen Polen treffen wollte?«
Smiley kehrte zu seinem Stuhl zurück. »Merlin als Quelle«, begann er von neuem. »Wo war ich stehengeblieben? Ach ja. Merlin war nicht eigentlich nur eine einzige Quelle, nicht wahr, wie Gerald nach und nach Percy und den beiden anderen beibrachte, die er inzwischen in den magischen Kreis einbezogen hatte. Gewiß. Merlin war sowjetischer Agent, aber ähnlich wie Alleline war er auch der Sprecher einer Gruppe Unzufriedener. Wir sehen uns selber gern in der Situation anderer, und ich bin überzeugt, daß Percy sich von Anfang an für Merlin erwärmte. Diese Gruppe, die Clique, deren Anführer Merlin war, bestand aus, sagen wir, einem halben Dutzend gleichgesinnter sowjetischer Beamter, von denen jeder auf seine Weise vortrefflich plaziert war. Im Lauf der Zeit hat Gerald, wie ich argwöhne, seinen Leutnants und Percy ein ziemlich genaues Bild dieser Unter-Quellen vermittelt, aber ich weiß es nicht. Merlins Job bestand darin, ihre Informationen zu sammeln und in den Westen zu spielen, und während der folgenden Monate bewies er bei dieser Tätigkeit bemerkenswertes Geschick. Er benutzte alle möglichen Methoden, und der Circus lieferte ihm nur zu gern das Rüstzeug. Geheimschriften, Mikropunkte, die über Punkte in harmlos aussehenden Briefen angebracht wurden, tote Briefkä-

sten in westlichen Hauptstädten, die von Gott weiß welchem wackeren Russen gefüllt und von Toby Esterhases wackeren Aufklärern pflichtschuldigst geleert worden waren. Sogar persönliche Zusammenkünfte, von Tobys Babysittern arrangiert und bewacht« – kurze Pause, während Smiley wieder zum Fenster blickte – »ein paar Hinterlegungen in Moskau, die von unserer dortigen Außenstelle weitergespielt werden mußten, obwohl sie dort nie erfahren durften, wer ihr Wohltäter war. Aber kein Geheimfunk. Dafür hat Merlin nichts übrig. Es war einmal vorgeschlagen worden – kam sogar bis zum Schatzamt – einen ständigen Langwellensender in Finnland einzurichten, nur zu seiner Verfügung, aber man ließ das Projekt fallen, als Merlin sagte: ›Nicht in die Tüte.‹ Muß bei Karla in die Schule gegangen sein, wie? Sie wissen, Karla haßt den Funk. Das Tollste an Merlin ist seine Beweglichkeit: sein größtes Talent. Vielleicht sitzt er im Moskauer Handelsministerium und kann die Handlungsreisenden einsetzen. Wie dem auch sei, er hat die Mittel und er hat die Kanäle, die aus Rußland herausführen. Und deshalb haben seine Mitverschwörer ihn ausersehen, mit Gerald zu verhandeln, die Bedingungen auszuhandeln, die finanziellen Bedingungen. Sie wollen nämlich Geld. Eine Menge Geld. Ich hätte das schon erwähnen sollen. In dieser Hinsicht sind Geheimdienste und ihre Konsumenten leider wie gewöhnliche Sterbliche. Sie schätzen am meisten, was am meisten kostet, und Merlin kostet ein Vermögen. Schon mal ein gefälschtes Bild gekauft?«

»Hab mal ein paar verkauft«, sagte Toby mit einem zuckenden nervösen Lächeln, aber niemand lachte.

»Je mehr man dafür zahlt, um so weniger ist man geneigt, an der Echtheit zu zweifeln. Töricht, aber so sind wir. Es ist auch für jedermann tröstlich zu wissen, daß Merlin käuflich ist. Das ist ein Motiv, das wir alle verstehen, stimmt's, Toby? Besonders im Schatzamt. Fünfzigtausend Franken pro Monat auf ein Schweizer Bankkonto: also, ich möchte wissen, wer dafür nicht ein paar Gleichheitsprinzipien ein bißchen verdreht. Whitehall zahlt ihm also ein Vermögen und bezeichnet seine Informationen als unbezahlbar. Und einiges ist tatsächlich gut«, räumte Smiley ein. »Sehr gut, meine ich, und das sollte es auch sein. Dann weiht Gerald eines schönen Tages Percy in das allergrößte Geheimnis ein. Die Merlin-Clique hat einen Londoner Anhang. Es ist der Anfang, wie ich Ihnen jetzt verraten sollte, einer sehr, sehr klugen Kombination.«

Toby stellte seine Tasse ab und betupfte mit dem Taschentuch geziert seine Mundwinkel.

»Laut Gerald ist ein Mitglied der Sowjetbotschaft hier in London willens und in der Lage, als Merlins Londoner Repräsentant zu fungieren. Er kann es sich sogar leisten, in Ausnahmefällen die Botschaftseinrichtungen zu benutzen, um mit Merlin in Moskau zu sprechen, Botschaften zu senden und zu empfangen. Und daß es, vorbehaltlich aller nur denkbaren Vorsichtsmaßnahmen, Gerald sogar dann und wann möglich sei, heimliche Zusammenkünfte mit diesem Zauberer zu arrangieren, ihn zu instruieren und zu desinstruieren, Nachfaß-Fragen an Merlin zu stellen und die Antwort beinah postwendend zu erhalten. Wir wollen diesen Sowjetfunktionär Alexei Alexandrowitsch Poljakow nennen und von der Annahme ausgehen, er gehöre der Kulturabteilung der Sowjetbotschaft an. Können Sie mir folgen?«

»Ich habe kein Wort gehört«, sagte Esterhase. »Ich bin ertaubt.«

»Es heißt, er habe längere Zeit der Londoner Botschaft angehört – acht Jahre, um genau zu sein –, aber Merlin habe ihn erst kürzlich in die Herde aufgenommen. Vielleicht während Poljakow auf Urlaub in Moskau war?«

»Ich höre kein Wort.«

»Poljakow wird sehr schnell ein sehr bedeutender Mann, denn Gerald ernennt ihn alsbald zum Angelpunkt der Operation *Witchcraft* und noch zu allerhand mehr. Die toten Briefkästen in Amsterdam und Paris, die Geheimtinten, Mikropunkte: das alles geht nach wie vor weiter, aber in verringertem Maß. Man kann die Gelegenheit, Poljakow praktisch in Reichweite zu haben, einfach nicht ungenutzt lassen. Ein Teil von Merlins bestem Material wird per Diplomatengepäck nach London geschmuggelt: Poljakow hat weiter nichts zu tun, als die Umschläge aufzuschlitzen und sie an seinen Partner im Circus weiterzugeben: an Gerald oder eine von Gerald benannte Person. Wir dürfen aber niemals vergessen, daß dieser Teil der Operation Merlin tödlich,

tödlich geheim ist. Der *Witchcraft*-Ausschuß ist natürlich auch geheim, aber zahlenmäßig groß. Das ist unvermeidlich. Die Operation ist groß angelegt, der Eingang ist groß, Aufbereitung und Verteilung erfordern allein schon eine Menge bürokratischer Überwachung: Kopisten, Übersetzer, Codierer, Stenotypisten, Auswerter und was weiß ich noch alles. Nichts von alledem stört Gerald auch nur im geringsten: es ist ihm sogar recht, denn die Kunst, Gerald zu sein, besteht darin, einer aus einer großen Zahl zu sein. Wird der *Witchcraft*-Ausschuß von unten geführt? Von der Mitte, von oben? Mir gefällt Karlas Beschreibung von Ausschüssen, Ihnen nicht? Ist es ein chinesisches Sprichwort? Ein Ausschuß ist ein Tier mit vier Hinterbeinen. Aber der Londoner Anhang – Poljakows Hinterbein – dieser Teil ist auf den ursprünglichen Zauberkreis beschränkt. Skordeno, de Silski, die ganze Meute: sie können losbrausen ins Ausland und überall Handlangerdienste für Merlin leisten. Aber hier in London, der Teil der Veranstaltung, zu dem Brüderchen Poljakow gehört, die Art, wie der Knoten geschlungen ist, das ist ein ganz besonderes Geheimnis aus ganz besonderen Gründen. Sie, Percy, Bill Haydon und Roy Bland. Sie vier bilden den Zauberkreis. Stimmt's? Wir wollen einmal Vermutungen darüber anstellen, wie im einzelnen vorgegangen wird. Es gibt ein Haus, das wissen wir. Die Zusammenkünfte dort werden sehr sorgfältig vorbereitet, das dürfte feststehen, nicht wahr? Wer trifft sich mit ihm, Toby? Wer führt Poljakow? Sie? Roy? Bill?«
Smiley ergriff das breite Ende seiner Krawatte, drehte das Seidenfutter nach außen und begann, seine Brillengläser zu putzen. »Jeder von euch«, sagte er in Beantwortung seiner eigenen Frage. »Wie wäre das? Manchmal trifft Percy sich mit ihm. Ich möchte vermuten, daß Percy ihm gegenüber die Autorität spielt. ›Ist es nicht Zeit, daß Sie Urlaub nehmen? Haben Sie in dieser Woche von Ihrer Frau gehört?‹ Percy würde das gut können. Aber der *Witchcraft*-Ausschuß setzt Percy nur selten ein. Percy ist die Kanone, er muß Seltenheitswert behalten. Dann kommt Bill Haydon; Bill trifft sich mit ihm. Das würde öfter der Fall gewesen sein, nehme ich an. Bill hat eine Schwäche für Rußland, und er kann gut mit Leuten umgehen. Ich habe das Gefühl, er und

Poljakow würden gut miteinander auskommen. Ich würde sagen, Bill glänzte, wenn es zur Instruktion und zu den Nachstoß-Fragen kam, meinen Sie nicht? Dafür sorgen, daß die richtigen Botschaften nach Moskau gelangten? Manchmal nimmt er Roy Bland mit, manchmal schickt er Roy allein hin. Vermutlich machen sie das untereinander aus. Und Roy ist natürlich Wirtschaftsexperte und überdies Fachmann für die Satellitenstaaten, also wird es auch in dieser Sparte allerhand zu besprechen geben. Und manchmal – ich denke da an Geburtstage, Toby, oder an Weihnachten oder sonstige Übermittlungen von Dankbarkeit und Geld –, wird ein kleines Vermögen über Spesen gebucht, wie ich feststellte, ganz zu schweigen von Sonderprämien; manchmal, um den Kreis bei Laune zu halten, kommt ihr alle vier zusammen und hebt die Gläser auf den König jenseits des Meeres: auf Merlin, in Gestalt seines Abgesandten: Poljakow. Schließlich nehme ich an, daß auch Toby einiges mit Freund Poljakow zu besprechen hat. Fachsimpeln, nützliche Brocken über Vorgänge innerhalb der Botschaft, die den Aufklärern so zupaß kommen bei ihren kleinen Überwachungseinsätzen gegen die Gesandtschaft. Also hat auch Toby seine Solo-Sitzungen. Wir dürfen nämlich, ganz abgesehen von Poljakows Rolle als Merlins Londoner Repräsentant, auch seine Möglichkeiten am Ort nicht übersehen. Nicht alle Tage haben wir in London einen zahmen Sowjetdiplomaten, der uns aus der Hand frißt. Ein bißchen Anleitung mit der Kamera, und Poljakow könnte auch an der Heimatfront sehr nützlich sein. Vorausgesetzt, jeder hält sich auf seinem Platz.«

Sein Blick war nicht von Tobys Gesicht gewichen. »Ich könnte mir vorstellen, daß Poljakow es zu etlichen Filmspulen gebracht hat, wie? Und daß jeder, der sich mit ihm traf, nebenbei auch die Aufgabe hatte, seine Vorräte aufzufüllen: ihm kleine versiegelte Päckchen zu überbringen. Filme. Unbelichtete Filme natürlich, denn sie stammten ja aus dem Circus. Beantworten Sie mir doch bitte eine Frage, Toby, sagt Ihnen der Name Lapin irgend etwas?«

Ein Lecken, ein Stirnrunzeln, ein Lächeln, ein Vorwärtsrecken des Kopfs: »Klar, George, ich kenne Lapin.«

»Wer hat angeordnet, daß die Aufklärer-Berichte über Lapin zerstört werden sollten?«
»Ich, George.«
»Auf eigene Initiative?«
Das Lächeln wurde eine Spur breiter. »Hören Sie, George, ich bin in letzter Zeit ein paar Sprossen höhergeklettert.«
»Wer hat gesagt, Connie Sachs müsse abgesägt werden?«
»Also, ich glaube, es war Percy, okay? Vermutlich Percy, vielleicht auch Bill. Sie wissen, wie das ist bei einer großen Operation. Die Routinearbeit, der Kleinkram, es gibt dauernd irgend etwas zu tun.« Er zuckte die Achseln. »Vielleicht war's Roy, he?«
»Sie nehmen also Befehle von allen dreien entgegen«, sagte Smiley leichthin. »Das ist sehr unbedacht von Ihnen. Sie sollten es besser wissen.«
Esterhase gefiel das alles gar nicht.
»Wer hat Sie angewiesen, Max kaltzustellen, Toby? Waren es die gleichen drei Leute? Ich muß das nur alles Lacon melden, verstehen Sie. Er drängt im Moment ganz furchtbar. Der Minister scheint ihm im Nacken zu sitzen. Wer war es?«
»George, Sie haben mit den falschen Leuten geredet.«
»Einer von uns hat das getan, ja«, sagte Smiley liebenswürdig. »Soviel steht fest. Sie wollen auch einiges über Westerby wissen: Wer hat ihm den Mund gestopft? War es die gleiche Person, die Sie mit tausend Pfund und einer Instruktion nach Sarratt schickten, daß Sie Jim Prideaux' Geist Ruhe verschaffen sollten? Ich jage nur nach Fakten, Toby, nicht nach Skalpen. Sie kennen mich, ich bin nicht rachsüchtig. Und was besagt überhaupt, daß Sie nicht ein sehr loyaler Mann wären? Fragt sich nur, wem gegenüber.« Er fügte hinzu: »Nur, sie wollen es eben unbedingt wissen, verstehen Sie. Es geht sogar ein häßliches Gerücht um, daß die Konkurrenz eingeschaltet werden soll. Das möchte doch niemand, oder? Es ist, als ginge man zum Anwalt, weil man sich mit seiner Frau gezankt hat: ein unwiderruflicher Schritt. Wer hat Ihnen die Botschaft für Jim über Bube, Dame, König gegeben? Wußten Sie, was es bedeutete? Wußten Sie es direkt von Poljakow, war es das?«

»Herrgott«, flüsterte Guillam, »lassen Sie mich den Kerl in den Schwitzkasten nehmen.«
Smiley beachtete ihn nicht. »Sprechen wir noch ein wenig über Lapin. Welchen Job hatte er hier?«
»Er arbeitete für Poljakow.«
»Als sein Sekretär in der Kulturabteilung?«
»Als sein Kurier.«
»Aber, mein lieber Toby: was in aller Welt soll ein Kulturattaché mit einem eigenen Kurier anfangen?«
Esterhases Augen waren die ganze Zeit auf Smiley gerichtet. Er ist wie ein Hund, dachte Guillam, er weiß nicht, kriegt er einen Tritt oder einen Knochen. Die Augen flitzten von Smileys Gesicht zu den Händen, dann zurück zum Gesicht, sie ließen nicht ab von den verräterischen Stellen.
»Seien Sie doch nicht so verdammt albern, George«, sagte Toby nonchalant. »Poljakow arbeitet für die Moskauer Zentrale. Das wissen Sie genauso gut wie ich.« Er schlug die kurzen Beine übereinander, lehnte sich mit seiner ganzen wiederaufgelebten Arroganz in seinem Stuhl zurück und trank einen Schluck kalten Tee. Während Smileys Miene, so fand Guillam, flüchtige Entspannung verriet; woraus Guillam in seiner Verwirrung folgerte, daß Smiley sehr mit sich zufrieden sein müsse. Vielleicht, weil Toby sich endlich entschlossen hatte, zu sprechen:
»Na, los, George«, sagte Toby, »Sie sind doch kein Kind mehr. Bedenken Sie, wie viele Operationen wir auf diese Weise hinter uns gebracht haben. Wir kaufen Poljakow, okay? Poljakow ist ein Moskauer Spitzel, aber er ist unser bestes Stück. Er muß aber seinen eigenen Leuten weismachen, daß er gegen uns spioniere. Wie sonst käme er damit durch? Wie sonst könnte er den ganzen Tag in diesem Haus aus- und eingehen, ohne Gorillas, ohne Babysitters, ganz ungeniert? Er kommt hinaus in unseren Laden, wenn er ein paar Bonbons heimbringen muß. Also geben wir ihm Bonbons. Bagatellen, nur damit er sie zu Hause abliefern kann und jeder in Moskau ihm auf die Schulter klopft und sagt, er sei ein toller Bursche, passiert alle Tage.«
Wenn Guillam jetzt von einer Art rasenden Entsetzens erfüllt war, so schien Smileys Kopf bemerkenswert klar zu sein.

»Und das ist ziemlich genau die Standard-Geschichte, nicht wahr, unter den vier Eingeweihten?«

»Ob es die Geschichte ist, kann ich nicht sagen«, sagte Esterhase mit einer sehr ungarischen Handbewegung, einem Drehen der gespreizten Hand von einer Seite zur anderen.

»Wer ist also Poljakows Agent?«

Diese Frage, das sah Guillam, war Smiley sehr wichtig: er hatte alle vorhergegangenen Karten nur ausgespielt, um zu ihr zu kommen. Während Guillam wartete – die Augen bald auf Esterhase, der keineswegs so sicher war, bald auf Smileys Mandarinsgesicht gerichtet –, dämmerte auch ihm allmählich, wie Karlas letzter gekonnter Knoten geschürzt, und worum es bei seiner eigenen nervenaufreibenden Audienz bei Alleline gegangen war.

»Was ich Sie frage, ist ganz einfach«, drängte Smiley. »Rein hypothetisch, wer ist Poljakows Agent im Circus? Mein Gott, Toby, seien Sie doch nicht so vernagelt. Wenn Poljakow sich mit euch treffen kann, weil er vorgibt, gegen den Circus zu spionieren, dann muß er einen Spion im Circus haben, oder? Also, wer ist es? Poljakow kann nicht nach einem Treffen mit euch zur Botschaft zurückkommen, beladen mit einem Haufen von Circus-Abfällen, und sagen: das da hab' ich von den Jungen bekommen. Es muß eine Geschichte aufgebaut sein, und zwar eine gute: ein ganzes Gewebe aus Umwerbung, Anwerbung, heimlichen Zusammenkünften, Geld und Motiven. Stimmt doch? Lieber Gott, es ist nicht bloß Poljakows Tarngeschichte: es ist seine Lebenslinie. Sie muß durchgängig sein. Sie muß überzeugend sein; das ist wichtig. Also, wer ist es?« erkundigte Smiley sich liebenswürdig. »Sie? Toby Esterhase verkleidet sich als Spion im Circus, um Poljakow im Geschäft zu halten? Respekt, Toby, das ist eine ganze Handvoll Orden wert.«

Sie warteten, während Toby nachdachte.

»Sie sind auf einem verdammt langen Weg, George«, sagte Toby. »Was passiert, wenn Sie das andere Ende nicht erreichen?«

»Auch nicht mit Lacon hinter mir?«

»Dann bringen Sie Lacon her. Und Percy; Bill. Warum halten Sie sich an den Kleinsten? Gehen Sie zu den Großen und hacken Sie auf denen herum.«

»Ich dachte, Sie *gehörten* jetzt zu den Großen. Sie paßten ausgezeichnet für die Rolle, Toby, ungarische Abstammung, Bitterkeit mangels Beförderung, Zugang zu manchem, wenn auch nicht zu übermäßig vielem ... schneller Denker, auf Geld aus ... mit Ihnen als seinem Agenten hätte Poljakow eine Tarngeschichte, die hieb- und stichfest wäre. Die großen Drei geben Ihnen die Abfälle, Sie reichen sie an Poljakow weiter, Moskau glaubt, Toby sei ganz der ihre, jeder wird bedient, jeder ist zufrieden. Problematisch wird es erst, wenn durchsickert, daß Sie Poljakow die Kronjuwelen ausgehändigt und dafür russische Abfälle bekommen haben. Sollte sich tatsächlich herausstellen, daß das der Fall war, dann werden Sie gute Freunde bitter nötig haben. Freunde wie uns. Immer nach meiner Theorie – nur um sie zu Ende zu führen. Dieser Gerald ist ein russischer Maulwurf, geführt von Karla. Und er hat den Circus buchstäblich ausgeweidet.«

Esterhase sah ein bißchen krank aus. »Hören Sie, George. Falls Sie sich irren, dann möchte ich mich nicht ebenfalls irren, verstehen Sie mich?«

»Aber wenn er recht hat, dann möchten Sie auch recht haben«, meldete Guillam sich nach langer Zeit wieder zu Wort. »Und je eher Sie recht haben, um so glücklicher werden Sie sein.«

»Klar«, sagte Toby, dem die Ironie völlig entgangen war. »Klar. Ich meine, George hat die Sache sehr gut hingekriegt, aber, mein Gott, jeder hat seine zwei Seiten, George, besonders ein Agent, und vielleicht haben Sie die falsche erwischt. Passen Sie auf: wer hat jemals *Witchcraft* als Abfall bezeichnet? Niemand, niemals. Es ist Spitze. Dann kommt einer, der das Maul aufreißt und mit Dreck schmeißt, und schon graben Sie halb London um. Verstehn Sie mich? Ich tu doch nur, was mir gesagt wird, okay? Sie sagen, ich soll für Poljakow den Handlanger spielen, ich spiele ihn. Bringen Sie ihm diesen Film, ich bring ihn ihm. Ich bin in einer sehr gefährlichen Lage«, erklärte er. »Für mich tatsächlich sehr gefährlich.«

»Das tut mir leid«, sagte Smiley vom Fenster her, wo er aufs neue durch einen Vorhangspalt den Platz beobachtete. »Muß beunruhigend für Sie sein.«

»Äußerst«, bestätigte Toby. »Ich kriege Magengeschwüre, kann nichts essen. Sehr mißliche Lage.«
Eine Weile waren sie alle drei zu Guillams Erbitterung in schweigendem Mitgefühl mit Toby Esterhases mißlicher Lage vereint.
»Toby, Sie lügen mich doch nicht an, was diese Babysitter betrifft, wie?« erkundigte sich Smiley, der noch immer am Fenster stand.
»George, drei Finger aufs Herz, ich schwör's Ihnen.«
»Was würden Sie für solche kleinen Jobs verwenden? Autos?«
»Die Pflastertreter. Bus bis zum *Air Terminal*, dann zu Fuß zurück.«
»Wie viele?«
»Acht, zehn. In dieser Jahreszeit vielleicht nur sechs. Eine Menge sind zur Zeit krank. Weihnachten«, sagte er düster.
»Und einen einzelnen Mann?«
»Niemals. Sind Sie verrückt? Ein Mann! Glauben Sie, ich leite heutzutage ein Bonbon-Geschäft?«
Smiley ging vom Fenster weg und setzte sich wieder.
»Hören Sie George, was Sie sich da ausgedacht haben, ist furchtbar, wissen Sie das? Ich bin Patriot. Herrje«, wiederholte Toby.
»Welchen Job hat Poljakow in der Londoner Außenstelle?« fragte Smiley.
»Polly arbeitet solo.«
»Führt seinen Meisterspion im Circus?«
»Klar. Er ist von aller eigentlichen Arbeit dispensiert, sie geben ihm freie Hand, damit er Toby managen kann, den Meisterspion. Wir besprechen alles, stundenlang sitze ich mit ihm zusammen. ›Hören Sie‹, sage ich. ›Bill verdächtigt mich, meine Frau verdächtigt mich, meine Kinder haben Masern, und ich kann den Arzt nicht bezahlen.‹ Eben den Mist, den Agenten so schwatzen, den schwatze ich Poljakow vor, damit er ihn zu Hause für bare Münze verkaufen kann.«
»Und wer ist Merlin?«
Esterhase schüttelte den Kopf.
»Aber Sie haben doch zumindest gehört, daß er in Moskau sitzt«, sagte Smiley. »Und dem sowjetischen Geheimdienst angehört?«

»Das haben sie mir gesagt«, gab Esterhase zu.
»Wodurch es Poljakow möglich ist, mit ihm Verbindung zu halten. Im Interesse des Circus natürlich. Heimlich, ohne daß seine eigenen Leute Verdacht schöpfen?«
»Klar.« Toby stimmte erneut sein Klagelied an, aber Smiley schien Tönen zu lauschen, die nicht im Zimmer waren.
»Und Dame, König?«
»Herrgott, ich weiß nicht, was das soll. Ich tue, was Percy anordnet.«
»Und Percy hat angeordnet, daß Sie Jim Prideaux bestechen?«
»Klar. Vielleicht war es Bill. Oder vielleicht Roy. Hören Sie, ich muß essen, George, verstehen Sie? Ich bring mich nicht um Hals und Kragen, kapiert?«
»Es ist die perfekte Fälschung: das sehen Sie doch, nicht wahr, Toby?« bemerkte Smiley ruhig und ziemlich reserviert. »Nehmen wir an, es *ist* eine Fälschung. Sie setzt jeden ins Unrecht, der im Recht ist: Connie Sachs, Jerry Westerby ... Jim Prideaux ... sogar Control. Stopft den Zweiflern den Mund, noch ehe sie ihn aufgemacht haben ... die Abwandlungsmöglichkeiten sind zahllos, wenn erst einmal die Grundlüge steht. Nämlich, daß die Moskauer Zentrale in dem Glauben zu wiegen sei, sie habe eine wichtige Quelle im Circus; während Whitehall um keinen Preis von eben dieser Ansicht Wind bekommen dürfe. Folgern Sie logisch weiter, und Gerald brächte uns dazu, daß wir unsere eigenen Kinder in ihren Betten erwürgen. Es würde wunderbar sein in einem anderen Zusammenhang«, bemerkte er fast verträumt. »Armer Toby: ja, ich verstehe genau. Was müssen Sie durchgemacht haben, zwischen so vielen Mühlsteinen.«
Toby hatte seine nächste Ansprache schon bereit: »Selbstverständlich, wenn ich irgend etwas Praktisches tun kann, Sie kennen mich, George, ich helfe immer gern, kein Problem. Meine Jungens sind gut ausgebildet, wenn Sie sie ausleihen wollen, vielleicht können wir zu einer Einigung kommen. Natürlich muß ich zuerst mit Lacon sprechen. Ich will nur eins, ich will diese Geschichte in Ordnung gebracht haben. Zum Besten des Circus natürlich. Das ist alles, was ich will. Das Wohl der Firma. Ich bin ein bescheidener Mensch, ich will nichts für mich selber, okay?«

»Wo ist dieses ›sichere Haus‹, das Sie ausschließlich für Poljakow halten?«
»Nummer fünf, Lock Gardens, Camden Town.«
»Mit einer Haushälterin?«
»Mrs. McCraig.«
»Früher bei der Abhörabteilung?«
»Klar.«
»Sind dort Abhöranlagen eingebaut?«
»Was glauben Sie?«
»Millie McCraig besorgt also das Haus und handhabt die Aufnahmegeräte.«
Das tue sie, sagte Toby und duckte sich wachsam.
»Sie werden sie nachher gleich anrufen und ihr sagen, daß ich die Nacht über dort bleiben und die Anlage benutzen möchte. Sagen Sie ihr, ich wurde mit einer Spezialaufgabe betraut, und sie hat zu tun, was ich verlange. Ich werde gegen neun Uhr dort sein. Wie setzen Sie sich mit Poljakow in Verbindung, wenn ein Blitztreffen vereinbart werden soll?«
»Meine Jungens haben ein Zimmer in Haverstock Hill. Polly fährt jeden Morgen auf dem Weg zur Botschaft und jeden Abend auf dem Heimweg an ihrem Fenster vorbei. Wenn sie ein gelbes Plakat aushängen, mit einem Protest gegen den Verkehrslärm, dann ist das das Signal.«
»Und bei Nacht? Und am Wochenende?«
»Telefonanruf. Falsche Nummer. Aber das hat niemand gern.«
»Wurde schon einmal davon Gebrauch gemacht?«
»Weiß ich nicht.«
»Wollen Sie sagen, daß Sie sein Telefon nicht abhören?«
Keine Antwort.
»Ich möchte, daß Sie das Wochenende freinehmen. Würde das beim Circus Argwohn auslösen?« Begeistert schüttelte Esterhase den Kopf. »Sie werden sich bestimmt lieber aus der Sache raushalten, nicht wahr?« Esterhase nickte. »Sagen Sie, Sie hätten Scherereien mit einem Mädchen, oder womit immer Sie zur Zeit Scherereien haben. Sie werden die Nacht hier verbringen, möglicherweise zwei Nächte. Fawn wird sich um Sie kümmern. Essen ist in der Küche. Was ist mit Ihrer Frau?«

Während Guillam und Smiley zusahen, wählte Esterhase die Nummer des Circus und verlangte Phil Porteous. Er sagte sein Verschen tadellos auf: ein bißchen Selbstmitleid, ein bißchen Verschwörung, ein bißchen Scherz. Ein Mädchen, im Norden, das verrückt nach ihm war, Phil, und ihm mit Gräßlichem drohte, wenn er nicht käme und Händchen hielte:

»Sagen Sie nichts, ich weiß, so was passiert Ihnen alle Tage, Phil. He, was macht Ihre prächtige neue Sekretärin? Und, passen Sie auf, Phil, wenn Mara von zu Hause anruft, sagen Sie ihr, Toby ist hinter einer großen Sache her, okay? Sprengt den Kreml in die Luft, Montag wieder da. Machen Sie's anständig und wichtig, ja? Cheers, Phil.«

Er legte auf und wählte dann eine Nummer im Norden von London. »Mrs. M., hallo, hier spricht Ihr Herzensfreund, erkennen Sie die Stimme? Gut. Hören Sie, ich schicke Ihnen heute abend einen Gast, einen alten, lieben Freund, Sie werden sich wundern. – Sie haßt mich«, erklärte er den beiden und hielt die Hand über die Sprechmuschel. – »Er möchte die Drähte nachprüfen«, fuhr er fort. »Schauen Sie alles durch, überzeugen Sie sich, daß alles klappt, okay, keine schwachen Stellen, all right?«

»Wenn er Geschichten macht«, sagte Guillam im Hinausgehen voller Gehässigkeit zu Fawn, »fesseln Sie ihm Hände und Füße.«

Im Treppenhaus berührte Smiley leicht seinen Arm. »Peter, ich möchte, daß Sie aufpassen, was sich hinter mir tut. Würden Sie das machen? Geben Sie mir ein paar Minuten Vorsprung, dann treffen Sie mich an der Ecke der Marloes Road, nordwärts. Bleiben Sie auf dem westlichen Gehsteig.«

Guillam wartete, dann trat er auf die Straße. Feiner Nieselregen lag in der Luft, der unheimlich warm war, wie Tau. Wo Lichter schienen, wallte die Feuchtigkeit in dünnen Wolken, aber im Schatten konnte er sie weder sehen noch fühlen: nur ein Nebel trübte die Sicht, zwang ihn, die Augen halb zu schließen. Er machte eine Runde um die Gärten und wählte dann ein hübsches Gäßchen ziemlich weit südlich des Treffpunkts. An der Marloes Road wechselte er auf den westlichen Gehsteig über, kaufte eine

Abendzeitung und fing an, gemütlich an Villen vorüberzuschlendern, die weit hinten in großen Gärten standen. Er zählte die Fußgänger, die Radfahrer und Autos, während weit vor ihm George Smiley in Sicht kam, der steten Schrittes dahintrabte, der Prototyp des nach Hause gehenden Londoners. »Ist es ein Team?« hatte Guillam gefragt. Smiley konnte es nicht bestimmt sagen. »Kurz vor Abingdon Villas gehe ich über die Straße«, sagte er. »Achten Sie auf einen Einzelgänger. Halten Sie die Augen offen!«

Während Guillam die Augen offenhielt, hielt Smiley abrupt an, als wäre ihm gerade etwas eingefallen, trat unbedenklich auf die Fahrbahn und schlängelte sich zwischen den erbosten Autofahrern durch, um plötzlich auf der anderen Seite durch die Türen eines Spirituosenladens zu verschwinden. Und als er das tat, sah Guillam – oder glaubte zu sehen – wie eine große krumme Gestalt im dunklen Mantel ihm nachstrebte, aber in diesem Moment hielt ein Bus an und verdeckte beide, Smiley und seinen Verfolger; und als der Bus wieder abfuhr, mußte er den Verfolger mitgenommen haben, denn der einzige Überlebende auf diesem Teil des Gehsteigs war ein alter Mann mit schwarzem Plastikregenmantel und Tuchkappe, der an der Bushaltestelle lehnte und seine Abendzeitung las; und als Smiley mit seiner braunen Tasche wieder aus dem Spirituosenladen auftauchte, hob der Mann nicht einmal den Kopf von der Sportseite. Guillam folgte Smiley noch kurze Zeit durch die eleganteren Gefilde des victorianischen Kensington; Smiley huschte von einem der stillen Plätze zum nächsten, bog flugs in eine Gasse ein und auf dem gleichen Weg wieder heraus. Nur einmal, als Guillam nicht mehr an Smiley dachte, sondern sich instinktiv umdrehte, hatte er den entschiedenen Verdacht, daß eine dritte Gestalt mit ihnen marschierte: ein höckeriger Schatten an den einförmigen Ziegelmauern einer leeren Straße; aber als er darauf zugehen wollte, war der Schatten verschwunden.

In dieser Nacht überstürzten sich die Ereignisse, folgten einander so schnell, daß er sie nicht im einzelnen hatte festhalten können. Erst Tage später wurde ihm bewußt, daß die dritte Gestalt oder ihr Schatten ihn an etwas erinnert hatten. Woran, das wußte er noch immer nicht. Und dann, eines frühen Morgens, fuhr er aus dem Schlaf auf und hatte es: eine bellende militärische Stimme, Sanftheit unter rauher Schale, ein Tennisschläger, der hinter dem Safe eines Zimmers in Brixton steckte und bei dessen Anblick eine stoische Sekretärin in Tränen ausgebrochen war.

35 *In Paris springt Ricki Tarr hart mit einem alten Freund um und schickt Percy Alleline ein Grußtelegramm*

Steve Mackelvore beging an diesem selben Abend vermutlich nur den einen Kunstfehler: er machte sich Vorwürfe, daß er die Beifahrertür seines Wagens nicht abgeschlossen hatte. Als er von der Fahrerseite her eingestiegen war, hatte er es seiner eigenen Nachlässigkeit zugeschrieben, daß die andere Seite nicht verriegelt war. Überleben, wie Jim Prideaux sich immer wieder sagte, ist die unbegrenzte Fähigkeit zum Argwohn. Nach diesem strengen Maßstab hätte Mackelvore argwöhnen müssen, daß mitten in einer besonders schlimmen Stoßzeit, an einem besonders miesen Abend in einer der lärmerfüllten Seitenstraßen, die in das untere Ende der Champs Elysées münden, Ricki Tarr die Beifahrertür aufgeschlossen haben und ihn mit vorgehaltener Pistole bedrohen würde. Aber das Leben in der Pariser Außenstelle war damals wenig geeignet, den Verstand eines Mannes im ständigen Alarmzustand zu halten, und Mackelvores Arbeitstag war größtenteils mit der Aufstellung seiner wöchentlichen Spesenabrechnung und mit dem Einsammeln der Spesenquittungen seiner Mitarbeiter für die Personalabteilung vergangen. Nur der Lunch, eine recht längliche Angelegenheit mit einem heuchlerischen Englandfreund im französischen Sicherheitslabyrinth, hatte die Eintönigkeit dieses Freitags unterbrochen.
Sein Wagen war unter einer Platane geparkt, die an Auspuffgasen dahinsiechte. Er hatte exterritoriale Nummernschilder und auf der Rückseite CC aufgeklebt, denn die Außenstelle war als Konsulatsbüro getarnt, was allerdings niemand ernst nahm. Mackelvore war Circus-Veteran, ein vierschrötiger, weißhaariger Mann aus Yorkshire, mit einer langen Liste von Konsulatsposten, die ihn in den Augen der Welt nicht vorangebracht hatten. Paris war die letzte Station. Er hatte für Paris nicht besonders viel übrig und wußte aus vielen Berufsjahren im Fernen Osten, daß die Franzosen nicht sein Fall waren. Aber als Auftakt zum Ruhestand konnte es nichts Besseres geben. Die Bezüge waren reich-

lich, der Posten bequem, und in den zehn Monaten, die er jetzt hier war, hatte man nicht mehr von ihm verlangt, als sich gelegentlich eines durchreisenden Agenten anzunehmen, hier und dort ein Zeichen oder Signal anzubringen. Bei irgendeinem Unternehmen der Londoner Zentrale den Briefträger zu spielen und den »Feuerwehrleuten«, die auf einen Sprung herüberkamen, mal was Tolles zu bieten.

Das heißt, bis jetzt, bis er nun in seinem eigenen Wagen saß, mit Tarrs Kanone gegen seine Rippen gepreßt, während Tarrs Hand liebevoll auf seiner rechten Schulter ruhte, bereit, ihm den Hals umzudrehen, falls er Zicken machen sollte. Kaum einen Meter entfernt hasteten Mädchen auf ihrem Weg zur Metro vorüber, und noch einen Meter weiter war der Verkehr zum Stillstand gekommen und konnte eine Stunde lang so bleiben. Niemand kümmerte sich im geringsten um zwei Männer, die in einem geparkten Auto gemütlich miteinander plauderten.

Seit Mackelvore eingestiegen war, hatte Tarr das Reden besorgt. Er müsse dringend eine Botschaft an Alleline absenden, sagte er. *Persönlich* und *nur vom Adressaten zu entschlüsseln* und Tarr möchte, daß Mackelvore für ihn den Apparat bediene, während Tarr mit der Kanone danebenstehe.

»Was zum Teufel haben Sie ausgefressen, Ricki?« klagte Mackelvore, während sie Arm in Arm zur Außenstelle zurückgingen. »Der ganze Geheimdienst sucht Sie, das wissen Sie doch, oder? Sie ziehen Ihnen das Fell über die Ohren, wenn sie Sie finden. Wir sollen Sie bei erster Gelegenheit mit allen Mitteln dingfest machen.«

Er dachte daran, sich auf Tarr zu stürzen und ihm einen Nackenschlag zu versetzen, aber er wußte, daß er nicht schnell genug sein und daß Tarr ihn töten würde.

Die Botschaft würde etwa zweihundert Gruppen umfassen, sagte Tarr, als Mackelvore die Vordertür aufschloß und die Lichter anknipste. Wenn Steve diese Gruppen durchgegeben hätte, würden sie am Apparat sitzenbleiben und auf Percys Antwort warten. Spätestens morgen würde Percy, wenn Tarrs Instinkt nicht trog, in Paris angebraust kommen, um mit Ricki eine Unterredung zu haben. Diese Unterredung würde ebenfalls in der Außenstelle stattfinden, da Tarr es für eine Spur weniger wahrscheinlich hielt, daß die Russen versuchen würden, ihn auf konsularischem Boden umzubringen.

»Sie sind von Sinnen, Ricki. Nicht die Russen wollen Sie umbringen, sondern unsere Leute.«

Der vordere Raum wurde als Empfang bezeichnet, das einzige, was von der Tarnung übriggeblieben war. Eine alte Holztheke stand darin, und an den schmuddeligen Wänden hingen längst überholte Bekanntmachungen an britische Staatsbürger. Hier durchsuchte Tarr mit der linken Hand Mackelvore nach einer Waffe, fand jedoch keine. Das Haus war im Geviert um einen Innenhof erbaut, und fast alles Wichtige lag über dem Hof: der Chiffrierraum, der Tresorraum und die Apparate.

»Sie sind wahnsinnig, Ricki«, warnte Mackelvore nochmals, als er durch eine Reihe leerer Büros voranging und am Chiffrierraum klingelte. »Sie hielten sich schon immer für Napoleon Bonaparte, und jetzt sind Sie vollends übergeschnappt. Sie haben von Ihrem Dad zuviel Religion erwischt.«

Die stählerne Sprechklappe wurde zurückgeschoben, und ein fragendes, leicht albernes Gesicht erschien in der Öffnung. »Sie können nach Hause gehen, Ben. Gehen Sie heim zu Ihrer Missus, aber gehen Sie nicht weit vom Telefon weg, falls ich Sie brauchen sollte, mein Junge. Lassen Sie die Bücher da, wo sie sind, und stecken Sie die Schlüssel in die Maschinen. Ich muß sofort mit London sprechen, und zwar allein.«

Das Gesicht verschwand, und sie warteten, bis der junge Mann die Tür von drinnen aufgeschlossen hatte: ein Schlüssel, noch ein Schlüssel, ein Schnappschloß.

»Dieser Herr kommt aus Fernost, Ben«, erklärte Mackelvore, als die Tür aufging. »Er ist einer meiner allerbesten V-Leute.«

»Hallo, Sir«, sagte Ben. Er war ein großer Junge, der aussah wie ein Mathematikstudent, mit Brille und beharrlichem Blick.

»Trollen Sie sich nur, Ben. Ich werd's Ihnen nicht abziehen. Sie haben das Wochenende frei bei voller Bezahlung, und Sie müssen die Zeit auch nicht nacharbeiten. Also raus mit Ihnen.«

»Ben bleibt hier«, sagte Tarr.

Die Beleuchtung am Cambridge Circus war gelb, und von Mendels Standplatz im dritten Stockwerk des Bekleidungshauses funkelte die nasse Fahrbahn wie Golddoublé. Es war fast Mitternacht, und er stand seit drei Stunden dort. Er stand zwischen einer Netzgardine und einem Kleidergestell. Er stand so, wie Polizisten auf der ganzen Welt stehen: Gewicht gleichmäßig auf beide Füße verteilt, Beine gestreckt, leicht über die Standlinie zurückgebeugt. Er hatte den Hut tief ins Gesicht gezogen und den Kragen hochgeschlagen, damit man von der Straße aus sein weißes Gesicht nicht sehen könne, aber seine Augen, die den Vordereingang gegenüber beobachteten, leuchteten wie Katzenaugen in einem Keller.

Er würde noch weitere drei Stunden warten oder weitere sechs: Mendel war wieder auf Kriegspfad, die Witterung der Jagd war in seinen Nüstern. Mehr noch, er war ein Nachtvogel; die Dunkelheit in dieser Kleiderwerkstatt weckte alle seine Sinne. Das Straßenlicht, das bis hier heraufreichte, warf blasse Flecken an die Decke des Raumes. Alles übrige, die Zuschneidetische, die Stoffballen, die zugedeckten Nähmaschinen, das Dampfbügeleisen, die signierten Fotos der Fürstlichkeiten von Geblüt, war nur vorhanden, weil er es auf seinem Erkundungsgang am Nachmittag gesehen hatte; das Licht reichte nicht bis zu diesen Gegenständen, und sogar jetzt konnte er sie kaum ausmachen.

Von seinem Fenster aus überblickte er fast alles, was sich drunten tat: acht oder neun ungleiche Straßen und Gassen, die ohne ersichtlichen Grund Cambridge Circus zum Treffpunkt gewählt hatten.

Die Gebäude zwischen ihnen waren Tineff, mit Stilzutaten billig herausgeputzt: eine romantische Bank, ein Theater wie eine große säkularisierte Moschee. Dahinter schoben sich Hochbauten vor wie eine Armee von Robotern. Darüber füllte ein rosa Himmel sich langsam mit Nebel.

Warum war es so still? fragte er sich. Das Theater hatte zwar längst Schluß gemacht, aber warum sorgte die Vergnügungsindustrie von Soho, die nur einen Steinwurf von seinem Fenster entfernt war, nicht dafür, daß der Platz voll von Taxis und Grup-

pen von Nachtschwärmern war? Kein einziger Lastwagen mit Obst war auf dem Weg nach Covent Garden durch die Shaftesbury Avenue gerumpelt.
Wieder einmal betrachtete Mendel durch seinen Feldstecher das Haus direkt gegenüber. Es schien noch tiefer zu schlafen als seine Nachbarn. Die Doppeltüren des Eingangs waren geschlossen und in den Fenstern des Erdgeschosses war kein Licht zu sehen. Nur in der dritten Etage kam aus dem zweiten Fenster von links ein bleicher Schein, und Mendel wußte, daß es das Zimmer des Diensthabenden war, Smiley hatte es ihm gesagt. Er hob das Glas kurz zum Dach, wo ein Antennenwald wilde Muster an den Himmel zeichnete; dann ein Stockwerk tiefer auf die vier abgedunkelten Fenster der Funkabteilung.
»Nachts benutzen alle den Vordereingang«, hatte Guillam gesagt. »Dadurch spart man Portiers ein.«
In diesen drei Stunden hatten nur drei Ereignisse Mendels Wachsamkeit belohnt: eines pro Stunde ist nicht viel. Um fünf nach neun hatte ein blauer Ford Transit zwei Männer abgesetzt, die etwas trugen, das wie eine Munitionskiste aussah. Sie schlossen sich die Tür selber auf und wieder zu, sobald sie drinnen waren, während Mendel seinen Kommentar ins Telefon flüsterte. Um zehn Uhr oder wenig später war der Pendelbus angekommen: darauf hatte Guillam ihn ebenfalls vorbereitet. Der Pendelbus sammelte heiße Dokumente von den umliegenden Dienststellen und brachte sie übers Wochenende in den Safe des Circus. Er fuhr in Brixton vor, in Acton und in Sarratt, in dieser Reihenfolge, sagte Guillam, zuletzt bei der Admiralität, und war um zehn Uhr soundsoviel im Circus. An diesem Abend kam er punkt zehn an, und dieses Mal stürzten zwei Männer aus dem Haus und halfen beim Abladen: Mendel meldete auch dies, und Smiley bestätigte die Meldung mit einem geduldigen: »Danke.«
Saß Smiley irgendwo? Stand er im Dunkeln wie Mendel? Mendel vermutete es. Von all den komischen Vögeln, die er je gekannt hatte, war Smiley der komischste. Wenn man ihn sah, glaubte man, er könne nicht allein über die Straße gehen, aber man hätte genausogut einem Igel seinen Schutz anbieten können. Spinner, dachte Mendel. Ein Leben lang Verbrecher gejagt, und wie ende

ich? Einbruch und unbefugtes Betreten, im Dunkeln stehen und die Spinner bespitzeln. Er hatte nie etwas für Spinner übrig gehabt, bis er Smiley kennenlernte. Hielt sie für eine lästige Bande von Amateuren und College-Boys; hielt sie für verfassungswidrig; dachte, das Beste, was diese besondere Branche um ihres eigenen Wohls und des Wohls der Öffentlichkeit willen tun könne, sei »Ja, Sir«, »Nein, Sir«, sagen, und die Unterlagen verlieren. A propos, mit Ausnahme von Smiley und Guillam war es genau das, was er auch an diesem Abend dachte.

Kurz vor elf, also vor genau einer Stunde, war ein Taxi gekommen. Eine gewöhnliche zugelassene Londoner Autodroschke, die vor dem Theater hielt. Auch darauf hatte Smiley ihn hingewiesen: es war beim Geheimdienst üblich, daß man Taxis nie bis an die Tür fahren ließ. Manche hielten bei Foyle's Buchhandlung, manche in der Old Compton Street oder vor einem der Geschäfte; die meisten Circus-Leute hatten ein bestimmtes Tarnziel, Alleline zum Beispiel fuhr immer bis zum Theater. Mendel hatte Alleline noch nie gesehen, aber er hatte seine Beschreibung, und als er ihn durch das Glas beobachtete, erkannte er ihn zweifelsfrei, einen großen, schwerfälligen Mann im dunklen Mantel, und er sah sogar, daß der Taxifahrer das Trinkgeld mit saurer Miene betrachtete und ihm etwas nachrief, als Alleline nach seinen Schlüsseln tastete.

Die Vordertür ist nicht gesichert, hatte Guillam ihm erklärt, sie ist nur verschlossen. Die Sicherung beginnt erst drinnen, wenn man am Ende des Korridors links abgebogen ist. Alleline haust in der fünften Etage. Sie werden kein Licht in seinen Fenstern sehen, aber durch ein Oberlichtfenster fällt der Schein auf einen hohen Schornstein. Und tatsächlich erschien, während er das Glas nach oben gerichtet hatte, ein gelber Fleck auf den verschmutzten Klinkern des Schornsteins: Alleline hatte sein Büro betreten.

Und der junge Guillam hat Urlaub nötig, dachte Mendel. Auch *das* hatte er kommen sehen: die harten Burschen, die mit vierzig zusammenklappen. Sie schieben es beiseite, sie tun, als wäre nichts, suchen Halt bei Erwachsenen, die sich dann als gar nicht so erwachsen erweisen; und eines Tages ist es soweit, ihre Hel-

den stürzen vom Postament, und sie selber sitzen an ihren Schreibtischen, und die Tränen tropfen auf die Löschunterlage.
Er hatte den Telefonhörer auf den Boden gelegt. Nun nahm er ihn auf und sagte: »Sieht aus, als wäre das As reingeschlüpft.« Er gab die Nummer des Taxis durch und wartete.
»Wie hat er ausgesehen?« flüsterte Smiley.
»In Eile«, sagte Mendel.
»Hat allen Grund.«
Der da wird bestimmt nicht zusammenklappen, befand Mendel anerkennend: typische Schwammeiche, dieser Smiley. Sieht aus, als könnte man ihn mit einem Schubs umwerfen, aber wenn der Sturm losbricht, ist er der einzige, der am Ende stehenbleibt. Während dieser Überlegungen fuhr ein zweites Taxi vor, geradewegs am Vordereingang, und eine hohe, bedächtige Gestalt kletterte vorsichtig Stufe für Stufe hinauf, wie ein Mann, der auf sein Herz achten muß.
»Hier kommt Ihr König«, flüsterte Mendel ins Telefon. »Moment noch, der Bube ist auch da. Sieht aus wie großes Treffen der Clans. Hoppla, immer langsam.«
Ein alter Mercedes 190 kam aus der Earlham Street geschossen, machte direkt unter seinem Fenster kehrt und kratzte gerade noch die Kurve bis zum Nordende der Charing Cross Road, wo er parkte. Ein junger schwergebauter Mann mit rostbraunem Haar stieg aus, knallte die Tür zu und wuchtete über die Straße zum Eingang, ohne auch nur den Zündschlüssel abgezogen zu haben. Kurz darauf ging ein weiteres Licht im vierten Stock an, als Roy Bland sich dazugesellte.
»Jetzt brauchen wir nur noch zu wissen«, dachte Mendel, »wer kommt wieder raus?«

36 *In London bekommt Inspektor Mendel eine Freikarte für den Circus, und George Smiley macht sich auf die Socken*

Lock Gardens war eine Reihe von vier schmucklosen Häusern aus dem neunzehnten Jahrhundert, halbmondförmig angelegt, jedes mit drei Obergeschossen und einem Souterrain und einem schmalen ummauerten Hintergarten, der sich zum Regent's Canal hinunterzog. Sie waren von zwei bis fünf numeriert: Nummer eins war entweder eingestürzt oder nie erbaut worden. Nummer fünf bildete das Nordende, und als »sicheres Haus« hätte man sich nichts Vorteilhafteres denken können, denn es gab drei Zugänge im Umkreis von zehn Metern und der Treidelpfad am Kanal bot noch zwei weitere. Nördlich lag die Camden High Street als Verkehrsanschluß; südlich und westlich lagen die Parks und Primrose Hill. Und was noch hinzukam: die Gegend war vom sozialen Anstrich her nicht einzustufen und war auch nicht darauf aus. Einige Häuser waren in Ein-Zimmer-Apartments aufgeteilt und hatten zehn Türklingeln, wie Schreibmaschinentasten angeordnet. Andere waren vornehm geworden und hatten nur eine Klingel. Nr. 5 hatte zwei: eine für Millie McCraig und eine für ihren Mieter, Mr. Jefferson.

Mrs. McCraig war sehr kirchlich eingestellt und sammelte für alles, was ihr zufällig eine ausgezeichnete Gelegenheit verschaffte, die Umwohner im Auge zu behalten, wenn sie auch ihren Sammeleifer kaum so auslegten. Von Jefferson, ihrem Mieter, wußte man nur, daß er Ausländer war und in der Ölbranche und viel auf Reisen. Lock Gardens war sein *pied-à-terre*. Wenn die Nachbarn ihm überhaupt Aufmerksamkeit schenkten, so fanden sie ihn schüchtern und respektabel. Den gleichen Eindruck hätten sie auch von George Smiley gewonnen, wenn sie ihn zufällig an jenem Abend um neun Uhr im trüben Eingangslicht gesehen hätten, ehe Millie McCraig ihn ins Vorderzimmer führte und die züchtigen Gardinen zuzog. Sie war eine drahtige schottische Witwe mit braunen Strümpfen und gewelltem Haar und der blanken, runzeligen Haut eines alten Mannes. Zur Ehre Gottes und des Circus hatte sie Bibelschulen in Mozambique geleitet und ein Seemannsheim in Hamburg, und obwohl sie seit nunmehr zwanzig Jahren berufsmäßige Lauscherin war, neigte sie noch immer dazu, alle Mannsbilder als Missetäter zu behandeln. Er konnte nicht herausfinden, was sie dachte. Ihr Benehmen war vom Augenblick seines Kommens an von tiefer und einsamer Schweigsamkeit geprägt; sie führte ihn durch das Haus wie eine Schloßherrin, deren Gäste längst tot sind.

Zuerst das Souterrain, wo sie selber wohnte und das angefüllt war mit Pflanzen und jenem Sammelsurium alter Postkarten, Messingtischchen und schwarzen geschnitzten Möbeln, das weitgereisten englischen Damen eines bestimmten Alters und Standes ans Herz gewachsen zu sein scheint. Ja, wenn der Circus ihr nachts etwas mitteilen wollte, wurde sie über den Apparat im Souterrain angerufen. Ja, oben war ein eigener Anschluß, aber nur für Gespräche vom Haus nach draußen. Das Souterrain-Telefon hatte einen Nebenapparat droben im Eßzimmer. Dann hinauf ins Erdgeschoß, einem wahren Heiligtum der kostspieligen Geschmacksverirrung der Haushälterin: aufdringliche Regency-Streifen, vergoldete Stilsessel, Plüschsofas mit Kordeleinfassung. Die Küche war unbenutzt und verwahrlost. Dahinter lag ein verglaster Anbau, halb Treibhaus, halb Spülküche, der auf den verwilderten Garten und den Kanal hinausging. Über den Fliesenboden verstreut: eine alte Wäschemangel, ein Kupferkessel und Kisten mit Tonic-Water.

»Wo sind die Mikros, Millie?« fragte Smiley, als sie wieder im Wohnzimmer waren.

Paarweise angebracht, murmelte Millie, hinter der Tapete eingelassen, zwei Paar in jedem Raum im Erdgeschoß, je ein Paar in jedem der oberen Räume. Jedes Paar war mit einem eigenen Aufnahmegerät verbunden. Er folgte Millie die steile Treppe hinauf. Das oberste Stockwerk war unmöbliert, mit Ausnahme eines Dachzimmers, das einen grauen Stahlrahmen mit acht Bandgeräten enthielt, vier oben, vier unten.

»Und Jefferson weiß über das alles Bescheid?«

Mr. Jefferson, sagte Millie steif, werde auf Vertrauensbasis behandelt. Dies war der deutlichste Ausdruck ihrer Mißbilligung

Smileys oder ihrer Ehrfurcht vor der christlichen Ethik, den sie sich gestattete.
Als sie wieder unten waren, zeigte sie ihm die Schalter, mit denen das System zu bedienen war. Es waren Doppelschalter. Wenn Mr. Jefferson oder einer der Jungens, wie sie sich ausdrückte, etwas aufnehmen wollten, mußte er nur hingehen und die linke Schalttaste hinunterdrücken. Sodann war die Anlage auf Aufnahme gestellt; das Band begann jedoch erst zu laufen, sobald jemand sprach.
»Und wo sind Sie, Millie, während das alles vor sich geht?«
Sie bleibe unten, sagte sie, als wäre das der Platz einer Frau. Smiley öffnete Schränke und Schubladen, ging von einem Zimmer zum anderen. Dann wieder zurück in die Spülküche mit dem Blick auf den Kanal. Er nahm eine Taschenlampe und funkte einen Lichtstrahl in die Dunkelheit des Gartens.
»Wie sind die Sicherheitsvorkehrungen?« fragte Smiley und befingerte gedankenvoll den Lichtschalter an der Tür des Wohnzimmers.
Ihre Antwort kam monoton wie eine Litanei: »Zwei volle Milchflaschen auf der Türschwelle, dann kann man reinkommen und alles ist in Ordnung. Keine Milchflaschen, dann darf man nicht reinkommen.«
Aus der Richtung des Glashauses kam ein schwaches Klopfen. Smiley ging wieder zurück in die Spülküche, öffnete die Glastür, führte ein hastig geflüstertes Gespräch und kam mit Peter Guillam herein.
»Sie kennen Peter, nicht wahr, Millie?«
Es blieb dahingestellt, ob Millie ihn kannte, ihre kleinen harten Augen hatten sich voll Verachtung auf ihn geheftet. Er studierte die Schaltanlage und tastete dabei in seiner Tasche.
»Was tut er da? Er darf das nicht tun. Verbieten Sie es ihm.«
Wenn sie Bedenken hege, sagte Smiley, solle sie über den Apparat im Souterrain Lacon anrufen. Millie McCraig rührte sich nicht, aber zwei rote Flecken waren auf ihren ledrigen Wangen erschienen, und sie schnalzte ärgerlich mit den Fingern. Guillam hatte inzwischen mit einem kleinen Schraubenzieher die Schrauben zu beiden Seiten der Plastikverkleidung entfernt und sah sich

die dahinterliegenden Drähte an. Dann drehte er sehr vorsichtig die linke Taste um hundertachtzig Grad, wobei er die Drähte entsprechend verbog und schraubte die Verkleidung wieder auf; die übrigen Tasten ließ er unberührt.
»Probieren wir's mal aus«, sagte Guillam, und während Smiley hinaufging, um das Bandgerät zu kontrollieren, sang Guillam ›Old Man River‹ mit der grollenden Baßstimme Paul Robesons.
»Vielen Dank«, sagte Smiley und schauderte, »das genügt vollauf.«
Millie war ins Souterrain hinuntergegangen, um Lacon anzurufen. Smiley richtete in aller Ruhe die Bühne her. Er stellte die Telefone neben einen Sessel im Wohnzimmer, dann machte er sich den Rückzug in die Spülküche frei. Er holte zwei volle Milchflaschen aus der Coca-Cola-Kühlbox in der Küche und stellte sie vor die Tür, um im McCraigschen Esperanto zu sagen, daß sie hereinkommen könnten und alles in Ordnung sei. Er zog die Schuhe aus, trug sie in die Spülküche, machte alle Lichter aus und hatte gerade seinen Posten im Sessel bezogen, als Mendel seinen Kontrollanruf tätigte.
Guillam hatte währenddessen auf dem Treidelpfad die Überwachung des Hauses wieder aufgenommen. Dieser Pfad wird eine Stunde vor Einbruch der Dunkelheit für die Öffentlichkeit gesperrt; danach dient er sowohl als Stelldichein für Liebespaare wie als Asyl für Clochards; beiden ist, wenn auch aus verschiedenen Gründen, die Dunkelheit unter den Brücken lieb. In dieser kalten Nacht sah Guillam jedoch keinen Menschen. Dann und wann raste ein unbesetzter Zug vorbei und hinterließ eine noch größere Leere. Seine Nerven waren so gespannt, seine Erwartungen so mannigfach, daß er einen Augenblick lang die ganze Szenerie dieser Nacht in apokalyptischen Bildern sah: die Signale auf der Eisenbahnbrücke wurden zu Galgen, die victorianischen Lagerhäuser mit ihren vergitterten Fenstern und Gewölben, die sich vor dem dunstigen Himmel abzeichneten, zu gigantischen Gefängnissen. Nahebei das Rascheln von Ratten und der Gestank von Brackwasser. Dann erloschen die Lichter im Wohnzimmer, und das Haus lag im Dunkeln, mit Ausnahme der gelblichen Ritzen zu beiden Seiten von Millies Souterrain-

Fenster. Aus der Spülküche winkte ihm ein dünner Lichtstrahl über den ungepflegten Garten hinweg. Er nahm eine Füllhalter-Lampe aus der Tasche, entfernte die silberne Kappe, visierte mit zitternden Fingern den Punkt an, von dem das Licht gekommen war und signalisierte zurück. Von jetzt an konnten sie nur noch warten.

Tarr warf das eingegangene Telegramm Ben zu, zusammen mit der Codeliste zum einmaligen Gebrauch aus dem Safe.
»Los«, sagte er, »verdienen Sie Ihr Geld. Trennen Sie's auf.«
»Es ist an Sie persönlich«, wandte Ben ein. »Sehen Sie. ›Persönlich von Alleline nur vom Adressaten zu entschlüsseln.‹ Ich darf es nicht anfassen. Es ist top-secret.«
»Tun Sie, was er sagt, Ben«, sagte Mackelvore und beobachtete Tarr.
Zehn Minuten lang wurde zwischen den drei Männern kein Wort gesprochen. Tarr stand am anderen Ende des Raums, sehr nervös vom Warten. Die Kanone hatte er in den Hosenbund gesteckt, Kolben nach innen, zur Leiste. Seine Jacke lag über einem Stuhl. Der Schweiß hatte sein Hemd am ganzen Rücken festgeklebt. Ben las mit Hilfe eines Lineals die Zahlengruppen ab und schrieb seine Ergebnisse sorgfältig auf einen Zeichenblock mit Maßeinteilung, der vor ihm lag. Zwecks besserer Konzentration hatte er die Zunge gegen die Zähne gepreßt, und jetzt zog er sie mit einem leisen Schnalzen zurück. Dann legte er den Stift weg und reichte Tarr das Abreißblatt.
»Lesen Sie vor«, sagte Tarr.
Bens Stimme war freundlich und ein bißchen erregt. »›Persönlich an Tarr von Alleline, nur vom Adressaten zu entschlüsseln. Verlange entschieden Aufklärung bzw. Proben vor Erfüllung Ihrer Forderung. Information in Anführung lebenswichtig für Sicherheit der Dienststelle Abführung nicht qualifiziert. Bedenken Sie Ihre ungünstige Position hier infolge schimpflichen Verschwindens stop Mackelvore ist unverzüglich ins Bild zu setzen wiederhole unverzüglich stop Chef.‹«
Ben war noch nicht ganz zu Ende, als Tarr bereits seltsam unbeherrscht zu lachen begann.

»So ist's richtig, Percy-Boy!« schrie er. »Ja wiederhole nein! Wissen Sie, warum er mauert, Herzensben? Er nimmt Maß, um mich in den Rücken zu schießen! Genauso hat er mein Ruskimädel erwischt. Wieder seine alte Masche, dieser gemeine Hund.« Er zauste Bens Haar, schrie ihn an, lachte: »Ich warne Sie, Ben: in diesem Laden stecken ein paar ganz falsche Fuffziger, also traun Sie keinem einzigen von ihnen, lassen Sie sich's gesagt sein, oder Sie werden nie groß und stark werden!«

Im dunklen Wohnzimmer wartete auch Smiley, er saß allein im unbequemen Sessel der Haushälterin, die Hörmuschel des Telefons schmerzhaft gegen den Kopf geklemmt. Dann und wann murmelte er etwas, und Mendel murmelte zurück, meist jedoch verband sie das Schweigen. Seine Stimmung war mäßig, sogar ein bißchen trübe. Wie ein Schauspieler hatte er Lampenfieber, ehe der Vorhang hochging, ein Gefühl, als ob alles Große plötzlich zu einem kleinlichen, miesen Ende zusammenschrumpfte; schließlich erschien ihm nach den Kämpfen seines Lebens sogar der Tod kleinlich und mies. Er war sich keines Siegesgefühls bewußt. Wie so oft, wenn er Furcht empfand, kreisten seine Gedanken um die betroffenen Menschen. Er hatte keine besonderen Theorien oder fertigen Urteile. Er überlegte nur, in welcher Weise jeder einzelne berührt würde; und er fühlte sich verantwortlich. Er dachte an Jim und Sam und Max und Connie und Jerry Westerby und die vielen persönlichen Treuebande, die zerrissen waren; auf anderer Ebene dachte er an Ann und die hoffnungslose Verworrenheit ihres Gesprächs auf den Klippen Cornwalls; er fragte sich, ob es überhaupt Liebe zwischen Menschen gab, die nicht auf irgendeiner Art von Selbsttäuschung beruhte; am liebsten wäre er einfach aufgestanden und weggegangen, ehe es passieren würde, aber das konnte er nicht. Er machte sich, fast wie ein Vater, Sorgen um Guillam, fragte sich, wie er die verspäteten Mühen des Erwachsenwerdens verkraften mochte. Wieder dachte er an den Tag, an dem er Control begrub. Er dachte über Verrat nach und überlegte, ob es wohl fahrlässigen Verrat geben könne, so wie es fahrlässige Körperverletzung gibt. Es bestürzte ihn, daß er sich so am Ende fühlte; daß alle intellektuellen oder philosophischen Leitlinien an die er sich gehalten hatte, völlig zusammenbrachen, jetzt, da er sich mit der Situation des Menschen konfrontiert sah.

»Gibt's was?« fragte er Mendel über das Telefon.

»Ein paar Betrunkene«, sagte Mendel, »sie singen ›Am Tag, als der Regen kam‹.«

»Nie gehört.«

Er nahm den Hörer ans linke Ohr und zog die Pistole aus der Brusttasche seines Jacketts, wo sie bereits das vorzügliche Seidenfutter ruiniert hatte. Er entdeckte die Sicherung und amüsierte sich flüchtig bei dem Gedanken, daß er nicht wußte, welche Stellung ›zu‹ und welche ›auf‹ bedeutete. Er ließ das Magazin herausgleiten und steckte es wieder hinein und erinnerte sich, wie er es Hunderte von Malen im Laufen getan hatte, bei den Nachtübungen in Sarratt vor dem Krieg; er erinnerte sich daran, daß man immer mit beiden Händen schoß, Sir, eine hält die Pistole und die andere das Magazin, Sir; und an jenes Detail der Circus-Folklore, das verlangte, daß er den Zeigefinger der einen Hand flach an den Lauf legen und den Abzug mit dem anderen drücken sollte. Aber als er es versuchte, war das Gefühl dabei ausgesprochen lächerlich, und er ließ es sein.

»Geh ein bißchen spazieren«, murmelte er, und Mendel sagte: »Nur zu.«

Die Pistole noch immer in der Hand, ging er in die Spülküche, lauschte dabei auf ein Knarren der Bodenbretter, das ihn verraten könnte, aber der Boden unter dem Strohteppich mußte Zement sein; er hätte darauf herumhüpfen können, ohne daß auch nur eine Schwingung entstanden wäre. Mit der Taschenlampe gab er zwei kurze Signale, machte eine lange Pause und gab nochmals zwei. Sofort antwortete Guillam mit drei kurzen Zeichen.

»Wieder zurück.«

»Verstanden«, sagte Mendel.

Er ließ sich nieder und dachte mißlaunig an Ann: den unmöglichen Traum träumen. Er steckte die Pistole in die Tasche. Vom Kanal her das Muhen eines Nebelhorns. Bei Nacht? Fuhren dort Schiffe bei Nacht? Mußte ein Auto sein. Wie, wenn Gerald eine komplette Notstands-Prozedur hatte, über die wir nichts wissen? Verbindung zwischen Fernsprechzellen, einen Auto-Treff? Wie, wenn Poljakow doch einen Kurier hatte, einen Gehilfen, den Connie nie identifizieren konnte? Das war ihm alles schon untergekommen. Solche Systeme waren wasserdicht, waren bei Zusammenkünften unter allen möglichen Umständen anwendbar. Wenn's ums Handwerkliche geht, ist Karla ein Pedant.

Und seine fixe Idee, daß er beschattet wurde? Was war damit? Was war mit dem Schatten, den er nicht gesehen, nur gefühlt hatte, bis sein Rücken unter dem beharrlichen Blick seines Beobachters zu kribbeln schien; er hatte nichts gesehen, nichts gehört, nur gefühlt. Er war zu alt, um die Warnung in den Wind zu schlagen. Das Knarren einer Stufe, die sonst nie geknarrt hatte; das Klappern eines Fensterladens, obwohl kein Wind ging; das Auto mit anderen Nummernschildern, aber dem gleichen Kratzer auf dem inneren Kotflügel: das Gesicht in der U-Bahn, das man bestimmt schon irgendwo gesehen hatte: er hatte einmal jahrelang mit diesen Zeichen gelebt; jedes einzelne von ihnen war ein ausreichender Grund gewesen, sich zu verändern, die Stadt zu wechseln, die Identität. Denn in diesem Beruf gibt es keine bloßen Zufälle.

»Einer geht«, sagte Mendel plötzlich. »Hallo?«

»Bin da.«

Jemand sei gerade aus dem Circus gekommen, sagte Mendel. Vordertür, aber er konnte nicht genau feststellen, wer es war. Trug Regenmantel und Hut. Bullig, rascher Schritt. Er mußte ein Taxi vor die Tür bestellt haben und direkt eingestiegen sein.

»Fährt nach Norden, in Ihre Richtung.«

Smiley schaute auf seine Uhr. Gib ihm zehn Minuten, dachte er. Gib ihm zwölf, er wird unterwegs haltmachen und Poljakow anrufen müssen. Dann dachte er: sei nicht albern, das hat er bereits vom Circus aus erledigt.

»Ich lege auf«, sagte Smiley.

»Cheers«, sagte Mendel.

Guillam auf dem Treidelpfad las drei lange Lichtzeichen. Der Maulwurf ist unterwegs.

In der Spülküche hatte Smiley noch einmal seine Piste geprüft, drei Liegestühle beiseitegeschoben und an die Wäschemangel eine Schnur gebunden, die ihm als Leitseil dienen sollte, denn im Dunkeln sah er schlecht. Die Schnur führte zur offenen Küchentür, die Küche führte sowohl ins Wohnzimmer wie ins Speisezimmer, die beiden Türen lagen nebeneinander. Die Küche war ein langgestreckter Raum, genau gesagt ein Anbau, ehe das Glashaus angefügt worden war. Er hatte daran gedacht, das Eßzimmer zu benutzen, aber es war zu riskant, und außerdem konnte er vom Eßzimmer aus keine Signale zu Guillam senden. Also wartete er in der Spülküche, kam sich lächerlich vor ohne Schuhe, in Socken, putzte seine Brille, denn die Hitze seines Gesichts beschlug dauernd die Gläser. Hier in der Spülküche war es viel kälter. Das Wohnzimmer war von anderen Zimmern umgeben und überheizt, die Spülküche dagegen hatte Außenwände, und das Glas und der Fliesenboden unter den Matten bewirkten, daß seine Füße sich feucht anfühlten. Der Maulwurf kommt als erster, dachte er, der Maulwurf spielt den Gastgeber: das gehört zum Protokoll, zu der Farce, wonach Poljakow Geralds Agent ist.

Ein Londoner Taxi ist eine fliegende Bombe.

Der Vergleich stieg langsam in ihm auf, aus den Tiefen seiner unbewußten Erinnerung. Das Knattern, wenn es in die ansteigende Kurve einbiegt, das regelmäßige Tick-tack, während das Taxameter stillsteht. Das Halten: wo hat es angehalten, vor welchem Haus, während wir alle hier in der Straße im Dunkeln warten, unter Tischen kauern oder uns an Seilen festhalten, vor welchem Haus? Dann das Zuknallen der Tür, die Entspannung mit der Explosion: wenn du sie hören kannst, ist sie nicht für dich bestimmt.

Aber Smiley hörte sie, und sie war für ihn bestimmt.

Er hörte die Schritte eines Paars Füße auf dem Kies, flott und kraftvoll. Sie blieben stehen. Es ist die falsche Tür, dachte Smiley absurderweise, geh weg. Er hatte die Pistole in der Hand, die Sicherung nach unten gedrückt. Er lauschte noch immer, hörte nichts. Du bist auf der Hut, Gerald, dachte er. Du bist ein alter Maulwurf, du witterst, daß etwas nicht stimmt. Millie, dachte er;

Millie hat die Milchflaschen weggenommen, ein Warnzeichen aufgestellt, ihn verscheucht. Millie hat uns den Fang verpatzt. Dann hörte er, wie das Schloß sich drehte, einmal, zweimal, es ist ein Banham-Schloß, erinnerte er sich, mein Gott, wir sorgen bei Banham für Absatz. Natürlich: der Maulwurf hatte seine Taschen nach dem Schlüssel abgeklopft. Ein nervöser Mensch hätte ihn bereits in der Hand gehalten, ihn umklammert, auf der ganzen Taxifahrt in seiner Tasche damit gespielt; nicht so der Maulwurf; der Maulwurf mochte beunruhigt sein, nervös war er nicht. Im gleichen Moment, indem das Schloß sich drehte, schlug die Klingel an: auch dies im Hauswarts-Geschmack, hoher Ton, tiefer Ton, hoher Ton. Das bedeutet, daß es einer von uns ist, hatte Millie gesagt; einer der Jungens, ihrer Jungens, Connies Jungens, Karlas Jungens. Die Vordertür ging auf, jemand trat ins Haus, er hörte das Scharren der Fußmatte, er hörte das Schließen der Tür, er hörte das Klicken der Lichtschalter und sah einen blassen Streifen unter der Küchentür erscheinen, er steckte die Pistole in die Tasche und wischte sich die Handflächen an der Jacke ab, dann nahm er die Pistole wieder heraus, und im gleichen Augenblick hörte er eine zweite fliegende Bombe, ein zweites anhaltendes Taxi und rasche Schritte: Poljakow hatte nicht nur den Schlüssel bereitgehalten, er hatte auch das Fahrgeld bereitgehalten: geben Russen Trinkgelder, fragte er sich, oder sind Trinkgelder undemokratisch? Wieder schlug die Klingel an, die Vordertür öffnete und schloß sich und Smiley hörte das doppelte Klirren, als – wie Ordnung und sauberes Arbeiten es befahlen – zwei Milchflaschen auf den Dielentisch gestellt wurden. Gott sei mir gnädig, dachte Smiley voll Entsetzen und starrte auf den alten Coca-Cola-Kühlschrank neben sich, auf diesen Gedanken bin ich überhaupt nicht gekommen: wenn er sie jetzt in die Box hätte zurückstellen wollen?

Der Lichtstreifen unter der Küchentür wurde plötzlich heller, als die Lampen im Wohnzimmer angeschaltet wurden. Eine außergewöhnliche Stille senkte sich über das Haus. An das Seil geklammert schob Smiley sich langsam über den eiskalten Boden voran. Dann hörte er Stimmen. Zuerst waren sie undeutlich. Sie müssen noch am anderen Ende des Zimmers sein, dachte er.

Oder vielleicht fangen sie immer leise an. Jetzt kam Poljakow näher: er stand am Barwagen und goß Drinks ein.
»Wie ist unsere Tarngeschichte, falls wir gestört werden sollten?« fragte er in gutem Englisch.
Hübsche Stimme, erinnerte sich Smiley, melodisch wie die Ihre. Ich habe die Bänder oft zweimal abgespielt, nur um ihm zuzuhören. Connie, Sie sollten ihn jetzt hören.
Vom entfernten Zimmerende her beantwortete ein gedämpftes Murmeln jede Frage. Smiley konnte nichts verstehen. »Wo sollen wir uns wieder sammeln?« »Was ist der Ausweich-Treff? Haben Sie irgend etwas bei sich, das Sie während unserer Unterredung lieber mir übergeben möchten, da ich diplomatische Immunität besitze?«
Es muß ein Katechismus sein, dachte Smiley, ein Teil von Karlas Schulungsroutine.
»Ist heruntergeschaltet? Würden Sie bitte nachsehen? Vielen Dank. Was möchten Sie trinken?«
»Scotch«, sagte Haydon, »und einen verdammt großen.«
Mit dem Gefühl äußerster Ungläubigkeit lauschte Smiley der vertrauten Stimme, die nun genau jenes Telegramm vorlas, das Smiley vor nur achtundvierzig Stunden ausschließlich zu Tarrs Händen abgefaßt hatte.
Dann lehnte sich einen Augenblick lang ein Teil von Smileys Persönlichkeit in offener Rebellion gegen den anderen auf. Die Woge zornigen Zweifels, die ihn in Lacons Garten überschwemmt und seitdem ständig wie ein feindlicher Sog sein Fortschreiten hatte hemmen wollen, schleuderte ihn jetzt auf die Klippen der Verzweiflung und trieb ihn dann in die Meuterei: Ich weigere mich. Nichts ist die Zerstörung eines anderen Menschen wert. Irgendwo muß der Weg von Schmerz und Verrat sein Ende finden. Bis dahin gab es keine Zukunft: es gab nur ein stetes Abgleiten in noch grauenhaftere Versionen der Gegenwart. Dieser Mann war mein Freund und Anns Geliebter, Jims Freund und, soviel Smiley wußte, auch Jims Geliebter; dem Bereich der Öffentlichkeit gehörte nur der Verrat, nicht der Mann. Haydon hatte Verrat geübt. Als Geliebter, als Kollege, als Freund, als Patriot; als Mitglied jener unschätzbaren Gemein-

schaft, die Ann vage als den *Set* bezeichnete: in jeder dieser Eigenschaften hatte Haydon nach außen hin ein einziges Ziel verfolgt und insgeheim das Gegenteil davon erreicht. Smiley wußte sehr genau, daß er nicht einmal jetzt den vollen Umfang dieses haarsträubenden Doppelspiels begriff. Und doch meldete sich bereits etwas in ihm zu Haydons Verteidigung. War Bill nicht gleichfalls verraten worden? Connies Klage hallte ihm in den Ohren: »Die armen Kinder. Für das Empire erzogen, erzogen, um die Meere zu beherrschen ... Sie sind der letzte, George, Sie und Bill.« Mit schmerzender Klarheit sah er einen ehrgeizigen Mann vor sich, der zu großen Dingen geboren war, erzogen zum Herrschen, Teilen und Erobern, dessen Planen und Trachten, genau wie es bei Percy der Fall war, dem Spiel mit der Weltkugel galt; für den die Wirklichkeit eine kümmerliche Insel war mit kaum einer Stimme darauf, die über das Wasser reichte. Daher empfand Smiley nicht nur Ekel; sondern, trotz allem, was dieser Augenblick für ihn bedeutete, regte sich Empörung gegen die Institutionen, die er von Amts wegen schützen sollte: »Der Gesellschaftsvertrag hat seine zwei Seiten«, hatte Lacon gesagt. Die lässige Verlogenheit des Ministers, Lacons schmallippige moralische Selbstgefälligkeit, die brutale Gier Percy Allelines: solche Männer machten jeden Vertrag wertlos: warum sollte irgendwer ihnen die Treue halten?

Er wußte es natürlich. Er hatte die ganze Zeit gewußt, daß es Bill war. Genau wie Control es gewußt hatte, und Lacon, damals in Mendels Haus. Genau wie Connie und Jim es gewußt hatten, und Alleline und Esterhase, sie alle hatten schweigend jenes unausgesprochene Halbwissen geteilt, von dem sie gehofft hatten, es werde vorübergehen wie ein Leiden, wenn es nur niemals eingestanden, niemals diagnostiziert würde.

Und Ann? Hatte Ann es gewußt? War dies der Schatten gewesen, der an jenem Tag auf den Klippen Cornwalls über sie beide gefallen war?

Das also war Smiley, wie er jetzt so dastand: ein fetter, barfüßiger Spion, wie Ann sagen würde, betrogen in der Liebe und ohnmächtig im Haß, im Dunkeln lauernd, in der einen Hand eine Pistole und in der anderen ein Stück Schnur. Dann ging er auf

Zehenspitzen, noch immer mit gezückter Pistole, an seinem Leitseil zurück in die Spülküche und bis zum Fenster, von wo aus er fünf kurze Lichtblitze in rascher Folge signalisierte. Er wartete, bis er die Antwort erhalten hatte, und kehrte auf seinen Lauscherposten zurück.

Guillam rannte in solcher Eile den Treidelpfad entlang, daß die Taschenlampe in seiner Hand wilde Sprünge machte, bis er eine niedrige Bogenbrücke und eine Eisentreppe erreichte, die im Zickzack zur Gloucester Avenue hinaufführte. Droben war das Gitter geschlossen und er mußte hinüberklettern, wobei er sich einen Ärmel bis zum Ellbogen aufschlitzte. Lacon stand an der Ecke der Princess Road, er trug seinen alten derben Mantel und in der Hand eine Aktentasche.

»Er ist da. Er ist gekommen«, keuchte er. »Er hat Gerald erwischt.«

»Ich möchte kein Blutvergießen«, warnte Lacon. »Es muß in aller Stille erledigt werden.«

Guillam gab sich nicht die Mühe, zu antworten. Zehn Meter entfernt wartete Mendel in einem Geheimdienst-Taxi. Sie fuhren zwei Minuten, nicht ganz so lang, und ließen das Taxi kurz vor der Steigung halten. Guillam hatte Esterhases Türschlüssel bei sich. Bei Hausnummer 5 stiegen Mendel und Guillam über das Gitter, um kein Geräusch zu riskieren, und hielten sich auf dem Rasenstreifen. Guillam blickte sich im Gehen um und glaubte einen Augenblick im gegenüberliegenden Hauseingang eine lauernde Gestalt zu sehen, ob Mann oder Frau konnte er nicht sagen; aber als er Mendels Aufmerksamkeit auf die Stelle lenkte, war sie leer, und Mendel befahl ihm ziemlich barsch, er solle sich beruhigen. Die Lampe vor dem Eingang brannte nicht. Guillam ging zur Tür, Mendel wartete unter einem Apfelbaum. Guillam steckte den Schlüssel hinein, spürte, wie das Schloß nachgab. Du verdammter Narr, dachte er triumphierend, warum hast du den Riegel nicht vorgeschoben? Er schob die Tür einen Spalt auf und zögerte. Er atmete langsam, füllte die Lungen zum Angriff. Mendel tat einen weiteren Sprung nach vorn. Auf der Straße gingen zwei Jungen vorbei, sie lachten laut, weil sie sich in der

Nacht fürchteten. Noch einmal blickte Guillam sich um, aber die Luft war rein. Er trat in die Diele. Seine Wildlederschuhe quietschten auf dem Parkett, in der Diele lag kein Teppich. An der Tür des Wohnzimmers lauschte er so lange, bis endlich die Wut in ihm die Oberhand gewann.

Seine ermordeten Agenten in Marokko, seine Verbannung nach Brixton, die tägliche Sinnlosigkeit seiner Arbeit, während er täglich älter wurde und die Jugend ihm durch die Finger rann; die graue Eintönigkeit, die ihn umschloß; seine nachlassende Fähigkeit zur Liebe, zum Genuß, zum Lachen; das ständige Abbröckeln der einfachen, heroischen Grundsätze, nach denen er leben wollte; die Grenzen und Entsagungen, die er sich im Namen schweigender Pflichterfüllung selber auferlegt hatte; das alles konnte er nun in Haydons überheblich lächelndes Gesicht schleudern. Haydon, einst sein Beichtvater, Haydon, immer zu einem Scherz, einem Schwatz und einer Tasse Kaffee zu haben; Haydon, ein Vorbild, nach dem er sein Leben aufgebaut hatte. Mehr, viel mehr. Jetzt, da er es sah, wußte er es. Haydon war mehr gewesen als sein Vorbild, er war seine Inspiration gewesen, der Fackelträger eines gewissen überholten Romantizismus, der Inbegriff einer britischen Berufung, die – allein schon weil sie vage und voller Vorbehalte und schwer zu definieren war – Guillams Leben bis jetzt einen Sinn gegeben hatte. In diesem Augenblick fühlte Guillam sich nicht nur verraten, sondern verwaist. Seine Zweifel, seine Ressentiments, die sich so lange Zeit nach außen, gegen die reale Welt gerichtet hatten – gegen seine Frauen, seine mißlungenen Liebschaften, stürzten sich jetzt auf den Circus und den trügerischen Zauber, der sein Glaubensbekenntnis gewesen war. Mit aller Kraft stieß er die Tür auf und sprang ins Zimmer, die Pistole im Anschlag. Haydon und ein schwerer Mann mit schwarzer Stirntolle saßen zu beiden Seiten eines kleinen Tisches. Poljakow – Guillam erkannte ihn nach den Fotos – rauchte eine sehr englische Pfeife. Er trug eine graue Strickweste mit Reißverschluß, wie die obere Hälfte eines Monteuranzugs. Er hatte noch nicht einmal die Pfeife aus dem Mund genommen, als Guillam bereits Haydon beim Kragen gepackt hielt. Mit einem einzigen Zug hob er ihn aus dem Sessel. Er hatte die Pistole weggeworfen und wirbelte Haydon von einer Seite zur anderen, schüttelte ihn wie einen Hund, und brüllte. Dann erschien ihm plötzlich alles sinnlos. Schließlich war das nur Bill, und sie hatten eine Menge zusammen erlebt. Guillam war zurückgewichen, lange bevor Mendel ihn am Arm packte, und er hörte Smiley, höflich wie immer, »Bill und Oberst Viktorow«, wie er sie nannte, auffordern, die Hände zu heben und über den Kopf zu legen, bis Percy Alleline hier sei.

»Sie haben draußen niemanden sonst gesehen, oder?« fragte Smiley Guillam, während sie warteten.

»Alles ruhig wie das Grab«, sagte Mendel und antwortete für beide.

37 *Ein stilles Haus bekommt viele Besucher*

Es gibt Augenblicke, die zu vollgepackt sind, als daß man sie zu dem Zeitpunkt, da sie geschehen, ganz erleben könnte. Für Guillam und alle anderen Anwesenden war das jetzt der Fall. Smileys fortgesetzte Zerstreutheit und seine häufigen vorsichtigen Blicke aus dem Fenster, Haydons Gleichgültigkeit, Poljakows programmgemäße Entrüstung, seine Forderungen, daß man ihn behandle, wie es einem Mitglied des diplomatischen Corps zustehe – Forderungen, die Guillam von seinem Sofaplatz aus in barschen Worten zu erfüllen drohte – das Hereinplatzen Allelines und Blands, weitere Proteste und die Wallfahrt nach oben, wo Smiley die Bänder abspielte, das lange düstere Schweigen, das ihrer Rückkehr ins Wohnzimmer folgte; die Ankunft Lacons und schließlich Esterhases und Fawns, Millie McCraigs schweigendes Hantieren mit der Teekanne: alle diese Ereignisse rollten mit einer bühnenhaften Unwirklichkeit ab, die genau wie die Fahrt nach Ascot vor einer Ewigkeit durch die unwirkliche Nachtstunde vertieft wurde. Es stimmte ferner, daß diese Begebenheiten, zu denen in einem frühen Stadium die körperliche Gewaltanwendung gegen Poljakow gehörte – und ein Schwall russischer Verwünschungen gegen Fawn, der ihm trotz Mendels Wachsamkeit einen Schlag versetzt hatte, der Himmel weiß wohin – wie eine kindische Mini-Verschwörung gegen Smileys einziges Ziel wirkten, weswegen er diese Versammlung einberufen hatte: er wollte Alleline davon überzeugen, daß Haydon seine einzige Chance darstellte, mit Karla zu verhandeln und zu retten – im menschlichen, wenn auch nicht im professionellen Sinn –, was immer von den Netzen, die Haydon verraten hatte, noch übrig sein mochte. Smiley war nicht ermächtigt, diese Transaktionen zu tätigen, und es schien ihm auch gar nicht daran gelegen zu sein; vielleicht nahm er an, daß Esterhase und Bland und Alleline die geeigneteren Leute seien, zu erfahren, welche Agenten theoretisch noch vorhanden waren. Jedenfalls begab er sich bald nach oben, wo Guillam ihn wiederum ruhelos von einem Raum zum anderen stapfen hörte, als er seine Wache an den Fenstern erneut aufnahm.

Während sich also Alleline und seine Leutnants zusammen mit Poljakow ins Eßzimmer zurückzogen, um dort ihre Geschäfte unter sich zu besprechen, saßen die übrigen schweigend im Wohnzimmer und blickten entweder Haydon an oder geflissentlich von ihm weg. Er schien ihre Anwesenheit nicht zur Kenntnis zu nehmen. Er saß allein, das Kinn in die Hand gestützt, in einer Ecke, bewacht von Fawn, und wirkte recht gelangweilt. Dann war die Besprechung im Eßzimmer zu Ende, die Teilnehmer strömten heraus, und Alleline vermeldete Lacon, der darauf bestanden hatte, bei der Unterredung nicht anwesend zu sein, daß man sich in drei Tagen am gleichen Ort wieder treffen wolle und daß in der Zwischenzeit »der Oberst Gelegenheit haben wird, seine Vorgesetzten zu konsultieren«. Lacon nickte. Es hätte eine Aufsichtsratssitzung sein können.

Der Abzug der Gesellschaft war sogar noch seltsamer, als ihre Ankunft gewesen war. Besonders der Abschied zwischen Esterhase und Poljakow verlief dramatisch. Esterhase, der schon immer lieber den Gentleman gespielt hätte als den Spion, schien ein »ritterliches Schauspiel« daraus machen zu wollen und bot Poljakow die Hand, die Poljakow erbittert ausschlug. Esterhase blickte sich hilflos nach Smiley um, vielleicht in der Hoffnung, ihn weiter für sich einzunehmen, dann zuckte er die Achseln und legte Bland den Arm um die breiten Schultern. Bald darauf gingen sie zusammen weg. Sie verabschiedeten sich von niemandem, Bland wirkte furchtbar erschüttert, und Esterhase schien ihn zu trösten, obwohl ihm seine eigene Zukunft in diesem Augenblick kaum rosig erscheinen konnte. Bald darauf kam ein Funktaxi für Poljakow, und auch er ging weg, ohne irgend jemandem auch nur zuzunicken. Jetzt war das Gespräch völlig verstummt; als der Russe nicht mehr anwesend war, wurde das Theater erbärmlich provinziell. Haydon, noch immer von Fawn und Mendel bewacht, verharrte in seiner gelangweilte Pose. Lacon und Alleline starrten ihn in stummer Verlegenheit an. Es wurde noch einige Male telefoniert, vor allem nach Taxis. Einmal kam Smiley von oben herunter und erwähnte Tarr. Alleline rief den Circus an und diktierte ein Telegramm nach Paris des Inhalts, Tarr könne in allen Ehren nach England zurückkehren, was immer das bedeuten mochte; und ein zweites an Mackelvore, das Tarr als vertrauenswürdige Persönlichkeit auswies, was Guillam wiederum Ansichtssache zu sein schien.

Endlich kam zur allgemeinen Erleichterung ein fensterloser Lieferwagen aus der *Nursery* an, und zwei Männer stiegen aus, die Guillam noch nie gesehen hatte, der eine groß und hinkend, der andere teigig und mit rostbraunem Haar. Schaudernd wurde ihm klar, daß es Inquisitoren waren. Fawn holte Haydons Mantel aus der Diele, durchsuchte die Taschen und half ihm respektvoll hinein. In diesem Augenblick mischte Smiley sich höflich ein und bestand darauf, daß während Haydons Gang von der Vordertür zum Lieferwagen das Licht in der Diele ausgeschaltet sein und daß die Begleitmannschaft zahlreich sein müsse. Guillam, Fawn und sogar Alleline wurden zu diesem Dienst gezwungen, und schließlich schlurfte der ganze Geleitzug mit Haydon in der Mitte durch den Garten zum Lieferwagen.

»Nur vorsichtshalber«, beteuerte Smiley. Niemand hatte Lust, ihm zu widersprechen. Haydon stieg ein, die Inquisitoren folgten und verschlossen von innen das Gitter. Als die Tür sich schloß, hob Haydon eine Hand in einer leutseligen Geste der Entlassung in Richtung Allelines.

Erst später kamen Guillam die Einzelheiten zum Bewußtsein, prägten sich einzelne Personen seiner Erinnerung ein: zum Beispiel Poljakows unterschiedsloser Haß auf alle Anwesenden von der armen kleinen Millie McCraig aufwärts – er entstellte ihn buchstäblich; der Mund verzog sich zu einer wilden, unbezähmbaren Hohngrimasse, er wurde weiß und zitterte, aber nicht vor Furcht und nicht vor Wut. Es war einfach blanker Haß von einer Art, wie Guillam ihn an Haydon nicht gesehen hatte; aber schließlich war Haydon ein Mann vom gleichen Schlag wie er selber.

Für Alleline entdeckte Guillam in sich eine heimliche Bewunderung im Augenblick der Niederlage: Alleline hatte immerhin Haltung gezeigt. Später allerdings war Guillam nicht mehr so überzeugt, daß Percy bei dieser ersten Konfrontation mit den Tatsachen im vollen Umfang begriffen hatte, was die Tatsachen wirklich waren: trotz allem war er noch immer der Chef, und Haydon noch immer sein Jago.

Aber das Seltsamste war für Guillam, daß es in dem Augenblick, als sie in das Zimmer stürzten, für ihn eines Willensaktes bedurfte, und zwar eines beträchtlichen, um Bill Haydon etwas anderes als Zuneigung entgegenzubringen. Diese Einsicht nahm er mit nach Hause und überdachte sie gründlicher, als es seiner Gewohnheit entsprach. Vielleicht war er, wie Bill sagen würde, endlich erwachsen geworden. Und das Schönste war – als er am selben Abend die Treppe zu seiner Wohnung hinaufstieg, tönten ihm die vertrauten Töne von Camillas Flöte entgegen. Und wenn Camilla auch in jener Nacht einiges von ihrem geheimnisvollen Zauber verlor, so war es ihm doch bis zum Morgen gelungen, sie aus den Schlingen von Abscheulichkeit und Enttäuschung zu lösen, in die er sie verstrickt hatte.

Auch in anderer Hinsicht nahm sein Leben in den nächsten Tagen eine Wendung zum Besseren. Percy Alleline war auf unbestimmte Zeit beurlaubt worden. Smiley wurde gebeten, vorläufig zurückzukommen und das, was übrig geblieben war, ausfegen zu helfen. Man sprach davon, daß Guillam aus Brixton befreit werden sollte. Erst viel, viel später erfuhr er, daß das Drama noch einen letzten Akt gehabt hatte, und daß jener vertraute Schatten, der nun endlich einen Namen hatte, Smiley aus gutem Grund durch die nächtlichen Straßen von Kensington gefolgt war.

38 *Inmitten der Nacht unter klarem Himmel beim Mondenschein*

Während der folgenden zwei Tage lebte George Smiley in einer Schattenwelt. Seine Nachbarn fanden, wenn sie seiner ansichtig wurden, daß er einem zehrenden Kummer verfallen sei. Er stand spät auf, trödelte im Schlafrock im Haus herum, machte sauber, wischte Staub, kochte sich Mahlzeiten, die er nicht aß. Am Nachmittag zündete er völlig gegen die ungeschriebenen Gesetze seiner Umgebung ein Kohlenfeuer an, setzte sich davor und las seine deutschen Dichter oder schrieb Briefe an Ann, die er selten vollendete und niemals zur Post gab. Wenn das Telefon klingelte, lief er rasch hin, nur um jedesmal enttäuscht zu werden. Draußen war das Wetter nach wie vor miserabel, und die wenigen Passanten – Smiley beobachtete sie ständig – waren vermummt wie arme Leute vom Balkan. Einmal rief Lacon an und übermittelte eine Bitte des Ministers, Smiley solle »mithelfen, den Stall im Cambridge Circus auszumisten, wenn eine solche Aufforderung erginge«, in Wahrheit den Nachtwächter spielen, bis ein Ersatz für Percy Alleline gefunden wäre. Smiley antwortete ausweichend und legte Lacon nochmals ans Herz, er solle mit äußerster Umsicht über Haydons körperliche Sicherheit während des Aufenthalts in Sarratt wachen.

»Dramatisieren Sie nicht ein bißchen?« meinte Lacon. »Der einzige Platz auf der Welt, wohin er gehen kann, ist Rußland, und dorthin schicken wir ihn ohnedies.«

»Wann? Wie bald?«

Die Ausarbeitung der Einzelheiten würden noch ein paar Tage in Anspruch nehmen. Smiley verschmähte es in seiner Erschlaffung nach einem Zustand der Hochspannung zu fragen, ob es mit dem Verhör vorangehe, aber Lacons Verhalten legte nahe, daß die Antwort schlecht gewesen wäre. Mendel brachte ihm handfestere Kost.

»Der Bahnhof Immingham ist geschlossen«, sagte er. »Sie werden in Grimsby aussteigen und auf Schusters Rappen laufen oder

einen Bus nehmen müssen.«
Häufig saß Mendel einfach da und beobachtete ihn wie einen Kranken. »Das Warten bringt sie nicht zurück, oder?« sagte er. »Früher mal ging der Berg zu Mohammed. Ein zaghaft Herz hat nie die Schönste heimgeführt, wenn ich so sagen darf.«
Am Morgen des dritten Tages klingelte es an der Tür, und Smiley ging so schnell öffnen, als könne es nur Ann sein, die wie üblich ihren Schlüssel verlegt hatte. Es war Lacon. Smiley werde in Sarratt benötigt, sagte er; Haydon bestehe darauf, mit ihm zu sprechen. Die Inquisitoren hatten nichts erreicht, und die Zeit wurde knapp. Man war sich darüber einig, wenn Smiley als Beichtvater fungierte, würde Haydon ein Teilbekenntnis ablegen.
»Es wurde mir versichert, daß kein Zwang ausgeübt wurde«, sagte Lacon.
Sarratt war ein trüber Anblick nach dem Glanz, an den Smiley sich erinnerte. Die meisten Ulmen waren dem Borkenkäfer zum Opfer gefallen, Lichtmaste waren aus dem alten Kricketplatz hochgeschossen. Auch das Haus selber, ein weitläufiges, aus Ziegeln erbautes Herrenhaus, war seit der Blütezeit des Kalten Krieges in Europa sehr heruntergekommen, und der größte Teil des besseren Mobiliars schien verschwunden zu sein, er vermutete, in eines von Allelines Häusern. Er fand Haydon in einer Nissen-Hütte, die unter Bäumen versteckt war.
Drinnen herrschte der Mief einer Wachstube, die Wände waren schwarz bemalt und die hochgelegenen Fenster vergittert. In den Zimmern zu beiden Seiten waren Wachmannschaften, und sie empfingen Smiley respektvoll und nannten ihn Sir. Offenbar hatte sich einiges herumgesprochen.
Er trug einen Drillichanzug, zitterte und klagte über Schwindel. Mehrmals mußte er sich aufs Bett legen, um das Nasenbluten zu stillen. Ihm war so etwas wie ein Bart gewachsen: anscheinend herrschte Uneinigkeit darüber, ob er ein Rasiermesser bekommen dürfe.
»Kopf hoch«, sagte Smiley. »Bald sind Sie hier weg.«
Auf der Fahrt hierher hatte er versucht, an Prideaux und Irina und an die tschechischen Netze zu denken, und er hatte sogar Haydons Zimmer noch mit einem vagen Gefühl öffentlicher

Verantwortung betreten: irgendwie, dachte er, müßte er ihn im Namen aller Rechtlichdenkenden verurteilen. Statt dessen kam er sich ziemlich schüchtern vor; er spürte, daß er Haydon überhaupt nie gekannt hatte, und jetzt war es zu spät. Er ärgerte sich auch über Haydons körperlichen Zustand, aber als er den Wachen Vorwürfe machte, bekundeten sie Verständnislosigkeit. Noch ärgerlicher wurde er, als er erfuhr, daß die zusätzlichen Sicherheitsmaßnahmen, auf denen er bestanden hatte, nach dem ersten Tag gelockert worden waren. Als er Craddox, den Leiter der *Nursery*, zu sprechen verlangte, war Craddox unabkömmlich und sein Assistent stellte sich dumm.

Die Unterhaltung war stockend und banal.

Ob Smiley so freundlich sein wolle, die Post aus seinem Club nachzuschicken und Alleline zu bestellen, er möge seinen Kuhhandel mit Karla ein bißchen beschleunigen? Und er benötige Taschentücher, Papiertaschentücher für seine Nase. Daß er ständig weine, erläuterte Haydon, habe nichts mit Reue oder Schmerz zu tun, es sei eine rein physische Reaktion auf das, was er die Verbohrtheit der Inquisitoren nannte, die es sich in den Kopf gesetzt hatten, daß er, Haydon, die Namen weiterer Karla-Trabanten kenne, und sie unbedingt vor seinem Weggang erfahren wollten. Außerdem gebe es eine Richtung, die dafürhielt, daß Fanshaw von den *Christ Church Optimates* als Talentsucher sowohl für die Moskauer Zentrale wie für den Circus tätig gewesen sei. Dazu erklärte Haydon: »Ehrlich, was soll man mit solchen Eseln anfangen?« Trotz seines geschwächten Zustands gelang es ihm, den Eindruck zu vermitteln, daß er der einzige verständige Mensch weit und breit sei. Sie machten einen Spaziergang, und Smiley stellte mit gelinder Verzweiflung fest, daß im ganzen Umkreis keine Wachen patrouillierten, weder bei Nacht noch bei Tag. Nach einer Runde bat Haydon, wieder in die Hütte zurückzugehen, wo er ein Fußbodenbrett losmachte und ein paar mit Hieroglyphen bedeckte Blätter hervorholte. Sie erinnerten Smiley wider Willen an Irinas Tagebuch. Er hockte sich aufs Bett und sortierte sie, und in dieser Haltung, dem trüben Licht, mit der langen Haarsträhne, die fast bis auf das Papier hing, hätte er wieder wie damals in den sechziger Jahren in Con-

trols Büro herumlungern und irgendein wundervoll eingängiges und gänzlich undurchführbares Projekt zum größeren Ruhme Englands entwickeln können. Smiley machte sich nicht die Mühe, irgend etwas niederzuschreiben, denn es war ihnen beiden völlig klar, daß ihr Gespräch ohnehin mitgeschnitten wurde.
Der Bericht begann mit einer langen Rechtfertigung, von der Smiley sich später nur an ein paar Sätze erinnerte:
»Wir leben in einer Zeit, in der nur noch grundsätzliche Fragen Beachtung verdienen ...«
»Die Vereinigten Staaten sind nicht mehr in der Lage, ihre Revolution selber zu unternehmen ...«
»Die politische Potenz des Vereinigten Königreichs ist ohne jegliche Relevanz oder moralische Lebensfähigkeit in der Weltpolitik ...«
Vielen dieser Behauptungen hätte Smiley unter anderen Gegebenheiten zugestimmt: es war mehr der Ton als die Musik, was ihn abstieß.
»Im kapitalistischen Amerika ist die Unterdrückung in einem Maß institutionalisiert, das nicht einmal Lenin hätte vorhersehen können ...«
»Der Kalte Krieg begann 1917, aber die schwersten Kämpfe liegen noch vor uns, denn Amerika wird von seinem Todesdelirium zu immer größeren Exzessen in anderen Ländern getrieben ...«
Er sprach nicht vom Verfall des Westens, sondern von seinem Tod durch Habgier und Verstopfung. Er hasse Amerika zutiefst, sagte er, und Smiley nahm es ihm ab. Haydon sah ferner als erwiesen an, daß die Geheimdienste der einzig reale Maßstab für die politische Gesundheit einer Nation waren, der einzige reale Ausdruck ihres Unterbewußtseins.
Schließlich kam er zu seinem eigenen Fall. In Oxford, sagte er, habe er aufrichtig rechts gestanden, und im Krieg sei es ziemlich belanglos gewesen, wo man gestanden habe, solange man gegen die Deutschen kämpfte.
Nach '45, sagte er, habe er sich eine Zeitlang mit Englands Rolle in der Welt zufrieden gegeben, bis ihm nach und nach dämmerte, wie unbedeutend diese Rolle gewesen sei. Wie und wann das geschah, blieb ein Geheimnis. Er konnte nicht angeben, bei wel-

cher Gelegenheit sein historisches Weltbild diesen schweren Schock erlitten hatte: er wußte nur, wenn England nicht mehr mit von der Partie sei, so werde sich der Fischpreis nicht um einen Penny ändern. Er hatte sich oft selber die Frage gestellt, auf welcher Seite er stehen werde, wenn die entscheidende Prüfung jemals käme; nach langem Überlegen hatte er sich schließlich eingestehen müssen: falls nur einer der beiden Monolithen die Schlacht gewinnen sollte, würde ihm der Osten als Sieger lieber sein.

»Es ist unter anderem auch ein ästhetisches Urteil«, erklärte er und blickte auf. »Natürlich zum Teil auch ein moralisches.«

»Natürlich«, sagte Smiley höflich.

Von da an, sagte er, sei es nur eine Zeitfrage gewesen, bis er seine Kräfte dort einsetzte, wo seine Überzeugungen lagen.

Das war die Ernte des ersten Tages. Eine weiße Absonderung hatte sich auf Haydons Lippen gebildet, und seine Augen begannen wieder zu tränen. Sie beschlossen, sich anderentags um die gleiche Zeit wiederzusehen.

»Es wäre gut, wenn wir ein bißchen ins Detail gehen könnten, Bill«, sagte Smiley, als er sich verabschiedete.

»Ach, noch eins, sagen Sie's Jan, ja?« Haydon lag auf dem Bett und betupfte sich wieder die Nase. »Ist völlig egal, was Sie sagen, Hauptsache, Sie machen's endgültig.« Er setzte sich auf, schrieb einen Scheck aus und steckte ihn in einen braunen Umschlag. »Geben Sie ihr das für die Milchrechnung.«

Da er vielleicht bemerkte, daß Smiley von diesem Auftrag nicht gerade entzückt war: »Schließlich kann ich sie nicht gut mitnehmen, oder? Sogar wenn man sie rüberließe, wäre sie bloß ein verdammter Klotz am Bein.«

Am gleichen Abend noch fuhr Smiley nach Haydons Anweisung mit der U-Bahn nach Kentish Town und machte ein Cottage in einem noch nicht modernisierten Gäßchen ausfindig. Ein unansehnliches blondes Mädchen in Jeans öffnete ihm, es roch nach Ölfarbe und Baby. Er wußte nicht mehr, ob er sie schon einmal in der Bywater Street getroffen hatte, daher begann er: »Ich komme von Bill Haydon. Es geht ihm soweit gut, aber ich soll Ihnen einiges von ihm bestellen.«

»Herrje«, sagte das Mädchen sanft. »Ist auch wahrhaftig Zeit.« Das Wohnzimmer war schäbig. Durch die Küchentür sah er einen Stapel schmutzigen Geschirrs und schloß daraus, daß sie alles benutzte, solange der Vorrat reichte, und dann im großen abwusch. Der Fußboden war kahl bis auf langgestreckte psychedelische Muster aus Schlangen und Blumen und Insekten.
»Das ist Bills Michelangelo-Decke«, sagte sie im Konversationston. »Er wird sich nur dabei nicht Michelangelos Rückenschmerzen zuziehen. Kommen Sie von der Regierung?« fragte sie und zündete sich eine Zigarette an. »Er arbeitet für die Regierung, hat er mir gesagt.« Ihre Hand zitterte, und sie hatte gelbe Monde unter den Augen.
»Also, als erstes soll ich Ihnen das da geben«, sagte Smiley, tauchte in eine Innentasche und reichte ihr den Umschlag mit dem Scheck.
»Brot«, sagte das Mädchen und legte den Umschlag neben sich.
»Brot«, sagte Smiley und grinste genau wie sie, dann aber bewirkte irgend etwas in seinem Gesichtsausdruck oder die Art, wie er dieses eine Wort wiederholt hatte, daß sie den Umschlag nahm und ihn aufriß. Es lag kein Brief darin, nur der Scheck, aber der Scheck genügte: sogar von seinem Platz aus konnte Smiley sehen, daß die Zahl vierstellig war.
Wie eine Schlafwandlerin ging sie hinüber zum Kamin und legte den Scheck zu den Haushaltsrechnungen in eine alte Blechdose auf dem Kaminsims. Dann ging sie in die Küche und bereitete zwei Tassen Neskaffee, kam aber nur mit einer wieder heraus.
»Wo ist er?« sagte sie. Sie stand vor ihm. »Er ist wieder mal mit diesem rotznäsigen kleinen Matrosen abgehauen, wie? Und das ist die Abfindung, ja? Na, Sie können ihm verdammt nochmal von mir sagen ...«
Smiley hatte solche Szenen schon öfter erlebt, und nun kamen ihm lächerlicherweise die üblichen Worte auf die Zunge:
»Bill erfüllt zur Zeit einen Auftrag von nationaler Bedeutung. Es tut mir leid, aber wir dürfen nicht darüber sprechen, und Sie dürfen es auch nicht. Er ist vor ein paar Tagen zu einem geheimen Einsatz ins Ausland gegangen. Er wird längere Zeit fort sein. Er durfte keinem Menschen etwas von seiner Abreise sagen. Er bit-

tet Sie, ihn zu vergessen. Glauben Sie mir, es tut mir sehr leid. Soweit war er gekommen, als sie losplatzte. Er hörte nicht alles, was sie sagte, denn sie tobte und schrie, und als das Baby es hörte, fing es droben ebenfalls zu schreien an. Sie stieß Beschimpfungen aus, nicht gegen ihn, nicht einmal speziell gegen Bill, sie schimpfte und fluchte einfach tränenlos und fragte, wer zum Teufel, wer verdammt, verdammt nochmal heutzutage noch der Regierung vertraue? Dann schlug ihre Stimmung um. An den Wänden sah Smiley lauter Bilder, die Bill gemalt hatte, hauptsächlich von dem Mädchen: nur wenige waren fertig, und sie hatten etwas Verkrampftes, fast Gehetztes im Vergleich zu seinen früheren Arbeiten.

»Sie mögen ihn nicht, wie? Das weiß ich«, sagte sie. »Warum erledigen Sie dann die Dreckarbeit für ihn?«

Auch auf diese Frage schien es keine unmittelbare Antwort zu geben. Auf dem Rückweg zur Bywater Street hatte er wiederum den Eindruck, verfolgt zu werden, und versuchte Mendel anzurufen, ihm die Nummer eines Taxis durchzugeben, das ihm zweimal aufgefallen war, und ihn um sofortige Nachforschungen zu bitten. Doch Mendel war ausnahmsweise bis nach Mitternacht außer Haus: Smiley schlief unruhig und erwachte um fünf Uhr. Um acht war er bereits wieder in Sarratt, wo er Haydon in festlicher Stimmung antraf. Die Inquisitoren hatten ihn nicht mehr belästigt; Craddox hatte ihm gesagt, daß der Austausch genehmigt sei und daß er sich bereithalten solle, morgen oder übermorgen abzureisen. Seine Bitten klangen wie Abschiedsworte: man möge ihm sein restliches Gehalt und die Erlöse aus etwaigen Verkäufen in seinem Namen auf die Moskauer Narodny-Bank überweisen, die ihm auch seine Post zustellen werde. Die Galerie Arnolfini in Bristol habe einige seiner Bilder, darunter ein paar frühe Aquarelle von Damaskus, die er wiederhaben wollte. Ob Smiley bitte dafür sorgen könne? Dann, die Tarnung für sein Verschwinden:

»Ziehen Sie es möglichst lang hin«, riet er. »Sagen Sie, ich hätte dringend verreisen müssen, machen Sie es möglichst geheimnisvoll, lassen Sie ein paar Jahre drüber vergehen, dann machen Sie mir den Garaus ...«

»Ach, ich glaube, wir kriegen das schon hin, vielen Dank«, sagte Smiley.
Zum erstenmal, seit Smiley ihn kannte, machte Haydon sich Gedanken wegen seiner Kleidung. Er wolle bei seiner Ankunft nach etwas aussehen, sagte er: der erste Eindruck sei so wichtig. »Diese Moskauer Schneider sind indiskutabel. Putzen einen auf wie einen Commis.«
»Genau«, sagte Smiley, dessen Meinung über Londoner Schneider keineswegs besser war.
Ach, und da sei noch ein Junge, fügte er nonchalant hinzu, ein Freund bei der Marine, wohnte in Notting Hill. »Am besten geben Sie ihm ein paar Hunderter, damit er die Klappe hält. Können Sie das aus dem Reptilienfonds bestreiten?«
»Bestimmt.«
Er schrieb eine Adresse auf. Dann ging Haydon in der gleichen kameradschaftlichen Tonart auf das ein, was Smiley die Details genannt hatte.
Er lehnte es ab, über irgendeine Einzelheit seiner Anwerbung oder seiner lebenslangen Verbindung zu Karla zu sprechen. »Lebenslang?« wiederholte Smiley prompt. »Wann lernten Sie ihn kennen?«
Die gestrigen Versicherungen erschienen plötzlich sinnlos, aber Haydon wollte nicht ausführlicher werden.
Etwa von 1950 an hatte Haydon – wenn man ihm Glauben schenken konnte – Karla gelegentlich mit ausgewählten Geheiminformationen bestückt. Diese frühen Zuwendungen beschränkten sich auf solche Enthüllungen, die seiner Ansicht nach die russischen Interessen gegenüber den Vereinigten Staaten direkt fördern würden; er hatte »streng darauf geachtet, ihnen nichts zu geben, was uns selber schaden könnte«, wie er sich ausdrückte, oder was den Außenagenten hätte schaden können.
Das Suez-Abenteuer von '56 hatte ihn endgültig von der Unhaltbarkeit der britischen Situation überzeugt und von dem Talent Englands, den Gang der Geschichte zu hemmen, während es andererseits nicht in der Lage war, positive Beiträge zu leisten. Das Erlebnis, wie die Amerikaner das britische Eingreifen in Ägypten sabotierten, war paradoxerweise ein weiterer Beweggrund.

Deshalb würde er sagen, daß er von '56 an ein überzeugter hundertprozentiger sowjetischer Maulwurf war. 1961 bekam er die sowjetische Staatsbürgerschaft und im Verlauf der folgenden zehn Jahre zwei sowjetische Orden – kurios, er wollte nicht sagen, welche, betonte jedoch, daß sie »erste Klasse« seien. Leider beschränkten Einsätze in fernen Ländern während dieser Zeit seinen Zugriff; und da er darauf bestand, daß nach seinen Informationen wenn irgend möglich auch praktisch zu handeln sei – »daß sie nicht bloß in irgendeinem blöden Sowjetarchiv verschimmeln«, war seine Arbeit sowohl gefährlich wie qualitativ unterschiedlich. Bei seiner Rückkehr nach London schickte Karla ihm Polly (offenbar der Haus-Name für Poljakow) als Gehilfen, aber Haydon fand den ständigen Druck der heimlichen Zusammenkünfte auf die Dauer schwer erträglich, vor allem, wenn er die von ihm fotografierten Materialmengen bedachte. Er lehnte es ab, über Kameras, Ausrüstung, Bezahlung oder handwerkliche Verfahren während dieser Vor-Merlin-Periode in London zu sprechen, und Smiley war sich die ganze Zeit dessen bewußt, daß sogar das Wenige, was Haydon ihm erzählte, mit äußerster Sorgfalt aus einer größeren und vielleicht anderen Wahrheit herausgesucht war.
Inzwischen erhielten sowohl Karla wie Haydon Hinweise, wonach Control Unrat wittere. Gewiß, Control war krank, aber es war völlig klar, daß er niemals freiwillig die Zügel aus der Hand geben würde, wenn die Möglichkeit bestand, daß er damit Karla den Geheimdienst zum Geschenk machte. Es war ein Rennen zwischen Controls Nachforschungen und seiner Gesundheit. Zweimal wäre er um ein Haar fündig geworden – wiederum lehnte Haydon ab zu sagen, wie, und wenn Karla nicht unverzüglich reagiert hätte, wäre der Maulwurf Gerald in die Falle gegangen. Aus dieser nervenaufreibenden Situation war zuerst Merlin entstanden und schließlich die Operation *Testify*. *Witchcraft* war in erster Linie geschaffen worden, um die Nachfolge zu sichern: um Alleline zum Thronanwärter zu machen und Controls Abgang zu beschleunigen. Zweitens verschaffte *Witchcraft* natürlich der Zentrale völlige Verfügungsgewalt über das nach Whitehall gelangende Material. Als drittes – und in der

Folge wichtigstes Ergebnis, betonte Haydon – machte *Witchcraft* den Circus zu einer wichtigen Waffe gegen das amerikanische Ziel.

»Wieviel von dem Material war echt?« fragte Smiley.

Selbstverständlich variierte das Niveau je nachdem, was man zu erreichen beabsichtigte, sagte Haydon. Theoretisch war die Herstellung sehr einfach: Haydon mußte Karla nur benachrichtigen, auf welchen Gebieten Whitehall keine Informationen besaß, und die Hersteller schrieben prompt darüber. Ein paarmal, sagte Haydon, habe er einfach aus Spaß selber einen solchen Bericht geschrieben. Es war eine amüsante Übung, die eigene Arbeit zu erhalten, auszuwerten und zu verteilen. Die Vorteile *Witchcrafts* für interne Arbeitsmöglichkeiten waren natürlich unschätzbar. Haydon wurde dadurch praktisch Controls Zugriff entzogen und hatte eine gußeiserne Tarngeschichte, um Polly so oft zu treffen, wie er wollte. Häufig vergingen Monate, ohne daß sie einander sahen. Haydon fotografierte Circus-Dokumente in der Abgeschlossenheit seines Büros – offiziell bereitete er die Abfallprodukte für Polly vor –, gab sie, zusammen mit einem weiteren Haufen wertlosen Zeugs Esterhase und ließ sie von ihm zu dem ›sicheren Haus‹ in Lock Gardens befördern. »Es war ein klassisches Spiel«, sagte Haydon schlicht. »Percy führte, ich folgte, Roy und Toby übernahmen die Lauferei.«

Hier fragte Smiley höflich, ob Karla je daran gedacht habe, Haydon selber den Circus übernehmen zu lassen: warum sich überhaupt mit einem Strohmann belasten? Haydon antwortete nicht, und Smiley stellte sich vor, daß Karla, genau wie Control, sehr wohl der Ansicht gewesen sein mochte, Haydon sei für eine untergeordnete Rolle besser geeignet.

Die Operation *Testify*, sagte Haydon, sei eine Art Verzweiflungstat gewesen. Haydon war überzeugt, daß Control der Wahrheit schon sehr nahe gekommen sei. Eine Analyse der Akten, die er sich kommen ließ, ergab ein beunruhigend komplettes Inventar der Operationen, die Haydon hatte hochgehen lassen oder anderswie zum Platzen gebracht hatte. Ferner war es Control gelungen, das Feld auf Beamte eines bestimmten Alters und Dienstrangs zu beschränken ...

»War übrigens Stevceks ursprüngliches Angebot echt?« fragte Smiley.
»Lieber Himmel, nein«, sagte Haydon echt schockiert. »Es war von Anfang an eine Falle. Natürlich gab es Stevcek wirklich. Er war ein hoher tschechischer General. Aber er hat nie irgend jemandem ein Angebot gemacht.«
Hier spürte Smiley, wie Haydon zögerte. Zum erstenmal schien er gewisse Bedenken bezüglich der moralischen Vertretbarkeit seiner Handlungen zu haben. Sein Verhalten wurde deutlich defensiv.
»Natürlich mußten wir Gewißheit haben, daß Control reagieren würde und wie er reagieren würde ... und wen er schicken würde. Wir konnten nicht zulassen, daß er irgendeinen lahmarschigen kleinen Pflastertreter schickte: es mußte eine Kanone sein, wenn die Geschichte hieb- und stichfest sein sollte. Wir wußten, daß er sich nur für jemanden von außerhalb der Zentrale entscheiden würde, und für jemanden, der keinen Zugang zum *Witchcraft*-Material hatte. Wenn wir einen Tschechen anbrachten, mußte er jemanden schicken, der tschechisch sprach, ganz klar.«
»Ganz klar.«
»Wir wollten einen alten Circus-Mann: einen, der Schlagzeilen machen würde.
»Ja«, sagte Smiley und erinnerte sich an die keuchende, schwitzende Gestalt auf dem Hügel. »Ja, ich sehe die Logik dieses Arguments ein.«
»Verdammt nochmal, ich hab ihn wieder rausgekriegt«, fuhr Haydon ihn an.
»Ja, das war sehr freundlich von Ihnen. Sagen Sie, hat Jim Sie aufgesucht, ehe er wegen dieses *Testify*-Auftrags abfuhr?«
»Ja, das hat er tatsächlich getan.«
»Und was wollte er Ihnen sagen?«
Haydon zögerte lange, sehr lange, dann antwortete er gar nicht. Aber trotzdem war die Antwort da, in der plötzlichen Leere der blassen, hellen Augen, in dem Schatten der Schuld, der sich über das schmale Gesicht legte. Er ist gekommen, um dich zu warnen, dachte Smiley; weil er dich liebte. Um dich zu warnen, genau wie

er zu mir kam, um mir zu sagen, Control sei übergeschnappt, mich aber nicht antraf, weil ich in Berlin war. Jim hat dir den Rücken gedeckt bis zum bitteren Ende.

Ferner, sagte Haydon, mußte es ein Land sein, das erst vor kurzem eine Gegenrevolution durchgemacht hatte: die Tschechoslowakei sei das einzig Richtige gewesen.

Smiley schien nicht genau zuzuhören.

»Warum haben Sie ihn wieder rausgeholt?« fragte er. »Aus alter Freundschaft? Weil er harmlos war und Sie alle Karten in der Hand hielten?«

Es war nicht nur das, erklärte Haydon. Solange Jim in einem tschechischen – er sagte nicht russischen – Gefängnis saß, hätte man Wind um ihn gemacht und ihn als eine Art Schlüsselfigur betrachtet. Aber sobald er zurück wäre, würde in Whitehall jeder alles tun, damit er den Mund nicht aufmachte: das wurde bei Rückführungen immer so gemacht.

»Ich bin überrascht, daß Karla ihn nicht einfach erschossen hat. Oder hat er aus purer Feinfühligkeit Ihnen gegenüber davon Abstand genommen?«

Aber Haydon war schon wieder in halbgare politische Dogmen versunken.

Dann begann er über sich selber zu sprechen, und schon schien er für Smileys Augen sichtlich zu etwas ganz Kleinem und Miesem zusammenzuschrumpfen. Er war tief berührt von der Meldung, daß Ionesco uns kürzlich ein Stück versprochen habe, in dem der Held beharrlich schweige und alle um ihn unaufhörlich redeten. Wenn einmal die Psychologen und die Mode-Historiker ihre Verteidigungsreden für ihn schreiben würden, so erinnerten sie sich hoffentlich, daß er selber sich genauso gesehen habe. Als Künstler habe er schon mit siebzehn Jahren alles gesagt, was er zu sagen hatte, und irgend etwas müsse man ja auch mit seinen späteren Jahren anfangen. Er bedauere schrecklich, daß er nicht ein paar seiner Freunde mitnehmen könne. Er hoffe, Smiley werde seiner in Zuneigung gedenken.

Smiley hätte ihm an dieser Stelle nur zu gern gesagt, daß er keineswegs vorhabe, in diesem Sinn an ihn zu denken, und er hätte noch manches andere gern gesagt, aber es schien keinen Sinn zu

haben, und Haydon hatte wieder Nasenbluten bekommen.
»Ach, und ich sollte Sie noch bitten, jede Publicity zu vermeiden. Miles Sercombe liegt kolossal daran.«
Hier gelang Haydon ein Lachen. Nachdem er im stillen den ganzen Circus durcheinander gebracht habe, sagte er, wolle er nun nicht den Prozeß vor der Öffentlichkeit wiederholen.
Ehe er ging, stellte Smiley die eine Frage, die ihm noch immer am Herzen lag.
»Ich werde es Ann sagen müssen. Gibt es irgend etwas, das ich ihr bestellen soll?«
Es erforderte einiges Hin- und Herreden, ehe ihm die Bedeutung von Smileys Frage aufging. Zuerst glaubte er, Smiley habe gesagt »Jan« und konnte nicht begreifen, warum Smiley sie noch nicht aufgesucht hatte.
»Ach so, *Ihre* Ann«, sagte er, als gäbe es eine Menge Anns um sie herum.
Es sei Karlas Idee gewesen, erklärte er. Karla hatte längst erkannt, daß Smiley die größte Bedrohung für den Maulwurf Gerald darstellte. »Er sagt, Sie seien sehr gut.«
»Vielen Dank.«
»Aber Sie hatten diesen einen Preis: Ann. Die letzte Illusion eines illusionslosen Mannes. Er schätzte, wenn ich überall als Anns Liebhaber bekannt wäre, so würden Sie mich in anderer Hinsicht nicht so genau sehen.« Seine Augen, so stellte Smiley fest, waren sehr starr geworden. Zinnkugeln hatte Ann sie genannt. »Nichts forcieren oder so, aber wenn möglich, nehmen Sie am Rennen teil. Ja?«
»Ja«, sagte Smiley.
Zum Beispiel, in der Nacht von *Testify* hatte Karla darauf bestanden, daß Haydon wenn irgend möglich mit Ann turteln sollte. Als eine Art Versicherung.
»Und war in dieser Nacht nicht tatsächlich eine Kleinigkeit schief gegangen?« fragte Smiley und dachte an Sam Collins und die Frage, ob Ellis erschossen wurde. Haydon gab zu, daß es so gewesen sei. Wäre alles nach Plan gegangen, so hätten die ersten tschechischen Bulletins um zehn Uhr dreißig einlaufen müssen. Haydon hätte Gelegenheit gehabt, in seinem Club die Meldun-

gen des Fernschreibers zu lesen, nachdem Collins Ann angerufen hatte und ehe er zum Circus ging, um die Sache in die Hand zu nehmen. Aber weil Jim getroffen worden war, hatte es am tschechischen Ende Kuddelmuddel gegeben und das Bulletin war erst herausgekommen, nachdem sein Club geschlossen hatte.
»Ein Glück, daß keiner es nachgeprüft hat«, sagte er und nahm sich noch eine von Smileys Zigaretten. »Welcher war ich übrigens?« fragte er leichthin. »Ich hab's vergessen.«
»König. Ich war Dame.«
Smiley hatte nun genug und ging, ohne sich zu verabschieden. Er stieg in sein Auto und fuhr eine Stunde lang blindlings dahin, bis er sich mit hundertzwanzig auf einer Landstraße nach Oxford befand, also machte er halt, aß zu Mittag und fuhr nach London zurück. Er konnte sich noch immer nicht entschließen, in die Bywater Street zurückzukehren, und ging ins Kino, aß irgendwo zu Abend und kam um Mitternacht leicht angetrunken nach Hause, wo er Lacon und Miles Sercombe auf der Türschwelle vorfand und Sercombes blödsinnigen Rolls Royce, die schwarze Bettpfanne, in seinen ganzen fünfzehn Metern Länge schräg über den Gehsteig geparkt.
Sie fuhren in einem Affentempo nach Sarratt, und dort saß, inmitten der Nacht unter einem klaren Himmel, beleuchtet von mehreren Stablampen und angestarrt von mehreren leichenblassen Insassen der *Nursery*, Bill Haydon auf einer Gartenbank und blickte auf das mondbeschienene Kricketfeld. Er trug einen gestreiften Pyjama unter seinem Mantel, der aussah wie ein Sträflingsanzug. Seine Augen waren geöffnet und sein Kopf unnatürlich nach der Seite verdreht, wie der Kopf eines Vogels, dem eine kundige Hand den Hals umgedreht hat. Über das, was geschehen war, wurde weiter nicht geredet. Um 10 Uhr 30 hatte Haydon vor seinen Wächtern über Schlaflosigkeit und Übelkeit geklagt, er meinte, er müsse etwas frische Luft schöpfen. Da sein Fall für abgeschlossen galt, kam keiner auf den Gedanken, ihn zu begleiten, und so spazierte er allein in die Dunkelheit hinaus. Einer der Wächter erinnerte sich, wie er gescherzt habe, er wolle »den Zustand des Kricket-Tores untersuchen«. Der andere war zu sehr ins Fernsehen vertieft gewesen, als daß er sich an irgend etwas

hatte erinnern können. Nach einer halben Stunde wurde es ihnen mulmig, und der ältere Wächter ging, um nachzuschauen, während sein Gehilfe im Haus blieb für den Fall, daß Haydon zurückkommen sollte. Haydon wurde dort gefunden, wo er jetzt saß. Zunächst nahm der Wächter an, er sei eingeschlafen. Als er sich über ihn beugte, schlug ihm eine Alkohol-Fahne entgegen – er vermutete Gin oder Wodka –, und er hielt Haydon für betrunken. Dies überraschte ihn, da sich in der *Nursery* offiziell kein Alkohol befand. Erst als er versuchte, Haydon hochzuheben, sackte dessen Kopf weg, und der Rest folgte in seiner ganzen Schwere nach. Er mußte sich übergeben haben (die Spuren waren an einem Baum zu besichtigen), und so stützte der Wächter ihn wieder auf und schlug Alarm.

Ob Haydon während des Tages irgendwelche Nachrichten erhalten habe, fragte Smiley. Nein, aber sein Anzug sei von der Reinigung zurückgekommen, und möglicherweise sei darin eine Botschaft versteckt worden – zum Beispiel die Aufforderung zu einem Treffen.

»Die Russen haben das also getan«, verkündete der Minister befriedigt in Richtung Haydons regungsloser Gestalt. »Ihn am Ausplaudern zu hindern, nehme ich an. Verdammte Bande!«

»Nein«, sagte Smiley. »Sie setzen alles daran, um ihre Leute zurückzubekommen.«

»Wer zum Teufel hat es dann getan?« Jeder wartete auf Smileys Antwort, aber es kam keine. Die Stablampen verloschen, und die Gruppe bewegte sich langsam auf den Wagen zu.

»Können wir ihn trotzdem hergeben?« fragte der Minister auf dem Rückweg.

»Er war sowjetischer Staatsbürger. Sollen sie ihn haben«, sagte Lacon, wobei er in der Dunkelheit immer noch Smiley beobachtete.

Sie waren sich darüber einig, daß es um die Netze schade sei. Mal sehen, ob Karla trotzdem auf den Handel eingehen würde.

»Bestimmt nicht«, sagte Smiley.

39 George Smiley kehrt zu seiner letzten Illusion zurück

Als er all dies in der Abgeschiedenheit seines Erster-Klasse-Coupés überdachte, hatte Smiley das kuriose Empfinden, als betrachtete er Haydon durch das verkehrte Ende eines Teleskops, wo er immer kleiner wurde und schließlich ganz verschwand. Smiley hatte seit dem vergangenen Abend nur wenig gegessen, aber die Bar war während des größten Teils der Reise geöffnet gewesen.

Als Liverpool Street hinter ihm lag, hatte er sich der wehmütigen Vorstellung hingegeben, daß er Haydon gemocht und respektiert hatte: er sei trotz allem ein Mensch gewesen, der etwas zu sagen gehabt und es gesagt habe. Aber sein ganzes Denken verwarf diese bequeme Vereinfachung: je mehr er über Haydons sprunghafte Rechtfertigung nachgrübelte, um so deutlicher wurden ihm ihre Widersprüchlichkeiten. Er versuchte zuerst, in Haydon das romantische Klischee des Intellektuellen der dreißiger Jahre zu sehen, für den Moskau das natürliche Mekka bedeutete. »Moskau war Bills akademische Disziplin«, sagte er sich. »Er brauchte die Symmetrie einer historisch-ökonomischen Lösung.« Eine unzureichende Erklärung, also fügte er noch mehr über den Mann hinzu, den er zu schätzen und abzuschätzen versuchte. »Bill war ein Romantiker und ein Snob. Er träumte von einem elitären Vortrupp, der die Massen aus der Finsternis herausführen würde.« Dann fielen ihm die halbfertigen Bilder im Wohnzimmer des Mädchens in Kentish Town ein: verkrampft, bemüht, verworfen. Er erinnerte sich auch an den Geist von Bills autoritärem Vater – Ann hatte ihn den Unhold getauft – und in seinen Augen war Bills Marxismus ein Ausgleich für seine Unzulänglichkeit als Künstler und für eine lieblose Kindheit. Später hatte es dann natürlich wenig geändert, daß die Doktrin sich als nicht recht tragfähig erwies. Bill hatte die Bahn betreten, und Karla wußte ihn dort zu halten. Verrat ist größtenteils Gewohnheitssache, entschied er und sah Bill wieder auf dem Boden des

Wohnzimmers in der Bywater Street ausgestreckt, während Ann ihm Schallplatten vorspielte.
Und Bill hatte seine Rolle gern gespielt. Daran zweifelte Smiley keinen Augenblick. Im Mittelpunkt einer geheimen Bühne stehen, Welt gegen Welt ausspielen, Held und Autor in einem: o ja, diese Rolle war Bill auf den Leib geschrieben.
Dann schob er achselzuckend alles beiseite – den stereotypen Formen menschlicher Motivierung hatte er schon immer mißtraut –, und konzentrierte sich statt dessen auf das Bild einer dieser russischen Holzpuppen, die sich öffnen lassen und eine zweite Puppe freigeben und darunter eine dritte. Von allen lebenden Menschen hatte nur Karla die letzte kleine Puppe in Bill Haydons Innerem erblickt. Wann war Bill angeworben worden, und wie? War sein Rechtsdrall in Oxford eine Pose gewesen oder paradoxerweise der Zustand der Sünde, aus dem Karla ihn zur Gnade erweckt hatte?
Man müßte Karla fragen: schade, daß ich's nicht tat. Man müßte Jim fragen: werde ich nie tun.
Vor der langsam vorbeigleitenden flachen ostenglischen Landschaft schob sich Karlas unnachgiebiges Gesicht über Bill Haydons verrenkte Totenmaske. »Aber Sie hatten einen Preis«, hatte Bill so vernünftig erklärt: »Ann. Die letzte Illusion eines illusionslosen Mannes. Er schätzte, wenn ich überall als Anns Liebhaber bekannt wäre, so würden Sie mich in anderer Beziehung nicht mehr deutlich sehen können.«
Illusion? War das wirklich Karlas Bezeichnung für Liebe? Und Bills?
»Wir sind da«, sagte der Schaffner sehr laut und vielleicht schon zum zweitenmal. »Höchste Zeit. Sie wollen doch nach Grimsby, oder?«
»Nein, nein: nach Immingham.« Dann erinnerte er sich an Mendels Anweisungen und kletterte hinaus auf den Bahnsteig.
Es war kein Taxi in Sicht, also erkundigte er sich am Fahrkartenschalter und machte sich auf den Weg über den leeren Vorplatz bis zu einem grünen Schild mit der Aufschrift: »Hier anstellen«. Er hatte gehofft, daß sie ihn abholen würde, aber vielleicht hatte sie sein Telegramm nicht erhalten. Ach, ja, die Post um die

Weihnachtszeit! Kann man ihr nicht verübeln. Er fragte sich, wie sie die Nachricht über Bill aufnehmen würde; bis er wieder ihr erschrockenes Gesicht auf den Klippen in Cornwall vor sich sah und wußte, daß Bill schon damals für sie tot gewesen war; sie hatte die Kälte in seiner Berührung gefühlt und irgendwie den Rest erraten.

Illusion? sagte er sich wieder. Illusionslos?

Es war bitter kalt; er hoffte inständig, daß ihr unglückseliger Liebhaber für sie ein warmes Plätzchen zum Wohnen gefunden hatte.

Wenn er nur ihre Pelzstiefel aus dem Schrank unter der Treppe mitgebracht hätte!

Ihm fiel der Band Grimmelshausen ein, den er immer noch nicht in Martindales Club abgeholt hatte.

Dann sah er sie: ihren unmöglichen Wagen, der auf dem Streifen mit der Markierung »Nur für Autobusse« auf ihn zuhielt, und Ann am Steuer, die nach der falschen Seite Ausschau hielt. Sah sie aussteigen, während der Winker weiterblinkte, und in das Bahnhofsgebäude gehen, um sich zu erkundigen: groß und zauberisch, ungewöhnlich schön, von Kopf bis Fuß die Frau eines anderen.

Bis zum Ende des Semesters benahm sich Jim nach Roachs Ansicht etwa so, wie seine Mutter sich benahm, als sein Vater sie verlassen hatte. Er verbrachte viel Zeit mit Nichtigkeiten, arrangierte zum Beispiel die Beleuchtung für das Fußballspiel, reparierte die Fußballnetze mit Bindfaden, und in den Französischstunden machte er viel Getöse wegen kleiner Ungenauigkeiten. Die wichtigen Dinge dagegen, wie seine Spaziergänge und sein einsames Golfspiel, gab er völlig auf, blieb vom frühen Abend an in seinem Wagen und hielt sich vom Dorf fern. Das schlimmste aber war sein starrer, leerer Blick, wenn Roach ihm unversehens begegnete; außerdem vergaß er vieles beim Unterricht, sogar die roten Striche für besondere Verdienste. Roach mußte ihn daran erinnern, sie jede Woche dem Direktor vorzulegen.

Um ihn zu unterstützen, machte Roach für ihn den Hilfsbeleuchter. Daher mußte Jim ihm bei den Proben ein besonderes Zeichen geben, Bill und keinem anderen, den Arm heben und wieder fallen lassen, wenn das Rampenlicht abgeblendet werden sollte.

Mit der Zeit jedoch schien Jim auf die Behandlung zu reagieren; seine Augen wurden klarer, und er wurde wieder munter, und der Schatten des Todes seiner Mutter wich von ihm. Am Abend des Spiels war er fröhlicher, als Roach ihn je gekannt hatte. »He, Jumbo, du alberner Knallfrosch, wo ist denn dein Regenmantel, siehst du nicht, daß es schüttet?« rief er laut, als sie müde, aber siegreich nach der Vorstellung zum Hauptgebäude zurückwanderten. »Eigentlich heißt er Bill«, hörte er ihn einem Besucher erklären. »Wir sind gleichzeitig als Neue hierhergekommen.«

Die Pistole, entschied Roach schließlich, war doch nur ein Traum gewesen.